冰心论集 六

刘东方/主编

■冰心研究丛书■

中国华侨出版社
·北京·

图书在版编目（CIP）数据

冰心论集 . 六 / 刘东方主编 . -- 北京：中国华侨出版社，2019.3
ISBN 978-7-5113-7807-1

Ⅰ . ①冰… Ⅱ . ①刘… Ⅲ . ①冰心 (1900-1999) —作家评论—文集
Ⅳ . ① I206.7-53

中国版本图书馆 CIP 数据核字 (2019) 第 005997 号

冰心论集·六

主　　编：刘东方
责任编辑：姜薇薇　桑梦娟
责任校对：高晓华
经　　销：新华书店
开　　本：787 毫米 ×1092 毫米　1/16 开　印张：23　字数：496 千字
印　　刷：河北省三河市天润建兴印务有限公司
版　　次：2019 年 7 月第 1 版
印　　次：2024 年 5 月第 2 次印刷
书　　号：ISBN 978-7-5113-7807-1
定　　价：64.00 元

中国华侨出版社　北京市朝阳区西坝河东里 77 号楼底商 5 号　邮编：100028
发 行 部：（010）64443051　　　传　　真：（010）64439708
网　　址：http://www.oveaschin.com　　E-mail：oveaschin@sina.com

如果发现印装质量问题影响阅读，请与印刷厂联系调换。

《冰心论集六》序

2017年是冰心文学馆建馆20周年，同时也是冰心研究会成立25周年。

20年来，冰心文学馆作为宣传和研究冰心的中心，先后在福建长乐、山东烟台、重庆、云南昆明等地召开了5届的冰心文学国际学术研讨会，有近400多位来自中国大陆与台湾以及美国、日本、捷克、新加坡、韩国、泰国等国家和地区的冰心研究专家参加了研讨会，收到论文共计300余篇。纵观历届国际学术研讨会，冰心研究新的资料不断在挖掘，新的领域不断在拓展，新的成果不断在展现，于是就有了"冰心研究丛书"。时至今日，"冰心研究丛书"已有：《冰心论集》《冰心玫瑰》《冰心论集三》《冰心论集四》《冰心论集五》《冰心论集2012》《冰心论集2016》，共计7套10册近450万字。

这其中，《冰心论集五》是冰心研究的年度论文集，所收论文发表时间为2009年1月至2010年12月。此后，我们又在冰心文学国际学术研讨会的基础上选编了《冰心论集2012》和《冰心论集2016》，基本上囊括了近些年来冰心研究的方方面面，集中展示了冰心研究的学术前沿观点。在选编的过程中，我们注意到，随着国内外学界对冰心研究的认识不断深入，很多颇具分量和特色的研究成果也在研讨会的平台之外相继出现。于是，新的冰心研究年度论文集——《冰心论集六》便应运而生。

这本年度论文集的选编时间上接《冰心论集五》，所收的论文发表于2011年1月至2016年12月之间。冰心文学馆从在此时间跨度内正式发表的数百篇冰心研究论文，筛选已经收入其他论文集的，编者根据论文主题尝试着进行较为详细的分类，按"小说研究""诗歌研究""散文研究""佚文研究""比较研究""思想及其他研究""翻译研究""研究之研究""生平考证"9个细项选编，最终结集成册。如此细类的选编既是对冰心研究现状的思考，也是对冰心研究方向的探寻，希望能对冰心研究的专家学者和有志于此的文学爱好者们提供有益的帮助。

囿于学术能力与选编水平,这本论文集难免挂一漏万,敬请各位专家学者和广大的读者朋友们批评指正,为冰心研究事业锦上添花。

编 者

2018 年 3 月 21 日

目 录

《冰心论集六》序

第一辑　小说研究

冰心是亚裔美国作家吗？
——论冰心《相片》之东方主义及种族主义批判

【美】张敬珏/蒲若茜　许双如（译）（3）

《超人》的精神分析学细读
——兼谈《沉沦》与《狂人日记》

管冠生（20）

冰心小说自我言说的两个维度

林荣松（29）

世纪的误读与隔膜
——冰心人生问题小说的文化价值解读

汪晓晴（36）

从《分》看冰心小说创作风格的转变

于倩（44）

第二辑　诗歌研究

论宗教与冰心"小诗"文体的发生

　　　　　　　　　　　　　　　　　　　　罗义华（53）

创作心理的美丽备份
——从《繁星·春水》看冰心的文学精神

　　　　　　　　　　　　　　　　　　林山　席扬（63）

冰心诗歌意象的古典性特征与现代性转型
——以《繁星》《春水》为例

　　　　　　　　　　　　　　　　　　　　　石婷（71）

由冰心的《纸船》谈朗诵细节的发现及处理

　　　　　　　　　　　　　　　　　　　　　刘铮（81）

第三辑　散文研究

冰心散文风格的传统资源

　　　　　　　　　　　　　　　　　　　　王本朝（87）

透视冰心散文创作经
——从《小橘灯》的文体属性谈起

　　　　　　　　　　　　　　　　　　　　乔世华（93）

冰心留美散文的生态之美

　　　　　　　　　　　　　　　　　　　张显凤（103）

冰心散文对当下儿童文学创作的启示

　　　　　　　　　　　　　　　　　　　　朱妍（110）

同课异构　多彩纷呈
——冰心《谈生命》教学内容述评

　　　　　　　　　　　　　　　　王国婧　武江坤（117）

第四辑　佚文研究

风云气壮　菩萨心长
——关于 20 世纪 40 年代的冰心佚诗及其他

解志熙（127）

冰心 1937 年在巴黎的一次演讲

刘涛（139）

论冰心关于文学与写作之演讲

赵慧芳（146）

上海沦陷区所刊冰心的 4 篇文字辨读

熊飞宇（157）

第五辑　比较研究

"冰雪聪明"：苏雪林与冰心比较论

陈卓（167）

"沙龙"式小说在叙述上的差异
——以《猫》和《我们太太的客厅》为例

程霏（175）

论冰心与铁凝的母亲形象书写

李芳菲（180）

第六辑　思想及其他研究

冰心爱的哲学的伦理性阐释

张丽红　胡启海（187）

冰心与基督教及其中西文化观再议

杨世海（192）

从天国到人间
——论冰心的信仰转变

李卓然（202）

重释冰心：死亡恐惧及其写作

游翠萍（217）

民国教育体制制导下的现代女性作家典范
——冰心所接受的文学教育对其文学创作的影响

李宗刚　丁燕燕（229）

政治话语与个人情感的双重变奏
——论 20 世纪 50—70 年代冰心笔下的日本形象

谢庆立（245）

时空越位——冰心意象情思的关联策略

祝敏青　朱晓慧（252）

第七辑　翻译研究

冰心翻译思想与实践的伦理性阐释

张丽红（261）

翻译研究的生态途径

宋晓春（268）

论译者主体性与创造力的发挥
——析《沙与沫》冰心译本的遣词造句与文体风格

杨雪松（275）

论《先知》翻译中的创造性叛逆

张林熹（281）

第八辑　研究之研究

王森然《冰心女士评传》考释及其他

张先飞（291）

开拓冰心研究的新天地
——评熊飞宇《重庆时期冰心的创作与活动研究》

江震龙（304）

冰心研究成果的重新审视
——20世纪90年代以来的冰心研究之研究述评

鲁普文　江震龙（312）

第九辑　生平考证

冰心的抗战"动作"
——写在冰心先生诞辰115周年之际

王炳根（323）

冰心与成都燕京大学小考

熊飞宇（333）

惟其是脆嫩　何必是讥嘲
——也谈所谓"冰心—林徽因之争"

解志熙（339）

学林人瑞粲若花
——苏雪林与冰心、谢冰莹关系研究

李灵（350）

第一辑　小说研究

冰心是亚裔美国作家吗？
——论冰心《相片》之东方主义及种族主义批判

【美】张敬珏 / 蒲若茜　许双如（译）

　　摘要：冰心发表于1934年的短篇小说《相片》预示了后来的后殖民主义及亚美研究学者的多种理论见解。该小说文本交织着三个层次的东方主义——传教士对中国人作为低人一等的异教徒的排斥，把亚洲人作为沉默的模范少数族裔的美国式建构，以及东方人附和白人对中国人的刻板印象。它既是对美国东方主义和中国父权制的双重批判，也为争议中的跨国被收养者文化观培养的可行性问题提供了参照。在此，冰心逆转了苏珊·桑塔格（Susan Sontag）所说的摄影是为具有占有欲的殖民主义目的服务的论述，小说通过"相片"，以其人之道还治其人之身，以殖民者之工具解构其掠夺性想象。这篇小说跨越了中国研究、华美研究及后殖民研究的疆界，对美国殖民主义的臆说及中国传统价值观展开批评，对跨种族收养所涉及的某些文化观提出严肃的拷问。本文的分析亦将揭示出读者对冰心带性别偏见的接受。

　　关键词：东方主义；冰心；跨种族收养；摄影；亚裔美国文学；种族主义之爱

　　初版发表于1934年的短篇小说《相片》表现了跨文化与跨种族之间动态关系的细致微妙，预示着后来的后殖民主义及亚美研究学者的多种理论见解。其作者冰心（原名谢婉莹，1900—1999）于1919年五四运动时期开始其文学生涯，并于1926年获得韦尔斯利学院的硕士文凭。虽然她是20世纪最受尊敬的中国作家之一，但其广为人知的身份却是儿童文学作家。这篇小说发表时，中国正处于史书美（Shu-mei Shih）所称的"半殖民地"时期（1917—1937），其时许多中国作家都认同东方主义"将中国文化作为已成为历史的一页而加以条分缕析并承认西方文化的普遍有效性"（2001：x-xi），他们具有对东方主义和文化帝国主义的敏锐意识。《相片》跨种族接触的话题跨越了中国研究、华美研究及后殖民研究的疆界，对美

作者简介：张敬珏（King-kok Cheung），美国加州大学洛杉矶分校英文系及亚裔美国研究中心教授。蒲若茜，暨南大学外国语学院教授，北京外国语大学客座研究员。许双如，暨南大学外国语学院教师，文艺学专业博士生。
本文原载：《华文文学》，2012年第3期（总第110期）。

国殖民主义的臆说及中国传统价值观展开批评，对跨种族收养所涉及的某些文化观提出严肃的拷问。本文的分析亦将揭示出中国读者对冰心带性别偏见的接受。

《相片》通过对美国妇女施女士细致入微的心理刻画，描绘了东西方之间的一段不寻常的接触：施女士是教会学校的音乐教员，旅居中国28年，退休后，收养已去世的王先生的年仅8岁的女儿淑贞。淑贞18岁时，施女士带她回到新英格兰老家，在这里，淑贞结识了李牧师及其儿子天锡，两个青年之间发展了一段友谊，相互之间产生了朦胧的爱情。当看到天锡为淑贞所拍的相片时，施女士突然决定和养女返回中国。故事是以第三人称叙述的，其中三分之二的篇幅是以施女士这位白人移居者的有限视角呈现的，只有施女士和淑贞在新英格兰的那一段是全知视角的叙事。

施女士最初以一个具有世界主义情怀及同情心的女人形象出现。不同于其他新英格兰的传教士认为中国是落后的异教徒国家，施女士喜欢中国甚于美国。从小说的字里行间，尤其是从小说令人困惑的结局中，读者不难辨别出涌动于整个叙事中的一股股令人不安的潜流：施女士之东方主义者的自视优越和母性占有欲，淑贞之自我压抑及对刻板化形象的接受和内化。

《相片》预见并证实了萨义德在《东方主义》中的著名论断：

> 当人们使用东方人和西方人这样的范畴作为学术分析的出发点和最终目的时……其结果通常是区分的极端化——东方人变得更东方化，西方人更西方化——并且限制了不同文化、传统和社会之间的相互接触。简言之，从一开始直至现今，东方主义作为一种与外国打交道的思维形式，典型地显示了将任何知识都建立在这种僵化区分之上所产生的这一令人遗憾的趋势：将思维分别塞进一个西方或东方隔室。（1979:45—46）

自萨义德对那种区分东方民族和西方民族的倾向性所做的开创性研究以来，已有过许多关于殖民主义传统的研究，包括萨义德本人的《文化和帝国主义》（1993年）。与笔者对《相片》的解读尤其相关的理论包括以下理论家的著作：郑永生（Vincent j·Cheng）、赵健秀及《唉咿！》文集的其他编辑者（Frank Chin et al）、周蕾（Rey Chow）、阿里夫·德里克（Arif Dirlik）、多米尼加·费伦斯（Dominika Ferens）、克里斯蒂娜·克伦（Christina Klein）、苏珊·桑塔格（Susan Sontag）、吉原真理（Mari Yoshihara）等。笔者从这些学者处获得启发，将之运用于梳理《相片》叙事的多股线索，却惊讶于这些学者的见解已然深植于《相片》的文本之中，惊讶于这位中国作家，就像芭芭拉·克里斯蒂安（Barbara Christian）所注意到的黑人女性作家一样，"以叙事形式进行理论建构"（1987：52）。

在《拥抱东方：白人妇女和美国东方主义》一书中，吉原真理指出19世纪70

年代至20世纪40年代东方主义最为盛行的表现就是将强大的西方与阳刚的男性气质相联系,处于从属地位的东方则与被动的女性气质以及"前现代的简单、自然、传统"相联系:

> 在工业化、商业化和城市化时代,许多美国人都急于维护和保持那些被认为在现代社会已经失去的思想和价值观,例如纯洁和真诚。当美国人在亚洲艺术和文物中发现这些品质时,他们认为,生产、使用和陈列富于亚洲风格的商品将能代表和提升其道德和文化水准。(Mari Yoshihara 2003: 4, 23)

吉原真理指出,这种消费与展示,加强了白人中产阶级的妇女在维多利亚家庭生活中的位置,"却掩盖了其内在的性别与种族意识形态"(26)。施女士尽管长期侨居中国,但每当回到她认为文雅不足的美国,总会产生对过去传统的怀旧之情。她每隔七年回一次位于新英格兰的家乡,但对她而言,这家乡已不复有家的感觉。她对粗鲁的美国青年感到恼火:"对于他们……的长辈,竟然没有丝毫的尊敬和体恤。他们只是敷衍,只是忽略,甚至于嘲笑,厌恶。这时施女士心中只温存着一个日出之地的故乡,在那里有一座古城……而使这一切都生动,都温甜,都充满着'家'的气息的,是在这房子里有和自己相守十年的、幽娴贞静的淑贞。"(冰心2006: 393)[①]在整个故事中,时时可见施女士及其他美国人将中国美德等同于静默:"这样的人格,在跳荡喧哗的西方女儿里是找不到的。她是幽静的。"(396)

施女士将美国和中国两极化,特别是将缄默寡言与东方美德相联系,这一做法断然将其归入美国东方主义者行列。赵健秀及《唉咿!》文集的其他编辑者认为,西方将亚洲美德与沉默联系起来,应归因于"种族主义之爱"。虽然《唉咿!》文集的编辑者们指的是强加于亚裔美国人的刻板印象,但他们的意见也同样适用于美国对中国的看法:

> 衡量白人种族主义成功的标准之一是,那一(少数)种族的沉默以及保持或加强这种沉默所必需的白色力量……刻板印象作为一种行为模式而运作,规定着大众社会的看法和期待。它规定社会只接受符合刻板印象范围之内的既定少数族裔。而相关少数族裔则被规定,作为回应,必须成为这一刻板形象,照其样子生活,谈论之,拥抱之,以其标准衡量群体和个人的价值,并相信之。刻板印象成功运作的结果是,该种族作为一个社会性的、创造性的、文化的力量而被中立化……现已成为白人至上主义的守护者,依赖于它,感激于它……鉴于少数民族惧怕白色文化之敌意以及白色文化威胁到该少数民族

[①] 本文所引用《相片》的原文均来自卓如编《冰心作品精编》,漓江出版社2006年版,第393—406页。

的生存，他们接受尚可接受的刻板印象就成为一种生存的权宜策略。（Chin et al.1974: xxvii）

依《唉咿！》文集的编辑者之言，欧裔美国人赞美安静沉默、顺从白色权威的亚洲人，以贬低其他少数族裔。同时，维持种族等级制度需要一种族裔合作，这也是阿里夫·德里克的观点：他指出，东方主义要求"[亚裔]的共谋以赋予其貌似有理的特质"（1997：108）。施女士可能并非自觉地将刻板形象强加于淑贞，也可能是淑贞在自觉地按照刻板形象生活，但施女士反复赞美淑贞沉静之美德，实在具有刻板形象之意味。

这种收养的动态关系之所以有害，不仅体现在施女士将淑贞的寡言少语与中国的神秘相等同，而且体现在她对淑贞的人格物化，不断地把她比作异域的奇葩：

> 淑贞，一朵柳花似的，飘坠进她情感的园地里，是在一年的夏天。……这个瘦小的、苍白的、柳花似的小女儿，在第一次相见里，衬着这清绝惨绝的环境和心境，便引起了施女士的无限的爱怜。（2006:394，395—396）

正如吉原真理所指出的，20世纪初美国的东亚商品目录里收集了"很多照片和插图，内容不仅有出售的物品，如象牙雕刻、刺绣、瓷器……还有风景、人物，以及各种'东方'意象"（31）。在施女士的思想中，淑贞也同样与中国的风景和文物融为一体。因此，值得注意的是，这位人生就如春日的"一池死水般"（冰心2006：394）的白种女人，是在一个圣诞前夕收养淑贞的：

> 炉火的微光里，淑贞默然地坐在施女士的椅旁，怯生的苍白的脸，没有一点倦容，两粒黑珠似的大眼，嵌在瘦小的脸上，更显得大的神秘而凄凉。施女士轻轻的握着淑贞的不退缩也无热力的小手……从微晕的光中，一切都模糊的时候，她觉得手里握着的不是一个活泼的小女子，却是王先生的一首诗，王太太的一缕绣线，东方的一片贞女石，古中华的一种说不出来的神秘的静默。（396）

这段话俨然是东方主义的一个经典例子。施女士不是将淑贞当作一个有血有肉的年轻女孩来接纳，而是当作一份异国情调的圣诞礼物——一个神秘的、富于中国艺术风格的"包裹"，不可思议的东方的化身。淑贞可以说是她审美化的东方主义的重要部分。在此，作家冰心着力刻画了施女士对传统中国的迷恋：每当淑贞进入她的脑海，总是与"夏天的柳花""平流的小溪"等富有诗意的比喻相联系，这与淑贞日常真实朴素的表现、淑贞与天锡的对话形成巨大的反差。

由于淑贞符合其理想中的中国娃娃形象，施女士并不特别关心女儿的情感幸

福,尽管她完全清楚这个年轻女孩在身体、言语及情绪上的抑制:

> 十年以来,在施女士身边的淑贞好像一条平流的小溪,平静得看不到流动的痕迹,听不到流动的声音,闻不到流动的气息。淑贞身材依然很瘦小,面色依然很苍白,不见她痛哭,更没有狂欢。她总是羞愁地微笑着,轻微地问答着,悄蹑地行动着。(396)

对淑贞的这一描写使人联想到一幅静止的中国人物画,而不是一个成长中的少女。考虑到淑贞一直在施女士身边,其静默可能缘于感觉到养母毫不放松的监视。而施女士则从女孩的悄然寂静中获得极大的慰藉。她对淑贞的关照,得到女孩加倍的报答。淑贞成为她的勤谨的婢女——缄口随侍,无微不至照料养母所需:

> 每逢施女士有点疾病,淑贞的床前的蹀躞,是甜柔的、无声的、无微不至的。无论哪时睁开眼,都看见床侧一个温存的微笑的脸,从书上抬了起来。"这是天使的慰安!"施女士总想表示她热烈的爱感,而看着那苍白羞怯的脸,一种惭愧的心情,把要说的热烈的话,又压了回去。(396-397)

施女士将淑贞日夜不离的守候看作理所应当。她似乎感到只要这年轻姑娘做她的守护天使,为其"服务",她就心满意足了。她未曾试图找出淑贞愁苦的原因,也不愿深入其内心深处去理解其忧郁。这个年轻女孩后来对天锡倾诉:"从我父亲死去后,我总觉得没有人能在静默中了解我。"(403)

在此,并非养母与孩子之间缺乏感情纽带,而是连接两人的不是相互理解,只不过是两个畸零之人的相依为命:

> 清明时节,施女士也带她去拜扫王先生和王太太的坟,放上花朵,两个人都落了泪。归途中施女士紧紧地握着淑贞的手,觉得彼此都是世界上最畸零的人,一腔热柔的母爱之情,不知不觉地都倾泻在淑贞身上。从此旅行也不常去,朋友的交往也淡了好些,对于古董的收集也不热心了。只要淑贞一朵柳花,一片云影似的追随着自己,施女士心里便有万分的慰安和满足。(397)

施女士对这女孩的喜爱至少部分原因是她们有着相似的性格,这两人有着许多共同的品质:温柔、沉默、内向、失意、腼腆。这位白人妇女身上也表现出此类属性这一事实表明,这些特质并非是中国人专有的,并非东方女性气质之本质。施女士之母爱,尽管在上述引文中显而易见,但却被其占有欲和不经意的剥削削弱了。邱艳萍和李柏青在评论《相片》的文章中嘲讽地指出,施女士收养淑贞后不久就不再养狗或收集古董,好像"淑贞仅仅是供她排解寂寞的'小狗'和'古董'"(27)。虽然邱李二人未将施女士对淑贞的物化与东方主义相联系,但他们将施女士的母爱定性为"变态"与"独霸"。

尤其令人不安的是，这位美国母亲害怕淑贞的婚姻会使其失去女儿：

> 有时也想倘若淑贞嫁了呢？……这是一个女孩子的终身大事……而不知怎样，对于这幻象却有一种莫名的恐怖！……一种孤寂之感，冷然地四面袭来，施女士抚着额前的白发，起了寒战，连忙用凄然的牵强的微笑，将这不祥的思想挥去。……偶然也有中国的老太太们提到淑贞应该有婆家了，或是有男生们直接地向施女士表示对于淑贞的爱慕，而施女士总是骄傲地微笑着，婉转地辞绝了去。（2006：397）

很少有母亲会将女儿的婚姻前景看作是"不祥的"。但施女士关心的不是婚姻本身，而是婚姻将导致其被撇下一人独处的后果。她希望淑贞永远留在她身边，其自私与母爱相去甚远，但与她对淑贞的物化则完全吻合：淑贞是她的宠物、古董、婢女。

这两人之间的不对等关系，在淑贞陪施女士回到新英格兰家乡之后尤为明显。在那里，这位白人母亲偶尔"在教堂的集会里，演讲中国的事情"，而中国女儿"总是跟了去……问着中国的种种问题……只腼腆含糊地答应两句"，"她的幽静的态度，引起许多人的爱怜。因此就有老太太有时也来找淑贞谈谈话，送她些日用琐碎的东西"。（398）此处，施女士显然被当作研究中国的权威专家，而淑贞则扮演着安静顺从的东方女孩。在此，施女士符合德里克所称的"中国化的西方人"形象，其"东方化"是其代表东方讲话的资格；而另一方面，淑贞是"自我东方化"的象征（Dirlik1997：110，111）。老太太们施舍般的态度，以及施女士对待养女的"监护"行为，令人想起斯塔西丽·福特（Stacilee Ford）的"母性例外论"——指美国妇女在亚洲"利用其国家和性别身份，尤其是身为母亲或养育者的'女性'身份，要求享有一定的权威"。

美国传教士对待中国的居高临下态度，小说中的天锡对此予以明确指出，并表达对白人有居心的慈善赞助的不满：

> 我自己也是个教会学校的产品，可是我从小跟着祖父还读过许多旧书，很喜爱关于美术的学问。去年教会里送我父亲到这里入神学，也给我相当的津贴，叫我也在神学里听讲。我自己却想学些美术的功课。因着条件的限制，我只能课外自己去求友，去看书。——他们当然想叫我也做牧师，我却不欢喜这穿道袍上讲坛的生活！（2006：401）

教会对待天锡与施女士塑造淑贞的方式如出一辙。这两个年轻人领取了白人的慈善施予，同时就被缚上了无形的链条。天锡得到教会津贴研习神学，代价是必须放弃艺术追求。作为对教会经济资助的回报，他必须成为牧师，服务教会。同样,淑贞必须偿还养母之恩,代价是放弃独立、个人的成长,以及对幸福的追求。

天锡谴责美国传教士的人种论的凝视,质疑他们自以为是的文化优越性,他们想当然地认为一下子就可以将中国加以概括归纳——特别是通过他这个"内部观察者"——通过天锡这一形象,冰心预言了萨义德对惯于简化的殖民主义认识论及随之产生的等级观念的批判:

> 更使我不自在的,有些人总以为基督教传入以前,中国是没有文化的。在神学里承他们称我为"模范中国青年",我真是受宠若惊。有些自华返国的教育家,在各处作兴学募捐的演讲之后,常常叫我到台上去,介绍我给会众,似乎说,"这是我们教育出来的中国青年,你看!"这不是像耍猴的艺人,介绍他们训练过的猴子给观众一样么?我敢说,倘若我有一丝一毫的可取的地方,也绝不是这般人训练出来的!(402)

天锡对教育集会上教育家们言行的严厉批评,不仅预言了萨义德的后殖民论说,几十年后,还得到了《唉咿!》文集的编辑者及其他亚美研究学者的呼应:《唉咿!》文集的编辑者们关注"种族主义之爱",费伦斯质疑白人的凝视,多位亚裔美国学者,比如维克多·巴斯克萨(Victor Bascara)、刘大伟、骆里山等均质疑白人社会对"亚裔美国模范少数民族"的建构。

"种族主义之爱"和"种族主义之恨",指白人社会褒扬接受白色文化为优越文化的少数民族,贬斥挑战白人至上主义者。与此一致,在20世纪之交,美国传教士称赞那些接受基督教的中国人而谴责那些坚持崇拜祖先者为异教徒。正如天锡所观察到的,即使是华人基督徒也不能免受白色文化的凝视,被当作传教的战利品而供展览。他气愤于这种偷窥癖般地将人物化及赞助的方式。他对为即将到华布道的传教士举行的欢送会的描述,进一步揭示了美国对中国本土文化的贬低:"行者起立致词,凄恻激昂,送者也表示着万分的钦服与怜悯,似乎这些行者都是谪逐放流,充军到蛮荒瘴疠之地似的!"(402)

将中国与瘴疠蛮荒联系起来,这种负面联想似乎与施女士的观点截然相反。相比于喧闹的美国青年,施女士更喜欢恭敬有礼的中国青年,从而对淑贞严格管教,将之培养成纯粹的"中国人":

> 人人都夸赞施女士对于淑贞的教养,在施女士手里调理了十年,淑贞并不曾沾上半点西方的气息。洋服永远没有上过身,是不必说的了,除了在不懂汉语的朋友面前,施女士对淑贞也不曾说过半句英语。偶然也有中学里的男生,到家里来赴茶会,淑贞只依旧腼腆地默默坐在施女士身边,不加入他们的游戏和谈笑,偶然起来传递着糖果,也只低眉垂目的,轻声细气的。(397)

当美国传教士诽谤中国成为惯例,施女士的亲华态度在人们看来或许是一个例外，值得赞许。但是，为确保淑贞符合其既有的中国典范之概念，施女士之自私，其建构刻板形象之罪咎，相比其同胞并无二致。其倾注于淑贞身上的种族主义之爱，与公然诽谤中国文化的传教士之种族仇恨只不过互为表里。此外，淑贞的中国性不是在与其他中国人的交往中养成的，而是在幽禁于施女士身边时被塑造的，是被施女士的臆想——"这青年人的欢乐的集会，对于淑贞却只是拘束，只是不安"（397）——规约而成的。在新英格兰，一旦离开施女士警戒的注视，淑贞则乐于领略年轻人特别是天锡的陪伴，由此，我们必须将其所谓的偏好独处理解为她对养母意愿的迁就，是养母对其中国式培养的一部分。

在《冷战时期的东方主义》一书中，克里斯蒂娜·克伦（Christina Klein）区别了"二战"之前与之后欧洲关于亚洲的叙述："二战"之前亚洲人被描述为低人一等的种族，而"二战"之后的美国高扬"种族包容"，为支持战后扩张的官方意识形态服务。她继而论述道："通过建立情感上的连结以弥合差异……情感就成为实施权力的工具。"（2003：x-xi，xiv-xv）虽然《相片》出版于"二战"以前，但却涉及了克伦所论述的两种形式的东方主义——要么把亚洲人看得低人一等，要么对亚洲人表达白人的同情。尤其具有相关性的，是其对跨种族收养"双刃剑"作用的论述。

从赛珍珠1949年所发起的"欢迎之家"（Welcome House）（为美国出生的亚裔或有亚裔血统的孩子寻找家庭的收养机构）引开去，克伦把跨种族收养与冷战时期的东方主义联系起来：

> 战后中产阶级文化中占显著地位的白人母亲……具有非常复杂的谱系……非白色孩子的白人父母形象长期以来成了一种比喻，象征着貌似自然的等级与控制关系。把种族他者和边缘社会族群幼儿化，是使不平等关系合法化的标准修辞手段。（2003：175）

从其不经意中对淑贞的掌控，施女士似乎成了战后中产阶级白人母亲形象的先驱者。施女士的占有欲，从她在中国期间摒弃任何有关淑贞的婚姻的想法或建议之时已见端倪，在故事结尾当她看到天锡为淑贞拍摄的相片时则表露无遗：

施女士忽然地呆住了！
　　背影是一棵大橡树，老干上满缀着繁碎的嫩芽，下面是青草地，淑贞正俯着身子，打开一个野餐的匣子，卷着袖，是个猛抬头的样子，满脸的娇羞，满脸的笑，惊喜的笑，含情的笑，眼波流动，整齐的露着雪白的细牙，这笑的神情是施女士十年来所绝未见过的！
　　一阵轻微的战栗，施女士心里突然涌起一种无名的强烈的激感，不是惊讶，不是忿急，不是悲哀……她紧紧地捏住这一张相片——（2006：405）

毫无疑问,淑贞对天锡萌发了爱情,这对施女士无疑是一大打击。对施女士而言,这张照片让她第一次看到淑贞的情感、活力和女性的魅力。由于她一心要将淑贞培养成娴静端庄的"中国女子",这种变化让她十分震惊。

另外,在淑贞与天锡初次见面单独相处时,读者已经看到这女孩开始焕发出生气。在听了天锡对美国传教士的批评后,淑贞"觉得椅前站着一个高大的晕影,这影儿大到笼罩着自己的灵魂,透不出气息。看着双颊烧红,目光如炬的太兴奋了的天锡,自己眼里忽然流转着清泪"(402)。这眼泪意味着,天锡慷慨激昂的演说引起了淑贞深切的共鸣,也许这是她第一次意识到自己是如何被养母所建构和规定的。不同于施女士将淑贞看作中国古代艺术的化身,天锡从淑贞身上感受到的是中国的新鲜气息,"似乎觉得有一尊'中国'活跃的供养在我的面前"(403)。无论天锡对淑贞的感觉是否比施女士准确,两者的差异表明,施女士形成养女怯懦冷淡的印象,在很大程度上是其母性的幻想,这一印象或许还被淑贞不得不扮演讨好养母的角色强化。

看到这张标志着养女成长为充满活力、感性的年轻女性的相片,施女士非但没有感到欣慰和高兴,反而觉得受到严重的打击。她无法形容的困惑可以被诊断为"东方主义的忧郁症"——这是海外华人学者周蕾造的一个术语,指的是那些认为当代中国作家比不上自己心中理想的古代诗人的白人汉学家:"但这种对他者不忠诚的道德说教和控诉遮蔽了更加根深蒂固的焦虑……那个为汉学家们所洞察的中国的过去正在消失,而他们自己正是被抛弃的主体……'第一世界'与'第三世界'的历史关系被颠倒过来。"(Chow 1993:4)施女士也经历了同样的失落:原以为自己如此"了解"的中国女孩,如今却以一个全新的形象出现,一时使她迷失了方向。

小说以"相片"作为标题,不由得令人想起苏珊·桑塔格在《论摄影》中的观点:"摄影业最辉煌的成就是让我们觉得,我们可以将整个世界——作为一本图像集纳入头脑中……所谓摄影,就是占用拍摄对象,亦即将自己置于与世界的一定关系中,使自己觉得拥有知识等,从而也拥有了权力……它将人变成可以象征性地拥有的物品。"(1973:3-4,14)按照桑塔格的说法,摄影,作为一种体现摄影者之掠夺性视觉的艺术——似乎可以作为殖民者与被殖民者之间关系的绝佳比喻。冰心的标题同样提醒读者注意"视角"的特别方式,不过其内涵已作了有意扭转。虽然小说采用第三人称叙事,但对各个人物的描述,大都是以施女士的有限视角为中介,经过其东方主义视镜的过滤。不过,作者安排天锡为故事中的摄影者,其用意在于帮助读者发现,施女士对中国人物特别是淑贞的描述,其视角是扭曲的、倾斜的。如果说摄影如桑塔格所称的往往被用来为殖民主义服务,那么冰心则以其作品表明,可以以其人之道还治其人之身,以殖民者之工具来解构其掠夺性视角;通过天锡的相片,削弱了东方主义者对"木讷的中国女子"的建构。

天锡为淑贞拍摄的相片使施女士大为震惊,因为在其视觉中淑贞已经定格为一幅"静物"画,而相片中的淑贞却充满了朝气,这两者是如此不同,使她大受打击,她甚至觉得遭到背叛,被欺骗了:她自己花费多少苦心建构、维护淑贞的东方形象,到头来却只是一种虚饰。她对充满了朝气的淑贞的相片的反应,逆转了桑塔格的另一个假设:"所有的照片都是纪念物,所谓摄影,就是对人或物的入侵,侵入其有限、脆弱、变化……联系或声称拥有另一种现实。"(1973:15)而施女士远不能入侵另一个人的变化;反之,看到淑贞身上洋溢着青春气息,施女士不禁想起自己逐渐褪色的容颜:"猛抬头看见对面梳妆台上镜中的自己,蓬乱的头发,披着的一件绒衫,脸色苍白,眼里似乎布着红丝,眼角聚起了皱纹……"(冰心2006:405-406)而"苍白"这个形容词是她先前用来描述淑贞的。在此,"第一世界"与"第三世界"(呼应周蕾的说法)、主体与客体的关系被颠倒过来。

最重要的是,这张相片触发了她对一直以来最为害怕的事情的担心——淑贞的婚事。虽然她没有明确将其惊恐归因于淑贞的婚姻前景,但她看到相片时的反应,使人想起之前每每想到淑贞的婚事就给她造成的心理困扰:"有时也想倘若淑贞嫁了呢?……施女士……起了寒战,连忙用凄然的牵强的微笑,将这不祥的思想挥去。"(397)在这两处,施女士都恐惧得"寒战/战栗"起来。这张相片无疑使施女士脑海中浮现这一情景——淑贞嫁给了天锡,她就要失去淑贞了。她再也无法继续否认她每每挥去有关淑贞婚事的念头。她紧紧地捏住这张相片,既反映其对将同时失去对这名中国姑娘的思想和身体的控制而感到恐惧,也揭示,在占有欲驱使下,她决心要将养女牢牢掌握在手里。

这张相片是在施女士缺席的一次外出活动中拍摄的。由于生病,她不能参加年轻人的郊游:"原想叫淑贞也不去,在家里陪着自己,又怕打断了大家的兴头,猜想淑贞也是不肯去的,在人前谦让了一句。"(405)施女士内心所想暴露了她对养女的操控,也显示出其对养女的了解很有限。不料,淑贞竟然"欣然地答应随着大家走了"(405)。淑贞欣然弃施女士而去,不禁令人想起佐拉·尼尔·赫斯顿(Zora Neale Hurston)的故事《记住你是个黑鬼》("*Member Youse a Nigger*"),故事中白种主人以为其忠实奴隶约翰在奴隶解放后仍然会留在这一"充满爱意"的家庭,不料约翰更乐意离开:"奥莱·马萨一直呼唤着他,声音很可怜,但约翰脚不停步,朝着加拿大走去。"(1935:90)淑贞或许对施女士心怀感激,但她也希望从白人主妇的禁锢中解放出来。

在新英格兰,淑贞变成了一只展翅欲飞的幼鸟。其所谓的拘谨内敛很大程度上是由于施女士的约束,而不是其固有的中国性格。淑贞由内向转为外向可归因于天锡的影响,也可归因于他们所接触的美国环境。不同于施女士,天锡鼓励淑贞融入美国青年群体,让淑贞对在美国上大学有了兴趣。尽管施女士也曾有这一想法,但她看到相片后就突然改变了主意:"孩子,我想回到中国去。"(冰心2006:406)

正当淑贞开始显示活力,坠入爱河,追求自己的生活之时,施女士却决定将她带回中国，这显然是不理智的。然而这恰恰是施女士的意图，欲将青春与爱情之花扼杀在萌芽状态。毫无疑问，她认为，将淑贞带回中国后，没有天锡在场，这女孩将回归她所希望的角色——安静，顺从，永远守在她身边尽忠尽孝。尽管她好意收养淑贞，但她却以殖民主义者的眼光将淑贞看作"他者"，看作她这个白人女子的附属物，应该以终身的服务来报答她。对于施女士的决定，淑贞的反应尚不可知，她或许会反对养母，选择留在美国；或许天锡会与她一起回到中国，把浪漫的爱情置于忠孝之上。由于小说发表于西方影响日盛的历史时代，旧的行为规范正面临挑战，这个开放式的结局给读者留下了丰富的想象空间。

该短篇小说的发表比赛义德的《东方学》及赵健秀等的《唉咿!》早了几十年，但其中已经包含了这些理论主张的核心概念。虽然更为常见的是学者将现有理论运用于文学中，但我的分析表明，从小说作品中产生理论同样是贴切的、有益的。冰心早在"二战"前就揭露了施女士隐匿于对中国文化的欣赏，对淑贞的爱怜这一"温情脉脉"面纱之下的殖民心态，并通过天锡之口，明确道出白人传教士之东方主义人种学者的凝视，显现出她比其时代更具见识。正如多米尼加·费伦斯（Dominika Ferens）所指出的，"定义亚洲"，在19世纪"很大程度上是传教士及普通旅行者之职责"（19）。《相片》为我们提供了一个早期文学个案，揭示新英格兰的传教士如何积累此类人种学知识，施女士如何按照此类对东方的刻板化理念来培养淑贞。天锡建议淑贞多与美国人交往，以此来了解另一文化，这似乎是了解"他者"的更为可行的方式。虽然天锡也对西方加以归纳["我总是佩服西方人的活泼与勇敢……，我很少看见美国青年有像我们这般忧郁多感的。"（冰心2006：403）]，但其见解是从实际交往而不是基于人种学研究得来的。小说中的施女士尽管在中国待了数十年，但选择了崇尚以古代艺术形式存在的中国文化，却把自己和养女与现实中活生生的中国人隔离开来。

该短篇小说犀利地批判那种简单下结论的认知方式，并预示了赛义德的精辟见解，即"将西方与东方分隔之界线……与其说是自然使然，远不如说它是人为制造的更符合事实"（1986年，转引自Dirlik 1997：106）。小说中，施女士与淑贞同样具有内向性格；她视淑贞为旧中国之体现而天锡则视其为新的中国之化身；施女士与其传教士同胞就中国是文明的摇篮抑或是野蛮人的温床产生分歧；天锡所形成的美国人热情开朗的印象完全不适用于施女士身上，这种种矛盾的事实都表明，人们需要超越二元对立的主体间的知识。

这一叙事同时也模糊了中国与美国华裔写作之界限。在说明东方主义的三个方面——施女士的种族主义之爱、美国传教士的种族主义之恨以及淑贞无意中扮演的"模范少数族裔"的刻板印象——小说所捕捉的许多重要主题，正是后来《唉咿!》的编者所阐述的。此外，小说描写在华白人妇女及在美华人青年的疏离感时，揭示了跨国移徙及文化适应之艰辛复杂的过程。施女士在中国和美国的双重流亡感与许多早期亚洲移民，包括康永山（Younghill Kang）的《东方走向西方》

(*East goes West*，1937)中的主角、桑托斯(Bienvenido Santos)的《苹果之香》(*Scent of Apples*，1955)中的农民以及拉赫瑞(Jhump Lahiri)的《同名者》(*The Namesake*，2003)中的父母等的移民经验产生共鸣。同样，淑贞和天锡在新英格兰感受到的疏离感，与水仙花(伊迪丝·伊顿)在《一个欧亚裔人的回忆拾零》(*Leaves from the Mental Portfolio of an Eurasian*，1909)中所描述的经验非常相似；但《相片》与水仙花的短篇小说《乒与乓》(*Pat and Pan*，1912)却形成鲜明对比：在《乒与乓》中，收养母亲与其所收养的孩子的种族身份正好换位，而作者通过跨种族收养"批判了传教士的同化进程"(Callahan 2011：158)。同时，淑贞与天锡所遭遇的"人格物化"也使人想起夫野渡名(温尼弗雷德·伊顿)(Onoto Watanna/Winnifred Eaton)的《樱次郎与三头少女之恋爱故事》(*The Loves of Sakura jiro and the Three Headed Maid*，1903)中的樱次郎(Sakura Jiro)，该故事讲述了一个日本移民如何在新大陆以表演惹人注目的畸形人节目来勉强维生。

而林露德(Ruthanne Lum McCunn)的传记小说《木鱼歌》(*Wooden Fish Songs*，1995)与《相片》尤其具有可比性。《木鱼歌》描绘了范妮(一个白人妇女)对其收养的中国儿子刘锦浓(Lue Gim Long，1858—1925)占有性的爱。施女士与范妮这位"白人妈妈"具有很多共性。范妮认为刘锦浓是她的"创造"，把他既当农务黑奴又当家务黑奴使唤，要他照料果园，服侍于她的病榻前；施女士试图按照自己既有的东方主义形象来塑造淑贞，并希望得到对方无条件的感恩。唯一不同的是，范妮把刘锦浓基督徒的行为举止归功于自己的影响，而施女士则把淑贞的沉静归因于东方女性气质。

考虑到《相片》与亚裔美国文学文本的诸多共性，我建议将其与蒋彝、林语堂、容闳和伍廷芳等人的作品一起归为早期美国华裔写作。与上述作家一样，冰心曾在美国度过相当一段时间而且在其作品中(至少在此短篇小说中)书写美国亚裔的经验，符合张敬珏(King-Kok Cheung)与斯丹·尤根(Stan Yogi)在《亚裔美国文学：注释书目》中对亚裔美国作家的宽泛定义(1988：v-vi.)。我们论及的许多"二战"前华人作家都聚焦在美华人的美国经验，唯独冰心关注一名欧裔美国女性在中国的相应经验。

该故事与亚裔美国文学亲缘关系在批判美国东方主义和中国父权家长制方面表现尤其明显。中国亚美文学研究先驱学者及北京亚美文学研究中心创始人吴冰(也是冰心的女儿)，曾有一篇论文题为《从华裔美国文学中了解美国、中国及华裔之美国》(2008a)。通过描写新英格兰的基督教会、"二战"前中国的生活以及在美国华人青年的经验，《相片》有助于人们了解吴冰所讲的三个方面。吴冰认为亚裔美国文学是中国读者的"反思文学"，质疑"滴水之恩，当以泉涌相报"的报恩思想——这个故事也符合这一说法，因为它促使人们思考中国传统价值观之局限与长处。不同于邱、李二人将淑贞视为中国文化的两个积极面之化身，即旧中国的传统美德和新生中国的进步力量(2000：22)，我认为，作者希望我们以批判性的眼光审视传统所灌输的缄默寡言、恭顺尽孝之观念及报恩思想。

这些价值观，经施女士的西方眼光陌生化之后，更具令人不安的意味，使作者得以同时批评美国东方主义和旧时中国女性典范。施女士不断强调沉默这一"东方"美德以及相信回中国后淑贞将继续对她尽忠尽孝，这并不仅仅是暴露其刻板眼光。因为除了怕淑贞出嫁而失去养女的恐惧，施女士的其他家庭观念——或许也对青年人的成长有害——与传统的中国父母相比并无多大的差异。在遇到天锡前，淑贞遵从的不仅是白人养母，也是中国父权制对女性的规定。在新英格兰，当施女士在教堂集会上介绍中国时，淑贞静静地坐在一旁，允许这个美国母亲作为中国文化之唯一权威，这无异于与文化霸权共谋。尽管天锡也不愿在美国听众面前介绍中国，但这是出于他合理的推论，即任何关于这个泱泱大国的论断都不可避免地流于简单武断。天锡与施女士不同的另一方面是，他眼中的"新中国"之形象——活泼、热情、外向——正如其为淑贞拍摄的相片所捕捉到的，为女性特质提供了另一定义，这种女性特质定然比施女士所喜爱的中国画中那种腼腆、纤弱的人物形象更具活力。

就当下广泛存在的跨国收养来看，对传统价值的归属、保护与重新刻写还有着广泛而深远的影响。克伦认为，冷战时期对亚洲孤儿的跨种族收养并不是个人的私人行为，而是伴随着政治后果的文化议题。《相片》中的跨种族收养，可以被解读为克伦所述的冷战时期收养模式的先例，为一直争议不休的对跨种族被收养者文化培养途径的长期可行性作出了令人警醒的贡献——尤其是针对那些欧美裔父母收养中国女孩的个案。被收养子女是否应按照中国传统价值观或根据养父母的习俗和信仰来抚养？这显然是个棘手的问题。但正如郑永生所指出的，围绕跨种族和跨国家收养所产生的问题，是"对西方在文化身份和真实性问题上所持文化态度的重要思考"。(64)对于为白人养父母所广泛接受，旨在帮助在美的中国被收养人了解其祖先文化的"遗产事业"，郑提出了自己的疑虑：

> 这种选择不可能是基于实实在在的生活经验，而是基于文化刻板印象……其结果是经常（且无意识地）造成东方主义以及对某一被异国情调化的他者性的拜物心理，对被异国情调化但已逝去的过去的缅怀，或是陷入雷纳多·罗萨尔多所说的"帝国主义之怀旧情绪"……当不涉及种族差异时，也就是说当被领养者是白种婴儿时，我们不会担心同样的原真性问题。(2004：79—80)

基于种族差异和个人喜好，施女士有意识地避免淑贞受其西方文化传统的影响，她故意不与淑贞说英语，不教她美国文化，但这种做法剥夺了其养女宝贵的双语及双文化经验。强调通过跨文化交流来拓展自我重要性的，反而是天锡——这位西方传教士最激烈的批评者："我想我们应该利用这国外光阴，来游历，来读书,"他告诉淑贞,"我总是佩服西方人的活泼与勇敢……您也应该加入他们的团体,来活泼您的天机。"(冰心2006:403)

施女士对其养女怀旧式的、文化主义的建构,如前所述,被天锡对淑贞的印象削弱,天锡认为充满朝气的淑贞体现着"新的中国"的形象,这形象作为捣毁偶像的五四运动(1919—1926)及其后的中国性体现,其真实性绝不亚于施女士的怀旧式中国印象。这一时期,中国质疑儒家文化思想,西方观念的优势地位得以确立。早在跨国收养事例激增之前,这一反映跨国接触的早期文学故事就已经告诫人们,将被收养人本质主义化以及将他们作为文化战利品看待存在着危险。

最后,这个故事令笔者想到人们对冰心带性别倾向的接受。虽然冰心被认为是五四白话文运动的先锋之一而备受尊敬,其作品被收进中国的中小学教材,但她主要是作为面向青少年读者的作家而知名的。从某种方面讲,其原因是不言自明的。作者显然将创作精力的大部分投入为年轻读者写作——其著名书信集即是以《致小读者》为书名。但是,我认为,其身为女性的性别身份进一步使其被归类为主要关注"家庭事务"而不是国家和跨国问题的作家。在一篇谈论她所喜爱的作家巴金的杂文中,冰心曾为了获得"更多的稿费"而采用"男士"作为笔名(2005:400)。在这一点上,她的情形和与其同时代的赛珍珠(1892—1973)类似:赛珍珠后期的许多小说都用男性笔名约翰·西吉斯(John Sedges)发表,因为尽管她作为'大众欢迎的中国专家',而享有'很高的声誉'……其作品却一直被看作'女人的文学'……不同于伟大的男性作家的作品"(Yoshihara 2003:168)。与冰心同时代的"伟大的男性作家"是巴金、鲁迅、茅盾、老舍等,他们以其对封建中国的政治洞见和批判而引人注目,而冰心的名声则主要建立在其格调清新的散文、细腻微妙的心理描写以及爱情哲学上面。

然而,冰心或许是第一个在短篇小说中以一名美国妇女的故事来扭转东方主义之凝视的中国作家。历史学家大卫·罗迪格(David Roediger)指出,"白人作家长久以来一直被认为是对有色人种之生活、价值观和能力最为领先的、最冷静的观察者,而有色人种作家,尤其是非洲裔作家,被认为其所提供的有关少数族裔的生活和经验的见解往往十分主观"(Roediger 1998:4)。有鉴于此,将其拓展到太平洋区域的语境中,冰心挑战白色权威的这一尝试无疑极具突破性。除了施女士不在场时天锡与淑贞谈话这一部分外,《相片》是从一个对其东方主义倾向浑然不觉的白人妇女的视角叙述的。正如"相片"为题名颠倒了桑塔格所说的殖民主义关系,其叙事同样打乱了既定的东方主义等级秩序。在施女士将养女视为人种学考察对象加以观察的同时,其本人也受到作家冰心的凝视。

但冰心对施女士的刻画要比施女士对淑贞的观察更为细致。施女士心理之复杂性类似于弗兰克·卡普拉导演的《严将军的苦茶》(*The Bitter Tea of General Yen*,1933)中的白人女主角梅根·戴维斯(Megan Davis),这个女人觉得严将军具有的某种气质既吸引又拒斥着她,使她在"逃离严将军和把他转化为基督徒"之间犹豫、踌躇(Palumbo-Liu 1999：59)。施女士对中国的态度同样是纠结的：她决定留在中国反映了她作为女性的独立自主以及融入陌生文化的意愿，但她将淑贞当作中国娃娃永久留在身边做侍女的企图暴露了她"东方主义的忧郁症"和"帝国主义的怀旧病"。

不同于种族中心主义的作家，冰心在故事叙述中保持了一种细腻的交叉与平衡：在政治层面上，她同情淑贞，反对以施女士和新英格兰传教士为代表的美国东方主义；而在心理层面上，这种关系被颠倒过来——小说更主张美国个人主义和自我发展，而不是家庭和民族的认同。在心理层面上，中国对施女士的吸引力不亚于淑贞对美国的迷恋，作者似乎站在施女士这一边。虽然我聚焦于跨种族政治，强调作家预示东方主义的先见，但作品对施女士细致入微的刻画——对一个选择单身、在异国他乡度过了大半生的老年妇女绝佳的性格剖析——同样值得我们的关注、欣赏。借用德里克(Arif Dirlik)的话，施女士代表了"'被东方化的'东方主义者……她自己正处于进入'东方'的过程中"(1997：119)。

以后殖民理论和亚美研究的理论视野阅读这篇短篇小说，让我们看到了作者冰心极具先见和颠覆性的一面。其非凡气魄使她敢于让一个白人妇女独揽叙事"权威"，其娴熟的艺术手法表现出跨种族收养之动态性与复杂性；其文学感性使她得以关注叙事的政治和心理层面，跨越时空局限，实在令人叹服。在大多数中国作家将批判火力瞄准中国的封建制，视西方为拯救民族危亡之思想来源时，冰心却揭示了美国和中国之间的等级关系，并对帝国主义存在的危险发出警告。早在1934年，冰心就传达出东方主义与中国文化，欧洲中心主义与普遍性之间的差异，这是相当难能可贵的。

谨以此文纪念吴冰教授（编者按：吴冰，冰心之女，2012年3月30日去世，享年77岁。）

参考文献：

Bascara, Victor（2006）*Model Minority Imperialism*, Minneapolis： University of Minnesota Press
Bing Xin[冰　心]（1992）"The Photograph", in The *Photograph*, trans. Jeff Book, Beijing: Panda Books, pp.234-259.（2005）[1989] "About Men（8）: The Most Endearing and Admirable Author[关于男人（之八）：一位最可爱可佩的作家]" in 贾焕亭[Huanting Jia]（ed.）《冰心集》*Bing Xin Ji* [Collected Works by Bing Xin], Guangzhou, China：花城出版社[Huacheng Chubanshe], pp.399-401.（2006）[1934] "相　片[The Photograph]" in《冰心作品精编》[*Bing Xin Zuopin Jingbian*]ed.RuZhuo[卓　如], Guilin, China：漓江出版社[Lijiang Chubanshe], pp.393~406
Callahan, Cynthia（2011）*Kin of Another Kind: Transracial Adoption in American Literature*, Ann Arbor：University of Michigan Press
Cheng, Vincent John（2004）*Inauthentic: The Anxiety over Culture and Identity*, New Brunswick：Rutgers University Press
Cheung, King-Kok, and Stan Yogi, eds（1988）*Asian American Literature: An Annotated Bibliography*, NewYork：Modern Language Association of America
Chin, Frank, and Jeffery Paul Chan（1972） "Racist Love." *Seeing Through Shuck*. Ed. Richard Kostelanetz.New York：Ballantine：65~79
Chin, Frank, Jeffery Paul Chan, Lawson Fusao Inada, and Shawn Wong, eds（1983）[1974] "An Introduction to Chinese-and Japanese-American Literature", in *AIIIEEEEE! An Anthology of Asian-American Writers*.Washington, D.C.：Howard University Press
Chow, Rey（1993）*Writing Diaspora: Tactics of Intervention in Contemporary Cultural Studies*, Bloomington：Indiana University Press
Christian, Barbara（1987） "The Race for Theory." *Cultural Critique* 6（Spring）：51-64
Dirlik, Arif（1997）*The Postcolonial Aura: Third World Criticism in the Age of Global Capitalism*, Boulder, CO：Westview Press
Ferens, Dominika（2002）*Edith and Winifred Eaton: Chinatown Missions and Japanese Romances*, Urbana： University of Illinois Press
Ford（Hosford）, Stacilee（2002） "Gendered Exceptionalisms: American Women in Hong Kong and Macau, " diss.University of Hong Kong.（2011）*Troubling American Women: Narratives of Gender and Nation in Hong Kong*, Hong Kong：Hong Kong University Press
Hurston, Zora Neale（1990）[1935] "Member Youse a Nigger", *Mules and Men*. New York： Harper & Row, pp.70~90
Kang, Younghill（1997）[1937]*East Goes West: The Making of an Oriental Yankee*, New York：Kaya
Klein, Christina（2003）Cold War Orientalism: Asia in the Middlebrow Imagination, 1945-1961, Berkeley, University of California Press

Lahiri, Jhumpa (2003) *The Namesake*, Boston: Houghton Mifflin
McCunn, Ruthanne Lum (2007) [1995] *Wooden Fish Songs*, Seattle: University of Washington Press
Palumbo-Liu, David (1999) *Asian/American: Historical Crossings of a Racial Frontier.* Stanford: Stanford University Press
Qiu, Yanping and Li, Baiqing[邱艳萍、李柏青](2000) "Culture and Character in the Mirror: An Analysis of Bing Xin's 'The Photograph' [镜想中的文化与人性—冰心小说《相片》读解]"*Xiongzhou University Newsletter*[琼州大学学报]1: 21~32
Roediger, David R.ed. (1998) *Black on White: Black Writers on What It Means to Be White*, New York: Schoken Books
Said, Edward W (1994) *Culture and Imperialism*, New York: Vintage. (1979) *Orientalism*, New York: Vintage-RandomHouse. (1986) "Orientalism Reconsidered", in Francis Baker et al. (eds) *Literature, Politics, and Theory: Papers from the EssexConference, 1976–84*, London: Methuen: 210~229
Santos, Bienvenido (1979) [1955] "Scent of Apples", in *Scent of Apples: A Collection of Short Stories*, Seattle: University of Washington Press, pp.21~29
Shu-mei, Shih (2001) *The Lure of the Modern*, Berkeley: University of California Press
Sontag, Susan (1973) *On Photography*, New York: Farrar Straus and Giroux
Sui Sin Far [Edith Eaton] (1995) [1909] "Leaves from the Mental Portfolio of an Eurasian", in Amy Ling and AnnetteWhite-Parks (eds) *Mrs.Spring Fragrance and Other Writings*, Urbana and Chicago: University of Illinois Press, pp.218~230
(1995)[1912]. "Pat and Pan", in Amy Ling and Annette White-Parks (eds) *Mrs.Spring Fragrance and Other Writings*, Urbana and Chicago: University of Illinois Press, pp.160~166
Watanna, Onoto[Winnifred Eaton]2003[1903] "The Loves of Sakura Jiro and the Three Headed Maid", in Linda TrinhMoser and Elizabeth Rooney (eds) *"A Half Caste" and Other Writings*, Urbana and Chicago: University of Chicago Press, pp.60~66
Wu Bing (2008) "Reading Chinese American Literature to Learn about America, China, and Chinese America", *Amerasia Journal* 34.2: 99~108
吴冰(2008) "关于华裔美国文学研究的思考[Concerning Asian American Literary Studies]",《外国文学评论》*Foreign Literary Criticism* 2: 15~23
Yoshihara, Mari (2003) *Embracing the East: White Women and American Orientalism*, New York: Oxford University Press.

《超人》的精神分析学细读
——兼谈《沉沦》与《狂人日记》

管冠生

摘要：《超人》文本与精神分析学说有着内在的联系。他的梦的隐意只有通过精神分析理论才能挖掘出来：母亲是何彬性爱的对象，但"父亲"压抑着这一欲望，何彬乃将性冲动升华为对圣洁母爱的皈依。冰心"爱的哲学"的重大缺陷便是忽略了"父亲"形象，不能认识到爱是一种统治关系，人与人之间不只是互相牵连，而且存在各种斗争。对爱做出深刻省思的是狂人。因此，从某种意义上说，中国现代文学叙事始于对中国人事的精神分析。

关键词：超人；何彬；爱的哲学；父亲；《狂人日记》

学术界普遍认为，《超人》表现了冰心的"爱的哲学"，和鲁迅文本的深刻与多义比较起来，迄今不多的对《超人》文本的阐释仍然停留在字面理解的"爱的哲学"范围内。本文将参考弗洛伊德的精神分析理论，并在与鲁迅、郁达夫的比较视野中，重新理解《超人》及其"爱的哲学"。

一

《超人》主人公何彬是一个冷酷的青年，与任何人都没有关系。他说：

> 世界是虚空的，人生是无意识的。人和人，和宇宙，和万物的聚合，都不过如同演剧一般：上了台是父子母女，亲密的了不得；下了台，摘下假面具，便各自散了。哭一场也是这么一回事，笑一场也是这么一回事，与其互相牵连，不如互相遗弃；而且尼采说得好，爱和怜悯都是恶……程姥姥听着虽然不很明白，却也懂得一半，便笑道："要这样，活在世上有什么意思？死了，灭了，岂不更好，何必穿衣吃饭？"他微笑道："这样，岂不又太把自己和世界都看

作者简介：管冠生（1977—　），男，山东诸城人，泰山学院文学与传媒学院副教授，文学博士；研究方向是现代文学考古与文学游戏。
本文原载：《太原学院报（社会科学版）》2016年12月第17卷第6期总第70期。

重了。不如行云流水似的,随他去就完了。"

按照弗洛伊德的看法,我们受到来自三方面的痛苦的威胁:(1)来自我们的肉体;(2)来自外部世界;(3)来自我们与他人的关系。"来自与他人关系方面的痛苦也许比任何其他痛苦更严重",而避免它的"最便利的保护措施是自动离群索居"[1]。看来,何彬就是这样一个主动离群索居免受痛苦的人。

何彬的话该如何理解呢?程姥姥的话表达了两个意思:(1)活着没意思;(2)最好是死灭。她"懂得一半",这一半就是第(1)个意思,是对何彬所说"世界是虚空的"之理解。何彬不同意程姥姥的第(2)个意思,认为人生最好的存在方式是"行云流水似的,随他去",这该如何理解呢?何彬前面说"上了台是父子母女,亲密的了不得;下了台,摘下假面具,便各自散了",这意味着在台上,人与人之间的关系是文明的、亲密的;下了台,方露出为己为我之真面目、自私自利之本能。唯有在"台下"才表现出了心理之真实与真实之心理。所谓"行云流水似的,随他去",即随着本能,自然地、真实地生活。

"台上"与"台下"之区分,类似于弗洛伊德表层心理学与深层心理学之区分。弗洛伊德把他提出的无意识学说称为深层心理学,透过人的精神生活的表层,去揭示人的全部精神生活的基础与动力。弗洛伊德以冰山为喻,人的全部精神生活好似坐落在大海里的冰山,浮出海面的仅是一小部分山体(意识领域),海洋下面的巨大山体才是人的精神生活的更广阔的部分。这是弗洛伊德的第一个心灵模型——地形学模型,以意识的不同层次作为基础。何彬所言"人生是无意识的"是一句精神分析理论的真理。精神分析把一切心理的东西首先看作是无意识的,或者说"精神分析的第一个令人不快的命题是:心理过程主要是潜意识的,至于意识的心理过程则仅仅是整个心灵的分离的部分和动作"[2](越过翻译用语的不同,这里把"无意识"和"潜意识"视为同义)。但与弗洛伊德不同,何彬及"爱的哲学"并未深入"台下"做继续的探究,而是止于"台上"与"台下"之对立,得出人生虚伪之观感而已("爱的哲学"本无多少哲学气息与思想深度)。远离虚伪的途径,就目前来看,便是离群索居。

"世界是虚空的,人生是无意识的",何彬因此思想意识而炼成超人。冰心的另一篇小说《烦闷》做了更深层的描述与解释。《烦闷》中的"他"抑郁烦躁,看透了社会人生,写了篇短文《青年人的危机》:

> 青年人一步一步的走进社会,他逐渐的看破"社会之谜"。使他平日对于社会的钦慕敬礼,渐渐的云消雾灭,渐渐的看不起人。
>
> 社会上的一切现象,原是只可远观的。青年人当初太看得起社会,自己想象的兴味,也太浓厚;到了如今,他只有悲观,只有冷笑。他心烦意乱,似乎要往自杀的道上走。

原来一切都只是这般如此,说破不值一钱。

他当初以为好的,以为百蹶不能至的,原来也只是如此。——这时他无有了敬礼的标准,无有了希望的目的;只剩他自己独往独来,孤寂凄凉的在这虚伪痛苦的世界中翻转。

他由看不起人,渐渐的没了他"爱"的本能,渐渐的和人类绝了来往;视一切友谊,若有若无,可有可无。

看来,何彬和"他"皆认为世界虚空、社会悲观,从而炼成了超人、"和人类绝了来往",最根本的是他们掩埋了自己爱的本能。爱有多种表现形式,如父母之爱,性爱,朋友之爱,对祖国的爱,对人类的爱,等等。精神分析的看法是,"爱"这个词所指的东西的核心,就是以性结合为目的的性爱,那些爱的多种表现形式"是同样的本能冲动的表现:在两性之间的关系中,这些冲动迫切地趋向性的结合,但在其他场合中,它们离开了这一目标,或者避免实现这一目标,尽管它们总是保持着它们原初的本性,足以使得它们的身份成为可认识的"[3],而何彬他们及"爱的哲学"选择的突破口或最终的依靠则是"母爱"。

二

何彬是如何想到母爱的?因黑夜里的呻吟:

这一夜他忽然醒了。听得对面楼下凄惨的呻吟着,这痛苦的声音,断断续续的,在这沉寂的黑夜里只管颤动。他虽然毫不动心,却也搅得他一夜睡不着。月光如水,从窗纱外泻将进来,他想起了许多幼年的事情,——慈爱的母亲,天上的繁星,院子里的花……他的脑子累极了,极力的想摈绝这些思想,无奈这些事只管奔凑了来,直到天明,才微微的合一合眼。

呻吟的声音,渐渐的轻了,月儿也渐渐的缺了。何彬还是朦朦胧胧的——慈爱的母亲,天上的繁星,院子里的花……他的脑子累极了,竭力的想摈绝这些思想,无奈这些事只管奔凑了来。

何彬听到"对面楼下凄惨的呻吟着……在这沉寂的黑夜里只管颤动",无论如何让他不得安眠。他"忍受"了6个晚上,第七天问起程姥姥,得知是12岁的孩子禄儿摔伤了腿而发出的呻吟。可是,男女交合时不也会发出让黑夜颤动的呻吟吗?何彬因暗夜里的呻吟而想到母亲,有性的欲望吗?这种问题初看上去是不道德的、无耻的,但何彬后来做梦梦到了母亲,"十几年来隐藏起来的爱的神情,又呈露在何彬的脸上;十几年来不见点滴的泪儿,也珍珠般散落了下来",爱的神情为什么要隐藏十几年呢?"所有被忘掉的事实在某种意义上都是一些痛苦的经历。就患者的人格标准而言,这些经历或者是可惊的,或者是痛苦的,或者是羞耻的。"[4]

于是某些被刻意忘掉的东西在那个梦中重现了。

何彬先付钱为禄儿治好了腿。呻吟声止住了，他恢复了常态，"至人无梦"地睡着，并冷冷地拒绝禄儿的感谢。当他要买绳子的时候，"他踌躇着四围看了一看，一个仆人都没有，便唤：'禄儿，你替我买几根绳子来。'"看来，何彬是固执地拒绝禄儿进入他的意识之中的，拒绝这个"深夜的病人"重现，拒绝深夜的呻吟，拒绝某种事物在场。然而，禄儿还是出现了。何彬做了一个梦：

  微微的风，吹扬着他额前的短发，吹干了他头上的汗珠，也渐渐的将他扇进梦里去。
  四面的白壁，一天的微光，屋角几堆的黑影。时间一分一分的过去了。
  慈爱的母亲，满天的繁星，院子里的花。不想了，——烦闷……闷……
  黑影漫上屋顶去，什么都看不见了，时间一分一分的过去了。
  风大了，那壁厢放起光明。繁星历乱的飞舞进来。星光中间，缓缓的走进一个白衣的妇女，右手撩着裙子，左手按着额前。走近了，清香随将过来；渐渐的俯下身来看着，静穆不动的看着，——目光里充满了爱。
  神经一时都麻木了！起来罢，不能，这是摇篮里，呀！母亲，——慈爱的母亲。
  母亲呵！我要起来坐在你的怀里，你抱我起来坐在你的怀里。
  母亲呵！我们只是互相牵连，永远不互相遗弃。
  渐渐的向后退了，目光仍旧充满了爱。模糊了，星落如雨，横飞着都聚到屋角的黑影上。——"母亲呵，别走，别走！……"
  十几年来隐藏起来的爱的神情，又呈露在何彬的脸上；十几年来不见点滴的泪儿，也珍珠般散落了下来。

梦的形成可以由两种方式引起，"一方面，或者是通常受压抑的本能冲动（潜意识的欲望）在睡眠中达到了足以被自我感受的强度；另一方面，或者是醒时遗留的驱力——附有全部冲突着的冲动前意识思想链条——在睡眠中得到了来自潜意识因素的强化"。禄儿的呻吟声曾搅得何彬一夜睡不着，使他想起了许多幼年的事情，他虽极力摒绝这些念头，"无奈这些事只管奔凑了来"，何彬这个梦的形成自然受到这种醒时遗留的驱力的影响，此外可有某种受压抑的本能冲动表现了出来？这种本能冲动是何彬做梦前后未能认识到的。"梦中的回忆比醒时的回忆要有多得多的内涵，梦所恢复的记忆是梦者已遗忘的，也是他醒时难以重现的"，这是弗洛伊德界定的梦的四个特征之一。其他三个特征包括：梦无限制地运用语言符号，其意义绝大多数不为梦者所知；梦中的回忆常常重现梦者幼年的印象，据此可以尝试去重新建构梦者的早期生活；梦使用的某些材料与生俱来，先于任何个人的经验，而受着祖先的影响[5]。通过下面对何彬这个梦的解析，我们发现它非常符合上述特征。我不认为这是冰心在创作时有意为之，而是无意识的，作者并不完全清楚她所创造的何彬的这个梦到底意味着什么——这恰恰说明了文学评论的必要性与有用性。

首先，梦中的这个白衣妇女为什么要"右手撩着裙子，左手按着额前"？何彬的梦为什么要以这两个动作来描述这个妇女呢？它从这个妇女的下半身开始。如果说"撩起裙子"，是因为裙子长，担心走路不便利，那么这个妇女为什么不双手撩着裙子，却又用左手按着额前？她为什么不把自己的面目完全呈现出来？妇女走近，俯下身来，看着何彬——我们不得不承认这些动作表现了性欲的气氛，富含性的意味。这个妇女是何彬性爱的对象，何彬不想承认、不愿意看到她是自己的母亲！

"神经一时都麻木了"，这表示一种让人迷醉的快感。"起来罢"，本意是生殖器勃起，但"不能"，为什么？原来在梦中，何彬把自己倒退回了摇篮时代，把自己又重新变回了一个无能的婴儿。这时候，这个白衣妇女，"呀！"，忽然变成了他的母亲，"慈爱的母亲"。可是，男孩的第一个性欲对象就是他的母亲，他得学会把对母亲的爱欲压抑住、转移开去，否则便有导致乱伦的危险。但，对母亲的爱欲不会完全彻底地消失，满足恋母情结的最安全的方式或许就是自己躺在摇篮里，尽情接受母亲的触摸与爱抚。"我要起来坐在你的怀里"，但何彬自己已不能起来，他处于性无能状态，完全丧失了任何主动性，转而恳求母亲"你抱我起来坐在你的怀里"，"爱欲渴望着接触，因为它力求使自我和被爱的对象成为一体，消除它们之间所有的空间障碍"[6]，母亲却离他而去了。在梦中，何彬以倒退回婴儿状态的方式获得了母亲的关注，仅仅是关注（"目光里充满了爱"）还不够，他渴望与母亲拥抱抚摸，"永远不互相遗弃"，但存在一种力量使他的伎俩、他的欲望不能最终得逞或满足。

这就是超我，以良心、理想、羞耻感、罪恶感等形式表现出来的强大的支配性力量，父亲是它的生物学起源。冰心"爱的哲学"的形象代言人，可以是母亲，可以是儿童，但从来不是父亲，自始至终没有出现父亲的身影。这并不意味着"父亲"的消失，而是他早已嵌入了何彬的内心之中，对何彬的精神生活施加着后者并未自觉到的影响，压抑着何彬对母亲的潜在欲望。即便何彬逃遁到摇篮里，他也未能摆脱"父亲"的监视。

这里出现的问题是：超我在群体与社会中体现为秩序、权威与道德，然而前面引述过，青年人一步步走进社会，逐渐看破"社会之谜"，"无有了敬礼的标准"，只有悲观冷笑，做起了超人，超我似乎瓦解了。其实没有，至少何彬没有。"凡带一点生气的东西，他都不爱；屋里连一朵花，一根草，都没有，冷阴阴的如同山洞一般"，但"书架上却堆满了书"，何彬上班回来便闷在屋里看书——书，文明教化的载体，就是一个伴随他左右的"父亲"。他从没接到过别人的信，也从不给人写信，超我的力量并未显现。在这个梦之后，他给禄儿留下了一封信，信中承认他的"罪恶",承认他是"冒罪丛过的",从前认为世界是虚空的,并拒绝爱与怜悯、拒绝宇宙和人生等,皆是错误的。超人并未能摆脱超我,但他选择了忽略,选择了洁身自好,选择了"随他去",而忘记了斗争。

三

然而,在这封信中,何彬同时承认了"人生是无意识的"也是错误的。这恰恰表明了何彬的认识及"爱的哲学"的重大缺陷。

在这个梦之后,在互相的通信中,何彬和禄儿完成了这样一个逻辑推理:

禄儿说:"我的母亲和先生的母亲是好朋友",因为她们都爱自己的儿子。何彬接过来,说:"世界上的儿子和儿子也都是好朋友",于是,世界上的母亲和儿子"都是牵连,不是互相遗弃的"。

这种推论的问题是:每个儿子除了母亲之外,还有父亲!对于父亲,每个儿子都面临着弑父娶母情结的考验。人与人之间不仅仅只有爱的互相牵连,还存在着斗争、屈服、压抑以及其他种种暴力形式。通过这个梦,何彬认识到人与人之间其实是互相牵连的,但这种认识浅尝辄止,浮于意识表面,应该继续探究人与人之间到底是如何牵连的。

就何彬与禄儿的牵连来说,他给禄儿钱,原本不是为了爱,而是出于自私自利的初衷——不想听到黑夜里的呻吟,使他睡不着觉。禄儿却一直在寻找机会"报先生的恩德",他的好意又使得何彬梦到了自己的母亲,颠覆了此前对人生与社会的看法。因此,禄儿"拯救"了他,成了他一生的债主,他背负着无法偿还的债务——"我是空无所有的,更没有东西配送给你",只好用月亮作篮、星儿作花编制一个抽象的花篮送给禄儿,虽然后者并不理解这个礼物到底是什么。

在冰心"爱的哲学"里,母亲或者儿童往往能以和平而强大的力量扭转某个成人的思想。《烦闷》中的"他"最终也是从母爱和孩子中得到了安慰:"光影以内,只有母亲的温柔的爱,和孩子天真极乐的睡眠。他站住了,凝望道,'人生只要他一辈子是如此!'这时他一天的愁烦,都驱出心头,却涌作爱感之泪,聚在眼底。"在另一篇小说《世界上有的是快乐……光明》中,青年凌瑜接触到社会上各种令人愤激苦恼的事情,悲观绝望,来到海边要自杀,两个10岁左右的孩子正在沙滩上玩耍(用沙堆起一座小城,插着国旗),凌瑜帮他们采花,他们告诉他:"先生,世界上有的是光明,有的是快乐,请你自己去找罢!不要走那一条黑暗悲惨的道路",在凌瑜听来如云端天乐,两个孩子如同天使。凌瑜跪在沙滩上,泪流满面,接受了这一神启。无疑,何彬凌瑜们的转变方式是和平的、纯真的,转变后的状态是积极的、美好的,但这些都不能掩盖一个本质事实:爱是一种统治,一种权力关系,它演变为一场自我对自我的斗争。这就意味着,人与人之间虽互相牵连,但这种关系实质上是不平等的。面对同一个所爱的女人,父亲和儿子的地位与力量是不平等的，儿子要屈服，要同父亲认同；何彬与程姥姥、禄儿相比，有着更多的金钱和更好的社会地位，因而表现出了更大的主动性。并且，在"爱的哲学"里，母亲或孩子就仿佛是神，对成年人施加着魔术般的支配力量。如果说超我的本来面目是父亲，那么在"爱的哲学"里它被置换成了温柔的母亲或天真的孩子，但都行使着同样的功能。

在冰心"爱的哲学"中，母爱与童年是不再被质疑与分析的所在，它们是人生最后的希望与依赖。然而，不能透视、不敢正视"爱的哲学"所内藏着的真相，我们就不可能建立起人与人之间、人与社会之间真正合理而美好的关系。何彬们认识到人与人之间互相牵连，这是客观的事实；如果就此止步，那么母亲和孩子之间的关联就是它的理想和典范。但其中被压抑的东西还没有被完全揭示、释放出来，以母爱的神圣与儿童的天真取消了继续审思，就等于取消了向前发展进步的可能性。弗洛伊德"实在搞不清楚，为什么我们总以为兄弟姐妹永远是相亲相爱的，因为，每个人事实上都曾有过对其兄姐的敌意，而且我们常能证明出这种疏远是来自童年期的心理，并且有些还持续迄今"[7]；黑格尔则认为孩子的天真是无价值的和短命的，"这种无知的天真也许会可笑地被认作理想并渴望回到这种状态去"[8]。抽象的爱让我们无知，理性的审思则让我们清醒。存在于人与人之间的首要的事实不是互相牵连，而是各种各样的不平等。因此，在罗尔斯的正义论框架中，在基本自由前，人与人皆平等的分配与享有，是正义的两个原则中的第一个原则，优先的原则。理性地、全面地解决不平等问题（这需要持续不懈的斗争），才是社会谋求转变与发展进步的良性标志，而不是依靠某种类型的爱。

四

何彬的超人境界在五四文学世界中并非个例。郁达夫的"零余者"（以《沉沦》为例）和鲁迅的"独异个人"（以《狂人日记》为例）可视为超人的异姓兄弟。说他们是兄弟，因为他们面孔相似；说他们异姓，因为他们有着不同的精神特质。

《沉沦》开始这样写道：

> 他近来觉得孤冷得可怜。
>
> 他的早熟的性情，竟把他挤到与世人绝不相容的境地去，世人与他的中间介在的那一道屏障，愈筑愈高了。

同何彬相似，"零余者"亦与世人不容，过着独来独往的生活。但，超人绝口不谈性，零余者则窥浴、听淫、手淫、找侍女，备尝性的苦闷，备受自卑感与神经症的折磨。像超人把性升华为神圣的母爱一样，零余者也有自己的母亲——祖国母亲，他说"我再也不爱女人了，我再也不爱女人了。我就爱我的祖国，我就把我的祖国当作了情人罢"，蹈海自杀时，零余者希望祖国快富起来，强起来。

超人领悟到人与人之间是互相牵连的，零余者则在异国他乡的失意中痛感到个体命运与祖国命运是紧密联系的。前者的爱是母性的、和平的、可以推而广之的，后者的爱则明显带着对第三者（"无情的岛国"）的仇恨与报复。因此，超人获得新生，而零余者因无能而自杀。无论如何，超人和零余者皆（不得不）止步于某种伦理之爱，对爱做出深刻省思的是"狂人"。

在三兄弟当中，狂人年纪最长（日记第一节明确写着"我不见他，已是三十多年"，零余者21岁，超人是个"冷心肠的青年"），感受更为深刻：不仅仅是自己与周围的人不相容，那些人（包括孩子）还要害了自己。超人晚上睡不着，想"慈爱的母亲，满天的繁星，院子里的花"，零余者躺在被窝里遭受"始祖传来的苦闷"，狂人则在进行深入的研究：

> 凡事总须研究，才会明白。古来时常吃人，我也还记得，可是不甚清楚。我翻开历史一查，这历史没有年代，歪歪斜斜的每页上都写着"仁义道德"几个字。我横竖睡不着，仔细看了半夜，才从字缝里看出字来，满本都写着两个字是"吃人"！

他的研究发现，中国的历史叙述如同弗洛伊德所揭示的梦的结构：历史叙述的显意是仁义道德，隐意则是"人吃人"，即人阉割人、人统治人。男性对女性的统治则是"人吃人"的典型与原型。历来的解读与评论皆重视狂人的这个发现，但就狂人来说，让他震惊的并不是这个"人吃人"的发现，而是在爱的名义下，大哥竟然在"吃"他：

> 这一件大发见（现），虽似意外，也在意中：合伙吃我的人，便是我的哥哥！
> 吃人的是我哥哥！
> 我是吃人的人的兄弟！
> 我自己被人吃了，可仍然是吃人的人的兄弟！

狂人一口气用了四个感叹句，虽然它们表达的意思大同小异，但它们的并置让人直观地感受到这个发现对狂人的情感与思想的冲击力度！先前的发现仿佛一个客观的历史事实，哥哥吃兄弟的发现则让狂人彻底明白所谓的爱实质上是一种暴力统治。狂人在日记中并未提及生物学父亲，"大哥正管着家务"，这意味着狂人的生物学父亲已经死了，但大哥行使着"父亲"超我的功能。狂人跟这个"父亲"作斗争，跟超我暴力作斗争，不想退回到母爱当中（因为这样虽然安全，但付出的代价太大——阉割自己的主体性与主动性），而是要脱胎换骨做"真的人"："你们可以改了，从真心改起！要晓得将来容不得吃人的人，活在世上。"尽管狂人的斗争失败了，"救救孩子"的呼声是多么无力，但与超人退回到母爱的怀抱（即退回到过去）、零余者空洞地说祖国快富强起来（即寄希望于将来）不同，狂人立足于历史反思与爱的批判,他是三兄弟中活得最痛苦的。

20世纪40年代,有人提出一种观点,认为"五四以来的种种解放运动,根本意义就在于要灭杀数千年来的超我的权威。反而观之,也就是要给阿物以空前的宣泄机会","人家花费了数百年的工夫,解放阿物,解放个性,现在正好开始建设新超我,加紧群体的组织。我们却要同一时间内,两者并行,一面赶造强有力的个人,一面赶造强有力的社会与国家。这两个目标,最容易冲突不过,但平行推进,并不是不可能的"[9]。受此观点启发,我认为,从某种意义上说,中国现代文学就始于对中国人事的精神分析。超人的梦回母爱,零余者的性变态与祖国之爱,狂人的历史反思与爱的批判,这三种不同工作其实是互补的,它们合力共同致力于重塑自然、理性、美好、强大的中国人与中国形象!

参考文献:

[1]弗洛伊德.文明及其不满[C]//弗洛伊德.论文明.徐洋,等,译.北京:国际文化出版公司,2000:76

[2]弗洛伊德.精神分析引论[M].高觉敷,译.北京:商务印书馆,2003:8

[3]弗洛伊德.群体心理学与自我的分析[C]//弗洛伊德·自我与本我.杨韶刚,高申春,熊哲宏,等,译.北京:九州出版社,2014:89~90

[4]弗洛伊德.弗洛伊德自传[M].张霁明,卓如飞,译.沈阳:辽宁人民出版社,1987:35

[5]弗洛伊德.精神分析纲要[C]//弗洛伊德.精神分析新论.葛鲁佳,译.北京:九州出版社,2014:300

[6]:弗洛伊德.抑制症状与焦虑[C]//弗洛伊德.自我与本我.杨韶刚,高申春,熊哲宏,等,译.北京:九州出版社,2014:256

[7]弗洛伊德.梦的解析[M].赖其万,符传孝,译.北京:作家出版社,1986:156

[8]黑格尔.精神哲学[M].杨祖陶,译.北京:人民出版社,2006:81

[9]望沧.阿物超我与中国文化[C]//吴立昌.精神分析狂潮:弗洛伊德在中国.南昌:江西高校出版社,2009:108~109

冰心小说自我言说的两个维度

林荣松

摘要：冰心小说是一种个人化的叙事文本，性别认同与儿童情结构成其小说自我言说的两个维度，体现了现代女性人格建构的鲜明特征。在中国小说现代化进程中，冰心小说的自我言说不只是一个体式的问题，还有着更为深刻丰富的文化精神与审美意义。

关键词：个人化；性别认同；儿童情结；自我言说

冰心研究近年来呈现多元化评价状况，不再是简单的褒扬或轻率的贬抑，而是充分关注其创作现象所蕴含的复杂性和丰富性。在中国小说现代化进程中，冰心小说以自我言说的独特文体，体现了现代女性人格建构的鲜明特征，包含着深刻的文化精神与独特的审美意义。

一

基于启蒙和救亡的双重需要，五四新文化运动的先驱者用个人本位主义置换了传统价值观的基石——家族本位主义，并为"人"标示出内图个性发展、外图贡献社会的价值取向。胡适在总结文学革命时说，文学革命有两个作战口号，建立"活的文学"和建立"人的文学"。周作人《新文学的要求》创造了一个不一般的词汇"个人主义的人间本位主义"，强调"文学是人类的，也是个人的"。在个性主义审美精神统摄之下，五四文学是创造的、自由的、个人化的，而不是继承的、约束的、程式化的。在情感体验上，推崇个体化、自然化的情感，重视不同个体对感情体验的自我特征。在情感传达上，突出主体地位、自我形象和心灵表现，显示出思维方式的个性化、情绪化特点。

新文学运动对小说的理论正名与价值肯定，带来了五四小说两个现代化的体征。一方面从视小说为"街谈巷议""丛残小语"，转而当作"立人""为人生"的

作者简介：林荣松（1954— ），福建福州人，福建省文学学会理事，福建省作家协会会员，宁德师范学院中文系教授，主要从事五四文学研究。
本文原载：《重庆第二师范学院报》2014年7月第27卷第4期。

利器；另一方面从视小说只能"叙述杂事"，转而强调表现人尤其是表现人的内心要求与情感体验。由于五四作家主体审美处于突出的地位，表现出充分的个性化，彰显了文体自觉与人的自觉的内在一致性。对于他们来说，先有"我"的情感需要抒发而后才有"文学"，只有抒发一个人的赤裸裸的情感时才成为"文学"。这样的历史语境，对五四作家是至关重要的。小说在五四时期显露出生气盎然的风貌，鲁迅认为"小说家侵入文坛"始于五四时期，不失为确凿精辟的历史论断。

五四小说诞生于与传统旧文学的深深"断裂"和与外国文学的猛烈"碰撞"中，基本特点是自由化表达原则对程式化表达原则的取代。和别的文学样式相比，运用文学手段的综合性和包罗其他文体的广泛性，本来就是小说形式的重要特点。五四女作家的人生观和文学观较此前有了很大不同，她们打破了女性的历史缄默状态，以个性化的文学创作建构现代女性自我言说方式。冰心向来信守"须其自来，不以力构"的创作原则，在她看来"能表现自己的文学，就是真的文学"，进而指出"真"的文学，是"心里有什么，笔下写什么"；而创造"真"的文学，在于"努力发挥个性，表现自己"[1]。由于对小说"意旨"和"情趣"的过分关注，冰心过于注重自我言说的叙事功能，一些作品只写出了人的精神或心理现象，而昧于人的真实生活。冰心的作品能够得到广泛的传播，显然得益于五四时期人道主义思想、妇女解放和儿童解放思潮的荫福。

诚然，冰心不是严格意义上的文体理论家和小说理论家，她的小说文体理想主要体现于创作之中。前人论冰心小说就敏锐地看到其独具的文体价值，并从文体变革的意义上给予充分肯定，但只停留在具有"诗意"、是"诗人的小说"的层面①，显然还很不够。冰心视母性为爱、牺牲和温柔，认为"女儿情性"应娴静温和，女人是真善美的象征。她十分看重女性美的特质，以为女人永远是我们最高超圣洁的"灵感"，喜欢以女性特有的敏感和细腻娓娓而谈。冰心又是最富童心的作家，童年记忆让她沉醉："童年呵！／是梦中的真，／是真中的梦，／是回忆时含泪的微笑。"[2]在她看来"除了宇宙，最可爱的只有孩子"。[3]冰心小说的性别认同与儿童情结作为自我言说的两个维度，不只是一个体式的问题，她以女性独特的感悟及其对儿童的偏爱去实践自己的文学追求，为传统小说的现代化提供了有益的启示，为小说文体的建设与发展开拓出一条独特的路径。

二

中国古代小说有写女人和为女人说话的作品，但缺少女人写和女人说自己的作品。在冰心小说中女性的思维方式和情感特点贯穿始终，小说文本具有鲜明的

---

① 参阅成仿吾《评冰心女士的〈超人〉》，《创造季刊》第1卷4期；毅真《闺秀派的作家——冰心女士》，《妇女杂志》第16卷第7期。

性别色彩，证明了"女作家小说里的女人，总是'真实'的跃然纸上！"[4]。冰心正是从这个角度，承担了把尊重妇女的时代理念转化为时代的一种集体心理体验的文化使命。

冰心小说对女性的性别认同，在很大程度上未离开"宜其室家"①的定位。家庭是女性的立身之本，她笔下无论是未嫁还是已嫁女性，大都具有三个方面的品质：一是处理家政的责任心与能力；二是善解人意的秉性；三是美好雅致的气质外貌。《两个家庭》中的亚茜、《别后》中的宜姑，算得上是这样的完美女性；《斯人独憔悴》中的颖贞、《六一姊》中的六一姊则侧重于其中的某一两点。冰心小说对女性解放和婚姻自由没有表现出过分的热情，对女性不幸根源的挖掘尚欠深刻有力，爱的柔情一度遮蔽了理性的光芒，但一改"女祸""男尊女卑""唯女子与小人难养"等固有印象，极力张扬了东方女性之美。更值得注意的是，冰心小说为我们提供了男性作家不易窥透的女性的生存状态和情感空间。充满了女性味道的《西风》，不用冗长的独白或枯燥的解剖，而是采用意象叙事。"秋深了"的反复喟叹，"不要忘了"的反复追忆，"假使十年前是另一个决定……"的反复默想，一个中年独身知识女性的那种除了寂寞还是寂寞的感伤无助跃然纸上，她的脆弱动摇——浸淫在萧瑟的西风中。《秋风秋雨愁煞人》开篇以"秋风不住飒飒的吹着，秋雨不住滴沥滴沥的下着"，渲染窗外"秋风秋雨愁煞人"；结尾再以"秋风仍旧飒飒的吹着，秋雨也依旧滴沥滴沥的下着"，渲染窗内也是"秋风秋雨愁煞人"，使小说充斥着满纸秋声的感伤氛围。《离家的一年》中"恋家惜别"的情感似乎触手可及："他和他的小妹妹对坐在石阶上。小妹妹只低着头织绒袜子。他左手握着绒球，右手抽着线儿，呆呆的坐着。恋家惜别的心绪，也和这绒线般，牵挽不断的抽出来，又深深密密的织入这袜子里。"开篇这段文字别开生面地将理应匆迫之事放慢了镜头，人物的情思在那根缓缓牵动的绒线上越织越密、越抽越浓。对于冰心那种素雅清新的抒写才能来说，文体定式通常反成一种累赘。她总是以轻柔委婉的叙述语调，进行不绝如缕的诉说，心理描写不仅仅是"心理的叙述"，而且具有丰富的形象性、情感性，构成女性作家所特有清新温婉的艺术魅力。

冰心小说在改变传统小说叙事常规上进行了大胆的尝试，不注重故事情节的组织铺排，也不重视人物性格的精雕细刻，不是着力于展示人物性格的丰富性、复杂性，而是着力于揭示人物心灵的秘密和心理历程，表现人物细腻的情绪流变，往往在一个印象或一串画面，一种氛围或几缕情思中完成叙事。这种叙事方式恰是初涉文学的女性作者写作技巧不成熟的体现，不过反倒给人们认识当时女性意识蜕变的复杂情态，提供了更多的可能。叙述者"我"或是事件的主角，处于小说的中心位置；或成为事件的配角，是小说的次要人物。第一人称限制叙事的这两种情形，在冰心的小说中表现出不同的审美风格。第一人称的主角身份使作者

---

① 《诗经·国风·周南》中的《桃夭》篇，以"之子于归，宜其室家"赞美女性。

不仅成了故事叙述的直接承担者，而且成了故事的直接表演者，人物的心理流程刻印着作者的心理律动痕迹，情节的发展中也可以看到作者生活与思想或多或少的投影，如果不是"现身说法"很难直接进入到内心的隐秘处。由于"我"的介入，那些悲欢离合的故事无形中多了几分真实几分亲切。《关于女人》虽然对叙事者进行了性别虚构（以男士为笔名），叙事者对文本故事也作了虚构，但作者的经历与文本故事却如出一辙。可见，虽用男性视角来写，却表达了女人对于女人的体察与了解，"自我"仍深深地镶嵌在作品之中，浓郁的主观特质依然隐藏在文本背后，按照《后记》的说法"连带着也显露了我的一生"。《遗书》《月光》等小说主人公干脆称之为宛因、维因，均系其原名"婉莹"的谐音，从一个侧面说明作者有意借人物之口作灵魂自白。《秋雨秋风愁煞人》写三个女子的不同命运，其中一人干脆名叫"冰心"，难怪《晨报》编辑称之为"实事小说"。第一人称配角叙述不再是讲"我"自己的故事和感受，而是讲"我"的见闻，"我"的朋友的故事。

五四女作家虽然不再"养在深闺无人识"，可以接近较为广阔的社会生活，但由于女性解放的影响基本上不出知识界，因而对生活的认识往往是不足的。思想的匆忙没有留给她们充裕思考的时间，大多自身带有一种女性思维定向。冰心创作中的性别意识是复杂的、多层的，既有对男权思想的盲从，也有对女性生命的关爱，但思考最多的无疑是女性如何在摒弃男权威压的条件下，通过承担家庭责任和社会责任来实现自我价值，从而有力地参与了现代女性主体性的建构。冰心颇受法国作家微纳特的影响，这位作家强调文学作品应当"以作者生平涌现于他人之前"。诚如茅盾在《冰心论》中指出的，五四作家中"只有冰心女士最最属于她自己"，"她把自己反映得再清楚也没有"。冰心小说中作者作为一个女性的自我感受始终被着意刻画，既符合一个知识女性急于向人们诉说内心体验的主观愿望，也贴近她视野不够宽阔、审美眼光往往局限在自我或身边狭小圈子的现状。

三

在封建社会，儿童没有独立的人格价值，仅作为大人的附庸，作为家族传宗接代的意义而存在。"中国向来对于儿童，没有正当的理解，又因为偏重文学，所以在文学中可以供儿童之用的，实在绝无仅有。[5]"在儿童没有取得"人"的资格的年代里，儿童的感受和对世界的体认被创作者放逐在了文本之外。

随着"儿童本位"的现代儿童观的提出，儿童获得了独立人格的尊重，从而也就获得了与成人同等的话语权，开始拥有了表达对世界的感受的权利。与此同时，在"儿童的发现""儿童是人""儿童是儿童"的儿童文化重建中，五四作家带着巨大的惊喜试图以纯洁的童心来净化成人已变得粗糙的心灵，对不可复返的童年追忆构成了成人作家寻找精神家园最基本的内容之一。叙述者无论是儿童或是由成人转换身份而成的儿童，都将以儿童的思维方式和行为方式进入叙事系统，按照儿童的逻辑去推测和把握外面的世界，叙述的主体部分被较为完美地控制在了儿童的视野与感受之内，基本上没有越出笔致去铺写儿童见闻以外的内容。

冰心源自女性的本能有着深深的儿童情结，通过从成人到儿童的角色置换，以儿童的眼光去观察和打量陌生的成人世界，避免了覆盖在现实生活上的谎言和虚伪，打造出一个不易为成人所体察的原生态的生命和生存面貌，一种儿童式的新鲜和不经意间的深刻，从对这复杂现实的稚气把握中透示出来。《鱼儿》写的是作家对幼年钓鱼的回忆。主人公"我"在海边钓鱼时碰见一个在海战中失去右臂的兵丁，幼小的"我"触景生情——想不明白："既然自己受苦，对手也受苦，为什么还要打仗。""我"原来以为"海水是天下最洁净的，是澈底清明的东西"，但是现在知道，"海水里满了人的血，鱼儿吃了人的血肉"。这样一来，"我"便觉得水中的鱼儿不再是可爱的了。《国旗》写"我"的小弟弟跟日本孩子武男交朋友，二弟不许小弟弟和武男玩。武男拿着日本旗儿在门边挥着，小弟弟也拿着中国国旗挥着。"两个孩子，隔着窗户，挥着旗子，却都凝立不动。"看到这情景，"（我的）心中另起了一种异样伟大的感觉"："国旗呵，你这一块人造的小小的巾儿，竟能隔开了这两个孩子天真的朋友的爱！"于是"我"让小弟弟出去和武男玩儿，两个孩子拉着手并着肩走远了。"两个旗儿，并在一处，幻成了一种新的和平的标帜。"从这两篇小说中可以看出冰心强烈的和平愿望，虽然现实不那么单纯、不那么简单，但无论如何和平是非常珍贵的。《两个家庭》《三儿》则从普通不过的日常生活下笔。前者写小表妹以一种儿童式的好奇眼光去窥看舅母家邻居的种种事情，听见小孩子啼哭的声音时她对"我"说："是陈家的大宝哭呢，我们看看去。"好奇心的背后还有毫不做作的同情心。后者写艰难困苦的生活让孩子过早成熟，"这时三儿睁开了眼，伸出一只满了血的手，接过票子来，递给他母亲，说'妈妈，给你钱……'"淳朴的话语加剧了成人心中的痛楚。儿童的逻辑就是这么简单，儿童心灵的稚嫩与视角的纯净，使儿童叙述者总能保持客观中立的态度，叙事口吻体现出单纯稚嫩、活泼清新的气质。

在冰心眼中，儿童的质朴、天真、顽皮的自然本性才是至善的，她以自身永驻的天真和童心来理解儿童的世界，以儿童的眼光与思维来观察社会和自然，儿童的天真与社会现实的污浊两相对照。儿童在冰心的作品里，甚至被纯化、美化、诗化为翩然入世的天使形象——具有了神性，给人间以慰藉和希望。《爱的实现》中反复出现两个天使般的小孩，她们的笑声令人心中光明澄净，给静伯带来了无限的灵感，一旦没有这两个孩子，静伯便文思迟滞竟至写不下去。《最后的使者》中儿童们干脆从人间飞到天国，成了上帝派来的"最后的使者"，来拯救人类无边的烦闷。《世界上有的是快乐……光明》中两个孩子充满智慧地告诉想自杀的青年："世界上有的是光明，有的是快乐，请你自己去找罢！不要走那一条黑暗悲惨的道路。"这几句话拯救了因绝望欲寻死的凌瑜，"这银钟般清朗的声音，穿入凌瑜的耳中，心中忽然放了一线的光明，长出了满腔的热气。看着他们皎白如雪的衣裳,温柔圣善的笑脸,金赤的夕阳,照在他们头上,如同天使顶上的圆光,朗耀晶明,不可逼视,这时凌瑜几乎要合掌膜拜"。荣格在《儿童原型心理学》中指出,"神话中的儿童概念绝不是经验中的复本,而是一种可以明确辨认出来的象征"。泰勒在《原始文化》中确信,我们自己在童年时代就处于神话王国的门旁。冰心对此可谓心领神会,并借小说进行了生动的演绎。

四

在儿童视角的实际运用中,要让作者完全将自己从叙述者的身份中剥离出来,用纯粹的儿童眼光去审视与体察成人的世界似乎也不可能。"就小说本性而言,它是作家创造的产物,纯粹的不介入只是一种奢望,根本做不到"[6]。在儿童视角小说中往往存在着两种声音:儿童身份叙述者的声音和隐含作者(成人身份)的声音。儿童叙述者的声音作为显在的主体的形式浮现在文本的表层,而叙述过程中又夹杂着成年人历经沧桑后的眼光。在儿童叙述者快乐地回忆童年经历、原生态地呈现生活本来面貌时,成年叙述者的声音断断续续地浮出文本表层,将儿童视角无力承载的文化学、民俗学的内容展现在读者的视野中,表达对发生的事件的反讽和批判态度。

儿童视角小说实质上就是对自己童年的一种回忆与记录方式,即使作者设置的情节与自己的童年经验无关,成人作者的身份也将使他在操纵儿童形象以完成文本的叙述中呈现出回忆的性质。因此成人作者不可能对用儿童视角建构的叙事文本全然放纵,不作任何的干预和介入,尤其是当这些作者建构的故事与自己的童年有关时,儿童视角更不可能是纯粹的。而只要是童年回忆,必然是"过去的'童年世界'与现在的'成年世界'之间的出与入。'入'就是要重新进入童年的存在方式,激活(再现)童年的思维、心理、情感,以至语言('童年视角'的本质即在于此);'出'即是在童年生活的再现中暗示(显现)现时成年人的身份,对童年视角的叙述形成一种干预"[7]。冰心笔下的儿童叙述者的快乐回忆和女性叙述者的深情倾诉,相辅相成,相得益彰,使生活本来面貌的呈现过程变得丰富多彩。

冰心小说大多以对童年的回忆为题材,又借助女性作家所特有的细腻委婉的叙述带给读者亲切的感受。一般来说,人们喜欢怀念童年,渴望回归童年。但如果童年缺少一份母爱的话,那么这个童年便会变得不堪回首;有了母爱,童年即使苦涩也是甜美的。冰心以女性特有的轻言软语抒发了"母爱"的似水柔情,孩子常常是其"母爱"最喜寄托的人物形象,这些孩子因具有"母爱"特征而有了"母亲"式的情怀。与其说冰心在表现所谓孩子们的"童真",不如说儿童人物身上寄托了她的"母爱"情怀。她以"童真"的形式,却如母亲般成熟地给予人们生存的理想和信心。

《斯人独憔悴》中父权与儿子们之间的矛盾,靠一个"小母亲"的角色来调和。

作为女儿的颖贞是站在作为儿子的颖铭、颖石一边的，爱护理解兄弟，又体贴照顾父亲，周旋于父子之争，用慈爱感化处于强烈冲突中的他们，起着生活中实际上只有母亲角色才能起到的作用。《别后》中以朋友身份出现的宜姑，也是个具有"母爱"特征的形象。作为家中的二小姐精明能干、温柔敦厚，把家中上下安排得井井有条，令"他"这个生活在无爱环境中的孩子流连忘返，甚至把自己的姐姐幻想成像宜姑一样。《最后的安息》中城里小女孩惠姑对素昧平生的乡下小姑娘翠儿的同情关心，同样是建立在一种"母爱"式的心理上，似乎只有这种爱才能冲破阶级、社会、层次、城乡之间的对立与差别。《超人》中一个孩子的童真，一种深植于心的母爱，甚至拯救了孤寂忧郁的主人公，使他回到了正常的人生轨道。

　　冰心说她曾写过描写儿童的作品，那是写儿童的事情给大人看的。她也写成人作品中的孩子，那同样是写给大人看的。冰心既爱"儿童"，也爱"女人"，既关注"儿童"问题，也关注"女权"问题，儿童的命运和女性的遭遇已经很难分开。《庄鸿的姊姊》《冬儿姑娘》《六一姊》的主人公既是儿童，又是女性，她们的命运和这两个身份关系密切。《是谁断送了你》以怡萱求学若渴的态度，暗暗颠覆了"父亲"关于女孩儿"学问倒不算一件事"的说法。《烦闷》中现实的压力造成游子烦闷，化解游子烦闷的是母亲的温柔与弟弟的天真。《分》中两个刚出生的婴儿拥有相同的母爱，但因为家庭地位与贫富差距注定了先天的不平等。冰心小说中这种女性叙述与儿童叙述两种话语系统交织的叙事结构，使叙事文本在充满内在张力的机理中生成了超越现有文本的他种意义。

　　中国宗法制度兼备政治权力统治和血亲道德制约的双重功能，由此带来谭嗣同《仁学》中所说的问题："君以名桎臣，官以名扼民，父以名压子，夫以名困妻。"在人格定位上，女性与儿童都曾经被置于"依附"之中。在对社会、对人生的认识上，女性与儿童一样都存在着明显不足。女性眼中的世界是男人的世界，儿童眼中的世界是成人的世界，当冰心将二者巧妙统一于小说文本时，我们在曾经拥有但已远离了的陌生的生活中，领略到的不仅仅是错位的世界，还有对"人"特别是"女人"和"儿童"的认知。在女性细腻敏感的诉说中，在儿童叙述者的牵引下，别样的阅读感悟和审美愉悦油然而生。

参考文献：

[1][2][3]冰心.冰心全集：第1卷[C].福州：海峡文艺出版社，1994：213，240，261
[4]冰心.冰心全集：第8卷[C].福州：海峡文艺出版社，1994：651
[5]周作人.儿童的文学[J].新青年，1920：8（4）
[6]W.C.布斯.小说修辞学[M].华明，胡苏晓，周宪，译.北京：北京大学出版社，1987：23
[7]洪子诚.中国当代文学史[M].北京：北京大学出版社，1999：55

世纪的误读与隔膜
——冰心人生问题小说的文化价值解读
汪晓晴

摘要：冰心是初登文坛就获得巨大影响的作家，回到历史现场，会发现其20世纪初的影响，主要来自人生问题小说的创作，然而，评论界和文学史对于冰心人生问题小说的评价，历来都不算高。这一世纪的隔膜，来自文化观念与文学观念的隔膜。冰心人生问题小说对人生意义与价值的追问，切入了转型时代最深层的意义虚空，呈现了小说是展示存在的文体文化本质，具有不可忽视的文化价值。

关键词：冰心；人生问题；小说；解读

20世纪的文学天空"繁星"闪烁，与20世纪同龄的冰心，真正属于这个世纪，自五四被"震上文坛"，一开始就以小说、散文、新诗等，在开创期新文坛获得全方位的影响，对于这个世纪的一代代读者，她的浸润着温情与爱心的优雅文字，带来的是不可多得的爱的慰藉。然而，反观我们的评论界和文学史，对冰心的评价并不算高，对冰心文本的解读，向来只肯定形式层面的"冰心体"，而漠视作品的灵魂；与此相关，对于冰心各文体的创作，相较而言，肯定性评价多集中于散文和诗歌，而对其小说评价不高；就对其五四时期的问题小说的评价来说，则较多肯定所谓社会问题小说，而对其反映人生苦闷与意义探索的人生问题小说，历来是忽视或否定的。可以列举一些代表性的评价：

好一朵暖室里的花……冰心女士真是个小姐的代表！……若说冰心女士是女性的代表，则所代表的不是世俗性的女性，只是贵族性的女性。[1]

一望而知是一个没有出过校门的聪明女子的作品，人物和情节都离实际太远了。[2]

从她的作品中所展开的世界看去，她对于社会只有一种远观，对于人类并

作者简介：汪晓晴（1962— ），安徽省桐城师范学院图书馆研究员。
本文原载：《北京科技大学学报（社会科学版）》2011年6月第27卷第2期。
[1] 蒋光赤《现代中国社会与革命文学》，1925年元旦《民国时报》副刊《觉悟》。
[2] 陈西滢《新文学运动以来的十部著作》，《现代评论》第72期。

没有深入的接近，对于一切的社会的问题并没有加以深邃的探讨；她只是在她自己的世界中，唯心的去论断了一切。她只是一个资产阶级的唯心论者。①

她的所谓"爱的哲学"的立脚点不是科学的，——生物学的，而是玄学的，神秘主义的。②

她所处的阶级超过丰衣足食者之上……她是个安居在家庭里的闺秀……不曾接触过污浊的社会……她不明了社会的组织和历史，而且不曾经过现社会的痛苦……未免对于现社会的组织太盲目了。③

她的爱的哲学，是不能做多少文章的，但冰心的文章的确是流丽的，而她的生活趣味也很符合小资产阶级所谓优雅的幻想。她实在拥有过一些绅士式的读者，和不少小资产阶级出身的少男少女。④

然而她不愿停留在她最初所留意的"问题"里，现实太丑恶了，她的中庸主义只能给问题以抽象的解答，她逃入了理想，逃到母亲的怀里。她在温暖的家里感到了"爱"，而在社会的现实里感到了"憎"，她企图用"爱"来温暖世界，自然就和实际世界隔离了。⑤

作者虽然受到"五四"浪潮的影响，有了一些与时代气氛相适应的民主主义思想，但优裕的生活地位，狭窄的生活圈子，跟下层人民隔离等种种条件限制着她，使她并没有真正产生反抗黑暗现实的强烈要求和变革旧制度的革命激情。⑥

它们反映了一个胸无城府的青年女性的热心肠，也反映了一个入世未深的青年女性的天真和清浅。因此，当她在某些小说中试图开列治疗社会症结的方剂时，往往陷入只知治标，不能治本的幼稚之中。⑦

这些否定意见，存在着来自功利文学观念和传统文化观念的误读与隔膜。重评冰心的人生问题小说，需要通过对我们习以为常的文学观念和文化观念的反思，以及对冰心人生问题小说产生之文化语境及其得以产生轰动效应之接受语境的回溯，追问和展现其不可多得的文化价值。

---

① 黄英[阿英]《谢冰心》，《现代中国女作家》，北新书局1931年版。
② 茅盾《冰心论》，1934年8月《文学》3卷2号。
③ 贺玉波《歌颂母爱的冰心女士》，《现代文学评论中国现代女作家》，复兴书局1931年版。
④ 丁玲《五四杂谈》，1950年5月10日《文艺报》2卷3期。
⑤ 王瑶《中国新文学史稿（上）》，上海文艺出版社1982年版，第109页。
⑥ 唐弢、严家炎主编《中国现代文学史》，人民文学出版社1979年版，第177页。
⑦ 杨义《中国现代小说史》第一卷，人民文学出版社1986年版，第233页。

一

　　对冰心的评价，首先是文学评价的问题。认为冰心的创作尤其是小说没有反映社会问题的本质，没有提供解决问题的答案，因而缺少社会价值的否定性观点。首先来自文学观念的隔膜，有赖于对文学的有关本质问题的廓清。对文学价值的认识基于对文学本质的认识，在经历功利主义批评的泛滥后，我们又把文学的本质定位于带有形式主义和唯美主义倾向的所谓"审美"上。笔者以为，对文学本质的把握，应把它作为人类精神文明的一大要素，放在与自然科学、社会科学、历史以及其他艺术门类等并列比较的大背景上。几千年的文明史业已显示这几者的本质区分，首先，文学不同于自然科学，如果说自然科学是以经验性、物质性的"外宇宙"为研究对象，文学则是以体验性、精神性的"内宇宙"为展示对象。其次，文学又不同于社会科学，社会科学是试图通过概念、范畴、定义、推理等逻辑手段揭示对象的本质和规律，文学则通过形象、意象和意境等艺术手法展现人的存在状况本身。再次，文学也不同于历史，历史是记载已发生的事件，而文学是展现可能性的存在。最后，文学与其他艺术形式之不同，在于它诉诸的是语言的艺术符号和手段。在这个意义上说，文学的本质应是审美地展示存在的可能性的语言艺术。因此，文学批评也形成不同的视角：文学的审美批评、文学的语言批评、文学的社会历史批评、文学的伦理批评等，不同的批评有不同的视角，但本质上又相互关联，即都要落实于存在展示和审美这两大要素。以前对冰心文学价值的过低评价，大多是出于社会历史批评，但需要分清的是，社会历史批评不等于文学的社会历史批评，前者的目的是试图揭示社会、历史的本质和方向，而后者只是从社会历史角度认识文学所展示的人的存在状况，两者是不同的概念，对冰心文学价值的评价必须落实到展示存在之可能性这一基点之上。

　　肯定冰心的散文、诗歌而否定其小说的评价倾向，与上述理论误区相关，同时又夹带着文体观念的偏见：小说相对于诗歌、散文承担着更多的社会历史使命。对小说社会功能的强调，来源于梁启超等在中国近代变革中对小说救国作用的一厢期许和神奇夸大，实际上已成为中国现代文体观念的一个功利主义传统，它与"文以载道"的传统遥遥相接，不过，"载道"在古代是由被视为正宗的"文"（散文）来承担的，小说在当时还难登大雅之堂。文体批评也必须确立自己的本质性标准，即根据文体的本质来评定文体的价值，以前我们谈得较多的是文体的形式本质，而忽视了一个重要的方面——文体的文化本质。是否能从文体的文化本质角度，开辟文体批评甚至文学批评的新视野呢？

　　在《小说的艺术》中，捷克小说家米兰·昆德拉这样谈论小说的起源：

　　　　当上帝慢慢离开他的那个领导宇宙及其价值秩序，分离善恶并赋予万物以意义的地位时，堂吉诃德走出他的家，他再也认不出这个世界了。世界没有了最高的法官，突然显现出一种可怕的模糊；唯一的神的真理解体了，变成了数百个被人们分享的相对真理。就这样诞生了现代的世界和小说，以及与它同时的它的形象和模式。[1](4~5)

人类一思索考，上帝就发笑。……我很喜欢把小说艺术来到世界当作上帝发笑的回声。[1](153~154)

昆德拉阐述了小说发生的文化背景，在发生学意义上道出了小说文体的文化本质，刚刚离开上帝的西方人，就像第一次走出家门的孩子，他们面对的，是一个充满问题的世界，于是小说应运而生，小说是这一无神的世界中问题展现的场所，或者说是对这充满问题的世界的叨叨"叙事"。所以，昆德拉特别强调小说展示存在的功能："小说不研究现实，而是研究存在。存在不是已经发生的事实，而是人的可能性的场所。"[1](142) "小说家既不是历史学家，也不是预言家，他是存在的勘探者。"[1](4) 同样的文化尺度上，我们也可以探讨、追问戏剧、诗歌等文体的文化本质：戏剧作为最古老的艺术形式，盛行于上帝退隐之前，其显著的仪式性特征，可以看成是展示神性的舞台；诗歌的形式出现很早，但它最初并不是作为具有独立文化本质的文体出现的，而是一种纯粹的文学"形式"（韵文），是其他文体的载体。诗歌作为独立文体的文化本质产生于18世纪末的浪漫主义诗歌运动，走出家门的西方人经过几个世纪的独立探索，带来的却是18世纪末普遍失望的情绪，凭着尚存的对上帝的回忆，人们的思绪又回到往昔，于是"思乡"的念头弥漫开来，正是在这所谓"浪漫主义"思潮中，诗歌，作为一种独立文体开始大规模兴盛，"牧笛"在诗中悄然奏响，并蔚为声势。在这一文化背景中，诗歌，可以看成是对退隐后的上帝的追怀，是于无神的世界通达"神性"的阶梯，即如海德格尔所言，诗歌呼唤神性。文学批评若能深入到各文体的文化本质层面，就能揭示文学的文化价值，这应是文学研究更需重视的层面。对冰心小说的评价，亦应作如是观，即我们应该更多地关注冰心小说的文化价值，而对这一文化价值的揭示，则依赖于以下对文学的文化本质及小说的文体的文化本质的认知：1. 文学是展示存在的语言艺术。2. 小说是神性价值退隐后有问题的世界的展示。

二

中国现代小说发生于"五四"这样一个新旧交替时期，中国现代小说的第一个潮流被文学史家称为"问题小说"。"五四"在文化转型的意义上相当于西方的文艺复兴，不过，我们走出的是"传统"这个"上帝"，随着封建体制的崩溃，传统的意义体系作为整体也解体了，以前传统景观下的世界渐渐变得模糊和陌生起来，原来没有问题的一切似乎都成了问题，因而说，转型时代是一个问题丛生的时代。中国现代小说正是在这一时代大潮中被冲上了历史的舞台，承担了关注问题、展示问题甚至解决问题的历史使命。五四时期，冰心接连写出《两个家庭》《斯人独憔悴》《去国》《庄鸿的姊姊》《最后的安息》《一个兵丁》《一个军官的笔记》等问题小说，表达了对家庭问题、婚姻问题、教育问题、人才问题、妇女问题、战争问题等一系列社会问题的广泛关注，成为"问题小说"的首席作家。1921年发表的《超人》，标志着冰心的小说开始由对社会问题的关注，转向当时年轻人普遍感到苦闷和焦虑的人生问题。《超人》一经发表就引起轰动："自从新文学运动以来，这篇不愧是建设中的第一篇小说创作。"[2]"实在是包含尽了现代青年烦闷的问题。"[3]读者对这篇小说的反应竟是"哭"和"泪水"，编辑沈雁冰在小说后面加以"附注"："谁能看了何彬的信不哭？如果有不哭的啊，他不是超人，他是不懂得吧！"[4]佩衡评论说："《超人》出来，已赚得青年人的许多眼泪了！""冰心女士底描写母亲，描写小孩。屡见不一见，却是回回使我们堕泪。"[5]《小说月报》上另一个批评者说："读完这篇东西，细想这个冷字而不哭，那真是全没心肝的人。"[6]此后，冰心一发而不可收，相继发表《离家的一年》《烦闷》《疯人笔记》《遗书》《寂寞》《悟》等人生问题小说，从这些小说中，走出一个个"被抛弃在寂寞荒凉的古战场上那样颓废、空虚、苦闷"的年轻人形象，成为当时茫然四顾，上下求索的青年人的代言人，年轻人为"何彬们"的忧郁牵肠挂肚、神魂颠倒，又为冰心在小说中所树立的爱的思想感到莫大的慰藉。可以说，在五四初年，人生问题小说，超过了其他散文与新诗的影响，是人生问题小说最初成就了冰心。后世对冰心文本的解读，出自狭隘的社会的、政治的眼光，重冰心社会问题小说而轻其人生问题小说，只指认小说的社会价值，而忽视和缺乏对当时引起小说轰动的接受语境的了解。现在，我们已无法完全体会冰心小说在当时的巨大冲击力，因为语境已经变迁。但是，如果能使当时的接受语境再一次敞开，我们会发现，冰心小说的文化价值就深刻地蕴含其中。

人无往不求意义的生存。文化，作为人的存在方式，就是一个意义体系，所以，文化转型时期的问题，本质上是意义问题，这一问题的严重性，常常呈现于旧的意义体系已经崩溃，而新的意义体系尚未真正形成的意义虚空中。雅斯贝尔斯说过，转型时代是个痛苦的时代。价值转换过程中的意义迷失，决定了转型时代的悲剧性。中、西两大文化转型之"问题"的显现，都经历了一个由浅入深的过程。文艺复兴时期刚刚出走的西方人是欣喜万分而又信心百倍的，由神到人，他们第一次获得了属于人的主体自由，确认了自身的能力。西方小说应运而生。薄伽丘和拉伯雷首先在亵渎神圣中树起了人欲和人智的大旗，神性之光暗淡了，当世界瞬间被置于灿烂的人性之光的朗照之下，这时所谓的问题，是新对旧的审问，其实质是"重估"，因为答案已包含在其中。真正的问题出现在真正的意义虚空中，出现在想找到答案而不得的焦虑中。其实，早在塞万提斯的小说中，早期自明的主题开始隐去，莎翁的悲剧进一步把人性的狂欢演变为人性的忧郁，文艺复兴中后期，人们已经发现，走出家门的自己，似乎还不能独立承担没有上帝的世界。

然而，这只是提前露出的不谐和音。前脚既已跨出大门，后脚就不想再跨进大门的义无反顾，迫使人们寻求在这世界的"立足点"。人们聚焦王权理性、启蒙理性、科学理性、历史理性，于是立足点便落于人的理性本身。理性，成为近代人新的"上帝"，它至高无上，却又根植于人自身，人在对自己的膜拜中勤劳而自信地经营着世界。但更大的未知也就在后头，一旦人们发现亲手摞成的"理性王国"却异于人的本性；发现理性的"越权"虽然带来了物质世界的空前充实，却在人与人、人与自然的关系层面存在着致命的局限的时候，马上堕入失望之中。意义又一次遁隐，虚空可怕地张开。直到发疯的尼采最后痛苦地喊出"上帝死了"，几个世纪前开始的上帝退隐所引起的问题，才真正严重地出现。脚下的大地裂为深渊，人们茫然无着、孤苦无告。可以说，自文艺复兴时期开始的西方现代转型尚未终结，因为，问题尚在出现。

中国近代开始的文化转型并非严格意义上的系统内的自然演变，而是裂岸涌来的西方文化与中国固有文化相冲撞的结果。传统并非主动退位，而是被赶下台，因此说，这一转型带有一定的被动性。同时在另一方面，对转型期的新一代来说，接受新的价值又是积极确定的，他们拿来的是已被确认为真理的来自西方的新历史价值，国人很快接受了科学这个新的权威。但"五四"潮起潮落，只短短几年时间，刚接受的价值就陷入新的信任危机中。这里蕴含着深刻的原因。"五四"高潮时期的"理直气壮"主要来自两个外在因素：1. 对新价值的肯认是以负之数和强弱对比为前提的；2. 这一信念又坚定于"五四"高潮的宏大声势。在重估一切价值的转型时期，科学提供了反思与证伪的工具理性，但在价值重建中，工具理性的建构能力是有限的。尤其对于"五四"时期刚刚罢黜传统的中国，传统的价值秩序已然瓦解，新的价值体系尚未构建，一旦解构的激情消失，传统退位后留下的虚空便显露出来。与"五四"高潮时期"浩歌狂热"的状态不同，20世纪20年代初，思想界突然转入焦灼彷徨之中，时代的主题话语由"批判"转向"寻路"，由对"社会问题"的关注，转向对人生的意义、价值和道路等"人生问题"的追问。知识者开始纷纷寻找自己的人生信仰，冰心的"爱"、王统照、叶绍钧的"爱"与"美"，都是自我信仰的追求；年轻人则喜欢思考人生问题，喜欢阅读表达人生哲思的著作。20世纪20年代人生观问题大论战，正是这一时代焦虑的征象。可以说，具有几千年历史的中国文化的现代转型，其意义虚空，在"五四"退潮后才真正出现。

三

1920年9月，冰心在《燕京大学季刊》第一卷第一期发表的小说《一个忧郁的青年》，是她人生问题小说创作的开始。小说主人公彬君是一个忧郁的"悲观主义者"，他的忧郁性是"入世之初带来的"。"眼前的事事物物，都有了问题，满了问题。……从前的答案是：'活着为活着'——'念书为念书'——'吃饭为吃饭'不求甚解，浑浑噩噩的过去。可以说是没有真正的人生观，不知道人生的意义。——现在要明白人生的意义，要创造我的人生观，要解决一切的问题。……不想问题便罢，不提出问题便罢，一旦觉悟过来，则无往而不是不满意，无往而不是烦恼忧郁。"从《超人》《烦闷》《悟》……，这些小说中走出一个个耽思善感、烦闷忧郁的青年，"忧郁"和"烦闷"，既是这个时期冰心小说的标题，又是她这个时期小说的情感基调。《超人》的主人公，整天困扰于人生的本质是"憎"还是"爱"；《烦闷》中的"他"已看破"社会之谜"，失望于人类，叩问宇宙的奥秘，又不得而知，因此"悬在天上人间的中段"，整日"烦闷"；《悟》中的钟悟，为求证世界的本质而于雨夜出走，深夜游湖。冰心写于这个时期的诗集《繁星》和《春水》，在优美的诗行中，则寄托着对宇宙人生的沉重思索。

　　人为什么存在？人存在于何处？自古就是人类终极问题。问题本身，呈现的就是提问者的存在状态。终极问题，发自存在深渊的最深层，不是随便什么人都能轻易提出的。只有当存在者真正面临深渊，即存在的依据出现疑问的时候，才会由那些思想的先驱者们提出。由于我们固有的文化传统只给我们设定了一个丰富无比、寄托无穷的一重世界，中国人很难在其中感受到来自生命本体的紧张与分裂，无法在更广阔的历史空间、以更广大的文化视觉探求人类的社会形态，探求人类精神栖息的理想模式，也就尤难提出发自生命本体的终极问题。在中国历史中，有过三个时期，由于此世历史的骤然断裂，引发了固有价值的迷失，出现了向终极问题发问的意向。第一次是春秋战国之际，礼崩乐坏，天下失范，为给重建秩序提供根基，哲人的思路延伸至天人之际，触及人之存在依据等终极问题，但这一问题对于他们来说，与其说是"问"出的，不如说是"给"出的，故而浅尝辄止。这个时代提问的真正代表是屈原，他怀揣"美政"理想，决意帮助楚王勤政富国，但忠而见谤，感叹"举世皆浊我独清"，怀石自沉前，以大河决口般的愤懑，一连问出170多个问题。"怀疑至遂古之初，直到百物之琐末，放言无，为前人琐不敢言。"这是对宇宙、自然、神话、历史之根据的空前质疑，屈原的发问，并非求问什么客观知识，而是身陷历史困境和信念危机之中思无所依的结果。第二次是魏晋六朝时期，汉末天下大乱，群雄纷起，儒教伦理政治秩序，在欲望的冲撞之下四分五裂，真诚儒士的信念在悲伤无奈之中落叶飘零，意义消失了，生命坦露出来，"夫死生亦大矣"，对生死等终极问题的忧思与追问，遂弥漫魏晋诗文。这之后明末的"天崩地解"，曾给士大夫以强烈的思想震动，他们苦苦追寻王朝覆灭的原因，直至对专制制度的质疑，但这一追问最终限于历史层面，没有引起终极问题的出现。中国历史上终极问题的第三次追问，发生在近代，异质文化的正面冲撞，使近代中国进入空前规模的文化转型时期，至"五四"达到高潮，而空前严重的意义虚空，在五四退潮时期方始出现。传统作为一个价值体系整个崩溃了，已有的新价值却不能在根本上确立，存在裂为深渊，关乎意义和价值的终极问题，于是乎大量涌现，苦闷，彷徨，成为笼罩一个时代的精神氛围。冰心，适时地出现于这一空前的意义虚空中,以她的人生问题小说,代表那个时代提出了终极问题,她以本真的焦虑和执着的追问,忠实地表达和展现了时代的深层痛苦,在文学展现存在之本质意义上,具有不可忽视的文化意义。

参考文献:

[1]米兰·昆德拉.小说的艺术[M].北京:三联书店,1992
[2]张有仁.读了冰心女士离家的一年以后[A].范伯群编.冰心研究资料[C].北京:北京出版社,1984
[3]剑三(王统照).论冰心的超人与疯人笔记[A].范伯群编.冰心研究资料[C].北京:北京出版社,1984
[4]冬芬(茅盾).超人附注[A].范伯群编.冰心研究资料[C].北京:北京出版社,1984
[5]佩衡.评冰心女士的三篇小说[A].范伯群编.冰心研究资料[C].北京:北京出版社,1984
[6]潘垂统.对于超人的批评[A].范伯群编.冰心研究资料[C].北京:北京出版社,1984

从《分》看冰心小说创作风格的转变

于倩

摘要：《分》是冰心创作突破青春期的感伤，开始走向社会直面人生的标志。其创作风格也由早期的热烈率真而趋向宁静沉潜。而《分》的文本价值不仅在于它的现实性和阶级性，更在于其独特的儿童视角和温柔细腻的母性风范。

关键词：《分》；创作风格；现实；童心；母性

在冰心漫长的创作历程里，《分》是中峰突起的佳作，也是一篇别具一格的小说。它发表不久，茅盾就给予了高度评价："谁也看得出，这篇《分》跟冰心女士从前的作品很不同了。如果把她最近的一篇《冬儿姑娘》合起来看，我们至少应该说，这位富有强烈的正义感的作家不但悲哀着'花房里的一朵小花'，不但赞美着刚决勇毅的'小草'，她也知道这两者'精神上，物质上的一切，都永远分开了'！"[1](252~253)诚然，茅盾是站在左翼作家的立场上，用当时流行的阶级斗争的红线来界定冰心在20世纪30年代初期写的这两篇小说的。但从中也可以看出，在《分》中，冰心的笔触确实已由"云端里的超然"状态深入到社会生活的真实层面，开始用时代赋予的阶级属性来写人的命运了。从这个意义上说，《分》是一部具有转折性的作品，是冰心的创作突破青春期的感伤，开始成熟地走向现实人生的标志。

一

众所周知，冰心是以其"爱的哲学"而享誉五四文坛的。其早期作品由于对母爱、童真、自然的热情讴歌而呈现出自然率真的艺术风格。1926年冰心留学归国后，由于个人阅历的增长和时代风云的变幻，她开始对自己"爱的哲学"产生怀疑，作品的数量有所减少，风格也趋于凝重、沉潜。短篇小说《分》创作于1931年8月5日。用冰心自己的话来说，适逢"多事之秋"：[2](12)先是她挚爱的母亲辞世，使

作者简介：于倩（1973— ），女，山东文登人，山东广播电视大学副教授，研究方向是中国现当代文学。
本文原载：《山东青年政治学院学报》2011年11月第6期（总第154期总第27卷）。

她陷于"病苦奔波之中",[3](12)1年之后长子宗生出世,又让她初次尝到了做母亲的快乐。人生角色的巨大转换,带给冰心久违了的创作灵感。以前那个躲在母亲怀里,唱着"人类之爱"的小女孩长大了,成熟了,变得坚强起来了。她离开了慈母的呵护,走向社会,直面人生,自己担负起做母亲的责任。母亲那深厚的天性之爱和浸透了"温良恭俭让"的德化人格已经融进了她的血液,并使她形成单纯善良、端庄持重、温文恬静的个人气质。在由母爱的受动者到施予者的角色转变中,她自觉地承传了这"爱的种子"——"她的爱,使我由生中求死——要担负别人的痛苦;使我由死中求生——要忘记自己的痛苦"[3](132),母爱成为她用以解决人世间一切苦恼和纠纷的良药。

在切身经历了分娩的痛苦之后,冰心没有直接抒写初为人母的欢乐,而是由护士无意中说出的一番话引发了深长的感慨,并托言于怀中的婴儿,用第一人称的口吻,叙述了一个婴儿从呱呱坠地时的所见所闻,到与父母交谈、与同时出生的"小朋友""对话",直到与"小朋友"同时出院而分开的过程。那么,冰心为什么要选择一个不具备任何语言行为能力的婴儿作为小说的叙述视角呢?这正是《分》的独特之处。我们知道,童心是冰心众多作品中反复出现的母题,她自云"认识孩子烂漫的天真,过于大人复杂的心理"[2](13)。在她看来,宇宙间的人,凡是经过了世事的打磨、具备了一定的阅历之后,多少总沾了些世故气,甚至连目光也变得混浊呆滞了。唯有未涉尘世的儿童,他的心是天真无邪的,他的爱是纯白自由的,连那一双眼睛也是水晶一样澄澈透明的。她将儿童作为自己探索人生途中引路的使者,比作自己灵魂中"光明喜乐的星"[4](148),追求童心的复归是她"爱的哲学"的重要内容。纯洁天真的儿童在她的作品中甚至化为翩然入世的天使形象,用象征性的话语传达出她关于"宇宙的爱"的理想,给人间以慰藉和希望。而《分》中的"我"作为小说的叙述视角,正是一个刚刚降临尘世的婴儿。视角是关于本体论的问题,它决定一部作品以何种方式存在,如何获得合理性。《分》从婴儿的角度展开叙述,而隐藏在文本背后用"我"的眼睛来观察世界的,其实是刚刚做了母亲的作者。作者以成年人的身份来反观儿童世界,试图通过展示一个婴儿的意识流程,表达出个人对于社会的理性认识和思考。很显然,这是一种成人化了的儿童视角,是作者巧妙地活用了古人"托物言志"的手法,"借新生婴儿抒写她自己的思想"[1](252)。这就使文本超越了冰心以往作品中单纯讴歌母爱和童真的主题,具有了更为丰富和深刻的内涵。

"婴儿,/在他颤抖的啼声中,/有无限神秘的言语,/从最初的灵魂里带来,/要告诉世界。"[5](364)当"我呱的哭出了第一声悲哀的哭"时,"我"便开始用一双纤尘不染的眼睛来观察世界了。那么,"我"要告诉这个世界些什么呢?是母亲的感激和安慰,是父亲的局促和欢欣,是一个充满了爱的家庭氛围。然而,这种爱却不是人人都能享有的。甚至从婴儿呱呱坠地的那一刻起,就因分属于不同的社会人群,而有了不同的命运和前途。在"我""对面的那张石桌上,也躺着一个小朋友","他圆圆的头,大大的眼睛,黑黑的皮肤,结实的挺起的胸膛",他跟"我"一样,是这个世界的新成员;但是他却在"似轻似怜地微笑着",这微笑暗示出他与"我"又是截然不同的,他是作为"我"的对立物而出现的。小说始终将两个出身不同阶级的婴儿作为对比来展开叙述。出生于大学教授家庭的"我",得到的是父母无微不至的关爱,面临的是衣食无忧的生活,甚至还躺在小床上,父母就在筹划"我"的未来,将来成个什么"家"了。而"对面的那张石桌上"的"小朋友"一出院,他的母亲就要因生活所迫去给人做奶妈,他只得跟祖母吃米汤、糕干,将来也只有像父亲那样做个屠户这一种前途。但是"小朋友"并"不在乎"自己的命运,对于"我"的幸福,他"似怜悯又似鄙夷",因为他有自己的宏图大志:"不但宰猪,也宰那些猪一般的尽吃不做的人!"女作家一贯温和的笔致下,突然出现了刚性的语言和人物,在难免给人以突兀之感的同时,也让人觉察到时代对于作者的影响。冰心自己说:"一个人不是生活在真空里,生活的圈子无论多么狭小,也总会受到周围气流的冲击和激荡。"[6](92)她是一位道德感极强的作家,早年家庭环境中耳濡目染的父亲身上传统的爱国思想,基督教义中入世救世、普济众生的精神,培育了她"誓愿'填崎岖为平坦,化黑暗为光明',永不做'落伍者'"[7](19)的社会责任感,她最初正是被五四的惊雷震上了写作道路,以创作具有时代特色的"问题小说"而蜚声文坛的。20世纪30年代在与丁玲等左翼作家的接触中,她的思想认识有了新的发展,用她自己的话说,是被时代"隆隆的洪响惊醒了我的诗魂"[8](451),重新握起手中的笔来谱写她爱的旋律。正如茅盾所说:"这五年内世界的风云,国内的动乱,可曾吹动了冰心女士的思想,我们还不很了了。但是在她的小说《分》里头,我们仿佛看到一些消息了。"[1](252)

《分》延续了作者对人生的关注,也承继了冰心一以贯之的用小说来阐释哲理、说明问题的倾向:"小朋友"可以看作是贫苦劳动人民不屈服于命运、敢于抗争的精神的化身,他的眼里"放出了骄傲勇敢的光",他要做"道旁的小草","在人们脚下,青青的点缀遍了全世界!"而"我""将永远是花房里的一盆小花,风雨不侵的在划一的温度之下,娇嫩的开放着"。虽然"我们谁也不愿意和谁不一样,可是一切种种把我们分开了"。"小朋友"的刚决勇毅一再引起"我"对自身境遇的反思,让"我""觉得惭愧""感出自己的渺小",在这自责与不安的背后,我们分明看到了作者那颗有着单纯善良禀性和博爱济众思想的真挚灵魂。小说时时处处显露出鲜明的阶级对比:出院时,我被从里到外用"美丽温软的衣服"装扮一新,而"小朋友"却换上了父母拆改补缀过的旧衣,"臃肿得像一只风筝"。虽然"我们"生来是平等的,穿同样的衣服,睡同样的小床,但是各自的家庭出身却把"我们精神上、物质上的一切都永远分开了!"。"我"在风雪中坐着汽车回那个"快乐的家",而"小朋友"却伏在父亲肩上,同提着布包袱的母亲走回家,去"享乐他的奋斗"了。最后,"我哭了"。小说以"我"的哭声始,又以"我"的哭声终,不仅仅是出于结构上对应的考虑,其中更是大有深意的:"我"眼中"这一个平坦洁白的世界"下面,却掩藏着种种黑暗、污浊、不公和丑恶,而这一切又似"飞鸿踏雪泥"般被白雪所覆盖了。那么,人与人真正的平等、作者所倾心呼唤的"人类之爱"的理想又在何处呢?只有"白茫茫大地一片真干净"罢了!于是,"我哭了"。这哭声中有惜别的惆怅,有良心的自责,有对个人理想的怀疑和追问,更有对现实社会鞭辟入里的质询。

《分》以其严肃的人生观察而达到了新的思想高度,也暗含了冰心对早年所坚持的"爱的哲学"的修正和超越:这里的"爱"不再是万全的。人人可以享有的,而是因为分属于不同的社会人群而千差万别的,这种差别从婴儿与母体分离的那一刻起就已经产生了,阶级的划分成为隔绝"人类之爱"的一道鸿沟。在这里,冰心不仅表达出对于普通劳动者命运的深厚同情,而且开始直言不讳地赞美他们自发的反抗行动了。她一直倾心歌颂的"爱"的天使从云端里走下来,走进普通劳动者的情感和命运,从而获得了人间的色彩和现实的意义。

二

然而《分》独特的艺术魅力,并不在于它透露了时代的气息,写出了阶级的差别,而在于它童话般的纯情色彩和字里行间散溢出的温婉细腻的母性风范。它让我们看到了时代对于作者的影响,更看到了冰心柔弱女性外表下那颗善良、真挚的心。虽然历经30年的人生风雨,冰心仍旧不失其"水晶般清澈的襟怀"[9](162);仍然能够那样真真切切地走进儿童的内心世界,逼真地再现出一颗小小心灵的波澜,用爱与美的理想,驱散人世间的冷漠和惆怅。这女性特有的温柔气质,虽不再似早期那般空灵飘逸,却增添了庄重典雅的成熟韵味,如涓涓细流,汇入每一个渴望着温情的读者心田。

《分》中婴儿视角的选择,既体现出作者在艺术构思上的匠心独运,使小说罩上了一层童话般的梦幻色彩,也显示出作者对儿童内心世界的熟悉了解以及女性特有的敏锐纤细的艺术神经。在新文学史上,冰心历来被称为"闺秀派"的先驱和代表。她作品的格调与她"诗的女神"一样,一直是"满蕴着温柔,微带着忧愁,欲语又停留"[10](313)的。她倾注全力、反复变奏讴歌的母爱、童心,皆以温柔为特质,蕴含着春风化雨似的渗透力,常给人以促膝谈心般的感受。尽管"天上的风雨来了"[11](297),也曾使她感到忧惧,沉重的人生思考,也曾使她"心头有说不出的迷惘和糊涂"[12](134),但她始终把握着笔下的情思,不让它喷薄泛滥,更排斥那种"极端派"暴烈狂放的情绪宣泄和金钲羯鼓的刺激性描写。在这篇《分》中,冰心虽然试图借助于童话的场景,传达出特定的时代情绪,但是对于现实的体认和摹写却由于切合作者的生活经验,而获得了细节上的真实性。小说中的"我"一来到这个世界,便被包围在"爱"的氛围里:"母亲正在很高的白床上躺着,用着渴望惊喜的眼光来迎接我。护士放我在她的臂上,她很羞涩地解开怀。

她年纪仿佛很轻，很黑的秀发向后拢着，眉毛弯弯的淡淡的像新月。没有血色的淡白的脸，衬着很大很黑的眼珠，在床侧暗淡的一圈灯影下，如同一个石像！""我开口呓哑着奶。母亲用面颊偎着我的头发，又摩弄我的指头，仔细的端详我，似乎有无限的快慰与惊奇——"真实细致的细节描写，唤醒了读者心中潜藏着的幼年的记忆，让人暂时忘却了人生的烦恼，全身心沐浴在母爱温柔圣洁的光辉里。西蒙娜·德·波伏娃在《第二性》中指出："孩子只会给这样的女人带来快活：她能够做到大公无私，渴望别人幸福，她不专注于自我，在追求对她自己生存的超越。"[13](591)小说中作为叙述者的"我"是初生的婴儿，而年轻的"母亲"则是现实中"我"的化身。母子间的感情交流被刻画得微妙而动人："母亲"因为爱"我"之切而"恐慌"着，"微笑"着，而"我"刚降临尘世便已懂得体贴父母了："这时我正呓不出奶来，心里烦躁得想哭。可是听他们谈的那么津津有味，我也就不言语了。"对于"我"的相处不过两三日的"小朋友"，"我"也有着深厚的同情心，甚至竟因为要分离而怅惘了："我们只有半天的聚首了，茫茫的人海，我们从此要分头消失在一片纷乱的城市的喧嚣之中，何时再能在同一的屋瓦之下，抵足而眠？"这分明是饱受去国离家之苦的冰心所发出的人生慨叹。这些细节无不浸润着作者女性的特质，让人咀嚼到温馨和爱。

沈从文曾经这样评价冰心的创作："冰心女士所写的爱，乃离去情欲的爱，一种母性的怜悯，一种儿童的纯洁，在作者作品中，是一个道德的基本，一个和平的欲求。当作者在《超人》集子里，描画到这个现象时，是怀着柔弱的忧愁的。但作者生活的谧静，使作者端庄，避开悲愤，成为十分温柔的调子了。"[14](196)不可否认，冰心创作《分》的主观意图是用来反映阶级的差别和对立，但落实到文本中去，这种义愤却被作者"象温泉水式的柔情"[15](403)给冲淡了。而文本价值的获得，却是在于它传达了人类共同的情感——爱与亲情。这份温婉的柔情和气度，无论是在遍布革命的中性语汇的20世纪二三十年代，还是在充满矫揉造作的脂粉气的当今文坛，都显示出一种与众不同的高贵和大气。虽然它因为兼备了新思想和旧道德而总是有些不合时宜，甚至被激进的人士贬为"软弱的资产阶级情调""新良妻贤母主义"，但却有着令人无法抗拒的亲和力，引发了一代又一代读者的共鸣。"真正的女人，富有女性气质的女人是忘记了自己女性本质的女人，这个女人把愉悦和对愉悦的叙述委托给别人。"[16](424)冰心正是一个集温柔与智慧、母爱与童真于一体的"女人"的范本。她在《关于女人》中写道："上帝创造她，就是叫她来爱，来维持这个世界。她是上帝的化生工厂里一架爱的机器。"[17](151)她是这样来认知"女人"的，也是这样去实践她的"爱"的理想。她的人格正如她的笔名，冰清玉洁，晶莹剔透。

冰心在作品中追求的是爱，又从真的愿望出发创造了美。这篇《分》，可以说是一部诗化了的小说。它不像一般小说那样追求情节的离奇和结构的精巧，而是用诗一样凝练而热烈的语言，亲切活泼又略带幽默的口吻，细致而缜密的笔触，传神地再现出婴儿的感觉和心理，创造出一个清新透明的童话世界，并以此来反观贫富悬殊的社会现实，寄托作者真实的生命体验和生活态度。虽然这部作品难免受时代气息的感染而流露出"宣教"的痕迹，但却以其表现的真切和格式的特别扣动了读者的心弦，从而获得了经久的艺术魅力。

参考文献：

[1]茅盾.冰心论[A].范伯群.冰心研究资料[C].北京：北京出版社，1984
[2]冰心.我的文学生活[A].冰心全集：第3卷[C].福州：海峡文艺出版社，1994
[3]冰心.寄小读者·四版自序[A].范伯群.冰心研究资料[C].北京：北京出版社，1984
[4]冰心.冰心全集·自序[A].范伯群.冰心研究资料[C].北京：北京出版社，1984
[5]冰心.春水（六四）[A].冰心全集：第1卷[C].福州：海峡文艺出版社，1994
[6]冰心.从"五四"到"四五"[A].范伯群.冰心研究资料[C].北京：北京出版社，1984
[7]谢婉莹.北京燕京大学一九二三级同学录[A].冰心全集：第2卷[C].福州：海峡文艺出版社，1994
[8]冰心.惊爱如同——阵风[A].冰心全集：第2卷[C].福州：海峡文艺出版社，1994
[9]冰心.往事（三）[A].冰心全集：第2卷[C].福州：海峡文艺出版社，1994
[10]冰心.诗的女神[A].冰心全集：第1卷[C].福州：海峡文艺出版社，1994
[11]冰心.繁星（一五九）[A].冰心全集：第1卷[C].福州：海峡文艺出版社，1994
[12]冰心.往事.以诗代序[A].范伯群.冰心研究资料[C].北京：北京出版社，1984
[13]西蒙娜·德·波伏娃.第二性[M].北京：中国书籍出版社，1998
[14]沈从文.论冰心的创作[A].范伯群.冰心研究资料[C].北京：北京出版社，1984
[15]郁达夫.中国新文学大系·散文二集·导言[A].范伯群.冰心研究资料[C].北京：北京出版社，1984
[16]P.克劳索斯基.好客之常规[A].张京媛.当代女性主义文学批评[C].北京：北京大学出版社，1992
[17]冰心.关于女人·后记[A].范伯群.冰心研究资料[C].北京：北京出版社，1984

第二辑　诗歌研究

论宗教与冰心"小诗"文体的发生

罗义华

摘要：中国现代"小诗"的发生与流行，与日本俳句、短歌和泰戈尔诗歌的引入有着密切的联系，这已为学界所公认。但是，就创作主体的身份、意图、言说方式而言，冰心"小诗"文体的发生，有很明显的宗教元素。把冰心"小诗"作为对象，系统考察了它的出场过程，认为除去泰戈尔的影响之外，冰心所接受的宗教感知和表达世界的思维方式以及宗教诗、"箴言"的言说方式，也是"小诗"文体产生的重要根源。

关键词：宗教；冰心；"小诗"；泰戈尔；文体；发生；根源

在20世纪20年代的中国诗坛，"小诗"的文体形态引起了广泛的关注。对于"小诗"的引入及其来源问题，周作人最有兴味①。他在短歌之外，推介日本的"俗歌"——日本民间合乐或徒歌的歌词，并将其与中国的"子夜歌"、《旧约》里的"雅歌"、印度的"偈"相比较[1]，又撰文推介法国的俳谐诗，称这种文体特性介于日本的"俳句"与"短歌"之间[2]。他还在《石川啄木的短歌》《日本的小诗》《日本的讽刺诗》等文中专论"短歌""俳句"的历史发展与文体特征。此外，《希腊的小诗》一文分辨了希腊"诗铭"（Eprigramma）的特性。他的《论小诗》一文则全面分析了"小诗"的传统资源与域外资源。就域外资源方面看，他认为，尽管欧洲的小诗影响深远，但中国现代"小诗"的来源是东方的：印度的"偈"或"伽陀"，属于"冥想"的一种文体；日本的俳句、短歌，属于"享乐"的一派[3]。此后，"小诗"

作者简介：罗义华（1970—　），男，湖北省荆门市人，中南民族大学教授，文学博士，主要研究中国现代文学与比较文学。
本文原载：《中南民族大学学报（人文社会科学版）》2013年1月第33卷第1期。
基金项目：教育部哲学社会科学研究重大课题攻关项目"中国文学谱系研究"（11JZD034）。
① 早在1916年，周作人就撰写了《日本之俳句》（《若社丛刊》1916年6月第3期）一文，表明了他对俳句这种诗体的兴趣。1921年，他在《日本的诗歌》（《小说月报》1921年第5期）一文指出，日本的诗风浓厚，歌与俳句盛行，"到处神社里的匾额上，都列着小诗人的名字"。

文体与日本俳句、短歌，泰戈尔诗歌的内在联系，遂成为学界的一般共识①。但是，这种主要是从"小诗"与中外文学传统关系层面探究得出的结论，并不能完全解决"小诗"的发生问题。新文学的发生，首先得益于新文学诸将身份意识的转变，并由此带来了言说意图与言说方式的变化。"小诗"的发生，亦不能忽略这一层面的因素。有鉴于此，本文拟从主体身份、意图与言说方式的层面来考察冰心的"小诗"文本，借此探索"小诗"文体发生的深层次根源。

一

1921年9月结集的《繁星》，诗前"自序"有云：

> 一九一九年的冬夜，和弟弟冰仲围炉读泰戈尔（R.Tagore）的《迷途之鸟》（*Stray Birds*），冰仲和我说："你不是常说有时思想太零碎了，不容易写成篇段么？其实也可以这样的收集起来。"从那时起，我有时就记下在一个小本子里。[4]

这段文字成为冰心"小诗"文体源自泰戈尔的观点的直接证据，也构成了学界思考冰心"小诗"思想艺术与文体特征的出发点。不过，事实并非完全如此。《繁星》的写作虽始于1919年冬，但其中的文化底蕴与文体特性，发轫于早先的宗教教育，并贯彻于她在此一阶段的小说、散文创作之中。

冰心对宗教的热诚，首先来自她天然的慧性，也与她所接受的教育有关。随父母定居北京后，她进入了东城灯市口公理会的教会学校贝满女子中学②，而她所接受高等教育的协和女大和燕京大学，基督教也有很大的势力③。深受基督教

---

① 胡怀琛在《小诗研究》中专辟"小诗的来源""小诗与中国的旧诗"等章。与周作人观点略有不同，他认为"小诗"的来源，除周氏提出的日本俳句、短歌和泰戈尔诗歌之外，还与初期新诗坛的短小诗章有关，他据此认为欧洲的"小诗"和中国古代的歌谣，是第三种来源。参见《小诗研究》，商务印书馆1924。
② 据肖凤《冰心传》，贝满女中这所教会学校，除去教授功课之外，还向女孩子们传授宗教思想，教授《圣经》课。少女冰心也是在这里第一次接触到基督教义及《圣经》故事、耶稣、爱等。参见肖凤《冰心传》，57页，北京，北京十月文艺出版社，1987。
③ 1920年发表于《燕大季刊》第1卷第1期的《燕京大学男女校联欢会志盛》，记载了燕京大学合校的盛事。司徒雷登、蔡元培等名流在大会上纷纷致辞。有趣的是，冰心没能完整记录蔡元培的致辞，却对一位女士的讲话颇感兴趣，认为"非常的精彩"，女士发言的精要在于耶稣基督、释迦牟尼和孔子的伟大，在于他们都有博爱主义和协同精神，中国现在的困弱大半因为缺失了这种精神。从这份简报看，基督教在燕大的势力极盛，牧师登台宣讲鼓吹自不必说，就连前来祝贺的教育部金事陈颂平也在致辞中说："将来基督教布满了中国，中国一定是有盼望的。"燕京大学的教职员工多为基督教徒，他们对冰心辈的言传身教，不能漠视。参见《冰心全集》，第1卷，82~84页，福州，海峡文艺出版社，1994。

影响的她以悲天悯人的态度观照世界并延至她的文学创作，这是再自然不过的事了。不过，对于冰心来说，在文学创作中把对宗教的信仰转化为解决社会问题的力量尚有一个过程。这个过程也就是冰心从一个青年学生、作家转变为一个"宗教家"的过程。

冰心的文学生涯以小说创作为开端，可以尝试把她前期的小说创作与"小诗"联系起来看。《两个家庭》《斯人独憔悴》《秋风秋雨愁煞人》《去国》《庄鸿的姊姊》等小说，提出了一系列的"问题"。这些"问题"的出现，一方面如她自己所言，"极力描写那旧社会的不良现状"，以"引起阅者的注意"[5]。另一方面，冰心在此一阶段并未给这些"问题"开出药方，小说的结局大多含着悲意，以至于引来了所谓"悲观"的质问。1920年发表于《燕大季刊》第1卷第1期的《世界上有的是快乐……光明》发生了新的变化。小说结构虽然简单，但冰心开始运用宗教之力量解决社会问题的尝试值得关注。小说的主人公凌瑜不肯独善其身，对于艰难国事却又无计可施，悲愤之余，立意投海自杀以唤起国人的自觉，但在凌瑜宣称"我要走一条黑暗悲惨的道路"之后，小说的结局发生了出人意料的转变，两个涉世未深的小朋友，以寻常的"箴言"方式，唤醒了凌瑜的心灵："世界上有的是光明，有的是快乐，请你自己去找罢！不要走那一条黑暗悲惨的道路。"[6]小朋友隐然以"天使"的身份，运用《圣经》式的言说方式，让即将赴死殉国的凌瑜获得了醍醐灌顶般的苏醒。凌瑜从他们身上看到了"天使的影子"，唤起了他"一种不可思议、庄严华美的感情"。这篇小说彰显了信仰的力量，也揭示了冰心的"宗教家"的面相。换言之，冰心在文学家身份之外，多了一种"布道者"的身份。再看《最后的安息》，翠儿的结局依然是一个身处乱世的童养媳所无法逃避的悲剧，但小说结尾处的描写却以宗教的面相让人看到了彼岸的晖光，"她憔悴鳞伤的面庞上，充满了微笑，灿烂的朝阳，穿进黑暗的窗棂，正照在她的脸上，好像接她去到极乐世界"[7]。翠儿的"最后的安息"指明了凡人皈依的方向。这类小说因为散布宗教式警句而获得了诗意。小说《"无限之生"的界限》就是一首宗教赞美诗。主人公"我"（文中即称为"冰心"）与"宛因"围绕"无限之生"的真谛，展开了一场心灵的对话。"宛因"即为"婉莹"，是冰心的另一面。"宛因"穿越"无限之生"的界限，以彼岸的经验与庄严姿态，宣告了通向天国和极乐世界的路径：以"快乐信仰"获取"光明"，直抵"完全结合"[8]的境地。这种解决之途也体现在《一个军官的笔记》中，小说在末尾这样写道："上帝也要擦干他们一切的眼泪；不再有死，也不再有悲哀，哭号，疼痛；因为以前的事都过去了。"[9]很显然，冰心在文本中将宗教信仰的力量转化成解决社会问题的力量，由此而来的是，小说呈现出典型的宗教"教谕"式的文体特征。

二

这种"教谕"式的文体特征,很自然地从小说延伸至新诗的创作领域。创作于1920年9月6日的《画——诗》一文,记载了她学习《圣经》诗篇的细节。文中引用了《圣经》的诗章:"上帝是我的牧者——使我心里苏醒——""诸天述说上帝的荣耀,穹苍传扬他手所创造的……无言无语……声音却流通地极!"[10]这些独立成节的诗章,再现了《圣经》诗篇的文本特征,在文体上与她的《繁星》略无二致。再看完成于1921年3月8日的《圣诗》一文:

> 圣经这一部书,我觉得每逢念它的时候,——无论在清晨在深夜——总在那词句里,不断的含有超绝的美。其中尤有一两节,俨然是幅图画;因为它充满了神圣、庄严、光明、奥妙的意象。我摘了最爱的几节,演绎出来。自然,原文的意思,极其宽广高深,我只就着我个人的,片段的,当时的感想,就写了下来,得一失百,是不能免的了。[11]

以上引文透露出许多重要的信息:其一,《圣经》中的词句有"超绝的美",有"神圣、庄严、光明、奥妙的意象",这些也正是冰心"小诗"所努力追求的元素。其二,《圣经》的原文宽广高深,但冰心更愿意凭自己的喜好,选择其中的片段加以"演绎"(融入"当时的感想")。可见,《圣诗》一篇清楚表明了冰心从《圣经》诗篇到"小诗"的路径。

在《圣诗》中,冰心还依照上述原则,在《圣经》诗篇的基础上"演绎"了《傍晚》(《创世纪》第三章第八节)、《黄昏》(《约伯记》第十五章第八节)、《夜半》(《诗篇》第十六章第七节)、《黎明》(《诗篇》第五十七篇第七至第八节)、《清晨》(《诗篇》第一百三十九篇第九节)、《他是谁》(《以赛亚书》第四十二章第三节)、《客西马尼花园》(《路加福音》第二十二章第四十四节)、《骷髅地》(《约翰福音》第十九章第三十节)、《使者》(《以弗所书》第六章第二十节)、《生命》(《雅各书》第四章第十四节、《诗篇》第八十九篇第四十七节)、《孩子》(《启示录》第廿一章第十一节、《马太福音》第十八章第三节)、《沉寂》(《约伯记》第四十二章第三节)12首新诗,这些新诗作较之原诗,在体积上都有所增加,但却努力保留了原诗"神圣、庄严、光明、奥妙的意象"及其旨趣。更值得注意的是,这些诗作在言说方式、精神旨趣层面与《繁星》《春水》有诸多相通之处。

以《圣经》为代表的宗教文学构成了西方文学的重要传统,《圣经》诗篇的一个特点是以简洁、素朴的语言直抵庄严、神圣的灵境。《圣经》诗文本的引入,对于冰心新诗创作的触发,具有显著的意义。简洁的语言之间包容万象,以圣者的情怀俯仰人生,获取诗思的深度与广度,诗意饱满有力,诗借此获得了引导人生从"现世"面向"彼岸"的"教谕"言说方式。可见,冰心以教徒的身份汲取了信仰的力量,宗教元素在其文学发生的心理机制上发挥了显著的作用。冰心早期小说、散文和新诗文本中的主体身份、意图、言说方式都烙上了宗教的印记，也因此成就了宗教文学的美的形态。

三

　　1920年12月，冰心陆续发表了《影响》《天籁》《秋》等新诗，从这一组诗到《繁星》的正式出场，冰心一直在进行新诗文体的实验。这期间，如前所言，她依照《圣经》诗篇改写了《傍晚》《黄昏》《夜半》《黎明》《清晨》等12首"圣诗"，又写成《何忍？》《天婴》等诗篇。就文体而言，上述诗作较之"小诗"，篇幅略长，宗教的气氛浓厚。可见，"小诗"的正式出场，还需要完成两个方面的改进，一是"去繁就简"；二是让宗教隐匿到背后，"小诗"不等于"圣诗"①。

　　要考察冰心"小诗"文体的最后发生，就不能不注意到泰戈尔的影响。宗教是冰心解决社会问题的信念所在，冰心与泰戈尔的接近，在很大程度上也因为泰戈尔诗中独特的宗教色彩深得其心。在冰心发现"小诗"的途中，泰戈尔无疑起到了引导与示范的作用。泰戈尔的诗与哲学思想在很大程度上契合了冰心的性灵，并触发了她对"小诗"文体意识的觉醒。

　　1920年9月，冰心在《遥寄印度哲人泰戈尔》一文中追述了她借由传略和诗文而与泰戈尔遭遇的心路历程。冰心在文中指出，泰戈尔的信仰与"天然的美感"渗入其中，和她原来的"不能言说"的思想，"一缕缕的合成琴弦，奏出缥缈神奇无调无声的音乐"。她忍不住高声颂赞："泰戈尔！谢谢你以快美的诗情，救治我天赋的悲感；谢谢你以超卓的哲理，慰藉我心灵的寂寞。"[12]

　　冰心以己身与泰戈尔"在'梵'中合一"的说法，表达了她对泰氏的倾慕。但是，冰心如何接受泰戈尔的影响，这个问题可能比我们想象得要复杂得多。对于冰心来说，她对"宗教文本"的醉心和探索，已经面临了来自中国思想界改天换地的局势所带来的冲击。对宗教资源的倚重，可追溯到晚清谭嗣同、梁启超一代学人。严复的发展"民德、民智、民力"的观点，揭橥了国民性改造的旗帜，梁启超则从佛教"勇武、精进"的思想元素中看到了国民性改造与强国之梦的路径。"五四"一代作家中，将启蒙的使命与宗教的力量联系在一起的案例也不少。但是，随着新文化运动的不断深化与拓展，中国思想文化领域出现了多元分化的局面，蔡元培的"美育代替宗教"、胡适的实用主义等新思想、新观念都在思想文化界占

---

① 这里我们首先需要解决一个前提：1921年9月《繁星》结集时，冰心在"自序"中声明"小诗"写作始于1919年，但是她并没有给出这些"小诗"的具体写作时间。此外，冰心在结集时有没有加以汰选或修改？《繁星》中的一些诗篇，与前述部分散文、小说中的警句部分有很多重合的地方，是先有这些片段并以此为基础完成散文和小说的创作，还是先有散文、小说的创作而摘录其警句与思想精华，还是这些闪光点一直盘旋于心，浓缩为"小诗"，发挥则为散文、小说？这些问题很难解决。有鉴于此，本文对《繁星》文体的分析，立足于1921年9月这个具体时间。

据了一席之地,并对以宗教的力量改良人生的做法提出了质疑。更为重要的是,"为人生"的艺术观念深入人心,这种具有明确的现实批判指向的文学思潮,并没有将宗教信仰当作人生的出路,作为文学研究会早期重要作者的冰心不能不受到影响。还处于成长探索期的冰心正面临着一种压力,她要从过去的一个"宗教家"转变为一个社会工作者和一个更为纯粹的文学家,她需要在"五四"启蒙精神和基督教教义之间作出某些调适——表现在文体形态上,就是要在保持内在信仰的力量的同时,将宗教色彩隐匿起来。

转变始于1920年12月发表在《燕大季刊》第1卷第4期上的《文学家的造就》和1921年4月发表在《小说月报》第12卷第4号上的《文艺丛谈》和小说《超人》。两篇文论都隐匿了宗教的元素。《文艺丛谈》一文,思想的着落点在于"发挥个性,表现自己",以创造"真"的文学[13]。尽管在写作《文艺丛谈》的前后阶段,基督教的色彩依然充满了她的文本,12首"圣诗"不过是其中的一个缩影,但很显然,在文学观念层面冰心试图与"五四"时期"为人生"的文学观念保持一致。在《超人》中,尼采的"超人"哲学、基督教教义、泰戈尔的母爱思想在文本中交汇,形成了一种"杂糅"的思想特色。这种"杂糅"是各种思想元素交战的结果,也体现了冰心在文体上超越"宗教文本",在"宗教"与"人生"两者之间获取平衡的努力。正是在这个意义上,笔者看到了泰戈尔对于冰心创作转向的意义。

从《文艺丛谈》开始,《月光》《海上》《宇宙的爱》《山中杂感》《图画》《回忆》《问答词》等文主要表现了"自然"主题,冰心将"个体"置放于无限的"自然"中,在浩瀚的、孕育了无限之生的宇宙中叩问生命的真谛。这种对人与"自然"关系的沉思,一直延续至1922年的《往事》系列。1921年6月28日,冰心发表了《人格》一诗:

> 主义救不了世界,
> 学说救不了世界,
> 要参与那造化的妙功呵,
> 只有你那纯洁高尚的人格。
> 万能的上帝!
> 求你默默的藉着无瑕疵的自然,
> 造成我们高尚独立的人格。

《人格》一诗短小简练,在文体上相当接近《繁星》中的"小诗"。在诗中,"自然"的意义与现代人的"人格"养成结合在一起,这是泰戈尔"自然人格"的中国表述。泰戈尔对于冰心的意义,在于他的人格与诗品,给发展中的冰心树立了榜样,更在于他的泛神论,他的母爱、儿童之爱、自然之爱,调适了冰心宗教信仰与诗歌创作之间的边际。在《宇宙的爱》《爱的实现》等文中,"美"与

"爱"成为冰心的一种自觉追求。自然的、宇宙的爱是无限的,外在的万物都不曾改变,"只是渗透了宇宙的爱,化出了新的生命"[14]。在遭遇泰戈尔之前,冰心主要受到了基督教的影响,但是泰戈尔给她带来了新的宗教形态和文学文本形态。泰戈尔泛神论的背后有佛教的根源,冰心与佛教的渊源亦由此加深。在《青年的烦闷》一文中,冰心开始将释迦牟尼和耶稣并举。不仅如此,此后的诗文就杂糅了佛教与基督教两种颜色:文本中的幻象描写往往具有明显的佛教色彩,但是反复出现的"神"的意旨是与基督教相通的。这是一个很重要的征象。它表明在冰心的信仰体系中,泰戈尔泛神论的背后融合了佛教和基督教两种元素,这种融合也体现在冰心此一阶段的诗文中。泰戈尔《飞鸟集》对冰心的一个启示,就是信仰在文学文本中的存在维度问题。与前述小说文本中所彰显的宗教元素不同,信仰以一种更为隐秘的姿态化入她的诗思与言说方式,其结果是,诗在一种更具包容性的廓大情怀和更为本色纯粹的诗性言说方式之间获取了平衡,在简洁的语言和单纯的结构中获取了引人注目的诗意——"小诗"文体形态的独立性就此确立①。

四

《繁星》的每一节文本,都与前述《月光》《海上》《宇宙的爱》《山中杂感》《图画》《回忆》《问答词》等散文和小说有着割舍不断的联系。这些散文和小说中的一些片段,体现了冰心对"美"与"爱"的沉思,一旦剥离开来,就其意象与旨趣而言,与《繁星》中的诗篇并没有多少距离。《繁星》的意象、语言和各种人事,基本上都可以在前述散文、小说中找到原型。但是,《繁星》中的诗篇,我们已经很难捕捉到明确的宗教语词②,而在这些小说、散文中,作者为社会问题与人生问题所给出的答案,往往具有明确的宗教指向。

《繁星》的写作虽然始于1919年,但它的结集发表则是1921年底1922年初的事了。这个时期,冰心已经作为文学研究会的得力干将,走在了"为人生"的艺术路线的前沿。《繁星》孕育与写作的周期,正是冰心从热烈的基督教信仰借由泰戈尔的引导,逐步形成"爱"与"美"的生命哲学的周期,也同时是她加入文学研究会,逐步接受"为人生"艺术观念的周期。《繁星》的文化思想体系包含有4个方

---

① 梁实秋认为,总体上看,《繁星》"没有像泰戈尔的哲学,没有像《迷途之鸟》的艺术","终归不能登大雅之堂"。参见梁实秋《<繁星>与<春水>》,《创造周报》1926年第12期。笔者以为这是对《繁星》文本形态特征的误解。与梁实秋持相近观点的还有胡怀琛等人。胡怀琛认为,"泰戈尔的思想,本来是很高的。他的诗是靠在实质好。……中国人学他的诗,往往学不到他的实质,只学习他的形式"。参见胡怀琛《小诗研究》,商务印书馆1924年版,第44页。
② 值得注意的是,在《繁星》中销声匿迹的"上帝""十字架"等语词,又出现在了1922年结集的另一部"小诗"集《春水》中。

面的因素：基督教的"平等"及"博爱"思想、佛教的众生平等观念、泰戈尔的泛神论、文学研究会"为人生"的观念。《繁星》中的表层是"美"与"爱"，但它的底层依然是源自宗教的悲悯情怀。基督教、佛教的思想元素隐匿在对"美"与"爱"的颂赞中。

与《圣诗》相比较，《繁星》中的诗篇形式短小，着意于抓住一刹那的感性。冰心在"自序"中提到了"有时思想太零碎了，不容易写成篇段"的情形，她在《圣诗》的前言里也曾指出，《圣经》原文的意思，极其宽广高深，她只就着"个人的，片段的，当时的感想"来写作。这两段文字有很重要的联系，前者所谓的"零碎"，与后者所谓的"片段"，是相近的意思，都是就冰心自己的思维方式与言说方式而言的。尽管《圣诗》"前言"并没有提到形成这种思维、言说方式的具体时间，但《繁星》的"自序"却透露出这方面的信息。从"自序"中姐弟两人的对话看，在阅读泰戈尔的《飞鸟集》之前，冰心就已经形成了这种"零碎"的、"片段"式的思维方式与言说方式。这一点很重要，这表明，就《繁星》里主体感知和表达世界的方式而言，它与宗教思维和言说方式有着一脉相通的地方，那就是"顿悟"式的思维与"箴言"式的言说方式。

《繁星》在文体与诗思的层面上很接近泰戈尔的《飞鸟集》，但也需要注意到两者的差异。《飞鸟集》中的泛神论是一种更具有独创性的"宇宙观""生命观"。而《繁星》中的泛神论隐含有基督教的热诚与佛教的空明，又因为受到文学研究会"为人生"思想的牵引，《繁星》较之《飞鸟集》具有更多的人间性。

泰戈尔《飞鸟集》等诗作和他的泛神论，对于冰心人格思想、文学观念特别是"小诗"创作的影响是巨大的，这是毋庸置疑的。不过，冰心早年对基督教的热诚信仰对于她的感知和表达世界方式的形成同样重要。如前所言，冰心对泰戈尔的接受也得益于她自身的受到基督教浸润的心理机制，而《圣经》诗篇对其"意象"思维的养成更是不能轻忽；"五四"的罡风和"为人生"的观念，则促使冰心在二者之间寻找一种融合。因此，冰心"小诗"的最终出场，可以视为"为人生"文学观统筹下宗教元素与泰戈尔元素的融合。

总的来讲，冰心早期散文诗、小说和新诗文本中的主体身份、意图、言说方式都烙上了宗教的印记，也因此成就了宗教文学的美的形态。《繁星》虽然努力脱去宗教的外衣，却依然保留了宗教的底子——"小诗"的文体兼容并蓄了宗教感知和表达世界的方式。不仅如此，就在《繁星》结集的1921年9月，冰心发表了《迎神曲》《送神曲》等新诗，信仰再次成为诗歌的中心。可见，内在的宗教信仰从不曾离开她的诗歌。或许，在冰心这里，宗教作为"小诗"的源泉之一，较之日本的俳句、短歌，或者泰戈尔的影响，处于更为根源性的位置[1]。

---

[1] 除冰心外，王统照、宗白华等人的小诗亦与宗教存在诸多关联。

参考文献：

[1]周作人.日本俗歌四十首[J]//诗，1922，1(2)
[2]周作人.法国的俳谐诗[J]//诗，1922，1(3)
[3]周作人.论小诗[M]//自己的园地.北京：晨报社出版部，1923：56
[4]冰心.繁星：自序[M]//冰心全集：第1卷.福州：海峡文艺出版社，1994：261
[5]冰心.我做小说，何曾悲观呢？[M]//冰心全集：第1卷.福州：海峡文艺出版社，1994：47
[6]冰心.世界上有的是快乐……光明[M]//冰心全集：第1卷.福州：海峡文艺出版社，1994：77~78
[7]冰心.最后的安息[M]//冰心全集：第1卷.福州：海峡文艺出版社，1994：95
[8]冰心."无限之生"的界限[M]//冰心全集：第1卷.福州：海峡文艺出版社，1994：105
[9]冰心.一个军官的笔记[M]//冰心全集：第1卷.福州：海峡文艺出版社，1994：12
[10]冰心.画——诗[M]//冰心全集：第1卷.福州：海峡文艺出版社，1994：134
[11]冰心.圣诗[M]//冰心全集：第1卷.福州：海峡文艺出版社，1994：182
[12]冰心.遥寄印度哲人泰戈尔[M]//冰心全集：第1卷.福州：海峡文艺出版社，1994：131
[13]冰心.文艺丛谈[M]//冰心全集：第1卷.福州：海峡文艺出版社，1994：214
[14]冰心.宇宙的爱[M]//冰心全集：第1卷.福州：海峡文艺出版社，1994：236

创作心理的美丽备份
——从《繁星·春水》看冰心的文学精神

林山　席扬

摘要：冰心在《繁星·春水》中用大量"以诗写诗"的诗行记录下创作过程中心理情绪的细微颤动，其价值不在于高深的思想，而在于独异的想象和曼妙的文字，以感性之美点亮了智性之光；反映出冰心早期文学写作多排拒现实干扰，注重自我心灵启悟，在求真、求善、求美的文学精神指引下，醉心营造晶莹剔透、如梦如幻的文学小天地，呈现出独语特征和单纯之美。

关键词：冰心；小诗；繁星；春水；独语

冰心的《繁星·春水》曾在几代人的青春岁月里晕染下一方水光潋滟。她用只言片语化零碎的思想为繁星点亮记忆的穹宇，化纷繁的意绪为春水汩汩的清响叩问未来的耳鼓，使人于此领受到文字的无限妙处——它可以疏泄苦闷，可以安顿梦想，可以充盈内心，可以采撷瞬息灵光，可以收拢漫天思想……尽管冰心多次声明自己的《繁星·春水》不是诗歌创作，只是模仿泰戈尔《飞鸟集》的形式，将平时琐碎的灵思妙想随手记录。然而诗是心声的自然流露，本无须刻意为之，"不在立意做诗"的冰心，反而得以摆脱诗歌形式推敲的束缚，以一种纯粹的自然而然的写作姿态，登临小诗所特有的清纯浑朴的审美境界，不经意间为新诗创作寻得了一片清新的绿洲。这片绿洲中，除了为人们深深记取的歌咏自然、童真、母爱的妙句和浸润哲理色彩的格言之外，还有大量伴随诗人写作过程中文脉的跳动、神思的旋舞而滑落的有关"创作心理"的诗行，它们诞生于冰心静夜独坐时与自我心灵的喁喁私语；和盘托出了一个初入文坛的少女围绕文学创作而产生的喜悦与憧憬，苦闷与焦虑；印载了诗人求索文学真谛之路上的轻盈畅快或踟蹰徘徊的履痕；它们构成了冰心小诗写作的原初的心理动因，也是冰心思考自我和人生的出发点与核心，统摄着冰心诗作中浸润着真、善、美的纷繁意象。从这个角度看《繁

作者简介：林山（1988—　），女，福建师范大学现当代文学专业硕士研究生。席扬（1959—　）男，山西绛县人，福建师范大学教授、博士生导师，研究方向：中国现当代文学。
本文原载：《职大学报》2013年第6期。

星·春水》，它就像冰心创作心理的一个美丽备份，向我们敞开着一扇透视冰心艺术个性和文学精神的窗。

一

《繁星·春水》中有大量诗句以"诗人""心灵""思想""意绪""文字""笔儿""句儿"为抒情主体，它们汇成了冰心诗作中一类重要的意象系统。冰心擅长通过这些意象的营造来表现诗人（即自我）的内心世界，外化刹那间的情感：

不恒的情绪，要迎接他么？他能涌出意外的思潮，要创造神奇的文字。（《繁星·五〇》）

最沉默的一刹那顷，是提笔之后，下笔之前。（《繁星·六二》）

文字，开了矫情的水闸，听同情的泉水，深深地交流。（《繁星·一四六》）

诗人的心灵，只合颤动么？平凡的急管繁弦，已催他低首了。（《春水·一一九》）

《繁星·春水》中还收入了一些冰心早期创作的有别于小诗风格的新诗，如《谢"思想"》《诗的女神》，内容上也都是把精神领域中抽象的思想和灵感作为抒情对象，制造出玄妙的意境，在无限美感的流溢中，展现诗人创作过程中情绪的变动。亦有《病的诗人》《假如我是个作家》《哀词》《向往》等诗，直接以诗人为抒情主人公，表现诗人对艺术美的认识和对艺术品格的追求。这些"以诗写诗"的诗作正呼应了冰心自己说过的一句话："何用写呢？诗人自己便是诗了！"（《春水·五〇》）而我们品读这些诗，就如同在最贴近诗人心绪的波涛上滑翔。由此观之，冰心非常乐于并且擅长对"自我写作状态"予以细腻深微的审美观照，并在这个过程中融入自己对文学创作的独到的心灵体验，使伴随"写作"行为产生的种种精神现象皆成为思考、表现和歌咏的对象。那些于精神世界中消长、变动、转换的难以捉摸的情绪、思想，经由她的笔端，便获得了诉诸视觉与听觉的生命质感和情感力量。

令人玩味的是，《繁星·春水》中，勃勃的诗思总是与"明月""清夜"等意象相伴相生：

月明之夜的梦呵！远呢？近呢？但我们只这般不言语，听——听，这微击心弦的声！眼前光雾万重，柔波如醉呵！沉——沉。（《繁星·七六》）

夜半——宇宙的睡梦正浓呢！独醒的我，可是梦中的人物？（《繁星·一〇〇》）

深夜！请你容疲乏的我，放下笔来，和你有少时寂静的接触。（《繁星·八一》）

> 上帝呵！即或是天阴阴地，人寂寂地，只要有一个灵魂，守着你严静的清夜，寂寞的悲哀，便从宇宙中消灭了。（《春水·一四九》）

这些诞生于静夜的诗行，记录了诗人灵感着陆心灵时的微颤，以及文思潺流心岩的神妙体验。喜欢在"病中、静中、雨中"写作的冰心认为，"病中心绪惆怅，静中心绪清新，雨中心绪沉潜，随便的拿起笔来，都能写出好些话"。（《寄小读者·通讯二十六》）月明风清、夜阑人静，正是古往今来无数文人骚客诗兴勃勃、文思泉涌之时，自然也是冰心所认为的最佳的写作时机。她不仅以饱蘸浓情的笔墨反复吟咏催生灵感的静夜之美，还将"静夜"人格化了，使之成为一个可以沟通对话、可以畅叙幽情、可以延展想象、可以与心灵互动的对象，由此营构出一个个富有意趣的戏剧场景，拓展了小诗的表现力：

> 夜已深了，我的心门要开着——一个浮踪的旅客，思想的神，在不意中要临到了。（《繁星·四一》）
> 岩下，缓缓的河流，深深的树影——指点着，细语着，许多诗意，笼盖在月明中。（《春水·一五〇》）
> 夜中的雨，丝丝的织 就了诗人的情绪。（《繁星·五六》）
> 昨日游湖，今夜听雨，这雨点已落到我心中的湖上，滴出无数的叠纹了。（《春水·七五》）

冰心钟情于写作过程的快感体验，因而有了如此之多"以诗写诗"的词句。这些诗原生态地呈现了诗人获得灵感的全过程，折射出思想与诗人的心灵划擦出火花的那瞬间光彩。我们可以想象，诗人于静夜中冥然兀坐，任神思独驰，心门洞开，繁复的意象纷至沓来……它们来自月明中笼盖的诗意，来自夜雨坠入心湖的叠纹，是自然的神启，亦是来自诗人的回忆，来自诗人对自我心灵的临照。冰心以女性特有的细腻笔触将思考和遐想转化为一种美妙绝伦的艺术感受，将自我与静夜神交的状态转化为一种富有戏剧性的诗意表达。这种创作思维在一首《诗的女神》中得到更为细腻的展演。在这首诗里，冰心将自己微妙的创作心理转化为一场富有戏剧性的、奇幻动人的场景，她将内心对诗歌理想境界的追求人格化为一个温柔高贵、略带神秘气质的"女神"形象，将自己文学创作的美学追求，寓于女神"满蕴着温柔，微带着忧愁，欲语又停留"的音容风姿之中，可谓神来之笔。

有意思的是，"诗的女神"也是在"静夜"莅临的。"静夜"在冰心笔下不单单指涉写作环境，更映照诗人写作时那种空明澄澈的心境。"冷静的心，在任何环境里，都能建立了更深徽的世界。"（《繁星·五七》）"心灵的灯，在寂静中光明，在热闹中熄灭。"（《繁星·二三》）静噪稍分，昏明顿异，冰心执着于内在心灵世界的探寻，她所希求的寂静是一种心灵沉潜的状态。这种状态需要屏退外部的喧器，让内心的声音渐渐明朗、清晰，从而施展想象、反思自我、修养人格。"轻云淡月的影里，风吹树梢——你要在那时创造你的人格。"(《繁星·六〇》)在冰心看来，文品与人品的修炼是同步的，当一个人静下来独自面对自我的时候，他（她）的心灵是最真率、最自由的，她喜欢在这种情境下用磊落的心灵去细细研磨美丽的文字。拒斥外部现实环境的干扰，自由自在的写作心态和内省式的思维方式，无疑使得冰心的小诗呈现出独语式的话语特征。这些诗未必承载多么厚重的思想内容，诗意化的表达却使平淡无奇的思想充满意趣和灵性，成就了其小诗的艺术魅力。

二

与灵感喷涌的喜悦相对的是言不尽意的苦闷。常有人说冰心的丽词佳句是"信手捏来""轻而易得""臻于化境"，可是冰心却真率地袒露了自己写作中常为"言难尽意"的苦闷纠缠的心境：

思想，只容心中游漾，刚拿起笔来，神趣便飞去了。(《繁星·一四一》)
笔在手里，句在心里，只是百无安顿处——远远地却引起钟声！(《繁星·一一五》)
影儿落在水里，句儿落在心里，都一般无痕迹。(《繁星·九六》)
片片的云影，也似零碎的思想么？然而难将记忆的本儿，将它写起。(《繁星·一六三》)

诗人困苦于"不论是人情，是物景，到了'尽头'处，是万万说不出来，写不出来的。纵然几番提笔，几番欲说，而语言文字之间，只是搜寻不出配得形容这些情绪景物的字眼，结果只是搁笔，只是无言"(《寄小读者·通讯十六》)。一面是不吐不快，不甘心埋没了这些美妙的人生片段；一面又担心语言不能保全事物天然存蓄的美感，这对矛盾成为诗人最深切的精神焦虑。

"文字情绪不能互相表现的苦处"并非是冰心个人所独有的感受，"书不尽言，言不尽意"的矛盾乃古往今来文人诗家共有的困苦。冰心开始创作的时期，尽管白话文挣破了文言文的桎梏，极大解放了人们表情达意的自由度，然而现代汉语规范尚未确立，文学活动中言意的矛盾，仍是无法回避的一大困境。有意思的是，言不尽意的"愁闷"却在冰心的诗情阐发下化作饶有神趣的诗句，"百无安顿的句子"也终能在萃集零碎思想的小诗集中找到归属。或许这正是冰心找到的一个舒缓写作苦闷的渠道：袒露"内语言"，直接表达"此刻"的独特感受——此时的语言离真实的心绪感觉最近。然而三言两语的小诗毕竟只是对某一刻心理活动的快照，诗人并未满足于此；当她对自我内心世界进行更为持久而深入的观照后，她的诗情便溢出了小诗体例，发展为长篇的诗章，这时的诗作更像是对诗人整个创作心理活动历程的全景式录像了。作于1921年的《谢"思想"》即是在冰心"言不尽意的苦闷"中诞生的。和《诗的女神》一样，诗人将抽象的"思想"人格化了，将思想来去如飞的动势和诗人自己"难役使世间语言文字"的无奈之感，诉诸笔端。另有诗作《病的诗人三则》则更为细腻形象地铺叙了诗人的苦闷从产生至消解，直至情感逐渐沉淀的曲折过程：病中的诗人蕴含满腹"适合于诗"的情绪，此时，菊花泻影、风动书页，生活细微处的每一瞥，都能给诗人以启迪，于是诗人有了写作的冲动，将凝涩而清新的诗意诉诸纸笔；然而"诗人写不出"！继而因"酿诗未成"而"黯寂消沉"，心中绵延起无限的幽怨和苦恼；这苦恼却又在"撩起窗帘，放进清音"的一瞬间消散了，诗人转而"感谢病的女神，替他和弄人的纸笔，断绝了无谓的交情"。原来，"刻意作诗"是"无谓"的；自然之美只需心领神会，无须笔下求索，故不如抛弃纸笔，只让诗情在心中游漾吧！至此，诗人无处安顿的灵感终于找到了归宿，那就是归于自然，归于心灵。"沉默"亦是缓解言意矛盾的策略之一。"为什么说我'默默'呢？世间原有些作为，超乎语言文字以外。"（《繁星·一七》）"诗人呵！缄默罢；写不出来的，是绝对的美。"（《繁星·六八》）既然文不能尽意，那么不如缄口，"欲辨已忘言"的真意就让心灵去领受吧。

冰心的可贵正在于抒发写作苦闷的同时凝注了自己的省思。"不要任凭文字困苦你，文字是人做的，人不是文字做的。"（《繁星·一五二》）她没有让言不尽意的困境捆缚住自己的笔，反让它成为自己探索文学真谛之路上的动力。如果我们这样来理解冰心创作于1922年的小说《疯人笔记》——这个一反冰心惯有的文风的特异文本，满纸"疯话"，大量暗示、象征手法的运用，不正反映了冰心对"言意关系"加以试炼和突破的冲动吗？

三

有研究者认为，冰心初期创作的问题小说与时代精神合拍，其小诗创作则游离于时代主潮之外。事实上，冰心的小诗写作与问题小说写作几乎同时，二者之间有着 密不可分的精神关联。作家构思某个作品的过程中的心理情绪特征，及其灌注于作品中的求真、求善、求美的文学精神，无不包蕴在《繁星·春水》那些零碎的思想之中。

《繁星·春水》中许多诗作非常鲜明而具体地表达了冰心的文学理想。文学的功能是什么？作家的使命是什么？冰心对这些问题的思考和解答，并非是游离于时代思潮恢宏交响之外的"独语"。理论上，新文学打破"文以载道"的传统，提倡个性解放、人性张扬，而实际上，面对内忧外患的现实，大多知识分子依然自觉承担着"文以载道"的义务。在冰心对"诗人""文学"注入思考的诗作中，亦交织着既"矛盾"又"调和"的多重声部。

一方面，冰心认为文学创作并非什么惊天动地的伟业，文学作品只需承载作家个人的喜怒哀愁,而不求产生广泛影响,更不为哗众取宠。《假如我是个作家》(发表于1922年,后收入《春水》)这首诗即表明了冰心的心志:"我只愿我的作品,在人间不露光芒,没个人听闻,没个人念诵,只我自己忧愁,快乐。"冰心将创作视为个人灵魂的慰藉,视为抒发个人心曲,袒露个人情志的窗口;因此她认为作家只要能"独对无限的自然","能以自由抒写",让"积压的思想发落到纸上",能感动自己,那便是好的作品了。

另一方面,冰心又视文学创作为一项庄严的事业,将抚慰众生视为作家的神圣使命。她在《繁星·春水》中时常对"诗人",亦是对自己,予以庄重而严正的警醒:"我的心呵!警醒着,不要卷在虚无的旋涡里!"(《繁星·五三》)"心啊!什么时候值得烦乱呢?为着宇宙,为着众生。"(《春水·一六》)"诗人!笔下珍重罢!众生的烦闷,要你来慰安呢。"(《春水·一九》)她肯定诗人以自己的力量来温暖世道人心:"诗人从心中滴出快乐和忧愁的血,在不知不觉里,已成了世界上同情的花。"(《春水·一〇六》)"以众生的苦痛为苦痛",用文学构筑理想王国,用同情和爱建立人与人之间的沟通渠道和依存关系,这就是冰心赋予诗人的神圣使命,也是其抱定的文学理想。虽然她也曾在理想与现实矛盾面前,对文学"为人生"的实际功效产生质疑:"诗人,是世界幻想上最大的快乐,也是事实中最深的失望。"(《繁星·二七》)"诗人也只是空写罢了!一点心灵——何曾安慰到雨声里痛苦的征人?"(《春水·一四四》)众生的烦闷或许诗人根本就无法慰安,但诗人"最深的失望"本是源于对"解救众生"这一美好的愿望的秉持。即便担心只是"空写",诗人也没有宣告从此放弃了手中的笔,相反,她更为迫切地希望通过创作来充实生命,来实现自己崇高的文学理想:"青年人,珍重的描写吧,时间正翻着书页,请你的笔。"(《春水·一七四》)对于"一事无成"的虚度的光阴则充满了愧疚之情:"光阴难道就这般的过去么?除却缥渺的思想之外,一事无成!"(《繁星·三〇》)叹年华似水、岁月抛人,在传统文学中早已不是新鲜的题材,然而冰心的青春易逝之叹乃是"创作紧迫感"使然;如此迫切而真诚的焦虑和自责,恰似一个注脚,诠释着冰心对文学的热忱。

冰心对文学表现自我和文学社会功用的理解,看似矛盾,其实有着共通的"求真、求善、求美"的文学精神。如何才能使作品获得真善美的品质?冰心早已通过她的诗作给出了答案——前文提到的《假如我是个作家》中"低调"的表白,便是于淡泊宁静、不求闻达的写作心态中,不露声色地宣告了冰心对自我写作立场的坚持,即:"文贵自由""文贵真诚"和"文贵自然"。

用冰心自己的话说,文贵自由就是"心里有什么,笔下就写什么""自由奔放,从脑中流到指下,从指下落到笔尖。微笑也好,深愁也好。洒洒落落,自自然然地画在纸上"(《文艺丛谈(二)》)。要获得这种"自由"的写作心态,作家就应当忠实于自己的内心,像不经尘染、未受知识牵累的童心一样,真实地表现自我。如其《哀词》中的主人公"他"和"人们"始终在剑拔弩张的对峙中,在"遵从自我"

和"违心从众"的拉锯中,彰显出忠实自我、坚持"存真"的勇气。

　　自然界的种种意象在冰心小诗中亦具有丰富的意义指涉。"自然"既是抒情对象,亦指一种写作心态。"造物者呵!谁能追踪你的笔意呢?百千万幅图画,每晚窗外的落日。"(《繁星·六五》)"水向东流,月向西落——诗人,你的心情,能将她们牵住了么?"(《春水·三九》)"冰似山般静寂,山似水般流动,诗人可以如此的支配它么?"(《春水·五八》)诗人着意的并非自然的外在形式,而是在山水律动、扪心自问的反诘中,踏响追踪"自然精神"的清亮跫音。"自然无声的,看着劳苦的诗人微笑:'想着罢!写着罢!无限的庄严,你可曾约略知道?'诗人投笔了!微小的悲哀,永久遗留在心坎里了!"(《春水·一六〇》)"诗人!不要委屈了自然罢,'美'的图画,要淡淡的描!"(《春水·六》)"只这一枝笔儿,拿得起,放得下,是无限的自然!"(《繁星·一四八》)在"自然"的凝注下描写"自然",在自然的"无限庄严"和"只可意会不可言传"的真谛面前,诗人领悟到好的作品需要涵养自然美的品质,并通过构想"诗人与自然"灵犀互动的心理场景来传达这种文学感悟。

　　对于冰心而言,最佳的写诗状态还应该是"要情绪来寻纸笔,不要劳纸笔去寻情绪"。冰心的创作总是先有一段情绪,然后借文字来表现情绪中的意境。从这个角度来领会《繁星·春水》中自然、儿童和母爱的意象,会发现,它们并不只是作家对母亲、对一切儿童和大自然表象的单纯迷恋,它们其实是作家探寻文学真谛之路上撷取的精美譬喻,是作家价值取向和审美理想的代言,是作家主观理想和心理情绪的外化。正如《春水》"自序"中,诗人反复吟哦"这些字"早在"母亲"的心怀里孕育——"这些字"其实是饱蘸了"母亲"这一意象所象征的"爱""温暖""同情",缀字成篇的思想引线则是"爱"。诗人借"母亲"的意象道出了其小诗的生命质地,也道出了自己灌注"爱的精神"于文学的追求。

四

　　一直以来,冰心文学备受推崇的同时也伴随着不少质疑的声音,批评者认为冰心的作品遮蔽了世情人性的复杂,而她试图用"爱和同情"挽救世道人心的方法是那么脆弱而幼稚。其实冰心并非没有洞见现实的丑恶和人性的阴暗,她在诗作中也曾对现实流露出悲观失望的情绪,也曾质疑和反思自我对世界的理解;只是她在洞悉"假丑恶"后,没有放弃对现实人生的爱的凝视和审美解读,这种心理格局与其少女时代幸福的成长经历不无关系。不论如何,冰心在文学的世界里,为我们存留了一双执意探寻美的眼睛。或许正如冰心自己所预言的那样,她的文字淌过我们的心田,"平常的,不在意的""流水般的过去了",可是未来某一天,"痛苦或快乐临到时",它会忽然回到我们心上,引起我们"清绝的回忆"——回忆起那些曾来叩打我们心扉的纷繁梦想,曾经湿润我们眼眸的单纯的感动,尽管它们已翩然流入昨日的记忆，我们仍可坐在泉源边，静听回响，寻回文学带给我们的最初的感动。

冰心诗歌意象的古典性特征与现代性转型
——以《繁星》《春水》为例

石婷

摘要：历来论者大多关注冰心诗歌受泰戈尔诗歌或日本俳句的影响，其实冰心小诗中也蕴含了古典文学的滋养。其诗歌中的意象既有古典文学的含蓄蕴藉，也有对传统意象的重构，并且处在文化多元的潮流之下，冰心着力关照特殊时代之下的心灵苦闷和弱者的命运，因此又给脱胎于古典诗词的意象赋予了时代特征。古典式的温婉与现代性思想交互融合使得冰心诗歌产生出独特的审美意蕴。

关键词：冰心；古典性；现代性；转型

小诗在20世纪20年代广为流行，从新诗开创初期的胡适、俞平伯、郭沫若到冰心等都创作了大量的小诗，不管是从创作群体还是创作潮流上看，小诗在中国诗歌史上的地位都不容小觑，它不仅是诗歌自身体裁的革新，更关涉到20世纪20年代新旧思潮交替中人们思想状态及其表达方式的变化。冰心的小诗向来被认为是受泰戈尔诗歌或是日本俳句的影响，如王毅的《论〈飞鸟集〉对冰心诗歌的影响》、李骞的《泰戈尔与冰心诗歌宗教精神的比较分析》和李娟、廖峰的《冰心小诗与泰戈尔、松尾芭蕉》等文章都从各个角度充分论证了冰心小诗对泰戈尔诗歌或日本诗歌的学习和接受。在诗歌意象方面，论者历来的研究也多关注其母爱、童真、自然或哲学等意象，如曾宏伟《一曲母爱、童真、自然的优美赞歌——冰心〈繁星〉〈春水〉小诗论析》和韩丽丽、袁洁《冰心作品中的〈圣经〉意象》等文章。其实将冰心诗歌放在整个中国文学史的视角来看，其诗歌在"乐而不淫、哀而不伤"等古典式特征上对中国传统诗歌有所继承又有新的发展。出生于书香世家的冰心，从小便接受了传统文化的熏陶，正如钱谷融所说："艺术活动，不管是创作也好，欣赏也好，总离不开一个'我'"[1]，受古典文学影响颇深的冰心在写诗的时候，这些潜在的文学素养也暗暗影响着其创作。但另一方面，传统文学的强大力量使现代小诗难以避免地呈现出古典式的特征，新的时代潮流又赋予了这

作者简介：石婷（1992—　），女，安徽安庆人，硕士研究生，主要研究中国古代文学；
本文原载：《德州学院学报》2016年6月第32卷第3期。

些古典意象新的生命内涵与活力，体现出与时代相统一的现代性思想与特征。

一、小诗的审美源头

"小诗"作为一个诗学概念，最早被命名是在周作人做日本诗歌的译介时，他把"现今流行的一行至四行的新诗"称作"小诗"。从诗体的外在审美特征上来说，小诗一般为几行或是稍长，短小精悍地传达出诗歌的内在美学精神。从文化环境上来讲，小诗是在1921—1924年间，逐渐掀起的一场引人注目的运动，既没有核心报刊作为阵地，也没有共同的诗学主张，它的产生似乎是悄无声息的，正如周作人所说："这种小幅的描写，在画大堂山水的人看去，或者是觉得无聊也未可知，但是如上面说过，我们在日常生活中，随时随地都有感兴，自然便有适于写一地的景色、一时的情调的小诗的需要。"[2]文学的延续不可能跟随某一个时代的终结遽然而死，20世纪初，小诗的产生除了受外来文学的影响，也有其传统文学渊源的一面。丰厚的古典主义熏陶给了冰心温柔敦厚的审美习惯，也给了她中国式的文学精神。到11岁时，冰心说自己"已看完了全部《说部丛书》，以及《西游记》《水浒传》《天雨花》《再生缘》《儿女英雄传》《说岳》《东周列国志》等"[3](10)，并且"酷爱古典诗词"，"发疯了似的爱了诗"[4](61)。除了阅读，冰心还经常进行"《落草山英雄传》，是介乎《三国志》，《水浒传》中间的一种东西"之类的"文学演练"和传统诗歌的创作。可见，从小的古典文学的吸收是冰心诗歌意象呈现出古典式特征的一个重要源头。然而另一方面，这些古典小说的背景也大多是处在时代风云变幻之际的英雄救国救民之时，其中不乏深切的爱国主义情怀。偏爱这些疾恶如仇、具有斗争精神的小说的冰心，日后将这些文学涵养与自己"'横刀跃马'的烟台生活"[4](12)和时代的召唤联系在一起，造就了她诗歌的独特审美，尤其是诗歌中对时事和命运的忧叹，也是"来自童年宝库中的神圣的责任感"[4](15)。

另外，新诗从一开始就提出"不拘格律"的主张，小诗也以其灵活自由的诗体能够很快适应诗人们自由抒发主观审美情感的需要。作为文学研究会代表诗人的冰心，从接触社会呼吸到新时代的气息开始，不仅写了大量的宣传时代精神的文章还直接弃医从文，"虽然入世不深，但她的作品还是具有一定的时代气息的。是伟大的五四运动使冰心拿起笔来；而在当时，她的笔也是为五四运动而拿起来的"[4](26)。冰心在《繁星》《春水》中始终把探寻人生价值、表达人生的忧虑与苦闷作为自己的表达方式，亲历了五四新文化运动的"冰心的文学道路自然是以追求人的解放，寻找理想的人生为其开端……就是以抒写灵魂的自由，打破两千多年来的诗歌格局"[5](54)。其实除了时代，再追溯到冰心的成长环境，被称为"海化"诗人的冰心，也曾在烟台过了好几年的军旅生活，她男装到10岁，"跟随父亲身畔的五六年生活，无意中将她训练得颇像一位矫健的小军人"[3](12)，而且这种爱国主义的时代精神在童年时就已经深深扎根在她脑海——不仅自己最崇敬的母亲非常关心政治,"几个舅舅,都是同盟会的会员"[3](10),而冰心自己也时常偷读《天讨》之类的"同盟会"的宣传手册,在其家庭之中,"'驱除鞑虏,恢复中华'的民族运动、爱国革命的氛围已经很浓郁了"[3](10),这使得冰心在其诗歌之中多对祖国及其青年命运的忧心如焚式地抒写,如"青年人!只是回顾么?这世界是不住的前进呵"[6](351~352),笔下都是对青年人殷切的劝慰与激励。

综观冰心《繁星》《春水》两本诗集,其中频繁出现的意象有"母亲""花""大海""黄昏"等,在两本诗集中的出现情况大致如表1。

表一 《繁星》《春水》诗集中意象出现情况

意象	《繁星》中出现次数	《春水》中出现次数	总计
花	23	34	57
大海	15	9	24
儿童	11	4	15
黄昏、日落等	4	9	13
月	8	5	10
母亲	8	3	11

从表1可以看出冰心诗歌中既有黄昏、落日等传统意象,也有大海、儿童等现代性意义的意象,且使用频率可谓平分秋色。其实小诗盛行时,便已经有人注意到了它的古典源流,周作人在《论小诗》一文中开头就指出:"这种小诗在形式上似乎有点新奇,其实只是一种很普遍的抒情诗,自古以来便已存在的。……如果我们怀着爱惜这在忙碌的生活之中浮到心头又复随即消失的刹那的感觉之心',想将它表现出来,那么数行的小诗便是最好的工具了。"[2]而论20世纪的小诗代表,冰心可谓首屈一指。冰心在《我是怎样写〈繁星〉〈春水〉的》中提到,在看到泰戈尔的诗歌之前,读大学预科的时候除了摘抄新文学之外,"把自己一切随时随地的感想和回忆,也都拉杂地三言两语歪歪斜斜地写了上去(眉批)"[7],虽然"大致不过三五行"[7],但"写下来的东西也有相当的数量"[7],在读到泰戈尔的诗歌之后,才"挑选那些更有诗意的,更含蓄一些的,放在一起"[7],可见冰心诗歌是在融入自己独特的思考和文学素养之后才形成的,是新时代的产物,并且其诗歌中的意象在新诗中极具个人特色。

二、温柔敦厚的古典意象与意境

《毛诗序》云:"诗者,志之所之也,在心为志,发言为诗。情动于中而行于言。"[8]说的就是诗歌产生的原因所在——感于内心所要抒发的真情实意。意象在中国古典诗词中是构成意境以及表达情感的重要单元,而中国古典文学向来以含蓄蕴藉、温柔敦厚为美,崇尚和谐均齐、托物言志式的表达,《诗经》就强调"先言他物,以引起所咏之物"的比兴寄托,到屈原高唱"惟草木之零落兮,恐美人之迟暮"式的君子比德,或是白居易的《新乐府·太行路》"借夫妇以讽君臣不忠也",无不借他物之口述说自己之志,而这些"物"便是古人经常使用的意象。

(一) 脱胎于古典的温婉气质

从表1中可以看出,冰心诗歌中多是有关自然和人性之爱的温婉明丽的意象,不管从视觉感受还是从思想感情都给人一种清新和谐之感,显示出作者小诗中独特的温婉柔丽的气质。

首先,从意象外部特征看,其大多呈现出纤柔、温婉的特点。在意象选择上冰心偏好宁静柔美的意象,比如"明月""夕阳""星光""小鸟""小草""小花"等,经常配合使用的词语如"微笑""微小""微风""隐忧""微波""柔波"等,"浅红""晕红""纤纤"等词语字面上给人一种温柔宁静之感。就算是大自然中博大的意象,冰心也经常化刚为柔,使诗歌意象的色调大多呈现为暖色调,比如:"吹就雪花朵朵——朔风也是温柔的呵!"(《繁星·二五》)"大海呵,哪一颗星没有光?哪一朵花没有香?哪一次我的思潮里没有你波涛的清响?"(《繁星·一三一》)"柳条儿削成小桨,莲瓣儿做了扁舟——容宇宙中小小的灵魂,轻柔地泛在春海里。"(《春水·一五四》)这些都用轻柔的笔法写出诗人独特的气质。

其次,从意象的内容看,诗歌中的物体大多呈现出含蓄敦厚的内涵。在亲情主题上,冰心诗中的亲情是崇高纯洁的,永远是外出游子的心灵皈依,例如,在提到母亲时,呈现出来的总是一幅温柔可亲的面貌:"母亲呵!你是那春光么?"(《繁星·一〇二》)就算是很少提及的父亲,也如大海般宽宏博大,承载着家庭的温情回忆。这种将亲情视作人类最基本也最能体现人伦温情的感情抒写方式,在中国古典诗词中同样常见,自《诗经》开始,亲情的咏叹便成为诗歌的一大主题,如出嫁的女儿为回娘家探望父母而欣喜作准备的《葛覃》,作为兄长的卫君泣涕送别妹妹远嫁的《燕燕》,自愧自责于未能回报母亲养育深恩和辜负父母期望的《凯风》,表现徭役征人与家中父母兄弟两头思念牵挂的《涉岵》,还有宴请兄弟、敦睦劝和、张扬兄弟亲情以巩固宗族的《小雅·常棣》等,乃至到后代最为人称颂的"慈母手中线,游子身上衣。临行密密缝,意恐迟迟归。谁言寸草心,报得三春晖。"(孟郊《游子吟》)之类的诗句已经成为表现母亲慈爱形象的经典,白居易的《邯郸冬至夜思家》"邯郸驿里逢冬至,抱膝灯前影伴身。想得家中夜深坐,还应说着远行人。"可谓将亲人之间的互相挂念描写得入木三分,不说自己思念家人，反倒想象家人此时此刻应该正谈论着远在异乡的自己，不仅思念之情瞬间增长，而且将亲人间的思念互动起来，显得尤为深沉。这些古典诗歌中的"父母""兄弟"组成的亲情意象系统，无一不是游子身体与心灵的双重温情故乡。冰心诗歌中的这种父母温情也正是她所要依赖的庇护所，正如诗中所言："母亲呵！天上的风雨来了，鸟儿躲到他的巢里；心中的风雨来了，我只躲到你的怀里。"(《繁星·一五九》)在自然主题上，冰心诗歌中的意象群体经常表现为统一和谐的一个整体，毫无撕裂之感。在其诗歌里"大海"常常依傍着"小岛"，"黄昏"经常伴随着"晚风"，"夕阳"依恋着"孤帆"等，都是分外和谐的场景，而这些常见的意象组合也是古典诗歌中经常出现的意境，恰好符合了中国天人合一的审美表达——强调与天地自然浑然一体，同生共有。冰心诗歌中的"晚霞边的孤帆，在不自觉里完成了'自然'的图画"就诚如"孤帆远影碧空尽，唯见长江天际流"的化用句；"桃花无主的开了"(《繁星·八九》)与陆游"驿外断桥边，寂寞开无主"颇似，虽然咏叹的对象不同，两花均无须外人赞赏的淡然开放的姿态与诗歌意境却有异曲同工之妙；"灯下拔了剑儿出鞘"(《繁星·八四》)同样与辛弃疾"醉里挑灯看剑"所形成的诗人在灯下孤独又悲壮的意境如出一辙；"马蹄过处，蹴起如云的尘土；据鞍顾盼，平野青青"(《春水·一七一》)与纳兰性德"不语垂鞭，踏遍清秋路"描述的都是策马平原的一幅游人落寞之图，还有"我在母亲的怀里，母亲在小舟里，小舟在月明的大海里"(《春水·一零五》)与朱彝尊的"思往事，渡江干，青蛾低映越山看。共眠一舸听秋雨，小簟轻衾各自寒。"所构成的广阔之景形成同样的意蕴。

(二) 有别于同时代诗歌的独特审美

冰心诗歌中这些和谐蕴藉的意象与意境，与同时代大多数诗歌中"太阳"跟"摩托车"式的突兀奇绝的意象组合相比是全然不同的，与《繁星》《春水》几乎同时创作的郭沫若的《女神》中的意象则要狂放甚至是"现代性"得多，《女神》中经典的意象如"天狗""宇宙""洪涛""海洋"等都呈现出壮阔豪迈的境界。首先，在"民主"与"科学"两面大旗的指导下，《女神》选择的意象更多地体现出现代科学精神，比如说天文意象有"地球""星球""宇宙""地球自转公转"等，物理学意象如"电气""电火""音波""振动数"等，还有许多现代医学的意象如"神经""脊髓""脑筋""神经纤维"等从未在古典诗词中出现过的意象比比皆是，充斥着现代科学的气味，完完全全脱离了古典诗歌的意象表达。其次，在这些现代科学的意象构筑之下，诗歌呈现的是一股新鲜的时代气息。比如《天狗》中"我在我的神经上飞跑，我在我的脊髓上飞跑，我在我的脑筋上飞跑"，形成的就是奔腾如江河的一幅快速流动的现代气息的画面，就算是自然界中常见的日月在郭沫若笔下也是现代感十足："太阳游历了地球东半，又要去游历地球西半，地球上的天工人美怕全盘都已被你看完！否，否，不然！是地球在自转，公转，就好像一个跳舞着的女郎将就你看。"(《金字塔》)描述日出的时候也总是跟现代科技联系在一起,如"摩托车前的明灯!你二十世纪底亚坡罗!你也改乘了摩托车吗?我想做个你的助手,你肯同意吗?",把太阳比作摩托车前灯这一现代物品,跟古典的"吾令羲和弭节兮,望崦嵫而勿迫"(屈原《离骚》)中太阳神驾车所形成的天马行空气质完全不同。相反,冰心诗歌中的太阳则更贴近力量型的气质一些,体现的是自然而非科学,例如:"阳光穿进石隙里,和极小的刺果说:'借我的力量伸出头来罢,解放了你幽囚的自己!'树干儿穿出来了,坚固的盘石,裂开两半了。"(《繁星·三六》)

三、传统意象的解构与现代性转型

五四退潮以后,大批的知识分子并没有看到革命的曙光,不约而同地陷入了彷徨苦闷的旋涡,于是精神上的自我安慰便成了诗人们摆脱苦闷的方式。冰心的小诗也正是在这样一种社会环境中应运而生——"旧的束缚被冲毁使人无拘无束的自由天性得到了发挥,人生的感触,内心的私语,情感的波澜,都需要一种自由的审美形式来倾诉"[5](51),它体现的是当下人最能找到共鸣的思想。波德莱尔认为:"现代性就是过渡、短暂、偶然,就是艺术的一半,另一半是永恒和不变。……这种过渡的、短暂的、其变化如此频繁的成分,你们没有权利蔑视和忽略。如果取消它,你们势必要跌进一种抽象的、不可确定的美的虚无之中,这种美就像原罪之前的唯一的女人的那种美一样。"[9]冰心诗歌中那些意象在继承传统的同时,也在构建自己新的内涵,是处在"永恒"和"过渡"之间的新时代的产物。

(一) 现代性意象群体

冰心诗歌除了大量使用古典意象外,一些传统文学中极少出现的现代意象也屡屡出现。如善用的"大海""儿童""野花"等。主要生活在黄河与长江流域的中国传统文人很少提及"大海",华夏文明在自给自足的山川内陆得到无限弘扬,绝大多数文人士大夫都出身内地,对海洋一无所知。文学史上写到"大海"的作品大概有东方朔的《海内十洲记》、班彪的《览海赋》、曹操的《观沧海》、西晋木华的《海赋》、潘岳的《沧海赋》、南齐张融的《海赋》等,但绝非主流之作,"大海"在文学中的地位大多不过是"黄河入海流"(王之涣《登鹳雀楼》)、"三万里河东入海"(陆游《秋夜将晓·出篱门迎凉有感》)之类陪衬之角。而在冰心诗歌中,"大海"已经变成第二大主流意象,这不仅跟其生长环境相关,更与现代海洋文明的熏陶不无关系。冰心在她的《往事·一四》里曾经说过:"每次拿起笔来,头一件事忆起的就是海。……每次和朋友谈话。谈到风景,海波又侵进谈话的岸线里,我嫌太单调了,常常因此默然,终于无语。"[10](151)伴随着"大海"意象的出现,"小岛""浪花""细沙"等意象也一起构成一幅博大深沉的画面,而这些意象经常与对故乡的思念、对时间的追问和对命运的思考紧密联系在一起,已经取代了古典意象的"流水""落花""孤雁"等在诗歌中的思考。

另外,由于五四之后新思潮的涌动,冰心接受了西方基督教的影响,从而构建起"爱的哲学"。其诗歌中经常出现的"小弟弟""婴儿"等意象也是在中国传统文学中一直处于失语状态的,他们不仅大多以无知、幼稚的形象出现,比如唐代许碏在《题南岳招仙观壁上》中说:"黄口小儿初学行,唯知日月东西生",而且古代文学中小孩子的代称也经常用来表示轻蔑之意,如范增曾斥责项羽:"竖子(小子)不足与谋。"然而在冰心的诗歌里,儿童都是天真无邪、代表着希望的,如"真理,在婴儿的沉默中,不在聪明人的辩论里"(《繁星·四三》),还有"婴儿,是伟大的诗人,在不完全的言语中,吐出最完全的诗句"(《繁星·七四》),"婴儿,在他颤动的啼声中 / 有无限神秘的言语,从最初的灵魂里带来 / 要告诉全世界"等诗句都将儿童的纯真提升到一个极致的地位,塑造出一个个全新的集智慧、崇高于一体的儿童形象,并希望他们这种纯洁能够感化拯救世界。同时代的诗人中,郭沫若、丰子恺、周作人等都竭力歌颂儿童的这种纯真,比如周作人将小孩作为祷告的对象:"小孩呵,小孩呵,我对你们祈祷了。你们是我的赎罪者。"(《对于小孩的祈祷》)还有刘半农对女儿的赞颂:"呵呵,我羡你!我羡你!你是天地间的活神仙!是自然界不加冕的皇帝!"(《题女儿小蕙周岁日造像》)这些诗歌都说明,儿童题材的文学书写已经走进新诗的视野,成为新诗意象的一个很重要的组成部分,而冰心诗歌中的"儿童"意象正是这股新潮之中的一朵灿烂的浪花。

(二)现代性的意象精神内涵

虽然冰心偏好用古典意象入诗,但这些古典意象的"身份"在其诗歌中显现的新时代的精神也分外明显,很多都全然不同于古典诗词中代表的精神。以"花"这种在冰心诗歌中出现次数最多的意象来说,冰心诗中的花并无古典诗歌中的女性缠绵悱恻,而是根据现实的需要多有创新,其中以独立坚强和积极斗争者的形象居多,这表明在现代主义思潮影响下,诗人已经逐渐意识到个体意识的觉醒以及独立人格的重要性,从诗歌意象内涵上已经开始了现代性的转型。

首先,花作为中国古典文学中一个频繁出现的意象,从第一部诗歌总集《诗经》开始,我国古人便对花草树木寄托了人类之情。"桃之夭夭,灼灼其华"(《诗经·桃夭》)便是将桃花艳丽妖娆的容颜赋予了将要出嫁的女子,"有女同车,颜如舜华"(《诗经·有女同车》)更是用直接的比拟赞美同车女子的美貌和优雅,后代文人将花与女性等同起来的例子比比皆是,例如李白的《清平调》:"云想衣裳花想容,春风拂槛露华浓",崔护的《题都城南庄》:"去年今日此门中,人面桃花相映红",姜夔的《念奴娇·闹红一舸》"翠叶吹凉,玉容销酒,更洒菰蒲雨。嫣然摇动,冷香飞上诗句"等写女子与花相衬,字里行间人花相融,不知何者为花,何者为人。其次,除了以花比喻女子的容貌,古典诗歌中还经常以花比喻人物尤其是女子的品格与命运,比如屈原的"香草美人"始创了君子比德的惯例,屈原经常将花草佩戴在身，以喻示自己"举世混浊而我独清"的高尚节操。刘禹锡的《竹枝词九首》其二："山桃红花满上头，蜀江春水拍山流。花红易衰似郎意，水流无限似侬愁。"这首诗以桃花比拟恋爱中情人的心意，桃花盛开虽鲜艳夺目，但终究会衰败，就好似情郎的心意逐渐衰减，这里的花俨然成为恋人之间的感情的象征。最后，古典诗词中就算是跟女性脱离的"花"，也往往难以脱离附着于人的关系，比如李白《下途归石门旧居》："石门流水遍桃花，我亦曾到秦人家。"诗人临终之年对自己一生进行悔悟和总结，以桃花暗喻"桃花源"，表明已然认识到追求功名利禄和长寿多福的虚无，流露出一种隐逸思想。再比如晏殊的《蝶恋花》："侯馆梅残，溪桥柳细，草熏风暖征辔"，梅花之所以凋残，柳枝之所以落败，是因为人在离家遥远征途之中，在对家人浓厚的思念里这些花花草草也凋败了；张先绚的《天仙子》："重重帘幕密遮灯，风不定，人初静，明月落红应满径。"满地的落花本是顺应时节而凋落，此时却被词人赋予了无限感伤的伤春情绪。可以说，中国古典诗词中的"花"几乎都是在替人说话，外物"皆着我之色彩"，没有人的感怀就没有花的话语权。没有自己思想和人格的花成为人的影子，与人的情感产生出千丝万缕的联系。

而就冰心来说，首先，冰心诗歌中的意象已经具有明显的独立品格。那些花儿大多以坚强、独立的小花、野花的形象出现在读者的面前，如"贡献你自己"的淡白的花儿、和石子在一起的"轨道旁的花儿"、"感谢春光的爱"的"小小的花"、长在路旁的"野花如笑"、因果子而决定自身价值的无芬芳的"花儿"等，它们在田野、路旁随遇而安，并没有多少观赏者注视的眼光，不再是摆放在文人案头或是身居花园中的名贵的牡丹芍药，也绝非古典文学视域下伤春悲秋的寄情之物，他们是与诗人一样有自己独立人格的自然之物，或告诫青年人应该勇于奉献，或深情地感恩来自大自然的馈赠，或是通过自己的劳动结出果实实现自己的价值，可谓一草一木均有自己的情感，已经脱离了传统的附着的意味，具有一种独立的个体性，是诗歌的主角。就算是冰心诗歌中描写落花的诗句，也撤去了古典诗词中深沉的哀伤之意，比如："残花缀在繁枝上；鸟儿飞去了，撒得落红满地——生命也是这般的一瞥么？"（《繁星·八》）虽然感叹的也是生命易逝，从情感上表现了女性特有的细腻与善感，但整个画面却亮丽很多——花虽残，枝叶却很繁茂，突然鸟儿飞去，残花坠地，这时由静景转为动景，作者转而思考生命年华的短暂。将"残花"与鲜活的"繁枝""鸟儿"拼接在一起，整个画面便流动起来，更加富有情感的张力。

其次，冰心诗歌中的意象大多体现出现代青年的烦恼和坚韧的斗争性。冰心在写作小诗之前，就在《文艺丛谈（二）》中说道："'真'的文学，是心里有什么，笔下写什么，此时此地只有'我'……只听凭着此时此地的思潮，自由奔放，从脑中流到指上，从指上流到笔尖。微笑也好，深愁也好。"[10](75) 倡导"真"的文学观的冰心，不仅在五四时期是学生自治会的文书，而且还是北京女学界联合会宣传股的股员,早年发表的《二十一日听审的感想》可以窥见冰心当时的政治态度是"坚决地站在革命阵营中,反对北洋军阀迫害爱国学生的暴行"。她描写的"心呵,什么时候值得烦乱呢?为着宇宙,为着苍生"(《春水·一六》)、"不要羡慕那些小孩子,他们的知识都在后头呢,烦闷也已经隐隐的来了"(《繁星·五八》)之类的青年的烦闷其实就是那个特殊时代的精神产物。另外,除了抒发这种时代的情绪,冰心诗歌意象通常显示出非比寻常的坚韧性。"阳光穿进石隙里,和极小的刺果说:'借我的力量伸出头来罢,解放了你幽囚的自己!'树干儿穿出来了,坚固的盘石,裂开两半了"(《繁星·三六》)以及"小磐石呵!坚固些吧,准备着前后相催的波浪"(《繁星·七七》)这些诗歌对力量的歌颂是期盼式的、温婉的,绝非怒目金刚、声嘶力竭般的呼喊。而对这种力量的讴歌,正是冰心对新生的青年力量的信任与殷切鼓励。

四、小结

冰心诗歌意象在显示出现代性转型的同时,相比于其他同时代的为革命高歌的诗人,她的小诗又显得现代性不足。过分描写个人经验和身边的小事使得她的诗歌中极少发出民族斗争的时代强音。正如冰心后来重新审视并承认:"这两本东西(《繁星》和《春水》)……主要的缺点——和我的其他作品一样——正如周扬同志所说的'新诗也有很大的缺点,最根本的缺点就是还没有和劳动群众很好的结合'……既没有表现劳动群众的情感思想,也没有用劳动群众所喜爱熟悉的语言形式。"[7]字词之中虽难免有自谦之意,但诗歌缺乏大众人民的声音和坚定的革命气魄确是中肯的评价。在郭沫若、闻一多等大胆抛弃传统意象的时候,冰心仍然坚持使用古典文学中含蓄蕴藉的表达方式,其诗歌中温婉明丽的意象背后,在为弱者发声的同时,其实也藏着一颗躲避斗争、回避现实的怯懦的心,这也使得冰心小诗停留在现代女性化写作的道路上,难以走上时代的前端。

总之,在经历了历史与时代的淘洗之后,冰心诗歌意象呈现出古典与现代交融的艺术特色,而且除了意象显示出现代性转型特征外,冰心诗歌中的语言、创作手法等方面也都显示出转型的痕迹。《繁星》与《春水》既是20世纪20年代小诗运动浪潮中的一朵晶莹的浪花,也是整个中国文学史长河中的一段,其诗歌意象中丰富的内涵是中国新旧诗歌一以贯之的审美意蕴与中国新诗现代性转型大道上的一个结合地带。正如谢冕先生所说:"冰心的那些来自女性内心的清隽灵动的碎片的闪光,正是一九一九年太阳反照出的奇观。"[11]她的小诗在秉承着中国古典文学的审美范式的同时,又融入了新的时代潮流的声音。从整个时代环境来讲,20世纪上半叶的新诗现代性转型是伴随着民族、国家命运的变化的,而民族并不是一个空洞的概念,它是由每一个个体组成的集合,站在这个角度来说,冰心诗歌中对小人物命运的思考、对弱者生存处境的关怀也是对当时民族命运的一种关照，或者说，"五四时代风暴的激励和这种勇敢的尝试"[3](9)，本身就是一种现代精神的表现。从内涵上来讲，冰心诗歌中脱胎于古典诗词但已经富有全新面貌的意象和打着深深的时代烙印的创作手法表明冰心诗歌已经踏上现代性转型的时代列车，虽不在列车的前排，却也在时代更替之际努力寻找自己的定位，并焕发出独特的光辉。

参考文献：

[1]钱谷融.钱谷融文论选[M].上海：上海文艺出版社，2009
[2]周作人.自己的园地·论小诗[M].北京：晨报社出版部，1923
[3]范伯群，曾华鹏.冰心评传[M].北京：人民文学出版社，1983
[4]冰心.冰心自传[M].南京：江苏文艺出版社，1995
[5]李骞.20世纪中国新诗流派研究[M].北京：中国社会科学出版社，2012：54，51
[6]冰心.冰心作品集[M].西安：太白文艺出版社，2011
[7]冰心.我是怎样写《繁星》和《春水》的[J].诗刊，1959（04）：10~12
[8]郭绍虞.中国历代文论选：一卷本[M].上海：上海古籍出版社，1979：30
[9]吕周聚.中国新诗审美范式的历史转型[M].北京：人民出版社，2014：26~27
[10]冰心.冰心[M].北京：人民文学出版，1985
[11]谢冕.新世纪的太阳：二十世纪中国诗潮[M].北京：时代文艺出版社，1993：48

由冰心的《纸船》谈朗诵细节的发现及处理

刘铮

先贤告诉我们：天下大事，必作于细。所以，不论是生活、治学还是艺术，都应该用"细节的态度"去对待。当朗诵被赋予"细节的精神"，文学与有声语言艺术就会实现形与神的完美统一。本文以朗诵冰心的《纸船》为例，阐明细节的发现及处理在整个创作过程中的不可或缺性，希望朗诵者以朗诵为载体肩负起传承文化经典、弘扬社会主义核心价值观的使命。

一、背景中的细节发现及处理

为理解作品去了解与作品相关的背景，是有不同风格和特点的朗诵者们心中的共识，也是朗诵的方法和要求。但是，实践中朗诵者不见得都能耐心研究作品，原因主要有两个：一是自信自身的文学功底，即识稿能力强；二是自信自身的朗诵经验，即基本功扎实。

就诗歌《纸船》而言，其文字可以很容易让读者明白作者是以纸船为意象，寄托对母亲的思念，而作家冰心又深受读者喜爱和熟悉，因此《纸船》成了许多朗诵大家和朗诵爱好者的必选篇目。朗诵者们将女儿对母亲的怀念之情诠释得酣畅淋漓，让许多朗诵者在朗诵时声泪俱下，不禁唤起受众对"子欲养而亲不待"的感慨。教学中笔者也发现，虽然学生懂得创作中的个性化处理，但是创作《纸船》时他们的基调把握和情感控制如出一辙，直至充分地做完背景分析，再度创作才有新的突破：

认识一，冰心出生在一个富裕、和睦、充满温情的家庭，从未离开过母亲的爱抚和关照。1923年从燕京大学毕业后，为求得文学上的进一步深造，23岁的她远赴重洋留美学习，望着茫茫的大海，冰心在船上写下了这首诗。冰心写《纸船》时是一位对母亲和家人十分依恋的妙龄少女，而非少妇，更不是历经坎坷的中年女子。

作者简介：刘铮（1980— ），女，硕士，沈阳音乐学院艺术学院讲师，从事播音与主持艺术专业研究。
本文原载：《渤海大学学报（哲学社会科学版）》2016年第1期。

认识二,"我从不肯妄弃了一张纸,总是留着——留着,叠成一只一只很小的船儿,从舟上抛下在海里",这是作者在海上漂泊期间消磨时间的方式,旨在用孩子的视角,借儿时折纸船的游戏展现游子在外漂泊没有依靠的形象,抒发对母亲的思念之情。

认识三,虽然诗句中有"梦中看见""无端入梦""含着泪""爱和悲哀归去"等字眼,但并不能因此主观臆断该诗歌是作者对已故母亲的缅怀。冰心的母亲杨福慈1930年辞世,在冰心眼中,母亲是一位坚强刚烈、温柔娴静、热爱读书、思想进步的女性。冰心的表达出于女儿对母亲的极度依恋和想念,而此刻的母亲何尝不是在家中期盼女儿早日学成归来,阖家团圆。

所以,朗诵者对背景资料的了解、挖掘与考察至关重要。之前由于对诗歌写作背景、作者及其母亲的基本资料了解得不够深入甚至是忽略而导致的先入为主的判断,显然不能满足朗诵创作的需要,那些在情感表现上过于夸张的处理便经不住推敲了。由此可见,文学作品的写作时间同文学作品中提及的一切有关人物、事件的时间要素是理解作品阶段有待发现及处理的细节,应深入研读,不能一带而过。

二、想象和联想中的细节发现及处理

朗诵是声音的艺术,因为它以有声语言为载体,以文学作品为依据。同时朗诵也是想象的艺术,朗诵者只有借助想象和联想的翅膀,将文字语言幻化成连动的图像和真实的情绪,才能更好地理解和认同作品,创作时才会"眼中有物,心中有像",使朗诵更有动力和张力。精彩的朗诵同样会令受众展开想象和联想,产生情感体验 和审美愉悦,仿佛人在画中、身临其境,这就是朗诵艺术的魅力所在。

结合背景阅读《纸船》可以让我们眼前浮现出这样的画面:一个23岁的女子去异国求学,孤独和无助让旅途蒙上了一层阴郁。最终她用折纸船的方式缓解忧愁, 放归大海的小船经不住风浪的侵袭,反复地被海浪吹回、打湿。然而,思念不止,叠船不息。可是仅凭这样的想象还不能激起创作欲望,因为朗诵者的感情还停留在别人的故事的层面。要想达到不吐不快的境界,需要借助联想找出与自身相似的情感体验和经历,才能唤起共鸣。曾经独自去异乡上学,独自远行离开家人,或者借助自己的亲人、朋友离开父母后的伤感经历都是通过联想与作品建立起感情认同和创作信念的依据。

朗诵同一作品时,不同朗诵者会有不同的处理方式,给受众带来不同的审美判断,这主要取决于不同创作主体的创作方法和构思。优秀的朗诵者会试图了解文字下面隐含的各种信息,从不限于被动阅读,其创作也就不会停留在感觉的层面。所以,在想象和联想时,内容越具体,感受越深刻,创造的意境也就越耐人回味。我们不妨对《纸船》之前的想象和联想予以补充，主要从四个方面着手：第一，充分调动自己的视、听、触、味、嗅等感觉器官，让作品中的人物、事件、情境有一个完整而生动的形象；第二，对作品中提及的人物形象逐一建立起包括相貌、服饰、体态、性格、志趣、特点等全方位的感知；第三，从作品中提及的人物关系、社会关系、参与活动等，梳理出人物的世界观、价值观特征，找到其人生追求和行为逻辑，理解人物为什么要如此行为；第四，揣摩作者思想动机和人物表现出来的心理活动和态度，细致入微地记录其形体和生理表现特征及情绪特征等。[1]

三、角色定位中的细节发现及处理

在朗诵的世界里，回答"朗诵者是谁？"的意义不亚于高更的作品《我们从哪里来？我们是谁？我们向哪里去？》的思考。创作主体只有明确自己的身份或角色，才能清楚自己的任务和目标，否则无法在朗诵中发挥主观能动性。试想，朗诵者把自己定位为客观真实的自己，那么理解作品时朗诵主体必然会因为所受教育、文化程度和对生活与社会的见解、偏见或者无知产生不同的效应及争论，其结果直接影响朗诵作品的呈现。所以，我们需要在朗诵主体姓名前冠以"朗诵者/家xx"的称谓，让"小我"意识到"大我"的存在，从专业和艺术的视角发声。"我"只局限在朗诵者的共性定位还不够，毕竟古往今来值得传诵的文学精品数不胜数，因此，朗诵者的角色定位要具体，尤其是《纸船》这类使用第一人称的抒情诗歌。

第一，年龄和性别可作为角色定位的根据。如果《纸船》的朗诵者是女性，我们要分析她的年龄，是大于、小于还是与作者写作时的年龄相仿，不同的比对结果赋予朗诵者不同的角色定位和情感控制。比如，中年女性朗诵《纸船》可以用回忆式，表达曾经离家远行时对母亲的思念，不论现在母亲在与不在，都应该表现出女儿对母亲的依恋和期待早日团圆的情感，不能过于悲情；也可以把自己想象成是与冰心当年一样的年龄和境遇。尽量贴近人物，找寻到被作者"心灵附体"的感觉，这也是朗诵好第一人称作品的途径。如果是男性朗诵《纸船》，也要进行年龄分析，与女性不同的是，要把女性的角色定位转为男性角色，即女儿和儿子的转换。

第二，从规定情境中寻找角色定位。朗诵者可以和演员一样通过规定情境体验和表现人物，区别是演员的规定情境是编剧规定好的，并有细腻的描摹，而朗诵者需要根据作品有限的文字自己设计规定情境，必须具有一定的编剧意识，编创素材具有较强的理解和洞察力。曾有女主持人在新年新诗会上朗诵《纸船》时，设计过一个新颖的情境：一对母女在吟唱《摇篮曲》，小女儿听得入了迷，年轻的妈妈也情不自禁地回忆起自己母亲的温暖怀抱，并为女儿讲起了从前的故事……其间，年轻妈妈领着女儿折起了纸船，并试图把它放归到户外的溪流中。

规定情境内容包括：剧本的情节、事实、事件、时代，剧情发生的时间、地点、生活环境，演员和导演对剧本的理解、补充、动作设计以及服装、道具、照明、音响等。其中的任何一个元素都是朗诵过程中有待挖掘和完善的细节，是朗诵者明确角色定位、"设身处境"地展开有机行动的依据，帮助创作主体实现各种文学作品特有的艺术魅力和美学价值。

第三，从表现或执行者的角度认识角色定位。虽然是二度创作，但文学作品的主观性、艺术性直接决定朗诵者和播音员主持人不同的创作任务，前者需要表现或执行文本，后者需要客观理性地讲述或评说文本。为此，朗诵者应该借鉴演员表现"典型环境中的典型性格"的能力。优秀的演员一定是用自己的诚挚和真情把观众带入情境，令其心动情发的，朗诵亦如此。朗诵《纸船》实际就是用"孩子般的轻信"让自己尽可能地表现或执行作品中的假定情境和典型人物。如果遇见非第一人称作品或朗诵者的自然条件无法与人物正常贴合的情况，也不影响创作主体是作品表现者或执行者的身份，这种情形下要坚信朗诵者的角色定位就是朗诵者本人，坚信朗诵的作品就是自己酝酿许久、不吐不快的肺腑之言。

综上所述，任何一个精彩的朗诵都建立在对文字及文字背后的故事进行认真分析和揣摩的基础之上。朗诵的准备实际是朗诵者将文字转为画面，由画面引向情绪酝酿，从情绪酝酿升华至思想情怀，然后转为有声艺术语言表达这一特定行动的过程。这一过程需要朗诵者用视听思维建立视像，用编剧意识假设情境，用演员素质表现规定情境，用角色意识完成朗诵创作。准备越充分，情境画面越清晰；作品考虑越周密，表情达意越细腻。最终，朗诵者才能既实现作品文字形象到声音形象的感官再现，又能痛快淋漓地展现自己，实现为作者代言，即通过意象和情境传递出文学作品的思想光辉。

参考文献：

[1]张辉.镜头前的表演教学[M].北京：中国电影出版社，2012，（6）：35

第三辑　散文研究

冰心散文风格的传统资源

王本朝

摘要：清丽典雅是冰心散文的审美风格，它既体现为婉约典雅的文字和轻灵自如的笔调，也表现在其所蕴含的单纯而真挚的情感。这一风格奠定了冰心散文在现代文学史上的地位，但也遭致一定的非议和批评，被认为是传统的合谋和伪饰的做作。事实上，清丽典雅实现了对古典意境和语汇的吸收和融化，标志着冰心散文的成熟，也有力地反击了"美文不能用白话"的质疑。

关键词：清丽典雅；冰心散文；传统资源

冰心是现代散文大家，有自己独特的审美风格。一般认为，冰心散文的审美风格是清丽典雅，也有说它是冰心的艺术风格、语言特点或者说文体特点。在我看来，清丽典雅是一种美学，是冰心散文对传统尚清美学的承续和转化。这样的审美风格得到了新文学作家和研究者的充分肯定和高度评价，奠定了冰心散文在文学史上的地位。郁达夫在编选《中国新文学大系·散文二集》时就说过冰心"散文的清丽，文字的典雅，思想的纯洁，在中国好算是独一无二的"[1](194)。阿英对冰心散文也有着极高的评价，认为它引起了极大的"波动"，"形成当时的一种非常流行的作风"[2](297)，甚至是"青年的读者，有不受鲁迅影响的，可是，不受冰心文字影响的，那是很少，虽然从创作的伟大性及其成功方面，鲁迅远超过冰心"[3](612)。这样的风格既孕育于冰心透明而纯洁的情感世界，也生成于她独特的语言风格，如同李素伯所说，冰心的"文字是那样的清新隽丽，笔调是那样的轻倩灵活，充满着画意和诗情，真如镶嵌在夜空里的一颗晶莹的星珠。又如一池春水，风过处，扬起锦似的涟漪"[4](396)。这显然是对冰心散文的一种审美描述。当代学者卓如对冰心散文也曾有过这样的修饰："翻开冰心的作品，就有一股清新的气息扑面而来，仿佛置身于雨后放晴的田野，微风吹拂的草原，朝华欢笑的

作者简介：王本朝（1965— ），男，重庆梁平人，文学博士，西南大学文学院教授、博士生导师，主要从事中国现当代文学和中国现代美学研究。
本文原载：《苏州大学学报》2013年2月。
基金项目：教育部新世纪优秀人才支持计划"20世纪中国文学生产方式与文学意义和形式"项目（项目编号：NCET-10-0661）的阶段性成果之一。（西南大学 文学院，重庆 400715）。

山谷，旭日初升的海边，那样清朗，那样澄澈，那样飘逸，顿觉神清气爽，杂念烟消，心弦策策而动。"[5]相对说来，范伯群和曾华鹏先生的评价更为明晰准确，认为冰心拥有"温柔亲切的感情，微带忧郁的色调，含蓄不露的艺术表现，清新秀丽的文学语言"[6]。这样，冰心散文的清丽典雅主要表现为婉约典雅的文字、轻灵隽丽的笔调和素朴、单纯而真挚的情感。

应该说，一个作家或一种文体拥有自己独立或独特的风格就是艺术成熟的标志。冰心自己也有这样的自觉追求："文章写到有了风格，必须是作者自己对于所描述的人、物、情、景，有着浓厚真挚的情感，他的抑制不住冲口而出的，不是人云亦云东抄西袭的语言，乃是代表他自己的情感的独特的语言。这语言乃是他从多读书、善融化得来的鲜明、生动、有力，甚至有音乐性语言。"[7]显然，冰心是从语言的自觉与追求去讨论文学风格的，这样的风格也属于文体范畴，所以，清丽典雅也一直被看作是"冰心体"的主要内涵，是中西语汇融汇的结果。在文学史上，最早命名"冰心体"的阿英就认为冰心有"诗似的散文的文字"，有"从旧式的文字方面所伸引出来的中国式的句法"[3](612)，作品形式是新的，却包含有若干旧的成分，她的语体文"建筑在旧文字的础石上，不在口语上。对于旧文学没有素养的人，写不出'冰心体'的文章"。他认为冰心体代表了新文学的一种倾向——"以旧文字作为根基的语体文派"[3](613)。这样的说法也得到赵景深的认同，他认为冰心文体的"简洁、柔和、美丽、巧妙地融合了古代的诗词和散文"，在她的散文中"找不到十分长的'弛句'，完全是'弛句'"[8]（"弛句"是精炼的短句，有传统文言文特点）。这样的判断也印证了冰心1922年在小说《遗书》中提出的文学观念，即"白话文言化"和"中文西文化"的主张。冰心还说："这'化'字大有奥妙，不能道出的，只看作者如何运用罢了！"如果能"无形中融会古文和西文，拿来应用于新文学，必能为今日中国的文学界，放一异彩"[9](431)。

显然，冰心散文的审美风格与现代文学所追求的启蒙和革命的悲喜剧不同，也与现代派的非理性和象征性有一定距离。无论是生成冰心风格的"爱"的哲学，还是隐含其间的女性意识，或者就是清丽婉约风格本身，都受到过左翼作家瞿秋白、茅盾、张天翼、丁玲等的批评，也受到过自由主义作家张爱玲、苏青的讥讽。如茅盾说冰心所表现的"美"和"爱"不过是"灵魂的逋逃薮"[10](147)，意思是有逃避现实的嫌疑。张天翼说冰心的《往事》等"表现的思想的正当与否，不是我们所要谈的了"[11](195)，显然是不愿意多讨论冰心散文里表达的思想问题。丁玲是现代著名女作家，冰心说她的作品"极有力量"[12](480)，但丁玲虽然也承认冰心的"散文和诗都写得很好"，"文笔的流丽，情致的幽婉"，但又说冰心"不能真真有'五四'精神"，她文章风格是"流丽的"，但审美趣味却是"很符合小资产阶级所谓优雅的幻想"，拥有的是"绅士式"和"小资产阶级出身的少男少女"读者[13](161)。20世纪40年代的张爱玲和苏青不喜欢冰心，说"冰心的清婉往往流于做作"[14]，张爱玲甚至还说过"把我同冰心、白薇她们来比较，我实在不能引以为荣,只有和苏青相提并论我是甘心情愿的"[15](226)。"不能引以为荣",不愿"相提并论"背后的潜台词也就可想而知。夏志清认为:"冰心代表的是中国文学的感伤传统。即使文学革命没有发生,她仍然会成为一个颇为重要的诗人和散文作家。但在旧的传统下,她可能会更有成就,更为多产"[16](53)。冰心被划在传统文学领地里去了,这也被今天的年轻学者所首肯,认为冰心是一个离"五四"传统稍远的作家,"作为获取文学资格的一种策略,冰心与历史作了一次短暂的合谋,即以所谓'问题小说'的写作作为文学生命的伊始"[17]。

那么,冰心是否就是一个传统型作家?冰心散文的清丽典雅是靠近古典还是现代?这样,冰心与古典传统的关系就是一个无法绕开的话题。事实上,冰心在开始文学创作之前并没有海外留学背景,她的文学素养主要来自古典文学,她"从5岁会认字读书起,就非常地喜爱中国古典文学",陶醉于古典的"文字精炼优美,笔花四照","有韵律,有声调",以至"过目不忘"。她的散文名篇《寄小读者》和《往事》,"完全得力于古典文学","内容是抒情多于叙事,句子也多半是文言"[18](605)。但是,相对新文学其他作家,冰心并没有多么深厚的传统功底,从她写于1926年的硕士论文《李易安女士词的翻译和编辑》也可以看出来,长于欣赏性的描述,而弱于史料的考证与分析。她自己对此也有清醒的认识,"我知道我的弱点,也知道我的长处。我不是一个有学问的人"[19](12),但她善于吸收融化中国古典文学意境和语汇,丰富自己的文学表现力,这使她的散文有着文言文凝练隽永的长处,"她的文笔是淡雅的、简练的,融汇了古人之诗文的。——这一切形成了冰心特有的作风,使她成为现代中国女作家的第一人"[20](233)。应该说,在"五四"新文学女作家中,除了苏雪林,冰心可能应算是最有传统学识的作家了。

特别是在"五四"新文学运动中如何写好白话文的探索和实践上,冰心所提出的"白话文言化"和"中文西文化"主张及文学实践,虽不是她的独创,却不失为一条可行而有效的路径。"五四"新文学运动从一开始就逐步推行三件大事,从说什么写什么到认词曲歌谣白话小说作文学正宗,再到介绍西洋文学思潮。[21](445~446)新文化运动初始,白话文学就受到守旧派的反对和质疑,章士钊认为白话文"流于艰窘,不成文理,味同嚼蜡,去人意万里",成不了"美文",难以让人"手舞足蹈""百读而不厌"。他反问:"今之白话文,差足为计米监之代耳,勉阅至尽,雅不欲再,漠然无感,美从何来?"[22](236)当时还是北京高等师范预科学生的常乃惪也给《新青年》写信,认为白话文可以作"纪事说理之文","但不可施于美术之文"[23]。"美术之文"也就是艺术性的文章。冰心散文具有淡泊流丽的色彩,轻徐舒缓的节奏,典雅蕴藉的韵致,由此形成清新秀丽、柔美隽逸的艺术风格。这种风格既自然清新,又隽丽优美,还精当准确,既有冰心独特的个性,也显示了白话文的自由与美丽,表面上不假思索、行云流水,骨子里却有着含蓄的韵致。可以说,冰心散文有力地反击了"美文不能用白话"的质疑。

冰心散文却有着传统文言的基因。在白话文不断取得决定性胜利之后,新文化人也开始调整姿态,提出了不同的话语主张。如鲁迅继续批驳不读古书就作不好白话的说法,坚持"古文已经死掉了"[24](214)的看法;周作人则认为"涩味与简单味"的文章才是"耐读"的好文章,要作好这样的文章,在语言上应"以口语为基本,再加上欧化语,古文,方言等分子,杂揉调和,适宜地或咨意地安排起来,有知识与趣味的两重的统制,才可以造出有雅致的俗语文来"[25](79)。"雅致的俗语",就近似于冰心散文的作法,把古典辞章、语汇吸收融化,注入现代白话之中。在行云流水的行文里,也时而呈现文言词语和句法,特别是把古诗词和骈文句法,如排比、对偶和长短句式穿插其间,经过精心提炼、加工,使之相互融合,浑然一体,形成独特的清新婉丽,或色彩鲜明,或素缟淡雅,既有了错落有致的节奏,也有如诗如画的意境。如《寄小读者》中"通讯十六""通讯二十""通讯二十六"和《再寄小读者·通讯五》等文,将外国的自然风光纳入古典意境,有着浑然一体的神韵。

周作人曾将现代散文分为三派,认为胡适、陈独秀的文章"清新明白,长于说理讲学,好像西瓜之有口皆甜",俞平伯、废名的文章"涩如青果",冰心和徐志摩归在一派,"仿佛是鸭儿梨的样子,流丽轻脆,在白话的基本上加入古文方言欧化种种成分,使引车卖浆之徒的话进而为一种富有表现力的文章"[26](65)。周作人从散文风格立论,指出了冰心和徐志摩流丽轻脆的共同特点,并认为这样的风格来自古今中外俗雅语汇的融合。但鲁迅却反对这样的做法。他在《写在〈坟〉后面》里说,一些青年作者从"古文","诗词中摘些好看而难懂的字面,作为变戏法的手巾,来装满自己的作品",这让他感觉到了一种"复古"的"文章趣味"。在他眼里,中国思想界最大的危险就在于"复古",而最容易"复古"的,莫过于文章趣味。鲁迅坚持"青年少读,或者简直不读中国书"的说法,并且说,这是"用许多苦痛换来的真话,决不是聊且快意,或什么玩笑,愤激之辞"。但就文章而论,他主张"博采口语",而不是阅读古书:"以文字论,就不必更在旧书里讨生活,却将活人的唇舌作为源泉,使文章更加接近语言,更加有生气。至于对于现在人民的语言的穷乏欠缺,如何救济,使他丰富起来,那也是一个很大的问题,或者也须在旧文中取得若干资料,以供使役,但这并不在我现在所要说的范围以内,姑且不论。"[27](286)周作人的《雨天的书》融合文言而生成了清冷和简洁的风格,受到朱光潜的喜爱,由此他还特别强调:"想做好白话文,读若干上品的文言文或且十分必要。现在白话文作者当推胡适之、吴稚晖、周作人、鲁迅诸先生,而这几位先生的白话文都有得力于古文的处所(他们自己也许不承认)。"[28](292)的的确确,鲁迅的文言文功力非常深厚,他在谈论传统"著述"时多用文言文,写小说、随笔、杂文却一直使用白话。就在鲁迅写作《写在〈坟〉后面》的前一两年,鲁迅还出版了文言文的《中国小说史略》,书的"后记"使用的是不加标点的文言。也就在发表《写在〈坟〉后面》等文的1926年,鲁迅为厦门大学编写的中国文学史讲义——《汉文学史纲要》，使用的也是文言文。有关大众性、现实性的文体用白话文，小众的、个人的或学术性的亦可用文言文，或者是旧体诗词。这也说明鲁迅使用不同的文体有不同的思想意图。

文言进入白话，或者说白话融化文言，这实际上是一个白话如何实现开放，扩大自身资源的问题。"五四"白话文运动提倡白话文，打倒文言文，白话文成了文化中心。白话文在历史上是早已存在的事实，但"五四"白话文实际上是一种新的思想建构。白话文言之争是新旧思想的斗争，这一点，冰心也看出来了，"新旧文学的最大的分别，决不在于形式上的语体和文言，乃在于文字中所包含的思想，某一时代特具的精神"[29](9)。同时，白话文言之争也是"话语权势"的争夺，这方面有社会政治经验的茅盾看得更为清楚，他强调"当白话还没有夺取文言的'政权'，还没有在社会中树立深厚的根柢的时候，我们应该目不旁瞬地专做白话运动"，"必须相信白话是万能的，无论表现什么思想什么情绪，白话决不至于技穷，决不要文言来帮助"[21](445)。白话和文言所实际代表的是新与旧思想的矛盾，当出现"话语权势"的争夺时，对倡导白话文的新文化运动者来说，坚信"白话是万能的"就不是一种学理，而是思想信念的坚守或者说是一种话语策略了。白话文成了现代思想的载体和工具，不完全是一种书写语言，而代表着新知识分子的价值体系，它与"个人的发现"和"人的文学"是紧密地联系在一起的。所以，白话文运动不仅仅是西化或欧化，而是现代中国话语结构的整体转型以及根本变化。对此，朱自清有过这样的说法，"新文学运动和新文化运动以来，中国语在加速的变化。这种变化，一般称为欧化，但称为现代化也许更确切些"[30](64)，这是非常恰切的判断。既然是现代化，就应允许传统文言进入探索和尝试。

冰心的散文就体现了一种开放的白话文观念，也合乎周作人的白话文设想，以现代语为主，"采纳古代的以及外国的分子"[31](59)，"合古今中外的分子融和而成的一种中国语"[31](56)；也实现了傅斯年所希望的新文学将"流行之欧化文学"与"中国固有之文学"相"衔接"[32](11)。冰心说过散文是她"最喜爱的文学形式"[7](182)，知道自己的"弱点"和"长处"，"知道我的笔力，宜散文而不宜诗"[19](13)，有着"坚定的信仰和深厚的同情"[19](12)。她以"知足"而"感恩"的平常心推进文学的渐进式变革。在这个意义上，冰心超越了文学传统与现代的纠缠，清丽典雅的审美风格既是传统的，也是现代的，更重要的是她拥有自己的风格。郁达夫曾认为冰心散文得益于她家乡自然山水的"秀丽"和生活的"诗思"，它们"美化了她的文体"。她有着情感的"纯洁"，也有着思想的束缚，但她能够"意在言外，文必己出，哀而不伤，动中法度"，体现了"文章之极致"[1](194)。这样的评价才是设身处地而又十分中肯的。

参考文献：

[1] 郁达夫.新文学大系散文选集导言[G]//郁达夫全集：第11卷.杭州：浙江大学出版社，2007
[2] 阿英.现代中国女作家[G]//阿英全集：第2卷.合肥：安徽教育出版社，2003
[3] 阿英.谢冰心[G]//阿英全集：第2卷.合肥：安徽教育出版社，2003
[4] 李素伯.冰心的《寄小读者》[G]//冰心研究资料.北京：北京出版社，1984
[5] 卓如.冰心作品的情趣与色泽[J].贵州社会科学，1986（2）
[6] 范伯群，曾华鹏.论冰心的创作[J].文学评论，1964（1）
[7] 冰心.关于散文[G]//冰心全集：第3卷.福州：海峡文艺出版社，1994
[8] 赵景深.冰心女士的《南归》[G]//新文学过眼录.桂林：广西师范大学出版社，2004
[9] 冰心.遗书[G]//冰心全集：第1卷.福州：海峡文艺出版社，1994
[10] 茅盾.冰心论[G]//茅盾全集：第20卷.北京：人民文学出版社，1990
[11] 张天翼.冰心[G]//冰心研究资料.北京：北京出版社，1984
[12] 冰心.怎样欣赏中国文学[G]//冰心全集：第3卷.福州：海峡文艺出版社，1994
[13] 丁玲."五四"杂谈[G]//丁玲全集：第7卷.石家庄：河北人民出版社，2001
[14] 苏青.女作家聚谈会[J].杂志，1944（3）
[15] 张爱玲.我看苏青[G]//张爱玲文集：第4卷.合肥：安徽文艺出版社，1992
[16] 夏志清.中国现代小说史[M].上海：复旦大学出版社，2005
[17] 王侃.历史：合谋与批判——略论中国现代女性文学[J].中国现代文学研究丛刊，1998（4）
[18] 冰心.我与古典文学[G]//冰心全集：第8卷.福州：海峡文艺出版社，1994
[19] 冰心.我的文学生活[G]//冰心全集：第3卷.福州：海峡文艺出版社，1994
[20] 李希同.《冰心论》序[G]//范伯群.冰心研究资料.北京：北京出版社，1984
[21] 茅盾.进一步退两步[G]//茅盾全集：第18卷.北京：人民文学出版社，1989
[22] 章士钊.答适之[G]//章士钊全集：第5卷.上海：文汇出版社，2000
[23] 常乃惪.通信[J].新青年，1916，2（4）
[24] 鲁迅.古书与白话[G]//鲁迅全集：第3卷.北京：人民文学出版社，1981
[25] 周作人.《燕知草》跋[G]//永日集.石家庄：河北教育出版社，2002
[26] 周作人.志摩纪念[G]//看云集.石家庄：河北教育出版社，2002
[27] 鲁迅.写在《坟》后面[G]//鲁迅全集：第1卷.北京：人民文学出版社，1981
[28] 朱光潜.雨天的书[G]//朱光潜全集：第8卷.合肥：安徽教育出版社，1993
[29] 冰心.论文学复古[G]//冰心全集：第2卷.福州：海峡文艺出版社，1994
[30] 朱自清.中国语的特征在那里[G]//朱自清全集：第3卷.南京：江苏教育出版社，1988
[31] 周作人.国语改造的意见[G]//艺术与生活.石家庄：河北教育出版社，2002
[32] 浦江清.王静庵先生之文学批评[G]//浦江清文史杂文集.北京：清华大学出版，1993

透视冰心散文创作经
——从《小橘灯》的文体属性谈起

乔世华

摘要： 近年来，冰心研究界倾向于将《小橘灯》看作小说，但一些事实证明冰心更愿意将其视作散文，而冰心一系列散文创作经验谈文章也证明了这一点。这反映出冰心持有更宽泛的散文观，她认同散文的适度虚构。散文能更充分、更自由地表达心性，当是冰心喜欢散文写作的原因。

关键词：《小橘灯》；冰心；散文；虚构；自我

冰心以散文创作闻名于世，其"柔和细腻的笔致，微带忧愁的色彩，委婉含蓄的手法和清新明丽的语言"[1]向来为人所称道。《小橘灯》是冰心的名篇，最初发表于《中国少年报》1957年1月31日，发表时其文体属性并未被刻意注明。不过，在很长一段时间里，人们似乎想当然地就将其定性为散文："《小橘灯》是一篇散文特写，写的是作者亲身经历的往事。"[2]

近几年来，研究界出现了另一种声音，倾向于把《小橘灯》视作小说。如李波主编《山路上的繁星——冰心在重庆》一书如是提到："《小橘灯》虽作于20世纪50年代后期，但其中所叙述的故事却发生在蛰居重庆时的那段日子。当时为了躲避日本飞机的轰炸，也为了摆脱复杂的政治环境，冰心一家迁居到相对比较幽静的歌乐山上。1957年春节来临之际，冰心回忆起在歌乐山居住时发生的一段故事，又联想到春节期间常见的'灯'，写就了这篇短篇小说《小橘灯》。"[3]从这段介绍《小橘灯》灵感的产生以及相关写作背景的文字来看，其所据资料应该是冰心1979年写作并刊发在《中学语文教学》上的《漫谈〈小橘灯〉的写作经过》一文。

冰心研究专家王炳根同样可能正是凭借着冰心此文所提供的相关线索以及自己对《小橘灯》的阅读理解来判定《小橘灯》的小说属性的："多少次我被人问到，《小橘灯》是小说还是散文？有的把它编入小说，有的把它编入散文。我非常明确地说：是小说。为什么是小说？因为小说是虚构的，这个故事是虚构的，有冰心

作者简介：乔世华（1971— ），男，辽宁大连人，副教授，主要从事中国现当代文学研究。
本文原载：《文化学刊》2015年10月第10期。

的视野，有冰心的感受，或者说她曾经看到过这么一个孩子。虚构是小说最重要的艺术特征，虚构还在于这篇小说的象征意义，'小橘灯'具有象征意义，如果真要用橘皮去做一个小橘灯（冰心还教人做过小橘灯），一定不怎么理想。你们可以试一试，拿一个橘子来掰成两半，把一段蜡烛插在中间，怎样能让它在风中不被吹灭？"[4]

王炳根还在引用了《小橘灯》中两处具体制作小橘灯的文字之后，进一步分析："如果我们真以为这是具象的小橘灯，那就错了。我觉得小橘灯是一种象征，小孩子的那种性格与精神，通过制作小橘灯，更是通过这温暖的灯光表现出来，其象征意义远远大于具象。"[5]简言之，王炳根认为《小橘灯》不是散文而是小说的主要依据有二：其一，文章所讲述的故事是虚构的；其二，小橘灯具有象征意义。但是，这两点可能都还不足以改变《小橘灯》散文的属性。

首先，所记述的"事物"具有象征性，并非小说、戏剧等"虚构"文体的独家法宝，散文同样可以有象征，而且会使用得很好。茅盾的《白杨礼赞》《风景谈》以及郭沫若的《银杏》等散文名篇借着对白杨树、风景以及银杏等的礼赞来达到对中国共产党领导下的抗日军民的歌咏的目的，都是普通读者再熟悉不过的了。再如我们所熟知的散文家杨朔的诸多散文对核心物象的书写也都带有浓重的象征色彩：《荔枝蜜》中那既实又虚、无欲无求的小蜜蜂，《雪浪花》中执着冲击礁石的浪花，《樱花雨》中饱受摧残却又能迎风雨笑开颜的樱花等，都无一例外地要将读者的思绪导向写作者所要褒扬的普通劳动者或日本人民。要看到，尽管今天杨朔散文那种刻意经营的痕迹比较受人诟病，但在当时冰心并不避讳自己对杨朔散文的喜欢和肯定："当代的散文作者，如刘白羽、吴晗、魏巍、杨朔、郭风等，也各有他们自己的风格，报刊上常有他们的文章，都可以借鉴"[6]"我喜欢用散文的形式写作，因此也更细心地读散文作品，为着鉴赏，也为着学习观摩"[7]"要能抓住一个突出的现象，来描写异国人民的思想感情，就全凭作家的选择和技巧。我喜欢杨朔散文的另一个原因，就在这里！"[8]冰心对杨朔散文"选择和技巧"的肯定，就包含着对杨朔散文中象征性意象的经营的认同与接受。不但冰心笔下的小橘灯是有象征意义的，就是其散文《一只木屐》中也有对象征性意象的经营，当"我"即将离开生活多年的日本之际，在日本横滨码头旁边水上发现的那只木屐就具有象征意义："对于我，它象征着日本劳动人民。"[9]

其次，可能很多读者都会不自觉地形成散文是"非虚构"文体的成见。但众多散文写作者在写作过程中可并不是将自己的想象翅膀束缚起来而完全屈从生活真实的。不独杨朔散文如此，"五四"以后不少有影响的散文作家，都是将文学散文看得非常宽泛的。如朱自清在20世纪30年代所写的《什么是散文？》就秉持着这样的散文观念：

按诗与散文的分法，新文学里小说，戏剧（除掉少数诗剧和少数剧中的韵文外），"散文"，都是散文。——论文，宣言等不用说也是散文，但通常不算在文学之内——这里得说明那引号里的散文那是与诗，小说，戏剧并举，而为新文学的一个独立部门的东西，或称白话散文，或称抒情文，或称小品文。这散文所包甚狭，从"抒情文""小品文"两个名称就可知道。[10]

朱自清名篇《背影》就属于所包甚为宽泛的散文的行列。所以我们不难理解为何从前有"索隐派"会根据朱自清相关家世史料，坚持将《背影》视作小说。

在《漫谈〈小橘灯〉的写作经过》那篇文章中，冰心承认这当中是有虚构成分的，也提到了"小橘灯"的象征意义：

〈小橘灯〉是我在一九五七年一月十九日为《中国少年报》写的一篇短文。那时正是春节将届，所以我在这篇短文的开头和结尾都提到春节，也讲到春节期间常见到的"灯"。

"我的朋友"是个虚构的人物，因为我只取了这故事的中间一小段，所以我只"在一个春节前一天的下午"去看了这位朋友，而在"当夜，我就离开那山村"。我可以"不闻不问"这故事的前因后果，而只用最简朴的、便于儿童接受的文字，来描述在这一个和当时重庆政治环境、气候，同样黑暗阴沉的下午到黑夜的一件偶然遇到的事，而一切的黑暗阴沉只为了烘托那一盏小小的"朦胧的橘红的光"，怎样冲破了阴沉和黑暗，使我感到"眼前有无限光明"。[11]

不光"我的朋友"是虚构的，就是在事件所发生的时间以及文中核心意象的择取上，都很有可能只是作者应了写作文章、发表文章的时间节点（春节）及相关节庆标志（小橘灯）之"景"的。冰心还特别强调了文章中没有交代得很透彻的故事情节，并明晰和升华了《小橘灯》的主旨：

这个小姑娘是故事中的中心人物，她的父亲是位地下党员，因为党组织受到破坏而离开了家，她的母亲受到追踪的特务的殴打而吐了血。在这场事变里，这个小姑娘是镇定、勇敢、乐观的。这一场，我描写了她的行动：比如上山打电话、请大夫、做小橘灯，写了她对我的谈话："不久，我爸爸一定会回来的，那时我妈妈就会好了。"这"一定"两个字表示了她的坚强的信念，然后她用手臂挥舞出一个大圆圈，最后握住我的手，说那时"我们大家也都好了！"也就是说：不久，全国一定会得到解放。[12]

当然，冰心并没有明确说明《小橘灯》的文体属性。但是一些事实证明，冰心更倾向于把《小橘灯》看作散文。季涤尘为编《散文特写选》（1949—1979）一书向冰心征询意见，冰心在1978年8月12日答复信件中表示："我的散文，实在没有可取之处，勉强选上三篇，供你们参考。"[13]冰心所选的这三篇散文依次是《小橘灯》《樱花和友谊》和《我站在毛主席纪念堂前》。海峡文艺出版社在出版由尤廉选编的《中国女作家散文选萃》（现代卷）一书时，其中就选入包括《小橘灯》《一只木屐》等在内的冰心9篇散文，尤廉曾为此征询过冰心意见，冰心在1992年11月17日回信中对所收录的篇目表示认同[14]。所以，如果就是因为考虑到《小橘灯》所记述的事件有虚构的地方，以及考虑到小橘灯是一种象征，就认定《小橘灯》是小说，就没能尊重冰心本人对《小橘灯》文体认定的情感倾向了。而且，冰心裁定《小橘灯》为散文的事实看似不起眼，实际上是一个值得深究的文学话题，其反映出来的不仅仅是冰心本人的散文观、散文创作经的问题，更关乎众多散文写作者在处理素材上的自由灵活度的问题。

冰心有《关于散文》（1959）、《谈散文》（1961）、《我们的新春献礼》（1980）、《漫谈散文》（1981）、《我与散文》（1985）等诸多文章总结散文创作经验，在一些自序或者为他人所作序言当中更屡屡谈到她的"散文经"，前者如《〈冰心散文选〉自序》（1982），后者如《〈垂柳集〉序》（1982）等。通观冰心上述散文经验谈文章，其对散文的理论认定和阐说一直没有发生根本变化，也未必有多少能推动文艺理论认知的高明论断：

  散文是我所喜爱的文学形式，但是若追问我散文是什么，我却说不好。如同人家向我打听一个我很熟悉的朋友，他有什么特征？有什么好处？我倒一时无从说起了。

  我想，我可以说它不是什么：比如说它不是诗词，不是小说，不是歌曲，不是戏剧，不是洋洋万言的充满了数字的报告……[15]

冰心对散文"说不清、道不明"的"尴尬"陈述和同时期巴金对散文的"失语"表达很有相似之处："有些读者写信来，要我告诉他们小说与散文的特点。也有人希望我能够说明散文究竟是什么东西。还有两三位杂志编辑出题目要我谈谈关于散文的一些问题。我没法满足他们的要求，因为我实在讲不出来。"[16]毕竟作家不同于文艺理论家，没必要在文艺的理论阐说上拥有着怎样精辟的见解或者掌握着如何具有统摄力的话语权；同时，他们的散文实践当然也不会遵循着文艺理论家们对散文设定的种种条条框框。

冰心在《关于散文》中的一段话倒是值得注意和体味："散文却可以写得铿锵得像诗，雄壮得像军歌，生动曲折得像小说，活泼尖利得像戏剧的对话。而且当作者神来之顷，不但他笔下所挥写的形象会光华四射，作者自己的风格也跃然纸上了。"[17]冰心在肯定散文对作者写作风格的纵情展示的同时，也说明散文和诗歌（含诗、军歌）、小说、戏剧等几种文体之间的相似度、联系性，其虽没有展开说明散文何以会"生动曲折得像小说"，但已经有意无意触及了散文能否虚构这个话题。事实上，冰心已经通过大量的写作实践、散文评论表露出了其对散文可以虚构的认同态度。譬如其《介绍我最喜爱的两篇散文》一文就对苏叔阳《留在我心底的眼睛》和刘厚明《陶马》两篇书写儿童美好心灵的散文给予充分肯定,而这两篇作品尤其是《陶马》就具有很浓厚的小说色彩。

而冰心1963年在向北京中华函授学校学员们传授写作经验时的讲义《谈点读书与写作的甘苦》,毫无保留地和盘托出自己的散文写作"秘笈",更能说明冰心散文写作不会拘泥于生活真实。在回答学员"在同国际友人接触中,你感受最深的,最突出的事例有哪一些,您怎样写下那些感受"的问题时,冰心以自己1962年写作并发表的散文《尼罗河上的春天》为例详细说明"文章的内容,有的是事实,有的不是事实"。"我这里提的两位日本女作家,都实有其人,只不过把她俩的名字换过罢了。那位名叫'秀子'的,我是从头一次亚非作家会议起就和她相识。"[18]对这篇文章的布局和剪裁,冰心进行了详尽的说明:

> 这篇文章开头的一句说:"通向凉台上的是两大扇玻璃的落地窗户,金色的朝阳,直射了进来。"这个描写就与事实不符。我住的房间朝西,不是朝东,而且她们来洗澡的时间是下午,不是早晨。那么,我为什么把我的窗户搬过来朝了东的呢?因为朝西就跟我写的那篇文章的气氛不合,我不要它朝西。如果朝西的话,那么射进屋里来的是夕阳,不是朝阳了。所以我就把我的窗户朝了东。我这样做,只要不影响下面写的事实,读者是不会提出抗议的,而且读者也无从提出抗议,因为他没有到我住的旅馆去过。还有,我们住的旅馆不在尼罗河边上,是在新城和旧城之中,但是我在一九五七年参加亚非国家团结会议的时候,住过尼罗河旁边的旅馆。所以我能够描写出从尼罗河旁边的旅馆窗户里看到的景物。[19]

冰心还解释了自己为什么以"尼罗河上的春天"作为文章的题目:

> 我为什么以"尼罗河上的春天"作题目呢?因为会议是在开罗开的,在开罗开会,要是不写尼罗河的话,不拿尼罗河做个背景的话,那是个遗憾,所以我又把尼罗河搬来放在我的窗户前面了。在这一段的头一句里,我为什么说"远远的比金字塔还高的开罗塔"呢?"开罗塔"是我头一次去开罗以后才盖起来的,"金字塔"大家都知道,一提埃及,谁都知道有"金字塔"。"开罗塔"比"金字塔"还高约十几米。我为什么提这座塔呢?第一,这座塔很好看,就像细瓷雕的一样;第二,"金字塔"是个老塔,"开罗塔"是新的,放进新的开罗塔说明我写的尼罗河畔不是从前的尼罗河畔,而是充满了新的气氛——亚非人民团结起来反对共同的敌人帝国主义的气氛。[20]

在《尼罗河上的春天》中,冰心是将两次亚非作家会议上发生的事情合并为一次,还置换了主人公的姓名,调整了故事的发生时间,改变了自己住处的朝向,将尼罗河搬来放在自己窗户前面以避免留下在开罗开会却没有这一标志性河流作为背景的遗憾,她还特别强调了比金字塔高出十几米的开罗塔以表明亚非人民的崭新气象……做出这些改动,俱是为了让文章能"通过一段故事来描写一个知识分子和广大人民结合在一起搞革命工作,是一件不容易的事情"[21]。冰心提到,秀子到自己房间洗完澡后"丢下一块手巾,白色的,四边有几朵红花,这是事实"[22],但在为是否该将这方手巾写入文章中,冰心煞费了一番脑筋:"至于那块手巾,我想了半天,是放进去呢,还是不放进去,后来我还是放进去了。"[23]因此,《尼罗河上的春天》有了这样的结尾:

> 回来我把床头的电灯关上,在整理茶具的时候,发现一块绣着几朵小红花的手绢,掉在椅边地上,那是秀子刚才拿来擦汗的。把红花一朵一朵地绣到一块雪白的手绢上,不是一时半刻的活计呵!我俯下去拾了起来,不自觉地把这块微微润湿的手绢,紧紧地压在胸前。

尽管秀子遗落的手巾被据实写在了文中,但"我"对秀子绣红花的联想以及将手巾"紧紧地压在胸前"的描写,就都很有可能是为文造情了,带有艺术加工的色彩,这是为了表明秀子的言语及针线活所蕴含着的情思对中国作家我的心灵触动,也由此表明中日两国作家的心连心。因此,秀子的手巾带有象征色彩,被赋予了深广的意味。冰心自己就再清晰不过地意识到:

> 其实手巾上的小红花不一定是她绣的,很可能这块手绢是买来的。但是我想,知识分子一步一步地跟人民走在一起,这不是一天两天的事情,要不是有这种感情的话,我何必把这么一块小手巾,"紧紧地压在胸前"呢!这种感情,是在我听到秀子站起来说"我们日本代表团决不后退一步"的时候产生的,我真想把她紧紧地压在胸前。如前所说,写在这篇文章里的事情有的是真的,有的是假的,但是假的是可以容许的,因为我不愿意写带有"夕阳"气氛的文章。[24]

将手巾上的小红花想象为秀子一针一线绣出来的,显然是为了追求文章的表达效果,冰心认为"假的是可以容许的",这无疑意味着冰心承认了散文是可以虚构的。在回答学员"写散文必须注意的主要问题是什么"时,冰心以其1962年写作发表的《一只木屐》为例来说明其中也有与事实不符之处:

> 这件事情发生在十几年以前,当时的情况也不是像我在这篇文章里所叙述的那样,就是说看到这一只木屐的不止我一个人,我从日本回国的时候,我和我的两个女儿都在船边上,是我小女儿先看见的,她说:"娘!你看,夏

达。"（戛达就是木屐的声音）我的小女儿到日本的时候只有九岁，她非常喜欢这个东西，因为小孩子都喜欢光脚……（省略，笔者注）当她指出一只木屐在海水里飘来飘去的时候，这本来是件小事情，但是我总是忘不了，我常常问自己，为什么对这个东西常常怀念？我抓不住中心思想。有一次，我几乎要把它写出来了，写成诗，但又觉得不对，它不是诗的情绪，怪得很！这里顺便谈谈取材问题，我感到写文章的人应该做个多面手，应该什么都来，不管它写得好不好，应该试试。的确有时诗的素材跟散文的素材不同，散文的素材跟小说的不同，小说的素材又跟戏曲的不同。我想把"戛达"写成诗！但写不出来，我就老放着，不是放在纸上，而是放在脑子里。一直等到去年纪念延安文艺座谈会二十周年的时候，我在一个座谈会上谈到我在东京时候常常失眠的情景，就忽然想起，这只木屐为什么对我有那么深的印象，因为我在东京失眠的时候总听到木屐的声音，那就是无数日本劳动人民从我窗户前走过的声音，也正是有着这声音的日本劳动者的脚步，给我踏出了一条光明的思路来！因此在我离开日本的时候，我对海上的那只木屐忽然发生了感情，不然的话，码头上什么都有，果皮、桶盖……为什么这只木屐会在我脑中留下那么深的印象呢？最后，我把我的中心思想定下来，定下以后，我想从我的女儿怎样喜欢木屐开始，就像我刚才说的那样写。但是我后来感到这样写没意思。因为我的失眠跟我女儿没有关系，她喜欢光脚也跟我喜欢木屐没有关系，所以我就写我一个人看到了这只木屐。[25]

看得出来，为了更好地表达文章的中心思想，也是为了让所记述的一切发生有机的联系，冰心对生活真实进行了一番移花接木，也就是其所说的"要有剪裁"，目的是为了散文"得有个中心思想"。而且"木屐"在全文中已经不单纯是实在的"事物"，同样被赋予了象征意义，象征着冰心所结交的众多处在苦难中的日本朋友：

  猛抬头，我看见在离船不远的水面上，漂着一只木屐，它已被海水泡成黑褐色的了。它在摇动的波浪上，摇着、摇着，慢慢地往外移，仿佛要努力地摇到外面大海上去似的！

  啊！我苦难中的朋友！你怎么知道我要悄悄地离开！你又怎么知道我心里丢不下那些把你穿在脚下的朋友！你从岸上跳进海中，万里迢迢地在船边护送着我！

由此，冰心在《谈点读书与写作的甘苦》中表示："上面这一段，是我那天看见这只木屐时没有想出来的，等到我把中心思想定住之后，才把我的感情定在这只木屐上，把这只木屐当做有感情的东西。"[26]自然，《一只木屐》中"这清空而又坚实的木屐声音，一夜又一夜地、从我的卵石嶙峋的思路上踏过；一声一声，一步一步地替我踏出了一条坚实平坦的大道，把我从黑夜送到黎明"一类文字呈现出来的都是作者写作时升华了的情感。

所以，一切真像巴金所说的那样："一个人必须先有话要说，才想到写文章；一个人要对人说话，他一定想把话说得动听，说得好，让人家相信他。每个人说话都有自己的方法和声调，写出来的文章也不会完全一样。人是活的，所以文章的形式和体裁并不能够限制活人。我写文章的时候，常常没有事先想到我这篇文章应当有什么样的特点，我想的只是我要在文章里说些什么话，而且怎样把那些话说得明白。"[27]简言之，写作者在写作的时候往往并不是意图鲜明地首先想着自己要写的是散文还是小说，而往往是要考虑如何努力把自己的话"说得明白""说得动听""说得好"。因此，巴金这样理解散文："总之，只要不是诗歌，又没有故事，也不曾写出什么人物，更不是专门发议论讲道理，却又不太枯燥，而且还有一点点感情，像这样的文章我都叫做'散文'。"[28]巴金为此还进一步解释："我这些话无非说明文章的体裁和形式都是次要的东西，主要的还是内容。"[29]可以说这一语道破了写作者的"天机"：写作者更在意自己所记述的内容能否取信于读者，至于它该归属散文还是小说，则完全凭借自己的感觉和偏好。发生在作家史铁生身上的两段文学"轶事"很可以给巴金的这番话、冰心的散文创作经验作很好的注解：史铁生的成名作《我的遥远的清平湾》是在1982年获得全国短篇小说奖的，那时不少读者就质疑过这篇作品的文体，因为从阅读经验上来说，这篇抒情色彩浓厚、情节弱化的作品好像更应该是一篇散文；再后来，史铁生《我与地坛》在《上海文学》发表之前，《上海文学》的编辑和主编都认为它内涵丰厚、结构不单一，可以作为一篇小说来发表，可是史铁生坚持认为这一定是散文，遂在发表时采取了"史铁生近作"这种含糊其词的方式，今天的中学课本和大学文学史教材最终也都尊重了史铁生对《我与地坛》的这一文体认定。其实，从《我与地坛》的有关记述来看，里面的确有小说的因子。还有，过去一些中学语文教材研究者习惯于把《小橘灯》和杜鹏程的《夜走灵官峡》并举比较，且都肯定这两篇文章的散文性质："《小橘灯》和《夜走灵官峡》是反映儿童生活的两篇散文。"[30]单纯来看杜鹏程的《夜走灵官峡》，这篇展示新中国儿童纯洁美好的心灵、讴歌铁路工人在社会主义建设事业中的恪尽职守与高度热情的散文，在对能给予成人力量的幼童小成渝的塑造上，同样可以说是虚实参半。因此，若以文章所述事实是否严丝合缝般忠于所谓生活"真实"来判定文章该属于小说还是散文，则可能过于机械了。

文艺理论家往往费尽力气要将散文和小说划分得界限森严，希望它们各守各的规矩，最好井水不犯河水。但是真正从事文学创作的人往往并不会如此循规蹈矩的，他们常常考虑的是如何在对素材不断的雕琢、剪裁中更加突出文章的中心思想，如何更好地打动读者，并随时因应着灵感的来袭调整着写作路数并对现实有所文饰,虽然最终可能并不会完全遵照生活的本来面目书写,但却可能因此最大限度地达到艺术真实。以冰心《小橘灯》为代表的一系列散文创作就很具有代表性,恰好反映出来诸多散文写作者在写作中对素材进行加工改造的实际状况。冰心之所以认为"散文是一种最方便最自由的文学形式",就在于"'灵感'或'任务'来时,都可以拿起笔来就写"[31],换言之,其更注重写作者在写作当中能否充分、自由地表达自己,能否以真情实感来打动读者,至于散文写作中必要的、有意识的选择和技巧则是题中应有之义。

更重要的是,散文这种既注重客观再现又注重主观表现的文体,其实是和小说比邻而居的,很多时候会发生重合。毕竟,散文和小说往往并没有多大的本质差异,它们都是文学创作,都是作者"做"出来的文章。因此,无论是把小说做得像诗歌、像散文、像戏剧,或者是把散文做得像小说、像戏剧、像诗歌,完全要看作者写作时的灵感与具体写作实践中的随性发挥,所讲述的事件的可能性要高于现实性。读者自然也没必要就呆板地把散文中的"我"与写作者本人完全画上等号。冰心在1983年4月22日致卓如的信件中就曾对这种机械的做法表示过些微的不满:"这里有个剧本,是改编《小橘灯》的电视剧,我看了觉得把我放进去,没有什么意思!而且'我'是'谢冰心'。"[32]进而言之,无论是冰心1949年以前所写作的《寄小读者》《往事》还是1949年以后所写的《尼罗河上的春天》《一只木屐》等诸多散文,这当中的"我"已经过了一番修饰、加工和提炼,就都并不等同于谢冰心本人。还是巴金说得透彻:"我的文章里面的'我'不一定就是作者自己。然而绝大部分散文里面的'我'却全是作者自己,不过这个'我'并不专讲自己的事情。另外一些散文里面的'我'就不是作者自己,写的事情也全是虚构的了。但是我自己有一种看法,那就是我的任何一篇散文里面都有我自己。"[33]

参考文献：

[1]陆文采.冰心、丁玲、萧红与女性文学[J].辽宁师范大学学报，1991（4）

[2]张玉林.《小橘灯》浅析[J].中学语文，1979（2）

[3]李波.山路上的繁星：冰心在重庆[M].重庆：重庆大学出版社，2010：118

[4][5]王炳根.王炳根说冰心[M].福州：海峡文艺出版社，2011：129，130

[6]冰心.谈散文[A].冰心全集：第四册[M].福州：海峡文艺出版社，2012：442

[7][8]冰心.《海市》打动了我的心[A].冰心全集：第四册[M].福州：海峡文艺出版社，2012：477，475

[9]冰心.一只木屐[A].冰心全集：第五册[M].福州：海峡文艺出版社，2012：35

[10]傅东华.文学百题[M].北京：生活·读书·新知三联书店，2014：288

[11][12]冰心.漫谈《小橘灯》的写作经过[A].冰心全集：第五册[M].福州：海峡文艺出版社，2012：469，468~469

[13]冰心.致季涤尘[A].冰心全集：第八册[M].福州：海峡文艺出版社，2012：165

[14]冰心.致尤廉[A].冰心全集：第八册[M].福州：海峡文艺出版社，2012：482

[15][17]冰心.关于散文[A].冰心全集：第四册[M].福州：海峡文艺出版社，2012：184，185

[16][27][28][29][33]巴金.谈我的"散文"[A].巴金全集：第20卷[M].北京：人民文学出版社，1993：530，531，530~531，538~539

[18][19][20][21][22][23][24][25][26]冰心.谈点读书与写作的甘苦[A].冰心全集：第五册[M].福州：海峡文艺出版社，2012：182，183，183~184，181，183，184，184，185，187

[30]鲍寄望.谈《小橘灯》和《夜走灵官峡》[J].昆明师院学报，1979（5）

[31]冰心.《冰心散文选》自序[A].冰心全集：第六册[M].福州：海峡文艺出版社，2012：122

[32]冰心.致卓如[A].冰心全集：第八册[M].福州：海峡文艺出版社，2012：222

冰心留美散文的生态之美

张显凤

摘要：《寄小读者》和《山中杂记》是冰心留学美国期间散文创作的重要收获，它们充溢着天然的生态之美，主要表现为：以"母爱"为现实根基的生态平等之美；用"童心"拥抱自然和人生的"诗意的栖居"之美；去国怀乡的"家园意识"。冰心潜在的生态立场成就了她独特的创作个性和作品内涵，具有很大的启示意义。

关键词：冰心；《寄小读者》；《山中杂记》；生态美

《寄小读者》和《山中杂记》是冰心赴美国留学期间所写的一组作品，它们不仅是冰心散文创作最重要的收获之一，也是20世纪中国散文宝库中不可多得的奇葩，之所以能成为代代相传的"小读者们"所喜爱的经典文本，一个重要原因就在于它们具有了天然的生态之美。

一、"母爱"与"生态平等"之美

众所周知，"母爱"是冰心终生讴歌的一个主题，也是她"爱的哲学"的现实根基，正是在歌颂"母爱"的基础上，冰心构建起了"爱"的大厦。在冰心的文学世界中，"母爱"是构造世界的本体，这在《寄小读者·通讯十》中有着非常清晰的表述：

　　她的爱不但包围着我，而且普遍地包围着一切爱我的人；而且因为爱我，她也爱了天下的儿女，她更爱了天下的母亲。小朋友！告诉你一句小孩子以为极浅显，而大人们以为是极高深的话，"世界便是这样的建造起来的！"

　　而且，由于"谁无父母，谁非人子？母亲的爱，都是一般"，所以"'母亲的

作者简介：张显凤（1976— ），女，讲师，博士；研究方向：比较文学与现当代文学。（滨州学院 中文系，山东 滨州 256603）。
本文原载：《石家庄铁道大学学报（社会科学版）》2014年9月第8卷第3期。
基金项目：2013年度山东省艺术科学重点课题"生态视野中的现代域外游记研究"（2013145）的阶段性研究成果；山东省文化艺术科学"十二五"重点学科"文化生态学"建设项目阶段性成果。

爱'打千百转身，在世上幻出人和人，人和万物种种一切的互助和同情"（《寄小读者·通讯十二》）。

值得注意的是，冰心不仅由"母爱"推及人类之爱，而且由此推及"人和万物种种一切的互助和同情"，这就使得冰心的"爱的哲学"超越了狭隘的"人类中心主义"的藩篱，带上了"生态平等主义"的色彩。这种生态平等之爱的思想不时地流露在《寄小读者》和《山中杂记》的字里行间，给这组散文带来天然的生态之美。

比如《寄小读者·通讯二》。鉴于《寄小读者·通讯一》是冰心交代和小读者通信缘起的开场白，《寄小读者·通讯二》实质上是她和小读者们的第一次正式交流。耐人寻味的是，冰心在这封信里郑重其事地作了一次"忏悔"，为她一年多前无意间导致了一只幼鼠的死亡而公开"告解"。她说："我小时曾为一头折足的蟋蟀流泪，为一只受伤的黄雀鸣咽；我小时明白一切生命，在造物者眼中是一般大小的；我小时未曾做过不仁爱的事情，但如今堕落了……"可见其天性之中对一切生命的尊重和热爱。这种爱得到加强和肯定，则和家庭教育对于她的影响密不可分。作者告诉我们，在她颤抖着手下意识地按着小鼠时，母亲已连忙说："何苦来！这么驯良有趣的一个活物……"接着小狗跳将进来时，父亲也急忙说："快放手，虎儿要得着它了！"而在小鼠终于被狗儿叼走后，母亲说："我看它实在小得很，无机得很。否则一定跑了。初次出来觅食，不见回来，它母亲在窝里，不定怎样的想望呢。"这不经意间的对话，让我们看到：父母的仁爱胸怀，尤其是母亲推己及众生的深广母爱本能，早已融汇到日常生活之中，潜移默化地塑造和影响着冰心，使她由"母爱"出发，热爱和尊重着一切生命，达到了所谓"民吾同胞，物吾与也"的思想境地。

《山中杂记·十》就集中描述了一个"我"与动物们快乐相处的和谐世界，马儿、小狗、各种小虫及小鸟都成了"我"山居养病时的好朋友。不仅如此，冰心对一切生命的热爱和尊重还达到了哲性认知的高度，《寄小读者·通讯十七》对蒲公英的思考即清晰地表明了这一点：

> 所以世上一物有一物的长处，一人有一人的价值。我不能偏爱，也不肯偏憎。悟到万物相衬托的理，我只愿我心如水，处处相平。我愿菊花在我眼中，消失了她的富丽堂皇，蒲公英也解除了她的局促羞涩，博爱的极端，翻成淡漠。但这种普遍淡漠的心，除了博爱的小朋友，有谁知道？

这里的"一物有一物的长处"的思想内蕴与当代生态理论所说的"生态平等"其实是基本一致的。"生态平等理论"将人文主义的"公正平等"的原则延伸到自然领域，点明人类和万物的关系是一种相对的平等，是一种"生物环链之中的平等"，即是说，"包括人在内的生物链之上的所有存在物，既享有在自己所处生物环链位置上的生存发展权利,同时也不应超越这样的权利"。这显然与冰心所领悟的"万物相衬托的理"是内在一致的。而所谓"博爱的极端,翻成淡漠",以及"普遍淡漠的心",则既蕴含了佛家的"众生平等",道家的"万物齐一"和儒家的"和谐共生"等生态智慧,也揭示了"人之初"所具有的无分别心的生态本源性,具备了"生态美学"的基本立场。因为"在生态意识中,不仅仅是那些美丽的风景,任何自然物都可以成为审美对象"。冰心写给"小读者"的散文从内容到理念都具有了生态平等之美的特质。

二、"童心""大自然"与"诗意的栖居"

如果说"母爱"是冰心文学大厦的基石,那么"童心"和"大自然"则是搭建爱之王国的核心材料,这在冰心留美散文创作中表现得尤其突出。有论者指出:由于在异国他乡求学期间因病修养的特殊体验,冰心的《寄小读者》和《山中杂记》带上了浓厚的"独语性""私语性"和"即时性"特征。正是在充满了个人"私语性"的"即时"创作中,冰心的"童心"因着特殊的机缘得到了最大程度的展现。

《寄小读者·通讯十三》中有这样的一段话:

> 母亲!我童心已完全来复了。在这里最适意的,就是静悄悄的过个性的生活。人们不能随便来看,一定的时间和风雪的长途都限制了他们。于是我连一天两小时无谓的周旋,有时都不必作。自己在门窗洞开,阳光满照的屋子里,或一角回廊上,三岁的孩子似的,一边忙忙的玩,一边呜呜的唱,有时对自己说些极痴騃的话。休息时间内,偶然睡不着,就自己轻轻的为自己唱催眠的歌。——一切都完全了,只没有母亲在我旁边!

显然,在几乎与世隔绝的山居疗养院中,冰心的身心都极度放松,"童心"在独居静处的时刻全面复活,她不仅"一边忙忙的玩,一边呜呜的唱",还恢复了孩子式的原始思维,将推她出屋的看护当作"乳母",将床看作是"摇篮",将天上最明亮的三颗星星当作"三个弟弟",将月亮当作"母亲",太阳则视作"父亲",而那满天的星宿,则是"一切亲爱的人"。这样,在"童心"的映照下,"自然"和"人生"有机地融为一体,"我"和"宇宙"息息相关,人与自然接近于混沌的统一体。

《山中杂记·二》的记叙也形象地揭示了这一点。由于想到离开沙穰后也许此生不再来,为留些纪念,"我"几乎每日做些埋存与挖掘的事,结果"名片,西湖风景画,用过的纱巾等等,几乎满山中星罗棋布,经过芍药花下,流泉边,山亭里,都使我微笑,这其中都有我的手泽!兴之所至,又往往去掘开看看"。因此,冰心散文中的自然之美不仅像空气一样时刻伴随在人之左右,而且这种美不是静止和孤立的,而是"人在自然中,人与自然共舞"的天人合一的有机存在。所以虽然事实上冰心受着疾病和乡愁的长期折磨,但徜徉在"自然母亲"的怀抱中,她的肉体和精神都得到了极好的慰安和调养,愁苦之情天然地泯灭了,她怀着近乎被解放的欢愉之情来体味和吟咏自己的山居生活。简言之,在"童心"与"大自然"的双重拥抱下,冰心无求自得地到达了"诗意的栖居"的美好境界。

当然,成年之后的"童心来复"已非彼时年幼的"赤子之心"了,而是双重否定之后的回归。所以冰心后来在谈及《寄小读者》的写作时曾说:"我原来想用小孩子的口气,说天真话的,不想越写越不像!"但之所以肯定乃至放纵这"童心",作者其实有着高度的理性自觉。在《寄小读者·通讯二十一》中,作者回忆起在国内时每天和弟弟们一起度过的"一两小时傻玩痴笑的生活"时说:"这种生活,似乎是痴顽,其实是绝对的需要。这种完全释放身心自由的一两小时,我信对于正经的工作有极大的辅益,使我解愠忘忧,使我活泼,使我快乐。"由此可见,书写、歌颂与享受童心童趣在冰心而言不仅是一种自然天性的表露,更是一种生存智慧,是其与自然共舞并通向"诗意的栖居"的一条捷径。

三、去国怀乡与"家园意识"

去国怀乡是海外学子经常流露在笔端的一种思绪,冰心自然也不例外,只不过她在忆及故国时所持的情感态度和文化立场有些与众不同。首先,冰心并没有像巴金那样将故土与"惨酷的景象"和"痛苦的源泉"联系在一起。相反的是,在去国的旅途中,渐行渐远时,冰心"凝立悄然,只有惆怅"(《寄小读者·通讯七》);到威尔斯利女子学院之后,作者在晚上"看中国诗词,和新寄来的晨报副镌,看到亲切处,竟然忘记身在异国";在广泛地游历了美国之后,冰心更发出了这样的感慨:"在此处处是'新大陆'的意味,遍地看出鸿蒙初辟的痕迹。国内一片苍古庄严,虽然有的只是颓废剥落的城垣宫殿,却都令人起一种'仰首欲攀低首拜'之思,可敬可爱的五千年的故国啊。"(《寄小读者·通讯十六》)显然,"家"与"国"在冰心的认同感中几乎处于同等的重要地位,它们让她对其充满认同、依恋和怀念,而少有怨艾和不满。

在文化立场上,冰心对中国传统文化的某些思考和价值判断也是别具一格的。《寄小读者·通讯二十三》集中表达了冰心对于"娱乐"和传统节日的看法。冰心写这封信时适值中国传统的"七夕女儿节",她在信里和弟弟谈及娱乐不是消极的消遣,同时提出:"中国人要有中国人的娱乐,我们有四千多年的故事、传说和历史。我们娱乐的时地和依据,至少比人家多出一倍。"接着,作者不厌其烦地细数中国的传统节日和活动内容,最后还不无自豪地总结说:"我觉得中国的节期,都比人家的清雅,每一节期都附以温柔、高洁的故事,惊才绝艳的诗歌。"可见冰心对中国的传统民间节日的熟稔和热爱,对其中蕴含的积极文化因子也有着很高的价值认同。

这使她不仅与同时代的大多数中国留美学生文化立场不同,也与整个西化大潮冲击下的他国留学生拉开了很大差距。比如与冰心差不多同时期赴美的闻一多忆及留美生活时写道："自从与外人接触，在物质生活方面，发现事事不如人，这种发现所给予民族精神生活的担负，实在是太重了。"而冰心在威尔斯利结识的日本朋友濑尾澄江则对她有这样的回忆："她对中国有很强的热爱和自豪，她的身体里充满着从'五四'运动孕育的中国年轻人的爱国热情。她的留学态度好像是到美国来为了提高现代人的品位和教养。她并没有像我这样拼命地摄取美国文化的态度。"

同时，冰心对中国传统文化不仅有情感上的归依，还不乏理性的认知。比如《寄小读者·通讯二十三》指出："破除迷信，是件极好的事。最可惜的是破除了以后，这些美好的节期，也随着被大家冷淡了下去。我当然不是提倡迷信，偶像崇拜和小孩子扮演神仙故事，截然的是两件事！"这段话既表明了冰心对传统文化糟粕性一面的认识，肯定了"科学"的进步意义，同时又反映了她对于激进的现代性逻辑的警惕和反思——"科学"带来的工具理性对"诗意"或"审美"的冲击乃至扼杀。

在此，笔者想强调一个在冰心研究中常常被忽略或误解的问题，那就是冰心的"反现代性"的现代性立场——而不是通常所说的"保守"立场。这种立场在留美散文中时有流露，虽未深入论述，但却足以反衬出冰心思想的深刻性和超越性。比如在《山中杂记·六》中，作者感慨说："人类在生理上，五十万年来没有进步。而劳心劳力的事，一年一年地增加。这是疾病的源泉，人生的不幸！"在这里，冰心的思维触角已经涉及对文明悖论的反思和对现代人精神生态的关注。再比如在《山中杂记·九》中对于"机器与人类幸福"问题的思考。冰心首先肯定机器的好处就是省人力，"能在很短的时间内做很重大的工作"，但她随后又对此提出了质疑，因为机器发出的噪音给疗养院里的病人们带来了极大的精神痛苦，所以，"机器又似乎未必能增益人类的幸福"。

很显然，冰心关于"机器"的思考其实已经接近了当代生态反思的立场：以工具理性为主导的现代科学固然在物质文明方面给人类社会带来了巨大的进步，但同时也带来了一系列灾难。这与前文所提到的"科学"不仅可以消除"迷信"，同时也会把人的想象力一并抹杀等问题的思考其实属于同一个思想范畴，都含蕴着冰心对当时甚嚣尘上的"科学"思潮的反思与警醒，昭示了冰心对"人"与"存在"的根本性关怀。而正是由于站在了关注"存在"之根的制高点，冰心的家国之思带上了浓厚的"家园意识"特质。

20世纪以来，伴随着工业革命和科学技术的全球化进程，人类的生存方式发生了巨大转变，许多人失去了家乡，"不得不在工业区的荒郊上落户"，同时，现代科学的实证精神否定了上帝和神灵的存在，人类被"从大地上连根拔起"，失去了自己的"精神家园"。因此，"茫然失其所在"成为现代人面临的普遍困境，"家园意识"因而成为当代存在论生态美学的一个重要审美范畴。曾繁仁先生认为，家园意识是"一种宏大的人之存在的本源意识",它非常重要,正如海德格尔所言:"按照我们人类经验和历史,一切本质的和伟大的东西都只有从人有个家并且在一个传统中生了根中产生出来。"那么"家园意识"的美学内涵又是什么呢?海德格尔指出:"'家园'意指这样一个空间,它赋予人一个处所,人惟有在其中才能有'在家'之感,因而才能在其命运的本己要素中存在。"

《寄小读者·通讯二十九》即生动地揭示了这一点。在这封归国后写给小读者的信中,冰心先是用抒情的语句写道:"小朋友!你若是不曾离开中国北方,不曾离开到三年之久,你不会赞叹欣赏北方蔚蓝的天!"接着她回忆起自己在异国时两次见到这种类似故乡的"云影天光"时的高峰体验:一次在新汉寿白岭之巅,看着"异国蓝海似的天"和日落时天空奇丽的变幻,"我"为这伟大的印象所震撼,"觉出了造化的庄严","竟伏于纤草之上,呜咽不止!";一次在华盛顿,只有在"被这楼后的青天唤醒"之后,在美国寄居两年半的"我",才觉出她是"一个庄严的国度","我"才于赴美后第一次找到了"天国似的静默"。

显然,"故国"对于冰心而言不仅具有空间的意义,更是文化传统上的血肉相连和情感纽带上的唇齿相依,是存在意义上的"家园"。这就使得冰心笔下的"乡愁"具有了普遍性和诗意性,流溢着浓郁的家园之美,散发着打动人心的艺术魅力。

四、启示

关于"爱的哲学",冰心自己在《我的文学生活》里这样说过:"中学四年中,没有显著的看什么课外的新小说。我所得的知识只是英文知识,同时因着基督教义的影响,潜隐的形成了我自己的'爱的哲学'。"由此出发,很多冰心研究者都非常看重基督教对于冰心的重大影响,同时由于冰心对泰戈尔的显在推崇和借鉴,泰戈尔对冰心的影响也向来为论者们所津津乐道。近年来,随着冰心研究的进一步深入,有一些学者开始注意到中国传统文化与冰心"爱的哲学"的形成及内涵的关系,比如,有论者指出"儒家'仁爱'乃是'爱的哲学'的根本来源"。那么这就产生了一个问题,即基督教教义、泰戈尔的思想和中国传统文化分别在冰心的"爱的哲学"的思想体系中占据了什么样的地位呢?

在回答这个问题之前,让我们先重温一下冰心关于文体追求方面的一段著名的话:

> 文体方面我主张"白话文言化""中文西文化",这"化"字大有奥妙,不能道出的,只看作者如何运用罢了!

在这里,通过一个可意会不可言传的"化"字,冰心不仅道出了其在语言艺术上的自觉追求,同时也点出了她的"爱的哲学"的形成机制:"化"中外文化的积极因子为我所用。这一个"化"字,亦大有奥妙,很难做出泾渭分明的划分,唯其如此，冰心才会旗帜鲜明地强调她形成了"自己的"爱的哲学。笔者在此无意就其形成做更为深入的论述，只想指出：正是因为有了世界眼光和人类立场——切近了生态哲学的系统论和整体论立场，兼具了儒家的济世情怀与宗教之爱的理想精神，冰心的留美散文才会处处绽放着生态智慧的火花，行文之间流淌着万物和谐共生，人怀着赤子之心在大地上诗意地栖居的生态之美。

而且，正是因为冰心潜在的"生态立场"，使得她和建立在机械论世界观基础上的二元对立思维格格不入，所以尽管她以"问题小说"的创作登上五四文坛并一举成名，但终其一生她在作品中很少涉及阶级斗争，种族冲突和阶层差异等主题。这也是冰心散文直到今天仍然具有强大生命力的重要原因之一。

此外，作为一个中外文化孕育出的宁馨儿，冰心独特的文化立场和家园之思，也为我们昭示了追求现代性的另一种可能：在守成基础上革新，传统与现代完美融合——集"新思想"与"旧道德"于一身的冰心就是这种融合的杰出代表。因此，在整个人类生态——包括自然生态，社会生态和精神生态等都出现了很多问题的今天，重新阅读冰心的《寄小读者》和《山中杂记》等作品，会启发我们更深入地反思所谓"人与自然""科学与进步"乃至"存在与幸福"等诸多命题，鼓励我们更认真地去探索在全球化时代应如何在立足本民族优秀历史文化传统的基础上建构新的精神家园，从而在工业文明的包抄之中找到"精神返乡"之路，达到"诗意的栖居"的美好境界。

冰心散文对当下儿童文学创作的启示

朱妍

摘要：冰心散文中深挚的文本内蕴和典雅的叙述文体对当下的儿童文学创作具有一定的启示意义。当下的儿童文学应秉持真诚的创作理念，正向引导儿童的价值取向。在创作主题上，儿童文学应宣扬温情和谐的文本理念，以人性关怀来实施情感滋润和道德启蒙。当下的儿童文学创作应遵循平等的创作视角，契合儿童的审美需求。在艺术体式上，儿童文学创作应使用规范优美的语言，运用和缓恬适的语调，捕捉灵秀俊逸的意象。

关键词：真诚；温情；平等；冰心体

在国家建构视域中，儿童寄寓着民族的希望与未来，儿童文学预写了民族文明的精神路标，当下的儿童文学呈现出百花齐放的繁盛景象，创作者书写校园生态，重构动物体征，演绎魔幻传奇，建构了开放多元的精神向度。然而，在大众消费文化的语境下，当下的儿童文学彰显出同质化的创作倾向，部分作家的创作态度伪饰，创作理念虚空，作品的艺术修辞匮乏，儿童文学的深入拓展受到创作主体的阻滞和延宕。当下的儿童文学创作亟需作家扭转浮躁的态度，更新文本的浅薄理念，重置作品的叙述技巧，在中国现代文学中，冰心散文弥漫着爱的气息，构筑了温情的伦理场域，凝聚着细腻柔和的语调、清新明快的语言和含蓄委婉的手法，坚守了儿童本位观，对当下的儿童文学创作具有重要的启示功效。

一、真诚的创作理念

在市场经济控驭出版产业的时代中，儿童文学也在一定程度上被裹挟进大众消费文化的窠臼，当下的儿童文学创作被限阈在物欲化的时代潮流中，娱乐化、平面化的书写遮蔽了文学话语的审美架构，商业化写作在一定程度上消解了儿童文学的责任意识和人文精神。校园文学书写了儿童自在的生命体验，充斥着幽默

作者简介：朱妍（1982—　），女，宿州学院文学与传媒学院讲师；研究方向：中国现代文学。
本文原载：《淮南师范学院学报》2015年第2期第17卷（总第90期）。
基金项目：安徽省教育厅青年人才基金项目"民初留学场域中的皖籍文人与新的发生"（2012SQRW179）。

诙谐的对话情景，但是作品肆意渲染玩世不恭、离经叛道的校园风尚，以取悦儿童的姿态构筑了廉价的乐观，悬置了作品的人文意蕴。在工具理性的驱动下，儿童文学作家疏离了崇高的精神信仰，放逐了真诚的理念和担当的情怀，儿童文学作品沉陷于模式化、类型化的叙事虚构。在魔幻小说《哈利·波特》席卷全球后，儿童文学图书市场刮起了一股魔幻风，众多作家效仿《哈利·波特》的故事体式和叙述策略，抄袭复制其中的情节构思，消解了儿童文学的审美情趣，迎合了急功近利的文化心态。当下的儿童文学创作遵循市场经济的运作轨迹，追逐利润的最大化，回避了文化的情感抚慰功效和道德启发策略，背离了性灵书写的文学底线，丧失了真诚的文学坚守。冰心的散文格调高尚，情感充沛，正向引导了儿童的价值取向，彰显了诚挚的创作态势和坚韧的担当意识，对当下的儿童文学创作有颇多的启发。

  冰心始终保持真诚的创作态度，她在《寄小读者·通讯二十五》中阐释了自我的文学理念："不造作，不矜持，说我心中所要说的话。"[①]冰心的作品舒徐自在，流转自如，求其自然，得其天趣，她以真率质朴的笔触描摹出纤细的情感微弦，坦诚地诉说着独特的心灵体验。在以儿童为叙述主角的散文中，冰心以赤子之心感应儿童的本真性灵，发掘童心的天真烂漫。在《山中杂记·鸟兽不可与同群》中，冰心全神贯注地描绘小鸟的生长历程，将小鸟与母鸟比拟成人间子女与父母的关系，作品中充满浓浓的深情，极富儿童情趣。冰心的散文将粗糙艰涩的情感过滤洗刷，留存下真挚纯净的理念，《寄小读者·通讯五》传达了在即将离别前，自己对母亲的眷眷和不舍之情，作品以情感人，以真挚细腻的笔触流露出儿童对母亲依恋的本性，契合儿童情感教育的理论架构。苏联杰出教育家苏霍姆林斯基强调儿童与父母的精神联系关涉到儿童成人后对社会的情感态度，要努力教育儿童为父母带来快乐，为他们分担忧愁，否则儿童将会成长为一个铁石心肠的人。冰心散文从儿童视角书写了童心的质朴，追溯了儿童的心灵本源，温暖和安慰了孤寂的心灵，具有良好的道德情感启发功效。作家在创作儿童文学时，应保持冰心散文写作中的真诚意识和人文关怀，直面人性本源，观照生命信仰，以崇高的人文理念来建构儿童文学的审美空间。

二、温情的创作主题

  文学作品作为意识形态建构，应书写普泛性的情感启蒙路径，然而，在充满喧嚣扰攘的当下社会中，部分儿童文学舍弃了人文启蒙的精神路标，部分作家在文本中津津乐道于快意的宣泄，以肤浅的噱头来迎合儿童受众。还有的作品意在颠覆传统的教育体制，消解师长的权威架构，嘲讽循规蹈矩的校园秩序，但是文

[①] 萧风：《冰心散文》，137页，西安，太白文艺出版社，2005。

本的话语解构有余而人文关怀不足,这些作品无意以文学来制衡心灵的欲求,纷纷从道德感化的维度中撤离。校园儿童文学在拒斥文化启蒙的平台上,疏离了崇高的文化价值信仰,显出情感内蕴的匮乏。

动物小说作为儿童文学的具体表现形态,近年来呈现出泥沙俱下、鱼龙混杂的创作境况。相关作家书写了动物的原始生命形态,但是二元价值评判尺度在潜移默化地影响着动物题材的文学书写,弱小的动物被赋予善良的品性,强势的物种被贴上粗鄙的标签,惩恶扬善的惯性书写模式依然主导着主题的建构,作品缺乏普泛型的人性观照和温情化的精神内涵。在新媒体技术飞速发展的语境中,新型媒介异军突起,文学作品利用网络、计算机、手机等客户终端实现了跨媒介传播,儿童文学借助影视媒介形态寻求生存路径,儿童影视剧以直观的图像符号冲击着主体的视觉神经,影响了儿童的行为模式,在当下流行的动物类儿童影视剧中,暴力、色情、复仇等内容充斥其中,非健康因素的裹纳误导了儿童的价值判断。据报道,江苏省的小男孩冉冉、浩浩、顺顺在一起玩耍时,模仿动画片《喜羊羊与灰太狼》中"绑架烤羊"的桥段,导致冉冉和浩浩被严重烧伤,该动画片如此暴力的故事情节严重地误导了儿童,对儿童身心的健康发展造成了恶劣的影响。

当下的儿童文学创作在主题选择上未能尽如人意,文本显出虚空的情感构筑和错位的价值引导。儿童文学作品应宣扬温情和谐的人文理念,营造纯净优美的文学境界。冰心散文多侧面地反复吟咏"爱"的主题,宣扬"爱的哲学",从道德角度探索人际关系的美好与善良,通过对母爱、童心和自然的歌颂,表现了对融洽关系的憧憬,对人性温暖的渴求。《寄小读者·通讯七》书写了美国威尔斯利慰冰湖的绮丽风光及自我的感受,作品以怀念远方的母亲和小朋友为经线,以描绘慰冰湖景为纬线,通过柔媚景象的感受寄寓了对母亲和朋友的深挚怀念之情,在温雅柔和的氛围中诉说对往昔的追怀。《小橘灯》以回忆的口吻叙述了一个小姑娘的天真可爱、乐观豁达,小姑娘生活贫窘,母亲卧病在床,父亲被捕,但她却以纯洁之心安慰陌生人,并特意制作小橘灯为"我"驱散黑暗,"我"怀着感激之情奔赴前方。作品中的思念之情不绝如缕,充满了温柔亲切的情调。冰心的散文笼罩着温和之调柔美之气,契合了儿童对关爱的渴求,当下的儿童文学应将创作主题投射在温情世界的撰写中,拒绝儿童文学的暴力化和粗俗化。

三、平等的创作视角

创作视角蕴含着作品的价值立场和审美内蕴,儿童文学应坚持儿童本位观,构建和谐有序的童年生态体系,但是,当下部分儿童文学创作在功利主义教育观的统摄下,更多地采用了成人视角,将成人的理念强加给儿童世界,以成人的预想来规划儿童文学的价值路向。在知识本位的引导下,儿童文学创作者按照成人的价值尺度宣扬抽象的意识形态，忽略了儿童思维中的形象感官特性。比如有的儿童文学中阐述了高深的科学理论，内容涉及人类的未知领域，充满了文化哲理的探讨，但对儿童来说，具有一定的认知难度。中国传统文化不仅注重知识的灌输，更强调道德的教化，儿童文学负载着沉重的教化功能，当下的儿童文学充斥着急功近利的道德训诫，且常常带有鲜明的说教色彩，单薄的道德说教挤压了儿童灵动的思想空间，剥夺了儿童自在的生命权利。

儿童文学的创作应践行儿童本位观，遵循平等的创作视角，洞彻儿童的感知维度，侧重形象性和可感性的书写。冰心尊重儿童的天性，她以平等的视角创作了《往事》《寄小读者》《南归》等一系列散文作品，她表示："不要把孩子看成傻子，作者应当同他们平起平坐，你尊重他们，他们就尊重你。"[1]她毫无保留地倾诉了自己的生活际遇，在《山中杂记·埋存与发掘》中，讲述了在美国沙穰疗养期间，她童心来复，体验了童年时"埋存与发掘"的游戏，她的率性而为有意规避了成人的自觉性。《"面人郎"访问记》通过形象化的描述对新旧社会进行对比，作品避免了赤裸裸的说教，运用生动的故事情节和充满动感的人物形象来感染小读者，抽象的思想附丽于可触可感的形象中，契合了儿童的认知规律。冰心的作品充满奇思巧想，以儿童化的视角和语言将童趣童真绘声绘色地加以描写，符合儿童的认知水平和知识能力，发挥了儿童文学作品潜移默化的审美提升功效。因此，儿童文学创作应当采用儿童的视角，深入探究儿童心理，了解儿童的审美需求，贴近儿童的生活现实，唯其如此，作品才能真正符合儿童的情感特征，获得儿童读者的文化认同。

四、冰心体式的艺术手法

儿童文学的叙述修辞应具有艺术性，作家应以诗意的话语符号来构建温馨和谐的童话城堡，但在互联网迅速蔓延的时代，网络语言不断地向文学话语系统渗透，儿童文学作品中涌现了大量的网络语言，作家随心所欲地将语言材料组合嫁接，漠视了传统的语法规则，阻滞了标准汉字词语的传承。儿童文学不仅在语言构造上存在异化现象，语调语气也流露出调侃化的负面倾向，儿童文学在不经意间成为非理性情绪的宣泄出口。语言的随意和语调的揶揄掣肘了儿童文学的长远发展，当下的儿童文学需要更新现有的文本书写形式。在艺术体式上，冰心独创了冰心体，冰心体语言典雅、语调柔和、意境优美，隐含着缠绵无尽的柔化情致，冰心体注重文字的锤炼、语调的推敲和意象的择取，规约了儿童文学艺术体式的审美特性，对当下儿童文学的体式建构具有重要的启示意义。

---

[1] 杨昌江：《冰心散文论》，103页，武汉，华中师范大学出版社，1989。

(一) 典雅的语言

当下，随着网络语言的流行，许多儿童文学作家为了追赶潮流，标榜新意，在作品中大量使用了网络用语，他们将汉字、数字、英文字母随意组合，混杂使用，增加了文本阅读的难度。语言的失范呈现为多种形态，儿童文学语言不仅充斥着汉字、字母缩略语的混用，如 I 服了 You、BT（变态）、GG（哥哥），还杂糅着同音词代替和生造新词，同音词代替是利用汉语谐音来指代目标客体，如摔锅（帅哥）、大虾（大侠）、稀饭（喜欢）、幽香（邮箱），生造新词是指胡乱构筑陌生词语，如东西写成"东东"，写作变成"灌水"，不规范的表达方式破坏了表意文字的完整性，造成了表达的晦涩和理解的歧义，对知识体系尚未成型的儿童产生了负面效应。网络用语缺乏规范性的指导，杂乱无章，内容空泛，形式随意，频繁使用不利于传承经典文化，不利于培育儿童的文字规范意识，因此，当下的儿童文学作品在语言文字的应用上，应精练准确、规范优美、形象生动、富有童趣。冰心凭借自己深厚的文学修养和艺术才华，首创了冰心体式的语言。她散文的语言简洁准确、规范典雅、朴而不拙、华而不俗。在《寄小读者•通讯七》中她写道："海好像我的母亲，湖是我的朋友，我和海亲近在童年，和湖亲近在现在。"①如此工整的对比使文章语言简洁而有韵律，惟妙惟肖地阐述了大自然的亲和力。《寄小读者•通讯十六》中，写道："青山满山是松，满地是雪，月下景物清幽到不可描画，晚餐后往往至楼前小立，寒光中自不免小起乡愁。"②语言富有古典情调，安宁静穆，清淡恬适，语句干净利落，一如清水。冰心作品的语言规范有序，简洁雅致，平易潇洒，是儿童文学创作的优秀范本。儿童文学的语言不仅要符合汉语的语法规范，更要富有审美情趣，以严密的文法传达中华文字的魅力。

(二) 柔和的语调

在社会认知情境中，儿童遭受着成人的强力他塑，被迫臣服于种种道德规范和行为准则，心灵的压抑催生出儿童文学中的叛逆性反应，儿童文学颠覆了成人的制度规约，但是文本中却流露出调侃的语调，如灰色童谣的代表《上学歌》："太阳当空照，骷髅对我笑。小鸟说，早早早，你为什么背上炸药包？我去炸学校，老师不知道。一拉弦，赶快跑，轰隆一声，学校炸没了。"③童谣表达了对校园体制的反叛和对师长权威的调侃，语调带有鲜明的戏谑色彩。灰色童谣品位低俗，弥漫着消极暴力的负面情绪，影响了儿童的心理健康和人格构建。儿童文学作品在语气语调上，应运用柔和舒缓的表达方式，以亲昵恳切的叙述来潜移默化地浸润儿童的心灵。在冰心的散文作品中，她运用温暖、细腻、柔和的语调向读者娓

---

① 萧风：《冰心散文》，67页，西安，太白文艺出版社，2005。
② 萧风：《冰心散文》，106页，西安，太白文艺出版社，2005。
③ 赵准胜：《呼唤和谐的儿童本位观——儿童文学与小学语文教育》，133页，吉林大学硕士论文，2007。

娓道来，语气诚恳真挚，委婉动人，富有柔性美和婉约美。在《寄小读者·通讯十五》里，她充满柔情地向小读者们讲述了几个同院病友的内心苦恼，期望得到小读者的同情。她将自己的整个内心赤裸裸地摆在小读者面前，以期达到彼此之间心灵共鸣的效应。在《寄小读者·通讯十》中，幼小的"我"仰着脸，问妈妈爱我的原因，妈妈用她的面颊抵住"我"的前额，温柔地告诉我，因为我是她的女儿，作品的语调充满无限的柔情，节奏舒缓，契合现代的儿童教育理念。当下的儿童文学创作应运用细腻委婉的语调来感染童心，构筑和缓恬适的语气来陶冶情操。

（三）优美的意象

当下部分儿童文学在网络化浪潮的侵袭下，语言呈现出随意化、粗俗化的倾向，语气彰显出调侃化的色彩，话语构造偏离艺术重心，作品的审美性被严重消解。在功利化的消费文化语境下，受众无暇品读经典，快餐文化逐渐升温，儿童文学创作侧重于趣味性故事的讲述，淡化了意象修辞，忽视了景物描摹，作品缺乏怡悦感人的视觉图景。冰心的散文充满了优美的意象，在《寄小读者·通讯十三》中，冰心将夜空寰宇的天象与家庭成员相亲相爱的情景加以融合，把三颗最明亮的星星比拟成自己的弟弟，进而合乎情理地展开想象，由月亮联想到母亲，由太阳联想到父亲，在承接想象的平台上引申出对家人的思念，勾勒出一幅美妙和谐的人间图景。优美的意象强化了作品悠远绵渺的意境，传递了物我交融的人文取向，营造了温雅甜怡的气氛。冰心在《寄小读者·通讯三》中以诗情画意的笔墨描绘了路途景观，目之所及的是连绵不断的远山、横亘天空的山峰、蒙蒙袅袅的炊烟、明媚璀璨的朝阳、绿意盎然的田畦，作品以天然的鸣籁参悟宇宙的玄机，将心灵的波动与自然的幽远融为一体，衍生出豁然开朗之势。文中清空飘逸的诗意移情于自然意象中，所选取的意象生机勃勃，绚丽多彩而疏淡，绰约多姿而质朴，优雅美丽又恬静自适，灵秀俊逸又超诣脱俗，疏笔淡墨又饱含浓情。当下的儿童文学创作应采用优美自然的意象，纯净美好的意象有利于培养儿童博爱的情怀，净化儿童的心灵，使儿童远离尘世间的烦恼，坚守着属于自我的童真。

在商业化写作流行的消费语境中，文化产品的价值取向出现了支点的偏移，儿童文学更多地受制于市场的运作，儿童文学作家摒弃了文化的深度意义，放逐了审美的人文内涵，以调侃式的言说消解了心灵的本真欲求，彰显出价值信仰的迷失和艺术技巧的匮乏。冰心的散文为儿童文学树立了良好的典范，冰心作品中真诚的创作理念、温情的创作主题、平等的创作视角以及冰心体的审美范式，对当下的儿童文学创作具有重要的启示作用。当下的儿童文学创作应充分借鉴冰心散文的精神内涵和审美特性，坚持真诚的创作态度，书写温馨的情感世界，运用典雅的语言文字，营造优美的纯真意境，以温婉的表达建构纯真圣洁的儿童文学殿堂，为童年文化生态的良性运转保驾护航。

参考文献：

[1]曾繁仁.生态美学[M].北京：商务印书馆，2012
[2]程相占.美国生态美学的思想基础与理论进展[J].文学评论，2009（1）：70
[3]尹玉姗.论冰心留美期间的书信体写作[J].中国现代文学研究丛刊，2009（1）：102~111
[4]冰心.我的文学生活[J].青年界，1930（3）：62~67
[5]巴金.海行杂记[M].北京：中国文联出版公司，2001：5
[6]闻一多.闻一多全集：第二卷[M].武汉：湖北人民出版社，1993：204
[7]荻野脩二.谢婉莹在威尔斯利大学[A].林德冠.冰心论集·下[C].福州：海峡文艺出版社，2000：215
[8]〔德〕海德格尔.海德格尔选集[M].孙周兴，译.上海：三联书店，1996
[9]〔德〕海德格尔.荷尔德林诗的阐释[M].孙周兴，译.北京：商务印书馆，2009：15
[10]裴春来.论"爱的哲学"来源于儒家"仁爱"[A].王炳根.冰心论集四·下[C].福州：海峡文艺出版社，2009：3
[11]冰心.遗书·十[J].小说月报，1992（6）：9

同课异构　多彩纷呈
——冰心《谈生命》教学内容述评

王国婧　武江坤

摘要：冰心《谈生命》是一篇兼具抒情性、哲理性等多重内涵的经典散文，教师在进行教学内容安排时多以美文诵读、结构剖析、美言品味、哲理探讨、美句仿写与美感抒发等为主，但此课程的教学设计仍存在诸如教学目标不明确、课程结构不合理、学法指导被忽视及基础知识被淡化等方面的问题。因此，通过对17个实际教学案例的综合分析，指出应从该散文个性化的特征入手进行个性化的讲授，谨供参考。

关键词：《谈生命》；教学内容；述评

冰心的《谈生命》发于1947年的《京沪周刊》第1卷第27期上，但因《京沪周刊》是受众很小的刊物，所以此文在发表后未能被广泛见之于众，任何选本都未曾选入，直至1999年才重新被有识者发掘。现在，《谈生命》作为一篇极富抒情性与哲理性的散文已被选入新课标实验教材人教版九年级《语文》下册第三单元，成为一篇经典课文。此文无论是在内容还是在思想、艺术等方面都十分适合九年级，即正处于人生观、价值观、世界观初塑阶段的学生学习，但因其被安排教授的时间与毕业复习略有冲突，所以，怎样利用有效时间上好这篇主题深刻的散文就成为教师普遍关心的问题。因此，本文梳理了17个具有代表性的课例（教学设计、教学实例、教学实录），拟就《谈生命》课堂教学做一个相对全面的综述，并就本文相关教学问题谈一点看法，以期对这篇散文的实际教学有所助益。

一、综述

在教学目标的确定上，老师们一般将该课的教学目标确定在三个方面：一是知识与技能，主要是在掌握字词、激发学生想象与感受力、提高学生的散文鉴赏

作者简介：王国婧，西北师范大学文学院，甘肃 兰州 730070。武江坤，兰州市第二十二中学，甘肃 兰州 730030。
本文原载：《西北成人教育学院学报》2015年7月第4期。

能力、训练学生的理性思维与概括能力；二是过程与方法，主要是在朗读和品读课文、把握文章脉络及主旨、理解比喻修辞、品味语言特色等方面；三是情感态度与价值观，具体就是培养学生热爱生活、积极乐观的人生态度。但需要注意的是，有些老师并未确立教学目标。

在教学步骤的设定上，大部分老师都是从情境导入开始的，但情境导入的方式略有不同，有的老师是以有关生命历程的视频动画导入的，如王淑虹、赵久坤、孔英、黄静丽；有的老师以音乐与诗朗诵为导入，如周李平；有的老师是以图片导入的，如马宏妹；有的老师以大家看到"生命"二字时的感受为导入，如胡国华；有的老师以诺贝尔和罗曼·罗兰的名言为导入，如赵萍；还有的老师以"谈"字入手开启课程，如余映潮。然后就是整体感知课文并划分结构，研读赏析，拓展训练等。其中高雁老师的教学步骤较为特别，他是以导入，感知"写了什么"，理解"为什么写"，学习"怎样写"为序法的。

在教学重难点的安排上，大部分老师将"春水"与"小树"的生命历程及其情感与精神表现、散文语言的赏析与修辞的使用，以及作者的生命观作为重点，而将生命本质的探讨以及学生仿照该文形式进行个人生命体悟的表达，作为突破的难点。

在教学内容的安排上，主要是以下几个方面，即美文诵读、结构剖析、美言品味、哲理探讨、美句仿写与美感抒发。下面就将教学内容进行一个简单的叙议。

（一）美文诵读

作为一篇十分优美的散文，《谈生命》以其独特的阅读魅力带给学生无穷的审美体验，因此，许多老师都将诵读作为教学的一个重要内容。但是，具体的方式却不尽相同。马宏妹老师充分使用了各种不同的诵读方式，如范读、齐读、指名读等，以加深学生对于文章内容的理解。周李平老师则是让学生先听读后诵读，再由男女生分角色朗读与师生合读，从而使得学生在诵读中把握了文章的大意。那小红老师将"读"字贯穿全课，通过朗读、研读、赏读、评读这四步读法学习这篇散文。与那老师相似的还有白伟全老师，他的教学也主要是以诵读体验为主，分别是初读、熟读、研读、朗读、拓展阅读，同时在每一种"读"中都加入了相应的学习内容，因而教学活动环环相扣。最为出色的诵读教学还属孔英老师，在让学生赏析自己喜欢的句子的时候，她先让学生选择自己喜欢的诵读方式诵读，接着在学生读出自己所赏析的句子时，孔老师总会结合句子的思想艺术特点指导学生进行品读，这样的指导不仅使学生掌握了阅读技巧，也使得学生对于该句的思想情感有了更为深刻的认识。从课堂实录的情况来看，这样的诵读教学既独特，又调动了学生的学习积极性，学习效果可想而知。由以上几个例子可以看出，诵读在这篇散文教学中是十分重要以及必要的，不同形式、有方法指导的诵读体验都会在不同程度上帮助学生更好地学习这篇课文。

（二）结构剖析

尽管这篇散文只有一段，但仍旧需要对其进行层次划分。大部分老师都是在导入后的整体感知阶段让学生为课文划分层次，但这些层次的划分方法与过程却是不尽如人意的。学生仅仅是利用已有知识对文章层次进行模糊划分，而老师在核对完答案后就结束了这一学习过程，所以这一教学活动并没有达到它应该达到的要求与效果。在这里，余映潮老师为我们提供了较好的散文结构划分的教学范式，余老师在向学生提出厘清文章结构的同时，也为学生提供了明确的方法指导，一是根据学生的理解在课文里面划分；二是根据学生的理解在课文标题上的空白处、把它们用关键词表达出来。利用余老师提供的方法，学生既掌握了学习方法，又提高了学习效率，从而使得这一教学活动没有流于形式。同时，周李平老师的结构分析教学也十分值得借鉴，周老师引导学生从文中找出表示层次的语言，从而进一步得出文章的层次，即首先文章总的说生命像什么，然后用"像……又像……"的句式连缀起两个层次，最后总结全文。不论是找关键词，还是找表示层次的语言，这两种结构探究的教学设计都是十分精妙的。

（三）美言品味

毋庸置疑，这篇散文的言辞是充满了美感的，所以，赏析自己喜欢的句子也就成了重要的课堂内容之一。几乎所有的老师都设计了"赏析"这一教学环节，并在此设计了句式训练，较为切合初三学生应试的实际情况。如马宏妹老师让学生使用句式"我读_____句子，得到感悟：在遇到_____的时候，要_____。"进行美言赏析。在所找到的课例中，较为让人感到眼前一亮的是高雁老师的赏析指导，他一是指导学生要分析某个加点词语的表达效果，着重分析动词、形容词的使用效果。结合词语的本义、比喻义、引申义。注意联系上下文，结合语境谈含义及作用，以欣赏美句。它的答题格式："我认为_____用得好。因为它写出了_____，表达（表现）了_____。"二是鉴赏句子要从句子的修辞、句式、内容三个角度分析，结合文章内容、作者情感谈语境含义及作用，从而对句子的美有一个整体的感知。它的答题格式为："我喜欢_____这一句，因为它_____。"余映潮老师将基础知识与字词鉴赏相结合，既夯实了语言基础，又让学生有了新的审美感受；同时，他还积极地从学生的言辞中提炼出这篇文章的内在美感，从而得出了鉴赏散文之美的若干要素，即节奏、结构、抒情、象征、力度、语言文字、画面感等。孔英老师则将鉴赏的重点放在这篇散文的三个突出特性上，即语言、哲理、情感。但我们也发现，许多老师在指导学生表达鉴赏结果时，通常是要求按照一定的表述格式，这一情况虽符合初三学生的学习要求，但也在一定程度上限制了学生的学习思维，使得激发学生想象力这一重要的教学目标的实现显得无足轻重。

（四）哲理探讨

关于"生命的本质"的探究几乎是所有老师都关注到了的问题，它之所以被列为教学难点，一方面是因为这篇散文深刻的哲理性；另一方面则是它对于教学情感价值目标实现的重要性。老师们基本上都先从"春水"与"小树"的生命历程入手，通过分组讨论或比较分析的方式，由表及里，在种种现象中归纳概括出生命的本质。虽然是哲理探讨，但大部分老师还是将本质的意义停留在作者所总结出的连绵不断而苦乐参半的生命理解上，这样的讲解层次比较符合初中生的理解能力，但也使得这种对于生命本质意义的理解过于单一与狭隘。因此，试着让学生在把握作者对于生命本质的阐释的基础上，再启发新的本质意义，是我们在实际教学中需要进一步研究的问题，这种新意义的探讨是否有必要，怎样启发学生，探讨到什么程度等，都是值得我们再反思的。

（五）美句仿写

一般来说，一堂语文课最好就是要有"听读说写"的同步训练，这种立体式的全面教学方式可以提高学生的语文综合素质。那么，《谈生命》这堂课的这四个方面是怎样体现的呢？我们之前提到过的美文诵读就体现着"听"与"读"，"说"则是在赏析美言的过程中有所展现，而"写"则实践在美句仿写中。基于这篇散文因使用比喻修辞而具有的形象性，大部分老师都会在课文讲解完后安排仿写训练，以启发学生的思维，培养学生的艺术形象感。赵久坤老师就要求学生仿照《谈生命》一文的思路和语言，写一段个人对于生命的感悟。而孔英老师也是紧扣文章修辞的主体——比喻，来布置仿写训练，即根据"一江春水"表现生命曲折、丰富多彩的形式或根据"一棵小树"表现生命成长过程的形式，仿写"生命像什么"。胡国华老师的训练方式是用一个比喻句诠释你对生命的理解。周李平老师是让学生们使用"生命像什么"这一句式表达学生自己对于生命的联想。总的来说，这些训练都照应了该散文的重点教学内容，题目设置也合情合理。在这一训练过程中，学生在课堂上学习的知识得以巩固，发散性思维也得到了拓展，还培养了学生发现美和创造美的意识，真可谓是一举三得的妙法。

（六）美感抒发

在领会了作者所要表达的生命感悟之后，老师们就进而引导学生抒发个人的阅读体悟。王罕丽老师要求学生填写句式"我感受到，生命因为——而美丽。"以表达学生个人对于生命的感悟。而周李平老师则从文章的细节与画面感入手，引导学生体悟美，抒发美。白伟全老师还安排了具有进阶性的主观情感抒发，他安排了学生讨论话题"生命，苦耶？乐耶？"，从而进一步升华了文章的主题，让学生们能够充分地表达自己对于生命的感受。这样的美感抒发看似随意，但实际上是在学生充分理解了作者想要表达的内容观点和情感态度，以及明白作者是怎样表达这些内容观点与思想情感的基础之上，所延伸的后续思维过程。这种思维过程既是对作者已有思想情感的全新阐释，更是激发学生思想情感抒发的合理方式。也许正是这样的情感通道，才使得这篇散文对于初三即将毕业的、迷茫而又压力重重的学生来说格外重要。

二、评议

(一) 教学知识怎样"维度"

在研究关于《谈生命》教学的17个课例时，我们发现了一些细小但却至关重要的问题。尤其是涉及教学知识维度的确立方面，具体表现在4个方面：

1. 不明确的教学目标

在这17个课例中，有9位老师并未明确教学目标，虽然可能是因为文本要求等原因，但就这个现象本身来说，教学目标在某种程度上是被忽视了的。同时，就列出教学目标的几个课例来看，教学目的要求也略显模糊。另外，还有的教师似乎并未明确教学目标内容，从而出现了目标相互混淆的情况。如宋伟斌老师，在能力目标与情感目标中均有"以积极乐观的态度对待人生"这一要求，但笔者认为，这一要求不应该被放置在能力目标中。能力是一种技能培养而不是一种态度，所以，这样的定位是有问题的。诸如此类的问题还有很多，在此就不一一列举了。然而，值得一提的是，冯玉柱老师将"对学生进行中考前心理疏导"作为在情感态度与价值观方面的目标是十分切合初三学生的实际情况的，很值得我们学习借鉴。

2. 不合理的课程结构

作为一篇具有哲理性的散文，《谈生命》的教学本身就存在一些理解上的困难，若是老师再以跳跃性极大的方式教授此课，课堂教学效果就让人质疑了。如胡国华老师在让学生朗读完课文与探讨文章之美后就直接得出了"生命的本质"的含义，对于这一教学过程，笔者是持怀疑态度的。作为教学的重难点之一，却未经文本分析就直接由老师总结出答案，因而这种方法似乎略显仓促和简单。

3. 被忽视的学法指导

多数老师在让学生分析文章层次、鉴赏语言艺术等方面都未进行有效的方法指导，也许可能是在之前的散文教学过程中已经强调过了。但就《谈生命》这种特殊的一段式散文应该还是第一篇，所以，怎样对于只有一段的散文分层，依旧需要教师在方法上予以具体指导。另外，一些教师在让学生进行语言艺术赏析时，也并未进行有效的方法指导。应该说对于一篇兼具抒情性与哲理性的散文，还是很有必要安排鉴赏方法指导的。高雁老师在带领学生进行散文语言鉴赏时，就明确指出，散文抒情有"托"，通过借由所托之物的体认，才能更好地理解作者的思想情感。这样的说明就是以"托物言志"的思考角度指导学生开展鉴赏活动。另外，高老师还提示到，作者通过文章最后一层议论抒情，直接阐述了对人生的看法是"卒章显志"，而这又是另一种鉴赏方式的指导。高老师这种欣赏的指导策略是十分值得我们学习的。

4. 被淡化的基础知识

大部分老师在讲授此课时都只是将其中的生字词一带而过，并没有详细地分析。有些老师甚至只字未提。但是笔者认为《谈生命》这篇散文中的字词还是很有必要进行讲解的，首先，对于字词基本义的掌握有助于初三学生巩固基础知识；其次，对于字词的鉴赏也应该是语言鉴赏的重要组成部分，理解字词在文中的引申义是十分有助于提高学生的艺术表达能力的。在这里，我们可以借鉴余映潮老师的字词教学安排。余老师将字词的学习放置于阅读鉴赏之中，专列"精美雅词"赏析，从而使得学生既夯实了语言基础，又提高了鉴赏能力，体现出教学环节的层次与组合之美。

（二）散文个性如何"突出"

老师们都很自然地将这篇文章的文体确定为散文，但在其具体的性质确定方面却产生了分歧，它到底是哲理性的、抒情性的、议论性的，还是形象性的散文呢？性质的选择决定了教学内容的不同，因而，许多老师在上这一课时的侧重点就有所差异，那么，我们应该怎样确立其区别于其他散文的独立性的价值呢？查阅人教版教师教学用书就会发现，在课文研讨中明确指出："本文兼具感性化和理性化的特点。以前者而论，'一江春水''一棵小树'是比喻性的说法，描述它们的行进和生长过程，生动形象，蕴藉含蓄，给人以美的享受。这是本文作为文学作品的显著特点。以后者而论，文章揭示了生命的一般规律、生命历程中的艰难与幸福的辩证法，以及幸福含义的多样性丰富性，揭示了宇宙生命之间的关系及其相互作用，这些都是文章哲理意味、理性精神的表现。"由此，我们可以得出这篇散文的两个重要特性就是抒情性与哲理性，而形象性与议论性实质上是分别作为前两者的表达方式的性质而言的。所以，我们便可确定这篇散文的个性就是它兼具抒情性与哲理性两方面的特征，这样一来，我们在这篇散文的教学中就要突出体现它特别的、区别于其他一般散文的这个特征。那么，怎样突出它的这一个性特征呢？

首先，在学习的开始，我们先要研究的就是作者在文中个性化的言语表达、词句章法。让学生从最基础的文章构造、字词句运用以及表达方式选取等方面对文章有一个较为全面的认识。具体运用在《谈生命》中，就是要明确其"总分总"的结构形式，背诵、默写并赏析其中的关键字、词、句。同时，对于其中所运用的反复、反问的表达都应当有所关照。其次，我们则要将作者所言说的独特对象进行一个详细的分析。即从"春水"与"小树"这样的表象着手，进一步探寻作者通过这些现象的活动所要表达的深层含义。在《谈生命》中，我们就要具体分析"春水"与"小树"的生命历程及其当中的情感变化，从而得出"春水"象征着苦乐参半的前进人生，而"小树"象征着生命的成长与衰弱。最后，对于这篇散文的理解就要上升到我们之前探讨过的抒情性与哲理性上。我们要尝试体悟属于作者的独一无二的情感认知与所思所想。这就表现在我们对于在《谈生命》中所表达的，作者对于生命的态度，以及对于生命本质的认识的感知。从以上三个方面的个性入手，就完成了对这篇个性化文章的个性化讲授。

参考文献：

[1]百度百科.谈生命[EB/OL].http://baike.baidu.com/link?url=7akH_uvSJUPottASWPq9hKxgt3WVwIegEQ7F_5UIwMadGjeRiBaScKrxuGabxi1JGI6Wr81OWj3zLgAb6_8VUq#7
[2]白伟全.从《谈生命》教学设计看初中散文教学[J].吉林教育，2014（05）
[3]冯玉柱.让生命之悟在课堂中流淌：《谈生命》教学设计[J].新课程（教育学术），2011（12）
[4]高雁.《谈生命》教学设计：散文阅读指导课[J].语文教学通讯，2010（26）
[5]胡国华.《谈生命》课堂教学实录[J].现代语文（教学研究版），2007（09）
[6]黄静丽.让心灵在感知中浸润让思维在感悟中升华：《谈生命》一文阅读教学的设想[J].江西教育，2008（36）
[7]孔英，贾严贞.《谈生命》教学实录[J].语文教学通讯，2009（Z）：15~17
[8]李雅玉.《谈生命》教学设计[EB/OL].http://www.pep.com.cn/czyw/jszx/tbjxzy/bs_1/3dy/jxsj/201008/t20100823_705664.htm
[9]马宏妹.《谈生命》教学案例及反思[J].作文成功之路（上），2014（10）
[10]那小红.《谈生命》教学纪实与反思[J].黑龙江教育（中学），2006（11）
[11]人民教育出版社.语文九年级下册教师教学用书[EB/OL].http://www.pep.com.cn/czyw/jsz.x/tbjxzy/jsys/jx/201203/t20120321_1110372.htm.
[12]宋伟斌.《谈生命》教案[J].黑龙江教育（中学），2003（32）
[13]王罕丽.《谈生命》教学设计[J].黑河教育，2009（5）
[14]王淑虹.《谈生命》教学案例[J].新课程学习（中），2014（7）
[15]夏志明.谈生命（一）[EB/OL].http://www.pep.com.cn/czyw/jszx/tbjxzy/bs_1/3dy/jxsj/201008/t20100823_705662.htm
[16]余映潮，李薇.《谈生命》教学实录及评点[J].中学语文，2015（7）
[17]赵久坤.《谈生命》教学设计[J].黑龙江教育（中学），2007（03）
[18]周李平.人教版九年级下册第三单元教学设计（《谈生命》教学设计B）[J].中学语文教学参考，2005（12）
[19]赵萍.胸有丘壑自成章：《谈生命》教学案例（教案二）[J].考试周刊，2012（51）

第四辑 佚文研究

风云气壮　菩萨心长
——关于20世纪40年代的冰心佚诗及其他

解志熙

近年翻阅旧报刊，又看到冰心20世纪40年代的几篇诗文和讲辞，它们或于民族抗战的艰难岁月里引吭高歌，显示出迥然有别于往日温柔抒写小儿女情怀的慷慨悲壮之气，令人刮目相看；或在抗战胜利后旅日期间就近观察日本社会问题和深入思考中日关系的未来，展现出以爱化仇的博爱情怀和以德报怨的菩萨心肠，更令人肃然起敬。这些文字皆未入集，故此特为校录以广知闻；此处顺手札记若干感想，则不妨从冰心30年代的创作苦恼及其转型讲起。

一、"天限"的限度与突破：冰心创作的苦恼与转型

20世纪30年代的一个时期，冰心在创作上处于苦闷阶段，此种苦闷她在1936年3月致史天行的一封信中有剀切的告白：

> 你知道我的身体本来不大好，而且我的零零碎碎的事情也特别多，其实这还不是写作很少的最大理由；我有一个很坏的习惯，就是我的写作，必须在一种心境之下。若是这种心境抓不到，有时我能整夜的伸着纸，拿着笔，数小时之久，写不出一个字来，真是痛苦极了！这种心境的来到，是很突然的，像一阵风，像一线闪光，有一个人物，一件事情，一种情感，在寂静中，烦闷中，惆怅中，忧郁中，忽然来袭，我心里就忽然清醒，忽然喜悦，这时心思会通畅得像一股急流的水，即或时在夜半，我也能赶紧披衣起坐，在深夜的万静中来引导这思潮的奔涌。年来只这样的守着这"须其自来，不以力构"的原则，写作便越来越少。有时为着朋友的敦促，随便写些"塞责"的东西，胡乱的寄了出去，等到排印了出来，自己重看一遍时，往往引起无穷的追悔。……自然越不写越涩，越涩越不写，这种情形，是互为因果的，可是我总得不到相当解决的方法。前几天夜里，我夜半醒来，忽然想到"凤凰"，它

作者简介：解志熙，清华大学中文系教授，博士生导师。主要研究方向为中国现代文学。
本文原载：《现当代文学研究》2012年第3卷第3期（总第11期）2012年9月15日出版。

是一种神鸟，会从自己的灰烬里高举飞翔，——也许我把自己的一切，烧成灰，一堆纤细洁白的灰，然后让我的心的心魂，从这一堆灰上高举凌空……我想把这段意思写成诗，可怜，对于诗，此调久已不弹了！话说回来，我如今不打算老是等候着这"不可必期"的心境，我要多多的看书，看到好的，也要翻译，藉以活泼我的这支笔，然后，也要不意的，从别人的意境里，抓到了灵感，那时我才写。我对于自己还未灰心，虽然有时着急，我知道我的"天限"，同时也知道这"天限"的限度。……

按，此函辑自天行的文章《记老大姐谢冰心》，文载1946年12月1日出版的《上海文化》第11期。天行即史天行，又名史济行，浙江宁波人，是混迹于三四十年代文坛上的一个无聊文人，常常化名写信给文坛名人，以创办刊物需要支持为由，骗取文坛名家的稿子或信件，鲁迅就曾经被骗写稿。从天行的文章里可知，冰心的这封信是对他的"约稿信"的回复。此信的完整稿曾经刊登于1936年前半年史天行在汉口筹办的所谓"汉版"《人间世》（后改名为《西北风》）第2期上，现以《一封公开信》为题，收入《冰心全集》（以下简称《全集》）第3卷，注明写作时地是"三月八夜于燕大"，这"三月八夜"当是1936年的3月8日。只是《全集》篇末附注"本篇最初发表于1936年4月1日《人间世》第2期"，未说明这个《人间世》不是林语堂主编的《人间世》而是史天行盗续的"汉版《人间世》"，并且《全集》于收信人"史先生"也未加注说明指的是史天行。此处之所以从《记老大姐谢冰心》里引录这个片段，乃是因为它可以纠正《全集》本的一些文字之误，如《全集》本里有这样一句"我知道我的'无限'，同时也知道这'无限'的限度"，此中"无限"颇难理解，而据《记老大姐谢冰心》里引录的这个片段，则"无限"当作"天限"，即天才的限度之谓也，这就能够说得通了。

的确，此时冰心在创作上正面临着苦闷和转折：她自觉先前那种基于灵感的创作难以为继——"年来只这样的守着这'须其自来，不以力构'的原则，写作便越来越少"。于是她开始调整，比如，"我如今不打算老是等候着这'不可必期'的心境，我要多多的看书，看到好的，也要翻译，藉以活泼我的这支笔，然后，也要不意的，从别人的意境里，抓到了灵感，那时我才写"。这是许多人到中年的作家所必有的创作转型——从基于青春灵感的抒写，转到基于直接和间接经验的抒写，甚至是转向"力构"的写作。冰心在这方面经过了相当长时间的一个调整，直到1939年岁末的《墨庐试笔》，才基本上实现了从基于灵感的写作到基于经验的力构之转型。她写于战时的系列散文《关于女人》就是基于经验的"力构"之作，1943年她甚至还专门写了以《力构小窗随笔》名篇的三篇散文，这些作品都堪称现代散文的精品。至此，冰心已经成功地突破了她的"天限"——天才灵感的限制，而开拓了一个基于经验而写作的"无限"可能的空间。

二、"诗境何妨壮甲兵"：风云气壮的《送迎曲》

20世纪20年代的冰心诗作，多咏赞母爱、童真、自然，温柔清丽有余而力度不足，是典型的"女新青年"笔触；30年代人到中年的冰心诗作减少，诚可谓"对于诗，此调久已不弹了"，而偶然弄笔之作，或婉转微讽京派摩登女性的美丽风雅，如《我劝你》（1931年），或浅斟低唱着爱的错失，如《一句话》（1936年），婉转清丽中复增沧桑之感。此后，冰心的诗笔便基本上停顿了，而转向了基于日常生活经验的"力构"散文创作。然而，对于女诗人的辍笔不作，友朋们是引以为憾的。譬如老舍在1941年8月就借祝贺冰心移居歌乐山之机，敦劝她"茅庐况足遮风雨，诗境何妨壮甲兵"[①]。可能正是因了这个敦劝，冰心又提起了久辍的诗笔，写下了《献辞》等诗作。尤其是1941年将逝1942年将来之际，冰心更创作了《送迎曲》二首，一矫先前的温柔清丽诗风，而呈现出风云气壮之概，不仅开了冰心自己诗歌创作的新境界，而且当之无愧地称得上抗战诗歌的精品。可惜的是，这两首诗因为刊载于报纸上，人们不免随意看过，而作者自己也未加收集，所以散佚至今。按，《送迎曲》初载1942年1月1日重庆《中央日报》第8版"元旦增刊"，随即又被1942年1月重庆出版的《妇女新运》第4卷第1期转载。此处即以《中央日报》本为底本，与《妇女新运》本对校。可以看出，这两首诗一送一迎，两两相对，完整地表现了诗人辞旧迎新之际慨当以慷、保家卫国的壮怀：

> 我本是军人的儿子，
> 我要挣赴奋斗与自由！
> 远远的战旗在招，
> 战鼓在敲，
> 战场上站满了
> 英勇的同仇。
> 看九天的风云在峨眉山峰上聚首，
> 碧绿的嘉陵江水也奔涌着向东流。

如此发自衷心、壮怀激烈，真令人刮目相看。而值得注意的是，这两首诗不仅意境壮美，而且格律谨严，节奏韵脚非常讲究，洵属精心之作。说来，自进入20世纪30年代，冰心的诗歌创作即由自由体的创造转向新格律体的创制，在这个过程中她参酌旧韵书，转成新格律，苦心吟哦，造诣匪浅。据沈从文回忆，当他1931年夏日的一天代丁玲到冰心家取她应约而写的《我劝你》一诗时，"冷眼一瞥，

[①] 老舍：《贺冰心先生移寓歌乐山》，见张桂兴编注的《老舍旧体诗辑注》，第85页，中国国际广播出版社，2000年版。

那时桌上还放有一部石印的《诗韵集成》，可想见那种苦吟的情形"①。《送迎曲》也是如此严守格律之作，即如《别一九四一年》多押有、宥、尤韵，多属幽部字，似乎唯一出韵的是"黄昏的横笛寂寥"一句的"寥"字，其实按诸旧韵书，"寥"正属于幽部字，所以并不算出韵的。虽说自抗战以来，冰心的新诗创作并不算多，但能够贡献出像《送迎曲》这样壮怀激烈、慷慨歌吟而又气韵生动、格律浑成的佳作，亦难能可贵矣。

三、从"舌锋尖锐"到"菩萨心肠"：
冰心抗战前后的对日态度之区别

1946年11月13日，冰心作为战胜国中国驻日代表团成员吴文藻的"眷属"赴日，半年之后的1947年5月20日，她又回国参加在南京召开的第四届国民参政会。作为这一时期能够直接观察日本现状的唯一中国文化人，冰心虽然屈驾为"眷属"，但身为名作家的她旅日6个月来，还是尽可能地接受采访、参与座谈、发表文章，致力于恢复中日之间的文化沟通工作。而当冰心因参加参政会而回国的3个多月里，她也受到急于了解日本近况的国人之关注，不断接受采访、参与座谈、发表文章，几乎成了那时沟通中日民间交流的唯一桥梁。

我在此前的《补遗与复原：冰心四十年代佚文辑校录》②里曾采撷了冰心当年回国的两篇讲演录，此处又辑录了《冰心女士讲旅日生活与日本问题》《日本观感》两篇讲辞。大体上说，新辑录的这两篇仍不出过去辑录的那两篇的范围，而冰心战后的对日态度之特点则越加显明，那便是一面善意地批判日本缺乏民主、妇女地位特别低下等积弊；另一面则是不念旧恶、非常宽容地主张对日应该"先伸出同情的手"。比如她1947年5月29日在青年团中央团部的演讲《日本观感》里，就劝谕中国青年："其实东亚人应当共谋东亚所应走的路。假如有一天，能将中日的青年学生，会在一起，同携共进，那样东亚才有和平，才可免除危险！我们要铲去仇恨的心里（理），关心日本可爱的青年。伟大的人，总是先伸出同情的手的。他（我）们两国青年应共同努力谋取东亚所应走的路。"这个讲演记录稿，可能删去了一些内容。其实，据当时的一位听众张满帆的记录，冰心在这次讲演中还讲了一些更为宽容到近乎"菩萨心肠"的话，所以张满帆在听了冰心的这次讲演以后，曾颇为不满而提出了异议：

> 上月底，冰心女士被中央团部请去演讲，对青年团团员大讲其"旅日观感"。笔者有幸，忝列末座，得以敬聆高论！觉得冰心女士的演讲有些地方颇

---

① 沈从文：《谈朗诵诗》，《沈从文全集》第17卷，中国国际广播出版社，2000年版，第85页。北岳文艺出版社，2002年版。
② 载《鲁迅研究月刊》2009年第12期。

近于"汉奸理论"！（恕我借用这个不太恭敬的名词！）为举例起见择志一段，公布如下："……我认为日本之所以到现在这般地步，是因为没有一个有为的领袖。而我们呢？现在要由'爱'的力量来爱护他们，就好像原谅一个做错了事的小弟弟一样的原谅他们。他们现在稍有一点头脑的人，对中国都很仰慕，很感激！……"

冰心女士的这段宏论，简直令人不敢苟同！这样的话，使我们觉得非常奇怪！关过"拘留"、对于日本的"做人"和"用心"一定有相当的了解，对于日本人的"欺诈"更不会不明白。而现在随外子赴日以后，归国时竟以一种"寄小读者"的态度，对青年团团员不但赞扬日本人，反教我们要像原谅"小弟弟"一样的原谅日本人！是何居心？令人不解！①

张满帆的话当然是过激之言，他以为冰心对战败的日本太"菩萨心肠"了，而并不是当真以为冰心的言论是"汉奸理论"。事实上，冰心不仅如上所述，在抗战时期是一个立场坚定、风云气壮的爱国者，而且在抗战前就曾经"舌锋颇尖锐"地当面戳穿了日本在中国的卑劣行径。按，1936年8月吴文藻、冰心夫妇旅欧途中路过日本，当年在日本东京的一位燕大同学曾在通讯里记载了他们的言行：

吴文藻先生和冰心女士到东京来，亦替燕京大学放极大异彩的。……事前我们曾约了帝大人类学及考古学教授原田淑人等十数位学者及神津近子等六七位女流作家，由日华学会招待，要和吴先生夫妇见面的。茶话中吴先生及冰心女士都有演说。尤以冰心女士的演说倜傥潇洒，舌锋颇尖锐，极博听众喝呼。她把在华的日本人譬为使用人，把这班知识阶级譬为日本的主人，希望这班主人要花点工夫去检查他们使用人在中国干些甚么？她说到利害的一句话，"阎君易见，小鬼难防"，尤觉肯切。现在论中日时事者很多，论中日调整者，亦大有其人，他（但）能说得这样倜傥俏皮，则甚少。②

回头来看，冰心从抗战前夕的"舌锋颇尖锐"到抗战后的"菩萨心肠"，都是情不自禁而理由固然的事：前者反映了她在大敌当前时作为一个国民的感情态度，后者则反映了她的宽厚博爱、以德报怨的仁爱胸怀。从当年的一篇报道《冰心女士一夕话》里，倒也可以看出冰心其实是不无隐忧的："不民主的日本是不是埋伏下将来再侵略的祸根，则谁也不敢断言。"③今日的日本据说已经民主化了，然而所谓"民主化"是否就能够保证日本不再侵略，那其实仍然是个难以断言的问题。

---

① 张满帆：《冰心女士的"菩萨心肠"》，《大地周报》第61期，1947年6月8日。
② 《萧正谊君自东京来函》，《燕大友声》第3卷第2期，1936年10月31日。
③ 《冰心女士一夕话》，《燕大双周刊》第41期（1947年6月21日出版）、第42期（1947年7月12日出版）。

附：冰心佚诗《送迎曲》及两篇讲辞（解志熙辑校）

送迎曲[①]

别一九四一年

你站住，我走
让我们再握一次手，
这已是山路的尽头——
你莫在晚风中挥袖，
斜阳下我也不停留。

我走，朋友，
撇下了生命[②]最冷酷的温柔，
我走，朋友，
带去了生命里最甜蜜的忧愁。

这忧愁，这温柔，
一年来也够人禁受：
有窗外的轻风弹指，
簷前的细雨微讴；
有破晓的木鱼凄切，
黄昏的横笛寂寥；
有山半的泾云[③]沉郁[④]，
松间的新月娇羞；
……

---

① 这两首诗初载 1942 年 1 月 1 日重庆《中央日报》第八版"元旦增刊"，随即被 1942 年 1 月重庆出版的《妇女新运》第 4 卷第 1 期转载。此据《中央日报》本校录，并与《妇女新运》本对校。
② 原报此处可能漏排了"中"字。按，冰心此诗在格律和句法上是很讲究的，全诗不仅音韵铿锵，而且颇多对应句式，"撇下了生命中最冷酷的温柔"恰与下面的"带去了生命里最甜蜜的忧愁"构成铢两悉称的对句。
③ 《妇女新运》本此处也做"泾云"。按，"泾云"在汉语里是个不大常用、用了也颇让人不知所云的词，窃疑此处"泾云"或当作"湿云"，原报可能因为"湿""泾"的繁体"溼"（俗体作"濕"）、"涇"手写近似而致误认误排。复按，冰心早期的诗作中也曾用过"湿云"，如《繁星·一五〇》即有句云："山下湿云起了"，其中的"湿"字在某些选本里也曾被误排为"泾"，这也可以佐证此处的"泾云"当作"湿云"。
④ "郁"在《妇女新运》本中误作"寥"。

受不了，我走
我本是军人的儿子，
我要挣赴奋斗与自由！
远远的战旗在招，
战鼓在敲，
战场上站满了
英勇的同仇。
看九天的风云在峨眉山峰上聚首，
碧绿的嘉陵江水也奔涌着向东流。

迎一九四二年

朋友，我来了，
请你拉一下手，
这山头好陡！
你看我这一身血垢——
我提着心，噤着口，
闭着气，低着首；
踏过荆棘，
跳过田沟，
满天烽火红影摇摇，
满山风雪黄叶萧萧——
为赶上进行的队伍，
我拼着血汗双流。

朝阳下看大家精神奋发，
我形容消瘦，自己含羞！
我没有刀枪献朋友，
我只有罪恶求赦宥，
请莫问缘由，
请将我收留，
我不能冲锋陷阵，
也还会牧马牵牛。
我本是军人的儿子，
我要挣赴奋斗与自由，

看九天的风云在峨眉山峰上聚首，
碧绿的嘉陵江水也奔涌着向东流。

三十年十二月二十四夜，歌乐山。

冰心女士讲

旅日生活与日本问题[①]

校友谢冰心女士（吴文藻夫人）于十四日来校，下榻南大地七号。冰心女士随吴文藻先生驻日，此次返国，探视在平市求学之子女，顺便回燕园小住。一九三一班在校级友于十四晚欢送级友郑林庄方贶予出国，因冰心女士系该级导师，特邀请参加。连日校当局及各团体纷纷邀宴、茶会、讲演，极为忙碌。十七日晚冰心女士特应教职员会邀在临湖轩讲旅日生活，并领导讨论日本问题，兹简志所谈大意于下。又冰心女士已于十九日上午进城，预定三四日后返校，再飞京沪、转日。据云吴文藻先生可能于明年春季后返校，冰心亦将同来。

冰心女士首自谦谓：驻日六个月，系以中国代表团职员"眷属"身份随吴文藻先生前往，故不敢讲日本问题，只可报告在日生活情形。

代表团共分四组（军事，政治，经济，文化教育），两处（秘书，侨务）。其中以第三组最忙，因负交涉赔偿等责任。团员全体，连同眷属及工友，约二百人。在东京占一整条街。衣，食，住，行中，以食物最差，因总部规定占领日本之盟国人士均由各国自行供给，我国因交通运输不便，很难充分供应。吴文藻先生已减七磅，余人亦均变瘦。衣由我国带去，虽破烂尚较日本人为佳。住行均好。在日精神尚好，一因总算是战胜国，处处均有胜利者意味。一因远居国外，代表国家对外，立场一致，易于团结合作。

日本人中，除亲美、亲英、亲法、亲苏派外，确亦有亲华派。惟代表团不能与日人直接来往，因一切交涉必须通过盟军总部。有人称此种私下接触为"黑市来往"。

目前日本人民生活极苦，因主要生产物资均由国家集中控制，鼓励出口：一、美国，二、菲律宾，三、高丽，四、中国，日本国内反而有钱买不到东西。日本距真正的民主化尚远，美国报纸常赞美日本人的"合作"，其实这种"合作"是"顺民"式的合作，不是真"合作"。例如去年提倡民主，允许罢工，

[①] 冰心的这篇讲演，载1947年6月21日出版的《燕大双周刊》第41期。

他们就天天罢工。今年，忽又禁止罢工，而他们也就立刻不罢。日本妇女极悲惨，妇女杂志等都由男人代办。一次日本女议员来访，也由一男议员作陪，一切问答竟全由此男议员代言。冰心女士某次在日本一大学讲演，谓日本过去不尊重女权，等于一个人只用一只脚走路，所以既不快，又不稳。今后要想民主，要想发展得好，非治好另一只腿①，用两只腿一齐走路不可。冰心观测日本在目前为大势所迫，还谈不到再侵略，只不过要求复兴建设，自给自足，将来是否再侵略，要看将来情势如何。在东京有六七位校友，吴文藻先生家是他们连络中心，彼此相待颇亲密。看见双周刊②，如逢至宝。冰心不喜欢樱花，因为太单薄，颜色暗淡，悲观③，快开快落，而且不结果。有一种八重花瓣的"俊喜樱"还好，但日本人不喜欢它。

日本观感④

  冰心女士乃本刊编辑顾问，去秋偕其夫吴文藻先生赴日。吴先生系驻日代表团文化组组长。最近冰心女士回国参加参政会议，发表对日言论，极具心得。本文是她五月二十九日在青年团中央团部的演讲辞

—— 编者⑤

  战后的日本给我的印象太深了，在日本的时候，我常常想什么时候，有机会将战后的日本告诉我国青年，今天，实现了我多时的希望了。

  去年十一月十三日，由上海乘飞机到东京羽田机场。到的时候，不过是晚上八点钟，可是路上除了美军和美军车之外，看不见一个人，也碰不到一辆车。冷静得很。第二天坐了一辆车子到东京各处看看，觉得东京受到战争的破坏，可以说远在重庆以上。美国对东京的轰炸，非常有计划，非常彻底。凡是可以利用的建筑，都没有破坏，否则，都炸的炸，烧的烧了。这么大的一个东京，只剩下几十所大建筑物和文化区及国会。

  第一先说日本的衣食住行。现在这些都成了大问题。住的方面：因为房子都炸毁烧光了。我有一个朋友，他一家八口，只能挤在六条席子的房间里，连烧过⑥的银行保险柜里也都要住人。因此，大多数的人住在郊外。行的方面：

---

① 从上下文义看，此处"一只腿"当作"一只脚"。下句"两只腿"同样应作"两只脚"。
② "双周刊"当指《燕京双周刊》。
③ "悲观"前似有缺漏，或当作"令人悲观"。
④ 此篇载1947年6月30日南京出版的《妇女文化》第2卷第4期，题下署名"谢冰心"，末尾附注"宜文记"，"宜文"当是这篇讲词的记录者。
⑤ 以上是《妇女文化》的编者按。
⑥ 原刊此处一字漫漶不清，疑似"过"字，录以待考。

也成问题。人多住在郊外,日夕往来郊外城中,车中的拥挤,在车停了的时候,人挤出来多,你简直不相信那车子竟能载这许多人。所以地下铁道常常有挤死人的事情。食的方面:更是可怜。当天不一定能买到你需要的东西,常常在有货的时候便要贮藏起来,以应急需。衣的方面:可以说人人都是衣衫褴褛。就是五月三日,日本天皇接受民众欢呼时所穿的衣服,也很陈旧。至于教授学生们,都是穿的破旧衣服,稍为有一双像样的鞋子,都要留待见贵宾了。这是日本城里的一般生活。

日本的农村,比较城里好一点。那里有米,有生产,人们的生活比较稍为舒服,城里人常常用他们的东西到农村去换取农产品,所以农人对于奢侈品也有机会用到了。

其次说到日本的人物,在邦交没有恢复以前,没有外国人可以自由到日本去,我是以中国驻日代表眷属资格去的,因此我是以一个文化人和他们见面。

日本妇女——日本妇女非常可爱,可是也非常可怜,她们在家庭中没有地位,致于①社会政治方面,更是如此。纵使有,也等于装饰品!试举几个例子:东京的妇女刊物,如《主妇之友》和《妇人公论》等主编者都是男人,我问他们,妇女的刊物为什么不让妇女自己编,再问他们怎么知道妇女所要说的是什么?所想的是什么?所要做的是什么?所要求的是什么?他们都笑而不答,我在这静默当中意味到他们的意思——男人要妇女想什么她们就想什么,男人要她们做什么,她们就做什么,的确,连缝纫服装,烹调饮食,都给男人控制了!

有一天,有两位女议员来看我,她们由男议员领来。她们献花献果之后,便很恭敬地坐下,默然不语,我便先发问,可是都由男议员代答,我很惊奇,我想也许她们也是男议员带她们来的。

还有一个例子,我认识一个家庭,太太是美国留学生,她告诉我:结婚这么多年来她和丈夫不曾谈过一句关于知识的话,问她原故,她说,日本丈夫和妻子只谈柴米油盐,从不谈关于知识学问的。日本自在盟军管制之上②,教育制度改成了六六四制。那就是小学六年,中学六年,大学四年。同时开放大学,招收女生。可是男生竟不热心。这和我国五四运动的情形相反。我在日本,常常为妇女说话。我说:日本军国主义把国家弄到今天这个地步,都是因为妇女没有地位,不能说话。男人只是孤意独行的往前撞③。多少年来,日本像一个人,只用一条腿往前跳,所以有今日的结果。此后,日本人应当

---

① "致于"当作"至于"。
② 从上下文义看,此处"上"当作"下",原刊或排印时或许颠倒了铅字而致误,下文"现在盟国管制下"可证。
③ 原刊此处一字漫漶不清,疑似"撞"字,录以待考。

改变妇女地位，相辅而行，像一个健全的人，用双足一步一步向前迈进。是的，我替日本妇女说出了她们不敢说的话。

日本学生——日本学生很可爱，和普天下的青年学生一样，脸上流露着可爱的天真诚恳。这是一张文化脸。我常常和他们说，我不能否认是曾憎恨过日本的，因为在中国我所见过的日本人，都是野蛮横暴的军人。到今日，我才真正的看见日本人，见到日本的文化人。其实东亚人应当共谋东亚所应走的路。假如有一天，能将中日的青年学生，会在一起，同携共进，那样东亚才有和平，才可免除危险！我们不应抱复仇心里①，因为这样，倒反迫日本青年踏上另一条路了。我们应多多供给他们各种出版物，俾得大家了解。现在英美青年都在和日本青年公开通信，我们也应有这种联络。

日本教授——来访我的多是懂中文或英文的。后来也有不懂中英文的教授来谈。他们确是日本的国粹，有礼貌，谦虚，肯静听别人说话。他们对中国文化的研究很有心得。西京大学东方文化研究所的图书馆很大，单是中国书就有十五万册。我看见这样，一方面很高兴，同时也很难过。高兴的是还有这么一块干净土，能够保存这些图书。难过的是我们自己②，中国许多的图书馆都被破坏了。他们也表示难过抱歉。希望中国人能了解他们。我对他们解释说：中国人恨的是日本帝国主义，并不是恨日本人啊！

第三谈谈日本的山水。日本山水具体而微。它的好处是在人工。日本每一个国民都知道如何培养树木花草，没有人糟塌③它。他们喜爱郊游，野食。他们走的时候，必是将果皮饼屑纸片收拾带走。而且秩序很好，处处安静，并无嘈杂喧攘的烦扰。所以一切风景特别显得雅致，幽静。说到日本人喜欢的颜色，也是暗淡的，什么都是灰白黑三④色。绝不见大红。纵有红色，也是朱红，十分刺目。日本最有名的樱花，色淡白，速开易谢又不结果。这是不适合我们中国人之爱好的。

第四说到华侨。华侨的⑤地位比战前高多了。待遇比较日本人好，实物配给也较多。中国驻日代表团为盟国管制委员会中集体之一。办公人员有一百多人，连眷属有二百多人，大家都很紧张快乐。因为工作都是对外——对美对苏对英对日——所以都极小心。工作分为四组：军事组，政治组，经济组，教育文化组。团中的青年军官，他们是受美国军事训练的。他们的工作和一切的表现，都受着盟国人的敬重。

---

① 此处"心里"当作"心理"。
② 原刊此处无标点，逗号为辑校者酌加。
③ "糟塌"通"糟蹋"或"糟踏"。
④ 原刊此处一字漫漶不清，疑似"三"字，录以待考。
⑤ 以上原刊作"第四说到华侨华侨的。"显然标点有误，此处据上下文义酌改了标点。

总之，日本是战败了，他们正在彷徨。现在盟国管制下，渐渐趋向民主了。可惜我们战后还在打仗。要不然，日本人还要加倍①敬慕我国，有人怕日本复兴，要提防她。我觉得不然。日本复兴不可怕，所可怕的是我们不复兴！我们要铲去仇恨的心里②，关心日本可爱的青年。伟大的人，总是先伸出同情的手的。他们③两国青年应共同努力谋取东亚所应走的路。

辑校补记：

2010年5月间，刘涛传来他的文稿《为中国的未来祈祷——谈冰心四十年代的佚文、佚诗和疑文》给我看，其中已辑录了冰心的佚诗《送迎曲》二首，可是我当时匆匆看过，很快就忘在了脑后，以至于我后来又重新"发现"了冰心的这两首诗，还将这"发现"和札记传给刘涛"参考"，然后才从他那里获知他此前的文稿也涉及这两首诗。这让我非常惭愧，于是我自然搁置了自己的辑校稿，但没有想到厚道的刘涛也搁置了他的文稿——他最近出版的论文集《现代作家佚文考信录》就没有收入此文。现在看来，如此相互推让，反而耽误了冰心佚文的重见天日。所以现在就将我的辑校稿和札记发表于此，同时也希望刘涛发表他的文章，因为他发现的《送迎曲》乃是《东南半月刊》1943年的转载——更正本，正说明此诗颇有影响，而且这个转载已改动了诗题、改正了一些文字讹误，而我所看到的《中央日报》1942年的刊本虽是初刊，却不无排印错误，所以这两个刊本正可以相互补充。

——解志熙2012年8月6日补记于清华园之聊寄堂。

---

① 原刊此处有句号，显系排印错误，辑校者酌删。
② 此处"心里"当作"心理"。
③ 从上下文义看，此处"他们"显系误排，当作"我们"。

冰心1937年在巴黎的一次演讲

刘涛

摘要：《谢冰心女士在巴黎演讲》是一篇重要佚文，为了解冰心第二次近一年的出国游历生活及其观感和思想状态，提供了难得的文献佐证。

关键词：冰心；出国游历；演讲

笔者在阅读北平《世界日报》时，偶尔发现冰心的一篇演讲，题为《由出国到现在》，在该标题上端有一行文字："谢冰心女士在巴黎演讲"，标题下还有一行文字："孙鲁生寄自巴黎"。演讲全文3700字，以连载形式，分4次刊登于该报第八版《妇女界》1937年5月26日至29日。该演讲不见于《冰心全集》和冰心佚文集《我自己走过的路》，亦不见于卓如《冰心年谱》及其他研究文章，可确定是冰心的一篇佚文。由于冰心1937年、1938年没有作品发表，演讲整理稿的发现，正好填补了冰心1937年度没有作品的遗憾和空缺。演讲中，冰心对自己由出国到巴黎的一路行程和旅途观感，有较为详尽的讲述，对研究冰心这段时期的经历、思想与创作，皆具有重要价值。鉴于此，笔者特将其整理如下：

由出国到现在

孙鲁生寄自巴黎谢冰心女士在巴黎演讲

最近谢冰心女士偕夫吴文藻先生出国考察，经英美来法，巴黎中国学生会特假座拉丁区中法友谊会请谢女士及吴先生演讲，到会听讲者颇众，极巴黎一时之盛，爱志谢女士讲辞如下：

以前我很少在别地方讲演，因为这次学生会一再邀请，情面难却，不得不来随便讲几句。

事前我本没有预备来做一个很正式的演说，故讲题亦没有一定的。现在，就来谈一谈从出国到现在经过各地的情形吧！

作者简介：刘涛：河南大学黄河文明与可持续发展研究中心，邮编475001。
本文原载：《中国现代文学研究丛刊》2012年第3期，冰心1937年在巴黎的一次演讲。

在去年八月十三日，我同吴先生由北平动身，临行前许多友好们均为饯行，并叮嘱以后写信不要只写给小孩们看的，要多写一点给我们年老的人看。

我们走的那天并承他们亲到车站话别，我们到了南京，见到许多朋友，他们都很友好。

我们离开了南京，就到上海。在那里住了几天，会了几位朋友，八月二十五日，便从上海动身。

到日本东京时，中日协会亦曾来邀我们去讲几句话，但是我们讲得很少。在那里曾见到许多日本的作家，只是我们不会讲日本话，他们中即有几个人能讲中国话的，亦都不大高明，后来试用英文讲着。末了还是有位萧先生来做翻译，我们才得谈了好一会。

讲到东京，他①可称得是现在世界上最摩登的京城。地震之后，一切新的建筑，均极端的现代化。我前一次到东京是在大地震前三个星期。这一次去看，东京已与前一次完全不同。日本人的性情与国人亦大有上下。在街市上看到来往的人，都是很精神的，不像国人的喜欢在街上慢慢跑着踱方步。日本人对于家具很美术化，连饭碗都有仿宋瓷的。那天晚上，我们的朋友陈先生请我们到一爿日本菜馆春岱寮去吃饭。他说这是东京很好的菜馆，你们一定会感到相当满意。所以，那天我们都郑重其事地换了特别漂亮的衣鞋去。那知一进门，就把我们的新鞋留在门口了。吃饭并且要跪在地上，把我两个腿都跪酸了。再加上我着的一件很长的衣服，真不方便之极。菜来了，第一道是生肉，我们怀着好奇心都吃光了。第二道来了一个生鱼，亦尝了一点。第三道来的是另一个生肉，第四道又是一个生鱼，我只好都辞了。还是饭，我们吃了很多。餐后我们去逛夜摊。许多卖的东西，与我国国货商场里所看到的一模一样。我很怀疑，不知是我们的国货运到这儿来，还是他们的东西到中国去卖呢？

离开了日本，我们先到了檀香山，有好几位燕大的同学来接，那里的风俗，是接到了别地方的客人，就用花练向他套。这个练是很香很美的花做成的，我起先很怀疑，他们为什么对于这些花一点也不怜惜。

我们曾去参观过一个波罗蜜工厂，在里面可以随便喝波罗蜜的甜汤，檀香山的工人都是杂种。讲的话亦不一致，名义上他们都是有国籍的，文化方面，就难说了。

我们到檀香山的时候，算是最热的天气了，但是还凉快，可是，听说最冷的天气，亦并不更冷多少。那里是一年到头，花永远开的，草常青绿的。短时期间留在那里可觉得很好，但是住久了就未免单调一点。

---

① "他"应为"它"。

那个地方有一种迷信，每个人在离开檀香山的时候，要把花练掷于水中，以后方会再来。我因为那个花练怪可惜的，不舍得让它流落到海中去，所以仍由它留在房中。可是到夜里，我忽然头痛得很厉害，原来是那个花练太香了，结果我还是不得不请它下水去。

离开檀香山，便绕到美国。美国交通设备进步得很快，火车里亦装置冷气。我们由芝加哥到波士顿去的车中，吃饭时忽然餐车里冷气坏了，热得了不得。我因而受了感冒，一直伤风到波士顿。

我在那里看到以前的母校，和往昔的许多教授，我觉得他们并不见得更比以前老一点，大概人过了四十岁，就老是这个样子了。

在波士顿三个礼拜以后，便到纽约，我们看到世界上最高的高楼，那里最讲究的戏院"Radio-City"，我们亦曾去看过一回戏。

目前世界上最大的邮船"Queen-mary"，正要从美国开回英国去。有人说那个船好得像一个很讲究的旅馆，所以我们就决定趁了它去渡大西洋。可是一上船，我们觉得船终究是船。船上除掉我与吴先生，没有看见第三个中国人，我们回想从出国到现在，每日终有同胞们在一起，现在不免感到一点凄凉。英国人是向来保守的，抱着祖宗传下来的绅士风度，不愿意不经介绍，便和人谈话，我们中国人亦有一个习惯，不愿意随随便便与别人讲话，还是几个美国人，过来同我们谈过几次。

我们到伦敦，是夜中十二时，黑黑的墙壁，古董式的房子，皇宫门前的守兵，——毕挺挺的站着，真像个石像。

英国的习惯，又不同美国一样：在美国，屋里都很热，在家里可以着夏天的衣服，出去再着厚大衣。在英国，则截然不同，屋内与屋外的温度，相差不多。他们在屋内亦是穿很厚的衣服，出去时只要披一个围肩就够了。所以我们刚到伦敦时，觉得英国的天气，特别要冷一点。

早晨，我们还没有下床，侍役就捧了茶送到床上来。这个听说叫"被窝茶"。这些习惯，真使我们初到的人有点过不来。渐渐我们在伦敦惯了，中国同学们亦常来看我们，自己亦会坐地道车了，终算不曾把我们闷坏。

英国人很谦逊，同时似乎冷淡，可是要大家熟识了之后，倒又很好的。英国人的性情，有令人可爱之处，他们讲话，说一句是一句，不像别一国人的喜欢随便讲。他们的公共秩序亦很好，戏院满座时，他们站在门前，就淋着雨也依次静静的等。

到牛津去的那天，适逢着下雨天，我们在大雨中参观牛津大学，觉得无一处不充满着阴沉沉的空气，那里教授们都是黑的衣服，学生一概是黄上身，灰色裤，在雨地下也是一样的乱跑。到剑桥去的日子，是好天气，地上绿草如茵，令人感到另一种的意味。

十二月底我们就经法国巴黎到罗马去，罗马给我的印象太好了，我们中国人的性情，住惯南方的人还可以少感到一点，尤其是我们从北平来的人，常有一种意念，可用英国一个最通俗的谚语比例来说："一天没有太阳，等于一天没有酒"。法国的谚语是"一餐没有酒，等于一天没有太阳"，我们在英法各国只觉得欧洲的天气老是无[①]闷人的下雨天，在罗马可恰得其反，差不多每天天气都很好。

　　我们到罗马去的车中，有一个义大利[②]人对同车的一个法国女子大宣传其法西斯主义，滔滔不绝的讲了一夜。这一晚上，我就不得安睡。早晨到罗马，在旅馆里休息了半天，出去散步，适值夕阳将下。在暮光中见到缦烂的古城，令人有一种特别的感触。所以我要说一个人对于某一地印象的好坏，与那地方的天气有很大的关系的。

　　……

　　我们在罗马，对于艺术方面的参观，是有计划的。头几天参观上古的，后几天是中世纪的和近代的。他们在文艺复兴后的作品，确乎很使我们钦佩。……我在罗马看到许多雕像，喜怒哀乐，形容毕肖，一看就知道这是人的像。

　　因为我们参观的计划是到最后才看现代的东西，所以在离开罗马的前两天，方去游览莫索里尼体育场。那儿有五十三个很大的石像，我最喜欢的是正对大门威尼斯城送的那一个像，一个人抱了一只船。

　　我们到了佛罗棱斯城，到底城市小点，人们很闲散，在马路转角处，常可以见到三五成群在那里向阳谈天。街上跑路的人，都像在踱方步。这一个城很像一个大的村庄，但是真正的一个村庄，又没有这样的美。我们在那儿曾看到许多宗教画。

　　以后我们就去威尼斯，威尼斯名震世界。我的理想终以为不知要多末美！到了那里，很使我失望。在将到的时候，远远看到灯光照着大公宫在水中的倒影，可说很美。进了城，就没有特别动人之处了。以后，好几次再看到那个倒影，亦就觉得平凡单调了。那儿的街道就是水，所以没有车轮声。平时见闻得到的，都是些舟声桨影。并且天亦是老下着雨，出门无一处有干土。威尼斯的天气，可以说是灰色的。有人说中国的苏州很像威尼斯。可是威尼斯是筑于五十四个小岛上的，大小桥有四百多座，说这句话的人，可说既不认识威尼斯，亦不认识苏州城。

　　末了，我们曾到米兰去，鉴赏过一副名画，达文奇的《最后晚餐》。

[①] "无"字疑衍。
[②] "义大利"现通译作"意大利"。

我们最近再来巴黎，还不曾有很多的参观，只去过鲁佛尔博物馆两次，在那儿见到许多雕刻，现在有许多我们在义大利早见过了。

我在巴黎，尚未曾感到什么特别的感触，只觉得此地朋友像特别可亲一点，其余的话一时想不起来，随后有机会再谈。

【附告】此文笔录匆忙，谬误之处，已承冰心女士亲加斧政（正）。附笔志（致）谢。

1949年之前，冰心曾两度到欧美，第一次为赴美留学，从1923年8月到1926年6月；第二次是随丈夫吴文藻赴欧美游历，从1936年8月到1937年6月。当前冰心研究中，对冰心第二次出国游历期间生活与创作的研究，比较薄弱。这是由于，从1936年8月到1939年这么长的一段时间内，冰心几乎没有任何文字留下来，这给研究工作，带来很大障碍。冰心后来倒是常有文章提起这段时期的生活，如她以男士笔名发表的小说《我的房东》[①]，就是以其巴黎经历为题材写成的，带有较大自传成分，她自己也承认"《我的房东》说的就是我在巴黎那一段生活中的一部分"[②]。这番海外游历给冰心留下了美好回忆，时隔半个世纪之后，她还一再著文"重温旧梦"，如写于1987年的散文《旧梦重温》、写于1989年的散文《在巴黎的一百天》，皆回忆了自己半个世纪前在伦敦、意大利特别是在巴黎的生活。不过，这些文章中，《我的房东》属于小说，冰心承认它提到的只是自己巴黎生活的一部分，"没有讲到我在巴黎的真实生活"[③]，因此，不可尽信。《旧梦重温》《在巴黎的一百天》是时隔多年后的回忆，失之简略。由于史料匮乏，关于冰心的传记和年谱，对于这段时期的叙述，也只能依据上述小说与回忆文章。史料的缺失使某些传记在叙述冰心第二次出国经历时，简单到了不能再简单的程度。如肖凤《冰心传》，对于她这段时期的生活，只用了一句话："也是在这一年的下半年，吴文藻博士得到了'罗氏基金会'的基金，出国考察一年。冰心也随丈夫吴文藻教授，到欧美游历了一年。"[④]卓如的《冰心年谱》和《冰心全传》，对冰心生平与创作经

---

① 冰心：《我的房东》，初发表于天地出版社1943年9月《关于女人》，署名"男士"，见《冰心全集》，第3卷，福州，海峡文艺出版社，1994。

② 冰心：《旧梦重温》，初发表于《光明日报》1987年3月22日，见《冰心全集》，第8卷，福州，海峡文艺出版社，1994。

③ 冰心：《在巴黎的一百天》，初发表于《三月风》1989年第6期，见《冰心全集》第8卷，福州，海峡文艺出版社，1994。另，《我的房东》称"我"在巴黎待了十天就离开了，而在《旧梦重温》与其他文章中，冰心则称自己在巴黎逗留了100天。可见，《我的房东》中"我呆十天"的叙述不过是小说家言而已，由此也可说明，研究者在研究冰心的巴黎生活时，不可完全依凭《我的房东》，因为，小说毕竟是小说，不能作为史料直接拿来使用。

④ 肖凤：《冰心传》，224页，北京，北京十月文艺出版社，1987。

历的记述堪称翔实，然而，一旦涉及这段经历，在时间上往往只是流于"春""初夏"这样的模糊性用语。这些问题的出现，当然不能归因于研究者的疏忽，史料的缺失是根本原因。冰心这篇演讲词的发现，则为研究冰心这段时期的生活与思想，提供了可信的有价值的第一手史料。

讲演稿整理者在正文前所作附记，对了解冰心巴黎讲演的背景与情况很有帮助。由附记可知，这次讲演是冰心与丈夫吴文藻出国考察，由英美赴法，到达巴黎之后而做的。演讲的邀请者为巴黎中国学生会，他们除邀请冰心外，还一同邀请了冰心的丈夫吴文藻。由于冰心是与吴文藻一起讲演，冰心的讲演有人做记录，由此可推断，吴文藻的讲演也应该有人做记录，至于他的讲演的整理稿是否刊登，刊登在哪里，有待进一步考察。

附记还交代了冰心此次演讲的地点为巴黎拉丁区中法友谊会。中法友谊会的前身是中法监护中国青年委员会，最初的主持人是法国天主教牧师雷鸣远[①]，是为便利在法的中国留学生而创建的一个民间组织，地处拉丁区中心卢森堡公园附近[②]，属巴黎第六区。据冰心《旧梦重温》，她在巴黎时住在第七区以意大利诗人马利亚·希利达命名的一条街的七层楼上。由此可推断，冰心此次讲演的地点中法友谊会与其住处，相距不是很远。

附记没有交代冰心讲演的具体时间。据卓如《冰心年谱》，冰心与吴文藻于1937年春季由瑞士到达法国巴黎。由讲演可知，这是冰心此次出国游历行程中第二次经过巴黎，第一次是1936年12月底由英国途经巴黎到罗马，是否停留不详。《我的房东》称，"我"由瑞士日内瓦到达巴黎的确切时间是"1937年2月8日近午"，若小说所记属实，那么，冰心此次讲演的大致时间可确定为靠近1937年2月8日之后的某个时间，这个时间，与演讲整理稿发表的1937年5月26日，也比较接近。

由标题下端文字"孙鲁生寄自巴黎"，可推断演讲文的记录者和整理者应为"孙鲁生"。"孙鲁生"何许人也？不详，很有可能是在巴黎留学的中国留学人员。

演讲正文后还有一则简短的"附告"。附告特意强调整理稿经过了冰心本人的审定，代表她本人的真实意思。此附告亦应出自孙鲁生之手。

冰心这篇讲演，对其出国行程的时间及活动，有较详细的记述，由此可对《冰心年谱》进行补充与修正。例如，《冰心年谱》没有记载冰心从北平动身和从上海出发到日本的确切日期，根据演讲，可知冰心与吴文藻由北平动身的确切日期是1936年8月13日，由上海动身的确切日期是1936年8月25日。冰心与吴文藻到达

[①] 林蔚：《可注意的中法友谊会》，载1924年5月15日《赤光》第8期。
[②] 郑振铎：《欧行日记》，在1927年6月28日记自己步行穿过卢森堡公园到中法友谊会看报，据此可知中法友谊会就在卢森堡公园附近。见《郑振铎日记全编》，33页，山西，山西古籍出版社，2006。

日本东京后，曾受到中日协会的邀请并做讲演，在由日本到美国途中，曾到檀香山稍作停留，并参观了当地的菠萝蜜工厂，其他诸如在玛利亚皇后号上的经历，游过佛罗伦萨之后到威尼斯和米兰的游玩，对威尼斯的印象，等等，《年谱》皆没有涉及，可补《年谱》之不足。这是讲演的史料价值。

讲演更重要的价值，则在于从冰心对西方民风民俗的观察与比较中，可以看出她对中国国民性与文化的批判与反思。

20世纪30年代中期，西方国家包括日本正处于物质文明高度发达的巅峰，这给冰心留下了极为深刻的印象，例如，日本东京建筑的极端现代化，美国交通设施的进步，纽约最高的高楼和最讲究的戏院，世界上最大的邮船"Queen-mary"，英国伦敦的地道车（地铁），等等，冰心讲演中皆有涉及。不过，此番欧美游历给冰心留下印象最深的则是民风民俗，如日本与中国迥然不同的餐饮习惯，檀香山给客人套花练的习俗，英国人的绅士风度和早晨的被窝茶，等等。细读就会发现，民风民俗的观察背后所持续贯穿的，是冰心对中国国民性的反思，对中国文化的批判。如冰心对日本人与中国人走路神态的比较，"在街市上看到来往的人，都是很精神的，不像国人的喜欢在街上慢慢跑着踱方步"。由日本夜摊的商品与中国国货的一模一样，怀疑到"不知是我们的国货运到这儿来，还是他们的东西到中国去卖呢"。风俗之外，在观赏西方伟大的艺术品时，冰心时时也没有忘记拿来与自己国家进行比较。

冰心对中国国民性与文化的反思，源于她对祖国的满腔深情与挚爱。如果联系此次讲演的时间"1937年春"正是日本即将发动全面侵华战争之时，冰心对中日、中西国民性与文化的比较就显得别有一番意味。

讲演稿虽只是对冰心讲话的一个记录，不是出自冰心之手，但经过了她本人的亲自过目与修改，因此，讲演稿保留了冰心个人的文风和文采，如对牛津与剑桥不同天气的描绘："到牛津去的那天，适逢着下雨天，我们在大雨中参观牛津大学，觉得无一处不充满着阴沉沉的空气，那里教授们都是黑的衣服，学生一概是黄上身，灰色裤，在雨地下也是一样的乱跑。到剑桥去的日子，是好天气，地上绿草如茵，令人感到另一种的意味。"讲演稿中妙语连珠之处甚多，幽默而饱含深情，对研究冰心创作特别是她的讲演具有重要价值。

据附记载，演讲在巴黎产生了很大影响，可谓轰动一时，"到会听讲者颇众，极巴黎一时之盛"，可见当时盛况之一斑。可惜的是，由于讲演整理稿发表的《世界日报》第八版《妇女界》版面较小，平时刊登的只是一些与女性生理、健康、教育有关的零碎文章，影响不大，而讲演者本人，对于自己所做的演讲，也很快置诸脑后，此后再没有提及，这些因素导致冰心这次影响颇大的巴黎演讲，被深埋于历史尘埃中，不为世人所知。

论冰心关于文学与写作之演讲

赵慧芳

摘要：冰心关于文学与写作的演讲，贯穿于其创作的各个阶段。冰心的文艺观念和写作思想，均稳定地呈现于此类演讲中。从演讲风格上来看，冰心重"讲"而轻"演"，平实严正，从容自然；在讲述见解与经验时，则尽可能遵从内心的律令，展示出特具的真诚恳挚和幽默诙谐。冰心演讲所透露出来的丰富信息，亦可让我们从这一独特角度，见证冰心的人生历程。

关键词：冰心；演讲；文学；写作

冰心一生，曾经多次做关于文学与写作的演讲：燕大尚未毕业，即被邀请到辟才胡同北京女高师附中做题为《什么是文学》的演讲；留学回国初登燕大讲坛，即赴北京大学演讲《中西戏剧之比较》；在战时陪都重庆，冰心更以其名作家和社会贤达的身份，屡应新运妇指会和三青团的邀约，向青年们传授写作经验，时而也跟民主人士一同关注青年写作，漫谈创作甘苦；20世纪60年代，又在中华函授学校语文学习讲座中畅谈读书与写作，分享体会和心得。这类公开表达其文学与写作理念的演讲，贯穿于冰心创作的各个阶段；其文艺观念、演讲风格之变迁轨迹，于此豁然可见；而演讲所透露出来的丰富信息，亦可让我们从这一独特角度，见证冰心的人生历程。

一、女高师附中的雏凤新声

1923年4月14日，时为燕京大学学生的冰心，应北京女高师附属中学之邀，赴辟才胡同女附中做了一场题为《什么是文学》的演讲；刘逸、成佩华、陈鹂所做的演讲记录《冰心女士讲演——什么是文学》，发表在女附中校友会刊物《辟才杂志》1923年6月第2期上[①]。

在演讲中，冰心回答了"什么是文学"的问题，阐述了自己对文学的理解，梳理了文学与时代、作家、读者的关系，并列举了文学分类和文学的派别。因是针对

作者简介：赵慧芳，淮北师范大学文学院。
① 参见赵慧芳《冰心佚文两篇辑录》，《新文学史料》，2015年第2期。

中学生的演讲，冰心对于文学的界说也比较浅白，以举例为主，并不多作解释与分析。在观点上，冰心坚持步入文坛以来的见解，并将罗家伦和Hunt等名家定义引以为证。这是年轻的冰心首次在公开场合中以演讲的方式表达自己的文学观念。

事实上，初登文坛的冰心，在密集发表文学作品的同时，也在不断以文字的形式，表达对于文学与创作的理解。1919年9月，她在《"破坏与建设时代"的女学生》中，强调笔记与写作是重要的"修养的功夫"①。1920年年底，发表《文学家的造就》一文，从8个方面谈"怎样的遗传和怎样的环境，是容易造就出文学家的"②。1921年4月，发表《文艺丛谈》，申明文学一定要"表现自己"，"努力发挥个性，表现自己"才能创造出"真"的文学③。1921年6月，发表《提笔以前怎样安放你自己》，强调"环境"之于创作的重要性④。1921年9月，发表《蓄道德能文章》，指出"作家最要的是人格修养"⑤。这份表达创作思想的急切，应该跟年轻而声誉日隆的冰心所受到的困扰有关：读者的反馈，在让她得到赞誉的同时，也让她看到太多的误解；她希望能以创作谈的形式，让读者明白她对文学与写作的认识，从而也更深入地理解她何以写出那样的作品。这里既有冰心对读者阅读理论普及与素养提升的期待，也有她为之所做的努力。1923年在辟才胡同女高师附中的演讲，也可以看作其普及与提高的一项工作——告知年轻读者何为文学，正是从根本上廓清认识，使之从作品、时代、作家、读者等多个层面和角度，理解真文学与好文学。

北京女高师附属中学虽然仅为一所女子中学，却经常邀请各界名家到学校演讲，演讲稿多发表在该校校友会刊物《辟才杂志》上。仅在1923年第2期，除冰心这篇《什么是文学》之外，陈大悲、余天休、马寅初、白眉初、傅仲嘉等诸位先生的演讲记录也同期发表。其时冰心虽是尚未毕业的燕京大学学生，却早已因其文名而拥有众多"粉丝"。但冰心并未因自己已是名噪一时的青年作家就在中学生面前有高高在上之态，而是在演讲中首先声明"我们都是学生"，"是来和大家讨论、研究"而非"演讲"，亲和而谦虚；又让听众随时就听不明白的地方，"提出讨论，免得怀疑"，显出颇为自信的一面。在引用、举例之后，冰心幽默地给出了"民国

---

① 冰心：《"破坏与建设时代"的女学生》，见《冰心全集·第一册·文学作品1919—1923》，6页，福州，海峡文艺出版社，2012。
② 冰心：《文学家的造就》，见《冰心全集·第一册·文学作品1919—1923》，152~153页，福州，海峡文艺出版社，2012。
③ 冰心：《文艺丛谈》，见《冰心全集·第一册·文学作品1919—1923》，196页，福州，海峡文艺出版社，2012。
④ 冰心：《提笔以前怎样安放你自己？》，见《冰心全集·第一册·文学作品1919—1923》，210~211页，福州，海峡文艺出版社，2012。
⑤ 冰心：《蓄道德能文章》，《冰心全集·第一册·文学作品1919—1923》，283页，福州，海峡文艺出版社，2012。

十二年四月十四号在女附中定的文学定义",一派诙谐洒脱[①]。尽管列身于教授博士等名流之间,却丝毫不显逊色。

在辟才胡同女附中的演讲,是青年冰心首次登上讲台来谈文学与写作。所言不深,却揉进了自己对相关问题的思考与认识;真诚恳切,也不乏幽默,非常适合中学生。一如雏凤新声,即便是在今天,也还能让人遥想并感受到那份清越与美好。

二、北京大学的戏剧漫谈

1926年9月,留美归来的冰心开始"在燕京大学国文系任教,讲授一年级必修课和西洋戏剧史"[②];11月6日,即应邀到北大演讲《中西戏剧之比较》,由程朱溪、傅启学记录的演讲稿发表在《晨报副刊》11月18日第1477号上。这是目前所见冰心第一次作为高校教师发表学术演讲的记录。

冰心此次演讲,是应"北京学术讲演会"和"北大学术研究会"的邀请。"北京学术讲演会"于1918年2月由蔡元培等人发起创办,邀请"国立高等学校各教员以其专门研究之学术分期讲演"[③]。北大学术研究会则为同人学术团体,"集合同志,晨夕切磋,会友以文,以仁辅友。聚则通力合作,散则自由研究。各输所得,各求所好"[④]。北大学术研究会成立后,与北京学术讲演会合作,更是遍邀学界名人,举办学术讲座。受邀者如梁启超、胡适、周作人、王世杰、赵元任等,多已是享誉海内外的名家。而冰心虽在文坛享有盛名,并已在燕京大学任教,但能接到北京学术讲演会与北大学术研究会的邀请去北京大学做学术讲演,于她来说,应是学术界一种别样的认可与接纳。

虽然题目是"中西戏剧之比较",但冰心显然不打算在一次讲座上真去比较中西戏剧——这题目有些大,真如此去做,也是费力不讨好。她迅速把主题锁定在悲剧上,从何为悲剧、西方悲剧的历史、悲剧的要点、中国悲剧的缺失、悲剧对于今日中国与中国人的意义等方面一一讲来,其意不在做严谨论述,而在强调五四之后中国人的自由意志苏醒而普遍产生心灵冲突——在冰心看来,这正是创作悲剧的最佳契机;同时悲剧也可以让国人不再流连惨剧,而秉以独立、自由的意志,做一个有担当的国民。陈恕认为"这篇演讲表现了冰心'发挥个性,表现自己'的文学观,也可见出她试图通过文学唤醒民众的爱国情操"[⑤]。这个评价是客观而中肯的。单纯从学术层面看,冰心对于西方悲剧的定位、理解与梳理,都很

---

① 参见赵慧芳《冰心佚文两篇辑录》,《新文学史料》,2015年第2期。
② 卓如:《冰心年谱》,63页,福州,海峡文艺出版社,1999。
③ 《学术讲演会启事一》,《北京大学日刊》,1918年2月20日第72号。
④ 《发起北大学术研究会旨趣书》,《北京大学日刊》,1925年11月第1798号。
⑤ 陈恕:《冰心全传》,125、141页,北京:中国青年出版社,2011。

准确、深入并且清晰。其对当下中国悲剧创作的期待，也非常恳切真诚，从侧面表达了对国民自由意志的深情呼唤。

时隔数日，这则演讲的记录稿刊发于《晨报副刊》。一个多月后，培良（即向培良）在《狂飙》1926年12月26日第12期上，发表了《冰心胡说些什么？》，对该记录稿大加挞伐。这篇评论，不仅标题惊悚，内容也非常偏激，认为整篇演讲录，"从题目起，到末一段，几几乎无处不大错而特错①。"培良在钻牛角尖时，正如他自己所言，是在"给冰心当校对"②一样地逐字逐句批驳。殊不知愈是如此，愈容易抓住一点、不及其余。如果说，培良觉得冰心演讲的标题与内容不对等，是有识见的；那么，之后的批评，则过于意气用事，未免割裂全文、断章取义。

可能也正因为如此，冰心从未对这一类攻击的评论做过任何回应，相反，她很坦然地将之公开发表，并在之后收入多种文集。显然，冰心并不认为这次讲演是失败的。

然而，向培良的抨击还是有影响的。1934年4月30日第114期的《每周评论（汉口）》"文坛杂俎"栏，有一篇《冰心不会讲演》的短文，与之遥相呼应。该文追叙了冰心当年北大演讲的盛况，但评价却与向培良一致，批评冰心"说话是姑娘式的，讲题不说她所擅长的诗，而去说戏剧，因此……闹得乌烟瘴气"。"第二天，被那时正在出风头的戏剧家向培良大大的骂了一顿，但，冰心却不来回手一下，事情便歇下了，不然，倒是一场好笔墨官司。"③这里的细节并不可靠，比如作者也拿不准冰心是否为民国十六年回国，向培良也并非"第二天"就开骂。但文中也透露了一个信息，即冰心对这一攻击未予回应——这却是事实。除去自信而外，这恐怕也跟冰心一贯平和隐忍的性格有关。其实，冰心此次演讲不说诗而讲戏剧，原也无可厚非——她虽然写诗，却做戏剧研究。其学士学位论文是《元代的戏曲》；在燕京大学任教期间，教授的是西洋戏剧史——由此看来，冰心谈中西戏剧比较，并非不自量力无所依凭，而是有深厚的积累做基础的。

1926年在北大演讲的冰心，已经是从海外学成归来的燕京大学教师。此时，名作家的光环还在闪耀，但她却已因工作而走进学术圈。在这里，人们更看重的，是她的学术素养；她也必须适应身份上的变迁，尽快完成自我调整，以优秀学者的身份在大学讲坛上站稳脚跟。北京学术讲演会和北大学术研究会对冰心的讲演邀请，给了她一个难得的展示学者风采的机会。与在辟才胡同女附中演讲时不同，此时的冰心，有燕大教师的身份，站在拥有最高声誉和权威的学术讲台，与学界顶尖级人物比肩，这的确是一种不可多得的荣耀。基于其演讲的经历、留学的见识以及教学经验，冰心已颇有学者之风；随意而平和的姿态，以及指点青

---

① 《冰心胡说些什么？》，《狂飙》，1926年12月26日第12期。
② 《冰心胡说些什么？》，《狂飙》，1926年12月26日第12期。
③ 《冰心不会讲演》，《每周评论（汉口）》，1934年4月30日第114期。

年的激情与郑重,都让我们看到一个有着更为开阔的视野与更加成熟的心智的冰心。她从比较文学的角度,纵论中西悲剧,从选题上看,虽不是最新的,但其时代意义和学术价值不容小觑。然而无可避讳的是,冰心此次学术演讲称不上非常精彩——所谈并非其创见,表达也比较拘谨。从其演讲最终落脚于悲剧创作来看,倒是合乎其作家身份——我们也无妨视之为一个隐喻,它暗示冰心选择的是创作与研究相结合、相促进的成长路径,可冰心侧重的,是写作,而非研究。

三、妇指会与三青团的写作指导

抗战期间,冰心曾拥有全国妇女文化工作委员会秘书、新运妇指会文化事业组组长、三青团中央团部评议会中央评议员以及国民参政会参政员等新的身份[1],并充分参与了战时中国的文化、社会活动。当时社会上对青年写作极为重视,官方也不断发起组织各类青年写作竞赛,举办各种讲座、演讲会和讨论会,邀请名家分享写作经验、指导青年写作,意在"团结青年作者,鼓舞写作兴趣,增进写作能力及解除写作困难"[2]。作为著名作家,冰心经常在三青团和妇指会对青年进行写作指导,或者应邀做写作经验交流、演讲。

时为新运妇指会指导长的宋美龄,为了"奖励妇女写作及选拔新进妇女作家",特设立"蒋夫人文学奖金"。1940年2月,妇指会机关刊物《妇女新运》2卷2期刊发的《蒋夫人文学奖金简则》,说明将面向"三十岁以内之女性,未曾出版单行本著作者"征集"论文"和"文艺创作","六月底以前报名""八月底截止""双十节"揭晓[3]。但由于战争原因,直到1941年7月征文才予揭晓并"在报端登载"[4]。1941年9月,《妇女新运》3卷3期"蒋夫人文学奖金征文专号"刊登了获奖文章,同时登载冰心的《评阅述感》。事实上,这篇《评阅述感》内容基本上源自冰心的一次演讲,即《由评阅蒋夫人文学奖金应征文卷谈到写作的练习》。这篇演讲由宋雯记录,记录稿发表在《妇女新运》2卷9—10期合刊上(出版时间大

---

[1] 有关这些身份,参考《十五位女参政员介绍》(《妇女新运通讯》1941年2月第3卷第3—4期)以及《中央团部编三青团中央机构及人事演变概况(1946年8月)》(中国第二历史档案馆编《中华民国史档案资料汇编第5辑 第2编 政治3》,822页,南京,凤凰出版社,1998)。
[2] 《本刊作者发起青年写作协会》,《血路》,1939年第56期。
[3] 《蒋夫人文学奖金简则》,《妇女新运》,1940年2月2卷2期。
[4] 《妇女指导委员会蒋夫人文学奖金征文揭晓》,《妇女新运》,1941年9月3卷3期。

第四辑 佚文研究

致是1941年2、3月间①）。其时冰心已应宋美龄之邀，任职新运妇指会文化事业组组长，并为本次征文"文艺创作"类的评审委员。冰心在演讲中，总结了征文的优缺点，并重点就缺点，特别是"技术之劣"作细致分析，然后有针对性地提出建议：多看、多写——看书以"扩充情感上的经验""学习用字""学习用一样譬喻"，看人看山水风物以增加阅历；写则不拘体裁有感而发，而观感的敏锐则尤需训练。她谆谆告诫要养成"冷静的头脑，严肃的生活和清高的人格"以形成"特殊风格"，要"呈示问题，而不应当解决问题"，"不要先有主义后写文章"，"不要受主观热情的驱使，而写宣传式的标语口号的文艺作品"。冰心像一位写作课教师一样不避琐细，不厌其烦，将写作练习的方法路径详加讲解。在演讲的最后5分钟，她以一则笑话收尾，自谦所说为"无'稽'之谈"，请听众"见'机'而作"②。

1943年下半年，冰心曾应三青团之邀做关于写作经验的演讲。由沈琬记录的《写作经验——在三民主义青年团中央团部演讲》③发表于《妇女新运》1943年11月第5卷第9期上。冰心用一个幽默话题切入，接着深情回忆了自己的写作道路，强调了客观超然的写作态度的重要，指出要勤于训练感官、修炼字句、阅读各类书籍。《冰心文选·佚文卷》还收录了一篇允严记录、发表于重庆《文化新闻》、题为《谈写作经验》的演讲稿，是方锡德先生搜辑的佚文④。从基本内容上看，该文与沈琬记录稿中的写作经验大体一致。

这3篇演讲录，都向我们展示了一个成熟、幽默的冰心。在梳理多年来的读书与写作经历时，冰心表现得真诚而郑重——这是她面对读者和听众时一贯的态

---

① 关于《妇女新运》2卷9—10期合刊的出版时间问题，解志熙先生曾在《人与文的成熟——冰心四十年代佚文校读札记》（《鲁迅研究月刊》2010年第1期）中予以考证，认为"当在1940年12月至1941年1月之间出版"。但笔者看到，《妇女新运》2卷9—10期合刊上陈逸云《关于生活指导工作的几点意见》，其结尾签了时间，为"三十年元月三十日于重庆"，可见该期出版时间最早为1941年1月30日。另，《妇女新运》2卷11—12期合刊上论著栏有张忠绂《展望国际的前途》，在分析国际形势时，他谈道"……今年三月一日，保加利亚也正式入盟。""……现时（作者执笔时为三月下旬）尚未完成。"可见该期出版时间最早为1941年3月底。因战争期间杂志出版不定期很正常，我们只能由此大致推断《妇女新运》2卷9—10期合刊的出版时间可能在1941年2、3月间。

② 冰心：《由评阅蒋夫人文学奖金应征文卷谈到写作的练习》，宋雯记录，《妇女新运》，1941年2卷9—10期合刊。收入《冰心全集》时，改题为《写作的练习》，见《冰心全集·第三册·文学作品1942—1957》，28~31页，福州，海峡文艺出版社，2012。

③ 冰心：《写作经验——在三民主义青年团中央团部演讲》，沈琬记录，《妇女新运》，1943年11月5卷9期。收入《冰心全集》时，改题为《写作经验》，见《冰心全集·第三册·文学作品1942—1957》，32~36页，福州，海峡文艺出版社，2012。

④ 冰心：《谈写作经验》，见《冰心文选·佚文卷》，王炳根编，150~156页，福州，福建教育出版社，2007。参见方锡德《五四爱情故事的另一种叙述——介绍冰心未收集的短篇小说〈惆怅〉等佚文》，《中国现代文学研究丛刊》，2005年第1期。

度。但与其20年代所发表的相关演讲与文论相比，这里已不再有那种急于获取认同的解释和剖白。她自信而从容的讲述，从多个层面细致归纳总结创作体会与经验。即使只看记录稿，我们也能分明感受到她那份平和、温煦和真诚。可以说，冰心在此时，是以最佳状态面对读者，不再有身为学生的青涩，不再有初为人师的忐忑，也还不曾有迫在心头的压力，从而能够以成熟作家与学者应有的风度，对写作与文学做平实、全面而深入地讲解。她对写作历程的温馨回忆，对文学之美的深刻体悟，对写作经验的真诚奉献，对战时困难生活的轻松调侃，无不让人感到中年冰心的魅力，就像解志熙先生感慨的那样，那是"人与文的成熟"[1]。

四、重庆国讯社的经验交流

除应官方邀约进行写作指导外，20世纪40年代的冰心还参与了民主社团组织的写作经验交流。中华职业教育社机关刊物《国讯》旬刊1944年1月5日第357期上，就曾登载冰心的《写作漫谈》，文末注有"尚丁记录"[2]。国讯社附设中华函授学校，有写作科；因此《国讯》经常刊登著名作家关于写作的来稿、访谈或者演讲录，还专设了"作家经验谈"栏目。冰心的这篇《写作漫谈》，从文本来看，应该是其演讲或者访谈的记录稿。记录者尚丁为《国讯》编辑。

因为是"漫谈"，这篇记录稿流露出鲜明的闲谈气息，随性任意，娓娓道来。冰心从思想和技术两个层面来谈写作，既保持了观点的一贯性，也有新的发挥。冰心强调环境、修养的重要性，强调个性与风格；建议"多读别人的文章，多听别人的说话"，"多同别人谈话"，"不要采用死的语汇"，"决不要写自己所没有经历过的事情"，以及用字要恰当确切等，这都是冰心一贯的主张[3]。除此之外，冰心还谈到《分》与《相片》的写作动机。这两篇小说，学术界一直视为冰心的重要作品，但冰心自己则鲜有谈及。卓如在《冰心全传》中说，"《分》的成因，是协和医院一位护士的启迪"[4]。陈恕的《冰心全传》也提到，"《分》是冰心根据自己在产院里分娩时的切身感受和观察而创作出来的小说"[5]。在这篇漫谈中，冰心则清楚地表明，是医生的一句话，使她产生了写作《分》的"最初的动机"：

> 我记得我写《分》那篇文章的动机，是在医院生产的时候，医生对我说，许多孩子，出生在医院的时候，都穿一样的白衣服，戴一样的白帽子，但是离开了医院以后，就完全不同了；有钱的，就穿得花花绿绿，没有钱的，就

---

[1] 解志熙：《人与文的成熟——冰心四十年代佚文校读札记》，《鲁迅研究月刊》，2010年第1期。
[2] 参见赵慧芳《冰心佚文两篇辑录》，《新文学史料》，2015年第2期。
[3] 参见赵慧芳《冰心佚文两篇辑录》，《新文学史料》，2015年第2期。
[4] 卓如：《冰心全传·上》，332页，石家庄，河北教育出版社，2002。
[5] 陈恕：《冰心全传》，125、141页，北京，中国青年出版社，2011。

连破补丁的衣服都没有穿。由于这一句话，产生了我最初的动机，于是，我把《分》里的两个主角，写成那样了。①

　　同样，《相片》的创作，也仅仅是由于一张照片而引发"一点很小的感触"。这些"最初的写作动机"，"有时候存在心里很久，甚至无法写出来，但偶然一触动，比如，因为某一个人的几句话，几个小动作，引起了这个动机，于是，自然的溶化到你的作品里去了"②。这都是冰心的切身体验，是其创作经验的真切描述。

　　冰心谈写作，举例时常拿自己的作品来分析论证。而在这篇漫谈中，她却用了不小的篇幅，以《西线无战事》为例来谈生活经验之于写作的重要性。这篇著名的反战小说，在20世纪30年代初就已风靡中国。冰心选择这篇作品，首先应该是基于对雷马克写作"技术"的认同，认为"雷马克所以写得动人，因为他有感情，因为他是从真实的生活中来的"③；其次，也与《西线无战事》在中国读者众多、曾经"盛极一时"④有关——以大家所熟知的作品为例，易于引起共鸣。而战时中国的青年们，在写作时也常取战争题材，所以在妇指会和三青团的演讲中，冰心也曾谈到抗战题材的写作，批评青年作者"太偏重英雄主义"，"爱写理想的事物，不求经验"⑤。冰心援引雷马克对战争的描写，意在引导青年作者如何正确处理此类题材——要有生活经验，或者"体验得深刻"。而冰心如此喜爱《西线无战事》，以至于看了那细节上的"轻描淡写"禁不住"落泪"，想来也应对其鲜明的反战色彩，印象深刻⑥。冰心是否在以此隐晦表达反战思想，则未可知。

　　《国讯》是影响深广的民主社团——中华职业教育社主办的一个时事政治性杂志，时任"国讯同志会"会长、"中国民主政团同盟"中央主席的黄炎培，是《国讯》杂志的发行人。黄炎培与冰心同为国民参政员，国讯社又一直重视青年写作指导，因此冰心接受《国讯》专访或者应邀发表演讲，也在情理之中。综观冰心此时关于文学与写作的讲演活动，以及在《妇女新运》《国讯》等刊物上发表的讲演（座谈）记录稿，可以见出，冰心不弃官方身份，也不避民间活动——哪怕活动的组织者挑战了当权者的专制威权——正是其秉持自由知识分子立场的表现。

---

① 参见赵慧芳《冰心佚文两篇辑录》，《新文学史料》，2015年第2期。
② 参见赵慧芳《冰心佚文两篇辑录》，《新文学史料》，2015年第2期。
③ 参见赵慧芳《冰心佚文两篇辑录》，《新文学史料》，2015年第2期。
④ 参见凌梅《雷马克与"西线无战事"》，《读书月刊》，1931年第1卷第1期。
⑤ 冰心：《评阅述感》，见《冰心全集·第二册·文学作品1923—1941》，598页，福州，海峡文艺出版社，2012。
⑥ 参见赵慧芳《冰心佚文两篇辑录》，《新文学史料》，2015年第2期。

五、中华函授学校的写作讲座

1963年4月，冰心应中华函授学校张知辛校长之邀，为"语文学习讲座"做第二学期的第一场讲座，题为《阅读与写作问题》，讲稿发表在《语文学习讲座》第6辑；1964年10月，冰心在第三学期又做题为《写作问题》的讲座，讲稿发表在《语文学习讲座》第21辑。两篇讲稿在1980年收入《语文学习讲座丛书（二）·阅读与写作》时，分别改题为《谈点读书与写作的甘苦》和《写作经验琐谈》[①]。在这两次函授学校的面授课上，冰心面对数百上千名学员，来谈文学、谈读书、谈写作，自然与一般的课堂不同，而带有鲜明的公开演讲的性质。

这两次讲座，均按要求，以学员提出的问题为讲演提纲[②]。《谈点读书与写作的甘苦》回答了关于阅读与写作的5个问题。讲座开首，冰心就引出这5个"请校长同志搜集"的"同学们提出的问题"[③]。单从表达上来看，提问者明显对冰心非常敬重，语气温婉柔和。而冰心的回应也显得比较放松和从容，尽管自称在学期开始主讲第一次讲座，感到"诚惶诚恐"，但她还是幽默而得体地用头一出戏的"跳加官"来自我调侃，并顺势给出对学员的祝福。更重要的是，冰心虽然自谦"没有资格到这里来讲话"，但还是流露出掩不住的自信："我是凭什么来的呢？就是凭我有差不多四十多年的写作经验，写得是好，是不好，读者的眼睛是雪亮的，既不容许你过分谦虚，也不容许你夸大。"[④]当围绕问题展开讲演时，她主要结合了自己的创作体验，并以其1949年之后的作品为例来分析；但她同时也很自然地谈起自己的成长经历，甚至说起自己的私塾生活，也丝毫不掩饰对《三国演义》等古典文学的推重，随手引用李后主的词……这些大多是她以前谈写作经验时常用的材料，可谓驾轻就熟。可以说，侃侃而谈的冰心，其气度与风仪是令人心折的，给学员们"一种'亲切'之感"[⑤]。

1964年《写作经验琐谈》的开场白，相较于《谈点读书与写作的甘苦》就非常简短，显得毕恭毕敬：

> 我非常感谢函授学校，因为它给了我这样一个好的机会，来和大家见见面。我不是来讲课，我是来答辩。在学校里答辩的时候，顶多有十几个老师。今天在我面前的却有一千多个老师，所以心里很紧张。可是，是个学生总得要见老师的。现在我就尽自己的所能，来回答老师们提出的问题。请老师们

[①] 《冰心全集》收录这两篇讲稿时，均注明是据这本1980年商务版的《语文学习讲座丛书》，本文涉及时，依此称之为《谈点读书与写作的甘苦》和《写作经验琐谈》。卓如编：《冰心全集·第五册·文学作品1962—1979》，176~202，257~278页，福州，海峡文艺出版社，2012。

[②] 讲座要求参见《"语文学习讲座"两年工作总结》，《社会史资料选辑》第2辑，中华职业教育社社史编写小组，127页，北京，文史资料出版社，1981。

[③][④][⑤] 冰心：《谈点读书与写作的甘苦》，见《冰心全集·第五册·文学作品1962—1979》，177、176、195、176页，福州，海峡文艺出版社，2012。

批评指教。①

如果不是跟之前冰心的讲演作比较,这样的开场倒也中规中矩,无可厚非;但从辟才胡同的讲演依次看过来,就能明显感觉到冰心此时的拘谨。

紧接着,她直接念出了"大家所提的关于《写作问题》的十个问题"。冰心并未就问题逐一解答,而是把讲演分成两部分,"第一部分讲第一个到第九个问题,第二部分讲第十个问题"②。

在第一部分中,冰心以自己的3篇作品为例,详细讲解在写作时"是怎么构思的,怎么取材的,取的是什么,舍的是什么"③。第一个例子是《咱们的五个孩子》。这是应《人民文学》编辑部约稿而创作的一篇报告文学。她说,"采访,写报告文学,在我还是头一次"。可以看出,为了完成这篇颇有约束的命题作文,冰心郑重而认真地做了充分准备。她坦承,"我写这篇文章的中心意思是:在我们中国,有些孩子尽管失去了父母,但是在党和国家的关怀之下,在周围人们的关怀之下,还要把他们培养成建设事业的接班人"④。相比那些已有的对这5个孩子的宣传报道,比如《他们虽然失去了父母》《孤儿不孤》《举目皆亲》等,冰心表达的中心思想显然更有深度,也更具政治高度。后两个例子是《走进人民大会堂》和《全世界人民和北京》,其行文的逻辑与前文基本一致。显然,冰心演讲对例证的选择是慎重的;在分析作品时,她也一直在反复申明思想认识上的政治正确性,并确保只谈写作过程与思路,绝不旁逸斜出。第二部分讲"怎样练基本功",冰心细致诚恳地分享了写作经验,也很值得细察和深味。

1951年由日本回国之后,冰心也有许多机会谈文学与写作,但1963、1964年两次在语文学习讲座上的演讲,显然是较为系统的表达,也具有鲜明的时代特色。两次同主题的讲座,面对相似身份的听众,相隔仅一年半的时间,冰心的观点以及当时心境,都有很大变化。而20世纪80年代时,再谈写作的"窍门""秘诀"和经验,她又回归到1951年之前,强调要"多读一些古典文学"⑤。

从女高师附中何谓文学的演讲,到语文学习讲座写作经验的琐谈,冰心从来就不是一个具有煽动性的演说家。哪怕是讲她最擅长的文学与写作,也很少能引起听众情绪上的跌宕起伏。其演讲风格,毋宁说是平实的、严正的,虽不乏小

---

① 冰心:《写作经验琐谈》,见《冰心全集·第五册·文学作品1962—1979》,257、258、259、272页,福州,海峡文艺出版社,2012。

② 冰心:《谈点读书与写作的甘苦》,见《冰心全集·第五册·文学作品1962—1979》,177、176、195、176页,福州,海峡文艺出版社,2012。

③④ 冰心:《写作经验琐谈》,见《冰心全集·第五册·文学作品1962—1979》,257、258、259、272页,福州,海峡文艺出版社,2012。

⑤ 冰心:《我的写作经验——为〈中国初中生报〉题》,见《冰心全集·第七册·文学作品1987—1997》,251页,福州,海峡文艺出版社,2012。

幽默，也日见其洒脱从容，但显然冰心并不重视演讲之"演"，而更讲求演讲之"讲"，总想尽己所能将见解与经验和盘托出。不"演"的冰心，是在极力遵从内心的律令，亲切自然地展示着那份特有的真诚恳挚、诙谐幽默甚至委曲隐忍。这些演讲记录稿，前后覆盖了近半个世纪的时间；从最后一篇算起，又有半个世纪漫流而过。今天重读，隐为背景的历史再次风涌云动，衬托着冰心对于文学与写作的不变情怀，也显示出冰心应对不同社会文化情境时思想与心智上的稳定和成熟。其中况味，值得我们深深回味与反思。

上海沦陷区所刊冰心的4篇文字辨读

熊飞宇

摘要：抗战时期，冰心有4篇文字曾见于上海沦陷区的杂志，但尚未引起研究者的充分关注。其一为《现代女作家书简》，因其关键信息的省略，致其面目模糊；其二是冰心手书的《孤鸿（卜算子）》；其三是冰心的《清宵之忆——记一个女同学》。另有《建立更生的新文化》，虽署名"冰心"，但从其观点旨趣与文字风格来看，却非谢冰心所作。

关键词：冰心；上海；佚作；辨读

《冰心全集》自1994年初版以来，至2012年，已经三版。其间，对冰心佚文，多有新的发现。2012年2月25日，卓如在《第三版编后记》中也说："冰心的作品很多，而且发表于中外诸多报刊，全集难免遗漏，有待继续发掘、增补。"[1]抗战时期，冰心有4篇文字曾见于上海沦陷区的杂志，但尚未引起研究者的充分关注。今就此略作辨读，以期能对《冰心全集》有所补益。

一、《现代女作家书简·冰心》

××先生：

　　来信敬悉。关于作稿，岂明先生已催过两次了，只因牙疾，不能写作，抱歉之极。"××特辑"很动人，颇想写他一写，题目一时不能定，因为我作稿，常常是后定题目的，在可能范围内拙稿总拟在五月中旬奉上不错。此请撰安！

　　　　　　　　　　　　　　　　　　　　　　　　冰心拜五月一日

书简发表于《风雨谈》第11期，第74页，1944年4月出版。《风雨谈》，文艺月刊，1943年4月创刊于上海，"风雨谈社"编辑兼发行，柳雨生为其"代表人"，

作者简介：熊飞宇（1974— ），男，四川南江人，重庆师范大学文学院助理研究员，文学博士，主要研究方向为重庆抗战文化。
本文原载：《海南师范大学学报（社会科学版）》2014年第7期第27卷（总145期）
基金项目：重庆师范大学2013年度博士启动基金项目"重庆时期冰心的创作与活动研究"（项目编号：13XWB030）。

太平出版印刷公司出版。1945年3月出至第17期时,由24开本改为16开本。同年8月,出至第21期停刊。柳雨生在《创刊之辞》中标榜"盍各言尔志"的本旨,主张古今中外,东西南北,无一不可作写文章的题材,无一不可作编杂志的对象。其内容以创作为主,兼顾翻译、批评。周作人谈古说今、冲淡闲适的散文随笔受到编者的格外推崇,在刊物中占有突出地位。其经常撰稿人有小说作者冯和仪(笔名苏青)、予且、丁谛、谭惟翰、包天笑,戏剧作者沈凤、罗明,诗歌作者南星、路易士、废名等。[2]

该期"现代女作家书简"共计15通。作者依次为:丁玲、许广平、冰心、陈衡哲(3通)、苏雪林、陆小曼、王映霞、沉樱、袁昌英、沅君、凌叔华、冰莹、苏青。由于关键信息的缺失,对书简的来龙去脉,很难作出判断,故只能推想一二。

首先,此信的写作时间,仅有月、日,而无年份。如果是《风雨谈》编辑的约稿,根据上述出版信息,则应是1943年5月1日。不过,"现代女作家书简"所录信件,唯陈衡哲的第一通有完整的时间,为"廿六,八,五",余者或缺年代,或根本不书。因此,这些书简,可能是过往信件的结集。再看称呼语"××先生",从第一种推测出发,或是"雨生",但究竟为何人,暂难考稽。信中的"岂明先生",自是周作人无疑。1923年春,时任燕京大学国文系主任的周作人,曾负责指导燕大女校学生谢婉莹的毕业论文《论元代的戏剧》。从周作人的日记来看,此后师生之间,除书信往来之外,1923年7月31日,"谢女士来访"。所谓"来访",是指冰心去八道湾拜访周作人。1929年10月15日,"午至南大地,吴文藻君及冰心招午餐"。此时,距离二人完婚刚好4个月。1934年7月,周作人在日本探亲时,曾接受井上红梅的采访,否认自己有不少"在文坛上崭露头角的得意门生",认为"来学校听我讲课的人很多,但关系密切的只有两三位",即俞平伯、废名和冰心女士。[3]抗战时期,冰心远走西南,而周作人不久即附敌,两人志趣各异,当已分道扬镳。至于"××特辑",也无从明了。考《风雨谈》,以"特辑"命名者,有第6期(十月号,1943年10月出版)的"翻译特辑",和第12期(创刊周年纪念号,1944年6月10日出版)的"东西文化思想异同特辑",但与书简所述内容似无关联。综上以观,此信件的写作时间,应在战前。

不过,令人困惑的,首先是此信发表的时间。彼时寇焰正炽,大战(豫湘桂会战)在即。其次是发表的方式。如此藏头露尾,一方面有意让人不明就里;另一方面似乎要故意造成冰心与周作人仍有往来的假象。或许这是日伪的一种文化策略,也未可知。

二、《孤鸿(卜算子)》

《万象》第3卷第7期(1944年1月1日出版)有一张插页(第68页),为冰心手书的《孤鸿·卜算子》,署名"谢婉莹"。其文如下:

缺月挂疏桐，漏断人初静。时见幽人独往来，缥缈孤鸿影。
惊起却回头，有恨无人省。拣尽寒枝不肯栖，枫落吴江冷。

此词当是苏轼的《卜算子·缺月挂疏桐》。然与通行的版本相较，异者有三：

首先是题目。偶见题作《卜算子·雁》。不过，现行的各选本，均有一小序"黄州定慧院寓居作"。唐圭璋认为，上片写鸿见人，下片则写人见鸿[4]。人而似鸿，鸿而似人，非鸿非人，亦鸿亦人。诗人本意，乃在托鸿以见人。由此可见，"鸿"实为该词诗眼。冰心如此书写，或许有所本，但以"孤鸿"为题，却具点睛之妙。

其次是"时见幽人独往来"句，今以"谁见幽人独往来"居多。至于"时见"与"谁见"孰优孰劣，本文不作论列。

最后是末句。王世贞《山谷书东坡卜算子词帖》（《弇州山人四部稿》卷一三六）云："词尾'寂寞沙洲冷'，一本作'枫落吴江冷'，'枫落'是崔信余诗语，不如此尾与篇指相应。"[5]"崔信余"，"崔信明"之误。《旧唐书·郑世翼传》载："时崔信明自谓文章独步，多所凌轹。世翼遇诸江中，谓之曰：'尝闻"枫落吴江冷"。'信明欣然示百余篇。世翼览之未终，曰：'所见不如所闻。'投之于江。信明不能对，拥楫而去。"《新唐书·文艺传上·崔信明》亦载："信明蹇亢，以门望自负，尝矜其文，谓过李百药，议者不许。扬州录事参军郑世翼者，亦骜倨，数诮轻忤物，遇信明江中，谓曰：'闻公有"枫落吴江冷"，愿见其余。'信明欣然多出众篇，世翼览未终，曰：'所见不逮所闻。'投诸水，引舟去。"余秋雨在《吴江船》对此句称道说："'枫落吴江冷。'这是谁写的诗句？寥寥五个字，把肃杀晚秋的浸肤冷丽，写得无可匹敌，实在高妙得让人嫉恨。"[6]虽如此，末句作"枫落吴江冷"，更多的可能是出自后人的臆改[7]。

观冰心此柬，字迹秀挺，书写流利。插页曾附图一帧，为明人木刻，作者不详。

三、《清宵之忆——记一个女同学》

《清宵之忆——记一个女同学》，发表于《春秋》1944年第2卷第2期，第13~15页，署名"冰心"。抗战时期的《春秋》杂志，先后有三种。其一，"《春秋》(1938.9)/上海春秋旬刊社编；时事评论刊物/总1"；其二，"《春秋》(1940.2—1942.12)/刘玄一编，重庆春秋社出版；综合性刊物/总1：1—3：9"；其三，"《春秋》(1943.8—1949.3)/上海春秋杂志社编，本刊原名《春秋月报》；综合性文艺刊物/总1：1—6：4"。此处的《春秋》，系第三种，陈蝶衣主编。[8](513)

初见该文，以为是冰心的又一佚作。但究其内容，却是《我的同班》。原文发表于1941年12月25日《星期评论》重庆版第40期，后收入《关于女人》。两文比对，除标题迥异外，余者亦多有出入。

首先是关于作者的署名。《我的同班》最初发表时，署名"男士"，时人莫能辨。1943年3月10日(一说为3月19日)①,《国文杂志》第1卷第4、5期合刊的"范文选读",发表《男士的〈我的同班〉》,由翰先(叶圣陶)讲解。文章开篇即云:"这回选读一篇散文,是从重庆一种叫做《星期评论》的杂志上选来的,那种杂志现在已经停刊了。作者'男士'在那里发表了十来篇散文,总标题是《关于女人》,每篇叙述他所亲近熟悉的一个女人。'男士'当然是笔名,究竟是谁,无法考查。但据'文坛消息家'说,作者便是大家熟悉的冰心女士。从题取笔名的心理着想,也许是真的。现在假定他真,那末,冰心女士的作风改变了,她已经舍弃她的柔细清丽,转向着苍劲朴茂。"[9]其后,真相逐渐大白,至1944年《春秋》再刊此文时,其作者便已径直署作"冰心"。

其次是文字和句读方面。兹就文章最后三段加以比较:

……事变后,我还在北平,心里烦闷得很,到医院里去的时候,L大姐常常深思的皱着眉对我们说:"我呆不下去了。在这里不是'生'着,只是'活'着!我们都走罢,走到自由中国去,大家各尽所能,你用你的一枝笔,我们用我们的一双手,我相信大后方还用得着我们这样的人!"大家都点点头。我说:"你们医生是当今第一等人材,我这拿笔杆的人,做得了什么事?假若当初……"大姐正色拦住我说:"×××,我不许你再说这些无益的话。你自己知道你能做些什么事,学文学的人还要我们来替你打气,真是!"

一年内,我们都悄然的离开了沦陷的故都,我从那时起,便没有看见过我们的L大姐,不过这个可敬的名字,常常在人们口里传说着,说L大姐在西南的一个城市里,换上军装,灰白的头发也已经剪短了。她正在和她的环境,快乐的,不断的奋斗,在蛮烟瘴雨里,她的敏捷矫健的双手,又接下了成千累百的中华民族的孩童。她不但接引他们出世,还指导他们的父母,在有限的食物里,找出无限的滋养料。她正在造就无数的将来的民族斗士!

我希望在不久的将来,我们回到故都重开级会的时候,我能对她说:"L大姐,下一辈子我情愿做一个女人,不过我一定要做像你这样的女人!"

——《我的同班》[10]

……事变后,我还在北平,心里烦闷得很,到医院里去的时候,为大姐

---

① 《国文杂志》第1卷第4、5期合刊未亲见。关于其出版时间,范伯群编《冰心研究资料·冰心研究资料目录索引》(知识产权出版社,2009年)作"1943年3月10日"(第433页);林德冠、章武、王炳根主编《冰心论集(下)·冰心研究资料目录索引》(海峡文艺出版社,2000年)亦作"1943年3月10日"(第426页)。此为一说。解志熙《人与文的成熟——冰心四十年代佚文校读札记》(《鲁迅研究月刊》2010年第1期)第45条注释云:"1943年3月19日"(第93页),此为第二说。

常常深思的皱着眉对我们说："我呆不下去了。在这里不是'生'着，只是'活'着！我们都走吧，走到遥远的地方去，大家各尽所能，你用你一枝笔，我们用我们的一双手。我相信还用得着我们这样的人！"大家都点点头。我说："你们医生是当今第一等人材，我们拿笔杆的人，做得了什么事！假若当初……"*大*姐正色拦住我说："我不许你再说这些无益的话。你自己知道你能做些什么事，学文学的人还要我们来替你打气，真是！"

一年内，我们都悄然的离开了故都。从那时起，我便没有看见过*为*大姐，不过这个可敬的名字常常在人们口里传说，说*为*大姐在某一个城市里，换上了劲装，灰白的头发也已经剪短了。她正在和她的环境，快乐地不断的奋斗，在蛮烟瘴雨里，她的敏捷的双手，又接下了成千累百的中华民族的孩童。她不但接引他们出世，还指导他们的父母，在有限的食物里找出无限的滋养料。

我希望在不久的将来，我们回到故乡重开级会的时候，我能对她说："*为*大姐，下一辈子我情愿做一个女人，不过我一定要做像你这样的女人！"

——《清宵之忆——记一个女同学》[11]

以上段落，凡加着重号者，即两文的不同之处，从中可以看出：在汪伪文艺统制下，言论自由空间的缺失。原文里的"自由中国""大后方""西南""民族斗士"等词，在沦陷区的上海，都变为不宜甚或禁用。再反观文章题目，之所以改作"清宵之忆"，也许就别具深意焉。

四、《建立更生的新文化》

1942年，《和平杂志》①第1卷第6期，为"庆祝兴亚②七七纪念"，发表《建立

---

① 据姚福申、叶翠娣、辛曙民的《汪伪新闻界大事记》（上），至1942年9月8日，汪伪"宣传部驻沪办事处处长冯节发表谈话，宣布取缔上海四种违法刊物：《国民月报》《和平杂志》《大东亚宣传报》《大东亚月报》。这些刊物都带有投机性质，或盗用汪精卫、林柏生名义伪造电文，或擅用汪伪宣传部名义强迫商民登广告或勒索补助金"（《新闻研究资料》总第48辑，中国社会科学出版社，1989年，第191页）。
② "兴亚"为19世纪70年代在日本兴起的一种社会思潮。1880年11月11日，兴亚会成立。由曾根俊虎起草的该会宗旨认"兴亚"为70年代在日本兴起的一种社会思潮。1880年11月11日，兴亚会成立。由曾根俊虎起草的该会宗旨认为，亚洲已成"碧眼人掠夺之地"，白人"无道"，日中"同文同种""辅车相依"，因此，要同心同德，密切合作，振兴亚洲（王屏：《近代日本的亚细亚主义》，商务印书馆，2004年，第57~58页）。1883年1月20日，兴亚会更名为亚细亚协会。1900年并入东亚同文会。抗战时期，日军在所占地区，也曾成立和平兴亚会，一般叫兴亚会，亦称和平会。另外，1938年12月18日，日本内阁又成立兴亚院，负责处理有关中国的政治、经济及文化事务。1939年3月10日，又设兴亚院联络部。北平、张家口、青岛、上海、厦门均有其派出机构，在当地日军最高指挥官领导下，从事对中国的经济、政治、文化的侵略活动。

更生的新文化》一文（第21~25页），作者署名"冰心"。"《和平杂志》（1942.2—1942.7）/上海和平杂志社编；政治刊物/总1:1—6"[8](469)。

文章认为："一个民族的盛衰，不仅系于土地的广大，及人民的众多，优越的文化，往往是决定一个民族盛衰的因素，因为是推进社会的原动力。所以要创造一个新的社会，要建设一个新的国家，均须着手于文化的改造。""但要创造新文化，先要明白文化的发展现状，尤其要明白那些民族发展的文化的特质。"但是，"在目前中国社会中"，"所看到的文化发展现状，主要的有下列几种情形"："一、侵略我民族利益之'白色帝国主义'的资本主义之文化"；"二、危害我民族生命之'共产主义'的赤色文化"；"三、不顾民族生存，专图一己发展之'个人主义'及'个人集团'"；"四、阻碍东亚建设的'乡土观念'，'家族观念'以及一切宗法社会的'封建思想'"；"五、黄老思想的'无政府主义'"；"六、戕贼民族生命力的堕落的，淫荡的，自杀的'颓废文化'"。明白于此，"我们要从和建中创造民族的新生命，首先要创造一个以东亚为本位的更生的新文化"，其主要"原素"包括："以东亚的文明精神"为"最高原则"；"必须具有最勇敢的精神，最伟大的气魄"；"必须具备有最坚强的决心"；"必须有一种坚强的自信"。

观此文大旨，不过是为汪伪的"东亚文化建设"鼓与吹，这与谢冰心的民族立场和文化思想大相径庭，其文风亦迥然有别。如何将此"冰心"与"谢冰心"区别开来，笔者以为，需从两个方面加以考量。首先，民国时期，以"冰心"为名的作者，除谢冰心之外，还有魏冰心、吴冰心、孙冰心、周冰心、朱冰心、范冰心、程冰心、彭冰心、刘冰心等，不一而足，[12]故钩稽冰心佚文时，宜审慎辨之。其次，则可能是伪作。这种情况多有发生，如张恨水在抗战胜利后，从重庆回到北平，"发现沦陷期间有100多部内容荒诞不经、下流无耻的作品，一律盗用张恨水的名字在市面流传"[13]。此文署名"冰心"，难免是要借"谢冰心"的影响，以图淆惑视听，其祸心，或许正与对前面书简的分析相同。

参考文献：

[1]卓如.冰心全集：第十册[M].福州：海峡文艺出版社，2012：432
[2]唐沅，等.中国现代文学期刊目录汇编：第五卷[C].北京：知识产权出版社，2010：3142
[3]颜浩.《语丝》时期的苦雨斋弟子[J].鲁迅研究月刊，2001（12）：64
[4]唐圭璋.唐宋词简释[M].上海：上海古籍出版社，1981：94
[5]曾枣庄.苏东坡词全编（汇评本）[J].成都：四川文艺出版社，2007：108~109
[6]余秋雨.文化苦旅[M].上海：东方出版中心，1992：193
[7]凌郁之.吴江枫叶细，片片报诗成：崔信明"枫落吴江冷"品读[J].古典文学知识，2011（3）：22
[8]丁守和，等.抗战时期期刊介绍[M].北京：社会科学文献出版社，2009
[9]翰先.男士的《我的同班》[J].国文杂志，1943（4/5）：15
[10]男士.关于女人[M].重庆：开明书店，1945：58~59
[11]冰心.清宵之忆：记一个女同学[J].春秋，1944（2）：15
[12]熊飞宇，张丁.冰心在抗战前后的佚文五则考辨[J].云南档案，2011（7）：18
[13]谢蔚明.那些人那些事[M].上海：上海远东出版社，2013：115

第五辑　比较研究

"冰雪聪明"：苏雪林与冰心比较论

陈卓

摘要："五四"时期的苏雪林与冰心齐名，当时有"冰雪聪明"之说。早年的苏雪林与冰心在对自然的皈依、对母爱的宣扬以及散文创作和女性意识上，都表现出很大的相似性。但相近却非相同，她们的思想和创作又呈现出个性化的风貌，表现出"五四人"的特质。

关键词：苏雪林；冰心；比较

谈到20世纪中国文学，女性文学的崛起无疑是极为重要的一页。"五四"新潮澎湃，中国文坛涌现出一大批才华横溢的女作家，冰心与苏雪林就是其中的佼佼者。冰心和苏雪林这两个名字，是和新文学运动初期的历史紧密联结着的。"五四"时期，笔名为"绿漪女士"的苏雪林与冰心齐名，当时有"冰（冰心）雪（雪林）聪明"之说。冰心是我国新文学史上第一位著名的女作家。苏雪林则集作家、教授、学者于一身，她的作品涵盖小说、散文、文艺批评等，在中国古代文学和现代文学研究中成绩卓著。

目前，学术界虽然有一些关于"五四女作家"之间的比较研究。如：冰心与庐隐、丁玲、林徽因之间的比较研究，苏雪林与凌叔华之间的比较研究，等等。但是，由于历史的原因，大陆的苏雪林研究直至20世纪80年代才起步，90年代呈逐渐深入之势。因而，将冰心与同时代女作家作比较的多，而将苏雪林与同时代女作家作比较的少。单独将苏雪林与冰心并列进行比较研究的则更是寥寥无几，且角度不够丰富，多局限在对她们散文创作的比较。基于冰心和苏雪林在我国现代文学史尤其是早期女性文学史上的崇高地位和突出贡献，笔者认为非常有必要对她们的创作与思想进行深入的比较研究。

苏雪林与冰心有很多相似的经历，也有不同的人生遭际。她们都深受"五四"新文化思潮的影响。安徽籍作家苏雪林早年就读于北京高等女子师范国文系，后留学法国；福建籍作家冰心就读于燕京大学，后留学英国。新文化运动给她们的

作者简介：陈卓，女，安徽池州人，安庆师范学院文学院讲师，硕士。（安庆师范学院文学院，安徽 安庆 246133）。

本文原载：《安庆师范学院学报（社会科学版）》2013年6月第32卷第3期。

思想和生活带来了巨大的变化。苏雪林在《己酉自述——从儿时到现在》中说，她因接受了"五四"新文化，而变成了一个新人。冰心在《从"五四"到"四五"》中也说："'五四'运动的一声惊雷把我'震'上了写作的道路。"[1](83)苏雪林与冰心都与宗教结缘。苏雪林留法期间因爱情失意而皈依了天主教；冰心早年就读于美国的教会学校，受基督教教义的影响，潜隐地形成了她的"爱的哲学"，在燕京大学时她还曾受过洗礼。苏雪林与冰心又以勤于笔耕，双双被喻为文坛的常青树。她俩还是文坛老寿星。冰心以99岁的高龄辞世；苏雪林则跨越两个世纪，她活了102岁，是中国现代文坛上最长寿的作家。不过，她们二人的人生轨迹又大相径庭。苏雪林命运多舛，少年时代求学奋斗，青年时代不幸的婚姻，中年在海外漂泊，最后回来又归隐台湾，晚年则过着孤寂的独居生活。相比之下，冰心要幸福快乐得多，冰心晚年回忆说："我比较是没有受过感情上摧残的人。"[1](50)冰心确实是少见的一生平顺安乐的"五四女作家"，儿时有温馨的父母之爱，青年有相知相惜的伴侣，中年有事业与声望，晚年更有儿女绕膝相伴。细细考察，笔者发现苏雪林与冰心同为"五四女作家"，却有太多的相似与不同。本文试从自然爱、母爱、散文创作，女性意识的角度，分析比较这两位著名的"五四"女作家早年在思想和创作上的"同"与"异"。

一、对自然的皈依

苏雪林与冰心都是自然的女儿，她们热爱大自然、亲近大自然、赞美大自然。她们的笔下时时流露出对大自然深深的爱意与眷恋。苏雪林少年时代生活在风景秀丽的皖南山村，奇峰奇云的山，澄碧清澈的水，使她强烈地倾心于大自然的恬静幽美。苏雪林在散文《我们的秋天》中写出了自己热爱大自然的秉性："我所禀受的蛮性，或者比较的深，而且从小在乡村长大，对于田家风味，分外系恋。我爱于听见母鸡阁阁叫时，赶去拾她的卵；我爱从沙土里拔起一个一个的大萝卜，到清水溪中洗净，兜着回家；我爱亲手掘起肥大的白菜，放在瓦钵里煮。虽然不会挤牛乳，但喜欢农妇当着我的面挤，并非怕她背后掺水，只是爱听那迸射在白铁桶的嗤嗤的响声，觉得比雨打枯荷，更清爽可耳。"[2](247)《绿天》中她迫不及待地宣告："西简先生的小羊已经厌倦了栅和圈，它要毅然投向大自然的怀抱里去了！"[2](222)一株老树，一片落叶，一沟溪水，一道残阳，在深爱大自然的苏雪林眼中充满了诗意美。苏雪林又是位画家，她笔下的自然富有色彩感，真可谓是诗情画意的文字。《鸽儿的通信》中写秋雨过后溪水的美，"几番秋雨之后，溪水涨了几篙子，早凋的梧楸，飞尽了翠叶，黄金色的晓霞，从权桠树隙里，泻入溪中，深靛的波面，便泛出彩虹似的光"[2](230)。《我们的秋天》中写刚采摘下来的扁豆富有层次的色泽美，"寻常只知豆荚的颜色是绿的，谁知这绿色也大有深浅，荚之上端是浓绿，渐融化为淡青，更抹上一层薄紫，便觉润泽如玉，鲜明如宝石"[2](246)。方英在《绿漪论》中说苏雪林的著作里"关于自然描写最多，而技术的成就特好，这一点也足证明她的'醉心自然'"[3](395)。苏雪林爱山，奇美绝俗的黄山风景最令苏雪林倾倒，她在《黄海游踪》中写道："黄山是我们安徽省的大山，也可说是全中国罕有的一处风景幽胜之境……我觉得黄山确太美了，前人曾说黄山的一峰便足抵五岳中之一岳，这话或稍失之夸诞，但它却把天下名山胜境浓缩为一，五步一楼，十步一阁，盘旋曲折，愈入愈奇，好像造物主匠心独运结撰出来的文章，不由你不拍案叫绝。"[4](174)苏雪林是黄山人，她对黄山情有独钟，最后以百寿之龄，在离开故乡半个多世纪后，重回故土，让子孙们用轿子抬着登上了魂牵梦萦的黄山之巅，再次"饱览世间罕有的美景"。

"五四"时期步入文坛的冰心，以宣扬"爱的哲学"而著称。冰心"爱的哲学"的主要内容是"母爱、儿童爱，自然爱"。冰心说："我们都是自然的婴儿，卧在宇宙的摇篮里。"[5](232)冰心热爱大自然，炙热的骄阳，皎洁的月光，闪烁的群星，飘浮的白云，巍峨的山峰，奔腾的江河，葱绿的丛林……大自然的一切在冰心笔下是灵动的，是有生命的。冰心尤其爱海，她自称是"海的女儿"。冰心的父亲是前清海军军官，她在烟台海滨长大，喜欢大海和星星，"她毫不怀疑大海与星星是一个仁慈的宇宙存在的明证，就如她毫不怀疑她母亲与兄弟的爱一样"[6](53)。大海陶冶了冰心的性情，开阔了她的心胸，面对浩渺的大海，她总是心潮澎湃，情思飞扬。《繁星·七五》："父亲呵！出来坐在月明里，我要听你说你的海。"[5](243)《繁星·一三一》："大海呵！哪一颗星没有光？哪一朵花没有香？哪一次我的思潮里，没有你波涛的清响？"[5](255)《繁星·二八》："故乡的海波呵！你那飞溅的浪花，从前怎样一滴一滴的敲我的盘石，现在也怎样一滴一滴的敲我的心弦。"[5](234)冰心对海一往情深，她的作品常以海作为背景，写海的地方也都成了好文字。

尽管苏雪林爱山而冰心乐水，但她们都一致认为大自然的美，是普遍的，是永久的，都乐于徜徉在自然山水之中远离尘嚣。苏雪林在《绿天》中说："耳畔不再听见喧闹的车马声，于愿已足，住宅就说狭小一点，外边旷阔清美的景物，是可以补偿这个缺点的。"[2](222)冰心也说："一到野外，就如同回到了故乡，我不喜欢城居，怕应酬，我没有城市的嗜好。"[1](39)对生活的热爱，对自然的皈依与礼赞，苏雪林与冰心表现出极大的相似性。

二、对母爱的宣扬

母爱是世间最伟大的力量，对母爱的歌颂是文学的一个永恒主题。苏雪林与冰心从小都得到了丰厚的母爱，她们心目中的母亲也是相似的形象——圣母。在苏雪林与冰心的笔下，讴歌伟大而崇高的母爱成为共同的主题。

苏雪林的母亲杜浣青温顺贤孝，富有奉献牺牲精神。苏雪林著名的自传体小说《棘心》就是献给母亲的颂歌。小说中的主人公杜醒秋身上明显留有苏雪林早年身世经历和思想情感的影子。《棘心》取名于《诗经·凯风》之"棘心夭夭，母氏劬劳"[2](2)。苏雪林在《棘心》的题记中写道："我以我的血和泪，刻骨的疚心，永久的哀慕，写成这部书，纪念我最爱的母亲。"[2](2)在《棘心·自序》中苏雪林更是坦白地说："本书真正的主题，杜醒秋的故事尚居其次，首要的实为一位贤孝妇女典型的介绍，这位妇女便是醒秋的母亲杜老夫人。"[2](6)在苏雪林心中，她的母亲虽是旧式妇女，但人格却是完美、纯粹的。苏雪林说："'德行'便是'牺牲'的代词。德行的外表随时代环境而变迁，德行的意义则亘古不变。"[2](6)所以她抱着莫大的虔敬之情在《棘心》中极力赞美她母亲的化身——"一代完人"杜老夫人。小说围绕母亲而展开，以"母亲的南旋"开头，以母亲的离世结束。苏雪林用凄婉的笔调回忆了母亲的一生以及发生在母女间的无数往事。如：母亲自嫁入杜家就受尽了"封建家长"祖母的压迫，母亲顶住亲友压力支持女儿外出读书，暑假女儿回"岭下"老家和母亲一起避暑，女儿留法归来最终顺从母意完婚等。小说以叙事为主，而在最后一章《一封信》中，母亲的去世引发女儿极大的悲恸，常年来积蓄的对母亲强烈的爱，在此得到了一次集中的喷发："只要母亲在那里，便隔着大火聚，大冰山，或连天飞着炮火，我也要冲过去，投到母亲的怀里！"[2](205)"海上有一种鸟，诗人缪塞曾做诗赞美过，那鸟的名字我忘记了。这鸟性情最慈祥，雏鸟无所得食，它呕血喂它们，甚至啄破了自己的胸膛，扯下心肝喂它们。我母亲便是这鸟，我们喝干了她的血，又吞了她的心肝。"[2](211)母亲美好的德行深深地感染打动着苏雪林，也潜移默化地成为苏雪林塑造自我的精神参照。

"有了爱就有了一切！"是冰心的名言。母爱是冰心"爱的哲学"的根本出发点。冰心在《〈寄小读者〉四版自序》中说："这书中的对象，是我挚爱恩慈的母亲。她是最初也是最后我所恋慕的一个人。我提笔的时候，总有她的颦眉或笑脸涌现在我的眼前。她的爱，使我由生中求死——要担负别人的痛苦；使我由死中求生——要忘记自己的痛苦。"[1](117)冰心认为母爱是孕育万物的源泉，她把母爱视为最崇高、最美好的情感，反复加以歌颂。她写母亲对儿女伟大、无私的爱，也写儿女对母亲诚挚、感恩的心。《纸船——寄母亲》是冰心1923年去英国留学途中在海船上写给母亲的诗，诗中借叠纸船嬉水这种孩提时常玩的游戏，遥寄对母亲的依依不舍之情。《繁星·三三》再次抒发女儿对慈母的眷恋："母亲呵！撇开你的忧愁，容我沉酣在你的怀里，只有你是我灵魂的安顿。"[5](235)《繁星·七一》又是一曲情感诚挚的母爱颂歌："这些事，是永不漫灭的回忆。月明的园中，藤萝的叶下，母亲的膝上。"[5](243)冰心的"问题小说"也以歌颂母爱为主题，《超人》《悟》是冰心颂扬母爱的名篇。《超人》中的青年何彬，开始沉溺于尼采的超人哲学，认为"爱与怜悯都是恶"，但当他连续几夜听到楼下孩子痛苦的呻吟声时，"爱"的本能被唤醒。小说中四处写到他梦见了"慈爱的母亲、天上的繁星，院子里的花"，在母爱、童心、自然的呼唤下，他转而虔信"世界上的母亲和母亲都是好朋友，世界上的儿子和儿子也都是好朋友，都是互相牵连，不是互相遗弃的"[5](30)。

《悟》中冰心更是把母爱宣扬到了"神圣无边"的程度,热烈赞美,"茫茫的大地上,岂止人类有母亲?凡一切有知有情,无不有母亲。有了母亲,世上便随处种下了爱的种子"。冰心早期的作品多半在歌颂伟大的母爱,阿英在《谢冰心》中说"她始终的认定母亲是人类的'灵魂的安顿'的所在地,母亲的爱如那'春光',母亲的爱能解决人间的一切的艰难纠纷而有余"[1](186)。

"五四"时期,苏雪林与冰心都以宣扬母爱闻名,阿英曾说"对于自然的倾爱,和谢冰心到同样的程度,而对母爱的热烈也复相等的,在小品文作家之中,只有苏绿漪(雪林)可以比拟"[1](178)。但是,她们二人对母爱的书写方式却不尽相同:苏雪林的书写基本上是叙述式的,诉说母亲的事迹与美德,且多用小说和散文的方式呈现,基本是写实的。而冰心对母爱的书写则是浪漫诗意的,多用小诗的方式呈现,即使在小说中宣扬母爱,母爱也是抽象的。

三、清隽秀美的散文文笔

苏雪林与冰心同为我国现代美文的最初奠基人之一。她们以女作家特有的慧心去体悟自然人生,写景抒情。她们的散文是爱与美的咏叹,总体风格清隽秀美。

苏雪林早期散文成就颇高,方英曾说"苏绿漪是女性作家中的最优秀的散文作者"[3](398),她的散文有着"细腻,温柔,幽丽,秀韵"[3](398)的特点。在苏雪林早年的散文集《绿天》中,她用清新秀美的文笔抒写了诗一般的爱情生活和对大自然浓浓的爱意,是公认的"五四"美文。其中《绿天》《鸽儿的通信》《我们的秋天》《秃的梧桐》是现代散文名篇。《绿天》通过对一位婚后女青年生活的诗意描写,给我们展现了一幅诗画相融的轴卷:"春风带了新绿来,阳光又抱着树枝接吻,老树的心也温柔了。她抛开了那些顽皮讨厌的云儿,也来和自然嬉戏了。"[2](224)《鸽儿的通信》中对溪水的描写历来为人称道,"于是水开始娇嗔起来了,她拼命向石头冲突过去,意欲夺路而过。冲突激烈时,她的浅碧色衣裳袒开了,露出雪白的胸臂,肺叶收放,呼吸极其急促,发出怒吼的声音来,缕缕银丝头发,四散飞起"[2](231)。字里行间透露出作者热爱自然,崇尚自由的个性,文笔潇洒俊逸。《秃的梧桐》则通过梧桐树顽强的生命力,奏出了一曲高扬奋斗搏击的强者生命之歌,"明年春天仍有蚂蚁和风呢!但是,我知道有落在土里的桐子"[2](258)。坚持必有回声,这是对顽强生命力的礼赞。苏雪林柔中带刚,纤笔中透出力量,不过这力量是深蕴于内的,而且调子是平静的。

冰心的散文取得了比其小说和诗歌更高的成就。冰心自己曾说:"散文是我最喜欢的文学形式","我知道我的笔力,宜散文而不宜诗"。柔美细腻的笔调、委婉含蓄的手法和清新明丽的语言,构成了冰心散文的基本风格。冰心的散文特别是写于20世纪20年代的抒情散文成就最高。她的散文名篇有《笑》《山中杂记》《往事》等。冰心这一时期的散文大部分写于国外,中国传统文化的熏陶,故乡的山水，异国的留学生活，"助长了她的诗思，美化了她的文体"。这一时期，冰心"情绪多于文字"，以清隽的文笔和温暖的柔情诉说着对祖国、对故乡的爱和对亲情的眷恋。冰心散文在当时被称为有魔力的"冰心体"，风靡一时，引起了很多青年的共鸣与模仿。所谓"冰心体"散文，是以行云流水般的文字，说心中要说的话，"满蕴着温柔，微带着忧愁"，显现出清丽的风致。《往事（二）》（三）中的文字尤其美丽，"流动的光辉之中，一切都失了正色：松林是一片浓黑的，天空是莹白的，无边的雪地，竟是浅蓝色的了。这三色衬成的宇宙，充满了凝静，超逸与庄严；中间流溢着满空幽哀的神意，一切言词文字都丧失了，几乎不容凝视，不容把握"[5](82)！林中月下青山的美景是说不完的，而冰心却只抓住流动的光辉映照下的松林、天空、雪地所呈现出的不同色彩，来凸显宇宙的凝静，超逸与庄严，她文笔的清新脱俗可见一斑。"冰心体"的语言，典雅秀逸、清丽淡远。她将白话、文言与西文完美调和，散文的句式既有文言的典雅凝练，又有"欧化"的灵活流动。郁达夫在《中国新文学大系·散文二集·导言》中给予冰心散文至高的评价，他说："冰心女士散文的 清丽，文字的典雅，思想的纯洁，在中国好算是独一无二的作家了。"[1](360)

苏雪林与冰心同为"五四"散文名家，学界对她们二人散文的评价历来很高。她们早年的散文风格很相近，有"闺秀派"的作风，语言清隽秀美，笔调细腻温柔，有空灵飘逸的氛围，富有诗情画意，是"五四"女性散文的典型。但与苏雪林的散文相比，冰心的散文名气和影响都更大。阿英在20世纪30年代写的《〈谢冰心小品〉序》中说："一直到现在，从许多青年的作品中，我们还可以看到这种'冰心体'的文章，在当时，是更不必说了。青年的读者，有不受鲁迅影响的，可是，不受冰心文字影响的，那是很少，虽然从创作的伟大性及其成功方面看，鲁迅远超过冰心。"[1](358)从语言风格上看，冰心的文字比苏雪林的更淡远些，她往往是用秀笔着淡色。赵景深在《苏雪林和她的创作》中曾对她们二人的文字做过比较，他说苏雪林的"文辞的美妙，色泽的鲜丽，是有目共赏的，不像志摩那样的浓，也不像冰心那样的淡，她是介乎两者之间而偏于志摩的"[3](404)。

四、新旧杂糅的女性意识

所谓女性意识，是指女性对自身作为人，尤其是女人的价值的体验和醒悟。"五四"新文化运动的一大贡献就是妇女的解放，女性意识的集体觉醒。"五四"运动带来的巨大冲击，使处于新旧交替时代的现代知识女性有了与传统女性迥然不同的女性观。就20世纪二三十年代中国女作家的女性意识而言，庐隐和丁玲勇敢地与传统决裂，追求恋爱婚姻的自由自主，无疑是"五四"女性意识觉醒的急先锋。苏雪林与冰心的女性意识虽不如庐隐、丁玲般激烈，但她们二人的女性意识也与传统的女性观大为不同，呈现出一种新旧杂糅的复杂状态。细细分辨，苏雪林与冰心的女性意识还是有差异的：苏雪林趋于保守，而冰心较为温婉。

苏雪林出生于皖南山村一个封建小官吏的家庭，早年封建家庭和保守的环境影响了她的一生。苏雪林后来虽然成了"五四"新女性，却是个思想维新、行为守旧的另类。苏雪林的婚事是家庭包办的，她与夫婿张宝龄婚前谈不上有什么爱情，虽有书信来往，但彼此志趣、性格的差异，使她十分矛盾和痛苦。苏雪林渴望"灵与肉"结合的现代爱情，但因为对母亲的爱，她不愿意在婚姻问题上伤害母亲，最终牺牲自己的追求服从了母亲的意愿，接受了封建包办婚姻。方英对苏雪林这种新旧杂糅的女性意识，曾有过准确的评价，她说"苏绿漪所表现的女性的姿态，并不是一个新姿态——五四运动当时的最进步的资产阶级的女性的姿态。在苏绿漪笔下所展开的姿态，只是刚从封建社会里解放下来，才获得资产阶级意识，封建势力仍然相当的占有着她的伤感主义的女性的姿态"[3](398)。苏雪林对自己保守的女性观有着清醒的意识和批判，但她却宁愿不幸福、不自由，至死守着那份死亡的婚姻，这也许是苏雪林的偏执，也是人性的复杂吧。

冰心反对封建礼教，但她个性淑婉，提出了与丁玲等"叛女"不同的温婉的女性观——新"淑女"型或称作"新贤妻良母"的女性观。冰心在小说集《关于女人》中说："关于妇女运动的各种标语，我都同意，只有看到或听到'打倒贤妻良母'的口号时，我总觉得有点逆耳刺眼。"[5](136)新思想与旧道德兼备的"新淑女"是冰心的女性观的内涵与标准。冰心的丈夫吴文藻曾说冰心是一位"新思想与旧道德兼备的完人"。冰心的"新贤妻良母"型的女性观是西方现代民主平等思想和中国传统文化共同作用的产物。这种具有"中和之美"的女性观既不完全现代，也不完全传统，因为它既有新观念，又保留了传统妇德中某些美好的成分，是一种东方人普遍认同的稳健而理性的女性观。冰心笔下的女性也多为这种"新贤妻良母"型的女性。1919年，她以冰心为笔名发表的第一篇小说《两个家庭》中的女主人公亚茜，贤惠能干，家政安排得井井有条，自己教孩子读书识字，还忙着和丈夫一同译书，这是冰心塑造的"新贤妻良母"型女性的雏形。冰心在20世纪40年代创作的小说集《关于女人》中塑造的女性形象也基本属于"新贤妻良母"型。如《我的母亲》中的母亲，"有现代的头脑，稳静公平的接受现代的一切。她热烈的爱着'家'，以为一个美好的家庭，乃是一切幸福和力量的根源"[5](135)。还有《我的同学》中的C女士，《我的朋友的太太》中的L太太，《我的学生》中的S等。冰心笔下"新贤妻良母"型的女性形象得到了中国读者的广泛认可和赞赏，也成了冰心自己的人格模式。

苏雪林与冰心作为"五四"新人，在思想上无疑是反封建的，但她们的女性意识却偏于中庸保守，表现出对传统女性观中美好成分（贤孝、谦退、忍耐、坚苦……）的认同，对完全"西式"女性观的理性思考。这种区别于同时期其他知识女性的女性观，既留下了她们各自家庭、个人经历和性格志趣的印记，又打上了"五四"时代的烙印——不盲从于时代，坚持个人独立的思考和行为方式，这是

"五四人"特质的表现。

总之，苏雪林与冰心同为"五四"新文化运动以来文坛取得最辉煌成就者之一，又同是我国现代女性文学的拓荒者，她们对我国现代文学尤其是女性文学的发展做出了杰出的贡献。苏雪林与冰心的比较研究，将有助于加深我们对"五四女作家"的认识，也有助于进一步走进苏雪林与冰心个性化的文学世界。

参考文献：

[1]范伯群.冰心研究资料[M].北京：知识产权出版社，2009
[2]沈晖.苏雪林文集：第一卷[M].合肥：安徽文艺出版社，1996
[3]沈晖.苏雪林文集：第四卷[M].合肥：安徽文艺出版社，1996
[4]苏雪林.浮生十记[M].南京：江苏文艺出版社，2005
[5]冰心.冰心精选集[M].北京：北京燕山出版社，2005
[6]夏志清.中国现代小说史[M].上海：复旦大学出版社，2005

"沙龙"式小说在叙述上的差异
——以《猫》和《我们太太的客厅》为例

程霏

摘要：冰心的《我们太太的客厅》和钱锺书的《猫》是两篇"沙龙"式小说，他们在叙述相同主题时存在了很大的差异，冰心注重环境和人物外貌描写，并聚焦于一个主人公。钱锺书注重心理描写和讽刺艺术，并擅于人像展览。造成这些差异的原因有很多，如作家的创作风格不同和性别差异造成的影响等。

关键词：沙龙式小说；《我们太太的客厅》；《猫》；叙述差异

"沙龙"是法语Salon音译过来的，在法语中是"会客室""客厅"之意，后指上层社会中谈论文学、艺术或政治问题的社交集会。"沙龙"式小说是指以社交集会为线索，围绕"沙龙"女主人和"沙龙"成员展开故事情节的小说。"沙龙"作为一种社交方式很早就传到了中国，20世纪的二三十年代，中国有过一个非常著名的"沙龙"，其女主人就是民国才女林徽因。很巧的是，钱锺书的《猫》和冰心的《我们太太的客厅》都被认为有讽刺林徽因之嫌，但是本文所要讨论的中心不是其内容上的讽喻，而是他们在叙述相同主题时表现出的极大的差异性及造成差异的原因。

一、叙事差异之表现

美丽的女主人是"沙龙"不可或缺的，冰心《我们太太的客厅》中的"我们太太"和钱锺书《猫》中的爱默就是典型的代表。除了女主人，两位作家笔下的"沙龙"聚集的都是当时当地的精英。在主角设置上，两位作家出现了分歧，《我们太太的客厅》中的"我们太太"是"沙龙"绝对的主角，冰心用了很多的文笔来描写她。她的身影，她的脚步，她的衣着，她的头发，她的配饰，她的神情，甚至于她的淡淡的黑眼圈、不似照片上丰满的脸庞和不那般软款的腰肢都被很细腻地描

作者简介：程霏（1989— ），女，安徽宣城人，安徽省合肥市安徽大学中国现当代文学研究生，研究方向：现当代文学。
本文原载：《柳州职业技术学院学报》2012年8月第12卷第4期。

绘出来。冰心笔下的"我们太太"对自己外貌的满意程度达到了自恋的地步，以至于客厅墙上疏疏落落挂着的几个镜框子里大多数都是她的画像和照片。"我们太太"自己也有着非常强烈的主角意识，她习惯了做舞台中心的人物，就连她最爱的独女彬彬也只能处在配角的地位，更别提都没资格和她站在一起照相的"我们先生"了。"我们太太"是"沙龙"的主办者，也是话题的引导者，因此，在介绍"沙龙"成员时，冰心也从未疏忽过她，俨然她是一切的中心。《猫》中的爱默绝对算不上是"沙龙"中的唯一主角，文中的其他人物，如丈夫李建侯、书记齐颐谷、沙龙的另外8位成员甚至小猫淘气都被刻画得深刻又生动。钱锺书没有像冰心那样专门而又细致地介绍爱默，而是通过描写猫的淘气行为引出宠爱它的主人爱默，随后又在介绍丈夫李建侯和沙龙其他成员时穿插对爱默的描写，虽然小说中所要表现的一群人是以她为轴心安排设计的，但是每个人物在钱锺书的笔下都非常生动。

夏志清在《中国现代小说史》中说，钱锺书小说的两大特色——讽刺知识分子、心理描写——在《猫》这故事里是显而易见的[1]。读《猫》，我们会被钱锺书随时随地随心所欲的讽刺和细腻的心理描写所折服。相比较而言，冰心的文章情节性不强，趋向诗化和写意。处理《我们太太的客厅》这篇文章时，她将重点放在了"沙龙"的环境描写和人物的外貌描写上。她的笔下也有讽刺，但似乎作者讽刺的焦点集中到"我们太太"一人身上，并且是用一种相对温和的笔调。

钱锺书深入地刻画了"沙龙"众生相。这里有享受虚荣和暧昧的李太太爱默，她从美国人办的时髦女校毕业，本来是毛得撩人、刺人的毛丫头，经过"二毛子"的训练，她不但不服从丈夫，而且丈夫一个人来侍候她，她还嫌不够。办茶会是她生活中的重要内容，她享受着男人们众星捧月般的恭维，以满足她浅薄的虚荣心；这里有夸夸其谈的政论家马用中，他每天在《政论报》上发表社评，以"预言家"自居，好像国际或国内发生的政治变动，都在他的意料之中；这里有专写小品并自诩为李白的袁友春，可"看他的文章，就像鸦片瘾来，直打呵欠，又像服了麻醉剂似的，只想瞌睡"；这里有亲日派陆伯麟，"中国人抱了偏见，瞧不起模仿西洋的近代日本，他就提倡模仿中国的古代日本"，他主张做人做文都该有风趣，可惜他写的又像中文又像日文的"大东亚文"，显不出他的风趣来，因此有名地"耐人寻味"；这里有于国无益的空谈家郑须溪，"他立志要做个'全人'，抱有知识上的帝国主义，把人生各方面的学问都霸占着算自己的领土"，实际上却知识贫乏；这里有认为发现一个误字的价值并不亚于哥伦布发现新大陆的学术机关主任赵玉山；这里有自称无产阶级的陈侠君，此君虽然在法国学过画，可他家有遗产，不必靠画为生，是个不务正业的公子哥，他懒得什么事都不干，人家以为他上了劲什么事都能干，他也成了名流；这里还有擅长睨视和蔑视的"批评家"傅聚卿等。

《猫》这篇小说有非常多的心理描写，其中对书记齐颐谷的心理描写最为精彩。李建侯邀请齐颐谷参加茶会，并嘱咐他如果自己没有回来的话，就让老白领他进去。齐颐谷很希望接触那些名流，却又怕他们瞧不起自己，于是，他在由谁带自己进去这个问题上纠结了很久。"最好是由建侯带领进去，羞怯还好像有个缓冲；如果请老白领路，一无保障地进客厅，那就窘了。万一建侯不来，非叫到老白不可，问题就多了！假使准时进去，旁的客人都没到，女主人定要冷笑，吃东西时的早到和迟退，需要打仗时抢先和断后那样的勇气，自己不敢冒这个险。假如客人都来了，自己后去，众目所注，更受不了。想来想去，只有一个办法，四时半左右，积伶着耳朵听门铃响。老白引客人到客厅，得经过书房。第一个客人来，自己就紧跟着进去；女主人和客人都忙着彼此应酬，自己不致在他们注意焦点下局促不安。"通过这段心理描写，我们可以看出钱锺书揣摩人物心理功力的高深以及塑造人物性格笔力的老到。

　　冰心《我们太太的客厅》也有讽刺，但更多的是针对"我们太太"一人。文章清晰地描述了沙龙的格局和布置，从布置的格调、挂在墙上的画像和照片以及矮书架子上的小本外国诗文集可以看出"我们太太"的讲究、自恋和自以为是。文章接下来有众多人物出场，冰心在描写这些人物的过程中无时无刻不忘讽刺"我们太太"。Daisy的出场讽刺了"我们太太"是个光喊口号却不落实行动的伪进步知识分子；女儿彬彬的出场讽刺了"我们太太"习惯做主角的性格特征，连最爱的女儿也只能给她做配角；科学家陶先生的出场讽刺了"我们太太"喜欢享受他人仰视和爱慕的虚荣心理；袁小姐和露西的出场讽刺了"我们太太"容不下其他优秀女人的小气作风；还有诗人、文学教授、哲学家等人物的出场，都在不同角度上讽刺了"我们太太"性格上的缺陷。

　　《我们太太的客厅》没有花很多的笔墨在心理描写上，而是着重描写了"沙龙"的环境和人物的外貌。冰心非常善于描写服饰、发型和神情。她写"我们太太"，是"浅绿色素绉绸的长夹衣，沿着三道一分半宽的墨绿色缎边，翡翠扣子，下面是肉色袜子，黄麂皮高跟鞋。头发从额中软软的分开，半掩着耳轮，轻轻的拢到颈后，挽着一个椎结"，"脸上是午睡乍醒的完满欣悦的神情，眼波欲滴"；写Daisy，是"黑皮高跟鞋，黑丝袜子，身上是黑绸子衣裙，硬白的领和袖，前襟系着雪白的围裙，剪的崭齐的又黑又厚的头发，低眉垂目的"；写露西，是"发光的金黄的卷发，短短的堆在耳边，颈际，深棕色的小呢帽子，一瓣西瓜皮似的歪歪地扣在发上。身上脚上是一色的浅棕色的衣裳鞋袜。左臂弯里挂着一件深棕色的春大衣，右手带着浅棕色的皮手套，拿着一只深棕色的大皮夹子。一身的春意，一脸的笑容，深蓝色眼里发出媚艳的光，左颊上有一个很深的笑涡"。她的描写很符合人物的身份和性格，有种浑然一体的感觉。

二、叙事差异之原因

对同一题材的不同处理，不仅是因为作家个体在叙述风格上各有特点，而且也存在着性别角度的差异。

读冰心的小说，我们很难说是被"曲折离奇"的情节所吸引，真正让我们喜爱的原因是她的小说在运用语言描写时，趋向"诗化"和"写意"，有着散文和诗的意境，很有情调，这也是部分五四作家共同的追求。郁达夫就说过："历来我持以批评作品的好坏的标准，是'情调'两个字。"[2] 包括冰心在内的好多五四作家的作品都具有浓厚的抒情气息，他们注重渲染和描写。就拿《我们太太的客厅》这篇文章来说，没有很强的故事性，就如同小说的题目，写的只是发生在我们太太的客厅中的一次聚会，茶会成员一一登场之后，茶会也就结束了，文章也随即结束。冰心追求的是情调，因此，她致力于"用诗的笔法写小说"[3]。文章中大段的环境描写和人物形象描写均用优美而清新的语言加以表述，给人一种淡淡的舒适感。

冰心以写爱的哲学著称，讽刺不是她的专长。《我们太太的客厅》是冰心创作中少有的具有讽刺意味的作品。冰心笔下的讽刺有其独特的特点，首先，她将讽刺的目标聚焦在"我们太太"一人身上，这可能是由她初涉讽刺题材的拘束感所致。其次，她这篇具有讽刺意味的文章也在最大限度上保留了她诗意的笔触，她在典雅而倩丽的文字中达到了讽刺的效果，让人唇齿留香的同时感受到深深的讽刺内涵。最后，这篇小说没有戏剧化的情节，在环境描写和人物描写中完成了讽刺，这是对作者很大的考验，显然，冰心做到了。

钱锺书的代表作《围城》被夏志清称作中国近代文学中最有趣和最用心经营的小说，可能亦是最伟大的一部[1]。《围城》最精彩的就是讽刺艺术和心理描写，不只是《围城》，钱锺书的短篇小说集《人·兽·鬼》也表现了他讽刺艺术的高深和心理描写的精湛。《猫》这篇沙龙背景的小说，在多个人物的依次出场中完成了细腻的心理描写。作者关注人物之间的关系，并注意他们对待事物的态度，通过他们的语言和行动来捕捉他们的心绪和心态，从而完成微妙的心理描写。最直接的方法是心态描写。作者站在人物心灵的最深处来诉说人物的心理活动，直观地表现人物内心的矛盾和斗争。如齐颐谷在由谁领他进去参加茶会这个问题上的大段心理描写，刻画出了一个敏感、自卑的小书记形象。其次是言传心声。清代李渔在《闲情偶寄》中写道："言者，心之声也，欲代此一人立言，先宜代此一人立心。"作者对人物心理的描写，很多地方是借助对人物的语言描写来实现的。比如政论家马用中，说话大声且爱夸夸其谈，表现了他目空一切的骄傲心理；又如某学术机关主任赵玉山，他常宣称："发现一个误字的价值并不亚于哥伦布的发现新大陆。"表现了他咬文嚼字的老学究心态。最后是形传心声。正如意大利画家达·芬奇所说："一个人有时生气，有时专心，有时好奇，有时爱，有时恨，有时蔑视，有时高傲，有时叹赏；他心灵的每个活动都表现在他的脸上，既清楚又明显。"因此，钱锺书在很多地方都是借助人物肖像的描写来表达人物瞬息万变的心理活动。比如自小眼睛有斜睨倾向的傅聚卿，在读到骂《冷眼旁观报》编者爱迪生的名句，说他擅长睨视和藐视，激动得像热锅上的蚂蚁。从此，他的一举一动，都和眼睛的风度调和配合。表现出了傅聚卿的自以为是，轻视一切的心理特点。

性别对作家创作的影响很大，作品在很大程度上都会打上浓厚的性别烙印。五四运动之后，自由、平等的观念逐渐深入人心，女性意识也随之觉醒和萌发。"女性意识就是女性对自己作为人的价值的体验和醒悟，这只有女性自己拿起笔来'我手写我心'才成。"[4]五四新文化运动中，冰心、庐隐、凌叔华、冯沅君等女作家纷纷登上文坛发表作品，她们从女性的视角出发，表现女性的生存状态和心理困境。女性成为她们小说的主角，强烈的女性意识肆意地挥洒在她们的文章之中。因此，我们不难理解《我们太太的客厅》中"我们太太"的绝对主角地位，虽然有着讽刺意味，但是不能否认冰心成功地刻画了一个"沙龙"女主人的生活常态。男性中心主义一直贯穿在钱锺书的小说创作中，这种在创作中不自觉流露的男权观念在《围城》中发展到极致，《围城》的主人公是方鸿渐，围绕在她身边的女人有鲍小姐、苏小姐、孙小姐、唐小姐、刘小姐，从这里我们可以看出钱锺书男性中心化的叙事立场。因此，我们也可以理解《猫》中主角多元化的特点，作者将写作重点放在了爱默和李建侯的婚姻关系以及"沙龙"中形形色色的男人身上。

男性作家在处理作品时是理性的，女性作家则不同，她们往往感性多于理性。关于这点，我们可以从两位作家对"沙龙"女主人选择回归家庭的处理上来分析。《我们太太的客厅》里的"我们太太"听说"我们先生"因为她不舒服，所以拒绝了到六国饭店去看西班牙跳舞的邀约后，已经打扮完毕的她就毅然决定不和诗人去看戏了，而是陪着"我们先生"守着炉火坐坐。虽然她在这之前因为露西的威胁已感到自己的年华已逝，但是她这个回归家庭的举动还是突然的，是被先生感动后所做的一个感性决定。《猫》中虽然没有明确地表示爱默会回归家庭，但从发现侯建出轨之后的反应我们可以做出判断。她后悔大过生气，她意识到自己老了，风头、地位、排场都不再重要了，她需要一个稳定的家庭。如果，建侯回来的话，她一定会和他好好生活下去的。这是爱默在经过理性思考后的决定。造成叙事差异的原因有很多，有性别的因素，有文风的不同，有时代的差距等。重要的是鉴赏态度，在鉴赏作品时，应该综合分析作者的性别、经历、时代、文风等各种因素，以期更为准确地把握住作者所要传达的信息，更全面地理解文章所具有的内涵。

参考文献：

[1]夏志清.中国现代小说史[M].台北：传记文学出版社，1979
[2]郁达夫.我承认是"失败"了[C]//陈平原.中国小说叙事模式的转变.上海：上民出版社，1988：131
[3]程心屏.冰心小说艺术初探[J].新疆师范大学学报，1984（2）：57
[4]刘思谦."娜拉"言说：中国现代女作家心路历程[M].开封：河南大学出版社，2007：16

论冰心与铁凝的母亲形象书写

李芳菲

内容摘要："母亲"这一形象在很长一段历史时期内都被男权话语禁锢在道德圣坛之上，而冰心作品中的"颂母"模式则使"母亲"回归于自然的人性，铁凝更是反叛传统通过严厉的"审母"关怀女性灵魂与精神成长。从"颂母"到"审母"是女性意识走向自觉并不断成熟发展的文学映照，本文以冰心与铁凝为例分析两种不同的母亲形象书写并探究其文化蕴含。

关键词：颂母；审母；母亲形象

纵观古今源远流长的文化历史长河，"母亲"及"母爱"始终是经久不衰的文学创作重要母题，勤劳俭朴、无私奉献、善良慈爱等人格特征被普遍赋予到母亲这一形象上，尤其在传统男权话语中，母亲的道德完美性被着重强调，母亲身上的奉献精神得到推崇与极度扩张，甚至于走上了父权话语系统的道德圣坛。在此背景下，"母亲"既包含了作为女性天然固有的母性品质，也体现了传统社会中男权文化对于"母职"的概念规范和对"母爱"的审美期待，但却忽视了"母亲"作为女性独立个体的自我回归。在冰心的文学作品中，虽同样是以"颂母"为主，但她对母性的书写使母亲这一形象摆脱了传统父权话语的道德捆绑，冲脱了传统礼教观念的桎梏，回到了母亲最原本的亲子之爱，可以说她塑造了颠覆于传统、契合于新时期的又一个"母亲神话"。而铁凝众多作品对母亲形象的书写则凸显了完全的反叛意识和强烈的"审母"意识，母亲不再是高高在上、神圣不可侵犯的圣母形象，她身上的阴暗、丑陋和"母爱"的丧失与偏离都在其笔下展露无遗。同为女性作家，两人对于母亲形象的塑造却走上了截然不同的道路，这种"背道而驰"既深受不同历史时期的社会背景及社会思潮的影响，也是作家对于女性意识探索方式不同选择的侧面映射。究其根本，从"颂母"到"审母"的转变其实有着一脉相承的文化蕴含，即为女性作家对女性主义的探寻和女性主体意识的发展。

作者简介：李芳菲，单位：华中师范大学文学院。
本文原载：《文学教育》2015年3月。

一、从"颂母"到"审母"的文化寻根

　　五四新文化运动的爆发唤醒了中国人"人"的意识，也唤起了人们对"母亲"这一角色的重新审视。中国现代女性文学以五四发端，更体现出与这一时期的文化要求相适应的女性价值观念。在"自由、平等、博爱"的启蒙思潮浩浩荡荡席卷而来之时，女性作家也以反传统的视角和思想去探析女性自我存在价值和自我发展历程。来自挪威剧作家易卜生《玩偶之家》中"娜拉"的言辞"我是我自己的，谁也没有干涉我的权力！"无疑成为当时背景下振聋发聩的女性宣言，这其中所蕴含的人道主义也在很大程度上启发了冰心等一代女性作家以母亲为窗口书写张扬的人性意识。由于冰心曾受到传统文化的滋养又经受了新思潮的洗礼，她对于女性创作不同于持激进态度的女性作家，吴文藻说过，冰心是一个"新思想旧道德兼备的完人"[1]，她把"母爱"的精髓理念深深植根于中国传统的文化当中，提出："关于妇女运动的各种标语，我都同意，只有看到或听到'打倒贤妻良母'的口号时，我总觉得逆耳刺眼。当然，人们心目中的'妻'与'母'是不同的，观念亦因之而异。我希望她们所要打倒的，是一些怯弱依赖的软体动物，而不是像我的母亲那样的女人。"[2]她所倡导的并非推翻传统的"贤妻良母"，而是建立"新贤妻良母"。当时一方面是女性自我意识的逐渐明晰与觉醒，另一方面则是女性在现实生活中的艰难处境，面对这样的矛盾，冰心试图以"颂母"的方式在"爱的哲学"中把母亲从沉重而虚伪的传统文化品格中解脱出来，显现出母亲人性的真实，将五四新文化的精神内涵注入"贤妻良母"的传统道德体系中。

　　自20世纪60年代以来，随着第二次世界女权运动的蓬勃兴起，很多西方女性知识分子对女性历史命运和现实境遇，尤其是对长期以来被男权定义的母亲形象进行了新一轮的深入思考，如西方女权主义经典作家波伏娃所说："母性往往含有自我陶醉，为他人服务、懒散的白日梦、诚恳、不怀好意，专心或嘲讽等因素，是一种奇怪的混合物。"[3]此类异于传统的母性解读潜移默化地对中国女性作家创作产生着影响。不同于五四时期洋溢着人道精神与博爱光辉的母亲形象塑造，新时期的女性文学创作开启了一个全新的女性文学时代。在80年代人文主义思潮的影响下，女性意识逐渐走向自觉，新时期的女性创作逐步将视角转移到女性自身和女性潜藏着的内心世界上来，文本中常常交织着女性的迷惘、痛苦、幽怨与抗争，深度关怀女性的生存困境和精神成长，关注女性作为社会角色的自我抗争并对其心灵幽暗之处进行自我审视。铁凝便由此开启了一扇通过"审母"从而毅然决然地反叛女性宿命说的大门。

二、从"颂母"到"审母"的母亲形象塑造

　　正如冰心在《关于女人》的后记中强调："世界上若没有女人，这世界至少要失去十分之五的'真'、十分之六的'善'、十分之七的'美'。"[4]她所塑造的母

亲形象也正是彰显了"真""善""美"的品质，但冰心所赞颂的并不是传统男权话语系统中凌驾于性别、皈依于道德的神话色彩浓重的母亲，而是将"母亲"这一角色还原到日常生活中，以通俗细微的视角，甚至是以自身的情感体验去重新书写"母亲"这一形象。她在琐屑的日常生活中提炼出一个个看似普通，却圣洁、慈爱，在儿女生活和成长中起到爱护、教育、言传身教的引导作用的母亲，这种"颂母"模式构建出了一个拥有更纯粹的人性温暖的母爱世界。在小说《超人》里，冰心这样描写母亲"星光中间，缓缓地走进一个白衣的妇人，右手撩着裙子，左手按着额前。走近了，清香随将过来，渐渐的俯下身来看着——目光里充满了爱"。圣洁、优美、纯净而透明，这正是冰心心目中理想的母亲形象，也是那个时代许多作家和读者崇奉的精神偶像。在其诗歌集《繁星》《春水》中，则体现出了诗歌化的"颂母"书写模式，这种爱与自然、家庭紧密融合变得越发真实可感。《我的母亲》一文中更是呈现出一个完整明晰的新良母型形象，"她不但是我的母亲，而且是我的知友。我有许多话不敢同父亲说的，敢同她说；不能对朋友提的，能对她提。她有现代的头脑，稳静公平的接受现代的一切。她热烈的爱着'家'，以为一个美好的家庭，乃是一切幸福和力量的根源。"[5]这样的"母亲"勤于治家，知书达理，且不排斥现代思想，可以说，这俨然是一个开明大度、有胆有识的现代母亲形象。由此可见，冰心笔下所颂之母都是无私、善良和爱的化身，她是阻隔外界风霜雨雪的温暖港湾，是抚慰迷惘痛楚的心灵良药，更是众多迷失于社会浪潮与文化冲突中青年志士的人生航标。

　　而对于铁凝来说，虽然在某些作品中对母亲形象的塑造依旧存留传统文化的母性神话色彩，如《孕妇与牛》中同时孕育着生命的女子和牛、《麦秸垛》中的大芝娘等形象，但纵观其众多作品中对母亲形象的书写，她显然早已脱离了冰心的"颂母"模式，开启了一个"审母"的新时代。在《没有纽扣的红衬衫》中，安然的母亲相比其他人物而言似乎是一个可以忽略的母亲形象，她将工作、面子都置于家庭儿女之上，极力想摆脱"家庭妇女"的角色却导致了作为母亲的严重失职。《玫瑰门》中，苏眉与苏纬的母亲庄晨除了每月为苏眉姐妹交付生活费外，在女儿的成长过程中，基本没有过多的情感投入，更没有以一个母亲的传统身份给予苏眉姐妹足够的温情关切。《永远有多远》中白大省和"我"的母亲同样也是一个被作者进行无母化处理的母亲形象，她直接把"我"和白大省往外婆家中一放，便丝毫不闻不问，与安然的母亲和苏眉苏纬的母亲相比，这一形象似乎更加彻底地反映了铁凝对母亲形象的刻意回避和对母爱的重新审视。如果说这种"无母化"处理还仅仅停留于对母职缺失、母爱缺席思考的层面，那么《玫瑰门》中的司绮纹和《大浴女》中的章妩则反映了铁凝更加深刻和明晰的审母意识。她彻底颠覆了男权话语下母亲贤良淑德、温柔善良的固有形象，毫不留情地揭露剖析母亲作为社会中独立的女性个体的一切阴暗、丑陋和不堪，从女性心灵隐蔽的幽暗之处探寻"母亲"这一形象在新时代背景之下的意蕴内涵。司绮纹是一个复杂而多面的母亲形象，从一个受五四思潮影响的天真少女到一个近乎变态的复仇者、窥视狂，也恰恰显示了女性内在心灵结构的复杂性。她原本是想做一个规矩的女人、规矩的母亲，但在残忍的现实面前她艰难地进行着女性自我的抗争，这就造成了母性的扭曲，可以说她"无时不在用她独有的方式对她的生存环境进行着貌似恭顺的骚扰和亵渎，而她每一个践踏环境的胜利本身又是对自己灵魂的践踏"。而《大浴女》中母亲章妩的形象也是耐人寻味的，作为母亲的章妩为了贪图安逸，与唐医生发生不正当的男女关系却把留在城里照顾一对女儿的目的忘得一干二净。为日后埋下更大隐患的是她生下了尹小荃，一个她与唐医生不光彩关系的见证。尹小荃的死成为两个女儿挥之不去的梦魇，也使章妩甘愿忍受丈夫的厌恶而痛苦万分，章妩似乎是一切罪孽的根源，因而也集中了更多的审视目光。在铁凝的作品中，"母亲"这一形象有着自己的欲望和渴求，却难免成为自己以及儿女双重悲剧命运的始作俑者。反叛了长久以来处于道德圣坛之上的母亲形象，也不同于冰心式的人性圣母，铁凝通过对"母亲"毫不留情的严厉审视反观人性之恶，剥离了"母亲"这个词语身上被男权话语强加的光环和神圣意味，把"母亲"还原为实实在在的社会人。

三、从"颂母"到"审母"的女性意识发展

在中国传统的文化价值体系中，"母亲"这一形象受到了父权话语下"三纲五常"与"三从四德"等封建伦理秩序的长期禁锢，关于"母亲"形象的叙述大部分情况下也掌握在男性手中，女性缺少甚至丧失了自己的言说方式。而冰心在五四思潮与西方人道主义思想影响下对于母亲的盛情礼赞则重新唤起了被掩埋已久的人的真性情。"母亲"的博爱与伟大在文学作品中得到了尽情的彰显和张扬，"母亲"这一形象也拥有了更多自然的人性之爱，这无疑具有颠覆和启示的意义，也显示出女性作家对母亲形象的自觉选择和女性意识的觉醒。从一定意义上来说，歌颂母亲与母爱，重构母亲的人性品质，实质上是建构女性自身的性别文化的开始，也是探寻五四新文化背景下女性追求自我价值的一个特别视角。然而，冰心具有突破性意义的"颂母"写作虽然使"母亲"这一形象完成了从古代"道德圣母"到现代"人性圣母"的超越与转变，也凸显了女性作家开始从女性自身主体性的角度对母亲形象加以阐释，但却没有真正颠覆母亲神话模式，而是重塑了新一轮意义上的母亲神话。这也就意味着女性意识的觉醒尚没有完全摆脱传统的束缚，对母亲的讴歌尚缺乏清醒和理智，对母亲人性缺陷的真实性欠缺深入的审视，难免也会再次跌入男权规约下女性的传统宿命——只有母亲和母性才能实现女性自我价值。

与冰心"颂母"模式截然相反的"审母"书写则从更深刻的视角深入到了女性潜藏着的内心世界，关怀女性的生存困境和精神成长，这正是更为自觉和成熟的

女性意识在母亲形象塑造之中的折射。尽管在古典文学中曾经出现了为数不少的"恶母"与"丑母"形象，比如汉乐府民歌《孔雀东南飞》中的焦母，《西厢记》中的崔母等，但她们的"恶"与"丑"都是建立在维护伦理秩序之上，皆是为了体现父权立场和父权意志。而以铁凝为代表的"审母"书写则深深地表现了女性本身的自审意识和对女性灵魂超越的渴望与追求。如铁凝所说："当你落笔女性，只有跳出性别赋予的天然的自赏心态，女性的本相和光彩才会更加可靠。进而你也才有可能对人性、人的欲望和人的本质展开深层的挖掘。"她正是去除了传统母亲身上附加的男权文化含义，也抛开了冰心等作家所塑造的"人性圣母"的光辉，将母性之阴暗、弱小的非常情态予以写实展现，从更深层面审视"母亲"、审视女性自身，彰显了对现代女性独立健康的生活空间以及对自然理想母性的追寻与向往。

从"颂母"到"审母"的母亲形象书写转变是对男权中心文化进行强烈反抗和颠覆的过程，也是女性意识觉醒并发展的过程。而随着人类文明的进步与女性自我意识的日益增强，关于母亲及母爱主题的书写必将更加丰富和深入，我们也期盼着在未来漫长的文学探索历程中对女性灵魂更大程度的超越和对人性更深层次的挖掘。

参考文献：

[1]刘莉：《玫瑰门中的中国女人——铁凝与当代女性作家的性别认同》，北京，北京师范大学出版社，2012年版
[2]雷水莲：《中国现当代女性文学的整合审视》，北京，中国社会科学出版社，2013年版
[3]盛英：《中国女性主义文学纵横谈》，北京，九州出版社，2004年版
[4]乐铄：《中国现代女性创作及其社会性别》，郑州，郑州大学出版社，2002年版
[5]盛英：《中国女性文学初探》，北京，中国文联出版社，1999年版

第六辑 思想及其他研究

冰心爱的哲学的伦理性阐释

张丽红　胡启海

摘要：因受东西方文化的双重影响，冰心形成了她独特的"爱的哲学"。她的"爱的哲学"深受基督教"爱的主题"的人道主义思想、中国儒家和佛家传统伦理及"救国救民"的爱国伦理思想的共同影响。冰心独特的宗教、家庭、社会伦理意识最终形成了她以"爱"为核心的"爱的哲学"的世界观和人生观，给人的思想以启迪和净化，为后世留下了宝贵的精神财富。

关键词：冰心；爱的哲学；伦理；基督文化；传统文化

在传统文化以及冰心个体生命体验的影响下，冰心对基督教的教义、精神经过了改造升华，渗透着中国传统道德和文化内涵的"爱"的伦理，最终形成了她独特而系统的人生信念，并用其积极指导为人为文，最终成为20世纪百年文坛一面爱的旗帜。本文就冰心西方基督教博爱的伦理意识与中国传统儒家和佛家传统伦理及"救国救民"的爱国伦理思想进行研究，全面深入地解读冰心"爱的哲学"所散发出的独特的伦理意识与内在文化意蕴。

一、"爱的主题"的基督教伦理思想

我国现代许多知识分子都或多或少地受到了基督教精神的影响，"现代文学上的人道主义思想，差不多也都从基督教精神出来"[①]。作为一种外来文化，基督教从一开始就不是完全以其异域宗教的面目出现，而是同中国社会相融合的。基督耶稣更多的是被作为一种具有崇高的牺牲精神、伟大的宽恕精神和平等的博爱

作者简介：张丽红，湖南第一师范学院外语系讲师/胡启海，湖南第一师范学院外语系副教授；湖南，长沙，410007。
本文原载：《求索》2012年2月。
文章编号：1001—490X（2012）2—112—02
基金项目：湖南省哲社科学成果项目（09YBB097，1011077B）及湖南第一师范学院项目（XYS11S08）

[①] 周作人：《圣书与中国文学》，见周作人、张明高、范桥：《周作人散文》，31页，北京，中国广播电视出版社，1992。

精神的象征物为中国现代文明所接纳。基督耶稣被理解与接受的此种人格、精神与启蒙意识形态有着一致性,也正是在其作为一种爱的人格被冰心接受时,对冰心的一生产生了极为深远的影响。冰心也从不否认基督教及西方文明在自己人生中的重要作用。

受家庭环境的影响,冰心从小就有机会接触基督教文化。据冰心回忆[①],她的家庭与基督教会有一定联系,那里有着相当宽松自由的氛围。冰心的二伯父就在福州仓前山教会办的学校教中文,冰心的一个堂兄也在这个学校读书,冰心的舅舅杨子敬,则常常到北京基督教青年会去看书报、打球,还和青年会的干事们交上了朋友,通过青年会干事的介绍,冰心的大弟和舅舅的儿子在青年会夜校读英文,于是,冰心不仅很早就接触了大量的外国文学作品,如《孝女耐儿传》《块肉余生述》等外国小说,而且还在1914年进入了北京教会学校——贝满女子中学读书,从此开始近距离地接触西方文化,尤其是基督教文化。冰心所在的贝满女中,并不像人们想象中的教会学校那样封闭和专制,有着相当浓厚的自由风气。从贝满女子中学毕业后,冰心就读于北京协和女子大学,也是一所教会学校,专门开设有《圣经》课,这让她更直接地接触到了西方文化。正因为多年在基督教教会学校耳濡目染以"爱"为主题的基督教文化,冰心后来的一生无论是为人还是为文,都离不开"爱"这一永恒的主题。正如她自己所说:"中学四年之中,没有显著的看什么课外的新小说……我所得的只是英文知识,同时因着基督教义的影响;潜隐地形成了我自己的'爱'的哲学。"[②]而对基督教文化的接受同样对冰心的创作风格和艺术表现方式产生了巨大的影响。冰心的文学创作善于采用温柔的笔触、具有浓郁的浪漫色彩;其行文平易晓畅,广喻博引,富于启发性和神秘性;用平静安详的文本抒发传布着"爱"的馨香,表达着对世人大众的"同情"。其作品始终都笼罩着一层浓厚的基督教色彩。宗教影响对于她不仅表现为一种生命超越,也表现为一种人格的自我塑造,尤其是"爱的哲学"的建立。因此基督教文化对冰心"爱的哲学"伦理观的形成起到了关键的作用。冰心的一生都在积极地以宗教信仰者的视角去思考社会、人生和文学创作,她由母爱、童真、自然合力而构成的爱之精神已潜移默化为她的思想理念、精神力量、伦理准则,贯穿在她的人生和文学创作之中。

二、"仁""孝""诚"儒家传统伦理思想

茅盾在《冰心论》中说:"一个人的思想被她的生活经验所决定,外来的思想没有'适宜的土壤'不会发芽。"[③]这话是用来说明冰心之所以受到基督教等思想

---

① 冰心:《我入了贝满中斋》,见《冰心全集》,第7卷,福州,海峡文艺出版社,1994。
② 林乐齐、郁华编:《冰心自序》,147—148页,北京,团结出版社,1996。
③ 茅盾:《冰心论》,见《冰心论集》,上,42页,福州,海峡文艺出版社,2000。

的影响，取决于她那充满了爱的家庭生活经验。在这种生活经验的基础上，冰心明确地说："又因着基督教义的影响，潜隐地形成了我自己的'爱'的哲学。"①冰心从小受到双重教育，除了她在教会学校获得的正式教育，接受基督教的"泛爱"思想和教义精神；另一个是充满了儒家色彩的家庭熏陶。

　　冰心1900年出生于福建，生长在一个家境宽裕的环境中。爸爸是位海军军官，妈妈是一位知识分子。小时候，冰心随父亲在山东烟台的海军军营中生活，童年的玩伴，只有大海。这段童年生活奠定了冰心一生的品格——做一名海化的青年，具有大海一样博大的胸怀。童年的冰心在家庭的关爱下健康地成长着，正如她回忆说："我的童年生活是快乐的，开朗的，首先是健康的。该得的爱，我都得到了。该爱的人，我也都爱了。我的母亲，父亲，祖父，舅舅，老师以及我周围的人都帮助我的感情往正常、健康里成长。"在温馨的家庭氛围里，她阅读了一系列的中国古典书籍，继承了中国古典文学中蕴藉典雅的传统。冰心从小受到中国传统文化的影响，小时候就跟随舅父学习《论语》《左传》，7岁就开始自己阅读《三国志》《水浒传》《聊斋志异》等古典小说，11岁对阅读中国古典文学名著达到了痴迷的程度，以上这些思想就像种子一样早早地播洒在她幼小的心灵里。和睦融洽，充满温馨和仁爱的家庭生活，冰心心理上自然而然地由爱转化为爱人，爱普遍的人，其中，儒家传统的"仁爱"思想就像一张温床，孕育了她那"爱的哲学"思想。冰心把对社会、对人生的关注倾注到笔下，倾注到她的文学创作中。冰心的作品中弥漫着强烈的"爱的哲学"。冰心的这种"爱的哲学"不仅来自对母亲的感恩之情，也来自她在贝满中斋读书时，基督教对她的影响。《中庸》曰："诚者，自成也；而道，自道也。诚者，物之终始，不诚无物。是故君子诚之为贵。"又曰："至诚无息。不息则久，久则征，征则悠远，悠远则博厚，博厚则高明。"②"诚者自成"告诉我们："诚"是天赋的人自身的内在德行。诚是成己、成物的必要条件。所以每个人都需要后天不断地以诚修身正心。③冰心成长的温馨的家庭环境，对后来冰心的文学创作产生了很重要的影响。冰心秉承了中国传统伦理思想中"仁""博爱"等道德观念，她的作品语言清新朴素、婉转流动，得益于她宽阔的心襟，她"仁爱"的伦理思想，因为只有达到"仁"的境界，就可以广泛地去爱，也就是"博爱"。著名作家郁达夫这样评价冰心的散文："冰心女士散文的清丽，文字的典雅，思想的纯洁，在中国好算是独一无二的作家了。"④

---

① 冰心：《自序》，见《冰心全集》，福州，海峡文艺出版社，1994。
② 阮元校刻：《十三经注疏·礼记正义》卷五十三，405页，北京，中华书局，1980。
③ 阮元校刻：《十三经注疏·礼记正义》卷五十三，405页，北京，中华书局，1980。
④ 范伯群、曾华鹏：《冰心评传》，129页，北京，人民文学出版社，1983。

三、"救国图存，改造中国"的爱国伦理思想

一个人的思想的起点与性格后来的发展，肯定和他所处的现实及周遭的环境有着血肉联系。冰心是在充满爱国主义传统的环境中长大的，从小就受到深刻的爱国主义思想的影响。在家庭环境中耳濡目染父亲身上那传统的爱国思想，她找到了基督教义中入世救世普度众生的精神，从母亲那深厚的天性之爱和浸透了"温良恭俭让"的德化人格，她找到了耶稣博爱和牺牲的典范人格。

冰心在成长的过程中，目睹了帝国主义列强在中国的暴行，她痛恨帝国主义对中国的侵略，从小励志学医救助人们。五四时期，冰心走出狭小的家庭环境和教会学校的门槛，看到了中国社会"有血，有泪，有凌辱和呻吟，有压迫和呼喊"的苦难现实，以及青年知识分子对社会的失望而造成的普遍"烦闷"，她把所受到的基督教"爱"的教育与她的改良社会的爱国理想结合起来，提出了自己"爱的哲学"，想为青年找到一条切实可行的路。在中国传统价值观中，人生与理想、国家与民族发展等是有志青年关注的话题。五四运动跌入低谷后，虚无和苦闷吞噬着有良知的爱国青年的心。冰心希望唤起青年们的"新的活力"，于是发表了小说《超人》，文中冰心希望能用"母爱"和"童心"这两种神奇的药方医治社会和青年，使人走向快乐和希望。冰心的救国图存、改造中国的伦理思想是冰心文学创作的重要动机。

冰心的思想根底是"爱的哲学"，其中贯穿着基督教因素。对母亲、儿童和自然的热爱是冰心"爱的哲学"的三个方面，三者统一起来体现出冰心的普爱之理想。"爱的哲学"反映出冰心受中西两种文化传统的影响，即中国"救国救民"的传统思想和基督教"入世救世"的宗教精神，特别是冰心把自己的生命体验与基督教影响结合起来，形成了一个象征性的"母亲宗教"，她试图在哲学上，宗教上对宇宙人生进行整体的把握，期待这种人生哲学能有现实的、社会的功效。事实上，"爱的哲学"所依据的并不是一个真正宗教信仰中的上帝，冰心借助基督教中的上帝观念、人的观念、大同世界的景观、天使形象等，在自己生命体验的基础上，结合宗教感悟和审美感觉，进行了一系列哲学性的调和，在强烈的入世救人精神的激励下，建立起来一个爱的信仰，调整万象，引导人生，这完全出自冰心救国救民的热诚之心。

总之，西方文化，尤其是基督教的"爱"的思想观念及其信仰者所持有的某些情感心态，直接影响了冰心创作的艺术表现内容，更影响了她做人的伦理准则。而冰心所秉持的"仁爱""孝""诚"的儒家传统伦理思想及忧国忧民的爱国情结，使冰心的创作明显刻有"爱"的痕迹，对于冰心来说，爱就是她生命的信念，就是她文学事业的灵魂。正如她名字所体现的，"一片冰心在玉壶"。在多灾多难，大悲大喜的中国20世纪的历史进程中，冰心能秉持自己独特的视角和伦理思想，创造出婉转清新的优秀作品。在20世纪中国文化融合与文化失真的矛盾中，冰心从

本民族深厚的文化传统出发,有选择地接受了西方现代文明,并确定了高尚的人生观——"爱的哲学",它以儒家的"仁爱"为基点,由内心开始,向家庭之外的社会不断传递、扩展,并努力实现自我,一生都用她无私的"爱"照耀着劳苦大众、关心着儿童的成长,体现了她独特的人生伦理观。

冰心与基督教及其中西文化观再议

杨世海

摘要：冰心受基督教最根本的影响表现于其早期的个人主义观及注入式写作方式，这不但彰显了冰心独特的个体性，也为中国现代文学添加了难得的终极之思。但在自由主义神学和泛神论的影响下，冰心逐渐偏离基督教神圣价值体系，回归中国传统思维理路，致使其对基督教产生误解并对中西文化判断失误，独特的、个性的冰心也由此消失。

关键词：冰心；基督教；中西文化观

冰心接受过严格的教会学校教育，并受洗入过教，她的创作由此受到基督教强有力的影响，这已为冰心研究所充分证实。在这些研究中，研究者对冰心作品中的基督教元素进行了全方位展示，不仅认定冰心"爱的哲学"的建构受到基督教极大影响，还认为冰心创作风格中温柔的调子、浓郁的浪漫色彩及作品叙述模式与基督教文化影响关系密切，甚至认为冰心自身人格也与基督教相关。不过，在肯定基督教对冰心影响的同时，研究者们对冰心接受基督教影响的程度，尤其是对基督教在冰心"爱的哲学"中所起的具体作用有极大争议。不少学者认为，冰心受基督教影响不是根本性的，她"爱的哲学"的根基并不是基督教。确实，对于处于新旧交替，受到外来各种思潮冲击的中国现代作家，他们所受的影响并不单一，古今中外各种因素往往在他们的创作中呈杂糅或融合势态，冰心也不例外。因此，如果仅通过作品中一些意象符号、情节设置、思想倾向来指认宗教归属或思想来源，往往会陷入各执一端的争论或各说都有理的含混之中。本文直面这些争论和含混，动态地考察冰心的言论和创作，扣住基督教深层价值和冰心创作的关系，仔细分析冰心从基督教中得到的有益启示以及偏离这种启示的情况，从而探析冰心接受基督教的得失。

作者简介：杨世海（1980— ），男，湖南芷江人，博士，讲师。研究方向：比较文学。
本文原载：《贵州大学学报（社会科学版）》2015年1月第33卷第1期。
基金项目：贵州省哲学社会科学规划课题青年项目（14GZQN21）；贵州大学人文社科学术创新团队建设项目（GDWKT2013002）；贵州大学引进人才科研项目[贵大人基合字（2013）002号]；贵州大学2014年校级专项项目（ZX2014012）。

基督教是启示宗教，《圣经》纵然包含许多科学、哲学、文学、道德伦理等诸多内容，但这些都不是它的根本，它的宗旨乃是关于拯救[1](22)。基督教对世界的影响，不是为世界提供一套具体的方案和政策，而是提供一些新的人，他们在上帝神圣价值的启示下成为"新人"，这些人因为基督启示对人生、社会有了新的透视、新的领悟，通过他们，更合乎需要的各种文化形式被创造出来[2](130)。基督教对文学最关键的影响并非是基督教为文学提供了多少题材、意象、叙述模式、道德伦理观念等，而在于基督教是否给予了作家新的启示，得到新的视野以之去透视社会、人生并表达出来。考察基督教对冰心的影响也可以如此进行。

一

《圣经》"因信称义"的教义，"失羊的比喻""失钱的比喻""浪子的比喻"隐含着对个体价值和尊严珍视的启示内容，西方宗教改革之后，新教把这方面启示内容充分揭示出来。基督教的神圣价值，基督的牺牲和救赎，饱含爱与关怀并针对所有人，在这种关怀中，个体价值具有了神圣性，也即为个体生命确立了神圣原则，这极大地提高了人的价值，把维护个体价值和尊严提升到世俗价值的最高点。需要注意的是，基督教这一思路，不是由现实原则或理性论证得来，乃是上帝神圣价值介入世界使然，以超自然价值进入自然世界方式进行。早期冰心的确因为与基督新教接触而得到这方面的启示，获得新的观察世界、人生的视野和体验。《画——诗》中表述的宗教体验正是如此启示下的结晶，《圣诗》中的《何忍》等诗文也同样准确地传达了《圣经》对个体价值重视的含义：败亡、哭泣、烦恼的人，所有的人，这些在泥犁中的灵魂全都是上帝关怀的。首肯冰心受基督教影响的研究者都会详细分析这些诗文，依此立论。但在笔者看来，基督教对早期冰心影响更为明显的是：基督教的启示形成冰心早期基督教式的个人主义，以及注入式的文学表现方式并把文学指向终极之思。

基督教是关于个人拯救的宗教，个人面向上帝形成"我——你"关系[3]，带有强烈的终极追求旨趣。早期冰心接受了基督教启示，形成基督教式的个人主义，所以冰心早期的诗文创作特别注重从个人角度去倾听神圣话语，体验生命，关注人的生存，以一个完全的自我，袒露在神圣价值面前，具有强烈的终极意味。早期冰心意识到人是世间的"弱者"，在基督教价值体系中，"弱者"是谦卑的符号，谦卑而又有神圣价值照耀的人愿意去倾听自我，倾听世界。冰心因此倾听到了人存在的悲剧性，倾听到了人的孤独和绝望，世间的丑恶、虚无。但孤独和绝望并非人存在的根本，走出孤独和绝望，直面世间的丑恶和虚无才更重要。冰心接受基督教启示，抛弃绝望，走向希望，进行永恒的抗争，在绝望里寻找"希望"，发出对"孤独""虚无"的警醒："我的心呵！/警醒着，/不要卷在虚无的旋涡里！"[4](278)于是，冰心倾听来自上帝的声音，叩问上帝的神秘。相信上帝，接受神圣价值启示，并不意味着一劳永逸地解决了个人精神和灵魂问题，而是意味着在上帝的引领下，不断叩问自我，不断挖掘自我，不断直面自我心魂，了解上帝，了解自我，在自我与上帝间建立一种类似"我与你"的关系，进行永恒的交流。那么，上帝是什么？如何显现？这得由自我寻找，这种寻找不是用逻辑进行论证，而需要内心的"倾听"，以感谢与赞美、默默祈祷和心神契合的方式去走向神，让圣灵入住个我心中。冰心正是以这种方式走近上帝，她强调多倾听，少言语，在耶稣十字架中领受上帝之爱，在倾听与祈祷中领受上帝之爱："纵然天下事都是可疑的，但表示我们生命终结的那十字架，是不容怀疑，不能怀疑的。在有生之前，它已经竖立在那里，等候着我们了。"[4](383) 在这种倾听、祈祷、赞美中，人一步步走向上帝，最终与上帝合一，从而使生命产生神圣感，无疑大大提升了人的价值。既然人分有了上帝的神圣性，怎么能被现实的苦难所压倒呢？怎么能被内心的孤独和绝望吞噬呢？而且上帝是爱的上帝，基督还为我，为每一个人而死，那么人为什么不能爱，不能牺牲自我呢？以这种神圣价值来关照世俗世界，现实世界就变了，人自身也变了，这世界是需要人去爱与牺牲的世界，人是可以去爱与牺牲的人。为我、为人，神圣、世俗因此统一起来，以此为基础的个人主义自然不会与社会需求相冲突，因此，冰心不会像鲁迅那样认为个人主义与人道主义有冲突。这时期的冰心完整地表现了自我，坚守自我，袒露自我，真正体现了现代精神，也为中国现代文学添加了难得的终极之思，虽然显得有些稚嫩。冰心强烈地表现自我，体现了当时个性解放的强音，茅盾准确地把握了这一点："在所有的'五四'期的作家中，只有冰心女士最最属于她自己。她的作品中，不反映社会，却反映了她自己，她把自己反映得再清楚也没有。"[5](130) 因着这种有神的个人主义，冰心走向对新型人格的呼唤。

在这种意识下，冰心努力把基督精神现实化，塑造爱与牺牲的基督式人格形象。在小说《一个不重要的兵丁》（1921）中，冰心以基督人格来塑造福和，使之成为爱与牺牲的化身，福和身上的爱与牺牲是神圣价值的降临和人格化。冰心知道，现实中，许多人微不足道，人际关系也常常冷漠无情，世界呈现更多的是一系列不公和不幸。但在基督教看来，这些并不是绝望和仇恨的理由，而是爱的理由，无缘无故的苦难正要带来无缘无故的爱。冰心如此的写作，显然不是从现实出发，而是从神圣超越价值出发，以神圣超越价值光照黑暗现实。在福和的遭遇中，在他的爱与牺牲中，照射出现实和人性的残酷，呼唤公平和正义，引起人们对自我精神和灵性的注意。这种方式显然是一种注入式、献身式的，突出人的主体性和个体性。因而，冰心所塑造的爱与牺牲者是精神感召者，而其中的邪恶制造者并不是痛恨的对象，而是需要自我悔过、救赎的对象。《一个军官的笔记》《最后的安息》《国旗》等都是这样的书写方式。这种书写方式与当时的启蒙文学并不一样：启蒙文学是一种观察式、教导性的，激发人们对不幸者的同情和对邪恶制造者的痛恨，倾向于关注恶的外在内容与原因，指向改造文化和社会制度也就成为必然。也正因为如此，在启蒙批评者看来，冰心早期创作缺乏真实性、社会性。不过，冰心这些创作所显示的倾向，实质上超越了反映式文学的表达方式，它以信仰、精神介入现实生活，与西方"灵的文学"传统契合，是难得的注入式文学表达方式。这在现代文学中并非多余，尤其是在今天看来，文学并非仅仅是现实的反映，还可以是信仰、精神、灵魂的张扬。冰心这方面的内容很充分，而基督教对她这一文学倾向的启示和影响是根本性的。

显然，早期冰心认同基督教神圣超越价值，能准确地把握基督教作为启示宗教的特质和价值意义，并从中得到启示形成她的"爱的哲学"。因此，认定冰心受到基督教影响并形成她的"爱的哲学"的立论是成立的。更为重要的是，冰心接受基督教启示，形成了独特的个人主义，以个人方式探索人之存在，直面死亡和追寻生之意义，表现出不同于传统"出生入死"的"出死入生"①，为中国现代文学添加了难得的终极之思，开辟出与社会反映论式不同的神启注入式文学表现方式。

二

但值得注意的是，冰心接受基督教深受自由主义神学、泛神论的影响。自由主义神学主张从神学中排除形而上学和思辨的影响，注重人的理性、感觉、道德责任和价值观；强调宗教的实践性；采用"历史批判法"研究基督教，主张"从信条中的基督，走向历史上的耶稣"；赞同从道德的、社会进步的方面来解释基督教教义，对《圣经》采取批判的开放态度；注重上帝的内在性和人性一面等。冰心深受此影响。1935年，冰心就说："我是很随便的，……我是不注重宗教仪式的，只以为人的行事不违背教条好了。"[6](90) 后来，冰心也强调："但我对于'三位一体'、'复活'等这类宣讲，都不相信。"[7](289) 同时，冰心在接受基督教受时还受到了来自泰戈尔和歌德泛神论的影响。在《遥寄印度诗人泰戈尔》[4](131)中，冰心颂扬泰戈尔的泛神论信仰，《向往》[4](381)诗则表达对歌德的倾慕，从中也透露她对泛神论的认同。冰心常常用"上帝"的代名词——"造物者"来论述"自然之爱"，并虔诚地赞美上帝。但这里把上帝与泛神论混同起来。1925年，冰心也说："谈到我生平宗教的思想，完全从自然之美感中得来。"[8](289) 因此，冰心后来对基督教的接受并没有在她早期写《画——诗》《圣诗》的方向发展深入，却日益滑向自由主义神学和泛神论倾向，把上帝与自然等同，把基督教进行人格化解读，取消基督教神圣价值，悬置其启示性，使之道德化。当然，冰心仍然认同基督教的爱与牺牲，也仍然坚持她的"爱的哲学"，但这"爱的哲学"日益偏离基督教神圣价值，根基也就发生偏移。

---

① 中国惯于以"出生入死"以示勇敢和对生命的坦然，西方惯于以"出死入生"显示对生命的敬畏和珍视。参阅齐宏伟：《目击道存：欧美文学与基督教文化》，96页，沈阳，辽宁教育出版社，2009。

其实，冰心早就把上帝与自然并置融合。在人格塑造上，冰心悬置上帝，诉诸自然，在"轻云淡月的影里"，在"风吹树梢"中，"创造你的人格"[4](280)。1920年，冰心写作《世界上有的是快乐……光明》，主人公凌瑜背负五四退潮后的时代困惑，绝望无路，萌生自杀之念。但冰心让凌瑜在大自然的怀抱里，在孩子的欢笑和天真无邪的关爱中，最后放弃了自杀的念头。1921年，冰心创作《超人》，进一步展示她"爱的哲学"的力量，尝试用它来对抗虚无主义和颓废倾向。在化解虚无和颓废上，基督教以上帝的创造和救赎来应对，西方非基督教传统则会用个人生命意志的高涨来消解，但受到基督教和西方文化影响的冰心并不采用这两种方式，而是引出母爱来化解。同年的《爱的实现》则歌颂童贞之爱。1923年，冰心再次强调母爱的神奇："'母亲的爱'打千百转身，在世上幻出人和人，人和万物种种一切的互助和同情。"[8](122)1924年的小说《悟》则延续《超人》的话题，冰心让主人公星如"见到了"造物主所呈现的万全"宇宙之爱"的画面，让她在同自然的交流中，思想和情感常抵达忘我、超自然的神秘境界，泛神论色彩十足。的确，冰心的自然、母爱和童贞都具有神圣性，具有引导人灵魂转向的功能。但冰心的路径却不同于基督教，冰心试图让爱把所有人相连，用以消除人与人之间的隔膜。其中的逻辑是：从自然、亲情、童贞的爱出发，从身边开始，再突破亲亲原则，推向所有人，从而让爱溢满全世界："不但包围着我，而且普遍的包围着一切爱我的人；而且因着爱我，她也爱了天下的儿女，她更爱了天下的母亲。"[4](114)这很有由己及人的传统色彩，当然也有泛神论意味。这样的自然、母爱、童贞显然如同上帝之爱一样超越神奇，因此，美好世俗情感也就对上帝之爱进行了置换，冰心也就完成了她"爱的哲学"的世俗化，把它建立在自然性基础之上，具体表现为自然、母爱、孩童之爱；冰心也就完全站在了世俗立场，走上了把世俗价值美化、圣化的传统道路，倡扬和呼唤人的自然情感。基督教则始终以上帝为基础和根本出发点，再进入世俗世界。当然，冰心仍然言说上帝，但这上帝与自然无甚区别，她仍然敬佩耶稣，但耶稣只是一个道德完满之人，她所接受的基督教也就成了一系列文化符号，缺乏神圣超越价值，作为启示宗教的本质已祛除。

冰心以自由主义神学方式接受基督教，并受泛神论的影响，建构她的"爱的哲学"。她拒斥了基督教的神圣彼岸价值，最终把爱的根基建立在自然性的基础上，实际也就走在了传统之路——由此可见冰心对传统的信任和归附。当然，具有强烈爱国情怀、对社会敏感的冰心，对中国传统和现实的危机感受深刻，她不可能在传统中自满自足。西方文化的视野和海外留学的人生经历，让冰心认识到中国传统和现实的欠缺。面对这种缺失，冰心希望从西方文化中吸取优秀资源，主张走中西结合之路，解决文化和社会的现实危机。这种探索集中体现在她于1934年写的《相片》中，因此，有必要对这篇小说作详细分析。

三

《相片》写一位来到中国28年的美国基督徒施女士，由于错过了美好姻缘终身未婚。后来，施女士收养了一名中国孤女——淑贞。施女士真诚地爱中国，尊重中国文化，用中国传统文化教育淑贞。在施女士的教导下，淑贞保持娴静、温柔、体贴的中国传统美德。但施女士觉得淑贞太过文静，与她所熟悉的西方人相比，缺少青年人应有的活力。因此，施女士决定带淑贞去美国新格兰一趟。在美国生活的一年里，淑贞慢慢融入美国生活，逐渐感染、学习到西方人的活力，灵魂和生命中活泼的因子被激发出来，而且身体也得到了解放，有了"窈窕的躯体"，显得"异样的动人"[9](67)。这让施女士有了自惭形秽之感，进而感到恐惧。最终，施女士决定马上带淑贞回到中国。

这篇小说跟冰心其他小说一样篇幅不长，但艺术手法更为纯熟，小说充满意象，含蓄而深刻，融重大主题于日常生活之中，赞美生命与爱，写出了中西文明的交汇融合。冰心的基督教观也得到显现，人物刻画生动、复杂，是叙事性与抒情性高度融合的作品，从文学角度来讲，是一篇难得的上乘之作。但小说对中国文化缺陷的诊断和对西方文化优点的判断，以及对基督教的看法，都存在很大问题。

冰心与同时代许多人一样，认为中国文化遭遇了前所未有的严重危机。但她并没有因此丧失文化自信，她让施女士给淑贞以中国传统文化教育，赋予淑贞传统美德，甚至让施女士也中国化，28年来，施女士已经习惯在中国生活，反而对家乡新英格兰看不顺眼，住不习惯，施女士为化中国而来，却被中国化。在冰心看来，中国文化灵魂还在，中国文化危机和缺失不是根本性的，而是小缺点。中国文化就是缺少活力，压抑人的自然情感，缺少对人性欲望的尊重，其弊病在于传统的禁欲主义。而西方文化的精华正在于其活力："西方人活泼、勇敢，他们会享受，会寻乐，他们有团体的种种健全的生活。"[9](66)所以，只要我们向西方文化借些活力，解除禁欲主义，激发人的自然情感，懂得爱与生活，那么健全的人就会出场，中国文化就会得到新生。冰心通过淑贞这一形象暗示：中国文化一旦吸收西方文化精华，就会孕育出新的充满活力的文化体。在这部小说中，冰心完成了对基督教由早期的激赏到批判性剔除的转变。这时的冰心不仅认为西方文化优点跟基督教没有什么关系，还加入了她之前创作中没有的对基督教的批判，小说借李天锡之口批判美国基督教人士的文化优越感："更使我不自在的，有些人总以为基督教传入以前，中国是没有文化的。"[9](64)更批判基督教教会教育："在有些自华返国的教育家，在各处作兴学募捐的演讲之后，常常叫我到台上去，介绍我给会众，似乎说，'这是我们教育出来的中国青年，你看！'这不是像耍猴的艺人，介绍他们练过的猴子给观众一样么？我敢说，倘然我有一丝一毫的可取的地方，也决不是这般人训练出来的！"[9](64)这是萨义德对惯于简化的殖民主义认识论及随之产生的等级观念的批判的先声,因而这一作品具有挑战白人权威的意味,《相片》也因此成为后殖民主义批评的一个典型范本[10](64)。

可见,20世纪30年代的冰心对新人格的追求仍然是坚持的,但很显然在《相片》中她已经放弃了早期认为基督教能塑成新人格的思想,反而认为基督教本身就是对人自然情感的压抑(施女士的人生充满压抑),与中国传统弊病如出一辙。此时,冰心呼唤的是人的自然情感,要借用西方文化去恢复这种自然情感。

其实,中国文化传统并不是没有冰心所提倡的团体生活、张扬人欲的一面,中国文化传统深层的弊病在于没有为人的存在寻找到神性基础,所以难以在历史和现实中真正维护个人的价值和尊严,难以凸显人的主体性。因为仅从现实世界来观察历史与现实,来观察人,人也就没有任何先在的神圣价值可言,个人也就总是被家族、民族、国家,或某种客观规律所吞噬,所以,中国传统的个人要不就是依附于家、国,要不就是杨朱式的极端个人主义或阮籍、嵇康式的个人享乐、纵欲主义。中国文化压抑人性的弊病绝非靠吸收西方文化张扬人欲的"精华"就能解决,要改善中国文化,"关键在于如何确立生命的神圣标准,提供生命的神圣动力,在传统向现代化转化的过程中完成自身由里而外、自下而上的转化"[11](127)。冰心所倡导的中西文化调和方式,其实又回到了"中学为体,西学为用"的套路。所以,冰心不可能用基督的救赎之爱去改塑传统儒道精神,只会用传统万德自足去消弭救赎之爱,本质上是排斥基督教参与生命塑成的,也就不可能为生命注入神圣价值,不能给生命提供神圣动力。

当然,冰心对基督教的批判更多集中在施女士的塑造身上。施女士充满爱心,对人和善,来华工作兢兢业业,真诚地爱中国,爱中国人。但冰心更突出她的失落和私心:施女士与毕牧师结合的希望落空,她的心情跌落低谷,随着年龄的增长,人生如死水般陷入寂静、狭小而绝望的境地;淑贞进入她的生活,驱散了她的孤寂,而当淑贞慢慢长大,她一想到淑贞会出嫁就感到害怕,施女士为淑贞过于娴静担忧,带她去美国沾染西方的活力,但当淑贞身上真正散发活力而有魅力时,她又恐惧了,连忙要带淑贞回到中国,施女士对淑贞的爱也就变成了自私地占有。冰心如此复杂深入地刻画人物,这是她先前创作中所没有的,从小说人物塑造来讲,对施女士的书写无疑是很成功的。

但小说以此批判基督教圣俗二分,是对人自然情感的压制,明显反映出冰心对基督教理解的偏差。《相片》把施女士塑造成一个因结婚不成就陷入枯寂生活,并因此成为有些自私和变态的人物,这其实是冰心以自然情感来观察人,放逐基督教神圣价值、拒绝神性关怀的结果。基督教并不反对人的欲望、情爱,《圣经》赞成两性的结合:"那人独自生活不好。我要为他造一个配偶帮他。"(创世记2:18)并且高声赞美爱情:"求你将我放在心上如印记,带在你臂上如戳记;因为爱情如死之坚强,嫉恨如阴间之残忍。……爱情,众水不能息灭,大水也不能淹没,若有人拿家中所有的财宝,要换爱情,就全被藐视。"(雅歌8:6—7)最难能可贵的是，基督教观念为一些因各种原因错过婚姻或不能婚姻的独身者提供了神性关怀。保罗说："若有人以为自己待他的女儿不合宜，女儿也过了年岁，事又当行，他就可随意办理，不算有罪，叫二人成亲就是了。倘若人心里坚定，没有不得已的事，并且由得自己作主，心里又决定了留下女儿不出嫁，如此行也好。这样看来，叫自己的女儿出嫁是好，不叫他出嫁更好。"（哥林多前书7：36—38）可见，在基督教的观念里，结婚是正常的人生轨道，独身是特殊的情形，但不论是结婚还是独身都合理，都为神所认同，这就为人提供了极大的选择空间，不像中国传统观念的"男大当婚，女大当嫁""不孝有三，无后为大"那么专制，也就不会把独身视作一种可怜、可悲、反常的现象。中国传统观念是从自然情感和社会现实（家族）需要出发，从这一层面来讲，这一观念无疑是合理的，但不能从更高处看，忽略了每个个体的具体情况，也就会给人带来压抑。而基督教则从神性角度出发，关心每个个体的人，这两种状态都是好的，这就为一些独身者提供了神性和精神的关怀。显然，冰心完全拒绝了基督教对独身的神性关怀，而只用中国传统的自然情感去观察、塑造施女士，施女士当然就成了一个可怜、可悲的被压抑的形象。虽然冰心努力把施女士塑造成一个充满爱心的好人，但仍然不能掩饰这爱的脆弱，显得自私而变态。

的确，冰心所塑造的施女士对淑贞的爱不是来自灵性，而是来自自然情感（同情淑贞和驱散自己的孤寂），用基督教的话来说，这其实是一种欲爱（Eros），而不是基督教的挚爱（Agape）。瑞典神学家虞格仁简洁地区分过欲爱和挚爱：前者是自下而上的爱，以自我为出发点；后者是自上而下的爱，以上帝为出发点。这是两种不同的爱，人并不能借自己的努力由欲爱达致挚爱，而是得借挚爱之恩赐开始尘世的生活[12](429)。冰心离弃了基督教的神圣价值，她的"爱的哲学"必然得从自然情感（欲爱）出发，而欲爱不可能自下而上达到挚爱。那么，施女士的爱走向对淑贞自私地占有是自然的事，全面暴露了她把"爱的哲学"建立在自然情感上的脆弱性，存在着解体的危险。冰心把"爱的哲学"建立在自然情感上，必然会被现实牵着鼻子走，最终坐实在家人、集体身上，因而神化世俗对象，其爱也就越来越局限，不断向现实投降，最终被现实需要所淹没。

四

事实上，从现实革命出发，冰心倡导的"爱的哲学"很不符合革命需求，所以冰心的创作一直受到革命者的批判，比如钱杏邨（阿英）、贺玉波、茅盾等在20世纪30年代就对冰心的"爱的哲学"不遗余力地进行过批判。面对社会对基督教的反感和这些"义正言辞""斩钉截铁"的批评，冰心缺乏神圣价值基础之上的"爱的哲学"慢慢动摇了。在1931年的《分》、1932年的《冬儿姑娘》里，冰心开始笨拙地表现阶级意识。《分》表现出在严重的阶级对立和残酷的现实面前，冰心那种建立在自然情感基础之上的"爱的哲学"实在找不到声张的空间，只能转向对底层人的赞美和自我阶层自戕式的自责，甚至赞美反抗中的暴烈："我大了，也学我父亲，宰猪，——不但宰猪，也宰那些猪一般尽吃不做的人！"[8](511)《冬儿姑娘》更明确地肯定下层人自觉的反抗。冰心这种书写方式与当时流行的阶级意识，对底层人的赞颂和对知识分子地位的自我否定是相互应和的。在具有革命意识的批评家那里，冰心这一转变是被高度肯定的①。

冰心"爱的哲学"建立在自然情感基础之上，没有神圣价值的照耀，面对残酷现实很容易走向对自我的质疑和否定，不可能把她的"爱的哲学"推向深沉。在现实的不公与残酷中，坚持在苦难中爱，坚持人类之爱，必须有神圣价值作为基础，才能得以成立。冰心的"爱的哲学"把爱建立在世俗自然情感基础之上，拒绝神圣超越，在当时现实的影响下，很容易转向阶级革命论。然而，转向后的冰心把"爱的哲学"限制在很小的范围。其实，这样的爱的价值非常有限，既不能以此展现自我，更不能对现实与政治形成批判，最终滑向把爱寄托在家人、集体身上，也就会神化对象，让人因爱生盲，对真相毫无所知。在这一过程中，个人就被取消了，独立的思考与个我灵魂的袒露被对政治的歌颂所替代，五四的、个性的、独立的冰心也就没有了。

从冰心在中国现代的创作来看，她在1920—1922年间，还有偏重表现爱的神圣性，但已向泛神论漂移，对基督教的接受也是自由主义神学方式；之后，《寄小读者》等作品则试图想把神性、自然和亲情结合起来，完成了泛神论转向；20世纪30年代的创作则开始放逐神性；而写于20世纪40年代的《关于女人》等作品，则把神性完全转化为世俗社会的实践。所以，冰心接受基督教的过程就是一个不断放逐基督教神圣超越价值的过程。但也正因为这种放逐，冰心并未能真正进入基督教，没能深入去研究或体会基督教的奥秘，没有明白其中的真正价值：上帝之在，强调超越价值，强调无等差的博爱，是为人，尤其是为个体的人赋予神圣性，防止外在任何历史和现实对个体价值和尊严的漠视与践踏，这正是中国传统与现实缺乏而需要补充的。可见，拒斥基督教上帝神圣价值，也就难以真正走进基督教并得到基督教更有意义的启示价值，这也是冰心等一系列中国现代作家接受基督教的问题和缺失所在。

---

① 茅盾1934年的《冰心论》对《分》和《冬儿姑娘》高度肯定。参阅乐黛云：《茅盾论中国现代作家作品》，130页，132页，北京，人民文学出版社，1980。

参考文献：

[1]齐宏伟.目击道存：欧美文学与基督教文化[M].沈阳：辽宁教育出版社，2009
[2]庄祖鲲.基督教与中国传统文化之关系：契合与转化[M].西安：陕西师范大学出版社，2007
[3][德]马丁·布伯.我与你[M].陈维纲，译.北京：三联书店，1986
[4]冰心.冰心全集：第1卷[M].福州：海峡文艺出版社，1994
[5]乐黛云.茅盾论中国现代作家作品[M].北京：人民文学出版社，1980
[6]范伯群.冰心研究资料[M].北京：知识产权出版社，2009
[7]冰心.冰心全集：第7卷[M].福州：海峡文艺出版社，1994
[8]冰心.冰心全集：第2卷[M].福州：海峡文艺出版社，1994
[9]冰心.冰心全集：第3卷[M].福州：海峡文艺出版社，1994
[10][美]张敬珏，蒲若茜.冰心是亚裔美国作家吗？：论冰心《相片》之东方主义及种族主义批判[J].许双如，译.华文文学，2012（3）
[11]齐宏伟.文学苦难精神资源：百年中国文学与基督教生存观[M].南昌：江西人民出版社，2008
[12][瑞典]虞格仁.历代基督教爱观的研究：第2卷[M].韩迪厚，等，译.香港：中华信义会，1952

从天国到人间
——论冰心的信仰转变

李卓然

摘要：冰心的信仰转变始于20世纪30年代，她的民族意识随着对基督教和西方的怀疑而逐渐增强，国内接连不断的战祸使其思想更趋现实。唯物思想的传播引发了冰心对马列主义的认同；她的基督教信仰本身所具有的人化倾向从根本上导致了其在50年代初向社会主义文化急速转向。

关键词：冰心；信仰转变；基督教；民族意识；唯物思想

民国时期的冰心在基督教的影响之下创作了许多神学色彩甚浓的文学作品[①]，甚至还直接撰写过《圣诗》一类的基督教赞美诗歌，但青年时垂首祷告的"属天"冰心却在1951年回国后义无反顾地拥抱"属地"的社会主义文化，完成了许多民国时期就隶属左翼阵营的作家都无法实现的"无缝对接"。一直以来对于冰心这种令人惊叹的转变，学界的研究都不够到位：或用意识形态话语来定性这种"突变"，或以墙头草的文人性格来解释，或语焉不详、不去深究。本文所锁定的就是冰心由天国到人间的转型期——20世纪30年代初到50年代初之间的20年，通过梳理这段时期内冰心的信仰在关键节点处的走向，展示出其转变的整个逻辑过程。据此也能厘清冰心在1951年之前和之后的作品风格换代的原因，并通过冰心这个个案来管窥现当代文学在历史转折处的思想流变。

一、《分》之转变分析

众所周知，冰心在青年时期对基督教极为热衷，但这种兴趣并没有长久地持

作者简介：李卓然（1985— ），男，湖北武汉人，博士生，主要研究方向为中国现当代文学、比较文学等。
本文原载：《华南理工大学学报（社会科学版）》2014年12月第16卷第6期。
① 冰心在民国时期创作的带有基督教色彩的文学作品有：《最后的安息》《一个不重要的兵丁》《画——诗》《自由——真理——服务》《我+基督=?》《超人》《十字架的园里》《到青龙桥去》等。

续下去，那个时代给予"神"的空间实在非常有限。当曾经默诵神旨的信徒步入尘世，他们突然发现《圣经》中的讲述无力应对周遭的复杂和残酷。而信仰本身的不纯和偏向性又使得他们难以在艰难复杂的环境中持守自己的信仰。于是对上帝的信靠让位于对现实的考量，他们开始"变"了。青春年少的美好理想和岁月砥砺的务实抉择对于许多民国知识分子而言，确实好比挣扎在一条冰冷的宿命之河中。虽然苏雪林称冰心的可贵之处在于"其一开笔便有一种成为系统的思想"[1](349)，但这种"系统的思想"并非静止或一成不变的，而是同样身处不断变化的大环境中，并随之调整和适应。冰心20世纪30年代后的作品就由理想走入现实，由天国步入人间，基督教信仰和"爱的哲学"在一定程度上被搁置，社会各阶层的面貌成为了重点刻画对象，作品的创作更趋近现实主义，在选材、内容、艺术风格、价值取向、宣扬的理念上都产生了明显变化。其中最具代表性的便是小说《分》和《相片》，它们集中体现了冰心信仰转变的萌芽，下文就将通过对这两篇代表作的个案分析来直观展现和具体揭示这种转变。

小说《分》作于1931年，可以被称为昭示着冰心信仰转变的先声。文章以一个富贵人家刚出生婴儿的视角，通过他和在同一个医院产房诞生的另一个屠户家婴儿的对话展现了"一切种种把我们分开了"的阶级现实[2](313)。以往冰心写孩子，都是追随《圣经》中的婴孩观，充满感情地赞颂孩子们的纯洁可爱和他们身上所体现出的上帝造物的神性[①]，从未用其来反映阶级的不平等，这篇作品可以说是涉足了冰心之前从未涉足过的主题，显示出一种新的创作取向。冰心晚年在回忆自己一生的创作时，曾总结说自己的作品有"甜、酸、苦、辣"，其中的"酸"就以小说《分》为代表，因为她"看到了社会生活中有阶级的分别"[3]。这篇描写孩子的小说第一次脱掉了冰心以往写同类题材作品的"童话外衣"，进入到严酷的现实之中，并试图用阶级视角来看待社会问题。作品中不乏用"血"和"泪"代替"光"和"爱"的句子[②]："我（屠户家的孩子以第一人称说话——引者注）大了，也学我父亲，宰猪，——不但宰猪，也宰那些猪一般尽吃不做的人！"[2](310~311) 阶级论者往往将《分》作重点分析，赋予其冰心创作生涯意识形态分水岭的地位，并将这篇小说置于之前的作品之上。茅盾对之极为赞赏："《〈往事〉——以诗代序》写于1929年夏，到现在是五年了；这五年内世界的风云，国内的动乱，可曾吹动

---

① 例如《圣诗·孩子》中有："水晶的城堡，/碧玉的门墙，/只有小孩子可以进去。"冰心.圣诗·孩子.//卓如编.冰心全集（第一册）[M].福州：海峡文艺出版社，2012.174；《繁星·三五》中有："万千的天使，/要起来歌颂小孩子；/小孩子！/他细小的身躯里，/含着伟大的灵魂。"冰心.繁星·三五[M]//卓如编.冰心全集（第一册）.福州：海峡文艺出版社，2012.245。

② 1922年冰心在诗歌《哀词》中写道："他的周围只有'血'与'泪'——/人们举着'需要'的旗子/逼他写'光'和'爱'，/他只得欲哭的笑了。他的周围只有'光'和'爱'，/人们举着'需要'的旗子/逼他写'血'与'泪'，/他只得欲笑的哭了。"冰心.哀词.//卓如编.冰心全集（第一册）.福州，海峡文艺出版社，2012.503。

冰心女士的思想,我们还不很了解。但是在她的小说《分》里头,我们仿佛看到一些'消息'了"[4](222);"这位富有强烈的正义感的作家不但悲哀着'花房里的一朵小花',不但赞美着刚决勇毅的'小草',她也知道这两者'精神上,物质上的一切,都永远分开了!'"[4](223)从表面上看来,《分》的主题和内容确实令人耳目一新,似乎反映出作者的重大转变,连海外的研究者都不免为之侧目:"这篇小说(指《分》——引者注)标志着冰心创作的质的巨变。"[5](12)但事实上,如果我们仔细阅读文本,就会发现这种"质变说"有些夸大事实。《分》这篇文章的确昭示了冰心的显著变化,但在这种变化的深处仍是对原有基督教"爱"的思想的承续。《分》并没有裸露直白地拥抱阶级斗争,而是在承认阶级分野的事实的条件下,对如何应对这种分野有诸多暧昧和矛盾之处。富贵的孩子和屠户的孩子只是通过对话来展示贫富的差异,却并没有因此而起冲突,相反在阶级斗争理论中本应为敌的两个孩子似乎更像是好朋友;当富贵的孩子最后意识到他将永远和屠户的孩子相隔离,他解决的办法是"我哭了"。这样的处理就使得整篇文章看下来显得充满了矛盾:想动刀枪,却放不下同情;想用阶级观点替换爱,却又对过去割舍不下。茅盾从这篇小说中读到了阶级革命思想的萌芽,但实际上这种"变化"是有限的,也可以说是表面上的改变,在冰心的思想深处仍然恪守着"非暴力革命"的大爱,文中的价值指向仍然与源自基督教的"爱的哲学"紧密对接。

在这个时段,虽然冰心表面上看似有了重大的改变,但蕴含其中的仍旧是信仰的稳定性。如果忽略了这一点,就会造成对《分》的两种片面解读,第一种是左翼评论家将这篇文章的意义无限拔高,认定这是冰心的"全新"面貌,并且据此来打压她之前的基督教泛爱创作,例如林非就认为:"冰心写成的短篇小说《分》,呈现出一种新的思想面貌……这对冰心宣扬的那种超阶级的'爱的哲学',分明是一种不自觉的否定。屠夫的儿子还表示在他长大以后,'不但宰猪,也宰那些猪一般的尽吃不做的人!'这种粗犷的呼声,对于冰心来说真像是石破天惊似的,这也显示了作者在跟随伟大的时代前进"[6](362);第二种是爱的拥护者将《分》视为一种妥协甚至倒退,认为冰心禁不住外界的批评而动摇了之前的信仰,例如李玲在《冰心——爱的灯台守》一文中就谈道:"不公正的批评甚至使得冰心本人对自己的'爱'的歌唱也感到了不自信,因而她于1931年创作了《分》这样阶级观念简单化的作品,让教员的孩子在劳动人民的孩子面前感到惭愧,赞赏'宰那些猪一般的尽吃不做的人'的阶级暴力观念。"[7]对于同样的一句话("不但宰猪,也宰那些猪一般的尽吃不做的人!"),不同的视角得出的论断判若天渊,左翼评论家自然赞赏这种暴力革命的宣言,而爱的拥护者则为冰心背弃了之前的信仰而深感痛惜。但前者的赞赏是带着先入之见的拔高,后者的痛惜则是源自作品中的只言片语,并没有从完整的文本中分析。冰心本就是一个对于体制化的信仰或主义之类无甚兴趣的人,她既不是阶级旗手也不是布道专家,她所持的信仰是高度私人化和充满灵性的。她曾说:"至于政治呢,我是较少关心的……我是没有政见的……"[8](93)，无论是将冰心这篇作品的转型特征赋予积极的政治含义或消极的宗教背叛都是一种片面的解读。冰心确实发生了改变，但绝不是彻底的改变，也不是开倒车的改变，而是思想随着时代的变化而作出的局部适应和调整。

不少有关冰心的研究往往以20世纪30年代为界将冰心一生的创作生涯一分为二，认为前一段受基督教文化影响，后一段以阶级思想为主导，这样的看法未免过于简单。冰心创作中某些"承前启后"的转化特征在这种划分中就很容易受到掩盖，事实上冰心源自基督教的大爱既包括母爱和人与人之间的博爱，还包括对大自然的爱、对造物主的爱、对人世的爱、对弱势阶层的爱，而最后一种爱在阶级观点的影响下就很容易以刻画阶级间差异的方式出现。《分》中冰心将上层的孩子和底层的孩子用阶级的视角予以区分，但她显然是反对人与人之间的这种阶级分野的，背后的理由并不是要去追求一个消灭了阶级的新世界，而是这种分野本身是违背基督教大爱中的平等与自由精神的。虽然屠户家的孩子声称长大后要"宰那些猪一般的尽吃不做的人"，但在现实中他和富贵人家的孩子却经常聊天，分享彼此的故事。小说在二人分别时富贵孩子羞惭的哭声中结束，导致这泪水的恰恰是基督教大爱中的平等观念：为自己的"不劳而获"对比他人的"自食其力"而感到的愧疚和难受。小说展开故事情节的逻辑仍以平等和同情为基础，穷人事实上用话语把富人"感动"和"说服"了，令后者感到愧疚并进而生发了想成为赤贫阶层的一分子的意愿。

二、《相片》之转变分析

已到而立之年的冰心，不仅其基督教大爱信仰中被渗透进了阶级思想，到了20世纪30年代中期，她对于基督宗教本身的态度也发生着转变。当接受记者采访时被问到"对于宗教您取什么态度呢？"，冰心答道："我对于宗教的见解曾在最近一个集子《冬儿姑娘》里的《相片》一文中表示过了，送你一本。"[8](90)在之前关于基督教的作品中，冰心要么创作基督教赞美诗歌（例如《圣诗》系列组诗）来表达对于神恩的无限倚靠，要么撰写具有神学色彩的小说（例如《一个不重要的兵丁》）来塑造耶稣式的理想人格，总的来说都是以正面的方式来阐释基督教思想；而1934年创作的小说《相片》围绕的则是外国人在中国传教的主题，塑造了具有极为复杂人格的传教士施女士，外表拘束内心活泼的淑贞，开朗阳光的天锡，其中还包含着对基督教与中华文化之关系的探讨，作品的思想深度前所未见。可以说，这是冰心最具有多元阐释可能的小说作品。文中的施女士在年轻的时候就由美国不远万里赴中国的教会学校工作。一来就是近30年，由一个年轻美丽的少女慢慢变成了头发灰白的老处女，她养狗种花，日子波澜不惊，"自己觉得心情是一池死水般的，又静寂，又狭小，又绝望，似乎这一生便是这样的完结了"[9](375)。施女士的生活由于领养了少女淑贞而有了在身边陪伴的人，在家中的淑贞和施女士一样沉默寡言，这种怯弱反而使得施女士生出一股强烈的怜爱感，当她握着淑贞的手，竟觉得不像握着一位少女，而像是握着淑贞父母的遗物、东方的一片贞女石或是古中华的一种说不出来的神秘的静默。这也说明了长年蛰居已使得施女士的心理异化于常人，从某种意义上，淑贞的地位相当于施女士拥有的一只宠物或一件古玩，而不是被当作一个活生生的人来对待。施女士帮助淑贞的前提是淑贞值得帮助，只有后者和自己一样处在孤独伤感的情境之下，"彼此都是世上最畸零的人"[9](377)，才能给予心理的满足：施女士在拯救淑贞的同时也在拯救着自己的寂寞。淑贞也配合着施女士，10多年来就像一条平静的小溪；她迎合着衣食父母的心理，完美地呈现出需要拯救的样子。这就可以很合理地解释当施女士想到日后淑贞出嫁的情景，不是像一个正常的母亲一样感到幸福和欣慰，而是"一种孤寂之感，冷然的四面袭来"[9](377)，让她不禁"起了寒战，连忙用凄然的牵强的微笑，将这不祥的思想挥麾开去"[9](377)。这说明施女士的爱不是无条件的，而是以淑贞扮演其一柄"私物"的角色为前提。淑贞再美，也只是施女士这棵老树上的一眼新芽，而断不能成为其旁一棵独立的乔木。也正因如此，施女士惯于用"爱傲的微笑"来打发那些上门提亲的朋友和向淑贞表示好感的男学生们。[9](377)

淑贞18岁毕业那年正好赶上施女士6年一次回美国的工作休假，于是二人结伴回到施女士的故乡——美国新英格兰州的一个小镇。在施女士的老宅中，她们接待了在当地神学院研读的一位来自中国的李牧师和他的儿子李天锡。晚饭后淑贞和天锡有了单独谈话的机会，酒逢知己千杯少，二人聊得非常投机。按理说，天锡的身份是冰心在之前作品中塑造纯粹而完美的基督徒的绝佳机会，但是在这篇作品中冰心却借他的口说道："其实要表现完全的爱，造化的神功，美术的引导，又何尝不是一条光明的大路……"[9](383)这里应和着当时蔡元培提出的"以美育代宗教"之说，试图在传统礼教崩塌又缺乏西方本土自生的基督教的现代中国用美育替代宗教功能。冰心通过天锡想说的是，要建构现代社会和达致人的高尚品格，宗教并非唯一的道路。用艺术的美感来替代宗教的崇高，也可以造就高洁的人，也能充分表现上帝"完全的爱"和"造化的神功"。这种在之前作品中从未出现过的用世俗过程实现宗教结果的言论反映出冰心对于宗教救国、宗教树人之必要性的怀疑开始出现。天锡接着抱怨说，自己在美国修读神学，却经常被外国人耍猴似的拿来展览，用以证明基督教如何将一个本是冥顽的中国人拯救为具有理智的模范青年。其中有两句话非常重要："有些人们总以为基督教传入以前，中国是没有文化的"[9](383)；"倘然我有一丝一毫的可取的地方，也绝不是这般人（指认为基督教拯救了中国青年的洋人——引者注）训练出来的！"[9](383)近代基督教作为在西方帝国主义炮舰的掩护下进入中国的一种强势宗教，确实在很多时候和场合有意无意地表现出某种"先进对于落后"的傲慢。再加上基督教又是一种救赎的宗教，信仰上的救赎在某些高傲的洋人眼中很容易变为文化上的救赎。但是中华文明又是人类历史上最为古老和悠久的文明之一，也是四大文明中唯一血脉未断的文明，曾经有过显赫的历史记录，只是在近代才遭遇衰落。这样历史"大国"的心态遭遇到文化"小国"的现实，再碰到外来宗教"教你以文明"的上课口吻，使得中国基督徒情何以堪？小说《相片》要展现的就是一种中国人和中国基督徒之间的身份矛盾，也是作为基督宗教"母国"的西方和中国之间的复杂关系。淑贞对于天锡的回答也很尽情尽理，她认为有的时候国人因弱国心态作祟对西洋传教士的工作容易神经过敏，"生出不正常的反感"[9](383)，若能不卑不亢，心平气和地与外国人交流，通过学习和模仿成为"心理健全的人"[9](383)，也能为祖国的未来做一点贡献。天锡的疑惑无疑是冰心的疑惑，淑贞的回答也正是冰心的回答，正如有人评价说："……她（冰心——引者注）的小说的节奏总是自己证实而又自己怀疑，总是自诘自问而又自慰自信……"[10](68)冰心在用淑贞的口回答天锡的疑惑和愤怒时，实际上也在努力说服着自己。天锡邀请淑贞每周六来小组聚会，一起研讨或远足，因为他佩服西方人的"活泼与勇敢"，想要用团体的活动来活泼淑贞的"天机"。冰心在这里没有止步于对某些外国教会人士倨傲姿态的愤怒，而是承认在近代历史的重压下，国人的性格变得保守而拘谨、封闭而怯懦，她期待将西方开放的海洋性格注入东方的大河之中，赋予他们开朗和进取的新鲜品格，让他们的"天机""活泼"起来。淑贞答应了天锡的邀请，并在与外界的交往中逐渐变得开朗而快乐，"活泼的灵魂投入了淑贞窈窕的躯体，就使得淑贞异样的动人！"[9](386)在这里，冰心实际上讲的是西方文化对国人性格的改造问题。腼腆、沉默、顺从的淑贞无疑就是国民性格中怯懦一面的化身，如果要"打开"这种封闭保守的性格，使其变得自信、勇毅、开朗，冰心开出的药方是"中体西用"，以"西"之灵注入"中"之体，实现性灵的歌唱。当施女士无意中看到淑贞在野营时拍摄的照片上露出"十年来所绝未见过的"迷人微笑，却感到了莫名的恐惧，决定阻断淑贞的独立之路。她收回赴美出发前许下的让淑贞自由选择美国的大学来就读的承诺，并且要将淑贞带回中国继续做自己的"宠物"。

施女士是这篇小说的核心人物，也是无法简单地用"好"和"坏"来定义的人物，她的性格是一片难用是非善恶准确定性的朦胧地带。相比于老舍在1929年创作的小说《二马》中对由英来华的伊牧师和牛牧师虚伪卑劣丑态之暴露，冰心在《相片》中对于施女士的笔触是带着同情共感、极为温柔的。对于这个人物的塑造冰心显然是有所保留的，用一种委婉的方式呈现其心理，并没有作直白的暴露和批判。施女士希望淑贞"好"，但又不允许淑贞顺应自我发展地去"好"；她在意识上想要淑贞"幸福"，但能够使得淑贞自由自在的真正"幸福"的状态又将脱离她的掌控，使得她充满了恐惧和戒备。正是这些彼此矛盾的思想纠缠于施女士心中，不可避免地造成了她无意识的人格分裂，也导致了她理智和情感相错位、行为和目标相抵触。正是因为施女士身上显现出这些自相矛盾的言行，不同的研究者对这个人物形象的评价褒贬不一，有的赞美她的外在行为："在中国现代文学作品中，描写外国基督徒的较少。像冰心这样正面描写在教会事业中工作的西方基督徒的内心世界的更少。而能够像施女士这样,一方面怀着良善之心成全中国少年,另一方面能以中国为心灵归宿的'准传教士'一类的人物更少。"[11](131)有的则揭穿她的潜意识动机:"……这只小鸟(指淑贞——引者注)的翅膀的羽毛已丰而要经营自己的窝巢时,施女士所给予的是用自私来夭折这美丽的青春的梦!冰心写的是如此深刻和含蓄,深深地挖出了施女士身上最隐潜的自私,以及与慈怜心肠大相径庭的'占有性',是一种化妆得'温情脉脉'的自私的占有欲。"[10](150)施女士在淑贞双亲亡故后将其收留无疑是出于助人为乐的出发点,但其中也包含了施女士的某种"需要人陪"的私心,例如施女士将淑贞带回美国就是出于双重原因:"一来叫淑贞看看世界,二来减少自己的孤寂"[9](378),当淑贞需要帮助时,施女士的帮助无疑是及时而高尚的;但当淑贞向着成为一个独立的、活泼的、自由的人而迈进时,施女士仍然想要淑贞停步不前于过去的"需要帮助"的状态,并且不惜背弃承诺,人为地阻断淑贞的自我觉醒和成长之路,这时的施女士无疑又是自私而卑鄙的。施女士对于淑贞的帮助从一开始就具有双重动机,一是用自己的奉献和关爱帮助一个弱者;二是在对弱者的拯救中寻找自己存在的价值感,在这个意义上施助的施女士实际上也是在救助着自己。淑贞对施女士的全身心依赖无疑将随着前者走向独立自由而终结,这也正是施女士莫名恐惧的根源。在这里,依赖者和被依赖者、施助者和受助者不是通常意义上的主从关系,而是唇齿相依、命运相关的共同体。当弱小的受助者不再弱小,甚至将成长得强大,这时的施女士不仅将失去帮助的对象,而且更致命的是自己赖以存在的意义也会顺带着被否定,这也就不难理解施女士看见淑贞的"天机"被"活泼"后的恐惧和战栗。如果用这种"双重动机论"来解释施女士的种种行为,所有的疑惑和矛盾就迎刃而解了。

《分》和《相片》两篇文章集中体现了冰心在创作转型期的思考和困惑,前者展示了她对于阶级观点欲拒还迎的态度,后者表现了她对于中西国民性格、基督教与中华文化之间的关系梳理。无论是作品中的人物塑造还是冰心所想表达的思想,都是复杂而富有层次的,这显示了她在转型时期的深入思考和对于基督教信仰不同以往的态度。这种态度的转化主要有以下三点内容:一、不再单纯地认为基督教的大爱能够拯救一切苦难、解决一切问题,而是承认阶级分野的现实。对于这样的阶级鸿沟该如何跨越的疑问,冰心显然处在了尴尬和两难的境地——一方面在现实中发现了严重的阶级分野,却又难以拥抱阶级斗争意识;另一方面虽倾向于基督教的博爱理念,却又感到这种理念在现实中的无力。这个时段的冰心对于基督教的态度是极为矛盾和犹豫的,她显然还没有想出一个既符合心意又适应现实的两全之策。二、对于西方向中国传播基督教的真实动机产生了怀疑——西方是否真的希望基督教来改变中国?还是仅仅"叶公好龙"而已?如果中华文化吸收了基督教的元素来补全了自身的某种先天不足,中华文化就将迸发出强大的创造力和生命力(就像一直沉默不语的淑贞的"天机"被"活泼"了后一样),甚至发展得比西方更为先进和强大，这是西方所期待的吗？这是西方所愿意看到的吗？或者西方只是将中国当成了施女士眼中的淑贞，只有后者处于孤苦无依、弱小无助的状态时，前者才能在"拯救"后者的过程中生发出存在感和高尚感。三、民族文化本位观念开始显现。西方的基督教虽然一度是冰心借鉴和学习的对象，但是中华文化其本身自成体系，而且历史悠久，是一种自洽性很强的文化。在借鉴外来宗教时，显然必须考虑到这个因素（这甚至是比学习"新"的东西更为关键的因素）。冰心虽然在教会学校受教十几年之久，但她并未成为一个文化上的自卑者（"有些人们总以为基督教传入以前，中国是没有文化的"——《相片》），而是希望在中华文化和基督教信仰之间找到一种平衡而有效交流的方式。虽然她承认作为基督教母国的西方列强确实比中国更为强大和先进，但这并不构成中国必须"全盘基督教化"或全盘西化的理由。相反，中华文化如果真的想要学习和借鉴基督教，首先要做到的是尊重和了解自己，而不是妄自菲薄。

三、信仰的放弃与保留

时间发展到20世纪40年代中期，冰心已步入不惑之年，她在青年时期对于基督教的那种痴迷随着年龄的增长和阅历的增加已不再狂热，而历经内乱和日本帝国主义侵略的炮火后，她身上那种对于信仰的理想化情怀更进一步消退，留下的却是对于天国的疑问和反思。《圣经》中的箴言和现实中的残酷不可避免地发生碰撞，究竟是先做一个基督徒还是先做一名中国人？有无可能成为一个"中国基督徒"？这是20世纪初年在中华大地上的基督信徒不得不思考的问题。事实上中国的基督教徒从一开始就有着双重身份：上帝子民的信仰身份和炎黄子孙的民族身份。当信仰身份要求其将民族身份置于信仰之后的时候，或者当民族遭到帝国主义国家（也是基督教的母国）的侵略需要用武力反击，无法用信仰中的大爱来调和的时候，这样一种双重身份就陷入了彼此矛盾之中。尤其是第二种情况，由于看到了西方现代社会建构中不可或缺的宗教因素，民国不少文人在年少时都曾倾心于基督教，但后来在同样也是来自西方的炮舰和不平等条约的刺激下，又将宗教和教会简单地等同于帝国主义侵略，决绝地放弃了信仰。他们在充满幻想、远离政治的少年时代也许会声称自己是基督徒，但一旦步入社会，参与到民族救亡的大潮中，就很难持守住自己之前的信仰。约伯称："我这皮肉灭绝之后，我必在肉体之外得见上帝"（《圣经·约伯记》19章26节，《圣经》中译和合本），所以他能在失去生命的危险下仍不放弃信仰。但是中国基督徒在民国时所承受的代价并非仅仅是个人"皮肉灭绝"的危险，而是帝国主义侵略之下"种族灭绝"的危难，这也确实迫使他们的信仰生活处在了一个十分艰难的境地。

1944年在冰心《再寄小读者·通讯四》中这样对孩子们写道：

> 生命中不是永远快乐，也不是永远痛苦，快乐和痛苦是相生相成的。等

于水道要经过不同的两岸,树木要经过常变的四时。

在快乐中我们要感谢生命,在痛苦中我们也要感谢生命。快乐固然兴奋,苦痛又何尝不美丽?[12]

在这里已不再是20年前《寄小读者》中那种满是单纯、快乐和唯美的乐观,而是用现实的观点给人生蒙上了一层淡淡的哀愁和伤悲。对神的赞颂被对人的务实所替代。那个写着"愿上帝无私照临的爱光,永远包围着我们,永远温慰着我们"的圣女已经不在了[13](5),此时的冰心所告诉孩子们的是苦痛无法避免,只有去顺应它,要咽下苦涩并学会感恩,这也显示出在抗战的硝烟中冰心下笔越发沉重。如果说冰心之前笔下的世界是只有上帝之爱而没有切肤之痛,此时的冰心则完全承认了这个世界既有爱带来的快乐又有残酷留下的痛苦,并且视这种"苦乐交加"之生命为必然。从中可以看出冰心的思维逻辑由幻想和感性逐渐趋于现实和理性的过程,放下的是理想的神恩,拾起的是人间的烟火。

而真正使冰心的信仰发生实质性转变的是在1946年至1951年冰心随吴文藻赴日期间。这一时期让在年轻时写下"战争是不人道,不想现在不但是不人道,而且是无价值"(语出冰心于1920年所作小说《一个军官的笔记》)的冰心被迫反思自己曾经珍视的基督教和平主义信条。理想中的世界充满和平与互爱,现实中的世界却兵连祸结、生灵涂炭,爱的天国离现实越发遥远、不可企及,理想和现实的巨大反差使得冰心不得不忍痛挥别之前的信仰。

1948年元旦冰心在最初发表于日本的《新年感言》中说:

……在满天朔风,满地寒雪的当中,饥饿冻僵的人们,口中自然是充满了悲哀,怨抑,和愤激……

听着窗外怒号的朔风,在温暖的衾被里,有几个能够熟眠?看着道旁颤抖匍伏的贫民,在丰盛的筵席上,有几个能够吃饱?

……一切事物,没有得到合理解决以前,我们仍须尽着最大的努力。我们要在广大的急需帮助的群众中,挑出我们认为要最先援手的对象。[14]

文中已不再谈论形而上的神爱和同情,而是将目光投向社会底层的饥民和穷人,并细数那些食不果腹之人和饱暖之人的差别。引文第二段的贫富对比和良心呼唤让我们想到了以民主社会主义为意识形态的英国工党的口号:"不让任何人吃上蛋糕直到所有人都有了面包(Let none have cake until all have bread.)。"这种类似"等贵贱,均贫富"的意识第一次在冰心笔下出现,值得密切关注。感言中已不再像之前的文章"坐而论道",祈求上帝的庇佑,而是希望用具体的行动来改变生灵涂炭的现实,用"最大的努力"去实实在在地援助那些"要最先援手的对象"。这是冰心第一次诉诸较为清晰完整的具体行动来关注贫富问题，所描写的惨状抛弃了温情脉脉的面纱，直达社会最底层的赤贫阶层。小说《分》中应对贫富悬殊艺术化、理想化的解决方式已为冰心所不取。由彼时"理想主义"到此时"行动主义"的转变显示出冰心对于如何解决社会问题的新思维和新方法，而对于行动和手段的推崇也契合了马列主义对于社会问题的唯物解决方式，体现出信仰转变的具体特征。

虽然身在海外，但冰心对于国内的局势极为关注。她在1948年4月7日写给赵清阁的信中说：

>　　我们的心情都坏得很，因为听得多，四面八方的，觉得苦闷。我们这里找人谈容易，各国的。看宣传品也容易，也是各国的。人家唯恐你不看，我是越看越糊涂。……你问我写东西没有，我倒想写，只是心里乱得很，以前的想法看法，似乎都碰了壁，都成了死路。实际上人生，似乎是卑鄙、残酷、狭仄、污秽。我一向只躲在自己的构象里。这构象似乎要打破，才能痛快的写。[15](246)

当时正是国共内战如火如荼之时，解放军已完成战略调整，决战之弦一触即发，不久之后辽沈战役就将打响。冰心在信中所说的一向"只躲在自己的构象里"应指她所倾心建构的"爱的哲学"，而后面接着说的要打破这构象，可以说是冰心的创作即将左转的先声。如果说之前冰心对脱胎于基督教的"爱的哲学"只是些许的怀疑，此时就只剩下彻底的绝望了（"以前的想法看法，似乎都碰了壁，都成了死路"），她对于人生也全然幻灭（"实际上人生，似乎是卑鄙、残酷、狭仄、污秽"），这种信仰的崩溃其剧烈程度是千百倍强于之前对信仰的怀疑的，而且这种信仰"到了绝路"的濒死体验决定了其崩溃后在短期内很难重建复原。果然直到改革开放后，冰心的信仰才一点一滴地开始回归，当然此为后话。

冰心信仰的左转除了源自对现实的反思，还受到了唯物思想的影响，马列主义的传播对她所持的基督信条构成了强有力的竞争，进一步加速了她旧有信仰体系的瓦解。她讲到在海外"看宣传品也容易"中的宣传品就包括毛泽东的著作。吴文藻担任政治组组长的中国驻日代表团被中国共产党安插了地下党，担任政治组副组长的谢南光暗地里给冰心夫妇提供毛泽东的著作供他们阅读，并且通过前者他们得以和大陆取得联系。也就是这样的管道使得冰心全家后来在地下党的帮助下秘密回国。1951年11月4日，日本《妇人民主新闻》刊登了冰心的发言记录稿《寄语日本妇女》，题前有"惜别日本之际"，故此文应为冰心即将秘密回国前的发言。文中的内容已和之前的作品有了质的变化：

>　　我发现自己走过的路是错误的。我曾经想以小资产阶级的立场来改造中国。这是不对的。诸位很年轻，请勿重蹈我的覆辙。
>　　群众的力量真的很伟大。日本可能还不知道人的力量。但是，中国人口

众多，我们知道除了人民的力量以外，没有什么是可以依靠的。我们必须加入到民众中去，从背后接受指导。只有和他们一样粗茶淡饭、穿脏衣服、住陋室，才能知道人们期盼的是什么。我还没有这样做，当然，有机会的话，想这样做。也请诸位一定这样做。[16](131)（着重号为引者所加）

文中所反映的冰心信仰实质性转变有以下几点：一是阶级意识开始明确。"小资产阶级"一说罕见地出现在冰心的文章中，既然这个立场是"不对"的，那么反过来，无产阶级的立场显然就是"对"的了。这是冰心第一次用阶级话语来阐述论点并批判自己，此外，"人民""群众""人民的力量"这些词汇也在冰心作品中完成了"首映"，这可以被看作是冰心重大转变的印证和阶级观点具体成型的标志。二是知识分子和人民之间的关系被革命逻辑诠释。读书人只有相信人民、依靠群众、与之打成一片、过贫民的苦日子，才能了解和实现人民的期盼。这样要知识分子甘为人民学生、以人民为榜样的近似反智主义的观点第一次出现在冰心笔下，其对于知识分子和人民之间关系的阐述实际上和中国共产党对待知识分子的态度完全一致，"和他们一样粗茶淡饭、穿脏衣服、住陋室"和1949年后大规模地劳动改造知识分子在本质上是相通的。从中可以看出在党改造知识分子之前，至少相当一部分知识分子已经预先认同了这样一种他们和人民之间的关系定义（这种关系定义是改造知识分子的重要前提和理由）。三是正式进入革命语式。这篇文章无论是内容、思想还是表达形式，都明显受到《毛泽东选集》话语的影响。可以看出来，那时的冰心是认真研读过毛泽东的著作的。冰心也在后来的作品中回忆了自己在日本期间仔细阅读《论人民民主专政》的情景。①

在这篇发言的结尾处冰心号召说："在群众中，与群众以及和平对待自己的国家携手共进吧！衷心期望日本再也不要走像至今为止的中国那样不顾人民的力量、和不平等对待自己的国家提携的错误的道路了。"[16](132)这里的"不平等对待自己的国家"似暗指美国，从中也可以看出冰心对国民政府的失望以及对"为人民服务"的新政权的期待。冰心12年的教会学校的受教经历、在美国的留学经历、对基督教文学的钻研在这一刻全数归零。这是一篇思想改造的宣言，在这之后，冰心的文字就将完全进入革命话语，成为无产阶级大合唱的一部分。

---

① 冰心1976年在《毛主席的光辉永远引导我前进》一文中写道："我首先忆起的是一九四九年的秋天，我独坐在日本海岸的一座危崖之中，阵阵的海波在我脚边不断地涌来溅起。四无人声，我在低着头细细地读着我膝上的一本小册子，那是毛主席最近的光辉的著作：《论人民民主专政》。"冰心.毛主席的光辉永远引导我前进[M]//卓如编.冰心全集（第七册）.福州：海峡文艺出版社，2012.298.

四、从天国到人间的深层原因

冰心的信仰由信靠上帝急速转为拥护革命除了上述社会和历史原因,还有着深层的文化原因;其中的关键在于冰心对于《圣经》的理解在很大程度上带有一种社会福音(Social Gospel)色彩①,这使得她笔下的耶稣形象经常被道德伦常化。上帝存在的理由从道成肉身的救赎转化为在现实中救苦救难的热心肠,她曾回忆说:"我从《福音》书里了解了耶稣基督这个'人'。我看到一个穷苦木匠家庭的私生子,竟然能有那么多信从他的人,而且因为宣传'爱人如己',而被残酷地钉在十字架上,这个形象是可敬的。但我对于'三位一体'、'复活'等这类宣讲,都不相信,也没有入教做个信徒。"[17](238)在这样的理解下,耶稣的神性被不断弱化,其人性被不断增强,经过"去神取人"之后最终成为了一位不带任何神之色彩的道德模范人物,基督教"神学"也变成了"人学"。民国知识分子对基督教的好感主要来自耶稣作为个体自愿为大众受苦的牺牲精神和作为道义领袖忧思同胞的爱的人格;在他们眼中,耶稣在十字架上的献身虽是顺服天父的旨意,但如果这种旨意是通过耶稣舍弃生命救赎世人来完成的,那么其就可被归入"人类之爱"的范畴。

民国知识分子欢迎用基督教的奉献和牺牲精神将民众"从堕落在冷酷、黑暗、污浊坑中救起"[18];实际上是将基督教人化为了道德律令后对这种"德性"的追慕、学习和利用。于是《圣经》中的上帝被切割为了两个部分:"历史的耶稣"和"神话的耶稣"。前者对应于上帝所做"人"事,而后者对应于上帝所行"神"迹。这让我们想到了托马斯·杰弗逊用剪刀裁剪《圣经》的情景,这本在其死后出版的"简要版福音书"删去了杰弗逊认为"错误"的部分而保留了那些"正确"的;删去的是《圣经》中耶稣的神迹和复活部分,而保留的则是耶稣作为人的善行,哈利·鲁宾斯坦称这是因为杰弗逊想要强调耶稣的道德教化作用。事实上这本"简要版福音书"就被杰弗逊命名为《耶稣的生活及道德》。但基督教就像一块绸缎,这块绸缎是一个"完全的整体"(Integral Whole)。在迦百农传道的耶稣也是在水上行走的耶稣,施舍穷人的耶稣也是以水变酒的耶稣,为人祷告的耶稣也是"五饼二鱼"的耶稣,在十字架上受难的耶稣也是复活升天的耶稣,耶稣之道德人心更寓于其全能神迹之中。冰心将耶稣称为"一个穷苦木匠家庭的私生子";事实上对于一个"正信"的基督徒来说,耶稣是童贞女所生还是私生子是个极为严肃的问题;因为这关系到整个基督教神学的基石:即上帝道成肉身降世救赎的确实性。如果缺少了对于这一点的认定,所谓基督教的奉献和牺牲精神就无从谈起;从中也可以看出在基督教这样一块完整的绸缎面前,可谓是牵一发而动全身。试图去做信仰裁缝,拿着"取精去粕"的剪刀去裁剪教义虽然有着看似实际的初衷,但被"裁剪"

---

① 社会福音(Social Gospel)是西方19世纪末兴起的一种基督教神学运动,鼓吹社会改革,强调教会应该照顾穷人与被欺压者。

过的上帝绝不是仅仅少了某些特质，而是从外形到内涵都不再是，也不可能是原来的样子。杰弗逊的"简要版福音书"已经不再是《圣经》，而是一本道德教育读本。

克尔凯郭尔有言："当信仰的主体被客观地对待时，一个人就不可能热切地与信仰的决定发生关联，更不可能带着无限的关切之情与这种决定相关联。"[19](355) 尼古拉·别尔嘉耶夫则认为如果将"知识"置于信仰之前，用概念去套解信仰，就会将信仰引入"客观化"的道路；而信仰的客观化则意味着信仰的坠落，这种看似"理性"的思维将导致人沉沦于全面的奴役之中，远离真正的医治和拯救[20](45~61)。人化基督教所造成的后果，一是使得基督教在丧失神性的同时，一并丧失了神圣性和信仰中不可或缺的一种绝对化的理念。二是使得切入教义的路径由信仰追寻变为了实用主义，即漠视基督教的"骨肉"，而强调去借用其"皮毛"，试图在最短的时间内最大限度地"利用"基督教，但是宗教的超越性决定了其发挥作用必然是"慢热"的，这也决定了"基督速用论"到最后一定无法达到想要的效果，当预想的效用无法速成的时候，宗教就自然会被抛弃。三是造成了基督教的空壳化，将支撑教义的最为关键的理念虚无化，将信仰的支柱（即"神"的特质）抽离，也就抽空了其最为核心的和信仰相关的成分，最后天神成为了好人，信仰成为了信心。

对于基督教只想"用"而不去"信"将导致信仰的脆弱和崩塌，人是无法去敬畏一个他认为并不存在的神的。罗素有言："除非假设有一位神，否则探讨人生的意义这件事就是毫无意义的"[21](17)；与此类似，当下经常能听到这样的言论："中国人没有信仰，中国需要一个神"，虽然貌似是在为信仰呐喊，但这种说辞的前提即将宗教视为有用的工具，实际上恰恰消解了真正信仰的可能性。发出这类言论的人通常自己不信教，但认为上帝具有某种功用，希望和号召别人去相信，例如伏尔泰曾猛烈抨击《圣经》和教会，但又认为上帝的存在对于维护社会的秩序和稳定有利，提出"即使没有上帝，也应当为此目的造出一个上帝来"[22](265)。与此类似，1921年3月周作人在基督教刊物《生命月刊》上发表《我对于基督教的感想》一文，感叹道："我觉得要一新中国的人心，基督教实在是很适宜的"[23]，但"说归说，做归做"，却终日谈玄论禅，究其一生和佛学脱不了干系。

看到冰心试图"使用"耶稣作为"人"之"可敬的形象"的努力，我们也就不难理解为何她在1951年后义无反顾地拥抱马列主义和毛泽东思想。显然就救国救民的实用性和功效而言，马列主义和毛泽东思想远远大于哲学化、叙事化的超绝神学。保罗·沃格曾简明阐述了中国在以上两种异域思想之间作出选择的原因："苏维埃思想体系对传统的孔教社会来说，当然是异邦的，但它能满足中国人的需要，因此，也就客服了排外的情绪。如果基督教首先从最根本上说，是一种经济和政治的理论，而不是一种强调精神的宗教，那么它也许能征服身为洋物的不利条件。当然，没有一个忠于自己信仰的传教士，会把物质放在第一位。"[24](9) 如果这种假设成立，基督教也就不再是一种宗教而成了某种哲学思想。在宗教阴谋论者和马列主义者看来，完全可以跳过基督教而直接对接西方的"德先生""赛先生"和"费小姐"，这股中国近现代的思潮连冰心也未能幸免，只是革命的鼓吹者是显性的，冰心是隐性的。

　　了解到这些，我们对于冰心的信仰转变和近代基督教在华传播的衰落也就并不意外。现代知识分子在建构人间新的哲学语言和政治架构的同时，也在不自觉地拆毁着天国的十字架。在越发沉重而峻急的政治现实面前，他们开始寻找更为实际和立竿见影的理论与方法，基督教的"爱"被视为不切实际的理想，这直接导致了20世纪初基督教在华传播的"黄金时代"急剧落幕。"基督救国论"因为无法形成一套能够在现实中践行的具体办法而被搁置，并让位于"革命救国论"和"阶级救国论"。这样的"觉悟"在冰心身上晚到了30年，20世纪50年代初，冰心终于与基督教信仰正式诀别，大踏步地迈入"此岸"世界。"好骡马不结队行"，冰心这匹特立独行的白马最终还是加进了大队伍。她作为一个中国人又是一个基督徒（或者说受基督教影响甚深的人）身上存在的那一种宿命的身份矛盾终于得以了断，最终她选择站在了历史的惯性一边。

参考文献：

[1]苏雪林.中国二三十年代作家[M].台北：纯文学出版社有限公司，1984
[2]冰心.分[M]//卓如.冰心全集：第二册.福州：海峡文艺出版社，2012：307~315
[3]鲁牛.冰心：大海的女儿[N].香港：文汇报，1992—03—02（04）
[4]矛盾.冰心论[M]//范伯群.冰心研究资料.北京：知识产权出版社，2009：208~224
[5]卢启元.第一位站在五四浪头的女作家：冰心[M].台北：海风出版社有限公司，1989
[6]林非.现代散文六十家札记[M]//范伯群.冰心研究资料.北京：知识产权出版社，2009：362~364
[7]李玲.冰心：爱的灯台守[N].文艺报，2011—10—19（06）
[8]子冈.冰心女士访问记[M]//范伯群.冰心研究资料.北京：知识产权出版社，2009：86~93
[9]冰心.相片[M]//卓如.冰心全集：第二册.福州：海峡文艺出版社，2012：373~387
[10]范伯群，曾华鹏.冰心评传[M].北京：人民文学出版社，1983
[11]王列耀.基督教与中国现代文学[M].广州：暨南大学出版社，1998
[12]冰心.再寄小读者·通讯四[M]//卓如.冰心全集：第三册.福州：海峡文艺出版社，2012：20~22
[13]冰心.寄小读者·通讯六[M]//卓如.冰心全集：第二册.福州：海峡文艺出版社，2012：14~15
[14]冰心.新年感言[M]//卓如.冰心全集：第三册.福州：海峡文艺出版社，2012：113~114
[15]冰心.致赵清阁[M]//陈恕，周明.冰心书信全集.北京：人民文学出版社，2010
[16]冰心.寄语日本妇女[M]//王炳根.冰心文选·佚文卷.福州：福建教育出版社，2007：131~132
[17]冰心.我入了贝满中斋[M]//卓如编.冰心全集：第六册.福州：海峡文艺出版社，2012：233~240
[18]陈独秀.基督教与中国人[J].新青年，1920—02—01（07）
[19]〔丹麦〕克尔凯郭尔.主体性即真理[M]//胡景钟.西方宗教哲学文选.上海：上海人民出版社，2002：349~365
[20]〔俄〕尼古拉·别尔嘉耶夫.人的奴役与自由[M].徐黎明，译.贵阳：贵州人民出版社，1994
[21]Bertrand Russell, quoted in Rick Warren.*The Purpose－Driv－en Life*[M].Grand Rapids：Zondervan, 2002
[22]Gay Peter.Voltaire's Politics：*The Poet as Realist*[M].New Haven： Yale University, 1988
[23]周作人.我对于基督教的感想[J].生命月刊，1920—03（4）
[24]〔美〕保罗·沃格.传教士，中国人和外交家[M]//（美）路易斯·罗宾逊.两刃之剑：基督教与二十世纪中国小说.傅光明，梁刚，译.台北：业强出版社，1992：9

重释冰心：死亡恐惧及其写作

游翠萍

摘要：本文从"死亡恐惧"的角度切入，全面考察和诠释冰心的创作实践。冰心特殊的个性和成长环境，促使她在创作伊始就必须来处理人类的终极问题——死亡。"死亡恐惧"促成了冰心爱的哲学，也成就了她早期文学的辉煌；但也因着"死亡恐惧"，冰心选择了回避现实，只唱爱之歌。如果说鲁迅的写作揭示了中国文化中的"瞒和骗"，冰心的早期写作则直接触碰到了中国文化的禁忌——也就是"未知生，焉知死"下讳莫如深的"死亡恐惧"。冰心的写作，既是一种个人选择，也是一种民族无意识和文化无意识的投射。批评界对冰心死亡书写和虚无意识的回避、贬低和误读，其实也恰好揭示出中国文化中"不知生，焉知死"、惧死畏生的大恐惧和集体无意识，透露出我们民族性格中隐而未现的"死亡恐惧"。

关键词：冰心；死亡恐惧；爱的哲学；不朽性；压抑机制

从20世纪二三十年代以来，评论界对于冰心的评价基本上是一致的。承认冰心在书写童真、母爱、自然方面的成功，"冰心女士的作品，以一种奇迹的模样出现，生着翅膀，飞到各个青年男女的心上去，成为无数欢乐的恩物"[1]。但认为冰心是一个"闺秀派的作家"[2]，"没有出过校门的聪明女子"[3]，"她的所谓'爱的哲学'的立脚点不是科学的，——生物学的，而是玄学的，神秘主义的"[4]，"她在温暖的家里感到了'爱'，而在社会的现实里感到了'憎'，她企图用'爱'来温暖世界，自然就和实际世界隔离了"[5]，"当她在某些小说中试图开列治疗社会症结的方剂时，往往陷入只知治标，不能治本的幼稚之中"[6]。

近年来，有研究者开始注意到冰心研究中被简化、误读的情况，重评冰心"爱的哲学"、冰心作品的死亡意识、对虚无的抵抗等。本文试图从"死亡恐惧"这一角度，重新阐释冰心及其写作，以及冰心的写作对中国文学和中国文化的意义。

作者简介：游翠萍，四川省社会科学院文学研究所助理研究员，四川 成都（610071）。
本文原载：《中华文化论坛》2013年第8期。

一、早期作品中的"死亡"书写

在1919—1925年间，冰心先后发表过30多篇"问题小说"。从第一篇问题小说开始，冰心小说中就充满了"死亡"：归国留学生陈华明因事业和家庭不如意，抑郁而死（《两个家庭》）；女学生淑平因半夜起来温习功课，生病而死（《秋风秋雨愁煞人》）；乡村姑娘惠姑因受婆婆虐待而死（《最后的安息》）；军官因战争伤残而死（《一个军官的笔记》）；女学生怡萱因被家人误解自由恋爱，恐惧抑郁而死（《是谁断送了你》）；贫穷的三儿因拾空弹壳被士兵误伤而死（《三儿》）；士兵福和因保护一个孩子被打，受了内伤而死（《一个不重要的兵丁》）；女学生宛因病死（《遗书》）。

冰心曾写过《我做小说，何曾悲观呢？》一文，回应读者和家人对她小说悲观的看法。冰心自己解释说，一是写作时面对秋景，因而"不免带些悲凉的色彩"；二是因为"我做小说的目的，是要想感化社会，所以极力描写那旧社会旧家庭的不良现状，好叫人看了有所警觉，方能想去改良，若不说得沉痛悲惨，就难引起阅者的注意，若不能引起阅者的注意，就难激动他们去改良"[7]。关于前一原因，其实不攻自破。在《一篇小说的结局》中，冰心描写一位少女，在繁花、细草、微风中，计划做一篇快乐团聚的小说，结果却写成一位老太太，在秋风萧瑟中，得到儿子的死讯。关于后一原因，表面看似乎是很"五四"的一种立场，但细察之下也非如此，因为冰心的小说并不"沉痛悲惨"，反封建反传统的指向性更不明显，几乎都是淡淡的调子。冰心笔下的死亡事件，大多数不是指向特殊的死亡，而是指向常态性的死亡，即死亡本身，死亡原因明显游离于"五四"主流叙事话语。

诗集《繁星》《春水》中，则大量呈现出因分离、死亡所造成的种种死亡意象和体验："万顷的颤动——／深黑的岛边／月儿上来了／生之源／死之所！"（《繁星·三》）"残花缀在枝上／鸟儿飞去了／撒得落红满地——／生命也是这般的一瞥么？"（《繁星·八》）"生离——／是朦胧的月日／死别——／是憔悴的落花。"（《繁星·二三》）"死呵／起来颂扬它／是沉默的终归／是永远的安息。"（《繁星·二五》）"心呵／什么时候值得烦乱呢／为着宇宙／为着众生。"（《春水·一六》）"流星——／只在人类的天空里是光明的／它从黑暗飞来／又向黑暗中飞去／生命也是这般的不分明么？"（《春水·六〇》）"未生的婴儿／从生命的球外／攀着'生'的窗户时／已隐隐地望见了／对面'死'的洞穴。"（《春水·一六九》）在《迎神曲》《送神曲》中，冰心试图调和生死同一，来觅得生命的归处："世界上／来路便是归途／归途也成来路"（《迎神曲》），"来从去处来／去向来处去／向那来的地方，寻将去路"。（《送神曲》）

冰心前期作品，特别是1923年离国之前的作品，总是不厌其烦地探讨着生命问题，这是现代作家中少有的情况。在《"无限之生"的界线》中，借着与另一个自我——因病去世的女学生宛因的对话，冰心试图解决自己对于生命的痛苦。首先，死亡并不意味着"我"的结束或消失，"无论是生前，是死后，我还是我，'生'和'死'不过都是'无限之生的界线'就是了"，因此，活着和死去的人，不过分处界线两边，但他们在精神上是结合的，并且"和宇宙间的万物，也是结合的"。其次，"'无限之生'就是天国，就是极乐世界"，而且，"既然生前死后都是有我，这天国和极乐世界，就是说现在也有，也是可以的"。最后，由于现在生与死还没有"完全结合"，等到"完全结合"的时候，天国和极乐世界就成了。所以，对于世上的人来说，要努力奔赴和建设那"完全结合"的事业——"人和人中间的爱，人和万物，和太空中间的爱"[8]。

在不同作品中，处处都可以找到类似的表达："我的身体原是五十万年前的，至今丝毫没也没有改变。但现在却关闭在五十万年后的小屋子里，拉那五十万年以后的小绳子。"（《疯人笔记》）"形质上有间隔，精神上无间隔，不但人和人的精神上无间隔，人和万物的精神上，也是无间隔的。"（《遗书》）"万全之爱无别离／万全之爱无生死！"（《致词》）"在宇宙之始，也只有一个造物者……到了宇宙之中，人类都来了，悲剧也好，喜剧也好，佯悲诡笑地演了几场。剧完了，人散了，灯灭了……在无限之生里，真的生命几十年，又何异于台上之一瞬？"（《往事（一）五》）

如何死是冰心的另一关注点。一种是主动选择的死亡，即自杀。在《世界上有的是快乐……光明》（1920）这篇小说中，明显冰心并不赞成自杀，因为那时的她认为死亡是一条"黑暗悲惨的道路"。但在有了"无限之生"、大调和的观念后，她对于自杀有了不同的看法。冰心并不赞成为了自杀而自杀，或使用一些外在手段——如手枪来帮助自杀，而是强调将生命融合在自然宇宙的"大调和"中。冰心借《月光》（1921）中维因之口这样说：

> 我们既有了生命，就知道结果必有一死，有生命的那一天，便是有死的那一天，生的日子和地方，我们自然不能选择了，死的日子和地方，我们却有权柄处理它。譬如我是极爱"自然"调和，如果有一日将我放在自然景物极美的地方，脑中被美感所鼓荡，到了忘我忘自然的境界，那进或者便要打破自己，和自然调和，这就是常人所谓的自杀了。[9]

果真被自然极度的美感所震动，产生调和的冲动而投水自杀。

埋葬也是冰心的书写内容。海葬似乎是冰心最喜爱的形式，渗透了冰心与自然调和的思想和诗意："脚儿赤着，发儿松松地挽着，躯壳用缟白的轻绡裹着，放在一个空明莹澈的水晶棺里，用纱灯和细乐，一叶扁舟，月白风清之夜，将这棺儿送到海上，在一片挽歌声中，轻轻地系下，葬在海波深处。"（《往事（一）二〇》）冰心另一首著名的诗歌，表面是生的祈求，其实也呈现出死亡和埋葬的意象："造物主——／倘若在永久的生命中／只容有一次极高的应许／我要至诚地

恳求着／我在母　亲的怀里／母亲在小舟里／小舟在月明的大海里。"(《春水·一○五》)

对死亡的反复书写、对生命存在的不断追问，透露出冰心被死亡缠绕不得安宁的状况。茅盾清楚地看到了这一点，他指出："风靡'五四'时期的什么实验主义，什么科学方法，好像对于冰心女士全没影响似的"[10]，"在所有'五四'期的作家中，只有冰心女士最最属于她自己。她的作品中，不反映社会，却反映了她自己。她把自己反映得再清楚也没有"[11]。

二、冰心"死亡恐惧"的成因

冰心被视为现代作家中的"天之骄女"。从小生活在一个和谐、充满了爱的家庭里，得到父母家人的宠爱，有良好的求学条件和机会，成绩优秀，深得老师同学的喜爱，与现代文学中的其他很多作家的遭遇相比，冰心可说是幸福得让人羡慕和忌妒。那么，冰心的死亡恐惧从何而来，为何在她前期作品中表现得如此突出？

从存在主义的角度看，首先，死亡是人类自古至今永远无法回避的最本真性问题，"死亡犹如惟一的真理在那里存在。在它之后，一切则成定局"[12]。其次，死亡不是一个结束或一个瞬间，而是生命现象。别尔嘉耶夫认为，"不应该把死亡仅仅理解为生命的最后一个瞬间"，"死亡是波及整个生命的现象"，"生命是不断的死亡，是对一切方面的终点的体验，是永恒对时间的不断的审判"。最后，对死亡的体验随时都在发生：

> 当人的情感在时间中消失的时候，这就是对死亡的体验。当在空间中发生着与人、家、城市、花园、动物的分离，这种分离总是伴随着这样一种感觉，也许你再也不能见到它们了，那么，这就是对死亡的体验。对时间和空间中的一切分离和分裂的忧郁都是对死亡的忧郁……对我们来说，死亡不仅仅是当我们自己死的时候才到来，而且在我们的亲人死亡时，死亡对我们而言也已经到来。在生命中我们拥有对死亡的体验，尽管不是最终的体验。我们不能容忍死亡，不但不能容忍人的死亡，而且也不能容忍动物、花朵、树木、物品和房屋的死亡。[13]

冰心作品中处处充满着别尔嘉耶夫所说的"死亡体验"。普通人往往是通过亲人的死亡或疾病感受到强烈的死亡恐惧，但冰心对于生命死亡的敏感是异乎寻常的：一只小虫儿受到鱼儿的威胁，会启动她强烈的死亡恐惧，"鱼儿上来了／水面上一个小虫儿飘浮着——／在这小小的生死关头／我微弱的心／忽然颤动了！"(《春水·一○三》)在《往事》中她自认："在别人只是模糊记着的事情，然而在心灵脆弱者，已经反复而深刻地镂刻在回忆的心版上了！"(《往事(一)》)因此，想踩死一只蜈蚣的举动，让她生出"无穷的惭愧和悲感"(《往事(一)六》)；与母亲的分离，引起她对于生命的"长太息"（《往事（一）三》）；一次演出的结束，也让她惆怅生命的虚幻（《往事（一）五》）。冰心在青岛海边和故乡福建山岭的童年生活经历，使她对自然景物有强烈的感受力，自然景物在她心中引起的相关死亡联想和意象，也是她作品的主题之一。

此外，冰心幸福的家庭并未让她减少死亡恐惧，反而因着这种超出周围环境的幸福，使得她的死亡恐惧更加突出。因为死亡既然是一个无时不在的生命现象，圆满则会经由外部环境或自身的状况不断揭示死亡的存在或来临，从而意识到幸福的脆弱和随时的危机。同时，疾病也是一个强烈的死亡暗示。冰心母亲长年生病，冰心自小也承袭了母亲的体弱多病。在一个幸福的家庭中，疾病是一个巨大的焦虑信号，它提醒着每个人，完满随时可能破碎，分离随时可能来到。冰心小说中，好几个人都是死于疾病。在冰心作品中三度出现、作为冰心自我化身的宛因，就是因病死去，可以理解为冰心向亲人暗示自己的死亡和潜意识的死亡冲动。冰心有美好幸福的家庭，她不断抒写的却是别人的死亡或自己的死亡，这一切都投射出她内心巨大的恐惧。

从精神分析的观点看，人既是生理性的肉体，又拥有自我意识，因文化而生成符号性的自我，因而命中注定要直面死亡，恐惧死亡。人从出生那一刻开始就不可避免会面临死亡恐惧，但是，人是无力接受死亡的动物，"我们表现出一种明确的倾向，试图'暂缓考虑'死亡，或者从生活中将它排除掉。我们总是想把死包藏起来，秘而不宣"[14]。在逃避死亡的过程中，压抑机制会起到重要作用，"压抑的巨大好处在于，它使得决然地生活在一个全然不可思议和不可理解的世界里成为可能。这个世界充满了美和威严以及恐惧，如果完全为动物们所知觉，它们将因惊吓而瘫软，再也无法动弹"[15]。在压抑过程中，人的自我认同和人格面具会逐渐形成，从而保护自身能够生存下去，贝克尔因此认为，"人格"是"生死攸关的谎言"[16]。但如果自我认同和人格因某些原因无法形成，人就会面对死亡恐惧而带来巨大焦虑，甚至引发神经症。

在23岁去美留学之前，冰心一直"幸福"地生活在父母身边，而大量讨论死亡的作品却也集中于此时期。冰心的成长经历很独特，3岁到10岁期间，她生活在青岛海军军营和军校里。由于母亲多病，冰心常常跟着父亲出入，"总是男装，常着军服"，父母叫她"阿哥"，弟弟们称呼她"哥哥"，到后来她自己也"忘其所以"了。冰心承认，"十岁以前的训练，若再继续下去，我就很容易变成一个男性的女人，心理也许就不会健全。因着这个转变，我才渐渐的从父亲身边走到母亲的怀里，而开始我的少女时期了"[17]。可以说，在10岁以前，冰心自我认知是父亲的儿子，弟弟们的哥哥。从健康活跃的父亲身边走到多病安静的母亲身边，对冰心自我认知究竟有多大影响可以有更详细地分析，在这里仅指出一点：与很多女性作家不同，冰心早期作品中大量变换不同性别的叙事者，表现出自我认同的游移、困难和不确定状态。冰心明显的"母亲的女儿"身份的确立，集中在她离开父母的美国创作期间;而20世纪40年代的《关于女人》,也是化名"男士"隐藏自己的性别身份进行写作的。冰心之所以不得不直面死亡,与其一直无法完成的自我认同和成长焦虑不无关系。冰心的早期作品明显有代言父母的特点,好些作品就是与父母讨论后完成的,她的问题小说表现出老气横秋的说教气,少有五四的青春气,以致性情中人梁实秋还对她的创作批评了一通。

有论者曾讨论过冰心有"恋父情结"[18],但在弗洛伊德之后的精神分析学家,完全认同性本能的很少,弗氏后期也更多谈论到生本能、死本能,较少谈到性本能。我们完全可以想象,从认同健康、活跃、社会性的父亲到认同多病、安静、家庭性的母亲,对10岁的冰心是一个多大的挑战。甚至多年以后,冰心还委婉地表达了这种痛苦,"他们这一班人是当时文人所称为'裹带歌壶,翩翩儒将'。我当时的理想,是想学父亲,学父亲的这些好友,并不曾想到我的'性'阻止了我作他们的追随者"[19]。与其说冰心有"恋父情结",不如说是冰心由于从人的符号性想象落入肉体性现实中,直接面对死亡而产生了恐惧和焦虑,因为"俄狄浦斯情结的本质是渴望成为神","它所展示出来的也完全是由于逃避死亡而被扭曲了的童年自恋倾向"[20]。

因而,冰心创作初期就不得不面对死亡问题——其实也就是如何不朽的问题。对这些问题的思考决定了冰心创作的方向,也影响了冰心终其一生的写作。

三、死亡恐惧对冰心创作的影响

我们将冰心的创作分作四个时期,讨论"死亡恐惧"对其创作的影响。

第一时期(1919—1926),五四时期及留美期间的创作,这也是冰心创作的成名期和高见期,代表作也集中于此一时期。由于与母亲(肉体性)的认同是一个无法逃避的事实,冰心这一时期的创作,呈现出一种非常清晰的努力:面对死亡恐惧,通过书写"死"与"爱",突破"父性"认同与"母性"认同的两难处境,在肉体性中回归符号性,建立不朽。

前面我们已经大量征引冰心这一时期中关于死亡的创作,这里只着重指出冰心对于死亡反复探讨的潜意识动机:通过建立超越生死界限的"无限之生"的观念,超越肉体的死亡,也超越性别所带来的限制,从而获得不朽。很多论者都讨论过冰心的宗教思想,也观察到其宗教信仰的杂糅情况,"它既是耶、是佛、是印,也是非耶、非佛、非印"[21]。冰心的"无限之生"也是这样一种驳杂的思想。正因此,冰心在写作中也流露出对这一思想的怀疑和困惑,具体表现在三度出现在冰心作品中的宛因身上。

宛因第一次出现的时候(《"无限之生"的界线》,1920),是以一个越过"无限之生的界线"的人,告诉冰心生命的"真相",帮助冰心明白生命是无限的,活着或死去不过处于界限的两端,释放了冰心长久以来的恐惧。第二次出现的时候

(《问答词》，1921)，冰心再度表现出对生命的虚无感，宛因虽极力劝慰却无法，最后冰心只得自我劝告不要胡思乱想，"回来罢！脚踏实地地着想"；第三次出现的时候(《遗书》，1922)，是宛因在生命最后阶段写给冰心的书信。在遗书中，宛因表明了自己对死亡无奈的立场，"生和死只是如同醒梦和入梦一般，不是什么很重大很悲哀的事"，当然，宛因也一直坚持着"形质上有间隔，精神上无间隔"的信念。可以看到，宛因的声音和对冰心的影响都越来越弱，也越来越不确定。

以这三篇作品作为一个观察点，就可以看到冰心关于死亡的思想变化与其创作之间的关系。在《"无限之生"的界线》以后，冰心的创作进入一个比较宁静的信仰状态里，应是与基督教最亲密的时期，前期的焦虑暂时缓解。《忏悔》《笑》《超人》《爱的实现》等作品中，都有一种比较明朗的调子，还创作了10多首圣诗，充满了庄严、宁静、赞颂。不过，到《问答词》时，虚无、悲哀、烦闷的调子又再度出现在冰心的作品中，《迎神曲》《送神曲》《十字架的园里》《最后的使者》《病的诗人》等表现出作者思想的纠结。这种纠结最为集中地体现在《疯人笔记》里，这是冰心创作中非常特殊的一篇作品，集中体现生、死、爱之混乱莫解，充满了种种象征、比喻。这一时期的代表作是《繁星》《春水》，是1919—1922的零碎思想。《遗书》之后，到去美之前，冰心创作不多，多是短诗，有《往事(一)》，也是重复悲哀、寂寞的调子。

看得出，去美之前，冰心的创作已经出现了"瓶颈"状态，她走不出自我的纠结和思想的混乱，题材有写尽、重复的感觉。不过，出国给她的创作带来了一次转机，使她得以将自己思想中所信奉的死亡哲学、爱的哲学经历一次，以"爱"代"死"，创作峰回路转。

正如别尔嘉耶夫所说，离别是一种死亡，这对于从来没有离开过父母的冰心尤其如此。而且，冰心到美国不久就病倒了，不得不住在一个偏僻的疗养院里隔离养病，处于"日日与造化挣命"的状态里。因着这种真实的死亡经历和体验，反倒释放了冰心在国内时挥之不去的死亡恐惧，"乡愁每深一分，'我'的存在就证实了一分，——何以故？因我确有个感受痛苦的心灵与躯壳故！"(《往事(二)十》)"痛苦"增加了她的存在实感，减弱了她的虚无感。更重要的是，与父母的分离和断裂，促使冰心的个体认同开始建立。此一时期的作品，充满了对生命的留恋、对自然的赞美、对母爱的歌颂。对母爱的神化和不朽化，亦出现在这一时期：

> 这是如何可惊喜的事，从母亲口中，逐渐的发现了，完成了我自己！她从最初已知道我，认识我，喜爱我，在我不知道不承认世界上有个我的时候，她已爱了我了。我从三岁上，才慢慢的在宇宙中寻到了自己，爱了自己，认识了自己；然而我所知道的自己，不过是母亲意念中的百分之一，千万分之一。[22]

为此我透彻地觉悟，我死心塌地的肯定了我们居住的世界是极乐的。"母亲的爱"打千百转身，在世上幻出人和人，人和万物种种一切的互助和同情。这如火如荼的爱力，使这疲缓的人世，一步一步的移向光明！[23]

试与《圣经》（和合本）比较：

  耶和华啊，你已经鉴察我，认识我。/我坐下，我起来，你都晓得；你从远处知道我的意念。/我行路，我躺卧，你都细察；你也深知我一切所行的。/……我未成形的体质，你的眼早已看见了；你所定的日子，我尚未度一日，你都写在你的册上了。/神啊，你的意念向我何等宝贵！其数何等众多！/我若数点，比海沙更多；我睡醒的时候，仍和你同在。（《诗篇139》）

这一时期，冰心对母爱的歌颂达到极致，也是自我认同的最终建立及不朽性的确认。较为极端的例子就是她甚至为自己遗传了母亲的病而感谢上苍，因为"使母亲和我的体质上，有这样不模糊的连结。血赤是我们的心，是我们的爱，我爱母亲，也并爱了我的病！"[24]

这种将神爱世俗化、世俗之爱神化的做法，将她从存在问题引向现实层面，封存了"死亡恐惧"，拯救了处于生死关头的冰心，给她的创作带来了新的表现，但也预示着她已经耗尽这种生死书写的资源。以后的冰心，将面对如何进入现实写作的问题。

第二时期（1926—1937），归国后到抗战爆发期间。冰心这一时期创作不多，这种沉寂基于两种原因。首先，这一时期冰心非常忙碌，教学、在北京和上海两地奔波、与吴文藻两地相思、结婚生子等，种种现实内容填满了她的时间。还有，母亲的死亡和儿子的出生，更是大大释放了冰心的现实焦虑。因为恐惧在于死亡未到，当死亡来到时，恐惧也消失了；其次，在大革命、左翼运动等激进浪潮中，冰心关于爱的信仰成为一种上不挨天下不着地的东西。以儿童视角写作的小说《分》（1931），往往被视为她回应时代的一篇作品。其实，在这一作品中，冰心还是试图表达爱的永恒性，抗议阶级的划分和命定。《我们太太的客厅》，微带讽刺性，有点偏离冰心的主要创作线路。值得注意的是小说《相片》（1934），这可能是冰心整个创作生涯中"向下探"最有深度的作品，进入到人性的潜意识，虽然笔调是平和的，却展示了人性深处不为人知的"恶"，在无私包裹下的自私，在"爱"中的残忍，显示了冰心极其敏锐的洞察力和心理刻画能力。《相片》给人的感觉，就像在温暖的春风中突然打了一个寒战，虽然并不厉害，却足以让人想起冬天的寒冷。《西风》（1936）则表现了一个青春不再的职业女性的寂寞凄凉。

在向现实小心翼翼探求的过程中，冰心不可避免地看到了生命生活的无奈。如果沿《相片》的路子继续"向下探"，将不可避免会面对人性之恶、人性之罪以及爱的信仰的崩溃，也将不可避免地打开冰心用"爱"来封存的"死亡恐惧"，而活在现实中的冰心选择了中道而止。这里，我们看到冰心在文学才华与死亡恐惧之间的挣扎。由于向上的信仰之路和向下的现实之路都被封堵，冰心后期创作路线已经大致定型，只可能继续唱那不成调的生命之歌、自然之歌、爱之歌。

第三时期（1937—1952），抗战时期和日本时期。战争本来是一个把不能面对之死亡推到每个人面前的时机，有可能就要戳破生命的假象。例如诗人冯至，就在此时期创作出了他最好的生命诗歌。面对战争、废墟、破坏、毁灭，冰心再次举起了爱的旗帜，以爱来对抗死亡。冰心此一时期化名"男士"、歌颂女性的《关于女人》（1941），引发过一些影响。不过，相较她早期的生命之作，或者比较同时期张爱玲笔下令人战栗的女性形象，此类作品顶多是不痛不痒、可供茶余饭后的谈论猜想之作。这个时期冰心尝试重新为小读者写作，但《再寄小读者》（1942）只写了几篇，就写不下去了。战后冰心随吴文藻去日本讲学，积极地致力于文化交流和沟通，文学上无建树。

有意思的是第四时期（1953—1999）——新中国时期。虽然"文革"期间有受影响，但整体来说，冰心在这一时期的创作量非常大，远超过前期和中期。批评界有一个观点，中华人民共和国成立后，作家的创作自由度大大降低，但这个很难解释冰心的创作。首先，在十卷本《冰心全集》里，1953—1999年的作品占了四本半，而且1953—1979年就占了两本半，产量相当丰富，不是被动写作可以解释的。其次，冰心虽然享有崇高的政治文化地位，但她并不执着于这些。重庆时期，她与宋美龄、蒋介石之间的亲密交往就已引起过议论。但冰心在退出重庆政治圈之后曾表明过自己的态度，"我喜欢爽快，坦白，自然的交往。我很难勉强我自己做些不愿意做的事，见些不愿意见的人，吃些不愿意吃的饭！"[25]谢泳在《另一个冰心》中特别讲到新华社《内部参考》披露的冰心对1957整风运动的直率批评，可以看到冰心是一个敢讲真话的人[26]。所以，为政治压力或相关原因写作是解释不通的，合理的解释是：这样的生活和写作刚好契合了因死亡恐惧而只想唱生命颂歌的冰心的内心意愿，所以才会激发她那样高的创作热情，虽然实绩并不佳。

茅盾曾批评过冰心的虚无思想和爱的哲学，认为"冰心女士之'舍现实的'，而取'理想的'，最初乃是一种'躲避'，后乃变成了她的'家'，变成了一天到晚穿着的防风雨的'橡皮衣'"[27]。这个评论一半错一半对。冰心舍现实而取理想，非是躲避，而是她所面临的问题与五四一代人大不相同——很多人遇到的是家庭问题、婚姻问题、社会问题等，而冰心遇到的是生死问题，她找到的药方是"爱"。不过，当她将圣爱世俗化，以世俗之爱来对抗世俗之恶的时候，这爱确实就变成了她的"橡皮衣"，而且遮得严严实实的，冰心再也看不见那个让她恐惧的"死亡"。一直到晚年，1988年，有一次在病榻上，被压抑的生死问题再一次浮上冰心的心：

我飞扬的心灵，又落进了痛楚的躯壳……这时我感觉到了躯壳给人类的痛苦。而且人类也有精神上的痛苦……只因有了有思想、有情感的人，便有了悲欢离合，便有了"战争与和平"，便有了"爱和死是永恒的主题"……我美慕那些没有人类的星球！[28]

较之青年时期，这个时候思想死亡是一件更可怕的事。于是，同样在这篇文章中，我们看到了冰心的自动保护机制是如何迅速起作用的：

我清醒了。我从高烧中醒了过来，睁开眼看到了床边守护着我的亲人的宽慰欢喜的笑脸。侧过头来看见了床边桌上摆着许多瓶花：玫瑰、菊花、仙客来、马蹄莲……旁边还堆着许多慰问的信……我又落进了爱和花的世界——这世界上还是有人类才好！[29]

当死亡被遮蔽的时候，人类可以暂时栖息在这看起来不那么令人恐惧的世界里。不过，这依旧只是一种逃避而非解决，因为死亡总会来临，恐惧总会跟随。冰心曾多次表示过对死亡的达观态度，即使在病中，只要清醒她都会表现出克己、忍耐、牺牲的态度，但是，在接近生命终点的日子，死亡恐惧终于无可逃避：

（冰心）先生有时会表现出某种莫名的烦躁，"怎么办呢？""怎么办呢？"住院的先生常常被这四个字纠缠着，不知道她指的是哪个问题怎么办，哪件事怎么办，她或许只是用这种提问的方式表示了她的不安。于是，大夫安慰她，家人安慰她，我也曾安慰她，说，没有什么怎么办，慢慢来，就会好的。先生看到你真诚的安慰，点点头，也就平静了下来。但有时，则会出现更加的情绪，"我要死了！""该死了！"声音很是苍凉。[30]

四、结语

1921年，也是与基督教最亲密的时期，冰心曾写过一篇文章《我＋基督＝？》，表达自己想成为"光明之子"的意愿，并激励周围的人说："谁愿笼盖在真光之下？谁愿渗透在基督的爱里？谁愿借着光明的反映，发扬他特具的天才，贡献人类以伟大的效果？请铭刻这个方程在你的脑中，时时要推求这方程的答案。"在这篇文章中，可以看到明显偏离基督教教义的思想内容。基督教强调神的圣洁和人的罪，强调要与基督同钉十字架，让己死让基督活，而冰心强调"世人也各有他特具的才能"[31]，只是需要基督这真光的照耀和反映，取的是儒家人本主义的立场。在《寄小读者》中，冰心再次说："一个使者，却是带着奥秘的爱的锁链的！小朋友，请你们监察我，催我自强不息的来奔赴这理想的最高的人格！"[32]在纪念母亲的《南归》中，她的自我期许也是："求你在我们悠悠的生命道上，扶助我，提醒我，使我能成为一个像母亲那样的人！"[33]冰心采取各种宗教教义和思想学说，为的是成就高尚的爱的人格——不朽的人格。

对冰心的作品或有不同的评价，但作为个体的人，冰心的生命实践、人格实践却相当成功。冰心一生致力于实践爱的哲学，成为中国文化中"爱"的象征。巴金曾致信冰心说："您好像一盏明亮的灯，看见灯光，我们就心安了"[34]，"您的存在就是一种力量"[35]。即便对冰心为人有看法的沈从文也不得不承认，"在种种不意而来冲击下，仍不失开朗。识大体，不以个人得失累心，长处即不可及"[36]。

但是，冰心对于中国文化的意义并不仅于此。一直以来，对于冰心文学的评价，强调母爱、童真、自然等偏于家庭的一面，其实是从某种程度上贬低了冰心文学的价值。一个明显的误读就是，对于冰心文学中死亡恐惧、虚无感的视而不见，认为是走不出自我狭小圈子的上层女性的呓语。离开冰心的死亡恐惧来理解她爱的哲学，确实只能把这种抽象的爱视为一种软弱者的逃避、怯懦者的自卫。但是，如果正视冰心写作的原初情境，我们就会意识到——冰心打开了我们文化中的一个死结。

如果说鲁迅的写作揭示了中国文化中的"瞒和骗"，冰心的早期写作则直接触碰到了中国文化的禁忌——也就是"未知生，焉知死"下讳莫如深的"死亡恐惧"。鲁迅的文学代表了向地层（世界）所能突破的深度，冰心的早期文学则代表了向天空（信仰）所能达到的高度（宗教文学除外），虽然只在半空中。与死亡的面对面，形成了冰心早期作品中的超越性特征，对自然、宇宙、人类的广阔视野，并形成了她爱的哲学。在冰心那个时代的文学甚至整个20世纪中国文学，可说都是一种面向世界的文学，我们很难找到几个作家像冰心这样努力于面向天空的写作和生活。若以才华论，冰心的文学成就应当远不止于此。只是，她一生的写作和生活也再次重复了中国"乐感文化"的宿命：面对死亡恐惧，她没能勇敢地迎上去，而是选择了一层层下降、遮蔽，因而她的文学起点也成了她的文学终点。

冰心的写作，既是一种个人选择，也是一种民族无意识和文化无意识的投射。批评界对冰心死亡书写和虚无意识的回避、贬低和误读，其实也恰好揭示出中国文化中"未知生，焉知死"、惧死畏生的大恐惧和集体无意识，透露出我们民族性格中隐而未现的"死亡恐惧"。作为现代文学的开创者之一，冰心的前期写作触碰到了大量的文化暗礁，她的个体实践、文学实践与中国文化之间的关系，还有许多幽暗未明的研究区域。认识冰心及其创作的意义，需要真实面对"生命"和"死亡"的勇气。

参考文献：

[1]沈从文.论冰心的创作[A].李希同.冰心论[M].北京：北新书局，1932：106
[2]毅真.闺秀派的作家——冰心女士[A].李希同.冰心论[M].北京：北新书局，1932:96
[3]陈西滢.冰心女士[A].李希同.冰心论[M].北京：北新书局，1932：71
[4][10][11][27]茅盾.冰心论[A].茅盾论创作[C].上海：上海文艺出版社，1980：195, 197, 201, 190
[5]王瑶.中国新文学史稿（上）[M].上海：新文艺出版社，1954：91
[6]杨义.中国现代小说史：第一卷[M].人民文学出版社，1986：233
[7]冰心.我做小说，何曾悲观呢？[A].冰心全集：第一册[M].福州：海峡文艺出版社，2012：42
[8]冰心."无限之生"的界线[A].冰心全集：第一册[M].福州：海峡文艺出版社，2012：96
[9]冰心.月光[A].冰心全集：第一册[M].福州：海峡文艺出版社，2012：198
[12]加缪.西西弗的神话[M].北京：西苑出版社，2003：66
[13]别尔嘉耶夫.死亡与永生[A].方珊等编.美是自由的呼吸[C].山东：山东友谊出版社，2005：153~154
[14]弗洛伊德.目前对战争与死亡的看法[A].弗洛伊德论创造力与无意识[C].北京：中国展望出版社，1986：221
[15][16]恩斯特·贝克尔.拒斥死亡[M].北京：华夏出版社，2000：57, 53
[17][19][25]冰心.我的童年[A].冰心全集：第三册[M].福州：海峡文艺出版社，2012：5~6, 6, 6
[18]方玮等.浅析冰心的性别意识及其潜意识心理[J].湖北经济学院学报（人文社会科学版），2007（7）
[20]诺尔曼·布朗.生与死的对抗[M].贵州：贵州人民出版社，2009：104
[21]梁锡华.冰心的宗教信仰[A].冰心论集：上[C].福州：海峡文艺出版社，2000:109
[22][32]冰心.寄小读者：通讯十[A].冰心全集：第二册[M].福州：海峡文艺出版社，2012:30
[23]冰心.寄小读者：通讯十二[A].冰心全集：第二册[M].福州：海峡文艺出版社，2012:39, 39
[24]冰心.寄小读者：通讯九[A].冰心全集：第二册[M].福州：海峡文艺出版社，2012：21
[26]谢泳.另一个冰心[J].学习博览，2008（7）
[28][29]冰心.病榻呓语[A].冰心全集：第三册[M].福州：海峡文艺出版社，2012：131~132
[30]王炳根.绿藤掩映的窗口[N].文学报，1998-10-15
[31]冰心.我＋基督＝？[A].冰心全集：第一册[M].福州：海峡文艺出版社，2012.175~176
[33]冰心.南归[A].冰心全集：第三册[M].福州：海峡文艺出版社，2012:301
[34][35]李朝全.世纪知交：巴金与冰心[M].北京：团结出版社，2006:170, 171
[36]任葆华.沈从文评说冰心其人其文[J].渭南师范学院学报，2012（5）

民国教育体制制导下的现代女性作家典范
——冰心所接受的文学教育对其文学创作的影响

李宗刚　丁燕燕

摘要：冰心能够成长为现代作家，一个无法忽视的重要因素就是在民国教育体制制导下，她所接受的文学教育对其文学创作产生的深远影响。冰心的现代作家成长之路，赫然区别于中国传统的女性作家——那种依托私塾或者家学接受文学教育与文学传承的方式。民国教育体制下的文学教育不仅为冰心提供了创作新文学所应具有的文学观念，而且还深刻影响了她的文学创作主题与风格。在民国教育体制的制导下，冰心从一个中国传统女性蜕变为现代女性，进而逐渐走上了现代文学的创作道路。然而，同样值得我们深思的是，在现代学校的文学教育中成长起来的冰心，一旦拆掉了文学教育这一动力系统之后，她的文学创作便失却了原初那种井喷的态势。

关键词：民国教育体制；冰心；文学教育；中国现代文学

　　五四文学的发生发展离不开新式教育对知识分子文化心理结构的冲击与重构。特别是1905年科举制度废除之后，以科学、民主思想为代表的西学声势渐大，新式教育飞速发展，这就为五四文学培养了创建主体和以青年学生为主、能够与新文学形成同频共振的接受主体[1]。在知识与文化的薪火相传中，一些接受主体又得以转化为文学创作者，从而推动了现代文学的蓬勃发展。作家冰心就是其中的佼佼者。

　　学界对冰心的研究，多集中在对其文学作品本体的阐释。有些阐释即便涉及了冰心的女性性别及其文学创作的社会语境，也没有从民国教育体制这一视点进行深入研究，更没有从冰心所接受的文学教育对其文学创作的影响方面进行阐释。实际上，冰心能够成长为现代作家，一个无法忽视的重要因素就是在民国教育体

作者简介：李宗刚（1963—　），男，山东滨州人，山东师范大学文学院教授，博士生导师，文学博士，主要从事中国现当代文学研究。丁燕燕（1980—　），女，山东日照人，山东师范大学文学院2015级博士研究生，山东农业大学文法学院讲师，主要从事中国现当代文学与文化研究。
本文原载：《湖北大学学报（哲学社会科学版）》2016年9月第43卷第5期。
基金项目：国家社会科学基金资助项目：10BZW104。

制制导下，她所接受的文学教育对其文学创作产生的深远影响。可以说，如果没有接受现代文学教育，冰心绝难成长为中国现代文学作家。从这样的意义上看，冰心的现代作家成长之路赫然区别于中国传统的女性作家——那种依托私塾或者家学接受文学教育与文学传承的方式。

一

在中国传统的女性作家中，有些人能够走上文学创作，尤其是诗词创作之路，与其早期所接受的私塾教育、家学传统紧密相关。如李清照走上诗词创作之路，便是深受其父影响。这种作家成长之路昭示着，在中国传统社会中，文学教育主要依托家庭展开，私塾教育仅仅是家庭教育的补充形式。在家庭教育中，如果没有父辈的文学教育，文学的代际传承是无法完成的。然而，这种文学的代际传承方式随着民国教育体制的确立，得到了根本改观。家庭不再是影响一个人成长为作家的最根本因素，学校教育逐渐取代了家庭教育和私塾教育，成为文学教育展开的重要平台，文学的代际传承也由此从根本上得到了改写。冰心在成长为作家的道路上，便是如此。正如她在回顾自己走上文学创作之路时所说的那样："做梦也想不到我会以写作为业。"[2](35)然而，做梦也想不到的事情，在民国教育体制的制导下，不仅变成了现实，而且还成为使冰心的社会价值得以实现的最重要方式，以至于当后人再追溯冰心的人生之路时，"中国现代文学作家"尤其是"中国现代女性作家"便成为她最为重要的文化符号。

冰心作为1900年出生的一代，恰处于中国社会数千年未有之大变局中。这就使得她自觉或不自觉地被卷入到了历史变化的大潮中，从而见证了这个时代，也参与了这个时代，成为体现着时代文化思潮变迁的重要载体。在清末民初的社会大变局中，最为重要的一个变化就是教育的变化，传统的私塾教育，已经无法适应晚清救亡图存的社会需要，开始出现土崩瓦解之势。取而代之的是新式教育的崛起。新式教育作为国家主导下的现代教育，参与了一代人的文化心理结构的建构，"它以一种渐变的方式解构着古老的、封闭的思维空间，催生了一种与整个世界多向度交流和置换的文学语境"[3]，也由此改写了他们的命运。冰心正是在清末民初新式教育的影响下，逸出了传统女性的生活轨迹，改写了既有的人生底色，最终成长为中国现代作家。

冰心在踏上文学创作这条道路之前，并没有自觉的文学追求。作为3岁便随担任海军军官的父亲迁居山东烟台的"随军家属"，冰心充其量只能算是生活在"大军营"中的"林黛玉"。这个时期，冰心4岁发蒙，到了7岁时已经开始阅读《论语》《三国演义》《聊斋志异》等中国传统经典书籍。但是，这样的阅读体验，并不表明未来的冰心就必然会走到新文学创作的道路上来，而只能说为她未来的文学之路做了必要的铺垫。真正深刻影响着冰心走上文学创作之路的还是民国教育体制下创办的新式学校。

在中国传统社会中，女性是绝难进入学堂读书的，即便是晚清政府提倡新式教育，让女性进入新式学堂接受教育也没有成为一种国家设定的法规。中华民国成立后，在科学和民主诉求的制导下，民国教育体制已经把女性接受学校教育纳入到国家所主导的法规中。这使得冰心有机会接受新式学校的教育，为她铺设了一条可以成长为作家的通衢。至于晚清的翻译小说，更给冰心以早期的文学启蒙。如冰心11岁就被林纾翻译的《巴黎茶花女遗事》吸引，并成为她"以后竭力搜求'林译小说'的开始，也可以说是我追求阅读西方文学作品的开始"[2](15)。正是这样的翻译小说以及新式教育，使冰心有可能走出传统的樊篱，最终在民国教育体制的制导下成长为中国现代文学作家。

1911年，南京临时政府成立，教育部在蔡元培的主持下，改进教育制度，革新教育内容，提倡小学男女同校，奖励女学。根据民国教育的有关规定，各省均设立师范学校，尤其值得肯定的是，各省还专门成立了女子师范学校。这就为女子进入现代学校，接受现代教育，奠定了坚实的基础。冰心就是在这种情形下，以第一名的成绩考入福州女子师范学校预科，正式进入现代学校，开始接触到浅近的科学，增长了见识，初步培养了现代的思维方式。

1914年，冰心以优异成绩考取了北京的教会学校——贝满女中。她在"感情最丰富，思想最活泼"的14岁，以"一个山边海角独学无友的野孩子，一下子投入到大城市集体学习的生活中"，感到既陌生又好奇[2](373)。在紧张严肃的中学，冰心的代数之类的成绩较差，但她的《圣经》、英文和国文科目成绩较好。早在女子师范学校预科期间，冰心的国文成绩就得到了国文老师林步瀛的赏识。"林先生用朱砂笔在她的作文上画了许多圆圈，有的篇章，几乎整页都画满了红圈圈"。有两次，林先生还欣喜万分地批注了"雷霆震霄，冰雪聪明""柳州风骨，长吉清才"两句各8个大字的评语[4](28)。这样不吝笔墨的赞誉，激发了冰心文学创作的兴趣，其作用是怎样估计都不过分的。进入贝满女中之后，根据民国教育体制的规定，即便是教会学校，也应该有国文课程，这使冰心在教会学校得以继续自己国文课程的学习。而国文课程的一个重要方面，就是作文。冰心在作文方面的优异成绩，在贝满女中得到了进一步提升。为此，老师曾给她的作文成绩打到了100加20的分数[2](460)。这样的成绩，意味着冰心的作文水准已经达到了某种高度。

冰心在福州女子师范学校预科和贝满女中学习的课程到底有哪些？限于资料，我们不得而知。但从其预科学校以及教会中学的性质来看，它和中学课程应该大体上同属于一个层次，在总体上介于中、初等教育之间。1912年《教育部公布中学校令实施细则》规定的中学课程表详如见表1。[5](523)

表一 1912年《教育公布中学校令实施细则》规定的中学课程表

学科/学年	第一学年	第二学年	第三学年	第四学年
修身	1	1	1	1
国文	7	7	5	5
外国语	7	8	8	8
历史	2	2	2	2
地理	2	2	2	2
数学	5	5	5	4
博物	3	3	2	—
物理化学	—	—	4	4
法制经济	1	1	1	2
画图	1	1	1	2
手工	1	1	1	1
乐歌	1	1	1	1
体操	3	3	3	3
总计	33	34	35	35

从表1可以看出，中学的课程基本上是把西方的自然科学课程与中国传统的国文课程相结合。与此同时，外语所占的课时也开始有了一定程度的增加。考虑到女子师范教育和女子教育的特点，冰心所在的女子师范预科学校和贝满女中应该还有一些专门针对女性特点的课程。但不管怎样，在民国教育体制的制导下，课程的设置已经从晚清的"中学为主，西学为用"向着中学西学并举的方向发展，尤其是学校的指导思想，已经不再是晚清政府所张扬的忠君教育，而是国民教育。即便是教会学校，也从根本上颠覆了既有的忠君教育，开始向学生灌输宗教方面的信仰。不管怎样，这样的教育，哪怕是宗教教育所宣扬的在上帝面前人人平等的思想，都极大颠覆了中国传统教育中的皇权崇拜，也就从根本上确立了个人在教育中的主体地位。它为冰心找寻到自我的主体性，尤其是发现和张扬自我在文学创作方面的天赋，具有非常重要的促进作用。

1918年，冰心升入协和女子大学理预科，有感于西医的科学严谨，为救治母亲一般的病人而一心一意想学医，"对于理科的功课，特别用功"[2](36)。然而，五四新文化运动的浪潮却把她"'震'上了写作的道路"[2](35)。冰心以女学生谢婉莹的身份在表兄刘放园编辑的《晨报副刊》登载了自己的第一篇作品——《二十一日听审的感想》。之后便一发而不可收，相继发表了《两个家庭》《斯人独憔悴》《秋雨秋风愁煞人》《去国》等一系列问题小说，署名"冰心女士"，逐渐引起文坛注意。由于写作耽误的许多理科实验难以弥补，加之兴趣使然，冰心于1920年改入文科。

1920年，协和女子大学、通州潞河大学和北京协和大学合并成燕京大学。冰心在新的文科院系如鱼得水。她积极参加各类社团活动，投身社会福利工作，演出话剧筹集善款，入编委编辑燕大期刊；创作大量小说、诗歌，逐渐形成"爱的哲学"观。其中小说、散文集《超人》和诗集《繁星》《春水》分别由商务印书馆和新潮出版社出版。1923年，冰心从燕京大学毕业，获学士学位和金钥匙奖，并得到美国威尔斯利女子文理学院奖学金资助赴美深造，开始了三年留美生涯。动身前的离愁别恨和离家后的乡思乡愁使冰心将一腔深情付诸文字，写成了系列散文《往事》。入学不久，冰心因故疾复发住进疗养院。闲散的养病时期让冰心在异域他乡得以亲近自然，重新体味无拘无束的童真童趣。与异族友人的交往又让冰心感到人间之"爱"的伟大，逐步加深了对母爱、自然和童心的理解。数月后，冰心痊愈出院，返校读书。在学校，冰心结识了许多美国朋友，并和中国留美同学访学探友、往来频繁。他们建立了学术组织"湖社"，每月探讨一次学术问题；公演传统戏剧《琵琶记》，传播中国文化。

留学美国，对冰心的文学创作具有极其重要的促进作用。身在异国他乡，既会产生怀念故园的情愫，也会获得一种新的文化眼光。正是在这双重因素的作用下，五四时期已经崭露头角的冰心，再次焕发出文学创作的青春，创作了《寄小读者》《山中杂记》等优秀之作。这些作品为国内那些还被羁绊在传统与现代并存的教育樊篱中的学生，打开了一扇瞭望异域文化的窗口，客观上起到了参与建构"小读者"现代文化心理结构的作用——从某种意义上说，冰心在《寄小读者》中所谈到的诸多文化问题，是整个20世纪中国文学都无法绕开的问题，也恰是那些留学生走进美国文化后共有的体验。

冰心所处的校园，自贝满女中、燕京大学到威尔斯利学院都属于教会学校，在学制、课程设置、教学方式上都带有强烈的西式色彩。可以说，近代中国的新式教育首先是由教会学校得风气之先，然后再在其他公办与私立学校中得到渐次铺开。它改变了传统私塾散漫随意的风气，取而代之的是科学谨严的教学机制。其中，课程设置与教科书的选用无疑意义重大。因为"课程是知识的一种系统安排，而且是一种有目的的安排，它是由意向性的知识组成的。通过对孩子们意识转化的控制，它的支持者们设计了在他们的社会中非常有效和流行的理论世界观"[6](107)。课程作为校园教育所依据的知识系统，带有强烈的意识形态色彩，选择什么样的知识文本即教科书，以什么样的方式将其组织在一起，采取什么样的态度评价这些知识，都隐含着课程设置者的权力意志，体现他们的思想取向。与只注重文字记忆与伦理教育的传统私塾相比，教会学校的课程设置呈现出广博丰富、自然科学与社会科学并重的特点。以1919—1920年燕京大学的《课程规划》为例，校方要求学生必修的课程涵盖国文、英语、历史、自然科学、哲学或伦理学、宗教各学科门类共56种，并为学生提供语言和文学、自然和物理科学、社会科学三大门类共计92门选修课程，学校还要求学生都有主系和副系（也称辅系），亦即每一学生都要"跨学院"[7]。这样的课程设置一方面保证了学生获取知识的全面和均衡，另一方面，在充满现代性焦虑的20世纪20年代，它因借镜于西方而暗含了某种对科学、民主、自由等现代意识的指认。人们相信，只要能够进入校园去学习这些知识体系设置合理的课程，就能获得梦寐以求的现代品格。这也可以解释冰心在从事创作之前，为什么要选学医，"对于理科的功课，特别用功"。因为母亲体弱多病，在多方求医的过程中，冰心对严谨科学的西医极为信服，为了获得这种科学知识她必然要进入校园，并对理科功课特别用功。即使多年后，当冰心留学海外亲炙西方文明时，她依然对校园所具有的这种现代意义深信不疑。

教会学校的其他特点也深刻影响了冰心的文学创作。例如，教会学校的资金不依赖本土政府而取自西方捐助国，学校具有更多的独立性和封闭性；在课程设置与考核上，宗教类课程占据必修课的优势地位，《圣经》内容与宗教教义成为成绩考察的重点。根据福柯的"权力与规训"理论，教育内容与教育方式本身无疑就代表了某种知识权力的运作，它必然使作为"公共领域"的教会学校校园呈现出与其他校园不一样的面影。冰心所在的贝满女中就设有《圣经》课，教师在课上读《新约》和《旧约》，"每天上午除上课外，最后半小时还有一个聚会，多半是本校的中美教师或公理会的牧师来给我'讲道'。此外就是星期天的'查经班'，把校里的非基督徒学生，不分班次地编在一起……讲半小时的圣经故事"[2](461)。虽然冰心一开始觉得这些课程和活动对自己都是负担，并没有信教，但经过一段适应期后，她开始逐渐了解耶稣这个"人"。当她"看到一个穷苦木匠家庭的私生子，竟然能有那么多信从他的人，而且因为宣传'爱人如己'，而被残酷地钉在十字架上"，不禁赞叹道："这个形象是可敬的。"[2](463)这种类似于宗教信仰的情感对冰心的创作影响深远。

1926年，冰心由威尔斯利学院毕业，获硕士学位，并于同年回国，相继任教于燕京大学、清华大学和北平女子文理学院，完成了由学生到教师的身份转换。然而，成为教师之后的冰心，并没有能够再次延伸读书期间的那种文学创作态势，而是过多地把精力投入到大学教学中，使其文学创作盛况不再。冰心在燕园度过了宁静温馨的12年生活后，抗日战争爆发，从此开始了颠沛流离的生活。她先后到云南昆明、呈贡，又到重庆。其间，冰心以"男士"为笔名撰写了一组以女性生活为题材的文章，结集为《关于女人》。但其文学的影响力已经无法和前期的文学创作相提并论。1946年，冰心赴日本，曾在东京大学（原帝国大学）任教。直到1949年以后，冰心才再次回到中国。

二

纵观冰心的创作生涯，有一个极为有趣的现象，那就是她创作的高峰期恰巧集中于20世纪二三十年代，这一时段正是冰心由学生向作家再向教师身份转换的校园生活时期。这说明，民国教育体制尤其是民国教育体制制导下的校园这一"公共领域"，是促使冰心走上中国现代文学创作道路的极其重要的一个因素。

在民国教育体制的制导下，校园作为"公共领域"，承载了教师与学生、学生与学生、教师学生与知识运作间的多元互动关系，与封闭单调的私人领域形成鲜明对比[8]。封建社会在本质上是一个皇权和父权集权的大家庭，具有私人领域的特性，而处于这一社会中的私塾自然不可避免地也具有这一属性。传统私塾教育以科举中第为根本目标，"十年寒窗无人问"为的是"一举成名天下知"。既然以进入国家体制、依附政治权力为最高追求，它就很难成为独立自主地发挥知识效能的领地。相反，它往往是家国同构社会组织的缩影。这样一来，教师与学生的关系也就成为"君君臣臣，父父子子"宗法关系的变体。从这个意义上说，私塾远未脱离封建家庭的私人领域。现代学校则不然，"校园"作为现代概念，包含物质与精神两层含义：一方面它指由教材教具、仪器设备、教学楼、实验室、图书馆、阅览室、公共活动场所构成的物理空间；另一方面也意味着在此空间中围绕教师、学生和现代知识运作所形成的人文精神和思想氛围。可以说，校园是典型的哈贝马斯理论下的"公共领域"。在这一领域中，教师与学生进行着以阅读为中介、以交流为中心、以公共事务为话题的公共交往[9]。一个在家庭生活中只能扮演孝子贤孙、被固定于血缘伦理底层的青年，一旦置身校园这一"公共领域"便会焕发出勃勃生机。他可以参加各类社团组织，在某一知识范畴下与志同道合的同学谈论公共事务、参与社会生活；他也可以通过阅读报纸、杂志，或将自己的思想写成文章刊登在报纸、杂志上，与其他读者和作者进行基于阅读的潜在交流；他还拥有选择的自由和能力，校园为他提供了同教师或同学进行相互交流的机会，不同思想的并置与碰撞保证了选择的客观公正。总之，校园这一"公共领域"使学生摆脱了家庭的拘囿，成长为具有自我意志的主体的"人"。冰心创作于1919年的小说《斯人独憔悴》似乎就从反面验证了这一点。作品描写南京学堂学生代表颖铭、颖石两兄弟参加爱国请愿运动，却受到身为军阀政府官僚的父亲的压制。他们先是被禁闭在家中，后又在父亲的安排下做了办事员，百般无奈中只能痛苦烦闷地低吟"冠盖满京华，斯人独憔悴"。冰心有意将父子冲突的故事放在校园与家庭两类生活场景中表现。当颖铭、颖石处于校园这一"公共领域"时，他们阅读现代书籍和杂志，自由而活泼，认定自己是"国民一分子"。为救国，他们写鼓动文章、发传单、请愿游行，即使受伤被捕也在所不辞。然而一旦回到家中，他们便不再具有社会属性，只能是父亲温顺的儿子。为了平息父亲的怒气，他们变得谨小慎微，绝望消沉，即使背地里"拿起笔乱写些白话文章，写完又不敢留着，便又自己撕了"，或者"每天临几张字帖，读几遍唐诗，自己在小院子里，浇花种竹，率性连外面的事情，不闻不问起来"[10](25)。同一个青年人，在校园和家庭中判若两人，不能不暴露出封建家庭这一私人领域对人的主体性的无情剥夺，当然它也从反面验证了校园作为"公共领域"的现代效能。

　　文学教育的新范式对冰心的文学创作产生了深刻的影响。校园为冰心提供了现代意识和实实在在的国文知识基础。创作新文学应该具有什么样的文学观念，采用怎样的文学技法，掌握什么样的语言形式，都受到现代学校文学教育的影响。1912年民国政府教育部颁布的文件，就明文规定了国文教育的基本要求："国文要旨在通解普遍语言文字，能自由发表思想，并使略解高深文字，涵养文学之兴趣，兼以启发智德。国文首宜授以近世文，渐及于近古文，并文字源流、文法要略，及文学史之大概，使作实用简易之文，兼课习字。"[11] 国文教育摒弃传统私塾追索三坟五典、贵古贱今的观念，"首宜授以近世文，渐及于近古文"，这在思想上削弱了经典古籍对人的束缚；而"涵养文学之兴趣"与"启发智德"兼顾则避免了私塾教育机械单一的功利性追求；至于"自由发表思想"和"作实用简易之文"则简直就是五四文学精神的提前预演。无独有偶，文学史家司马长风也颇有见地地将新文学的胜利与新式教科书联系在一起："1920年1月，教育部颁布了一个部令，要国民学校一二年的国文，从九年秋季起，一律改用国语。到了1921年1月，全国小学教科书纷纷改用白话文。全国报纸和杂志也都相继改用白话文。自1917年开始的文学革命，到1920年1月已获得全面胜利，这是新文学史自然的分水岭。"[12](11) 白话文学进入教科书成为新旧文学的"分水岭"，足见教科书在校园这一"公共领域"中的独特作用，因为教科书是课程设置中的知识承载物，规范着人们如何想象知识，想象怎样的知识。而国文教科书则以具体的文本选择和篇章结构影响着人们对文学的想象，它向人们展示什么是文学，什么是非文学，怎样接受和欣赏文学，文学的语言和风格在何种程度上与时代相契合。冰心求学的20世纪二三十年代，正是白话文学战胜文言文学逐渐取得主流地位的时代。可以想见，她的创作不能不受这一潮流的影响。冰心回忆说，她"启蒙的第一本书，就是商务印书馆出版的线装的《国文教科书》第一册。我在学认'天地日月，山水土木'这几个伟大而笔划简单的字的同时，还认得了'商务印书馆'这五个很重要的字。我从《国文教科书》的第一册，一直读了下去，每一册每一课，都有中外历史人物故事，还有与国事、家事、天下事有关的课文，我觉得每天读着，都在增长着学问与知识"[13]。与古代私塾教授《弟子规》《三字经》《千家诗》等开蒙读物只重记忆背诵不求意义讲解不同，作为近现代中国出版业中历史最悠久的出版机构,商务印书馆在1904年系统编印出版的这套《最新教科书》,根据儿童身心发展状况,从最简单直观的事物性名词"天地日月,山水土木"开始教起,在儿童具备了基本的认知和理解能力之后,再渐次向他们讲述"中外历史人物故事"和"国事、家事、天下事",在潜移默化中使其"增长着学问与知识"。冰心的文学创作能够不囿于一己之私的小天地,描写社会问题,歌颂人间大爱,"以新的审美形式为表现方法"[14],自然与这种新式课程的设置与现代教科书的影响大有关联。

冰心作为第一代女作家的成功无疑受益于校园这一"公共领域"。中国古代也有女性创作文学,但由于男尊女卑的伦理观念和私人领域的封建属性使她们无法以创作自立。冰心能够冲破男权和社会制度的樊篱,成长为现代女作家,得益于校园为她提供了走出闺阁进入社会的机会。女性通过新式教育获得了谋生能力,而女性作家则能够以创作彰显自身价值,这些无疑都是社会进步的象征。冰心在自述中就说,校园使她"体会到了'切磋琢磨'的好处,也得到了集体生活的温暖"[2](374)。在女性由家庭进入校园的历史进程中,1920年燕京大学实现男女同校,是需要格外关注的事件。虽然民国政府教育部早已发布这一政策,但真正施行的学校却并不多,燕京大学算是较早的学校。冰心回忆说,"当时男女合校还是一件很新鲜的事,因此我们都很拘谨",男生"也很腼腆"。但当坐在后面的男同学"把脚放在我们椅子下面的横杠上,簌簌抖动的时候,我们就使劲地把椅子往前一拉,他们的脚就忽然砰的一声砸到地上。我们自然没有回头,但都忍住笑,也不知道他们伸出舌头笑了没有"[2](584)。虽然当女性在公共领域第一次面对男女共处的情景时不免羞涩、拘谨、腼腆,但毕竟她们迈出了与男性平等共处的第一步。冰心和女同学那些装作无意实则有心地向异性做出的无伤大雅的恶作剧就是证明。而只要有了最初的突破,男女同学间的交往便会在校园这一"公共领域"中逐渐走向深入。冰心也确实通过这一途径获得了自我人格的确立和完善。

首先,校园中的社团学会将兴趣相似、志向相同的学生聚集在一起,使他们为达成同一目标而相互配合、共同协作,具有"公共领域"的多重功能。社团成员可以"在互相切磋中得到启发,在互相赏识中确立了信念,在互相认同中实现自我的社会价值"[15](201)。冰心在贝满女中每星期三下午都参加"文学会",即训练学生演讲辩论的集会,虽然第一次上台紧张窘迫,以匆忙下台收场,但经过一年的锻炼,冰心逐渐磨炼出来,她开始喜欢这个发表意见的机会,并使她"以后在群众的场合,敢于从容地作即席发言"[2](462)。大学时代,冰心参加了学生自治会,除伙食委员会因为走读生的关系没有被委派任务,其他几乎所有委员会都有冰心的职务。这些在全校学生会里有职务的人,"都不免常和男生接触",所以,冰心比其他女同学更早习惯了与男同学的交往。她"不怕男孩子",甚至被男同学认为"厉害"[2](584)。社团活动锻炼了冰心的胆量和能力,也为她以平等自由的态度对待异性提供了可能。无论是在现实生活中还是在文学创作中,冰心在男性面前从未失却女性的价值和尊严。这种健全的两性观在冰心小说集《关于女人》中展露无遗。她借叙事人"男士"之口对女性发出了由衷的赞美:"世界上若没有女人,这世界至少要失去十分之五的'真'、十分之六的'善'、十分之七的'美'。"[16](306) 除此之外,冰心还热心于社会福利工作,曾经为筹集善款排演莎士比亚的戏剧,并且在一次演出中得到了鲁迅和俄国盲诗人爱罗先珂先生的赞扬。有时,冰心也自己翻译剧本并亲自挑选演员。她还是演讲会的主持人,曾邀请过鲁迅、胡适、吴贻芳等名家到燕大演讲。这些丰富多彩的社团活动开阔了冰心的视野,加深了她对生活的体验,对此后的文学创作都大有裨益。至于后来,在同学的推荐下,冰心成为"文学研究会"会员,得以与周作人、沈雁冰等五四先驱齐名,这边是对她文学创作实绩的肯定。历史的巧合在于,促使冰心走上文学道路的第一篇作品正是她参加校园社团活动的结果。1919年,五四运动爆发,冰心被燕京大学选作北京女学界联合会的文书,专门负责拟写宣传材料。她积极参加学生罢课游行,兴奋地关注时事消息。受爱国思潮的感染和鼓动,冰心写下了揭露和批判军阀腐朽统治的纪实性散文《二十一日听审的感想》,从此走上文坛。冰心自认为是1919年五四运动的浪潮把她"'震'上了写作的道路"[2](35),此言非虚。

其次,报刊与学校的结合,对学生的文学思维具有激活作用。校园中的学生虽然囿于一时一地,但在阅读报纸、杂志时,文字的同一性会使他们自觉不自觉地将异时异地的其他阅读者想象成是与自己拥有同样观念的人,从而形成"想象的共同体"。在社会新变期,这种想象会为个体提供归属感和安全感。冰心所处的校园在当时"新思潮空前高涨,新出的报刊杂志,像雨后春笋一般,几乎看不过来。我们都贪婪地争着买,争着借,彼此传阅"[2](26)。五四思潮为了扩大影响需要借助报纸、杂志的力量进行宣传,而报纸、杂志也需要利用新思想的号召来聚拢客户。当这对关系被放置在校园这一"公共领域"中时,它的效用就被无限放大了。学生们"贪婪地争着买,争着借,彼此传阅",在相互影响和激励中,现代文明开始深入人心。冰心的创作就与报纸、杂志等现代传媒息息相关。她的第一篇作品发表在《晨报副刊》。表兄刘放园就是此报的编辑,为了鼓励冰心继续创作,他不断地给冰心寄《新潮》《新青年》《改造》等十几种新出的杂志。冰心从这些书报上,"知道了杜威和罗素;也知道了托尔斯泰和泰戈尔。这时我才懂得小说里有哲学的"[16](9)。并且,当她看了"这些书报上大学生们写的东西",冰心"写作的胆子又大了一些,觉得反正大家都是试笔,我又何妨把我自己所见所闻的一些小问题,也写出来求教呢"[2](26)。报纸、杂志的感召与表率成为冰心创作"问题小说"的动因,而冰心写诗的缘起也与现代传媒相关。她曾经将一篇散文《可爱的》寄到《晨报副刊》,在刊发时,编辑却自作主张地将其分行排列成了诗的形式,"下边还有记者的一段按语:……这篇小文,很饶诗趣,把它一行行的分写了,放在诗栏里,也没有不可"[16](10)。从某种意义上可以说,冰心创作诗歌是受了这位编辑的鼓励。

再次,教师与学生是构成校园这一"公共领域"的两大主体,他们之间的互动与交流必然也会影响到作家的文学观念和创作风格。在冰心求学的时代，许多五四文学运动的先驱都是燕大的专职或兼职教授，有的曾到燕大做过演讲。通过课堂讲授、课下演讲、指导演剧、推介新文学报刊及声援学生运动等方式，他们不仅向学生传授了系统的文化知识，还在更深层面启发了他们对新思想的接收。周作人就曾做过冰心的国文教师，她的毕业论文《元代的戏曲》就是由周作人审阅的。冰心回忆说："他一字没改就退回给我，说'你就写吧'。于是在同班们几乎都已交出论文之后，我才匆匆忙忙地把毕业论文交了上去。"[2](589) 对自己的论文提纲未改一字，并且提交后就轻而易举地通过了，都表明周作人对冰心写作能力的肯定，这对于一个文坛后辈来说，无疑是极大的鼓舞。更重要的是，周作人在新文学课上还讲授过冰心的《繁星》和《超人》，只不过因为冰心用的是笔名，所以他并没有发现作品的创作者正在台下听讲。一部文学作品能够成为大学课堂讲授的内容，通常意味着文本选择者对这部作品的某种认同。对于初出茅庐的作家冰心而言，能亲耳聆听文学大家对自己的肯定无疑是创作最大的动力。更不用说，周作人对冰心的创作风格似乎还颇为倾心。理由是冰心作品在日本最初的译作正是周作人翻译的她的《爱的实现》。小说讲述了一位诗人在海边小屋进行创作时每天都会看到两个天真烂漫的孩子从房前经过，给他的创作带来了无限灵感和欢愉。突然有一天下起了倾盆大雨，孩子没有按时出现，诗人感觉文思枯竭，出门等待两个孩子而不得。没想到等诗人回到屋中却发现那两个孩子为了躲雨不知什么时候早已在自己屋里安稳地睡去。看着两个在睡梦中微笑的孩子，诗人思如泉涌，终于顺利完成了文稿。在冰心的笔下，儿童不仅拥有天真无邪的面容，还成为诗人创造力的源泉，呈现出前所未有的艺术魅力。这种儿童观无疑与周作人不谋而合。而翻译活动最讲究译者与译作间的精神契合，周作人选择冰心的这样一篇小说进行翻译，让我们有理由相信，冰心在小说中对儿童之美的抒写与周作人在五四时期对儿童的发现和对儿童文学的提倡存在内在关联。或许可以说，通过教师周作人在课堂的讲授、课后的指导和翻译实践的不断强化，部分地形成了冰心关注儿童描写儿童的创作特色。例如，冰心称自己的小弟弟是"我灵魂中三颗光明喜乐的星。/温柔的，/无可言说的，/灵魂深处的孩子呵"[10](235)，并在诸多篇章中描写儿童的纯真欢乐，赞美孩子质朴心灵折射出的宇宙无言的神秘。《离家的一年》中第一次离家远行思念小姊姊的"他"、《寂寞》中因妹妹离去而备感寂寞的小小以及《别后》中寄人篱下、羡慕别人有善解人意的姐姐而自己却没有的"他"，都是这样的儿童形象。特别是在散文集《寄小读者》中，冰心以孩子的视角和口吻向小读者讲述海外风光、奇闻逸事，抒写远离祖国、挂念家乡母亲的离愁别绪。文字轻灵、情感细腻，赢得了孩子们的喜爱，成为中国现代儿童文学中珍贵的探索之作。

校园中的学生，因为年龄相仿、思想接近，学习生活大部分时间在一起，很容易形成一种相互回应着的潜在"公共领域"。特别是女学生，基于同性间的彼此理解和关爱，她们之间的情谊会更加坚固和动人。毕竟当时能够进入校园的女性还是少数，人们对女学生的认识还存在各种偏差。这些负面因素反而能将校园中的女学生更紧密地结合在一起，使她们在相互倾诉中寻找安慰，在相互激励中追求价值。冰心在《"破坏与建设时代"的女学生》一文中，曾依据社会态度将"女学生"分为三个时期："崇拜女学生的时期""厌恶女学生的时期"和"第三时期的女学生"，并呼吁"我所敬爱的女学生呵！我们要和社会的心理奋斗，要将他们的厌恶心理挽回过来。不但求他们的信仰，也要将他们所崇拜的'欧美女学生'的基础，建立起来"，"敬爱的'第三时期女学生'呵！我们从今日起，要奋斗！"[10](10)冰心虽然出生在一个开明的家庭，生活幸福顺遂，然而当她耳闻目睹身边女同学的痛苦经历时，不能不因同为女性而生出种种同情。她自觉地将自己作为"女学生"群体中的一员，与女性同伴一起领受这个称呼带给她们的光荣和屈辱。当她拿起笔来进行创作时，会自觉不自觉地将身为"女学生"的感受与体验表现在作品中。可以说，"女学生"是冰心许多作品的出发点和落脚点。这些作品有的以"女学生"为主角，有的以"女学生"为叙述者，有的虽然采用儿童视角，但却可以将其看成是"女学生"以澄澈和清明的眼光看世界的象征。

三

现代文学教育深刻影响了冰心的文学创作，她作品的思想资源、艺术素材和历史渊源无一不与校园这一"公共领域"相关。具体来说，主要体现在以下几个方面：

其一，宗教特色在冰心的文学创作中有着较多体现。她作品中许多人物形象都具有耶稣作为"人"的无私、牺牲、博爱的"可敬"品性。甚至形成冰心创作观念三足鼎立的母爱、自然和童心，在某种意义上就是此种品性的升华：母爱的无私、自然的博大、儿童天使般的纯真不正是耶稣之爱的对应吗？连作家本人也承认：中学时代，"因着基督教义的影响，潜隐的形成了我自己的'爱'的哲学"[16](8)。冰心创作的诗歌作品，有的以"迎神曲""送神曲""晚祷""圣诗"等宗教字眼命名；有的借用《圣经》典故敷衍成篇；有的则以宗教祷告的口吻抒发对自然、爱、命运、艺术等神圣事物的虔诚、敬畏之情。她感悟命运的深奥神秘："世界上，/来路便是归途，/归途也成来路"[10](285)；发现自然的广博美好："自然的微笑里，/融化了/人类的怨嗔"[10](361)；赞美造物主的仁慈伟大："我这时是在什么世界呢？/上帝呵！/我这微小的人儿，/要如何的赞美你。/在这严静的深夜，/赐与我感谢的心情，/恬默的心灵，/来歌唱天婴降生。"[10](177)在《世界上有的是快乐……光明》《最后的安息》《超人》等问题小说中，冰心则模仿《圣经》的叙事模式，以"爱"的哲学作为解决社会问题的良药。有学者认为《圣经》的叙事存在着一个"U"形模式，即"叙事主体通过抗争或在外力帮助下渡过劫难，重获安稳平和状态"，"因其历经磨难后的幸福结局给人以慰藉和希望，其主旨是坚信真善美等美好事物或道理必将最终延续"。冰心的小说也存在这种"U"形结构，只不过她更倾向于在故事中设计天使般的人物，以他（她）宗教般的宣喻作为故事出现转折、主人公获得救赎的契机。冰心的名篇《超人》的主人公何彬是一个疏离于社会和人群、冷心冷面的青年，因为厌烦深夜的噪音，出于本能救助了楼下生病的贫儿禄儿，却得到禄儿最真诚的回报，最终促使他认识到"世界上的母亲和母亲都是好朋友，世界上的儿子和儿子也都是好朋友，都是互相牵连，不是互相遗弃的"[10](190)，从而重温人间真情，获得新生。禄儿是引发何彬性格转变的重要因素。他是个只有12岁的孩子，平日做事勤勤恳恳，受人救助懂得感恩，即使被拒绝仍然以执着真诚之心对待何彬。他纯真圣洁，以人性的善良和美好感召何彬，几乎是天使的化身。而禄儿写给何彬的信无疑就是上帝之爱的回音，如圣乐般涤荡着人们的灵魂，最终使何彬得到救赎。冰心让何彬从一个厌世者到遇见并帮助禄儿，再到受禄儿感动情感升华，转变为一个对生活抱有热情的青年，从而完成了类似《圣经》"U"形结构的故事叙述。这种叙事方式和天使般人物形象的设置在冰心其他问题小说中也颇为常见。《世界上有的是快乐……光明》让一个小男孩和一个小女孩以"银钟般清朗的声音"劝阻了一个准备蹈海自尽的青年，使他如闻"云端天乐一般"，拨散了心中的阴翳，"起了一种不可思议、庄严华美的感情"[10](69)。《最后的安息》的主人公惠姑则是一个从城市到乡下别墅避暑的富人家的女儿。她怜悯关心受婆婆虐待的童养媳翠儿，当翠儿被恶毒的婆婆暴打将死时，惠姑陪伴在她身边，使从未体会到什么是快乐和爱的翠儿第一次感受到来自人间的温暖。"她憔悴鳞伤的面庞上，满了微笑，灿烂的朝阳，穿进黑暗的窗棂，正照在她的脸上，好像接她去到极乐世界"，在惠姑的"爱"里，翠儿得到了"最后的安息"[10](84)。禄儿、两个孩子、惠姑都是冰心"爱"的哲学的象征，他们如天使一般将仁慈博爱撒播到人间，使濒临绝望的人们获得灵魂的拯救。宗教因素的运用使冰心的作品带有一种独特的柔美气息。

其二，冰心的文学创作凸显现代意识，具有舒缓优雅的艺术风格。她创作于1924年的小说《六一姊》以第一人称叙事，讲述了"我"对童年玩伴"六一姊"的钦佩与怀念。六一姊活泼美丽，曾以乡村女儿的机智宽厚化解了童年时期"我"的困窘。然而10年后，当"我"在"凝阴的廊上，低头疾写，追写十年前的她的嘉言懿行"时，文本深处的裂痕却十分鲜明地显露出来。作为接受过校园教育的"我"和无知无识的"六一姊"从形象到精神都表现出现代与传统、文明与野蛮之间难以逾越的分野。六一姊在弟弟六一出生后便没有了自己的名字，因为在以男性血缘伦理维系的家族谱系中，不可能容纳"铃儿"这样一个女性存在，然而六一姊却毫无挣扎地认同了这种无名状态，甚至"怕听'铃儿'两个字"。等长大一点，六一姊不用别人强制，自己把脚裹得极小。当"我"用一双天足在院中玩耍，叫她出来时，她却只能扶着门框站着看，说："我跑不动。"而"那时我已起首学做句子，读整本的书了，对于事物的兴味，渐渐的和她两样"。"我"的生活充满了"书房""功课""书写""同学"等与校园教育相关的词汇,这些都是六一姊从未接触过也无从想象的东西[18](150~155)。所以,10年后,当"我"为六一姊"低头疾写"的时刻也正是见证"我"在校园中获取现代意识的时刻。"我"的追忆与其说是对六一姊的怀念,不如说是对造成"我"与六一姊生活与精神差异的现代教育的礼赞。

与此同时,弥漫在教会学校的宗教氛围使冰心身处的校园文化更趋严肃和保守,让浸润其中的冰心在文学创作风格上表现出舒缓优雅的特点。正如胡适评价的那样,冰心的作品中西合璧,"继承了中国传统对自然的热爱,并在她写作技巧上善于利用形象,因此使她的风格既朴实无华又优美高雅",给新文学"带来了一种柔美和优雅,既清新,又直截"[13](549~550)。与培养了庐隐、石评梅、冯沅君等现代第一代女作家的北京女子高等师范学校不同,冰心所在的"燕大是一所美国人创办的私立教会大学,在学制、教学方式及行政管理上引进了美国的教学体系,用来研究中国的传统文化,构成一个东西方文化交融的新的教学基地","在这种中西文化交融的方针指导下,燕大国文系既不走抱残守缺、钻故纸堆的老路,又不取全盘西化的偏激路线;而是既保留和发扬中国传统文化,又推动新文化的兴起,从而走在了各大学的前列"[19](166)。燕京大学的允执其中与北京女子高等师范学校的开放热情、敏锐追踪社会政治对比鲜明。与此相映成趣的,是冰心作品中人物形象的"去情欲化"描写和冯沅君、石评梅笔下大胆"越轨"的笔致;是冰心"我在母亲的怀里,母亲在小舟里,小舟在月明的大海里"[10](377)的浅吟低唱和庐隐对"海滨故人"风流云散后的痛彻体验、悲哭哀号。如果除去个人生活经历与性格气质差异对文学创作的影响,我们或许可以承认,两所学校不同的校园文化氛围也是影响她们文学创作风格的重要因素。

其三,关注女性是冰心作为中国现代女性作家的重要特点。与封建社会"三从四德"的女性形象不同,冰心更多地写出了现代女性温柔端庄、坚毅勇敢的一面,并对接受过现代教育的"女学生"形象情有独钟。《两个家庭》是冰心问题小说的处女作,也可以把它看作是冰心此后大部分创作的原型。作品通过一个女学生的目光审视了两种不同女性为各自家庭带来的幸福和烦扰。陈先生的太太是一个旧式妇女,因为没受过现代教育,缺乏管理家庭、教育孩子的知识,整日沉湎于打牌社交,从而使家庭杂乱无章、儿啼女哭、生活矛盾尖锐,最终导致陈先生抑郁而亡。另一个家庭的太太亚茜则因接受过现代教育,志趣高雅,与丈夫志同道合,孩子培养得天真活泼、温顺懂礼,家里打理得处处洁净规则、温馨和谐。在一悲一喜、一抑一扬的故事对比中不难发现,造成两个家庭不同境遇的主要原因是家庭主妇文化教养的不同。值得注意的是,这种结论的得出完全来自作品叙述者——"女学生"带有鲜明倾向性的主观视角。而在文本中被作为正面形象塑造、受到叙述者肯定的亚茜恰巧也是一个嫁做人妇的"女学生"。如果考虑到作品的创作者冰心也是一个"女学生",那么得出如下的结论就不会显得特别突兀:"女学生"的视角和身份深刻影响了冰心创作的题材和观念。一方面,"女学生"是冰心创作的素材,她有意凸显"女学生"在接受校园教育后所具有的现代品性,赞美她们庄严优美的情感和自尊自立的品格;另一方面,冰心也不回避身为新旧思想交替时代的"女学生"所背负的压力和痛苦,写出了她们的无奈和苍凉。《是谁断送了你》的主人公怡萱生在封建家庭,冲破重重阻碍才争得上学的权利,却由于一个浮浪男同学写的一封求爱信被发现,受到父母的猜忌冤枉,而一病不起。《秋风秋雨愁煞人》《庄鸿的姐姐》中的云英和庄鸿的姐姐也都是在校园接受现代教育的"女学生",本可大有所为,但却由于封建婚姻和封建家庭的拖累使前者心灰意冷、后者劳累致死。冰心关注"女学生"坎坷复杂的命运,以"女学生"的目光观察世界。即使当她早已由学生变为大学教师甚至知名作家,冰心依然对"女学生"这一角色情有独钟。20世纪40年代,她以"男士"为笔名创作的小说集《关于女人》除去以调侃笔墨介绍创作动机的前两篇,共14篇作品,其中与"女学生"有关的占了大半。《我的教师》《我的同学》《我的同班》《我的学生》一望而知是以"女学生"为主角或叙事者的作品。《叫我老头子的弟妇》《请我自己想法子的弟妇》《我的朋友的太太》《我的朋友的母亲》诸篇也无一不围绕"女学生"设置情节,铺展故事。难怪有学者认为,小说集《关于女人》是冰心以男士为幌子,"试图把当年的同性爱在易性表达中写出,以达到既不逾规越矩、亦可告慰师友的效果"[20]。

  总之,正是在民国教育体制的制导下,冰心才会从一个中国传统女性蜕变为现代女性,进而逐渐走上了现代文学的创作道路。在此过程中,如果没有学校的国文课程、没有国文课程中的作文训练,冰心在文学创作方面的天赋也就绝难被发掘出来,自然更不会自发地释放出来。然而,同样值得我们深思的是,从现代学校的文学教育中成长起来的中国现代作家,一旦在拆掉了文学教育这一动力系统之后,她们的文学创作就犹如被压抑了许久的火山,喷发过后随之而来的便是长久的间歇。冰心身为教师重返校园之后,尽管学校作为具有现代效能的"公共领域",依然散发着迷人的魅力,但其作用对冰心来说似乎已经锐减不少。即便如此,我们也完全可以这样说,冰心作为民国教育体制制导下成长起来的中国现代女性作家,依然是一个值得我们再三研读的典范。

参考文献：

[1]李宗刚.新式教育下的学生和五四文学的发生[J].文学评论,2006(2)
[2]卓如.冰心全集:第7卷[M].福州:海峡文艺出版社,1994
[3]殷国明.历史裂变与跨文化语境的形成:关于中国20世纪学术思想变迁的反思与探究[J].山东师范大学学报:人文社会科学版,2014(5)
[4]卓如.冰心传[M].福州:海峡文艺出版社,2000
[5]舒新城.中国近代教育史资料[M].北京:人民教育出版社,1981
[6]麦克·F.D.扬.知识与控制:教育社会学新探[M].谢维和,朱旭东,译.上海:华东师范大学出版社,2002
[7]陈滔娜,关冰.民国时期大学课程体系与课程实施分析[J].高等理科教育,2012,(4)
[8]李宗刚.新式教育下的公共领域与五四文学的发生[J].山东社会科学,2006,(6)
[9]哈贝马斯.公共领域的结构转型[M].曹卫东,王晓珏,刘北城,等,译.上海:学林出版社,1999
[10]卓如.冰心全集:第1卷[M].福州:海峡文艺出版社,1994
[11]1912年12月教育部公布中学校令施行规则[M]//朱有.中国近代学制史料:第三辑(上册).上海:华东师范大学出版社,1990
[12]司马长风.中国新文学史·导言[M]//中国新文学史:上卷·香港:昭明出版社,1975
[13]卓如.冰心全集:第8卷[M].福州:海峡文艺出版社,1994
[14]丁帆.我们需要用什么样的文学史观治史[J].山东师范大学学报:人文社会科学版,2013(2)
[15]李宗刚.新式教育与五四文学的发生[M].济南:齐鲁书社,2006
[16]卓如.冰心全集:第3卷[M].福州:海峡文艺出版社,1994
[17]王国喜.《圣经》叙事模式及其承载的主题寓意探析[J].太原师范学院学报,2012(4)
[18]卓如.冰心全集:第2卷[M].福州:海峡文艺出版社,1994
[19]钱家珏.透过国文系探讨燕大的教学观[M]//燕大文史资料:第四辑.北京:北京大学出版社,1989
[20]赵慧芳.冰心关于"同性爱"的演讲[J].中国现代文学研究丛刊,2013(5)

政治话语与个人情感的双重变奏
——论20世纪50—70年代冰心笔下的日本形象

谢庆立

摘要：冰心在20世纪50—70年代所塑造出来的日本形象是一个"正在觉醒"的国家形象：日本人民正在觉醒，反抗美国的侵略和政府的卖国行径。这个日本形象由与美国勾结的日本官方形象与在苦难中反抗的民间形象组成。既有国家政治层面上的独特含义，又有冰心个人情感层面的隐蔽含义。她笔下的日本形象在反衬出中国国家独立自强的同时，也表达了个人的情感体验。这个"正在觉醒"的日本形象是冰心在那个特殊的年代对日本的想象。冰心无法改变那个时代，但她仍在一套政治意识形态话语的夹缝中表达着自己的个性。

关键词：日本形象；政治意识形态话语；写作立场；情感体验

冰心一生多次到过日本，1946—1951年在日本生活了5年时间，而她早年去美国留学时也只在美国住过3年，可见冰心对日本有特殊感情。在她一生的创作中，也有百余篇作品直接或间接地写到日本。在不同的历史阶段，冰心笔下的日本形象也有所不同。1949年以前，冰心是自由地抒发自己的情感进行创作，可是到了20世纪50—70年代，冰心的创作也像这个时代的其他作家一样带有了特定的时代色彩。那么在这特定的时期内，冰心笔下的日本形象具有怎样的内涵？是如何构成的？其中包含着怎样的文化意义？这些都是值得探究的问题。

一、日本形象的多元化

冰心1951年从日本回国以后，陆续写出了大量描写日本的文字。由于创作环境的变化，也由于冰心在日本长期生活以后有了切身感受，她笔下所描写的日本形象呈现出了复杂的形态。对这些日本形象进行解读的前提，是梳理冰心笔下日

作者简介：谢庆立（1963— ），男，河南鹿邑人，北京外国语大学英语学院国际新闻与传播系教授。
本文原载：《同济大学学报（社会科学版）》2014年4月第25卷第2期。

本形象的形态与不同侧面。依据这些日本印象的来源，我们可以将冰心笔下的日本形象划分为官方形象和民间形象两个基本类型。

　　冰心笔下的日本官方形象，主体特征是"美帝国主义的走狗"形象。冰心反复批评日本政府沦为美帝国主义的帮凶。

　　在冰心笔下，"美帝国主义的走狗"这个日本形象是通过三个不同的侧面呈现出来的。首先是美国在日本建立的军事基地和训练场地。1955年的《访日观感》一文中，冰心借一位日本友人的话说明日本当时所处的状况："八百多处美军基地布满了日本国土……"①冰心本人在这次访问活动中，也在日本的羽田、福冈、伊丹、岩国等机场，看到"候机室里，都有美国军人出出进进，机场上有美国兵士在忙碌地操作"②。在日本这样一个主权国家的国土上建立起来的这些美国军事基地的形象学含义不是日本"被"半殖民化，而是日本政府变成了美国的"走狗"。因为没有日本政府的配合，基地是不可能建成的。其次是美国军人在日本的胡作非为给日本人民所带来的伤害和恶劣的影响，其中最典型的是美国军人和日本女性所生下的混血儿的遭遇，变成了日本与美国畸形关系的象征。冰心回国以后所写的第一篇关于日本的文章就是日本电影《混血儿》的评论。她在文中说："将近10年之中，日本的混血儿数目总在40万左右。这些天真无辜的孩子，从呱呱落地的那天起，便失去了温暖的母爱，便被剥夺了基本人权，便成为人们讥笑鄙视的对象。"③40万混血儿给日本带来的不仅是社会问题，对于日本形象而言，也是一个日本政府沦为美国"走狗"的证据。如果没有日本政府与美国的"合作"，这些不幸的孩子、不幸的女性是不会有如此遭遇的。最后是美国文化的入侵。日本的亲美政策不仅在政治军事上把日本变成美国的"走狗"，而且在文化上也使日本变成了美国的殖民地。冰心借日本作家丹野节子的话说明了这种文化的美国化的景象："走到街上，他们听到下流的爵士音乐和喧闹的流行歌曲；在广告牌上，他们看见五花十色的好勇斗狠的美国西部的格斗的图画。街上有赛马、赛自行车以及其他一切，使日本活像一个殖民地。"④这些美国文化深入到日本的大街小巷，日本在文化上殖民地化了。日本的国家形象由一个独立的主权国家变成了迎合美国的形象。

　　与官方的形象相比，冰心笔下的日本民间形象更加丰富。通过对民间人士的描写，冰心塑造了一个与苦难抗争并作为战友的日本形象。这个战友形象也是由多个侧面形象共同完成的，其中最突出的是战争受害者形象。日本本是一个曾侵略中国及其他邻国的国家，"侵略者"一度是被侵略国家的人民对日本的普遍印象。

---

①② 冰心：《访日观感》，见卓如编：《冰心全集》，第4卷，209页，福州：海峡文艺出版社，1994。
③④ 冰心：《我控诉——看了日本电影〈混血儿〉以后》，见卓如编：《冰心全集》，第4卷，188页，187页，福州：海峡文艺出版社，1994。

但当冰心深入到日本民众之中,她所看到的是日本民众受到战争摧残的形象,其中受原子弹伤害的普通日本民众是最鲜明的形象。冰心描写渡边千惠子时说:"26岁的渡边千惠子,十年前正是'二八芳龄'的少女,被炸受伤后,她半身瘫痪了,3650个昼夜里,她在一角床榻上,幽咽地度过了青春。"①这只是成千上万受害者之一,冰心去广岛访问时了解到,在广岛原子弹爆炸之时,炸死24万人,重伤者5.1万多人,轻伤者10.5万多人,还有陆续被查出的败血症患者不计其数②。这些数字在形象学意义上展示出一个深受战争摧残的日本形象。日本民众所受到的伤害与中国人民所受到的伤害一样深重,两个国家的民众成了难友,他们都是战争的受害者。

日本民众在伤害面前没有沉默,越来越多的人选择了反抗。冰心笔下又描绘出了一个反抗者形象,日本民众成为反抗美国的战士。一方面,他们用自己残缺的身体,控诉美国的核弹造成千万平民死伤的罪恶;另一方面积极反抗美国在日本建立军事基地对日本民众利益造成的损害。对于前者,冰心描写了长崎的"禁止原子弹和氢弹世界大会"上的一幕。"前排右角坐着几位伤痕满面的男女,那是原子弹受害者的代表……台下群众从惨然的回忆中激昂起来了,积了10年的怨愤,今天听到了控诉谴责的声音,这种心情是悲伤而愤怒的。"③对于后者,除了《樱花赞》一文中提到的金泽内滩农民反抗美军占领农田作打靶场事件之外,冰心在《为和平而斗争的日本妇女》一文中进行了集中描述:"广岛、长崎和比基尼岛的惨剧,在日本妇女的心里是创巨痛深的,她们绝不愿她们的丈夫儿女再作战争的牺牲品,再作原子武器下的牺牲品。"④当然,冰心直接接触到的更多是知识分子中的反抗者。在冰心笔下,这些反抗者都有着坚强的个性,也代表着反抗者形象中最生动的一个侧面。在《战友》一文中,冰心描绘了反美作家伊藤惠子的坚强性格,她在稿子被报刊一再拒绝的情况下,仍坚定地说:"我是不会屈服的。"⑤这虽然是一个个案,但又是一个典型,它传递出来的形象学意义是日本人民已成为反对美国的重要力量,日本的反抗者形象正是在这些个案中完成的。

冰心笔下不同类型的日本形象中也包含着不同的价值判断,冰心很明显地将官方的日本形象塑造成了负面的,而将民间的日本形象塑造成了正面的。那些战争受害者的苦难形象呈现出来的不是对落后的嘲笑,而是对苦难的同情。

---

①③ 冰心:《日本纪行》,见卓如编:《冰心全集》,第4卷,226页,225页,福州:海峡文艺出版社,1994。

② 冰心:《广岛——控诉的城市》,见卓如编:《冰心全集》,第4卷,212页,福州:海峡文艺出版社,1994。

④ 冰心:《为和平而斗争的日本妇女》,见卓如编:《冰心全集》,第4卷,241页,福州,海峡文艺出版社,1994年。

⑤ 冰心:《战友》,见卓如编:《冰心全集》,第6卷,544页,福州:海峡文艺出版社,1994。

二、日本形象的形成机制

冰心笔下的日本形象是如何形成的？她所描写的那些人和事为什么会构成一个正在觉醒的日本国家形象？通过对20世纪50—70年代冰心有关日本的文章的文本分析，我们可以发现冰心笔下的日本形象的形成机制。

第一，冰心自己的写作立场决定了她对材料的取舍。冰心在50—70年代所塑造的日本形象，就是由她写作的文本呈现出来的。冰心在这个时期的写作立场是什么？1951年冰心从日本回国时，中华人民共和国已经成立，她回国不久，就对自己过去的写作立场进行了批判，并积极地改变自己的立场。她说："我深深地感受到，我过去的创作，范围是狭仄的，眼光是浅短的，也更没有面向着人民大众。原因是我的立场错了，观点错了，对象的选择也因而错了"，她表态——"我一定要好好学习社会主义现实主义的文艺理论"[1]。冰心的这种表态具有象征意义，表明冰心的写作立场会根据国家的需要调整。这也是国家给每一位文艺工作者规定的任务。1953年第二次文代会之后，《文艺报》发表社论，明确地说明了全国文艺工作者的"总任务"就在于"创造社会主义现实主义的文学和艺术，这样的创造一步也不能脱离国家前进的轨道和人民的实际斗争"[2]。这也说明了冰心在那样的历史环境中改变写作立场的必然性。

冰心写作立场的变化对于她塑造日本形象带来了什么样的影响？首先是选择的材料方面发生了变化。对比一下冰心回国前后对日本的描写就可以看到这种变化之大了。1951年冰心在回国之前对日本的印象是："这五年间日本渐渐地复兴起来了。地上到处矗起新的雄伟的建筑，商店的橱窗里千姿百态的新商品闪着光辉，人们的脸上换了笑容，身上穿着的是整洁的服装……"[3]这个欣欣向荣的日本形象随后在冰心笔下消失了。如前文所述，冰心更多地选择了美国在日本的驻军、日本人民受原子弹的伤害以及日本人民的反抗等材料来描写，这种转变正是她写作立场转变的结果。中国当时与日本尚未实现邦交正常化，又与美国在朝鲜战场上正面交锋，中国政府对美国和日本的政策直接影响到了文艺作品对美国和日本的评价。冰心的写作立场也不可能不受此影响，结果她只能选择那些能表现中国政府对美、日态度的材料。这些题材都与冰心的写作立场转变到"完成政治任务"有直接关系。其次，冰心对题材的处理方法也有了较大的改变，冰心所选择的那些材料到底会说明什么问题，不同的处理方式自然产生不同的意义。冰心所采用的处理方式是直接对材料进行说明，把作者的意图明确表达出来。

第二，政治意识形态话语的主导地位为冰心笔下的日本形象确定了性质，也设定了基本架构。冰心写作立场的改变其实是当时中国政治环境改变的结果。在

---

[1] 冰心：《归来以后》，见卓如编：《冰心全集》，第4卷，30页，福州：海峡文艺出版社，1994。
[2] 参见《文艺报》，1953年第23期。
[3] 冰心：《为了永久的和平》，见卓如编：《冰心全集》，第4卷，24页，福州：海峡文艺出版社，1994。

当时的政治情势之下，每一位作家都被纳入一个强大的政治意识形态话语中，强势的政治意识形态话语对每一位作家都产生了直接的影响。我们在20世纪50—70年代中国作家的作品中所看到的普遍存在的概念化、公式化现象，就是这种政治意识形态话语在文学领域中进行控制并产生影响的结果。

政治意识形态话语对于冰心笔下的日本形象也产生了直接影响，冰心所塑造的日本形象之所以是一个"正在觉醒的国家"，其形成机制的核心就是这种政治意识形态话语直接建构了日本形象，政治意识形态话语像一副有色眼镜，把日本形象变成了镜片的颜色。

具体而言，政治意识形态话语对冰心笔下的日本形象的形构功能主要表现在三个方面。首先是为冰心设定了政治任务，使冰心用"汇报工作"的方式进行意识形态的宣传。冰心在50—70年代四次访问日本，都是政府分派的政治任务。这些汇报文本包括《日本归来》这样比较正式的文体，也包括了一些个人的随感以及在一些公开场合的演讲。在这些文本中，冰心只能以政治意识形态话语来表述她对日本的印象。比如1961年冰心访问日本后所写的《访日归来》一文中，就选取了石川县金泽市的内滩农民反抗美国占领农田建打靶场的事件，冰心写下这样的句子："……美国星条旗在铁板道上飘扬的时候，内滩的妇女们咬起牙关，包起头帕，手拉着手，只有向前决不退却地，走到迫击炮的弹雨下面，屹然地坐了下来，要拿自己坚贞的血肉之躯，来保卫祖国的土地！"[①]这里的星条旗代表着侵略，而妇女们的行为则是保卫祖国。

其次，是政论式话语的直接介入确立了日本形象的政治性，将日本形象直接设定为政治形象。这种政论式话语不仅可以直接论述与日本相关的问题，对这些问题进行政治定性，而且它也展示出一个政治意识形态的话语场域。在这样的话语空间中，任何关于日本的描写、关于日本的事件都传达出政治意识形态的意义。"正在觉醒"的人民反抗美帝国主义及其走狗的日本形象正是在这种政治意识形态话语中被塑造出来的，是这种政治意识形态话语规定的形象，冰心只不过是用自己的笔把它描绘出来。比如她在写于1964年的《春天在招手——寄亲爱的日本战友们》一文中说："亲爱的日本战友们，从我们自己几十年的反帝反美的经验，我们深深地知道你们的斗争是艰苦的，也会是曲折的和长期的。但是世界形势现在已经大变了，全世界受压迫剥削的人民已经觉醒。"[②]在这种政论式的政治意识形态话语中，日本人民变成了世界反美阵营的战友。这是一种政治意识形态的定性，它设定了中国人（不仅是冰心）对日本的印象。

最后，冰心对日本的个人情感是她笔下的日本形象形成的基础。冰心虽然无

---

① 冰心：《访日归来》，见卓如编：《冰心全集》，第5卷，648~649页，福州：海峡文艺出版社，1994。
② 冰心：《春天在招手——寄亲爱的日本战友们》，见卓如编：《冰心全集》，第6卷，318~319页，福州：海峡文艺出版社，1994。

法超越那个特殊的时代，但她对日本仍然有自己的独特感受。这些感受在她塑造日本形象时起到了基础的作用，即提供了基本的情感态度，从而使得她笔下的日本形象具有细腻、生动的特点，这些感受是日本形象形成的基本材料或基本具象。日本的整体形象正是通过这些生动的细节展现出来的。冰心自己曾明确地表示过这种个人感受的存在："原来我们出国的代表团，回来以后都有一个正式的报告，这是公开的，给大家看的东西。但是我们代表团的每一个成员，也都有自己的感受……"[①]那么，这些个人感受对于塑造日本形象起到了什么作用？其一，它为日本形象提供了基本的依托。其中的言外之意是依托在具体的、以个人感受为基础的文本细节之上的。比如在《尼罗河上的春天》一文中，冰心写下了和日本女作家秀子与和子在开罗开会时相处的感受。她们像朋友一样聊天，这种私人的友谊提供了一个日本人民的友好形象。其二，冰心的个人感受构成了作品的意象，蕴含着形构日本整体形象的功能。

当然，这些以个人感受为基础的日本形象又与政治话语中的日本形象是一致的，个人感受中的日本形象为政治话语中的日本形象提供了生动鲜活的具象，政治话语中的日本形象是对个人感受的日本形象的提升，两者相得益彰。冰心的个人感受在此被纳入政治话语，两者在日本形象的塑造过程中协调一致，完成了生动、"正确"的日本形象。

三、日本形象的文化意义

20世纪50—70年代冰心笔下的日本形象带有明显的政治意识形态色彩，但是在这种强大的政治意识形态话语的夹缝之中，又有冰心个人化的对日本的亲切感受。这两者的重叠，一致构成了冰心笔下完整的日本形象。那么这个日本形象具有什么样的文化意义？

异国形象所产生的文化意义，是指形象对塑造这个异国形象的想象主体所具有的价值。对于20世纪50—70年代冰心笔下的日本形象而言，其文化意义就是它对于当时的中国以及冰心个人的价值。

就国家层面而言，正在觉醒的日本国家形象是中国自我想象的对应物。日本人民在觉醒、反抗美帝国主义，是中国人民已经觉醒并取得反抗美帝国主义的胜利的一个想象的参照物。这个文化意义又是如何形成的？其原因至少有两个方面：一方面，从冰心笔下的日本形象的构成来看，其不同的侧面都是以中国为参照塑造出来的。在形象学理论中，异国形象不是对异国的客观记录，而是对异国的想象，异国形象是对他者的想象，想象的目的是与想象主体进行对照。冰心笔下的日本形象由不同的侧面构成，而这些侧面也正是中国所关心的。在本文的第一部

---

① 冰心：《谈点读书与写作的甘苦》，见卓如编：《冰心全集》，第6卷，294页，福州：海峡文艺出版社，1994。

分，我们梳理了冰心笔下日本形象的各个不同侧面。这些侧面都是以中国自身的问题为立足点的，日本形象中折射出来的是中国的自我意识。具体而言，这些不同的侧面折射出了中国怎样的自我意识？在总体形象这个层次上，日本作为一个正在觉醒的国家形象背后正是一个已经站起来的中国的自信形象。日本的总体形象是由两部分组成的：官方层面上，日本政府正在帮助美帝国主义对日本进行侵略和掠夺；民间层面上，日本民众在苦难之中奋起反抗。这两个层面的日本形象都与中国形成对比，反衬出中国的强大与自信。在前一个层面上，日本作为美国的"半殖民地国家"的形象正好与新中国独立自主的形象形成对比。中华人民共和国的建立结束了近代以来的半殖民地历史，使中国在国际上成为一个真正的主权国家。相比之下，日本在"二战"以后作为战败国受制于美国的事实，使日本的"半殖民地"形象变得特别突出。冰心笔下大量描写这个侧面的日本形象，其潜在意义正在于显示"中国人民站起来了"的自豪与自信。当然，另一方面，由于中美之间的对抗不断加剧，日本的"半殖民地"形象也包含着对美帝国主义侵略本质的批判。写日本民众的生活状况是为了反衬中国人民的生活状况，日本民众的生活艰难反衬出了新中国人民生活的幸福快乐。比如，冰心就曾直接地通过日本朋友的孩子上不起学与自己的孩子免费上学进行对比，用日本民众交重税与中国人不交税对比[①]。这些对比所起的作用就是在塑造日本形象的同时将其与中国形象进行比较，日本形象虽然是描写的对象，但作者是要借日本形象潜在地向读者展示其对于中国形象的意义。

对于冰心个人而言，她所塑造的日本形象的文化意义在于：日本形象间接地表达了她个人的内心情感体验。这种间接的表达也可以从两个方面来分析：首先，在政治层面上，冰心所塑造出来的正在觉醒的日本形象并不仅仅是一种政治意识形态话语的产物，其中也包含着冰心个人的政治化的民族情感。从另一方面来说，冰心对日本民众的苦难与反抗的描写也反映出了她对日本民众的真诚友情，是冰心的人道主义与基督教博爱精神的具体体现。其次，在个人体验的层面上，冰心所描写的日本形象也变成了她个人情感的寄托。

总之，冰心在20世纪50—70年代所塑造出来的日本形象既有国家政治层面上的独特含义，又有个人情感层面的隐蔽含义。冰心笔下的日本形象在反衬出中国独立自强的国家形象的同时，也表达了她个人的情感体验。这个"正在觉醒"的日本形象是冰心在那个特殊的年代对日本的想象。冰心无法改变那个时代，但她仍然在政治意识形态话语夹缝中表达了自己的个性，这是冰心的人格追求和文学主张的具体体现。

[①] 冰心：《访日观感》，见卓如编：《冰心全集》，第4卷，207~208页，福州：海峡文艺出版社，1994。

时空越位——冰心意象情思的关联策略

祝敏青 朱晓慧

摘要：超越了时间空间秩序的时空越位是冰心体现意象、传递情思的言语策略。时空越位中产生的意象是冰心情感的载体，是冰心思绪联想想象的产物。时空越位看似超越了自然的客观性，超越了语言表述的合理性，但在特定的情感关联中有着合理的内核，在表层的越位中有着审美价值。

关键词：冰心；时空越位；审美意象

婉丽的"冰心体"中流淌着浓浓的情思，这一情思常常通过时空越位的构想体现。时空越位，即时间或空间在语言表述上的跳跃无序。它打破了时间与空间的客观性，规律性，而以想象的翅膀遨游于情感之波澜。时空越位承载着冰心的情感思绪，正如她在《繁星·一九》中所形容的：

我的心，/孤舟似的，/穿过了起伏不定的时间的海。

这"起伏不定的时间的海"正是随着冰心情感波动的时间穿越的具象体现。在她的笔下，时空不是按自然时序排列，而是追寻着情感的思路链接。

一、触景生情中的时空越位

冰心丰富的情感常因景物的触动而抒发，以眼前之景与回忆之景相关联的形式来抒发情感。于是，眼前实景与回忆中的景物往往超越了时间隧道，相交相融。如：

花又在瓶里了，/书又在手里了，/但——/是今年的秋雨之夜!（《春水·一三二》）

作者简介：祝敏青（1954— ），女，福建福州人，福建师范大学文学院教授，博士生导师。朱晓慧（1956— ），女，福建永泰人，福建工程学院文化传播系教授。
本文原载：《福建江夏学院学报》2013年4月第3卷第2期。
基金项目：福建省社科规划项目（2008B105）

物依旧，时不同，充满了物换星移的感慨。这种感慨中常常交织着复杂的情感思绪。如《宇宙的爱》中在西山池边独坐，所见的绿叶、碧水、白云与四年前的景物相关联，由时间跨越所抒发的情感：

四年前的今晨，也清早起来在这池旁坐地。

依旧是这青绿的叶，碧澄的水。依旧是水里穿着树影来去的白云。依旧是四年前的我。

这些青绿的叶，可是四年前的那些青绿的叶？水可是四年前的水？云可是四年前的云？——我可是四年前的我？

它们依旧是叶儿，水儿，云儿，也依旧只是四年前的叶儿，水儿，云儿。——然而它们却经过了几番宇宙的爱化，从新的生命里欣欣的长着，活活的流着，自由的停留着。

它们依旧是四年前的，只是渗透了宇宙的爱，化出了新的生命。——但我可是四年前的我？

四年前的它们，只觉得憨嬉活泼，现在为何换成一片的微妙庄严？——但我可是四年前的我？

一九二一年六月十八日，在西山

用了多个"依旧"将四年前与四年后的景物相关联，但作者所欲表达的并非"依旧"，而是沧桑变更，是对"渗透了宇宙的爱，化出了新的生命"的景物新的生命的感悟，是冰心"爱"的情思的寄托。

不同的时间与特定的空间相关联，因此，时间的越位组合常常伴随着空间的越位关联。大海，是冰心童年的伴侣，也是她情感的抒发对象。她满怀深情地吟诵着：

故乡的海波呵！/你那飞溅的浪花，/从前怎样一滴一滴的敲我的磐石，/现在也怎样一滴一滴的敲碎我的心弦。（《繁星·二八》）

远离故乡，思乡之情承载于海波之中。大海已超越了自然景象的范畴，而成为精神世界的载体。这"敲碎我的心弦"的海波，在她的笔下自然也以一种时空跳跃伴随着她的情感波动。在她对大海的抒写中常常出现跨越时空的链接。这种链接，可能是不同时间段同一海景的链接，也可能是不同时间段不同海景的链接。大海是冰心笔下出现频率很高的意象，海意象中常常承载着穿越时空隧道的景象关联。大海是冰心"童年耳鬓厮磨的游伴"，她对大海倾注了深挚的情感。一生中她见过许多海，这些海都勾起她对童年相依相伴的海的回忆。在《海恋》中，各地的海与童年的海通过意象的链接跨越了时空，连缀起追忆的情思。"不论是日本海，地中海……甚至于大连湾，广州湾，都不像我童年的那片'海'，正如我一生中最好的朋友，不一定是我童年耳鬓厮磨的游伴一样。"她深情地以多年所见之海作为童年之海的衬托："——自从我离开童年的海边以后，这几十年之中，我不知道亲近过多少雄伟奇丽的海边，观赏过多少璀璨明媚的海景。如果我的脑子里有一座记忆之宫的话，那么这座殿宇的墙壁上，不知道挂有多少幅大大小小意态不同、神韵不同的海景的图画。但是，最朴素、最阔大、最惊心动魄的，是正殿北墙上的那一幅大画！"这就是伴随了作者童年的"芝罘岛"。这种印象的深刻可能由于它是作者幼时单纯的脑海所留印的，"这幅海的图画，是在我童年，脑子还是一张纯素的白纸的时候，清澈而敏强的记忆力，给我日日夜夜、一笔一笔用铜钩铁划画了上去的，深刻到永不磨灭"。冰心对这片海的描绘并不是突出其给人的视觉感官的美，甚至这海在景色优美宜人方面可能不如后来所见各地之海："我的这片海，是在祖国的北方，附近没有秀丽的山林，高悬的泉瀑。冬来秋去，大地上一片枯黄，海水也是灰蓝灰蓝的，显得十分萧瑟。春天来了，青草给高大的南山披上新装，远远的村舍顶上，偶然露出一两树桃花。海水映到春天的光明，慢慢地也荡漾出翠绿的波浪……"但"这是我童年活动的舞台上，从不更换的布景"。这就使童年之海，不是单纯的景物，而带上了深深的思乡之情，带上了童年的美好回忆。"每一个人都有他自己的童年往事，快乐也好，辛酸也好，对于他都是心动神移的最深刻的记忆。我恰巧是从小亲近了海，爱恋了海"，因此对大海"一往情深"，这是交织着"深刻的喜悦和怅惘杂糅的情绪——这情绪，像一根温柔的针刺，刺透了我的纤弱嫩软的心！"穿越了不同时间空间，情思由大海这一意象连缀而成，"蓝色对于我，永远象征着阔大，深远，庄严……"大海的标志色蓝色中有着深刻的象征意义，海的思念由对故乡的思念，扩展为对祖国、人民的爱，因此，海的描写，对海的抒情并非仅是景物之恋，而是深挚情感的寄托。

在对大海的情感中，有着她对故乡亲人的浓浓深情。景物是人物活动的背景，在景物的追忆中，常常有着人物的关联。如：

澎湃的海涛，/沉黑的山影——/夜已深了，/不出去罢。/看呵！/一星灯火里，/军人的父亲，/独立在旗台上。（《繁星·一二八》）

大海与作为军人的父亲的关联是童年留给冰心的深刻印象，在山东芝罘岛的大海之滨，她度过了童年。"一望无际的湛蓝湛蓝的大海"使她深深地悟到："蓝色对于我，永远象征着阔大，深远，庄严……"[①]这种"阔大，深远，庄严"是大海给予的，也是耳濡目染父亲军旅生活所赋予的。因此，大海的时空越位可能是因人物而关联，对大海的崇拜中也隐含着对父亲的崇拜。

---

① 冰心《绿的歌》1983年2月17日最初发表于万叶散文丛书《绿》，文化艺术出版社1983年6月初版。

二、时空越位中意象的交错关联

意象是客观物象与主观情感融合而构建的一种艺术形象。时空越位中产生的意象是冰心情感的载体，是冰心思绪联想想象的产物。因此，伴随着冰心丰富的情感表露，出现了时空越位中意象的交错关联。正如她所说："我回忆中的景色：风晨，月夕，雪地，星空，像万花筒一般，瞬息千变；和这些景色相配合的我的幻想活动，也像一出出不同的戏剧，日夜不停地在上演着。"①

穿越时空隧道的景物关联有时由不同本体事物的同一意象承载，意象犹如一根红线，串联起不同的本体事物。如《笑》即以"笑"为意象，关联起不同的笑容。先是雨后夜景中墙上画中的安琪儿的笑："——这白衣的安琪儿，抱着花儿，扬着翅儿，向着我微微的笑。"由"这仿佛在哪儿看见过似的""笑容"，引发了"五年前的一个印象"："——一条很长的古道。驴脚下的泥，兀自滑滑的。田沟里的水，潺潺的流着。近村的绿树，都笼在湿烟里。弓儿似的新月，挂在树梢。一边走着，似乎道旁有一个孩子，抱着一堆灿白的东西。驴儿过去了，无意中回头一看。——他抱着花儿，赤着脚儿，向着我微微的笑。"又引发了"十年前的一个印象"："——茅檐下的雨水，一滴一滴的落到衣上来。土阶边的水泡儿，泛来泛去的乱转。门前的麦垅和葡萄架子，都濯得新黄嫩绿的非常鲜丽。——一会儿好容易雨晴了，连忙走下坡儿去。迎头看见月儿从海面上来了，猛然记得有件东西忘下了，站住了，回过头来。这茅屋里的老妇人——她倚着门儿，抱着花儿，向着我微微的笑。"②"白衣的安琪儿"的"笑"、古道旁孩子的"笑"、"茅屋里的老妇人"的"笑"是不同主体神态意象，却以"爱"的主题关联。不同的时间、空间，不同的人物有了共同的情感标识，承载着作者的情感寄托。"爱的哲学"不是一种哲学的概念，而是一种渗透于冰心作品中的文学精神[1]。

同一意象可以承载不同的事物，不同的意象也可能因某种情思在不同时空中相互关联。如：

　　昨日游湖，/今夜听雨，/这雨点已落到我心中的湖上，/滴出无数的叠纹了！（《春水·七五》）

"昨日"与"今夜"是两个时间点，"昨日"的"湖"与"今夜"的"雨"本不相干，但昨日的"湖"此时已化作了"我心中的湖"，景已非实景，情却是实情。因此，这不同时间的不同景色因"我"的思绪而关联。这一关联中既有时间的关联，也有空间的关联，串起这一关联的是"我"的情思。

---

① 冰心《海恋》最初发表于《人民文学》1962年10月号。
② 冰心《笑》最初发表于1921年1月《小说月报》第12卷第1号，后收入小说、散文集《超人》，1923年5月初版。

在冰心不同空间的意象关联中有一突出的特点，那就是身在异地异国，对故乡、对故国的情思将两地的不同景物意象相关联。如：

清晓的江头，/白雾茫茫，/是江南天气，/雨儿来了——/我只知道有蔚蓝的海，/却原来还有碧绿的江，/这是我父母之乡！（《繁星·一五六》）

父母之乡"碧绿的江"和儿时伙伴"蔚蓝的海"因对故乡的情思而关联。这种情感在异国他乡对故国的回忆中也可常常见到："总之，在此处处是'新大陆'的意味，遍地看出鸿铸初辟的痕迹。国内一片苍古庄严，虽然有的只是颓废剥落的城垣宫殿，却都令人起一种'仰首欲攀低首拜'之思，可爱可敬的五千年的故国呵！回忆去夏南下，晨过苏州，火车与城墙并行数里。城里湿烟儵儵，护城河里系着小舟，层塔露出城头，竟是一幅图画。那时我已想到出了国门，此景便不能再见了！"[2] 眼前所见的"新大陆"与回忆思念中"苍古庄严"的故国因思乡之情而关联。与其说是对故国"颓废剥落"景色的感慨，不如说是对故国的深深眷念和敬仰。思乡思国的眷念之情像一根红线，维系起不同的时间与空间。

三、时空越位的审美内核

时空越位看似超越了自然的客观性，超越了语言表述的合理性，但在特定的情感关联中有着合理的内核，在表层的越位中有着审美价值。

时间与空间在冰心的想象中常常超越了其客观的物理属性，而以一种虚幻的物体形式出现，这就为时空越位奠定了合理性的根基。在她笔下，无形的时间具有了有形的形象。

命运如同海风——/吹着青春的舟，/飘摇的，/曲折的，/渡过了时光的海。（《春水·一三四》）
我要挽那"过去"的年光，/但那时间的经纬里/已织上了"现在"的丝了！（《春水·六二》）

前者连用三个比喻，将"命运""青春""时光"这些无形之物化作有形，后者连用两个比喻，将"时间""现在"化为有形。化无形为有形，实际上是化实为虚，这一虚写就为时空越位提供了合理基础，时空就可以在虚拟中有了跳跃性，有了审美价值。虚写可能改变语词所代表的事物的信息容量。如：

我的心呵！/你昨天告诉我，/世界是欢乐的；/今天又告诉我，/世界是失望的；/明天的言语，/又是什么？/教我如何相信你！（《繁星·一三二》）

"昨天""今天"与"明天"实际上代表了"过去""现在"与"将来"，其时间跨度并非24小时可以囊括的。

时空越位中蕴含着冰心的情感主线，作为情感的承载体，她笔下的"心"也常常以可触可见的虚幻意象显现，"心"意象的虚幻性也为时空的越位提供了可能性。如：

　　心弦呵！/弹起来罢——/让记忆的女神，/和着你调儿跳舞。（《繁星·一四五》）

　　心潮向后涌着，/时间向前走着；/青年的烦闷，/便在这交流的旋涡里。（《繁星·一四三》）

可弹奏的"心弦"，可视可感的"心潮"都是虚拟的"心"意象，在这些虚拟中，时空可以不受客观自然的限制。遨游在作者的思绪中。正如冰心在散文《回忆》中，对雨后景色的细致描摹后所写的："这些事是邈隔数年，这些地也相离千里，却怎的今朝都想起？料想是其中贯穿着同一的我，潭呵，池呵，江呵，海呵，和今朝的雨儿，也贯穿着同一的水。"①正因为"心"的关联，时空越位中不合逻辑的表述有了合理的内核。也正因为"心"的关联，时空越位承载着浓郁的绵长的情感，具有了深邃的审美底蕴。又如：

　　母亲呵！/这零碎的篇儿，/你能看一看么？/这些字，/在没有我以前，/已隐藏在你的心怀里。（《繁星·一二〇》）

"这零碎的篇儿"是"我"的创作，怎么可能"在没有我以前"，"已隐藏在"母亲的"心怀里"？然而，这一时间的超前越位中，有着对母亲的思念、感激，对自己思绪与母亲一脉相承的渊源关系追寻。

虚拟的时间为空间景物带来了虚幻意象，为无生命的景物赋予了生命。时空的越位中关联着景物的虚实越位。景物的虚拟身份带上了联想想象的虚幻色彩，也带来了全新的审美体验。如：

　　轨道旁的花儿和石子！/只这一秒的时间里，/我和你/是无限之生中的偶遇，/也是无限之生中的永别；/再来时，/万千同类中，/何处更寻你？（《繁星·五二》）

　　当我看见绿叶又来的时候，/我的心欣喜又感伤了。/勇敢的绿叶呵！/记否去秋黯淡的离别呢？（《春水·八〇》）

"轨道旁的花儿和石子"因"偶遇""永别"等词语而赋有了生命，更因"何处更寻你"而显得情意绵绵。"勇敢"赋予"绿叶"以有生物的品质，对"绿叶"的呼

---

① 冰心《回忆》，最初发表于北京《晨报》1921年7月22日。

告与问语中充满了情感，使"绿叶"以有生物的状态与人沟通。呼告是赋予景物以生命的突出表现形式。冰心对儿时生活充满了追忆。儿时的玩伴，乃至儿时所见之景，常常是她讴歌的对象，这种情感链接常以呼告形式来关联。如：

> 儿时的朋友：/海波呵，/山影呵，/灿烂的晚霞呵，/悲壮的喇叭呵；/我们如今是疏远了么？（《繁星·四七》）

对"海波""山影""喇叭""晚霞"的呼告中蕴含着时空的越位，景物因情感而有了生命，穿越了时空的呼唤因情感的关联而具有了现实基础。时空越位是冰心情感意象的关联策略，当然，这一策略常常是不经意而为之的，是随着冰心情感思绪的自然流淌而出现。时空越位承载着冰心的情感思绪，随思绪变幻，随思绪跳跃，使客观景物与主观情绪达到了高度融合。

参考文献：

[1] 王炳根."爱的哲学"书写与演变：兼及冰心与人道主义[M]//.冰心：非文本解读.福州：海峡文艺出版社，2003：86
[2] 冰心.冰心全集（第一卷）·通讯十六[M].福州：海峡文艺出版社，1995：223

第七辑　翻译研究

冰心翻译思想与实践的伦理性阐释

张丽红

摘要：从切斯特曼翻译伦理模式的核心概念入手,探讨翻译伦理对冰心翻译思想和实践的阐释力,从而得出伦理视角下的冰心翻译体现出她在译本选材上厚亚非薄欧美,并且追求对原作、原作者忠诚的伦理。在翻译论述中,以中庸思想努力寻求翻译策略的平衡点,追求尽责于读者、"致中和"的规范伦理。在翻译实践中,以实践至诚之道追求跨语言文化的交际伦理思想,从而彰显冰心深刻的翻译伦理思想。

关键词：冰心翻译；翻译伦理；伦理模式；以读者为中心

翻译作为人类跨语言文化的交际行为和职能活动,其中涉及原文作者、译者、译文读者、委托者等各主体之间不同的语言活动,无疑要受到各种社会规范和道德伦理价值的制约。2000多年来,中西方翻译理论和实践都有了很大的发展。传统的翻译理论以"忠实"作为一种伦理评判的标准和道德规范,规约着译者在翻译活动中对原文和原作者应尽的责任与义务。随着后现代主义思潮的影响,翻译研究出现"文化转向",传统的"忠实"翻译伦理概念遭到批判。然而,文化研究学派过度夸大译者的"操纵"和主观能动作用,译者可以任意变更、改写,甚至胡译、乱译,翻译因此变得无法可依、无规可循,译学研究一度陷入迷茫,翻译伦理观念又再度进入学界的视野。

翻译伦理研究在西方历经了20多年,取得了不断的进展。法国当代翻译理论家安托瓦纳·贝尔曼(Antoine Berman)于20世纪80年代最先提出"翻译伦理"概念。安东尼·皮姆(Anthony Pym)是另一位推动翻译伦理研究的学者[①]。20世纪初,译界权威期刊《译者》(*The Translator*)专门以"回归伦理"为题对翻译的伦

作者简介：张丽红(1976—),女,湖南益阳人,湖南第一师范学院外语系讲师,主要从事翻译理论与实践研究。
本文原载：《湘潭大学学报(哲学社会科学版)》2012年9月第36卷第5期。
基金项目：湖南省哲学社会科学基金项目"生态视角下的毛泽东诗词翻译研究"(编号：2010YBA066)及湖南第一师范学院项目"冰心翻译思想的生态伦理研究"(编号：XYS11S08)阶段性成果。

① 骆凤贤：《中西翻译伦理研究评述》,见《中国翻译》,2009年第3期。

理问题展开了激烈的讨论。皮姆[1](129~138)在序言中指出:"虽说翻译伦理已经被人们遗忘,翻译研究已经回归到了对各种伦理问题的讨论。"芬兰学者安德鲁·切斯特曼(Andrew Chesterman)[2](139~154),在翻译伦理研究方面功不可没,他进一步界定了翻译伦理问题研究的领域,梳理出当前的5种翻译伦理研究模式:再现、服务、交流、规范和职业承诺。这5大模式相互规约,相互影响,对翻译研究和翻译实践都有着深远的意义。随着西方翻译理论家对翻译伦理的深入探讨,我国翻译学研究者如:张南峰、吕俊、许钧等也开始关注翻译的伦理问题,至今已取得了一定的学术研究成果。从切斯特曼翻译伦理模式的核心概念入手,对冰心的翻译思想和实践进行较为深入的探讨,以期弥补冰心现有研究的不足,丰富冰心翻译研究的新途径。

一、体现忠于原作的再现伦理

切斯特曼认为再现的伦理重在"真理"(truth)①,主张译文必须再现原文、再现作者的意图及原文的文化。这与冰心"尽责于作者""尽责于文本"的翻译观是一致的。翻译是在理解原作基础上对原作的再表达。译者要很好地再现原文、再现原作者的意图,译者对原作的理解偏好以及对原文本的期待,都会影响译者再现的基础。译者冰心也正是通过选择其所熟悉并具有相似或相同文化背景国家的文学作品进行翻译,以便能更好地理解原文和原作者的意图,将原文以符合译文的形式贴切地再现给读者。

纵观冰心从事翻译时期,我们发现冰心对所译作品的国别选择有一个非常明显的特点:译介的大都是亚非国家的文学作品,而非当时占主流翻译的英美、欧洲大陆的作品[3]。

1923年始,冰心就在威尔斯利女子大学攻读英国文学,1931年出版了她的处女译作,纪伯伦的《先知》。在初涉翻译时,冰心对译本的选择就偏向处于边缘地位的黎巴嫩作家纪伯伦的作品,她的选材意识已有所体现。中华人民共和国成立后,我国翻译的大潮蓬勃发展,由于当时政治上我国实行对苏联"一边倒"的政策,也使得文艺领域也向苏联倾斜,翻译了大量的苏联文学作品。同样,我国的社会主义建设,对正在为争取民族独立而斗争的亚非各国人民表示出极大的关心,也希望通过文学作品了解亚非各国人民的情况,因此,被压迫民族的作品翻译也得到了一定的重视。面对纷繁的翻译作品的国别和作者的选择,冰心并没有盲目地加入苏联文艺作品的翻译主流,也没有选译自己曾留学国别的文艺作品,反而选择翻译了亚非国家的作品。译者冰心坚持自己选择原文文本和原作者的认知,使译者在翻译过程中能更深入地了解原文、原作者的意图,忠诚再现原作。

冰心一生共译介了来自8个国家的50多部作品[4],集中对印度泰戈尔、安纳德、奈都夫人的译介,还翻译了4位加纳诗人和3位朝鲜诗人的诗歌。冰心和纪

---

① 骆凤贤:《中西翻译伦理研究评述》,见《中国翻译》,2009年第3期。

伯伦，尤其和泰戈尔，所处的历史背景和文化习惯非常接近，中国文化又很早就受到印度文化的影响。由于受家庭传统文化的熏陶，冰心从小就开始广泛阅读中国古典书籍和外国文学译著，对富含东方气息的超妙的哲理和流丽的文辞极易产生心灵共鸣，作为译者，对原作的理解就更容易确定。由此可以看出，译者冰心在翻译选材的取舍上，坚持读有所好、译有所选的原则，这样更能忠诚再现原文和原作者的真实意图。正如冰心在撰写翻译专业硕士毕业论文时曾坦言："我从来不敢翻译欧美诗人的诗，我总感觉我的译笔，写不出或达不到他们的心灵深处。但是对于亚非诗人的诗，我就爱看，而且敢译。"

另外，为了加强对原作者的了解，冰心曾经三次专程去泰戈尔的故乡，体验印度人民的生活习俗，感受泰戈尔强烈的爱国热情和对人民深切的同情。通过自己的亲身感受，译者更能准确、忠实传递原文文本的内容，领会原作者的真实情感。

同时，在翻译原则上，冰心坚持在有把握了解作者的原意之后才译，她说："除了遵从上头的命令之外，我也从不转译，我怕转译万一有误，我再把误译的译了出来，我就太对不起原作者了。"[5](2)这体现了她忠于原作、原作者，对翻译事业至诚之道的伦理思想。在翻译实践中，冰心凸显作者和原文本的主导地位，特别注意对原文词义的推敲，选择恰如其分的词语来翻译，忠诚再现原作的意境。如《吉檀迦利》[6]译文就处处可见准确、生动同时又充分体现原文深层含义及原文意境的字眼：

例1：She who ever had remained in the depth of my being, in the twilight of gleams and of glimpses; she who never opened her veils in the morning light, will be my last gift to thee, my God, folded in my final song.

那在神光离合之中，潜藏在我生命深处的她；那在晨光中永远不肯揭开面纱的她，我的上帝，我要用最后的一首歌把她包裹起来，作为我给你的最后的献礼。[6]（第66首：140页）

例2：Ah, the light dances, my darling, at the centre of my life; the light strikes, my darling, the chords of my love; the sky opens, the wind runs wild, laughter passes over the earth.

呵，我的宝贝，光明在我生命的一角跳舞；我的宝贝，光明在勾拨我爱的心弦；天开了，大风狂奔，笑声响彻大地。[6]（第57首：118页）

例1中诗句表达了作者神圣的爱情观，译者结合原文印度宗教文化的意蕴，用轻松、欢快的笔调通过使用含宗教色彩的词语"神光离合""揭开面纱""我的上帝""献礼"等词语贴切地表达了作者至高无上的爱情观，再现了原作的意图和原作者的心境。例2中的"跳舞""勾拨""响彻"等词形象地展现了泰戈尔心中对充满光明的世界和甜沁沁的光明的赞美。译者在充分体会原文意思和风格的基础上,在准确把握原作者意图的前提下实现了对原作和原文本意境的真实传递。

冰心作为译者,坚持"厚亚非薄欧美"的翻译选择宗旨,追求与原作者之间的心灵共鸣,主张译文忠诚原文、再现原作者的真实意图,体现了忠于原作的再现伦理。

二、追求尽责于读者、"致中和"的规范伦理

规范伦理起源于翻译描写学派,它强调翻译活动要符合译语文化和译文读者的期待。冰心翻译理论的核心是强调译者应注意"读者的体会""以读者为中心"。在《译书之我见》一文中,她多次指出翻译作品主要是"为供给那些不认得外国文字的人,可以阅看诵读,所以既然翻译出来了,最好使它通俗"[7](690~691)。她认为,翻译的最重要的目的就是把文章中美好的东西传达给读者,这使她在翻译的过程中,尽量保持归化与异化的平衡点,以符合译文的形式,真诚再现原作的意境。在翻译时冰心使用简洁的口语体白话文,同时通过增词、词义引申或调整表达等译介作品,便于读者理解和接受,使译文更加充分地体现原作的内涵,使上下文越发连贯:

例3:Drunk with the joy of singing I forget myself and call thee friend who art my lord.

在歌唱中陶醉,我忘了自己,你本是我的主人,我却称你为朋友。[6](第2首:5页)

例4:I shall ever try to drive all evils away from my heart and keep my love in flower, knowing that thou hast thy seat in inmost shrine of my heart.

我要从我的心中驱走一切的丑恶,使我的爱开花,因为我知道你在我的心宫深处安设了座位。[6](第4首:9页)

例5:Thou didst not turn in contempt from my childish play among dust, and the steps that I heard in my playroom are the same that are echoing from star to star.

你不曾鄙夷地避开我童年时代在尘土中的游戏,我在游戏室里所听见的足音,和在群星中的回响是相同的。[6](第43首:85页)

例3—例5中,译者通过增词、词义引申或调整表达使译文表达流畅、贴切,便于读者理解和接受,也使读者能更深入理解原作的内涵。例3中冰心加入了符合汉语表达习惯的人称代词,使译文更流畅。例4中的诗句表达了心上人在我心目中至高无上、圣洁的地位,译者通过把握原文和原作者的意图,用汉语中非常贴切的词"心宫",将这种心境真实地表达出来,让读者能更好地理解原文的忠实意图,又符合汉语表达习惯。例5中根据上下文语境,挖掘出"childish"的情感意义,并通过调整句式,使之更加符合汉语表达习惯,忠实地传达了原文的内容,又使读者容易理解。

第七辑　翻译研究

翻译中，由于两种文化的语言形式和语言表达习惯不同，译者需要在忠实理解原文的基础上，用合适的语言，以符合译文的形式再现原文、再现原作者的意境。在语言形式上，冰心采用了大量简洁的口语体白话文，并大胆运用中国古诗中常用的几种精彩的语言形式，如叠字型成语、对仗型汉语成语、叠字和对偶等，这些方法的采用加强了诗歌的韵律和节奏，并使语言简洁，便于读者接受，这在《吉檀迦利》译本中大量体现。

例6：Today the summer has come at my window with its sighs and murmurs.
今天，炎暑来到我的窗前，轻嘘微语。[6]（第5首：11页）（对仗式成语）

例7：The morning sea of silence broke into ripples of bird songs；and the flowers were all merry by the roadside.
清晨的静海，漾起鸟语的微波；路旁的繁花，争妍斗艳。[6]（第48首：95页）（对仗式成语）

例8：There is no day nor night, nor form nor colour, and never, never a word.
在那里无昼无夜，无形无色，而且永远，永远无有言说。[6]（第67首：143页）（对仗式成语）

例9：The morning bird twitters and asks, "Woman, what hast thou got？"
晨鸟喊喊喳喳着问："女人，你得到了什么呢？"[6]（第52首：107页）（叠字成语）

例10：Neem leaves rustle overhead and I sit and think and think.
楝树叶子在头上沙沙作响，我坐着反复的想了又想。[6]（第54首：113页）（叠字）

例11：From the traveler, whose sack of pro — visions is empty before the voyage is ended.
旅客的行程未达，粮袋已空。[6]（第24首：47页）（对偶句式）

例12：Pearl fishers dive for pearls, merchants sail in their ships.
采珠的人潜水寻珠，商人们奔波航行。[6]（第60首：125页）（对偶句式）

例6—例12中，冰心大胆、创新地运用了中国古诗中常用的对仗式成语、叠字成语、叠字、对偶句式等优美的语言形式，这些具有归化倾向的语言加深了读者对诗歌的理解。译者通过简洁的口语体白话文，增词、引申词义或调整句式等符合汉语表达习惯，使译文摆脱了原文的约束，又易于读者理解和接受。从她的作品中可看出她这种处处为读者着想，对读者、对自己、对译文及原作者负责的严谨作风。

三、实现跨语言文化的交际伦理

文化是一种历史的、地域的现象[8]（4）。每个民族都有自己独特的传统文化。冰心与泰戈尔虽然生活在大致的年代，却处在不同的地域与国度，必然要受到不同文化视域的影响，因此，译者在译介不同地域的作品时，原作的文化因素在译作中未必能找到相对应的文化意境，故而译者需要对其进行加工处理。冰心在处理具有不同文化特色的内容时，通常在结合原文意境的基础上，采用归化或译文加注的方法，以便更好地使读者理解，又能传递原作复杂的文化内涵。

例 13：Send thy angry storm, dark with death, if it is thy wish, and with lashes of lightning startle the sky from end to end. But call back, my lord, call back this pervading silent heat ...

如果你愿意，请降下你的死黑的震怒的风雨，以闪电震慑诸天罢。但是请你召回，我的主，召回这弥漫沉默的炎热罢……[6]（第40首：77页）

该诗描述了人们对于长久炎热的烦闷，渴求甘霖滋润的一种意境，烘托了人们对于物欲横流社会的厌倦和对平静淡定生活的渴求。根据上下文语境，"death"指的应是突然乌云蔽日而一片黑暗景象。由于受主体宗教文化的影响，泰戈尔将"黑"与"死"相联系，表达了人们的一种感性认识，认为"地府"与乌云蔽日、黑暗无边一样恐惧。另外冰心用"死黑"一词很好地表达了原诗词的情感意义，流露出憎恶或恐惧的情绪。《吉檀迦利》的思想受到宗教特别是印度教、佛教的影响，"from end to end"本处指全宇宙，译者挖掘出原作的宗教意义，用贴切的语言译为"诸天"。"my lord, call back"译为"我的主召回"，也带有典型的宗教信仰者的口吻。这种宗教意蕴，冰心在《吉檀迦利》译作中展现无遗，如："Come to me, my lord of silence, with thy peace and rest."（我的宁静的主，请带着你的和平与安息来临）[6]（第39首：74页）冰心通过结合原著的文化内涵与语境，恰当地进行了文字的加工和处理，以期符合目标语读者的期待视野，并将原文深层涵义及宗教文化内涵恰当表达出来。

冰心在翻译《泰戈尔诗选》中，诗中有多处描写具有典型文化特色的印度的河流和印度地名。她在《译书之我见》中指出，"外国专名应因时制宜，参看上下文的意思，取最贴近的中国字译出，若词不达意，可在括号内附上原文，或加以注释"[7]（690~691）。在翻译较长的印度地名时，冰心就将地名根据发音进行节译，并加注。如在126首中[9]（188），描写"茹卜那伦"河，冰心加上脚注注明这些河流的地理位置以及渊源。"茹卜那伦"河是"孟加拉的一条河，有神的形象"，这样译地名清楚、简约，有助于读者更加直观、深刻地理解原文。

不同的民族由于生存环境和历史文化的不同，各国形成了自己独特的文化意境。冰心在处理具有不同文化内涵的内容时，主要采取译文加注的方法，既没有强调用译语文化进行替换，也没有主张全盘吸收原语文化，力求归化与异化的平衡，以中庸思想努力寻求翻译策略的平衡点，以便能更好地传递原文文化意境，实现跨语言文化的交际伦理思想。

翻译伦理研究拓宽了翻译理论研究的领域，极大地推动了翻译理论和实践的发展。从翻译伦理的角度对冰心翻译活动进行具体探讨，拓宽了冰心翻译研究的视角，丰富了现有冰心翻译研究内容。受中国传统文化影响的冰心，她力求忠诚再现原著的内涵、坚持处处为读者考虑的翻译原则，满足译语文化和译文读者期待视野及实现跨语言文化的交际思想，处处体现了她"至诚无息"的翻译伦理观，使译文最终达到了真与美的统一。

参考文献：

[1]Pym, Anthny.Introduction: The Return to Ethics in Translation Studies[A].The Return to Ethics, Special Issue of the Translator[C].Manchester: St.Jerome Publishing, 2001
[2]Chesterman, Andrew.Proposal for a Hieronymic Oath[A].AnthoyPym（ed）.The Return to Ethics, Special Issue of the Translator[C].Manchester: St.Jerome Publishing, 2001
[3]Cronin, Michael.Translation and Globalization[M].London: Routledge, 2003
[4]卓如编.冰心著译选集[M].福州：海峡文艺出版社，1986
[5]李景瑞.翻译编辑谈翻译[M].武汉：湖北教育出版社，2009
[6]〔印〕泰戈尔著 吉檀迦利[M].冰心译.北京：外语教学与研究出版社，2010
[7]陈恕.编后记[M].陈恕.冰心译文集[M].南京：译林出版社，1998
[8]陈小慰.语言.功能.翻译：汉英翻译理论与实践[M].福州：福建教育出版社，1998
[9]泰戈尔.泰戈尔诗选[Z].冰心，石真译.北京：人民文学出版社，1980

翻译研究的生态途径

宋晓春

摘要：以冰心翻译为例，考察翻译研究的新途径——生态途径对具体翻译活动的阐释力，得出以下结论：生态视角下的冰心翻译体现出整体性生态哲学的基本精神、存在关系和实践路径；在翻译选材上，冰心轻欧美而重亚非，体现了对翻译生态整体性的自觉维护；她翻译和创作共生与互生、相持而长的存在关系呈现了整体性生态哲学的核心特征，这种共生与互生的生态存在关系得以实现主要得益于冰心至诚无息、致中和的生态伦理观；在她的翻译实践和翻译论述中也处处体察出她"尊德行而道问学，致广大而尽精微"实践至诚之道的路径。

关键词：冰心翻译；生态整体观；共生与互生；生态伦理

生态学已成为一门显学，它不仅具有原初生物学意义上的理解，而且随着与各人文学科的结合，其意义已扩展到了其他的学科领域。生态的核心含义是整体观下的共生。生态视角考察翻译是指从共生的方面整体性考察、认知和理解翻译环境、翻译诸主体、原语与译语、原语与译语世界、翻译的宏观选材微观译法等。从生态途径对翻译进行研究，译界学者特别是胡庚申教授以达尔文的"进化论"为理论基础，在"翻译适应选择论"的基础上提出了"生态翻译学"这一概念，并在论证生态翻译学建构的可能性、合理性和研究对象等方面做出了不朽的努力，为我们提供了方法论的指导。然而，这种翻译研究的新取向对实际翻译活动的描写和阐释力究竟有多大，还有待验证。也正是基于对这一问题的考虑，胡庚申教授从该视角出发对傅雷先生的翻译思想进行了生态诠释。另外，《上海翻译》也开创性地在2009年第4期上辟出专栏同时刊发了3篇从"适应和选择"维度下对张谷若、严复这两位翻译家的翻译活动重新阐释和以《牡丹亭》为例对具体译本的研究，这些研究极大地验证了翻译研究生态途径的可行性和阐释力。但是，正如胡庚申教

作者简介：宋晓春（1976—　），女，湖南花垣人，湖南师范大学外国语学院博士研究生，湖南大学外国语与国际教育学院副教授。研究方向：文学翻译。
本文原载：《湖南大学学报（社会科学版）》2012年1月第26卷 第1期。
基金项目：本文为湖南省社会科学基金项目"《中庸》在当代美国的译介研究"（2010 WLH 14）的成果之一，受湖南大学"中央高校基本科研业务费专项资金"项目资助。

授在《生态翻译学：译学研究的"跨科际整合"》一文中所指出，虽然国内外学者对生态类比的翻译研究已有一定的共识，然而总体上现有研究的不足和欠缺还是颇为明显，主要表现在"引"而未发，一些研究还只是停留在引用生态学相关术语表达的阶段，尚没有依据生态学的基本内涵对翻译活动给予深入一致的描述和阐释；狭隘单一，尚缺乏多维度的、对更多的问题做出更多的诠释和概括等方面[1](3)。本文将尝试从不同的维度，从生态学的3个核心概念入手，依据这些概念的基本内涵对冰心翻译活动给予深入的描述和阐释，以期弥补现有研究的不足，丰富翻译研究的这一新途径。

一、(译本选择上) 重亚非轻欧美
——冰心翻译生态整体观之体现

生态整体观古已有之，但作为一种系统理论，形成于20世纪，代表人物主要是利奥波德、罗尔斯顿和奈斯。其核心思想是把生态系统的整体利益作为最高价值，把是否有利于维持和保护生态系统的完整、和谐、稳定、平衡和持续存在作为衡量一切事物的根本尺度[2](39)。整体观是生态学的首要特征，它贯穿于生态研究的各个环节，也适用于从生态视角研究翻译的始终。

生态整体观下的翻译生态是指原作、译作和原文与译文所呈现的世界以及原作者、委托者、译者、读者等翻译中诸主体之间互相关联的整体之敞开的进程状态①[3~4]。翻译生态整体性指翻译诸主体之间，诸主体内在自我之间，原作与译作之间，原语与译语世界之间完整、和谐、平衡和持续存在的存在关系和生存关联。其存在的基本前提是非中心化，遵循完整和动态平衡两个原则，核心是对整体以及整体内部联系的强调。另外，由于译者是翻译生态系统中一个最为重要的子系统，翻译生态整体观不仅要强调翻译生态环境这个母系统的整体利益，还要突出强调译者这一子系统对母系统平衡稳定的重大作用。

通过对冰心从事翻译时期我国翻译生态的研究，我们发现冰心在对所译作品的国别选择上体现出强烈的生态整体性意识。

冰心1923年始在美国学习英国文学，1931年出版处女译作《先知》。在初涉翻译时，冰心未选译当时占主流翻译的英美、欧洲大陆的作品②[5]，反而青睐于处于少数、边缘地位的黎巴嫩作家纪伯伦的作品，从其首部译作的选择上，其生态整体性思想已初见端倪，这种生态整体观在她翻译的高峰期表现得更为明显。

---

① 本定义是在生态整体观的相关理论阐述和胡庚申教授对"翻译生态环境"的定义的启发下修改而成。
② 据王建开统计，1931年间我国共出版外国文学作品179种，其中英美文学作品翻译的数量为55种，欧洲大陆89种，亚洲12种，其他4种，多国合集6种，国籍不明13种(王建开，2003：64)。

中华人民共和国成立后，当时由于我国政治上对苏联的"一边倒"政策，也使得文艺政策、文学观念和文学研究方法也与苏联保持一致，大量翻译了苏联的文学作品。1949年12月至1958年12月，我国翻译出版外国文艺作品共5356种，其中翻译出版苏联（包括旧俄）文艺作品共3526种，占这个时期翻译出版的外国文艺作品总种数的65.8%[6](45~47)，和其他国家的译作相比，在数量上占了遥遥领先的地位。另外，英美文学作品的译介在中华人民共和国成立后的1954年和1953年至1959年分别形成了高峰，7年间推出308种翻译作品[7](5)。与此同时，1949年以后，我国社会主义的建设开始了，对正在为民族独立而斗争的亚非各国人民表示出极大的关心和极高的敬意，也很希望通过文学作品了解亚非各国人民的情况，因此，被压迫民族的作品翻译也得到了一定的重视。1949年至1959年间，我国翻译亚非国家文学作品共285种，其中如果除去日本的55种，1949年以后介绍翻译亚非国家文学作品230种[8](160)。但在占绝对优势的苏联文艺作品翻译和相对繁荣的英美文学作品翻译的局面下，对被损害民族文学作品的翻译还是处于边缘状态。

身处中华人民共和国成立后翻译蓊郁蓬勃发展的大潮中，面对纷繁的翻译作品国别和作者的选择，冰心并没有盲目地加入苏联文艺作品的翻译主流，也没有选译自己曾留学国别的文艺作品[9]，反而选择翻译了亚非国家的作品。她一生共译介了来自8个国家的50多部作品，其中除了马耳他总统安东·布蒂吉格的诗歌《燃灯者》和晚年与丈夫吴文藻一起参与翻译的《世界史》和《世界史纲》来自上头的任务外，其余的翻译均出自于其自发的选择。她所翻译的文学作品主要来自亚非地区，集中对印度泰戈尔、安纳德、奈都夫人的译介，还翻译了4位加纳诗人和3位朝鲜诗人的诗歌。由此可以看出，译者冰心在翻译选材的取舍上，体现出翻译生态整体观，和对翻译生态整体性的追求，这是在当时翻译生态环境下，译者作为一个至关重要的子系统所发挥出的对整个翻译生态环境动态平衡的重大作用。

二、翻译与创作相持而长
——冰心共生与互生的生态翻译观之形成

翻译生态整体观下原作与译作、原语世界与译语世界、翻译中的诸主体之间的关系是一种和谐统一、相互促进、共生互生的生态关系。这种生态关系得以存在的基本前提是翻译中诸主体、原作与译作、原语世界与译语世界之间存在着的内在本质上的、原初的关联性，它决定了翻译中诸主体、原作与译作、原语世界与译语世界之间可以互相进入对方内部构成对方本性的一部分或全部的现实性。它与非生态关系下孤立性存在所演变的"惟竞争原则"有着本质的区别。"惟竞争原则"把翻译中诸主体、原作与译作、原语世界与译语世界之间的彼此关系看作是完全的外部存在，可以随外部因素改变而改变，它们之间是完全孤立的。这种"惟竞争原则"信仰译者可以通过自己的强力（倚仗的强力和技巧的强力）征服、操控原作，从而实现自我或我方利益的满足，这样的行动原则和生存信仰导致了译者伦理和道德上的两难境界。而翻译生态整体观下所呈现的生态关系宣扬原作和译作、原作者和译作者、原语世界和译语世界的共生和互生，它虽然也强调竞争，但竞争仅仅是生态关系下关联性存在所强调的竞争，是共生和互生的辅助性方式，是在此基础上派生出来的。冰心的翻译和创作共生与互生，互为部分或全部本性，呈现出这样一种相持而长的生态关系。

冰心青少年时期读了很多林纾翻译的小说，如《茶花女遗事》《块肉馀生述》《孝女耐儿传》《滑稽外史》等。翻译文学与冰心的创作有着非常直接的渊源。冰心本人多次坦承她的创作是受到了翻译诗歌的影响。在《从"五四"到"四五"》一文中，她说："我写《繁星》和《春水》的时候，并不是在写诗，只是受了泰戈尔《飞鸟集》的影响，把自己平时写在笔记本上的三言两语——这些'零碎的思想'收集在一个集子里，送到《晨报》的《新文艺》栏内去发表。"在《繁星》自序，《〈冰心全集〉自序——我的文学生活》等多处她也反复提到《繁星》和《春水》的创作是受了郑振铎译的泰戈尔《飞鸟集》的影响。而大家非常熟悉的"春水体"文学语言的形成很大程度上就是受郑译泰戈尔作品的感染。

冰心"春水体"中所体现的散文化形式和口语化的语言使她的译作语言也颇有特色。冰心译文最引人注目的特点就是译文语言清新朴素、婉转流动，适当运用排比句和对比句所形成的自然跳荡的韵律感，再加上原文内容清纯的大自然和温柔亲切的爱的主题，使她的译风与她文学语言中轻柔雅丽的文字、浑然天成的韵律、优美清丽的意境相得益彰。

几经磨难，向往爱与自由，充满青春理想主义的冰心曾回忆，"新中国成立前，尤其是1951年从日本回国前，都因为那时我没有也不可能和工农大众相结合，对于自己周围的内忧外患，既感到悲愤和不满，又看不到前途的希望和光明，这造成了我的作品日见稀少的原因[10](588)"。新中国成立后，她所熟悉的旧的手法很难描绘崭新的内容，翻译，这时，成了她最好的代言品。她将自己多年来的创作经验和独特风格用于翻译中，铸就了她人生的翻译高潮，这一段时期（1955—1965）冰心翻译了纪伯伦的《沙与沫》（1963），翻译了泰戈尔的13部作品，印度安纳德的民间故事集《石榴女王》（1954），印度安利塔·波利坦的诗歌，印度奈都夫人诗选，4位加纳诗人的诗歌，3位朝鲜诗人元镇宽、朴散云和郑文乡的诗歌，尼泊尔马亨德拉的《马亨德拉诗抄》等，翻译延续和补充了冰心的创作。

通过文学创作，冰心的译笔不断地得到滋润，而翻译又反之延续和补充了她的创作，和谐关爱的生态理念充盈着她整个的翻译过程，最终她的翻译作品得到海内外读者和专家们的激赏。

三、"至诚无息"
——冰心生态翻译伦理观之核心

冰心的翻译和创作共生与互生、相持而长的关系,体现出整体性生态哲学的核心特征。而这种生态存现关系如何得以实现?我们似乎可以从深深影响冰心成长的中国古典哲学、文论中探究析明。荀子曾说"惟至诚无息,唯能相持而长",指明了至诚乃相持而长的根本前提。对于这一至高追寻的思考,《中庸》中也早有论证。《中庸》在第一章中就写道:"中也者,天下之大本也;和也者,天下之大道也。致中和,天地位焉,万物育焉。"《中庸》以"致中和"为目的,并阐明了"致中和"的条件,即"唯天下至诚,为能经纶天下之大经,立天下之大本,知天地之化育"。"中"的实现依赖于"诚",不仅要"诚"而且要"至诚"。至诚的功效在于"故至诚无息。不息则久,久则征,征则悠远,悠远则薄厚,薄厚则高明"。至诚之道的实践路径是"君子尊德行而道问学,致广大而尽精微……"冰心在翻译选材、译论阐述以及翻译实践上都体现了这种至诚无息、致中和的生态翻译伦理观。

在译本选材上,心中洋溢着对生活无限钟爱的冰心,坚持不转译,坚持要译有价值的作品,体现了她对翻译事业的诚,对读者的诚。冰心认为翻译必须是有价值的。就连对纪伯伦这样名家的作品,她在译《先知》时也绝非拿来就译,而是先读一遍,有了"深刻印象"后又重读一遍,直到"觉得实在有翻译价值",这才"着手翻译"。同时,她坚持不转译,坚持在有把握了解作者的原意之后才译,她说"除了遵从上头的命令之外,我也从不转译,我怕转译万一有误,我再把误译的译了出来,我就太对不起原作者了[11](2)"。冰心所译泰戈尔、奈都夫人的诗都是作者本人用英文写的,纪伯伦的《先知》和《沙与沫》也是纪伯伦用英文发表的著作;而印度安利塔·波利坦的诗歌则源自原作者本人寄给冰心的英译文打字稿;朝鲜诗人的诗歌是根据朝鲜访华作家代表团提供的英文打字稿译出。

在翻译论述中,深受中国传统文化熏陶而成长的冰心,以中庸思想努力在太直译和太意译这两个极点中寻找"中",一个既不能太直译也不能太意译的平衡点。在小说《遗书》中,冰心借主人翁之口谈到了一些关于翻译的看法,如"我所最不满意的,就是近来有些译品——尤其是小说诗歌一生拗已极,必须细细的,聚精凝神的读下去,方能理会其中的意思。……因为太直译了,就太生拗;太意译了,又不能传出原文的神趣"。冰心在《译书之我见》中也多次提出译书应是"为供给那些不懂外国文字的人可以阅看诵读……既然译出来,最好使她通俗","译本中间夹杂着外国字……实在是打断了阅读的兴头和锐气"。同时,她又进一步指出,"翻译的文字里面,有时太过的参以己意,或引用中国成语——这点多半是小说里居多——使阅者对于书籍,没有了信任……"[10](12~15)。

在翻译实践中,处处体现出"君子尊德行而道问学,致广大而尽精微"至诚之道实践路径的冰心,翻译了大量泰戈尔的作品,为了加强对泰戈尔的深刻理解,她还专程到了泰戈尔的故乡——印度,体验印度人民的生活习俗,感受泰戈尔对印度热烈的爱。在翻译中,她恰当地增加了一些注释详介印度的风土人情,以至诚之心帮助读者全面体验泰戈尔作品中对自然和祖国的拳拳爱心。例如,泰戈尔诗中多处描写了印度的河流,如第94首"我的心悠然地随着在远空下的莲花河一同曲折流走。""我有小古巴伊河作我的芳邻。"第126首"在茹卜那伦的河岸上我起来,清醒着"等,冰心在翻译时对"莲花河、小古巴伊河和茹卜那伦河"均加上脚注注明这些河流的地理位置以及与作者的渊源。另外,冰心在译泰戈尔《孟加拉风光》中描写帕提沙地区文章的开头第一句"穿过那些'湖泽'到卡里格雷村去,一种想法在我心中形成。"更是对'湖泽'做了长达百字的详尽解释,从而帮助读者更加直观、深刻地理解原作的诗情寓意,体现了译者至诚之道的实践路径。

通过大量的创作和翻译实践,冰心形成了自身特有的情感取向、思维路径和审美意识,三者在她文笔清丽、意蕴隽永的笔下化成了充满生态意味和哲思的文字涓涓流出,最终书写出了她"有了爱就有了一切"的至诚无声、大爱无疆的人生意境。

四、结语

生态视角是翻译研究的新视角,生态视角研究翻译拓宽了翻译研究的领域,极大地推动了译论的发展,对考察具体翻译活动也具有较强的阐释力。从生态学的核心概念入手对冰心翻译活动进行研究,为翻译研究的这一新视角提供了一个多维的选择,以生态学的3个核心概念的基本内涵对翻译活动的阐释,弥补了现有研究的不足。通过本研究,我们可以得出如下结论:生态视角下的冰心翻译研究体现出整体性生态哲学的基本精神、存在关系和实践路径。在翻译选材上,冰心轻欧美而重亚非,体现了对翻译生态整体性的自觉维护,冰心翻译和创作共生与互生、相持而长的存在关系呈现了整体性生态哲学的核心特征,这种共生与互生的生态存在关系得以实现主要得益于冰心至诚无息、致中和的生态伦理观。在她的翻译实践和翻译论述中我们也可处处体察出她"尊德行而道问学,致广大而尽精微"实践至诚之道的路径。

参考文献：

[1]胡庚申.生态翻译学：译学研究的"跨科际整合"[J].上海翻译，2009（2）：3~8
[2]王诺.生态危机的思想文化根源[J].南京大学学报（社会科学版），2006（4）：37~46
[3]胡庚申.从术语看译论：翻译适应选择论概观[J].上海翻译，2008（2）：1~5
[4]方梦之.中国译学辞典[M].上海：上海外语教育出版社，2008
[5]王建开.五四以来我国英美文学作品译介史[M].上海：上海外语教育出版社，2003
[6]卞之琳，叶水夫，袁可嘉，等十年来的外国文学翻译和研究工作[J].文学评论，1959（5）：41~77
[6]孙致礼.我国英美文学翻译概论[M].南京：译林出版社，1996
[8]季羡林，刘振瀛.五四运动后四十年来中国关于亚非各国文学的介绍和研究[J].北京大学学报，1959（2）：151~171
[9]卓如编.冰心著译选集[M].福州：海峡文艺出版社，1986
[10]冰心.冰心文集：第五卷[M].上海：上海文艺出版社，1990
[11]李景瑞.翻译编辑谈翻译[M].武汉：湖北教育出版社，2009

论译者主体性与创造力的发挥
——析《沙与沫》冰心译本的遣词造句与文体风格

杨雪松

摘要：纪伯伦的名作《沙与沫》具有不朽的艺术价值，冰心的传神译笔让更多中国读者了解这部作品。冰心译本在遣词造句上的匠心独运是其主体性和创造力的最好体现，冰心充分考虑读者的理解与感受，用心进行翻译，从文化意识、人文品格和艺术审美等角度，形成了其鲜明独特的译本风格。文章通过分析《沙与沫》冰心译本的遣词造句与文体风格，探讨译者主体性与创造力的重要性，启发读者思考当代译者的责任与使命。

关键词：《沙与沫》；冰心；主体性；创造力；遣词造句；文体风格

一、引言

美籍黎巴嫩阿拉伯作家纪·哈·纪伯伦（Kahlil Gibran），是阿拉伯文学的主要奠基人，被誉为"黎巴嫩文坛骄子""艺术天才"。纪伯伦与鲁迅、泰戈尔一样是近代东方文学走向世界的先驱，其英语作品《先知》和《沙与沫》为他赢得了巨大的国际声誉。"一花一世界，一沙一天国"，《沙与沫》是一部蕴含哲思的作品，言简义丰，曼妙深邃，那些对生命、爱情、艺术、真理的妙语解答，宛如一颗由粒粒思想的珍珠串起的璀璨明珠，在世界文坛的天穹中，闪烁着神奇的光芒，召唤着读者吟诵膜拜。

文坛巨匠冰心，一生致力于诗歌、散文创作，其清新优美的作品为广大读者带来了丰厚的精神享受和情怀陶冶。在翻译领域，冰心先生译作颇丰，影响很大，尤其是以翻译纪伯伦和泰戈尔的作品而闻名于世。她运用文学匠心和传神妙笔翻译《沙与沫》，引领读者走进纪伯伦的诗歌王国，沐浴先哲的思想光辉，汲取心智的成长力量，含英咀华，荡涤灵魂。

作者简介：杨雪松（1992— ），女，山西太原人，四川大学外国语学院在读硕士研究生，从事英语翻译理论与实践研究。
本文原载：《忻州师范学院学报》2015年6月第31卷第3期。

纪伯伦具有极高的文学素养、相当深厚的审美情趣和敏锐的审美目光。《芝加哥邮报》这样评价《沙与沫》："哲学家认为它是哲学，诗人称它是诗"[1]，全诗多用比喻、象征手法，表达含蓄、意蕴深长，这为翻译工作带来了一定的难度。在我国，曾有许多译者尝试过这部作品的翻译，但是都存在着表达失当、神韵不足等问题。冰心不愧为一代文学大师，她运用晶莹清丽的诗化语言，对纪伯伦的文字进行了完美的呈现，其译本成为公认的上乘佳作。

在翻译活动中，译者是翻译的主体，其主体性是十分重要的。翻译并不是原作的翻版，对原作的理解力、对本国语言的驾驭力、个性化的想象力这些因素决定了每一个译者和译本的独特性。文学作品的翻译，更需要充分发挥译者的创造力。怀着极大的兴趣，笔者对《沙与沫》冰心译本的遣词造句与文体风格进行了反复研读与仔细推敲，研究认为，冰心之所以能够出色地完成《沙与沫》的翻译，与她作为一名译者的主体性与创造力的发挥密不可分。文章将通过分析冰心译本的遣词造句与文体风格，浅议译者主体性与创造力的发挥。

二、《沙与沫》冰心译本的遣词造句

《沙与沫》是一部哲理诗集，字字珠玑，句句箴言，笔调冷峻凝重，思想深邃隽永。在翻译过程中，冰心特别注意对词义的推敲、选择和运用，在字斟句酌中，传神地勾画出作品抽象的意境，准确地表达出诗歌的韵味。

(一) 敢于跳出词典约束

词语的翻译不能仅仅依靠词典。曹明伦先生明确指出："词典里的词是死的，而文句中的字是活的。词典只承担释义的责任，而不负有翻译的义务。"[2]如果单纯凭借词典释义，只能陷入直译、硬译、死译的境地，译者也就成为了语言转换的工具和机器。所以，优秀的译者往往在准确理解原文含义的基础上，会充分调动才思去对词语有所选择、取舍甚至创造。

冰心《沙与沫》译本中"友谊永远是一个甜柔的责任，从来不是机会"。早已成为诠释友谊的名言。词典中"sweet"并没有"甜柔"的释义，只有"甜的，味甜的"之意；也有译者译成"友谊永远是一个甜蜜的责任"。"甜蜜"侧重于味觉，"甜柔"还有视觉效果和心灵感觉。试想，一份发自"责任"呵护的友谊，该是多么的甜美，如柔柔春风，似潺潺溪水，"甜柔"一词突出了友情中高山流水的久远和情义无价的美好。

在《沙与沫》中，纪伯伦用诗化的语言阐述了他对艺术、文学的独特见解，如"诗是迷醉心怀的智慧。智慧是心思里唱歌的诗"。冰心分别把原作中的"heart"和"mind"译为"心怀"和"心思"，而不是字典里的"心灵"和"思想"。因为，诗歌是关乎心灵情怀的，智慧是涉及心智情思的，比起有些译者翻译的"诗歌是令心灵陶醉的智慧。智慧是心底吟唱的诗歌"要显得生动贴切而富有活力，传神地表达出了纪伯伦对"诗歌"和"智慧"内涵特质的理解。

此外,"How small is your knowledge."中的"small"本意是"小,微小",冰心将其译为"浅薄",这样更切合文意;"living"译作"活生生的",而不是"活着的",生动形象;"fame"本意是"名声,名誉",被译成"荣名"。冰心大胆地跳出词典意义的束缚,在忠实于作品原意的基础上,积极发挥译者的主体性,使《沙与沫》这颗明珠更加熠熠生辉。

(二)善于应用增译方法

由于源语和译语之间存在着一定的差异,有些英语词句如逐字逐句翻译,意思是不完全的或者不符合汉语表达习惯,这就需要译者可以在直译的基础上,运用增译法,通过词语联想,添加必要的词语,使作品更加完整流畅,并能准确表达原文意蕴。阅读《沙与沫》,会发现冰心巧妙地使用增译法,体现了她对文字运用的敏锐直觉和丰富想象。

为了形象地传达出纪伯伦"沉默是金"的智慧启迪,冰心采用增词的方法,如对"Though the wave of words is forever upon us."(《先知·沙与沫》第232页)一句,有译者直译为"虽然言语的波浪永远在我们上面",而冰心则为之增加了表示动作的"喧哗"一词,译为"虽然言语的波浪永远在我们上面喧哗",将言语表面的空洞浮躁和喧闹造作描绘得淋漓尽致,和下一句"我们的深处却永远是沉默的"构成了强烈的对照。"喧哗"犹如锦上添花,将"言语"拟人化,使诗歌更加形象生动。

(三)勇于突破语法束缚

翻译的忠实标准,更多是对文意的要求,而绝非是指词句选择。在翻译实践中,冰心不拘于原作的词类、语序和句式等语法规范要求,更多地着眼于文本的语篇功能和汉语表达习惯,使译本表达更为顺畅自然、通俗易懂。汉语动词使用频率较高,冰心会很灵活地将原作的名词表达转换为动词,"praise beyond my worth"(超过我的价值的表扬),改为"过分地表扬了我";在句子方面英语中多被动用法,汉语中多主动用法,因此英文中的被动句多译为汉语中的主动句,冰心将"They dip their pens in our hearts and think they are inspired."(只有一次我被窘得哑口无言)调整为"只有一次把我窘得哑口无言"。英语译成汉语,有时需要适当的语序调整,唯有如此才能让读者忘记在读一本译作,而沉浸在自己母语的表达中,如《先知·沙与沫》第256页:"How mean am I when life gives me gold and I give you silver, and yet I deem myself generous."冰心将"How mean am I"调整置后,译为"当生命给我金子而我给你银子的时候,我还自以为慷慨,这是多么卑鄙呵!"

译者是外文和中文之间的桥梁,是把彼岸的景致引入到此岸的渡船;翻译更是一种创造，一词一句的推敲选择和上下先后的布局经营都是译者的才思凝结。冰心译本遣词造句上的匠心独运是其主体性和创造力的最好体现，更是我们翻译初学者的学习典范。

三、《沙与沫》冰心译本的文体风格

译者的主体性与创造力同样影响着译本文体风格的形成。一千个译者就有一千本《沙与沫》，每一个译本都烙下了译者的文化意识、人文品格和艺术审美等主观痕迹，形成了其鲜明独特的译本风格。

(一) 文化意识里的归化策略

语言是文化的产物和载体，语言意识是文化意识的反映。余光中先生认为，称职的译者应具备三个条件：一是对原文的体贴入微，二是对母语的运用自如，三是要相当熟悉原文所涉的学问[3]。

中国是一个诗歌的国度，特别重视语言精致凝练、言约意丰、节奏鲜明、音韵和谐的诗性特色。浓郁的文化意识促使冰心善于运用归化的翻译策略，语言凝练典雅，韵味隽永深长。在《沙与沫》中纪伯伦有许多关于爱情的精妙论断，如《先知·沙与沫》第243页中"不日日自新的爱情，变成一种习惯，而终于变成奴役"，冰心将原文中"renew itself every day"译为"日日自新"而非"天天自我更新"，简洁明朗、言简意赅；把"are our justifications"和"are but our regrets"分别译为"使我们感到此生不虚"和"为我们留下终天之憾"，充满古典文言庄重凝练、平衡连贯的色彩。《沙与沫》译本中，这样的用语随处可见。例如她把"great sorrow"译为"深哀"，把"great joy"译为"极乐"，而不是像一些初学者把它们译为"深切的悲哀"和"极大的快乐"，这就不够简练。"without interruption"译作"无惊无扰"，"green field"译作"绿野"，"a wise man"译作"圣贤"，这样的译语比起"不受干扰"，"绿色的田野"，"智慧的人"更显干净清新、典雅优美。

(二) 人文情怀上的意境契合

能完成翻译任务的译者应该是原作命中注定的译者[4]。尽管纪伯伦和冰心未曾谋面，但是两位大师在文学创作主题、内容、风格等方面有着惊人的相似。两人多以"自然""爱""美"为讴歌主题，表达对自然的关照、对生命的关怀和心灵的感悟，构成了轻柔飘逸、凝练隽秀的文体风格。冰心相遇纪伯伦，选择《沙与沫》，也是她的人文品格使然。

在中国读者心中，冰心宛如母亲和姐姐，她的作品充满着自然、母爱、童真、娓娓道来、轻轻诉说，意境优美温婉，情感细腻蕴藉。这样的创作神韵和本色，使她能够准确地翻译出纪伯伦的特有的东方哲学思维和语言风格，译作神形兼备，充分展现了纪伯伦原文的神采与特色。"在母亲心里沉默着的诗歌,在她孩子的唇上唱了出来"(《先知·沙与沫》第241页)"春天的花朵是天使们在早餐桌上所谈论的冬天的梦想"(《先知·沙与沫》第283页),这样的译文和冰心的《繁星》《春水》等散文诗歌作品意境如出一辙,我们有一种恍惚之感,真的难以分清哪句出自冰心、哪句出自纪伯伦,两位文学大师的人文品格和精神灵魂在文字的交互中相通、相知和相融。

(三)翻译思想上的读者意识

忠实和变通是文学翻译的两大原则,译者的主观能动性更多体现在翻译过程中的灵活变通。冰心具有明确的"读者意识"[5],充分考虑和尊重中国读者的文化传统、阅读心理、表达习惯,将"读者意识"放在首位,在忠实原著的基础上不拘一格、灵活生动地翻译,准确地传递出了纪伯伦诗歌的语气和韵味。例如,冰心将"I filled my hand with mist"译为"我抓起一把烟雾",而不是亦步亦趋地译为"我用烟雾填满我的手";把"A forgotten reality may die and leave in its will seven thousand actualities and facts to be spent in its funeral and the building of a tomb."译为"一个被忘却的真实可能死去,而在它的遗嘱里留下七千条的实情实事,作为料理丧事和建造坟墓之用。"(《先知·沙与沫》第267页)而不是像一些初学者把它译为:"一个被遗忘的事实可能会死去,在遗嘱中留下七千条事实,在葬礼上和修建坟墓时呈现出来。"冰心充分考虑读者的理解与感受,用心进行翻译,体现了译者的主体性与创造力。

四、结语

1927年冬天,冰心在美国朋友那里第一次读到了纪伯伦的《先知》,以后又再次重读,"觉得这本书 实在有翻译的价值"[6],从《先知》到《沙与沫》,冰心深深地沉醉在"那满含着东方气息的超妙的哲理和流丽的文词"[6],并调运自己的文思才学创造性地将纪伯伦和他的作品介绍给中国读者。读罢《沙与沫》中译本,掩卷沉思,我感觉到人类是渺小的,但人类的精神又是崇高的。这本书读过多次,每一次都有新的收获,在被纪伯伦的深邃思想折服的同时,我也感受到冰心内心世界的细腻丰富,这一切都得益于冰心在翻译过程中充分发挥了译者的主体性与创造力。

译者对文化建构与跨文化交流贡献巨大,然而长期以来译者一直处于边缘化的社会地位。如今,随着时代的发展、社会的进步,人们也更加注重文学翻译的价值、更加强调译者的主体性与创造力。新时代的译者应该继承发扬老一辈翻译家的优良传统,为传播中国文化、推动中华文化走向世界做出新的贡献。

参考文献：

[1]〔黎〕纪·哈·纪伯伦.先知·沙与沫[M].冰心，译.长沙：湖南文艺出版社，2012
[2]曹明伦.英汉翻译二十讲[M].北京：商务印书馆出版社，2013
[3]余光中.余光中谈翻译[M].北京：中国对外翻译出版公司，2002
[4]曹明伦.翻译之道：理论与实践[M].石家庄：河北大学出版社，2007
[5]刘金龙，高莉敏.论冰心翻译的"读者意识"与翻译原则[J].北京航空航天大学学报（社会科学版），2010（4）：83，86
[6]冰心.冰心序言[A].〔黎〕纪·哈·纪伯伦.先知·沙与沫[M].冰心，译.长沙：湖南文艺出版社，2012

论《先知》翻译中的创造性叛逆

张林熹

摘要：拟探讨文学翻译，特别是诗歌翻译中译者创造性的发挥对重塑原文审美特征，传达相近审美体验所起的重要作用。以冰心译《先知》为例，通过分析得知，适度发挥译者创造性叛逆对一个好的翻译来说是不可或缺的。

关键词：译者；文学翻译；创造性；《先知》；冰心

一、文学翻译中的创造性叛逆

"创造性叛逆"这一概念最早是由法国著名文论家埃斯卡皮提出的。他在《文学社会学》一书中指出："说翻译是叛逆，那是因为它把作品置于一个完全没有预料到的参照体系里；说翻译是创造的，那是因为它赋予作品一个崭新面貌，使之能与更广泛的读者进行一次崭新的文学交流；还因为它不仅延长作品的生命，而且又赋予它第二次生命。"[1]从某种角度来说，这一观点可理解为翻译的叛逆性是必然的。因为新的参照体系，更具体来说新的历史文化语境是翻译行为存在的前提。而翻译的创造性也是必要的，因为文学作品的生命是依靠翻译来延续的。事实上，这种必然性和必要性是彼此相依，互生互存的。作品生命的延续需要新的土壤，即新的时空环境；另外，新环境中的作品，即便是作者的自我翻译，实质也是一种创作，译作不可能也不应该只像原作的影子那样存在。如纳博科夫将自己用英文写作的两部作品《完全证据》《洛丽塔》译成母语俄语，或是泰戈尔将自己用孟加拉语创作的诗集译成英语。前者声称对自己的翻译非常失望，认为忠实的翻译不能体现俄语的优美，以至于他不得不在译文中创造大量新词；后者也表示由于两种语言、文化差异太大，翻译的过程更像是用英语的重新创作。行文至此，我们有必要讨论这种创造性叛逆的根源。

许多译者翻译时的创造性叛逆是在不知不觉中发生的，这也就是谢天振先生所指出的无意识型创造性叛逆[1]。那么驱使他们"叛逆"的动因是什么呢？追溯到

作者简介：张林熹（1987— ），女，硕士，讲师，研究方向为翻译学。
本文原载：《长春理工大学学报（社会科学版）》2015年1月第28卷第1期。

源头即是人们的审美差异或是人们对美的不同感知。一部文学作品的精髓在于它给人带来的审美体验,更广泛来说,是阅者读后所产生的心灵共鸣。在这一层面,文学翻译与其说是传递信息,不如说是传递美的感受。这便又引出了另外一个问题:美从何而来?或者说文字为何能产生美?回答这一问题时,我们必须明确的一点是:语言文字与历史文化是密不可分的。我们阅读时看到的也许只是白纸黑字,但想到的却是他们背后暗含的历史文化积淀。而正是这一联想赋予了文字以美感。比如"明月几时有"这几个字貌若平常,中国读者读后却有千般联想。浮现在他们脑海中的会是苏轼的《水调歌头》,是李白的《静夜思》,是每逢佳节倍思亲的淡淡忧伤。而这种联想仅限于汉语特定语言环境,照直转移到其他语境,是无法产生同样效果的。因此,为了使相同的"美感"在另一种语境中延续,译者必须在接受语环境中寻找能催生类似联想的语言表达方式。在这一过程中,译者承担的就不仅是简单的文字转换工作,而更是一种艺术家似的创作[1]。这种创作是译者在履行完读者、阐释者的身份后进行的,实质近似于写作。我们通常称之为语言转换阶段,但更明确来说,这是一种表达阶段,即用另一种语言符号将自己获得审美体验重新编码。这时的译者同作家一样,要考虑各种因素,如:如何使人物形象丰满,情节紧凑,语言更富表现力等。而这些都远远超出了从某一能指到另一能指的转换,进入了创作领域。由此,创造性的叛逆也就应运而生,它播散了原作的精神,延拓了原作的生命,使其以更多元化的形式存在。这也说明了创造性叛逆对文学传播的重要作用。

如前文所述,文学作品的传播重在其审美体验的播撒。而相对于具体信息来说,审美体验犹如浩瀚的大海,广阔无垠,既无法穷尽又难以捉摸。往往越是优秀的文学作品所提供的审美体验越丰富,比如李商隐的《锦瑟》一诗,既可以理解为悼亡诗,也可理解为政治诗,甚至有人称之为开宗明义的序言诗。而这也正应验了"诗无达诂"这句古话。译者面对着这样望不到尽头的大海,只能仁者见仁,智者见智,按照自己的理解尽力传达原文的深意了。其实,每一种不同的解读都是原文的新生,也正是这一次次的新生才使古今中外一部部文学经典在时空的跨越中得以历久弥新。

文学翻译的创造性叛逆在诗歌翻译中表现得尤为突出。美国著名诗人罗伯特·福斯特就曾说过"诗歌就是在翻译中失去的东西"(Poetry is what get lost in translation)[2]。这一说法未免有些过于极端。应该说,诗歌翻译中的确会丢失原诗的某些特征,但在译者的妙笔下,译诗往往以另一种新的特征来弥补其所失,这也算是达到了原文和译文间的平衡。因为虽然传递的审美特征不完全相同,但从量上来说是却是基本守恒的。下文将以冰心译《先知》为例,展现译者在诗歌翻译中的创造性叛逆。

二、《先知》翻译分析

纪伯伦堪称人类精神修养大师,他的作品更是以跨越时空的睿智与隽永征服了一代又一代的读者。《先知》是其创作的巅峰,译文多达50多种语言,书中的哲理是作者对人生感悟思索的结晶。那看似浅显的道理中蕴含着深刻的哲思,那清新柔美的文字中透着咏叹调式的浪漫抒怀。但这也给译者带来了挑战。因为译者需要不断做出艰难的选择,权衡各种可能,创造性地再现原文之经典。我国伟大的作家及翻译家冰心先生于1927年开始翻译《先知》,尽管译、作者两人从未谋面,但《先知》一书却把他们的心连在一起。"文词流丽,满含着东方气息的超妙哲理"[3]是冰心对其文的高度评价。在翻译中,冰心既考虑到读者的接受与需求又考虑到对作者、作品的尊重,在尽力再现原作色彩鲜明的语言、新颖巧妙的比喻的同时,也适当对其行文结构形式在必要时略作调整,使译文更贴近中国诗词的特点,进而增强读者的认同感。冰心的翻译可以说是充分而恰当地发挥译者创造性的典范。

(一) 格式的调整

纵观冰心的译文,我们不难发现她并没有完全遵循原文的段落格式划分,而是结合汉语行文特点及逻辑思辨来拆分、合并甚至重组原文。由于原作属于散文诗,行文如流水,较之神韵的聚合,作者对格式的关注相对较少。因此文中常见长短不一的段落、诗行,既有仅含几个单词的诗句,又有长达几行的段落。冰心在翻译时力求做到最好,在保持原文神韵的基础上,同时争取格式上的相对整齐,使段与段之间,行与行之间长短相宜。这样译文从"形"上看更具对称美,更符合中国读者的审美标准。具体来说,格式调整分为拆分、合并以及重组三种情况。以下是关于拆分的举例,选自《论爱》:

> When love beckons to you, follow him, though his ways are hard and steep.
> And when his wings enfold you yield to him, though the sword hidden among his opinions may wound you.
> And when he speaks to you believe in him, though his voice may shatter your dreams as the north wind lays waste the garden.

译文:

> 当爱向你们召唤的时候,跟随着他,
> 虽然他的路程是艰险而陡峻。
> 当他的翅翼围卷你们的时候,屈服于他,
> 虽然那藏在羽翼中间的剑刃也许会伤害你们。

> 当他对你们说话的时候，信从他，
> 虽然他的声音会把你们的梦魂击碎，如同北风吹荒了林园。[4]

原文的三句都是一字排开的长句，而冰心在翻译时根据汉语多用短小分句的特点将原句的主从部分拆分开，列为两行。这样既突出了原文的逻辑关系，又使译文显得亲切、简洁。

另外一种是段落的拆分，考虑到原文带有诗的特性，冰心不主张将太多句子堆砌在一个段落里，通常她会根据段落中句子关系的紧密亲疏来决定译文的段落组合。下面一例选自《言别》：

> What visions, what expectations and what presumptions can outsoar that flight?
> Like a giant oak tree covered with apple blossoms is the vast man in you.

原文把两句组合成一个段落，而冰心却把这两句拆分成两个段落，分行来译：

> 有什么幻想、什么期望、什么臆断能够无碍的高翔呢？
> 在你们本性中的巨人，如同一株缀满苹花的大橡树。[2]

这样做主要是因为这两句从意义上来说逻辑关系并不十分紧密，且上下文中几乎都是如此长短的句子，分开来排列有利于保持格式的整齐。

除了采用拆分，冰心也在必要时候采取合并的方式。如：

> And of the ancient days when the earth knew not us nor herself.
> And of nights when earth was upwrought with confusion.

译文：

> 也是大地还不认识我们也不认识她自己，正在混沌中受造的太古的白日和黑夜的记录。[4]

很明显，原文的两行被合译为一句。这也是由汉语的逻辑思维和表达方式所决定的。

最后来看一例重组的情况：

> For his soul will keep the truth of your heart as the taste of wine is remembered.
> When the color is forgotten and the vessel is no more.

译文：

因为他的灵魂会珍藏你们心灵的真理,

正如葡萄酒,当颜色褪去,杯子不复存在时,它的美味被牢牢铭记。[4]

对照原文和译文,我们可以看到译者虽然保留了原文的分行方法,却在诗行的内容上稍作调整:把"as"后面一部分移到了下一行。这是译者在对原文准确理解基础上的调整。因为从语义逻辑关系上来说,"as"后面一部分都是和葡萄酒相关的,而且应该作为一个整体来和上句进行类比,作者的目的也正是如此。因此这一调整既符合作者的意图,又便于读者的理解,可谓一举两得。

(二) 语序的调整

纪伯伦的作品虽然文笔简练、通俗易懂,但他在句型的运用上却是丰富多变的,特别表现在他对倒装、疑问、反问和省略句型的偏爱。而这给翻译也造成了不小的困难,看似简单的句子要用流畅的汉语表达出来却并不容易。冰心在处理此类棘手的问题时一般会从读者的角度出发,争取用最为通晓的汉语表达,其实也只有这样才能达到原文如潺潺流水般的效果。在具体翻译中,冰心采用了以语序调整为主的各种翻译技巧,有时甚至是几种技巧的综合运用。以下几例分别选自《言别》《论理性与热情》:

And to my silence came the laughter of your children in streams, and the longing in your youths in rivers.

译文:

你们孩子的欢笑、你们青年的想望,都泉溪似的流到我寂静之中。[4]

原文中介词短语、状语、否定词引导的倒装句比比皆是,冰心翻译时一般都采用正常的陈述语序。此例就是按照汉语状语后置的特点将介词短语放到句末。还有一点值得体味的是,冰心把两处作定语的介词短语"in streams""in rivers"浓缩成一个简练却韵味深长的词"泉溪似的"。读到此处我们不得不佩服她深厚的国学功底和超凡的文学造诣。

Like a giant oak tree covered with apple blossoms is the vast man in you.

译文:

你们本性中的巨人,如同一株缀满苹花的大橡树。[4]

诗歌中为达到陌生化效果往往会采用与日常表达不同的"诗性语言",这对于本国读者确是一场美的旅行,可对于普通外国读者来说却造成不小困难。冰心始终认为翻译的目的在于让不懂外国文字的人也能够阅读外国文献，所以要让译文尽可能通俗易懂。这个句子里既有倒装又有后置定语，都是汉语中极为少见的用法。因此秉着"读者第一"的原则，冰心把句子按照汉语特点顺译了下来。可以想象如果按照原句序翻译，译文恐怕不知所云，更谈不上美感了。

> But how shall I, unless you yourselves be also the peacemakers, nay the lovers of all your elements?

译文：

> 但除了你们自己也做个调停者，做个你们心中的各分子的爱者之外，我又能做什么呢？[4]

冰心曾说："西国的文法，和中国文法不同；太直译了往往语气颠倒，意思也不明了。"[5] "unless"的句型是最典型的例证，在原文中也多次出现。此句看似浅显易懂，可仔细品味才发现它糅合了反问、省略、插入成分等多种手法。冰心处理时可谓用心良苦，考虑周全。首先，语序上适当调整，把"unless"引导的假定条件前置。其次，按照汉语连用动词的习惯在第二个名词性短语前补上动词。最后"how shall I"的译法更是简洁明了，免去了重复前文的弊病，真正达到了"意会言传"。

（三）形式美的追求

原文追求"神和"，在形式上没有严格遵循诗歌字数相等的要求。冰心在翻译时发扬了汉语词汇简洁、丰富的优势，在保持"神和"的基础上，进一步在译文中体现了形和、形美。这也是译者创造性的一种展现，从某些角度来说，译文甚至超越了原文。选自《论爱》：

> He threshes you to make you naked.
> He sifts you to free you from your husks.
> He grinds you to whiteness.
> He kneads you until you are pliant.

译文：

> 他舂打你使你赤裸。
> 他筛分你使你脱壳。
> 他磨踩你直至洁白。
> 他揉搓你直至柔韧。[4]

原文长短不一的句子在译文中却达到行行字数相等的精准，读起来颇有几分中国诗歌的影子。冰心如此高超的翻译技巧和她深厚的文学积淀是分不开的。她本人可谓是博览群书，学贯中西。冰心曾说："外文固然要学好，本国的语文也更要学好，否则就起不了沟通中外科学文化的作用。"[5]毋庸置疑，对母语的精通是一个优秀译者的必备素质。冰心一生孜孜不倦地学习创作，直到晚年还在勤奋耕耘。对她来说"生命从八十岁开始"，即使是在病榻上，也不忘写作，求知。而正是这种积极上进的人生态度，让她得以在迟暮之年还能奉献如此多且优秀的创作和译作。从某种角度来说，冰心的创作和译作是分不开的，我们在她的大量作品中可以看到外国文学对她的影响，最典型的要属《繁星》和《春水》了。在《繁星》自序中她也表明自己是受了泰戈尔诗歌的灵感启迪，把零碎的思想组成篇段。而她的创作无疑也对翻译实践起着促进作用。

（四）对原作者、作品的尊重

冰心的翻译既融入了自己的创作经验又结合了汉语语言特色，而这一切又是在充分尊重原作的基础上的。正如上文所述，纪伯伦的文字个人色彩鲜明，个性的语言可以说是区分他和其他作家的重要标志，也是其作品得以历久弥新的重要原因。冰心充分认识到了这一点，因此她在碰到个性化用法的词语时几乎完全保持了其原汁原味，然而又恐中国读者感到生硬、别扭，她一般会在直译的同时加上引号，以表示其特殊性。这样一方面保留了原文的风味，另一方面也向读者传达了隐含的信息，让读者能够释然地接受陌生化，这往往能让读者对作品有更深刻的领悟和反思。对于像《先知》这样的大师级哲理佳作来说，这一点是相当重要的。在《论居室》一文中，这种引号的运用有集中体现：

> Or have you only comfort, and the lust for comfort...
> But you, children of space...
> For that which is boundless in you abides in the mansion of the sky...

以上四处冰心都直接翻译为"舒适""舒适的欲念""太空的儿女"和"无穷性"。她并没有因为这些搭配在汉语中不存在而代之以民族风味十足的汉化表达法，这正是她在《译书之我见》一文中指出的某些翻译的不足之处中的一点：有些翻译太过的参以己见使读者对于书籍丧失了信任感[6]。可见冰心对翻译中的"信"是十分看重的，她擅于发挥创造性，但这种创造，这种叛逆是在尊重原作的前提下体现的。

余光中先生曾说："翻译，我是指文学性质的，尤其是诗的翻译，不折不扣是一门艺术……真有灵感的译文，像投胎重生的灵魂一般，令人觉得是一种'再创造'。"[7]在文学翻译领域，翻译和创作的界限变得模糊了。译者作为第二作者，只有充分发挥自己的主观能动性、创造性才可能在不同历史文化语境中传达近似的审美体验。而这种创造性的发挥实则是译者主体性的彰显。因此，讨论译者的创造性叛逆关系到译者、翻译的社会角色和地位。通过以上论述我们可以看出，好的译文需要译者的适度创造，特别是在尊重原作基础上的创造。

参考文献：

[1]谢天振.译介学[M].上海外语教育出版社，1999
[2]曹明伦.翻译中失去的到底是什么？[J].解放军外语学院学报，2009，32（5）：65~66
[3]泰戈尔.泰戈尔抒情诗选[M].冰心，译.长沙：湖南文艺出版社，1996：9
[4]纪·哈·纪伯伦.先知[M].冰心，译.北京：西苑出版社，2003
[5]卓如.冰心全集[M].福州：海峡文艺出版社，1994：129
[6]林佩旋.冰心的翻译与翻译观[J].福建师范大学学报，2001（2）：76
[7]单德新.翻译与脉络[M].北京：清华大学出版社，2007

第八辑 研究之研究

王森然《冰心女士评传》考释及其他

张先飞

摘要：王森然《冰心女士评传》是国内最早的冰心传记之一。作为沦陷区作家传记代表性作品，它提供了首篇独立成文、眉目清晰的冰心详细年表。该评传在冰心研究中独具价值，保留了民国时期关于冰心的早经遗忘、忽视的见解及故实，尤以王森然为代表的"闺秀派"的冰心观，集中反映出现代文坛对女性作家的偏颇态度。同时本文还通过详细校释《冰心女士评传》，着重指出新文学研究史料工作中很多基本原则尚未明确，突出强调了"文学外部研究史料工作""史料工作的态度与伦理""大历史中定位史料"的重要性及普遍性意义。

关键词：《冰心女士评传》；王森然；文学研究

一、《冰心女士评传》校注

抗战时期滞留京津的王森然，大量编著近现代名人传记，在这一时期的写作中，王森然颇瞩目于新文学家，较为重要的编著工作，除了补缀20世纪30年代发表的《周树人先生评传》，完成篇幅较大、内容更为丰富的《鲁迅先生评传》[①]，并为攀附汪伪重臣周作人，编撰《周作人先生评传》[②]，传达"咸与维新"的志愿外，王森然还编著了短篇幅的《冰心女士评传》，刊载于济南大风社所编1942年2月1

作者简介：张先飞，河南省南阳西峡县人，河南大学文学院教授。研究方向为：中国近现代文学思潮，中外比较文学等。
本文原载：《冰心女士评传》中国现代文学研究丛刊，2015年第11期。
本文为河南省高等学校哲学社会科学创新团队支持计划（2016-CXTD-03）和国家社科基金重大招标项目《报刊史料与20世纪中国文学史》（11&ZD110）的阶段性成果。

[①] 《鲁迅先生评传》，《中国公论》1941年12月1日、1942年1月1日、1942年2月1日第6卷第3、4、5期，分3次连载。笔者校注后发表于《鲁迅研究月刊》2013年第1期。笔者对此已做详细研究，见《鲁迅逝世后最早的鲁迅传记——王森然〈鲁迅先生评传〉解析》，《中国现代文学研究丛刊》，2012年第2期。

[②] 《周作人先生评传》，《华北新报》（北平版）1944年5月24、26、27、28、30、31日，6月2、3、4日，分9次连载。笔者的详细研究，见《粉饰逆伪意识形态的书写策略——从王森然的〈周作人先生评传〉说起》，《中国现代文学研究丛刊》2013年第3期。

日《大风》月刊第9期《杂俎》栏，共计3000余字。全文附后：

冰心女士评传

　　谢婉莹，字冰心①，福建长乐人。生于清德宗光绪二十七年辛丑。（一九〇一）现年四十一岁。适燕京大学法学院院长吴文藻博士。②

　　其父谢宝璋性格豪爽沈挚③，在萨镇冰为海军部长时，曾充海军次长，居福州城内。女士生七月，迁于沪上，旋复侨居山东芝罘岛海边。因其自幼即与海军人物相往还，并时至兵舰玩耍，以此种特优之环境，使其内心透视"海之哲理"，与"海之美丽"。④

　　女士及长，侨居北京。民国七年戊午（一九一八）卒业于北京贝满女中，旋升入协和女大，后并入燕京大学读书。女士生有清雅温文秀丽之面影，使人一见即生肃穆纯洁之感。⑤

　　因性喜文学，课外常作小说，诗歌，散文小品，投登晨报附刊及小说月报。当时（在一九二〇前后）中国文坛女作家尚不多见，冰心女士之名，遂震动一时。

　　燕大毕业后，于民国十二年癸亥（一九二三）秋赴美国留学，入魏斯理大学研究文学。其作品仍时寄往本国报纸发表。惜不幸偶得肺病，故读书之时少，而养病之时多也。

　　民国十五年丙寅（一九二六）回国，任燕京大学国文教授。民国十八年，己巳（一九二九）六月，与社会学家吴文藻博士结婚。民国二十年辛未（一九三一）二月，生子宗生。后二年又生一子。

　　女士创作甚多，著有寄小读者，春水，南归，繁星，姑々，超人，往事，等书。并译有《先知》一书。其作品中，最喜描写自然风景：如月夜，春花，大海之类。又善描写家庭生活：如父亲母亲儿童别离之情，其文如芙出水，

---

① 谢婉莹笔名冰心，王森然误作"字冰心"。
② "适燕京大学法学院院长吴文藻博士"，源自陈冰若编著《谢冰心女士评传》（上），北京'《国民杂志》'1941年第2期。
③ "性格豪爽沈挚"，源自金慕农编著《谢冰心女士》，《实报》半月刊1936年第17期《人物志》栏。
④ "因其自幼即与海军人物相往还，并时至兵舰玩耍，以此种特优之环境，使其内心透视'海之哲理'，与'海之美丽'"一句源自陈冰若编著《谢冰心女士评传》（上），北京，《国民杂志》，1941年第2期，原文是，"她所以从很小的时候便常能与海军界的人物相往还，常能到兵舰上面去玩耍。因了这个特优的机遇，使得她能够很透彻地认清了'海'和海的美"。
⑤ "女士生有清雅温文秀丽之面影，使人一见即生肃穆纯洁之感"一句源自金慕农编著《谢冰心女士》，《实报》半月刊，1936年第17期。

第八辑 研究之研究

天然可爱,文笔清畅流利,为近代闺秀派作家之代表。春水一书,已有英译本。①

女士家庭状况,极为安适优美,论才可以优美北宋之李清照,朱淑真;论命则殊远胜过之。②

女士幼受海之陶冶,其对海发生热爱,以极伟大之自然环境为对象,写其真挚圣洁之情感,有一尘不染飘飘欲仙之概。女士三岁时,居芝罘东山海边,每日所见:青郁之山林,汪洋无际之海水,与蓝衣水兵,灰白军舰。每日所闻,山风海涛,嘹亮之口号,清晨深夜之喇叭,(见冰心女士全集自序)其生活之影响,与思想之发展,均与普通女子之路径不同③,故其造就亦异于常人也。

女士兄弟多人,皆较幼,手足之情,甚笃厚。其母为一多愁善感之女性,极慈。于是家庭和乐融融,幸福之辉光,普照全家也。女士既有此优适温和之环境,遂凝固其作品之中心意识,发扬其极其强烈之热力与爱情,在此无尽爱之伟大基石上,建筑其人生观,宇宙观,与宗教观。

女士之表舅父,为王舂逢先生,乃晚清朴学大师一代宿儒女士乃得而受教,获益匪浅④,暇时授以唐诗,培植其诗之基础。其舅父杨子敬先生,乃老同盟会会员,其在政治上之认识,即培养于斯人也。

当其四岁时,其母授以字片,即过目不忘,有女神童之目。其以后之创作,亦多数为母亲之爱所组成。其前半生之精神,亦全数寄于爱母也。

民国二十三年甲戌(一九三四)丧母,其心灵上,乃受一致命之打击,悲痛之余,写其《南归》,一字一泪,令人不能卒读。仁人孝者之旨⑤,充溢于字里行间。女士在全集自序文中,有:

"重温这些旧作,我又是如何的追想当年戴起眼镜,含笑看稿的母亲!我虽然十年来讳莫如深,怕在人前承认,怕人看见我的未发表的稿子。而我每次作完一篇文字,总是先捧到母亲面前,她是我的最热诚的批评者,……假若这时她也在这里,花香鸟语之中,廊前倚坐,听泉看山。……上海虹桥的

---

① 从《冰心女士评传》开头至此,为王森然对贾逸君编《中华民国名人传·下》《七·妇女》中"冰心女士"条的全文照录,北平文化学社1937年再版,第22~23页。仅几处不是:"现年四十一岁。适燕京大学法学院院长吴文藻博士","其父谢宝璋性格豪爽沈挚,在萨镇冰为海军部长时","因其自幼即与海军人物相往还,并时至兵舰玩耍,以此种特优之环境,使其内心透视'海之哲理',与'海之美丽'","女士生有清雅温文秀丽之面影,使人一见即生肃穆纯洁之感","后二年又生一子","姑々","其文如芙出水,天然可爱"。
② 从"女士家庭状况"到"飘飘欲仙之概",源自陈冰若编著《谢冰心女士评传》(上),北京'《国民杂志》'1941年第2期。
③ 从"女士三岁时"到"普通女子之路径不同",源自王哲甫编著《中国新文学运动史》(新月书店1933年版)第320页。
④ 此处疑为"匪浅"。
⑤ 此处疑为"旨"或"言"。

坟园之中，数月来母亲温静的慈魂，也许被不断的炮声惊碎！今天又是清明节……不知上海兵燹之余，可曾有人在你的坟头，供上花朵？……安眠吧我的慈母！上帝永远慰护你温静的灵魂！"

真挚凄惨，哀感动人，使天下无母之人读之，充无限同情之感，下无限同情之泪①，女士自从其母识字片时，每值风雨之夜，其母即说与老虎姨，蛇郎，牛郎织女，梁山伯，祝英台诸故事，又由杨子敬先生授以三国志，水浒传，聊斋志异，林译之孝女耐儿传，滑稽外史，块肉余生述之类②，聪慧异常得人宠爱。至十一岁即阅毕全部说部丛书，以及西游记，水浒传，天雨花，再生缘，儿女英雄传，说岳，东周列国志，红楼梦，封神演义等书丛。继由王牵逢授以论语，左传，唐诗，班昭女诫，梁任公之自由书；其父与友朋开诗社时，遇机可以旁听，故其小说诗歌之修养甚深。

辛亥（一九一一）之役，全家回福州，其祖父藏书甚富，昼夜阅读不倦，深得其祖父欢心。因其家中伯叔姊妹十余人，均调脂弄粉，添香焚麝，女士亦渐迷醉，故不久入福州女子师范读书，以改变其家庭生活。

民二癸丑（一九一三）全家始北来燕郡。虽未入学，然独喜读妇女杂志，小说月报，及古今旧诗词，于是将其烂熟之故事，作为笔记，与幼弟等讲解，并曾写文言长篇小说。

民三甲寅（一九一四）秋，始考入北京贝满女子中学读书。该校功课严紧，不能多读小说，又因受基督教义之影响，隐隐中潜伏其爱之哲学。

当五四运动时，女士正陪其二弟，养病于北京德国医院，后被贝满女校学生会邀其返校充文书，同时又被女学界联合会选为宣传股长。为发表宣传文字起见，遂与其表兄刘放园所编之晨报副刊发生关系。此后更常读新潮，新青年，改造等杂志，思想意识为之一变。又在书中认识杜威，罗素，太戈尔，托尔斯泰诸世界名人，遂鼓勇气作处女作小说，曰：《两个家庭》，三天后，居然在晨报副刊登载，喜欢异常，遂又作《斯人独憔悴》，《去国》，《庄鸿的姊姊》等，从庚申（一九二〇）至辛酉（一九二一）又写《国旗》，《鱼儿》，《一个不重要的兵丁》等。其新诗集繁星，春水，原为零碎思想，乃读泰戈尔诗所

---

① 从"女士兄弟多人"到"下无限同情之泪"，均源自陈冰若编著《谢冰心女士评传》（上），北京'《国民杂志》'1941年第2期。仅一处不是："其在政治上之认识，即培养于斯人也"。其中"女士兄弟多人"一段，是陈冰若抄自金慕农编著《谢冰心女士》，《实报》半月刊1936年第17期。"王牵逢"，王森然抄录时误作王举逢。
② "水浒传，聊斋志异，林译之孝女耐儿传，滑稽外史，块肉余生述之类"，是王森然抄录自王哲甫编著《中国新文学运动史》（新月书店1933年版）第321页，本来是说冰心自己阅读了这些书籍，王森然在抄录时误作杨子敬先生的传授。

仿作者也。其立意为诗，乃在辛酉（一九二一）六月二十三日，从西山寄其《可爱的》一则，①予晨报副刊，晨报编者，予一莫大之鼓励，此后乃有作诗勇气。

辛酉（一九二一）文学研究会主持小说月报，发表其小说《笑》，《超人》，《寂寞》等，文名大震全国。

癸亥（一九二三）夏，燕京大学毕业。秋，与许地山等赴美，在美三年之中，用通讯体裁，写《寄小读者》信二十七封②，陆续在晨副发表。小说创作有《悟》，《剧后》；诗有《赴敌》，《赞美所见》等作。

丙寅（一九二六）夏，自美回国，因课务繁忙，创作甚少。

己巳（一九二九）六月结婚后，仅成《三年》，《第一次宴会》二篇，以后辞去教授职务，仅任义务功课。

辛未（一九三一）后，写《分》，译《先知》；又写《南归》。一因思母过痛，二因身体不健，从事休养，事变前尚寓北京海甸，燕京大学，燕南园，事变后，一度风传病逝昆明，或系落华生病故之误。

女士在五四运动以前之作品，材为试作，皆未保存，五四运动以后在晨报所发表之小说，虽有可观③，尚未成熟；自小说月报发表作品以后，始见精采，所以轰动文坛，惊动万千读者④，盖因其为女性作家也。女性致力于各种事业，均未见特长，独于文学艺术，为天所赋，可以体贴入微，种々动人，孰意女性，皆骛外观，不肯努力，若冰心女士者，稍微注意，即一鸣惊人，故觉难能可贵也。

小说有超人，往事，姑姑，南归，四集。

超人集有笑，超人，烦闷，寂寞，离家的一年，遗书等篇。女士描写儿童之天真，母亲之爱，海之景色，充满温柔之韵味，文笔亦清澈美丽。

往事集中多叙述女士儿时之生活，家庭之欢聚，以及赴美留学时离别之

---

① 王森然抄录王哲甫编著《中国新文学运动史》（新月书店1933年版）第322页时，将"得了很多新思想新智识"，改为"思想意识为之一变"；将《一个不重要的兵丁》误抄作《一个兵丁》。而《中国新文学运动史》将《可爱的》误作《可爱的诗》，王森然照录。

② 《寄小读者》中的通信，冰心在美共写二十八封，发表于《晨报副刊》，回国后又写了第二十九篇，未发表。《寄小读者》1926年5月由北新书局第一次结集出版，选入已发表的二十七封，直到1927年8月第四版时中国现代文学研究丛刊，2015年第11期增加了第二十八、二十九封。此处说二十七封是按《寄小读者》北新书局初版说的，但在后文，又按照第四版，说是二十九篇，这两处均来自王哲甫编著《中国新文学运动史》（新月书店1933年版）第323、325页，王森然照录。

③ 此处疑为"虽"。

④ 从"女士自从其母识字片时"到"所以轰动文坛，惊动万千读者"，均源自王哲甫编著《中国新文学运动史》（新月书店1933年版）第321~324页。仅几处不是："故其小说诗歌之修养甚深"，"故不久入福州女子师范读书，以改变其家庭生活"，"思想意识为之一变"，"一因思母过痛"，"事变后，一度风传病逝昆明，或系落华生病故之误"。

情形，真挚动人。

姑姑集中有姑姑，分，第一次宴会，三年，四篇。《姑姑》写儿童之初恋，柔和美妙妩媚宜人。《分》以在医院初生之婴儿为主人翁，反映其他穷苦婴儿所受不平等之待遇。《第一次宴会》写夫妇爱，与母亲爱之冲突。盖皆自己之写照也。

南归乃女士们念其慈母之作，全稿约二万余言，感情真挚崇高，文字亦隽永可喜。书中叙述其母未死以前之家庭情况，与其服侍病榻前强为欢笑之情形，使人读之，不禁起思亲之感。

此外尚有去国集，为早年之作，文字亦俊逸自如。[①]

诗有繁星，春水二集，以外有迎神曲等三十四首。均有透逸婉约之格调，热情潇洒之作风。

散文有遥寄印度哲人泰戈尔，闲情等篇。

通讯有寄小读者二十九信，附山中杂记十则。其文空灵生动，活泼天真，读者不少欢欣与哀怨，令人起一种浓郁之怀恋。

回顾女士十数年来之创作生活，自有无限感慨，虽因时代演变，其作品不能如以前之惹人注意，但其所留于人间之影响，永远不能消逝，其在文学史上之地位，将亦不能动摇[②]，尤其在女作家中，现代闺阁派中，诚属国内独一无二者也。

二、《冰心女士评传》的独特价值

《冰心女士评传》承续王森然以往写作惯例，由拼接各类已发表的冰心相关批评、研究、传记文字编撰而成，本篇来源文献主要有5个：一是王森然几乎每篇评传都会使用的贾逸君编著《中华民国名人传》（北平文化学社1933年初版）；二是王哲甫编著《中国新文学运动史》（新月书店1933年初版）中关于冰心的两部分论述，分别在第五章《新文学创作第一期》与第九章《新文学作家略传》；三是《〈冰心全集〉自序——我的文学生活》（《青年界》1932年第2卷第3期），后者其实也是王哲甫《中国新文学运动史》第九章《新文学作家略传》冰心部分的主要来源；四是陈冰若编著《谢冰心女士评传·上》（北京《国民杂志》1941年第2期），这应

---

① "文字亦俊逸自如"，是从王哲甫评述《南归》风格处移来的，《中国新文学运动史》，第324页。
② 从"小说有超人，往事"到"其在文学史上之地位，将亦不能动摇"，均源自王哲甫编著《中国新文学运动史》，新月书店1933年版，第324—325页。仅几处不是："盖皆自己之写照也"，"均有透逸婉约之格调，热情潇洒之作风"，"其文空灵生动，活泼天真，读者不少欢欣与哀怨，令人起一种浓郁之怀恋"。后两处均源自金慕农编著《谢冰心女士》，《实报》半月刊1936年第17期。

算作国内的首篇冰心评传；五是金慕农编著《谢冰心女士》(《实报》半月刊1936年第17期)。《冰心女士评传》的其他部分，应该是由王森然对以往冰心评论的总结，以及自己的一些判断。《冰心女士评传》在结构上可以分为两部分：前一部分是对作家冰心的总括介绍，第二部分是对冰心生平创作历程的细致梳理，以及对其创作类型、风格的详述及总结。

20世纪中国文学的史料工作中，经常会遇到《冰心女士评传》这种类型的史料文献，那么我们究竟该如何对待呢？具体到王森然的评传写作，如《鲁迅先生评传》就因保存了天津《益世报》增刊《追悼鲁迅先生专页》(1936年11月1日)、上海《大公报》鲁迅逝世采访及追悼文字等，变得异常重要。而《周作人先生评传》中关于周作人刺杀事件引发的史料挖掘，也是极为紧要的，笔者就曾借此发现当时日本主流媒体"反共宣传"的特殊方式，此外笔者还循迹找到战争后期周作人积极参与日伪宣传战争的有力证据。而在《傅增湘先生评传》[①]中，王森然照录了《藏园居士七十自述》(1941年)，经笔者考证，也揭示出一向为人尊崇的傅增湘在日据北平热衷与日伪政权最高层"亲善"的实际作为。当然《冰心女士评传》在这方面的史料贡献，远不及此三篇评传，因为它实在短小，按照王森然传记写作的体例看，甚至让人感到可能是未完稿，那么它的具体贡献及意义价值何在呢？

首先，经过详细考证，笔者发现，最早独立成篇、较全面总结冰心创作生涯的冰心评传均是在沦陷区发表的，首篇是1941年陈冰若的《谢冰心女士评传》，第二篇是1942年王森然的《冰心女士评传》，而王森然这篇评传更加重要。应该说，在现代文坛，最初对冰心生平及创作系统总结的是作家自己，1932年冰心借亲自编撰全集之际，撰写长篇自序《我的文学生活》，围绕"一个作家是怎样炼成的"这一中心话题，首次全面自我回顾，概括自身成长与创作历程。1933年王哲甫编著出版《中国新文学运动史》，便主要利用《我的文学生活》，概括归纳出较为系统的冰心年表。但由于冰心在《中国新文学运动史》中所占篇幅很少，故王哲甫这些概括归纳较难引起人们关注。王森然《冰心女士评传》的特殊之处，便在于以王哲甫的编著工作为基础，并结合陈冰若《谢冰心女士评传》、贾逸君《中华民国名人传》等相关论述，重新用流畅顺达之语言整理编排，表述一遍，成为一篇独立成文、眉目清晰的冰心成长与创作的详细年表。

其次，从冰心研究史的视角来看，《冰心女士评传》不仅保留了一些早经遗忘、忽视的见解及故实，而且王森然对于冰心的评判认识也有其特殊价值，便于我们更为全面地了解、审视现代文坛的冰心观，对于当下冰心研究也具有一定的补充价值与启示意义。

《冰心女士评传》中表现最为突出的，是关于现代文坛如何看待与评价女性作家的问题。王森然编著《冰心女士评传》时，态度比较老实，未见他一贯的恶腔滥

[①] 王森然：《傅增湘先生评传》，《新东方杂志》，1941年第2卷第7期。

调，既没有无节操的吹捧，也无攀附之图谋。他在文中盛赞冰心的勤勉与爱母的深挚，持论较为客观平和。为赞扬冰心，王森然做出了一个他自认高上的评价："闺阁派"的首要作家。他在《评传》第一部分结尾，先引述《中华民国名人传》对冰心的定位，"善描写家庭生活：如父亲母亲儿童别离之情，其文如芙出水，天然可爱，文笔清畅流利，为近代闺秀派作家之代表"，然后借引陈冰若《谢冰心女士评传》，通过将冰心与北宋女作家李清照、朱淑真相比照，又对"闺秀派"作家，做出补充说明，"女士家庭状况，极为安适优美，论才可以优美北宋之李清照，朱淑真；论命则殊远胜过之"，最后在《评传》结尾，他做出一句结论性的评断，冰心"在女作家中，现代闺阁派中，诚属国内独一无二者也"，这可视作王森然对于冰心创作归属、水准的定评。应该说，这种对冰心的评判在现代文坛是较为普遍的，流风所及，甚至像毅真这样的评论者将五四后涌现的一大批女作家都用"闺秀派"来定位及描述，影响至今。

事实上，冰心极为反感这种看法，她在一次访谈中严正回击了此类批评，"人家说我是小姐，是闺秀，我是不承认的，其实有多少人比我小姐气得多了，自问我并没有怎样求生活舒服或是享用什么。人世的黑暗面并非没见到，只是避免去写它，像《冬儿姑娘》是个事实，而事实上比那还要'利害'，但我是没去写出来"①。冰心的态度，实际也是凌叔华、苏雪林等所谓"闺秀派"作家的共识。但整个社会似乎从未顾及女性作家们的不断抗辩，仍然顽固坚持一些偏颇的认识，而这种情况的持续存在，主要源于社会人群几方面的偏见。其中最起作用的，是传统社会中根深蒂固的蔑视女性作者的态度，虽经五四冲击，但社会人群的潜在意识，仍然会以另一种标准看待女性的作者。如为冰心戴上"闺秀派"头衔的评论家毅真，在其女性作家专论《几位当代中国女小说家》中，表面上批判了旧时代对女性作者的歧视，申明文学是整个儿的，作家无男女之分，可当他开始具体分析几位女作家时，一种难以掩饰的偏见与蔑视便暴露无遗。毅真首先对女性作者的创作题材做出武断限定，"女子文学中主要的对象总是'爱'。因为女子是比较富于感情的，所以写出来的作品，也每多富于感情的成分"，之后他便完全以这样的标准为女作家分类，"第一期——闺秀派的作家写爱是在礼教的范围之内来写爱。无论她们的心儿飞到天之涯也好，跑到地之角也好，她们所写的作品总是不出礼教的范围。所以这派的作家在未出嫁之前，其作品中之爱的对象是母亲，是自然，是同性。这一类的作家，可以冰心女士为代表。及至出嫁以后，其爱的对象就转为丈夫了。因为社会上所许可她们爱的，只有她们的丈夫。此类作家可以绿漪女士为代表。第二期——新闺秀派作家这一派的作家并不像闺秀派的作家之受礼教的牵掣，但她们究竟有些顾忌而不敢过形浪漫。这一派的作家可以凌叔华女士为代表。她的作品中，主要的角色总是一个中年的太太，这个太太是爱她的

---

① 子冈：《冰心女士访问记》，上海，《妇女生活》，1935年第1卷第5期。

丈夫的，但是偶然也要同他开个小玩笑。她的行为是一个新女性，但是精神上仍脱不掉闺秀小姐的习气"①。整个的分析让人感到十分荒唐可笑②。

这种深入骨髓的优越感在王森然身上也表现突出，《冰心女士评传》中看似都是对冰心的极力赞扬，但在评判冰心的最关键处，显露出的却是旧文人的不良积习，不仅对女性作者不大恭敬，而且在王森然眼中，与男作家相比，女性通通都要降格一等。如王森然称，冰心"自小说月报发表作品以后，始见精采，所以轰动文坛，惊动万千读者，盖因其为女性作家也。女性致力于各种事业，均未见特长，独于文学艺术，为天所赋，可以体贴入微，种种动人，孰意女性，皆骛外观，不肯努力，若冰心女士者，稍微注意，即一鸣惊人，故觉难能可贵也"。而《冰心女士评传》中关于冰心的很多论断陈述，其实都是从闺阁作家这一固定的身份标签引申出来的。

当然，关于"闺秀派"偏见的产生，也与左翼文坛的固有认识密切相关。自1925年始，尤其是革命文学论兴起后，一些革命文艺家坚持"题材决定论"的标准，攻击冰心除歌颂母爱、儿童、大海外，根本不了解家国时事、普罗大众，是"小姐的代表""市侩式"与"贵族式的女性"，"她的人生观是小姐的人生观"③，"她所吟咏所描写的总不出于有闲阶级安逸生活的赞美……她不明了社会的组织和历史，而且不曾经过现社会的痛苦"等④。冰心对这种评论非常不满，她对"闺秀派"命名的反批评便是对这几种社会偏见的严肃回应。冰心明确否认自己是"小姐""闺秀"，申明并未追求有闲阶级的安逸生活，而且自承了解"人世的黑暗面"，也对此做过文学表现等。冰心的这一严正态度，值得冰心研究者更为郑重地关注。

《冰心女士评传》还为我们提供了一些故实，如文中谈到1941—1942年"冰心之死"的谣传事件，"事变后，一度风传病逝昆明，或系落华生病故之误"。抗战时期"冰心之死"曾是喧嚣一时的热点新闻，如温莉的短讯《冰心死了大家失去了爱护者》就言之凿凿地传递着这个令人悲伤的消息，"小朋友们：告诉你们一个恶劣的消息……咱们失去了一个大朋友，一个爱护我们的人，大家猜猜是谁！就是冰心啊！冰心死了，真死了"⑤。文艺界也为此深感哀痛，在万书绅的《冰心女士》中就细致报告了"冰心之死"的具体时间与死因，"一代女作家谢冰心女士（婉莹），在去年（二十九年）十一月里，以害肺病便无声无臭的死于物资缺乏的昆明了！年

---

① 毅真：《几位当代中国女小说家》，上海，《妇女杂志》，1930年第16卷第7号。
② 凌叔华十分反感社会对于女性作者的不良态度，在燕京大学读书期间，曾于《晨报附刊》撰文批评新文坛的旧偏见，请求新文化的领袖与先进者提携、帮助女性作者的成长。见瑞唐女士（凌叔华）《读了纯阳性的讨论的感想》，《晨报附刊》，1923年8月25日。
③ 光赤（蒋光慈）：《现代中国社会与革命文学》，《民国日报·觉悟》，1925年1月1日。
④ 贺玉波：《中国女作家·I歌颂母爱的冰心女士》，《现代文学评论》，1931年第2卷第3期。
⑤ 温莉：《冰心死了大家失去了爱护者》，《全家福》，1941年第3卷第7期。

来很有几位学人，都相继死掉。冰心女士之死，文坛上又弱一个，同时，也是中国学术界重大的损失！她的病以至于死，原因却在执教燕京时便害着肺病"[1]。不过很快人们发现此为误传，实为许地山去世消息之讹。很可能是因为新闻执业者们过于关注许地山与冰心英伦恋情的轶话，造成了混淆[2]。

三、史料研究的几条原则

(一) 关于文学外部研究的史料工作

笔者认为在目前20世纪中国文学研究的史料工作中，存在着一些盲区，比如很多研究者在史料工作中，往往就作家而史料，就文学而史料，为自己设置下天然的壁垒，将辅助文学研究及作家研究的大批史料全部挡出门外，更遑论细加收集考证。这些经常被排斥在外的史料，不仅包括20世纪中国作家在其他专业领域的言论及写作，还有围绕作家人格成长与作品形成的文学外部研究的史料。

在冰心研究中，这种情况表现得十分明显，主要集中在现代中国社会学、人类学研究与冰心思想创作关系的问题上，相关史料始终未被重视，而实际上这一问题对于解读冰心的思想创作是具有关键意义的，因为以吴文藻为主要代表的中国社会学、人类学研究的精英分子长期频繁活动于冰心生活中，并对她产生过重要影响，如冰心就亲自参加过长时段的田野考察。1934年7月7日—8月25日，冰心与吴文藻、雷洁琼、陈其田、顾颉刚、郑振铎、赵澄、容庚、文国鼎女士（Miss Augusta Wagner）9人分两次考察平绥全线，其中吴文藻、雷洁琼、陈其田3人皆为社会学家，冰心回京后出版考察记《平绥沿线旅行纪》[3]，吴文藻、雷洁琼、顾颉刚、郑振铎也分别完成考察报告。此外，1942年3月28日冰心在《关于自传》中，还谈及社会学者对她的启示，"和几个学优生学、社会学的朋友谈起，他们仍是鼓励我写，他们说一个人的遗传和环境，和他个人的理想与成就，是有种可寻迹的关系的，客观地写了出来，无论好坏，都有历史上的价值。我想想倒也不错，我是生在庚子年后，中国的一切，都有极大的转变，假若只把自己当做一条线索，来联络起四十年来周围一切的事实，也许可以使后人在历史之外，得到一个更生动更详尽的参考。而且在不以自己为中心的描写之中，也许使'渺小'的我，敢于下笔"[4]。有时在谈话中冰心也表露出社会学的意见来[5]。

---

[1] 万书绅辑《冰心女士》，北京，《妇女杂志》，1941年第2卷第4—5期。
[2] 《艺坛瞭望台·一代文人落花生病逝当年热恋冰心女士·国人长英大学院者之首》，《艺术与生活》，1941年第21期。万书绅辑《冰心女士》中仔细介绍过两人恋史。
[3] 谢冰心：《平绥沿线旅行纪·序》，见《平绥沿线旅行纪》，平绥铁路管理局1935年版。文国鼎女士仅参加了第一次考察，容庚只参加了第二次。
[4] 冰心：《关于自传》，《文坛》1942年第3期。
[5] 子冈：《冰心女士访问记》，上海，《妇女生活》，1935年第1卷第5期。

但现代中国社会学、人类学研究与冰心思想创作关系问题，以及相关的史料工作，在冰心研究中却长期被忽视，甚至到了连吴文藻的基本经历都不清楚的程度。如《冰心女士评传》开篇首段首有这样一句话："适燕京大学法学院院长吴文藻博士"，这是王森然引自陈冰若《谢冰心女士评传》的判断。笔者为考证这一说法，翻阅了有关中国社会学史、燕京大学校史、冰心研究方面的大量论著，发现仅就吴文藻任职这一件小事，就有各种不同的说法，甚至有错误的历史判断，这当然暴露出中国社会学史、燕京大学史研究中史料工作的严重疏漏，同时也显示出20世纪中国文学的研究者对文学外部研究的史料工作缺乏应有关注。实际上关于吴文藻在燕大的工作经历，在20世纪30年代的社会学刊物上有明确记录。燕京大学社会学系编有年刊《社会学界》(1927—1938)，从1929年第3卷开始，各卷均载有燕京大学社会学及社会服务系（以下简称社会学系）的学年年度报告、学系概况等[①]，据此可清楚了解社会学系的系务状况：燕京大学社会学系1922年成立，1928年始属法学院，1932年依教育部章程改隶文学院，1933年文学院院长周学章休假，吴文藻短暂担任文学院代理院长，1934年春杨开道代理社会学系主任，本年秋吴文藻担任，1935年社会学系恢复旧制，回到法学院，本年秋杨开道任法学院院长，而吴文藻1935年、1937年担任社会学系主任（因1936年夏到1937年夏出国），直到1938年离开燕京大学到云南大学创办社会学系。应该说陈冰若、王森然当时将一些情况弄混、判断错误是十分正常的，因为毕竟他们是圈外人，也可能是以讹传讹。但到了现在，学界还在到处传扬吴文藻担任燕京大学法学院院长的经历，就不再正常了[②]。

当然这可能只是个极端的例子，但我们的确能从中发现问题，认识到当前文学外部研究的史料工作被严重忽视的程度，并能由此及时适度调整史料学的关注重点与工作方向。

（二）史料工作的态度与伦理

在20世纪中国文学研究的史料工作中，史料考辨不精细的积弊还严重存在，这完全缘于20世纪中国文学研究的史料工作仍在渐趋完善阶段，工作态度、工作伦理问题尚未得到专业性的强调，因此亟须在史料学建设中郑重申明。在冰心研究中，史料考辨粗疏的情况是很显著的，如笔者在对校王森然《冰心女士评传》

---

① 参看以下各期《社会学界》，1933年第7卷《附录一·燕京大学社会学及社会服务学系一九三二——一九三三年度报告》《附录二·燕京大学社会学面面观》，1934年第8卷《附录·燕京大学社会学及社会服务学系一九三三至一九三四年度概况》，1936年第9卷《附录一·燕京大学社会学及社会服务学系一九三四至一九三六年度概况》，1938年第10卷《附录一·燕京大学社会学及社会服务学系一九三六至一九三八年度概况》。

② 尤难让人理解的是，新时期以来吴文藻的声誉地位被弟子费孝通等社会学界名流着力抬高，结果连部翔实准确的年谱都没有，很多基本史实问题仍错漏混乱。

与王哲甫《中国新文学运动史》时发现，冰心研究历来都较为忽视王哲甫的《中国新文学运动史》，比如在北京出版社1984年初版、知识产权出版社2009年重印的《冰心研究资料》中，不仅在正文中未选录《中国新文学运动史》的相关内容，而且在《冰心研究资料目录索引》中的标注亦不完全，仅标注出"中国新文学运动史141—143页"，反而将最为重要的第九章《新文学作家略传》中的冰心部分完全遗漏①。事实上，这种遗漏、疏忽在20世纪中国文学研究的史料工作中极为常见。

关于史料工作的态度、伦理问题，笔者在以往的史料学研究中也曾反复强调，这一方面较为突出的例子，是迄今为止，仍有不少研究者不加翔实考证与精细审查，将王森然的传记写作无限抬高，甚至将他剪刀糨糊的功夫，捧扬为学术大师的识见心得，这些不实之誉能够广为流传，已成为学界怪相。而在王森然被不明就里者高山仰止的同时，颇具讽刺意味的是，从未有学人肯花费心力认真校读王森然包括20余篇近现代作家传记在内的大量传记写作，并做出彻底清理。

（三）在大历史中定位史料

在史料考订、研究工作当中，极其需要"知人论文"兼及"知世论人"，这理应成为最起码的原则。唯如此，方可获知作者为何而写，运笔有何深意，史料历史价值究竟何在？不过对这一原则的遵循在目前20世纪中国文学研究的史料工作中是严重缺乏的，仅就在沦陷时期编著《冰心女士评传》的王森然论，学界未遵从以上原则，塑造了人格高尚、功业昭著的世纪伟人王森然像。事实上，在分析王森然时，我们肯定不能仅停留于一篇《冰心女士评传》做出判断。的确，王森然在《冰心女士评传》中表现得较为恳切、朴实，但并不能因此就否认王森然不断恶化的趣味，掩盖他评传写作中愈加严重的庸劣、粗鄙，甚至产生错误的沦陷区王森然像。此时本篇史料的读解者就必须回到大的历史中与王森然的文学行为当中，结合时势及个人行为去认识他，藉此，沦陷区文人王森然的精神全貌才会准确呈现。

笔者据此路径，作出细致考证，能够清晰看到，在沦陷区讨生活的王森然，已不复20世纪30年代虽小节有亏，但大节无损之人，此时的王森然正亟亟奔走，四处投门，意图攀附汪伪重臣，一展"咸与维新"之志，其投效的重要手段，便是借助大量炮制迎合、吹捧文章，表现衷心投靠的"拳拳赤诚"。比如《周作人先生评传》就是王森然苦心孤诣打造的问路之石，笔者对此已有深入研究。这里可以补充一则新发现的史料，1944年，王森然在华北善邻会的《敦邻》（1月1日创刊）杂志发表《如何做一个现代的新青年》（2卷4期），坦率地表明政治态度，高调宣扬大东亚主义的扭曲观念。王森然此文已经确证了他在大时代的政治选择，如果说在《周作人先生评传》《傅增湘先生评传》中他还是欲说还休，甚至替传主的附逆行为遮遮掩掩，在这里便已是明目张胆了。但历史在他身上显示了一次公正，

---

① 《冰心著译目录》，见《冰心研究资料》，范伯群编，北京出版社1984年版，第484页。

他混迹汪伪上层的愿望始终未能得逞，盼望投靠的汪伪政权、帝国日本也很快云散烟消，但这又岂非他的幸运？不过这一切都是题外话了。

开拓冰心研究的新天地
—— 评熊飞宇《重庆时期冰心的创作与活动研究》

江震龙

　　笔者从1999年正式踏进冰心研究的行列，先后参加了"冰心文学首届国际学术研讨会"（1999年9月17—19日）、"冰心文学第二届国际学术研讨会"（2003年11月15—18日）、"冰心文学第四届国际学术研讨会"（2012年10月4—7日），向大会提交并宣读论文；被冰心研究会、冰心文学馆聘请为首届客座研究员（2002—2005年），被冰心文学馆聘请为客座研究员（2015—2017年）；担任冰心研究会理事。在这十几年的阅读思考中，笔者深感："相对于整个冰心创作研究来说，抗日战争年代冰心的创作研究是个相对薄弱的环节。在这一时段的冰心创作研究中，引起研究者普遍关注并且进行专题研究的主要是冰心的小说化散文集《关于女人》，此外在进行冰心创作研究时论及的作品还有诗歌《鸽子》、随笔《力构小窗随笔》等。因此，有必要呼吁研究者对其进行系统、深入的研究。"2012年10月，笔者在重庆师范大学举行"冰心文学第四届国际学术研讨会"上所作发言《论冰心重庆时期的创作》就提到，"就抗日战争年代冰心在重庆时期的创作做一番梳理和阐释，目的在于就教于方家，试图引发进一步系统、深入的研究"[①]。就在这次大会上，重庆师范大学文学院熊飞宇博士所作发言《试论冰心与新运妇指会的关系》，以其选题的新颖、史料的扎实、考证的求真、推理的严密给我留下了深刻的印象。由于我们发言的论题都集中于"冰心重庆时期"，因此在会议茶歇时间得以相识并且简短地交谈了关于冰心在重庆时期的创作与活动问题。因为飞宇君身居重庆，又曾在重庆图书馆工作过，并且受过严格的专业研究训练，所以他是完全可以胜任研究冰心在重庆时期的创作与活动问题的！我便建议他从抗战时期的图书、期刊、报纸、档案、文物等入手，对重庆时期的冰心展开全面而系统的研究，

作者简介：江震龙（1962—　），男，福建政和人，文学博士，福建师范大学文学院教授，主要从事中国现代文学研究。

本文原载：《海南师范大学学报（社会科学版）》2016年第7期第29卷（总169期）。

[①] 江震龙：《论冰心重庆时期的创作》，王炳根主编：《冰心论集（2012）》，551页，上海，上海交通大学出版社，2013。

从而开拓冰心研究的新天地。

会后，即2012年10月10日，我通过电子邮件询问飞宇君有没有收集冰心重庆时期发表的作品、文章的原始报刊稿，建议他将这些原始报刊稿进行校汇、研究。飞宇君不仅把他收集到的电子版《从昆明到重庆》[1]《谈生命》[2]与《怎样指导特殊儿童》[3]复印件惠寄给我，还先后把电子版大作《冰心在抗战前后的佚文五则考辨》[4]《再发现的冰心佚文一则与研究资料两篇》[5]发给我拜读参考。拜读他的两篇辑佚大作，深感言之有据、功力深厚！便欣喜地告诉他：所做的辑佚工作功在当代、造福千秋！"您发现的散文《生命》后来又改成《再寄小读者·通讯四》发表。"[6]一年后，又收到他发来的电子版大作《〈谈生命〉的文本流变》，开篇写道："冰心有《谈生命》一文，未见于《冰心全集》（卓如编）的目录，为此笔者曾率尔为文，作《冰心在抗战前后的佚文五则考辨》（载《云南档案》2012年第7期），将其视为冰心的佚作。同年11月18日，福建师范大学江震龙教授在来邮中，曾予以指正：'您发现的散文《生命》（注：应当是《谈生命》）后来又改成《再寄小读者·通讯四》发表。'一番愧恧之后，遂按图索骥，寻到有关此文的四种版本，发现段落、文字和标点，多有出入。现分别迻录，并在歧异处加以标注"；对四种版本进行细致的汇校之后，认定："由上观之，震龙先生的判断，有倒错之嫌：不是将《谈生命》改题为《再寄小读者·通讯四》，而是首先将《寄小读者（通讯四）》改题为《谈生命》。"[7]这里充分体现出飞宇君实事求是、尊重真理的学术品格。

我还陆陆续续地读到飞宇君发表的关于冰心的论文：《试论冰心与新运妇指会的关系》[8]《〈怎样指导特殊儿童〉是谢冰心的佚作吗？——兼谈〈国民教育指导月刊〉》[9]《上海沦陷区所刊冰心的4篇文字辨读》[10]《冰心与成都燕京大学小考》[11]《冰心与国民参政会论略》[12]《重庆时期冰心谈写作的五篇演讲》[13]《重庆

---

[1] 冰心：《从昆明到重庆》，《妇女新运通讯》1941年第3卷第1、2期合刊。
[2] 冰心：《谈生命》，《京沪周刊》1947年第1卷第27期。
[3] 冰心：《怎样指导特殊儿童》，《国民教育指导月刊》1944年第3卷第8期。
[4] 熊飞宇，张丁：《冰心在抗战前后的佚文五则考辨》，《云南档案》2012年第7期。
[5] 熊飞宇，张丁：《再发现的冰心佚文一则和冰心研究资料两篇》，《山西高等学校社会科学学报》2013年第3期。
[6] 2012年11月18日（星期天）上午7：19笔者发给熊飞宇的电子邮件。
[7] 熊飞宇：《〈谈生命〉的文本流变》，《重庆广播电视大学学报》2013年第5期。
[8] 熊飞宇：《试论冰心与新运妇指会的关系》，《中国现代文学研究丛刊》2013年第4期。
[9] 熊飞宇：《〈怎样指导特殊儿童〉是谢冰心的佚作吗？——兼谈〈国民教育指导月刊〉》，《焦作师范高等专科学校学报》2013年第2期。
[10] 熊飞宇：《上海沦陷区所刊冰心的4篇文字辨读》，《海南师范大学学报》2014年第7期。
[11] 熊飞宇：《冰心与成都燕京大学小考》，《安康学院学报》2015年第1期。
[12] 熊飞宇：《冰心与国民参政会论略》，《福州大学学报》2015年第2期。
[13] 熊飞宇：《重庆时期冰心谈写作的五篇演讲》，《重庆广播电视大学学报》2015年第2期。

抗战档案中的谢冰心》①等。他的聪颖创新和勤奋精神,使我对他印象日益深刻。2015年11月初,飞宇君惠寄由广西师范大学出版社2015年8月正式出版的《重庆时期冰心的创作与活动研究》一书与我,匆忙翻阅该书目录、浏览该书,深感内容丰富,视野开阔,资料扎实,见解精深。反复细读之后发现,该书从重庆时期冰心的创作与活动两个方面进行了全面的梳理与系统的研究,全书由5辑加"附录"构成:"冰心自述""社会活动""友情交往""佚作辨识""原文校读"及其"附录"。从创作作品上看,几乎涵盖了冰心在重庆时期的所有创作与翻译;由活动交往来说,考述的范围拓展、内容充实都令人耳目一新。笔者以为全书鲜明地体现了以下三大特点:

第一,全面梳理重庆时期冰心的创作与翻译。

首先是作品的整理与汇校。虽然《冰心全集》已经收录了冰心重庆时期的绝大多数创作与翻译,但是《冰心全集》中的不少文本,与初次发表时的文本在文字上有不同程度的出入。究其原因,或是由于版本变迁的改动,或者抄写人员辑录时的疏忽,或因冰心本人在审订全集出版时的润色等。不过其中似乎存在不少明显的错误,这些错误既在一定程度上损伤了《冰心全集》的权威性,又给研究者的研究工作造成了以讹传讹。比较典型的是收入卓如编《冰心全集》的《鸽子》②一诗,与发表于1941年1月6日《中央日报》第四版"妇女新运"周刊第八十七号上的原文在文字、标点与段式方面不一致处甚多③。不难推想,当研究者依据《冰心全集》版本对此诗进行解读时,即使曲尽心思、笔下生花,但是也会因为所依赖文本存在的问题,而造成失之毫厘、谬以千里的后果;更加可悲的是,往往研究者常常自己浑然不觉,还误以为已经探得诗中的真谛。在文本的出处方面,《冰心全集》也出现了一些失误。例如冰心为罗莘田的游记《蜀道难》所作之《序》,《冰心全集》收录时曾在文末标注:"《蜀道难》,上海独立出版社1946年初版"④。但是该书的最初版本,却是在"中华民国三十三年十一月初版","发行者:独立出版社(重庆江北香国寺上首)"⑤。又如《我的良友——悼王世瑛女士》一文,《冰心全集》注释为:"最初发表于《可纪念的朋友们》,晨光出版公司1947年3月初版"⑥。但是《可纪念的朋友们》"是《我的良友》的易名重版",而且《我的良友》(上集)"十大名作家合著,赵家璧编",是由"良友复兴图书印刷公司1945年8月重庆付排,

---

① 熊飞宇:《重庆抗战档案中的谢冰心》,《浙江档案》2015年第4期。
② 卓如编:《冰心全集·第二册·文学作品(1923—1941)》,493~495页,福州,海峡文艺出版社,2012。
③ 熊飞宇编著:《重庆时期冰心的创作与活动研究》,343~345页,桂林,广西师范大学出版社,2015。
④ 卓如编:《冰心全集·第三册·文学作品(1942—1957)》,13页,福州,海峡文艺出版社,2012。
⑤ 熊飞宇编著:《重庆时期冰心的创作与活动研究》,179页,桂州,广西师范大学出版社,2005。
⑥ 卓如编:《冰心全集·第三册·文学作品(1942—1957)》,67页,福州,海峡文艺出版社,2012。

1946年1月上海初版"[1]。再如对于《再寄小读者》之《通讯三》的写作时间，编著者也展开了辨析：《冰心全集》的篇末署为"一九四三年一月三日"[2]，而本篇最初发表于《大公报》1943年1月18日上则署为"一，十三，三十一"；编著者认为原文的写作年份署为"三十一"，"即1942年"，"可能是承接前两篇的惯性而来"；写作的"日期，原文发表时，由于排印的失误，'十三'之'十'，并未垂直位于'一'的下面，而是略微靠近'歌乐山'，因此恐被编者视作衍字而忽略"[3]。上述《冰心全集》中存在的问题，当时的编者由于历史条件所限，未能找到和依据初刊本来选文所致。本书编著者则依据原刊原文，对《冰心全集》所收重庆时期创作的文本逐一进行汇校，为研究者的研究提供了新的较为可信的文本。

其次是佚文的发掘与考辨。其中主要存在4种情况：其一，确实是冰心所创作的作品，但是《冰心全集》中却没有收入，例如原载于1942年1月1日《中央日报》元旦增刊第八版，又载于《妇女新运》1942第4卷第1期第43页上的《送迎曲》[4]；还有"佚作辨识"中的"冰心谈写作的五篇文章"里有对发表于《国讯》第357期（新179号）佚文《写作漫谈》[5]的发掘与依据原刊原文对冰心谈写作五篇文章（"一、《由评阅蒋夫人文学奖金应征文卷谈到写作的练习》""二、《评阅述感》""三、《写作的练习》""四、《写作经验》""五、《写作漫谈》"）的汇校[6]。其二，本非冰心所作，却被误认为是冰心的作品。编著者指出："民国时期，以'冰心'为名者，不乏其人，谢冰心之外，还有魏冰心、吴冰心、孙冰心、周冰心、朱冰心、范冰心、程冰心、彭冰心、刘冰心、董冰心等。即便是谢冰心，同时代也另有其人。"[7]认为《怎样指导特殊儿童》的按语属于被误判为是谢冰心的佚作，它的真实作者应当是魏冰心。另外，编著者对将陆以真的《冰心女士谈对于日本妇女的印象》改题为《对于日本妇女的印象》[8]并删去该文的按语，收入《冰心全集》也提出"值得仔细斟酌与审慎考虑"[9]。其三，同属一篇文章，因为标题有二而被当作佚文。如有的研究者未及详察，便仓促判断《谈生命》为佚文，"《谈生命》实则就是《再寄小读者》之四"[10]。其四，尚难最终认定，暂时存疑待决。

---

[1] 熊飞宇编著：《重庆时期冰心的创作与活动研究》，249页，桂州，广西师范大学出版社，2005。
[2] 卓如编：《冰心全集·第三册·文学作品（1942—1957）》，20页，福州，海峡文艺出版社，2012。
[3] 熊飞宇编著：《重庆时期冰心的创作与活动研究》，358页，桂州，广西师范大学出版社，2005。
[4] 熊飞宇编著：《重庆时期冰心的创作与活动研究》，298~300，302~304页，桂州，广西师范大学出版社，2005。
[5] 熊飞宇编著：《重庆时期冰心的创作与活动研究》，276~279页，桂州，广西师范大学出版社，2005。
[6] 熊飞宇编著：《重庆时期冰心的创作与活动研究》，255~269，271~279页，桂州，广西师范大学出版社，2005。
[7] 熊飞宇编著：《重庆时期冰心的创作与活动研究》，311页，桂州，广西师范大学出版社，2005。
[8] 卓如编：《冰心全集·第三册·文学作品（1942—1957）》，96~99页，福州，海峡文艺出版社，2012。
[9] 熊飞宇编著：《重庆时期冰心的创作与活动研究》，337页，桂州，广西师范大学出版社，2005。
[10] 熊飞宇编著：《重庆时期冰心的创作与活动研究》，359页，桂州，广西师范大学出版社，2005。

如1941年2月出版的《妇女新运通讯》第3卷第3—4期合刊上的"摆龙门阵"栏目，曾刊发4则短评："（一）人不如猫""（二）谈谈拿干薪""（三）出钱劳军""（四）职业托儿所的重要"，目录中署名作者为"冰"。编著者以为4篇短评中的部分信息与冰心吻合，"'冰'可能是'冰心'的简署"，但是从"短评所体现的批判意识和激进姿态，更像是'剑冰'的行文风格"，编著者更倾向于认为"'冰'与'剑冰'或为同一人"；因此"四则短评的作者，尚难最终认定"①。此外，对于冰心在重庆翻译并初刊连载于《妇女文化》1946年第1卷第1期、第3期和第4期和《建国青年》1946年第2卷第1期上的《吉檀迦利》②及其冰心在重庆创作的旧体诗词《赠逖生病中调寄浣溪沙（水仙）》③《洞仙歌题石屏李石侯尊堂机灯课子图》④《题悲鹭春懋图》⑤《集前人句书奉清阁女士哂正》⑥等也进行了钩沉与辑录。

也许读者并不一定会全盘接受编著者的上述所有置疑与考证，但是不会有人否定它们都充分地体现了编著者立论的严谨和审慎。

第二，系统研究重庆时期冰心的活动与交情。

首先，冰心重庆时期曾参与"新运妇指会"并担任文化事业组组长。同时，还以社会贤达的身份担任国民参政会参政员。因为上述机构和宋美龄、国民党以及国民政府有着密切的关联，所以研究者们长期以来大多对此采取回避的态度，只有零星的文字介绍，缺乏相对完整的论述。针对冰心参加"新运妇指会"的活动，编著者根据原始资料，对冰心担任文化事业组组长的起讫时间、辞职原因等，都进行了较为详细地推理与考证。其中，对于涉及"蒋夫人文学奖金征文"的评阅与揭晓，也提出了新的论断，弥补了已有研究成果中的不足。至于冰心参加国民参政会的活动情况，此前研究者的叙述大多一语带过，编著者借助大量的档案文献以及有关报道进行钩沉索隐，终于形成了一个粗线条的轮廓，并且竭力恢复了其中部分的历史细节。笔者曾经认为："如果说冰心担任文化事业组组长、女参政员的角色意识，影响了她重庆时期创作的选材取向，那么冰心参与评阅'蒋夫人文学奖金征文'、总结创作经验，则影响了冰心重庆时期创作的言说方式。"⑦本书在这两个论题领域中所做出的辛勤努力，如果说是填充了冰心研究的空白，也是毫不为过的。

其次，对于冰心参加中华全国文艺界抗敌协会的活动情况，虽然曾有一些记

---

① 熊飞宇编著：《重庆时期冰心的创作与活动研究》，296~297页，桂州，广西师范大学出版社，2005。
② 熊飞宇编著：《重庆时期冰心的创作与活动研究》，316~328页，桂州，广西师范大学出版社，2005。
③ 熊飞宇编著：《重庆时期冰心的创作与活动研究》，156页，桂州，广西师范大学出版社，2005。
④ 冰心：《洞仙歌题石屏李石侯尊堂机灯课子图》，《建国学术》1942年第3期。
⑤ 冰心：《题悲鹭春懋图》，（重庆）《时事新报》1943年9月28日（星期二）第四版副刊青光。
⑥ 熊飞宇编著：《重庆时期冰心的创作与活动研究》，206页，桂州，广西师范大学出版社，2005。
⑦ 江震龙：《论冰心重庆时期的创作》，王炳根主编：《冰心论集（2012）》，558页，上海：上海交通大学出版社，2013。

叙，但是此前并未形成专题研究。本书从3个方面展开了专题性研究：一，冰心参加"文协"举办的欢迎茶话会及其与老舍、郭沫若、阳翰笙的交谊；二，当选为"文协"在重庆的理事；三，冰心与"文协"《抗战文艺》月刊的关系及其小说《空屋》发表刊期订正和文本汇校。编著者所披露的史料，大多是前人未曾提供过的。令人印象深刻的是：编著者引证大量文献，最终将老舍主持"文协"欢迎茶话会的具体地址落实为"在重庆上石板街42号"[1]。对冰心重庆时期曾有过的两次签名活动（第一次签名为研究者所忽略，第二次签名研究者多有提及），本书从原始报纸《新华日报》[2]中全文实录，为研究者提供了完整的原始资料。

再次，考察冰心与个别文人的友情交往，为避免老生常谈，本书对冰心与巴金、郭沫若、老舍、阳翰笙等人的交情只作了概略的记叙，而集中探讨了冰心与浦薛凤、顾一樵、梁实秋、罗常培、叶圣陶、赵清阁等人的交集。编著者于读者不疑处有疑，体现出敏锐的学术眼光。例如认为冰心发表于1943年9月28日重庆《时事新报》第四版副刊《青光》上的《题悲鹜春懋图》，"《冰心全集》收录时，题目作《题〈悲鹜春懋图〉》[3]，如此标点，似有不妥，宜是《题悲鹜〈春懋图〉》"[4]；指出蒲丽琳编著的《海外拾珠：浦薛凤家族收藏师友书简》（百花文艺出版社2012年版）第180页中的"冰心赠浦薛凤诗一首"，"应是浦薛凤赠冰心者，而非相反，也许是蒲丽琳的失误"[5]。认定陈恕、周明编的《冰心书信全集》（人民文学出版社2010年版）和卓如编的《冰心全集·第八册·书信（1928—1997）》（海峡出版发行集团、海峡文艺出版社2012年版）所收重庆时期冰心致梁实秋的信"中不乏疑点。首先是吴文藻的生日""冰心恐系误记"，依据吴文藻自述订正吴文藻的生日是"农历二月二十四日"；"其次是其写作时间"，两书"均作1944年，实则有待商榷"；从信件内容出发，参考吴文藻自述1943年初至1945年上半年出访路径和时间，层层剥笋，逐条推断，考定"冰心此信的写作，当在1943年"[6]。发现冰心为罗莘田（罗常培）《蜀道难》一书所作的《序》在该书"目录中作'谢序'"；"《蜀道难序》又曾在出版之前发表于《旅行杂志》1943年第17卷第3期，第66页。文字略有差异"[7]。针对冰心回忆与叶圣陶第一次会面的时间有误、叶圣陶回忆的地点有误，依照叶圣陶1944年9月19日的日记记载，确认时间为1944年9月19

---

[1] 熊飞宇编著：《重庆时期冰心的创作与活动研究》，89页，桂州，广西师范大学出版社，2005。
[2] 原文分别载《新华日报》1941年10月27日（星期一）第二版；《新华日报》1945年2月22日（星期四）第二版。
[3] 卓如编：《冰心全集·第三册·文学作品（1942—1957）》，27页，福州，海峡文艺出版社，2012。
[4] 熊飞宇编著：《重庆时期冰心的创作与活动研究》，162页，桂州，广西师范大学出版社，2005。
[5] 熊飞宇编著：《重庆时期冰心的创作与活动研究》，168页，桂州，广西师范大学出版社，2005。
[6] 熊飞宇编著：《重庆时期冰心的创作与活动研究》，175~176页，桂州，广西师范大学出版社，2005。
[7] 熊飞宇编著：《重庆时期冰心的创作与活动研究》，179，181~182页，桂州，广西师范大学出版社，2005。

下午四点以后、地点是重庆"中一路嘉庐"①。发现赵清阁回忆与冰心初次见面的时间和地点有误,张彦林的《锦心秀女赵清阁》一书中关于赵清阁与冰心初次见面的时间出现两种矛盾的说法;认为"1940年底""两人在雅舍相见,实有可能"②。指出赵清阁编《沧海往事:中国现代著名作家书信集锦》(上海文艺出版社2006年版)第99~100页所收冰心致赵清阁的信所署时间是"一九四六年四月十七日""其中必有错误"③,根据赵清阁的《友情的记录——附冰心给我的信》、陈恕、周明编的《冰心书信全集》和卓如编的《冰心全集·第八册·书信(1928—1997)》确认此信写作时间为1947年4月17日。对于冰心与浦薛凤、顾一樵、罗常培的交往,编著者所提供的文字实录,一方面,丰富了冰心的业余创作;另一方面,也充实了冰心的日常生活,对于研究冰心重庆时期的创作与活动,多有补益。

又次,重庆时期,冰心还适度参加了其他的一些社会活动。如冰心曾到成都燕京大学做过演讲,然而关于演讲时间却众说纷纭、莫衷一是,本书通过细密周全的论述与众多史料的考证,澄清了此前出现的许多不实之词,确认冰心到成都燕京大学演讲的时间是"1944年10月12日"④。还有关于冰心与南开中学的往来,因为引入了1944年重庆档案馆藏的档号"01420001000290000081"重庆私立南开中学:《关于请来校讲演学术问题致谢冰心的函》和档号"01420001000300000022"重庆私立南开中学:《关于请来校为高中学生讲演致谢冰心的函》的档案材料⑤,不再只是凭空干枯的推测,而变为真实具体的事件。

最后,在本书的末尾,编著者还附录了4篇文章:《上海沦陷区所刊冰心的三篇文字辨读》《书报介绍:关于女人》《钩沉:日占区有关冰心的三篇评论文章》和《冰心女士怎样写起小说(作家介绍)》。作为冰心研究资料的上述文字,都是范伯群编的《冰心研究资料》所附《研究资料目录索引》⑥和林德冠、章武、王炳根主编的《冰心论集(下集)》所附《冰心研究资料目录索引》⑦中所未曾收录的文献资料,将它们收集在本书的"附录"中具有存佚的功效。同时也使得重庆时期有关冰心的研究,在空间地域上,从重庆拓展到了沦陷区或日占区,从而具有了全国性的意义。

第三,始终保持着客观、冷静的笔调与风格。

本编著的主要特色是史料的考证与辨析,虽然编著者"曾奔走于重庆图书馆、

---

① 熊飞宇编著:《重庆时期冰心的创作与活动研究》,199页,桂州,广西师范大学出版社,2005。
② 熊飞宇编著:《重庆时期冰心的创作与活动研究》,205页,桂州,广西师范大学出版社,2005。
③ 熊飞宇编著:《重庆时期冰心的创作与活动研究》,224页,桂州,广西师范大学出版社,2005。
④ 熊飞宇编著:《重庆时期冰心的创作与活动研究》,114页,桂州,广西师范大学出版社,2005。
⑤ 熊飞宇编著:《重庆时期冰心的创作与活动研究》,32~33页,桂州,广西师范大学出版社,2005
⑥ 范伯群:《冰心研究资料》,427~439页,北京:知识产权出版社,2009。
⑦ 林德冠,章武,王炳根主编:《冰心论集(下集)》,417~503页,福州:海峡文艺出版社,2000。

沙坪坝图书馆、重庆档案馆、三峡博物馆等，所获甚丰"[1]，但是，编著者发现尘封的材料时，并没有虚张声势、故作惊喜；发现前人的失误时，也没有嗤之以鼻、自鸣得意。编著者虽然不动声色，但是读者从字里行间，还是能够品味、咂摸到一些言外之意。正如编著者"一贯主张，事实本身自有其不言自明性，有时并不需要长篇大论"[2]。实际上，时常有许多的论著，作者点燃的只是一小堆的史料，但升腾起来的烟雾，却足以遮天蔽日。一方面是由于作者以自己的意愿，来代替前人著书立说；另一方面，也是作者将自己的夸夸其谈强行地推销给读者们。正是从这种意义上说，本书既是一部尊重论述对象，同时也充分信任读者的著作。当然，"返本"的目的在于"开新"，编著者通过这些史料上的正本清源，开拓出了冰心研究的一片新天地。笔者同样希望，后来的研究者能够以此为始基，推进冰心研究更上一层楼！

本书的作者在《前言》中清醒地意识到自己的研究还有不尽人意之处，例如"《力构小窗随笔》之《探病》，未能找到初刊本"；由于"依据《冰心全集》去查证原文，这也决定了本书的局限，即对于全集以外的文章，因为未能穷尽资料而可能再次遗漏"[3]等。但是，当读者阅读《后记》得知作者是从2012年4月才开始"有了走近冰心的愿望"，《后记》篇末署的时间是"2014年8月31日"，不仅在大约2年的时间里写出35万多字的书稿，而且期间"楼上恶邻，嗜赌如命，最喜呼朋引伴，彼时，高跟与麻将杂沓，小孩与宠物交驰，直如狼奔豕突，更有夜半的吞云吐雾，恍若毒瘴来袭。如此这般，通宵达旦，且周而复始。……本书缺陷，或许俯拾皆是，但实在也是心有余而力不足"[4]，必然会被作者在异常艰辛的写作环境中勤奋研究、笔耕不辍而深深地感动！

---

[1] 熊飞宇编著：《重庆时期冰心的创作与活动研究》，427页，桂州，广西师范大学出版社，2005。
[2] 熊飞宇编著：《重庆时期冰心的创作与活动研究》，2页，桂州，广西师范大学出版社，2005。
[3] 熊飞宇编著：《重庆时期冰心的创作与活动研究》，2页，桂州，广西师范大学出版社，2005。
[4] 熊飞宇编著：《重庆时期冰心的创作与活动研究》，426，427页，桂州，广西师范大学出版社，2005。

冰心研究成果的重新审视
——20世纪90年代以来的冰心研究之研究述评

鲁普文　江震龙

摘要：随着20世纪80年代以来冰心研究的发展，90年代后出现了一些冰心研究之研究的成果。这种对冰心研究的再考量、再批评，是对冰心研究成果的重新审视，也是对原有研究的形成原因和影响要素作进一步归纳、总结和系统化，同时对今后的冰心研究具有一定的借鉴意义。本文拟对这些成果略作梳理述评，以供研究者参考。

关键词：冰心研究；研究之研究

冰心是中国新文学史上重要的作家、翻译家，也是新文学创作最负盛名的女作家。在近80年的文学活动中，冰心留下了大量的优秀文学作品，影响了几代的读者。冰心的文学影响经久不衰，冰心的研究也成果丰富。从20世纪二三十年代始，冰心的研究就已经展开，并为后来的研究奠定了良好的基础。20世纪80年代以后，冰心研究更是蓬勃发展，冰心作品欣赏、传记、研究资料、学术专著等大量出版，同时出现了一大批研究、宣传冰心的文章。1992年冰心研究会成立，1997年冰心文学馆建成开馆，使得冰心的传播、研究进入一个新的阶段，研究队伍不断壮大，呈现出前所未有的新景观。

随着冰心研究的发展，20世纪90年代以来出现了一些冰心研究之研究的成果，这种对冰心研究的再考量、再批评，是对冰心研究成果的重新审视，也是对原有研究的形成原因和影响要素作进一步归纳、总结和系统化，同时对今后的冰心研究具有一定的借鉴意义。本文拟对这些成果略作梳理述评，以供研究者参考。

作者简介：鲁普文（1970—　），男，冰心文学馆馆员，研究方向：中国现当代文学。江震龙，福建师范大学文学院教授。

本文原载：《殷都学刊》2015年第2期。

一、20世纪二三十年代冰心研究之研究

这个时期茅盾、阿英、贺玉波、丁玲、沈从文、赵景深、郁达夫等文人、学者，包括一些普通读者对冰心及其作品进行评论、研究，对后来的冰心研究影响深远。

（一）对冰心研究者的研究

1. 对茅盾研究的研究

20世纪30年代，茅盾从撰写《冰心论》到编选《中国新文学大系·小说一集》并作《导言》，对冰心进行了颇为全面的评估。

《冰心论》针对冰心生活、思想感情和创作个性等作了全面、系统、深入地评论。对《冰心论》进行再研究的论文相对较多，有徐越化的《论茅盾的〈冰心论〉》、岳凯华等的《茅盾论冰心》，另外张毓文的《茅盾的三篇女作家论》、李奇志的《茅盾的现代女作家论》、乔以钢和李振的《茅盾"女作家论"的性别因素》等对茅盾"女作家论"整体考察的论文中，也有相当篇幅论述到茅盾的《冰心论》。

多位论者强调了《冰心论》对社会历史批评的贡献。徐越化认为"茅盾是有社会责任感的评论家，始终坚持存在决定意识、文艺反映现实的批评准则，关于冰心创作的'三部曲'论，闪耀着战斗的思想光芒，属于马克思主义文艺思想的体系，对鞭策作家是有积极意义的"[1]。岳凯华等认为茅盾在《冰心论》里将冰心的创作分三部曲，对其创作的社会意义加以精到分析，"茅盾这种通过时代氛围、作家的文化熏陶以及生活环境来分析作家创作的方法，使他真正地了解了冰心的创作个性和她的创作"[2]。张毓文认为茅盾运用历史唯物主义的观点，对冰心"爱的哲学"作了实事求是的分析和评价，坚持"文学为人生"[3]，"把作家作品与他所产生的时代环境和作家的生活实践以及世界观联系起来作综合考察"[4]。以上论者也指出由于"时代"的原因造成茅盾批评的某些不足，如火气过大、对冰心"第二部曲"的创作评价过低、对《分》的评价过高等；当然与贡献相比，这些不足是次要的。

和上述观点不同，乔以钢的《茅盾"女作家论"的性别因素》[5]认为：由于受到时代政治和男性本位意识的影响，茅盾对文学社会功能的片面了解及两性之间不可避免的内在隔膜造成他对冰心创作的认知受到局限，未能充分考虑特定历史文化背景下女性的生存状态和生命体验。冰心第一部曲的"问题小说"和显示着思想上进步的《分》的作为"为人生的""现实主义文学"的价值被凸显，而那些更多表现了苦闷、哀伤、悲哀等私人化情绪的作品价值却被舍弃或被否认了。

茅盾作为《中国新文学大系·小说一集》的选编者，选取了29位作家的58篇作品，他不仅将冰心放在选集的首位，而且给她选了最多的5篇小说，并在《导言》中给予了肯定的评价。乔以钢、刘堃的《试析〈中国新文学大系·小说一集〉的性

别策略——以冰心早期创作为中心》[6],以女性主义的观点对其进行审视,认为编选者在确立新文学"关注现实,提出问题"的创作传统、赋予新文学历史合法性的过程中,选择冰心的"问题小说"进入这部"经典",肯定了其提出问题的社会意义,同时又自觉不自觉地对冰心小说所体现的具有女性性别内涵的社会问题思考做出了贬抑。该书的编选,对构建和彰显以男性为主导的新文学历史产生了重要的影响,而此间女性历史和自我的双重主体性,在一定程度上受到了遮蔽。

茅盾的批评无疑代表了这一阶段冰心研究领域的水平,他的革命现实主义批评影响甚至主导了以后很长时间的冰心研究,这一点论者基本上形成共识。总体来说虽然学者对茅盾批评的美学风格、文体特色及成因也有论及,但更多是从宏观上对其思想价值进行评估。另外,主要是针对茅盾单一批评文本展开,缺少对《冰心论》《导言》等的互文式解读。在茅盾批评对冰心经典化的作用、在冰心批评史上的影响及导向作用等方面的研究似乎也有拓展空间。

2. 对郁达夫、赵景深、沈从文等的批评的研究

郁达夫选编的《中国新文学大系·散文二集》收16位作家的150篇作品。郁达夫通过入选作品的数量与《导言》中对作家点评和分析来体现对作家评价的高低:郁达夫他把冰心作为唯一入选女作家收入其作品22篇,仅次周氏兄弟之后列第3位;《导言》中郁达夫对冰心散文毫不吝啬地赞美,反映了郁达夫个人对冰心散文的喜欢和重视。林丹娅的《被谬赞的冰心:首开风气谁人知》,将郁达夫对冰心散文的褒扬放在性别研究的视野下重新分析解读之后得出结论:郁达夫似乎给冰心散文以足够的重视与地位,但因性别视野的局限,他对冰心的褒扬形成了"谬析"与"谬赞","未能从女性写作的角度,看到冰心散文所蕴含的更为复杂,也更为丰富的时代文化信息,从而不仅不能指出她作为现代女作家与古代女作家的本质上不同,反而'很传统'地、习惯性地把二者混为一谈","这样很'传统'的评价,客观上起到'捧抹'冰心现代写作的意义,遑论能揭示以冰心为代表的现代女性散文的时代特质,使其意义与价值,总是被消解在主流文学史看似重视、实则轻视的描述与评价之中"[7]。

王学振的《赵景深与冰心作品的传播、研究》,肯定了赵景深在冰心作品传播、研究中起到的作用。"他主要以推出冰心著述、选编教科书及其他读物、撰写论著等方式来推动冰心作品的传播和研究。赵景深通过与其他作家的比较来凸显冰心创作的特色,对冰心作品题材、风格的把握比较到位,对冰心在文学史上的定位也很准确。"另外,"赵景深还将心理分析批评引入冰心研究之中"[8]。赵景深1927年12月完成的《中国新文艺与变态性欲》一文"对中国新文艺中表现变态性欲的作品进行综合考察,把冰心之爱海当做性欲象征"。王学振也指出赵景深"对冰心创作的分析显得十分生硬",《中国新文艺与变态性欲》存在"不仅分析流于表面,逻辑也不够严密(如冰心《寂寞》、鲁迅《弟兄》中的梦均与变态性

欲无关）"[9]的弊病。

任葆华的《沈从文评论冰心其人其作》梳理、评析了沈从文对冰心的理解。沈从文曾多次撰文论及冰心创作并在书信中对冰心其文其人多有评说。他认为"冰心缺少展示自己的勇气，其作品永远写不出家庭亲子爱以外，但文字亲切，能给人以母性的温柔和持久的感动。其诗作缺少诗的完全性，但能给人以兴味"[10]。文章认为沈从文的评论"是从个人感悟和体验出发，执著于文本的精细解读"，他对冰心作品的评论"虽显得有些零散，且其中有些看法也不无商榷之处，但毕竟表现出了沈从文当时内心真实的感受和看法，并且其中充满了真知灼见。它们不仅极具史料价值，而且也可让研究者多了一个观察的维度"[10]。当然沈从文对"冰心与宋美龄接触交往并做参政不是光彩的事、她是文坛上善于务虚的福将"[10]的看法也有与事实不符的地方，但这没有影响两人的正常交往和熟悉而良好的个人关系。

与茅盾相比，学界对本阶段其他冰心研究者的关注显得不够。尽管以茅盾为代表的左翼现实主义批评对后世影响深远，但毕竟在当年较为弹性的批评氛围下，它也只是众多批评中的一种。应该说近两年出现的上述几篇论文具有某种拓新意义。将这些成果纳入研究者视野，不仅具有研究方法论的作用，也便于我们听到更多当年冰心批评场域中鲜活的声音，从而更客观地评价冰心。

（二）对冰心研究的整体考察

近年还出现了两篇对20世纪二三十年代冰心研究做整体审视的文章。张莉的《论冰心文学形象的建构（1919—1949）》，从读者接受的角度考察了当年读者、批评者对冰心的阅读和阐释："就冰心的阅读史而言，批评家们对冰心作品评价的差异，并不是基于作品本身发生了变化，而是读者及批评者们所在的社会结构和阅读习惯、审美习惯发生了变化。新的精神价值、阅读趣味和对新的女性美的期待，使冰心作品打上了一种新的符码，也与冰心作品最初读者们从文本中获得的信息完全迥异。"[11]"尽管读者和批评家们在不同的时代有着不同的评价体系，但对冰心的褒奖与批评，都与其作品中建构的女性形象和流露的女性气质有关。"[11]"冰心作品所获得的来自男性读者与男性批评家们的赞美，既是男性文学读者对于文学作品本身的欣赏，同时也是男性对于'现代女性'品德的想象。"[11]李智的《中国"五四"至20世纪30年代冰心批评的研究》[12]，运用女性批评理论对"五四"至20世纪30年代冰心批评的特色、风格以及当时批评中主流思想进行分析。文章通过解读茅盾、丁玲、沈从文、贺玉波等知名作家的文学批评，了解他们对冰心作品的研究视角，特别是其中以男性视角对冰心作品进行批评、研究思路和理论特色以及与当时中国特殊的政治文化环境、背景的关系，发掘本阶段冰心批评的贡献及其局限性。

以上两文都采取女性主义批评方法。张莉的文章尤其值得关注。它具体涉及性别因素在冰心现代性生成过程中的表现问题。对冰心的阅读不只是阅读本身，还是一种文化现象，张莉对此进行了性别分析。她强调了冰心文本外的因素，也即变化着的、由男性读者和批评者主导着的"社会结构和阅读习惯、审美习惯"导致了解读、阐释重点的偏移和变异，冰心文学形象的变化着的主体建构与男性的女性想象间存在深刻联系。确实，20世纪90年代以来中国女性主义文学批评的发展也拓宽了冰心批评研究领域的视野，希望今后能出现更多不光能从文化角度考察性别意识在选择标准、评价尺度等方面对冰心书写影响，也能立足具体文本探究文学本体和性别文化之间的联系的成果。

二、新时期以来冰心研究之研究

(一) 研究述评

新时期后，冰心研究不断发展，取得大量研究实绩，这引起研究者的关注。20世纪90年代中后期，出于"分析冰心研究现状，确认成绩，指出偏颇，追索原因"，"把冰心研究引向丰富和深化"的目的，出现了一些冰心研究述评。

本阶段出现了李玲的《评新时期的冰心研究》、裴春来的《1994—2003十年冰心研究述评》、陆静和张全之的《新世纪以来冰心研究述评》、唐群的《八十年代以来冰心研究述评》等几篇冰心研究综合述评。李玲从创作思想、艺术成就、创作心理研究3个方面对新时期以来的冰心研究展开述评。她指出："新时期，以政治上拨乱反正为起点，冰心研究在创作思想研究、艺术成就研究、创作心理研究各方面都取得了巨大的进展。思想研究由政治上的平反走向文化价值上的探讨，并且开拓了冰心创作的女性意识，冰心的妇女观、家庭观等研究新领域，从而出现了多维视野的立体研究格局；艺术成就研究方面注意到了冰心创作方法、艺术风格多样性统一的特征，并且对'冰心体'的内涵作了具体化的深入探究。创作心理研究方面，沿着将冰心的思维、情感等心理特点与不同艺术形式规范结合考察的传统，作了进一步的仔细辨析，得出了新的结论。"[13]"同时，在研究的各方面又都还存在着许多被忽略的地方和许多有待解决的问题。就总体状况而言，冰心受到评论界充分关注的仍只是她的早期创作，即20年代的创作，以后的创作研究相对就显得冷寂得多。就具体的各个研究侧面而言，在创作思想研究方面，则存在着对'爱的哲学'内涵缺乏深入辨析、运用新的研究方法牵强比附的缺点；在艺术成就研究方面，'冰心体'的丰富内涵、'冰心体'中国现代散文发展中的地位等问题都亟待深入揭示；在创作心理研究方面，则存在着面太窄的问题，冰心偏重于歌唱'爱'与'美'的心理基础，冰心在创作各个时期的心理变化等都是尚待开拓的课题；冰心的文学理论和文学批评活动、冰心创作在新文学中的影响在新时期也仍未受到应有的重视"[13]。在确认成绩、指出不足之后，李玲还就如何进一步拓展冰心研究提出以下建议："立足于文本，实事求是""提高理论素养，正确运用理论工具""用发展的眼光看待冰心创作""开展横向比较,深化研究工作"[13]。应该说,李玲对新时期冰心研究的整体脉络把握精准,层次清晰,分析透彻,评价允当,建议中肯,对以后冰心研究具有重要引导作用。

裴春来从创作思想研究、艺术成就及创作心理研究和其他研究3个方面,对1994—2003年冰心研究做出述评。他认为这10年的冰心研究,较之前取得较明显的变化或者说进步的地方是:"爱的哲学"具体内涵被更深刻地认识、"爱的哲学"得到了较公正的评价;女性主义研究上升了一个新的台阶,呈现出繁荣局面;对冰心各创作阶段的创作心理有了较全面和细致的把握;横向比较研究成果倍出;冰心晚年散文创作受到研究者的关注;"非文本研究""翻译研究"得到重视[14]。从中可以看出:李玲所指出的上一阶段中"被忽略的地方和亟待解决的问题",已经取得了不俗的成绩,但是,研究中仍存在一些缺憾和不足,如对"冰心体"的具体内涵、"冰心体"对现代散文文体所做的贡献关注度仍然不够等。

除了综合述评,本阶段还出现2篇专题述评成果:翟应增、李敏、万薇薇的《冰心儿童文学研究的趋向》、徐宏玲的《冰心诗歌研究综述》分别对20世纪80年代后的冰心儿童文学研究、冰心诗歌研究成果作了述评。

总之,作为推动冰心研究的一项重要工作,研究述评越来越受到学界重视,也取得了不错的成绩,尤其是李玲的综合述评,回顾历史,考察现状,总结经验教训,提出未来研究的导向,寻求研究新的拓展和突破,架构完整合范,具有很高的学术价值。但也有部分述评因为信息量不足、概括提炼不精或点评不当等原因,结论存在需要商榷之处,水平亟待提高。另外专题述评也有诸多空白需要填补。比如,新时期后冰心传记出版成绩斐然,但目前仍无专门传记述评。随着近些年冰心生平和创作史料的补充,如研究者对冰心佚文、经历的考证和研究,冰心亲属捐赠冰心遗物等,某些研究中薄弱环节或悬而不决的空白点得到填补,使得评论更有深度,艺术分析分量更重,体例、结构、笔法上更完善的传记成为可能,这就更有必要对以往的冰心传记成绩与不足作总结。再如,对冰心翻译研究之研究课题,也仅有个别论者触及。

(二) 研究现状的反思

今年也有个别学者开始从宏观上反思冰心研究现状。曹亚明认为冰心文学研究相对比较冷清:"学术界对于冰心研究普遍热情不高,国内相关研究成果除了少数学者有着深入的研究和独特的见解之外,绝大多数论文还停留在文本赏析的层面,且真正有创见的不多。不少与同时期女作家的比较研究也多为平面化的叙述,并没有形成过特别火爆的研究局面"[15]。她认为长久以来对于冰心文学创作成就和思想价值的评价存在着的重大分歧。20世纪80年代西方现代派文学思潮涌入中国,西方女性主义思潮深刻影响,在新的文学史视野中,尤其是在女性主义文学研究者的视野中,中国的女性文学研究界对于冰心的"爱的哲学"似乎研究兴趣并不大甚至有意无意地冷落。

　　姑且不论曹亚明上述观点是否偏激，对冰心研究进行反思肯定是必要的，其目的也是为了达到通过"追索原因"，"把冰心研究引向丰富和深化"的最终目的。

　　从研究的阶段性看，研究者比较集中于20世纪二三十年代和"新时期"之后，而抗日战争至中华人民共和国成立后"文革"期间的冰心研究，除了在"述评"中概略提及，很少研究者将其完整地纳入研究之研究的视野。卢云琼的《论"抗战"到"十七年"时期冰心的创作研究》，对新时期以来冰心"抗战"到"十七年"研究作了较为详细综述，指出"新时期以来，冰心研究虽不断取得突破性成就，然对于冰心在'抗战'到'十七年'期间作为阶段性的整体研究仍存在许多被忽略的地方和许多亟待挖掘的问题"。"冰心从'抗战'到'十七年'期间的艺术创作及其特性、价值、贡献和地位是可以也应该得到科学的评估和阐发的。"[16]

　　这种状况，首先自然是受抗日战争至中华人民共和国成立后"文革"阶段冰心研究的薄弱所限，同时也似乎折射出学界对冰心的"五四"与"新时期"两个创作高潮的文学史惯性定位思维，但这个阶段的成绩确实也是需要引起更多重视的。

三、海外冰心研究之研究

　　作为著名作家，冰心的作品在海外传播甚广。早在20世纪二三十年代在日本就有对冰心作品的介绍、评论。20世纪90年代以后，学者开始关注冰心日本研究的情况，并出现了荻野脩二的《日本关于冰心的介绍——清纯的力量》、王炳根的《日本的冰心研究》、虞萍的《冰心的日本之旅与日本的冰心研究》等研究成果。其中虞萍以冰心的8次赴日之旅为轴，探讨了日本译介与研究冰心的进程与问题。冰心第2、3次的赴日，促使日本对她的关注度加大。但是，随着冰心的回国，日本对她的关注度也减弱了。此后虽然冰心的部分作品被仓石武四郎译成日语，但当时在日本有关冰心的研究几乎没有展开。日本真正开始冰心研究，是在20世纪90年代以后，由荻野脩二开始的。然而，日本的一些研究者至今对冰心作品的价值持疑问态度，日本的冰心研究还欠深入。

　　张叹凤、蒋林欣的《英语世界冰心研究撮论》，是一篇"整理、撮评三十年中英语世界冰心研究的主要成果与着重点所在"的论文。作者认为："在英语世界的冰心文学研讨中，也同五四以来中国文学评论界的认识与批评一样，存在着某些分歧与犹疑，从夏志清与普实克早期观点相左的评论到后几十年间学者的深入探索与研究，大致形成一条对冰心文学由低估到重视、再认识的线路。对冰心文学反映出来的女性意识与世界性（包括'反东方主义'、'反父权男权统治意识'）以及文学修辞学方面的创新意境，多有发扬与解释。虽然不是一门'显学'，但英语世界的冰心研究，绵远悠长，多能令人耳目一新，发人深思，打开更多的话语空间。"对冰心"爱的哲学"母题，"英语世界对冰心的再认识，因为距离感与学术性，更侧重于学理的系统探究与研究"[17]。这些英语学术评论对原作发掘得更加细致深刻，代表了英美"新批评"文学流派兴起后的成果。

确实，正如孙桂荣指出的，与国内学者相比，海外学人在系统接受各种西方理论方面有着先天的优势，尤其是由于特殊的社会文化环境在20世纪中国并没有真正开展起来的文本"细读"法、新批评的诸种方法成为他们的强项，对现代文学史上各类经典或非经典文本的"再解读"是近年来他们引发大陆学界瞩目的一项重要内容。但是"距离感"也会导致"文化语境的隔膜、文学经验的匮乏，以及有意无意的政治偏执，呈现出某种昧于史实和过度阐释的倾向"[18]。孙桂荣就指出周蕾在她的海外汉学研究领域颇有影响的论著《妇女与中国现代性》中对冰心《第一次宴会》的解读就有这样的问题。周蕾用精神分析学的理论对作品的母爱主题进行全新的阐释，以"破解冰心母爱修辞的'泛滥'之谜"[19]。一是将《第一次宴会》中瑛对母亲的怀想与依恋同欲望化的"负面俄狄浦斯情结"联系起来；二是从拉普朗虚的受虐理论出发，将瑛对母亲的无法割舍解读为形塑以母亲为理想的新的身份认同。周蕾采用文本细读、新批评等方法，进行深度个案剖析，却将写作年代、冰心彼时的心境、冰心母女之一往情深等文本生成语境、写作背景等都有意识屏蔽掉了，这和男性中心主义对冰心的质疑一样，是对冰心母爱书写的另一种误读[20]。

总体而言，20世纪90年代以来海外冰心研究之研究也取得了一些进展，但地域、水平等发展并不平衡，这也部分反映了海外冰心研究的某种处境。但可能也表明有更多的海外冰心研究成果深埋于"地表"之下，需要我们去挖掘、整合。

综上所述，应该说20世纪90年代以来的冰心研究之研究虽然取得了相当不俗的成果，表现了研究者出色的学术洞察力和敏感性。但是，我们也应该清醒地认识到，各方面的研究发展并不平衡，综合研究、小说、翻译等专题研究、冰心海外的传播与研究等许多领域亟待拓展。有些文章也存在着开掘不深、新意不够的问题。这可能也反映了冰心研究的某种瓶颈，如对冰心思想、艺术特色的研究等诸方面囿于某种定规，难有突破，尤其是跟冰心"非文本"研究相比，也就显得尤为醒目。这也从另一方面说明：我们在冰心研究方面，还有很长的路要走。

参考文献：

[1]徐越化.论茅盾的《冰心论》[J].湖州师专学报，1992（4）
[2]岳凯华，程凯华，刘雪姣.茅盾论冰心[J].邵阳学院学报，2007（3）
[3]张毓文.茅盾的三篇女作家论[J].湖州师专学报，1989（3）
[4]李奇志.茅盾的现代女作家论[J].湖北成人教育学院学报，2001（6）
[5]乔以钢，李振.茅盾"女作家论"的性别因素[J].东岳论丛，2009（11）
[6]乔以钢，刘堃.试析《中国新文学大系·小说一集》的性别策略：以冰心早期创作为中心[J].南开学报，2005（2）
[7]林丹娅.被谬赞的冰心：首开风气谁人知[J].湘潭大学学报，2013（4）
[8]王学振.赵景深与冰心作品的传播、研究[J].中国现代文学研究丛刊，2013（5）
[9]王学振.中国现代文学史上的心理分析批评[J].文艺争鸣，2013（8）
[10]任葆华.沈从文评论冰心其人其作[J].渭南师范学院学报：综合版，2012（5）
[11]张莉.论冰心文学形象的建构（1919—1949）[J].文艺争鸣，2010（5）
[12]李智.中国"五四"至20世纪30年代冰心批评的研究[D].辽宁大学2013届硕士学位论文
[13]李玲.评新时期的冰心研究[J].中国现代文学研究丛刊，1996，（4）
[14]裴春来.1994-2003十年冰心研究述评[J].海南师范学院学报，2005，（5）
[15]曹亚明.现代性反思背景下冰心文学研究面临的挑战及价值探析[J].广州社会主义学院学报，2013（3）
[16]卢云琼.论"抗战"到"十七年"时期冰心的创作研究[D].福建师范大学，2012届硕士学位论文
[17]张叹凤，蒋林欣.英语世界冰心研究撮论[J].爱心，2014（51）
[18]孙桂荣.经验的匮乏与阐释的过剩：评周蕾《妇女与中国现代性——西方与东方之间的阅读政治》[J].中国现代文学研究丛刊，2010（4）
[19]周蕾，蔡青松译.妇女与中国现代性：西方与东方之间的阅读政治[M].上海：上海三联书店，2008（1）
[20]孙桂荣，周蕾.《妇女与中国现代性》对冰心母爱书写的另一种误读[C].冰心论集，2012

第九辑　生平考证

冰心的抗战"动作"
——写在冰心先生诞辰 115 周年之际

王炳根

一、"来日正多艰,任重道又远"

1937年夏天,冰心与吴文藻结束了为期一年的欧美访学回到北平,本来有一系列的文章可写,但几天后发生了卢沟桥事变,平津沦陷,随之北大、清华与南开开始了战时办学的南迁,冰心与吴文藻所在的燕京大学的校长司徒雷登坚持在华北办学,想以美国的星条旗保护校园的安全。但城破岂有完卵,已成为日军兵营的清华园的枪声,不时地传入燕园,冰心悲愤地写道:"北平死去了!我至爱苦恋的北平,在不挣扎不抵抗之后,断续呻吟了几声,便悄然死去了!""五光十色的旗帜都高高的悬起了:日本旗,意大利旗,美国旗,英国旗……只看不见了青天白日旗。西直门楼上,深黄色军服的日兵,箕踞在雉堞上,倚着枪,咧着厚厚的嘴唇,露着不整齐的牙齿,下视狂笑。"(《默庐试笔》)

南下的决意已定,只是由于冰心有孕在身,只得暂时留平。这时的校园已不平静,有的学生到前方或敌后,直接参加抗日武装斗争,有的在校内进行一些地下活动,冰心知道后,总是默默地祝福他们,并尽可能地帮助他们。有一次,吴文藻指导的两个学生朱南华与方绰,来到燕南园冰心的居所,提出休学,要到后方参加抗日,但是,燕园之外,到处都是日军,如何出走?冰心找到司徒雷登,用他那辆挂着美国国旗的福特牌小轿车,将两个学生送出城去。当时,就在北京附近的西山,活跃着一支抗日游击队,游击队里也有燕大的学生,校园的学生秘密为他们助捐衣被,为游击队收集冬衣的人,以"小猫"为代号,深夜学了猫叫,到老师家收集捐献的物品。只要听到小猫叫的声音,冰心便会起床,将准备好的衣物,从后门送出,有一次感觉东西少了点,便将垫在床上的褥子抽出来捐给他们,山上冷,叫他们盖得厚实一点。

1938年6月3日,吴文藻上完最后一堂课,冰心将婚后10年来及之前的写作

作者简介:王炳根,冰心研究会会长,冰心文学馆馆长,福建省作家协会副主席,中国博物馆学会文学委员会副主任,名人故居委员会副主任,国家一级作家。

手稿、讲课的教案、收藏字画、所得赠书、日记、笔记及信函等，分装15个箱子，存放在阁楼上，接受了吴雷川代表燕大师生"悲愤应难已"的赠言，辞别师友，怀抱10个月大的女婴及一对幼儿幼女，踏上了逃难般的旅程。先是取海天津，由海路经上海、香港，从安南（为越南古名）的海防坐小火车到达云南昆明。"这一路，旅途的困顿曲折，心绪的恶劣悲愤"，都不能细说了。

到达昆明之后，吴文藻在云南大学担任英庚赔款资助的"人类学讲座"教授，同时筹建社会学系。冰心一家先住在昆明，后为躲避日机的轰炸，迁至呈贡乡下，租住在一家守墓人的屋子里，冰心将其命名为"默庐"。安顿下来后，冰心也不能安心写作，3个孩子都小，儿子开始上学，两个女儿跟在身边，学写字，学看画，要听故事，常被纠缠，烦得不行，但她还是抽空为战时地方文教卫生事业做一些事情，比如协助县城设立卫生所，与昆明的医疗卫生部门联系，请来医生、护士，为当地儿童注射疫苗，培训接生员，还协助设立储蓄所等。战时呈贡为了培养师资，开办了呈贡简易师范学校。校长昌景光利用战时呈贡的人才资源，请北平来的学者、教授来当老师，陈达、沈从文、费孝通、孙福熙、叶雪安、张兆和、沈如瑜、赵凤喈、戴世光、林亭玉、刘雪然、张震等，都先后在简易师专担任过课程教师。抗战时期，教师的薪俸不高，且能拿到手的更有限，北平来的教授、学者、作家生活也都拮据，兼课的薪俸不多，但有比无强。冰心也被邀请加入这个教师的阵容，但她属义务，不取薪水。当时大家都艰苦，但他们的情况要好一些，自己的版税还有一些，所以提出义务为好。冰心没有中学教学的经验，因而，上课前不仅要备课，还要与学生交谈，以便了解他们的情况。冰心的教学别具一格，用标准的普通话，有丰富的词汇，新颖的例词例句，山城的学生哪享受过这么好的教育？她的课总是会引起学生的兴趣，尤其是主课作文，学生最爱听。近一年的教学中，她从审题命题、构思准备、层次段落、中心思想各个方面进行系统地讲授，用了不少的示范章句，如李清照、杜甫、李白的著名诗词等。她叫学生要广读精读，多写多练。她还告诉学生："自然界是神秘、最美的，要观察自然、深入自然、了解自然，大自然给你一切。"冰心教学还有一招，就是奖励。这个奖励当然是她的个人行为，既是鼓励学生，也算资助学生。她常常以纸、笔、练习本等作为奖品，这些都是学生所需要的，有时还会以现金奖励，得到奖励的学生，铭记终生。受昌景光校长之托，冰心还为简易师专写了一首校歌："西山苍苍滇海长，绿原上面是家乡。师生济济聚一堂，切磋弦诵乐未央。谨信弘毅，校训莫忘。来日正多艰，任重道又远，努力奋发自强。为己造福，为人民增光。"既是对学校的礼赞、对学生的期望，也表达了她当时的心情。

正当冰心重新燃起创作的欲望时，却又得到父亲病重病故的消息。大弟为涵北平来信，开始父亲病重，病危，再来信，父亲去世。信未读完，一口血竟涌上来了。一代海军宿将，最后在沦陷的北平孤独地离去，而最爱的女儿在父亲临终前连孝道都未能尽到，也不能回去奔丧。另一件事是友人从重庆来信，言及宋美龄领导的"新运妇女指导委员会"缺少一名文化事业组组长,询问冰心能否到重庆去担任此职,宋美龄则以威尔斯利女子学院校友的名义,邀请冰心到重庆去参加抗日,别闲居在昆明那个小地方了。刚刚建立起来的默庐生活,又被打乱,一切想要做的事情,又得中止。呈贡简易师专的学生,知道谢老师又将远行,赶来默庐话别,冰心应学生李培伦请求挥笔写下:"一发青山愁万种,干戈尚满南东,几时才见九州同?纵然空世事,世事岂成空。胡马窥江陈组练,有人虎帐从容,王师江镇相逢九原翁,应恨世上少豪雄。"

二、迎着天上的阳光

1940年年底,冰心一家搬至重庆。还是年初,宋美龄为奖励妇女写作及提拔新进妇女作家,责成文化事业组举办了"蒋夫人文学奖金"。征奖资格以30岁以上未曾出版过单行本著作的女性为限。文体规定有关妇女问题的论文和文艺创作两种。奖金总额为3200元,由宋美龄从美国募捐而来。征文启事发表后,有552名妇女应征,收到征文稿件360份。宋美龄亲自聘请吴贻芳、陈衡哲、陈布雷、郭沫若、朱光潜、谢冰心等知名人士组成"蒋夫人文学奖金评判委员会"进行评选。冰心到任文化事业组组长后,将初评选出的120篇作品,分成论文卷与文艺卷,论文卷送陈衡哲、吴贻芳等人评阅,文艺卷由郭沫若、杨振声、苏雪林和自己审阅。经过半年的努力,于"妇指会"成立三周年之际公布评奖结果,16名参赛者中奖,获奖作品发表在《妇女新运》杂志上。冰心向宋美龄汇报了评奖的情况,宋美龄很高兴,并希望冰心成为国民党里的女作家,但冰心并不想加入党派,便岔开话题。评奖结束之后,宋美龄希望冰心对青年写作者作一次辅导,谈谈这次征文评奖中的有关问题,以提高女青年的写作能力。冰心爽快答应,也就是在"妇指会"成立三周年的纪念周中,作了一次《由评阅蒋夫人文学奖金应征文卷谈到写作的练习》的演讲,从征文的优点与缺点开始,引申出写作的条件,一二三、ABC,开列得很具体,都是一些写作与阅读的常识,但到最后,谈到了作者的修养与写作的风格,提出:"一个作家要养成他的风格,必须先养成冷静的头脑,严肃的生活和清高的人格。""不要先有主义后写文章,因为先有主义便会左右你的一切,最好先根据发生的现象,然后再写文章。""不要受主观热情的驱使,而写宣传式的标语口号的文艺作品。使人看到感觉滥调和八股。"

冰心到重庆后,还以"信望久著之人员",遴选为第二届国民参政会参政员。国民参政会,是战时全国团结对外的民意机构,根据《国民参政会组织条例》规定,参政会有询问与建议之责,对冰心来说,这是一件新鲜的事情,一次在接受《中央日报》记者布谷、岳兰对女参政员访问时,冰心把她对战时小学教材的观察告诉他们,请媒体呼吁:"希望政府当局要极力督促出版界,赶快改善儿童教科书的印刷问题,因为教科书印刷模糊,不仅有损一般儿童的目力,并且会影响他们认字作文的兴趣,问题实在太大了。"

　　自到重庆后,参加了实际抗战工作,冰心的心态与生活方式也调整过来了,办公、开会、演讲、组织活动,觉得很充实也很有意义,这是她的一生中少有的体验。

　　　　我渐渐的爱上了重庆,爱了重庆的"忙",不讨厌重庆的"挤",我最喜欢的还是那些和我在忙中挤中同工的兴奋的人们,不论是在市内,在近郊,或是远远的在生死关头的前线。我们是疲乏,却不颓丧,是痛苦却不悲凉,我们沉默的负起了时代的使命,我们向着同一的信念和希望迈进,我们知道那一天,就是我们自己,和全世界爱好正义和平的人们,所共同庆祝的一天,将要来到。我们从淡雾里携带了心上的阳光,以整齐的步伐,向东向北走,直到迎见了天上的阳光。(《从昆明到重庆》)

　　重庆的"忙"与"挤"并没有压倒病弱的冰心,她平日爱静,爱独处,甚至爱孤寂,往往是在这种情景之下,涌来创作的灵感。但是,重庆出现了奇迹,竟然可以在拥挤杂乱的环境里,让冰心有了写作的激情。当重庆凄厉的防空警报响过,当惶悚的人们从防空洞中走出,当孩子的心情尚未从惊魂中缓过,冰心拿起了她的笔:"砰砰砰,/三声土炮;/今日阳光好,/这又是警报!……群鹰在天上飞旋,/人们往山中奔走,/这声音/惊散了稳栖的禽鸟,/惊散了歌唱的秋收。……檐影下抬头,/整齐的一阵铁鸟,/正经过我的小楼。傲慢的走,欢乐的追,/一霎时就消失在/天末银灰色的云堆。/咬紧了牙齿我回到屋中,/相迎的小脸笑得飞红,/'娘,你看见了那群鸽子?/有几个带着响弓?'/巨大的眼泪忽然滚到我的脸上,/乖乖,我的孩子,/我看见了五十四只鸽子,/可惜我没有带枪!"(《鸽子》)鸽子在诗中往往是和平的象征,这回,冰心通过孩子的视觉,改变了鸽子的本意,"我看见五十四只鸽子,可惜我没有带枪!"表达出诗人听警报躲轰炸强烈的愤懑之情。

三、《关于女人》

　　战时的重庆,不仅是政治军事中心,也成了文化中心。平时在南京、上海、北平等地出版的报刊,有的迁到重庆,有的开辟重庆版,而应战时需要创办的报刊也不在少数。报刊的出版,需要大量的稿源。那时中华全国文艺界抗敌协会设在重庆,老舍作为"文协"的主事人,联系与团结了一大批作家艺术家。冰心甫抵重庆,老舍闻讯,即在中法比瑞同学会举行茶话会,欢迎冰心、吴文藻抵渝,同时欢迎的还有茅盾、巴金、徐迟等来渝作家。在渝的作家郭沫若、田汉、张西曼、冯乃超等70余人出席。茶话会的新雨旧识,围绕着一个抗战文艺而交谈。

　　冰心在重庆与昆明不一样,这里除了文化氛围外,还有许多了解和熟悉她的朋友，她一到，报刊的编辑、记者便找上门来。最先找上门来的是刘英士，吴文藻清华的同学，自然明白冰心的意义。那时，他主持《星期评论》（重庆版），希望冰心开设专栏，栏目的名称由冰心自己设定。冰心本来有两个现成的栏目可写，就是她在《默庐试笔》中所说的"难道是没有题材？两年前国外的旅行，两年来国家的遭遇，朋友的遭遇，一身的遭遇，死生流转之中，几乎每一段见闻，每日每夜和不同的人物的谈话；船上，车上，在极喧嚣的旅舍驿站中，在极悄静的农舍草棚里，清幽月影下，黯淡的灯光中，茶余，酒后，新的脸，旧的脸，老年人，中年人，少年人，男人，女人的悲哀感慨，愤激和奋兴，静静听来，危涕断肠，惊心动魄，不必引伸，无须渲染，每一段，每一个，都是极精采、极紧凑的每一个人格、每一个心性对这大时代的反应与呼叫！在这些人的自述和述事之中，再加以自己的经历和观察，都能极有条理有摆布的写出这全面抗战的洪涛怒吼的雷声。"昆明本欲动笔写出这一切，因为搬家被迫中止，按说，她现在可以动笔写出积压心头多时的一切，但激情过后，重燃就难。两个重大题材——周游世界与战时遭遇，对任何作家来说，都是极为珍贵的，尤其战争苦难是作家的财富，冰心持有丰厚，却不打算动用。反复思量，决定以"男士"的名义专门谈谈"关于女人"，给紧张的战时生活，平添一些谈趣。于是，开篇的《我最尊敬和体贴她们》《我的择偶条件》，一改冰心以前的风格，似有一种忙乱中的洒脱与风趣。栏目虽然是"关于女人"，但却不是女人的衣着打扮、容貌姿色、烹饪女红、打情骂俏，更不是关于女人红杏出墙，而是以轻松、调侃的笔调，一个一个地写起了身边的女人。从我的母亲写起，我的老师，我的三个弟媳，我的奶妈，我的同班，都是与自己人生有关的女人，我与她们的故事，从城里的"嘉庐"写到歌乐山的"默庐"，从早春写到酷暑写到秋凉写到寒冬。在这个专栏文字中，文字也发生了变化，就是叶圣陶所说的，"她已经舍弃她的柔细清丽，转向着苍劲朴茂"。一共16篇，除了前面两篇泛泛调侃之外，其余每篇都写了一个女人，14人。按照冰心的交往，与她接触甚至深交的女人还有不少，但是，出版社催得紧，版型等在那儿，当她写完《我的朋友的母亲》时，便搁笔了。最后写了"后记"，1943年9月，男士的《关于女人》，由天地出版社出版。印数5000本。"后记"中说："世界若没有女人，真不知这世界要变成怎么样子！我所能想象得到的是：世界上若没有女人，这世界至少要失去十分之五的'真'、十分之六的'善'、十分之七的'美'。"

四、贞静立山头

抵达重庆后，冰心一家开始住在市中心的"嘉庐"。这里住了3家人，隔壁是教育次长顾毓琇，楼上是驻苏大使蒋廷黻。雾季会议多，来重庆开会的人多，休会时间嘉庐便成了群英沙龙，畅谈国事、官场秩闻、文学潮流、新书话剧，来言去语，妙趣风生。雾季过后，敌机轰炸就来了，那种跑警报的生活，病弱的冰心难以忍受，有一次，活泼的小女儿感染上了麻疹，高烧不退，冰心还得抱着她躲进潮湿阴暗、空气混浊的防空洞，一躲就是几小时，几个同时患病的小伙伴没有抗过去，先后夭折，吴宗黎顽强命大，挺了过来。为了躲避跑警报，冰心在嘉陵江岸的歌乐山上，找到一处土屋，环境不比呈贡的"默庐"差，近有松林，远可眺望嘉陵江，到了晚间，磁器口、北碚的灯光一片，冰心自己却隐在了山林之中。冰心用版税以6000元的价格购下，这就成了他们重庆的家。简单整理后，搬了进来，起了一个名字："潜庐"。与"默庐"相似，这个名字也有隐藏、静伏之意，尤其是躲避了敌机轰炸。"歌乐山在重庆西边十六多英里，在重庆受最猛的烈轰炸时节，是最美丽安全的'疏建区'。海拔三千英尺，在渝西一带山岭之中，最为幽秀挺拔。而且山上栽遍了松树，终年是重重叠叠的松影，山径上遍铺着软软厚厚的松针。"当时中美情报合作所便在附近，美国兵有时会带了大狼狗路过，惊讶山中竟然有操如此流利英语的妇人，冰心就告诉他们，自己曾在美国留学3年，学校在美东波士顿郊外，美国兵一听说"威尔斯利女子大学"便肃然起敬，说那是一所很有名的女校。冰心还邀请他们到家做客，看留学时的照片。他们也告诉冰心一些事情，说他们来中国执行任务，共同抗日，但也时常想家，尤其是圣诞节，这里听不到圣诞的歌声，也不能与家人度假。

　　搬进歌乐山中，也有诸多的不方便，离市区远，上下山或徒步或坐轿（滑竿），再坐小船或汽船沿江行，上岸后再乘车至城中各处，上班、购物、开会、访友无不如此。每至一处，需要用的时间，或长或短，最快也得两三小时，在这种情况下，冰心如何能再到位于市中心的"妇指会"上班（哪怕每周一次）？宋美龄体谅她，且事先曾有"暂时的义务性质"的约定，所以，便同意冰心辞去职务。冰心对宋美龄也尽校友情谊，答应寻找她的接替人、答应如需要仍然可以挂她的名、答应"妇指会"需要帮忙仍会尽力，尤其是"妇指会"的刊物，写稿或组稿，都可尽到义务。宋美龄还叮嘱冰心，你是女参政员，要多为女界与儿童说话。

　　对于冰心的去留，外界多有猜测，《妇女新运》在《女作家近况》中，专门说到此事："谢冰心女士，现任新运妇女指导委员会文化事业组组长，去夏因病在歌乐山养疴。其子女（一男二女）亦相随山居。其夫吴文藻博士则每星期末上山团叙。女士最近精神极佳，不久想能复原。"（《妇女新运》1942年第3期）。可以看出，直到这时，冰心虽然没有在"妇指会"上班、工作，但仍然挂名组长。

　　虽也下山访友，但多为山上待客。隐藏山中潜庐，既可躲避敌机轰炸，也是战时都市休闲之地，一些在重庆的朋友常会择了休息日，到山上休假、度周末。"力构小窗"下那一架小床，便是为客人准备的，晚了、迟了，便依窗而卧，清风徐来，婆娑的树影与月色探了进来，全然忘却都市的轰炸、远处的沙场。要是人太多，便通宵聊天，再喝上一点酒、一杯咖啡，甚至有了对诗唱文的雅兴。"文协"的老舍是常客，每回上山，会带来许多文艺界、抗战前线的消息，令潜庐与山下的文艺界与抗战的前方联系了起来，也给潜庐带来生气。"中年喜到故人家，挥汗频频索好茶。且共儿童争饼饵，暂忘兵火贵桑麻。酒多即醉临窗卧，诗短偏邀逐句夸。欲去还留伤小别，阶前指点月钩斜。"这是老舍当年书赠吴文藻和冰心的诗句。重庆历来是被人称之为火炉的地方，一到夏天，酷热难熬，歌乐山上就清凉多了，一次，老舍陪了郭沫若、冯乃超等上山。夜凉风清，倾心相谈，从战事谈到和平，从文艺谈到社会，郭沫若还关心着冰心的健康状况，要她多注意休息，抗战胜利后，还有许多的事情要做。老舍再次上山，带来了郭沫若题赠的五律："怪道新词少，病依江上楼。碧帘锁烟霭，红烛映清波。婉婉唱随乐，殷殷家国忧。微怜松石瘦，贞静立山头。"顾一樵（毓琇）步郭沫若韵，也有《潜庐》："病瘦岂关愁，高吟独倚楼。诗心莹夜月，文藻溢江流。婉婉唱随乐，殷殷谈吐忧。岁寒松柏意，冰雪满峰头。"

　　1945年年初，抗日战争接近胜利的时候，一些民主党派、群众团体发表了《对时局宣言》，主张和平建国，主张民主与自由，郭沫若起草了《文化界时局进言》，提出中国的时局，应召开各党派公正人士参加的"国是会议"，组织"战时全国一致政府"，重点提出6条实现民主的要求，最后写道："形势是很鲜明的，民主者兴，不民主者亡。中国人民不甘沦亡，故一致民主团结，在这个洪大的奔流之前，任何力量也没有方法可以阻挡。""进言"草就，进行了广泛的征集签名，充分显示文化界的意志与力量。当时，臧克家与力扬上了歌乐山，冰心病卧在床，但她看过"进言"后，赞同"进言"中的各项要求，便让大女儿吴宗远代签了名。在这个"进言"中签名的多达312人，许多都是著名的作家、诗人、画家、导演、演员、作曲家、戏剧家等。"进言"发表后，国民党"中央宣传部"从签名中看到"谢冰心"三个字，觉得可能有"诈"，便派一位副部长专程上了歌乐山，以探望为名，实则询问那字是不是冰心所签。冰心很平静地回答说，是！并说，民主是三民主义的主张，参政会中也多次谈到民主的问题，现在抗战快胜利了，实行民主建国应该是贵党的方针啊。

　　日本宣布无条件投降的那一天晚上，冰心在歌乐山上，"望着满天的繁星，和山下满地的繁灯，听到这盼望了多年的消息！在这震撼如狂潮之中，经过了一阵昏乱的沉默。就有几个小孩子放声大笑，有几个大孩子放声大哭，有几个男客人疯狂似的围着我要酒喝！"冰心看着周围的孩子与朋友，自己既没有笑，也没有哭，没有喝酒，只有沉默！

附：冰心这样写抗战——
默庐试笔

一

　　我为什么潜意识的苦恋着北平？我现在真不必苦恋着北平，呈贡山居的环境，实在比我北平西郊的住处，还静，还美。我的寓楼，前廊朝东，正对着城墙，雉堞蜿蜒，松影深青，霁天空阔。最好是在廊上看风雨，从天边几阵白烟，白雾，雨脚如绳，斜飞着直洒到楼前，越过远山，越过近塔，在瓦檐上散落出错落清脆的繁音。还有清晨黄昏看月出，日上。

　　晚霞，朝霭，变幻万端，莫可名状，使人每一早晚，都有新的企望，新的喜悦。下楼出门转向东北，松林下参差的长着荇菜，菜穗正红，而红穗颜色，又分深浅，在灰墙，黄土，绿树之间，带映得十分悦目。出荆门北上斜坡，便到川台寺东首，栗树成林，林外隐见湖影和山光，林间有一片广场，这时已在城墙之上，登墙，外望，高岗起伏，远村隐约。我最爱早起在林中携书独坐，淡云来往，秋阳暖背，爽风拂面，这里清极静极，绝无人迹，只两个小女儿，穿着桔黄水红的绒衣，在广场上游戏奔走，使眼前宇宙，显得十分流动，鲜明。

　　我的寓楼，后窗朝西，书案便设在窗下，只在窗下，呈贡八景，已可见其三，北望是"凤岭松峦"，前望是"海潮夕照"，南望是"渔浦星灯"。窗前景物在第一段已经描写过，一百二十日夜之中，变化无穷，使人忘倦。出门南向，出正面荆门，西边是昆明西山。北边山上是三台寺。走到山坡尽处，有个平台，松柏丛绕，上有石磴和石块，可以坐立，登此下望，可见城内居舍，在树影中，错落参差。南望城外又可见三景，是龙街子山上之"龙山花坞"，罗藏山之"梁峰兆雨"；和城南印心亭下之"河洲月渚"。其余两景是白龙潭之"彩洞亭鱼"，和黑龙潭之"碧潭异石"，这两景非走到潭边是看不见的，所以我对于默庐周围的眼界，觉得爽然没有遗憾。

　　平台的石磴上，客来常在那边坐地，四顾风景全收。年轻些的朋友来，就欢喜在台前松柏阴下的草坡上，纵横坐卧，不到饭时，不肯进来。平台上四无屏障，山风稍劲。入秋以来，我独在时，常走出后门北上，到寺侧林中，一来较静，二来较暖。

　　回溯生平郊外的住宅，无论是长居短居，恐怕是默庐最惬心意。国外的如伍岛（Five Islands）白岭（White Mountains）山水不能两全，而且都是异国风光，没有亲切的意味。国内如山东之芝罘，如北平之海甸，芝罘山太高，海太深，自己那时也太小，时常迷茫消失于旷大寥阔之中，觉得一身是客，是奴，凄然怔忡，不能自主。海甸楼窗，只能看见西山，玉泉山塔，和西苑兵营整齐的灰瓦，以及颐和园内之排云殿和佛香阁。湖水是被围墙全遮，不能望见。论山之青翠，湖之涟漪，风物之醇永亲切，没有一处赶得上默庐。

我已经说过，这里整个是一首华兹华斯的诗！

二

在这里住得妥贴，快乐，安稳，面旧友来到，欣赏默庐之外，谈锋又往往引到北平。

人家说想北平大觉寺的杏花，香山的红叶，我说我也想；人家说想北平的笔墨笺纸，我说我也想；人家说想北平的故宫北海，我说我也想；人家说想北平的烧鸭子涮羊肉，我说我也想；人家说想北平的火神庙隆福寺，我说我也想；人家说想北平的糖葫芦，炒栗子，我说我也想。而在谈话之时，我的心灵时刻的在自警说："不，你不能想，你是不能回去的，除非有那样的一天！"

我口说在想，心里不想，但看我离开北平以后，从未梦见过北平，足见我控制得相当之决绝——而且我试笔之顷，意马奔驰，在我自己惊觉之先，我已在纸上写出我是在苦恋着北平。

我如今镇静下来，细细分析：我的一生，至今日止在北平居住的时光，占了一生之半，从十一二岁，到三十几岁，这二十年是生平最关键，最难忘的发育，模塑的年光，印象最深，情感最浓，关系最切。一提到北平，后面立刻涌现了一副一副的面庞，一幅一幅的图画：我死去的母亲，健在的父亲，弟，侄，师，友，车夫，用人，报童，店伙……剪子巷的庭院，佟府堂前的玫瑰，天安门的华表，"五四"的游行，"九一八"黄昏时的卖报声，"国难至矣"的大标题，……我思潮奔放，眼前的图画和人面，也突兀变换，不可制止，最后我看见了景山最高顶，"明思宗殉国处"的方亭阑干上，有灯彩扎成的六个大字，是"庆祝徐州陷落！"

北平死去了！我至爱苦恋的北平，在不挣扎不抵抗之后，断续呻吟了几声，便恹然死去了！

二十六年七月二十八早晨，十六架日机，在晓光熹微中悠悠的低飞而来；投了三十二颗炸弹，只炸得西苑一座空营。——但这一声巨响，震得一切都变了色。海甸被砍死了九个警察，第二天警察都换了黑色的制服，因为穿黄制服的人，都当做了散兵，游击队，有砍死刺死的危险。

四野的炮声枪声，由繁而稀，由近而远，声音也死去了！

五光十色的旗帜都高高的悬起了：日本旗，意大利旗，美国旗，英国旗……

西直门楼上，深黄色军服的日兵，箕踞在雉堞上，倚着枪，咧着厚厚的嘴唇，露着不整齐的牙齿，下视狂笑。

街道上死一般的静寂，只三三两两褴褛趑趄的人，在仰首围读着"香月入城司令"的通告。

晴空下的天安门，饱看过千万青年摇旗呐喊，高呼"打倒日本帝国主义"的，如今只镇定的在看着一队一队零落的中小学生的行列，拖着太阳旗，五色旗，红着眼，低着头，来"庆祝"保定陷落，南京陷落……后面有日本的机关枪队紧紧地监视跟随着。

日本的游历团一船一船一车一车的从神户横滨运来，挂着旗号的大汽车，在景山路东长安街横冲直撞的飞走。东兴楼，东来顺挂起日文的招牌，欢迎远客。

故宫北海颐和园看不见一个穿长褂和西服的中国人，只听见橐橐的军靴声，木屐声。穿长褂和西服的中国人都羞的藏起了，恨的溜走了。

街市忽然繁荣起来了，尤其是米市大街，王府井大街，店面上安起木门，挂上布帘，无线电机在广播着友邦的音乐。

我想起东京神户，想起大连沈阳，……北平也跟着大连沈阳死去了，一个女神王后般美丽尊严的城市，在蹂躏侮辱之下，恢然地死去了。

我恨了这美丽尊严的皮囊，躯壳！我走，我回顾这尊严美丽，瞠目瞪视的皮囊，没有一星留恋。在那高山丛林中，我仰首看到了一面飘扬的旗帜，我站在旗影下，我走，我要走到天之涯，地之角，抖拂身上的怨尘恨土，深深的呼吸一下兴奋新鲜的朝气；我再走，我要捐着这方旗帜，来招集一星星的尊严美丽的灵魂，杀入那美丽尊严的躯壳！

冰心与成都燕京大学小考

熊飞宇

摘要：抗战时期，冰心曾在成都燕京大学发表演讲，但有关其事由、时间，却众说纷纭；对其演讲的前后情况，研究者亦多铺衍。其后不久，谢冰莹作《冰心与〈春水〉》一文，对此有所回顾。据此可知，1944年秋，冰心因为交涉版税而赴成都，并应邀在燕京大学发表演说《闲话燕园》。对冰心此行，叶圣陶日记亦有载。

关键词：冰心；成都燕大；谢冰莹；叶圣陶

抗战时期，冰心曾赴成都，并在燕京大学发表演讲。但冰心此行，在后来研究者的笔下，一是时间并不确切，二是对其演讲的情况敷衍过多，铺陈过甚，乃至失实。现就此略作考证。

1941年12月7日，珍珠港事件爆发。几小时后，驻扎在北平的日本宪兵便迅速占领并很快封闭了燕京大学[1]。1942年2月8日，燕京大学临时校董会在重庆召开，一致决议："（一）燕京大学在后方复校；（二）成立复校筹备处；（三）推梅贻宝先生为复校筹备处主任。临时董事会议决议的复校宗旨，有以下几条：（一）燕京大学不容日敌摧毁，校统亟应延续；（二）燕京大学师生陆续来到后方，需要接待安置；（三）燕京大学旨在为国家培养人才；（四）澄清燕京大学在日伪窃据下维护校务之立场，并防止日伪在北平开办燕京大学。"经历一番筹备，成都燕大以月租2000元，租用位于陕西街的华美女中和毗连的启华小学作校舍，并推举梅贻宝为代理校长及代理教务长。1942年10月1日，成都燕大正式开学[2]。自此之后，燕京大学在成都历时4个学年。

燕京大学在成都复校，吴文藻曾与有力焉。据其《自述》，"重庆期间"，吴文藻"作为云大、燕大的代表"，"与教育部联系"，"筹设燕京大学成都分校"，"并

作者简介：熊飞宇，男，四川南江人，重庆师范大学文学院助理研究员，文学博士，主要从事重庆抗战文化研究。
本文原载：《安康学院学报》2015年2月第27卷第1期。
基金项目：中央专项配套资金青年人才培训与研究支持计划"重庆时期冰心的创作与活动研究"（WXY201F030）；重庆师范大学2013年度博士启动基金项目"重庆时期的冰心创作与活动研究"（13XWB030）。

推荐林耀华①为社会学系代主任"[3]。

通常的说法是：复校工作就绪后，校方即带信请冰心到成都，给燕京大学学生讲话[4]。1943年春，冰心乘坐洛克菲勒基金会的便车前往，在燕大礼堂演讲，题目是《闲话燕京》。

对于这次出行，《山路上的繁星——冰心在重庆》有过身临其境般的描述：

> 在这春花烂漫的季节，冰心的心早已蜕变成一只蝴蝶飞到了车外，在火红的杜鹃花丛上迷醉地飞舞，在芬芳馥郁的栀子花中贪婪地采撷。

车子在平坦的蜀地行驶，傍晚就到了成都。到达目的地，原来燕京大学在成都复校的一些领导、老师已在那里等候。故人相聚，又值战乱，自然百感交集，有说不完的话。

夜晚，在宿舍，冰心侧身望向窗外，空气中飘来淡淡的异乡的气息。"明日就要为燕京大学的师生们演讲，虽然北平的燕大已被日寇驱逐关闭，但是，只要有燕大的师生在，只要有燕大的精神在，燕大就永远不会倒下！"

第二天，冰心在燕大礼堂向在成都复校的师生作了《闲话燕园》的演讲。之所以选择这个题目，是因为冰心觉得，正是那些真实可感的点滴记忆才最能触动大家的心弦，才最能唤起新生们对大学的向往之情，才最能引起昔日师生的共鸣！演讲的气氛是轻松的，冰心竭力地融入到这个群体中，把自己当作他们中的一员，以大姐姐的口吻向他们讲述了自己在燕大时的学习和生活，把曾经在燕大的所闻、所见、所行、所感形象生动地介绍给他们。在述说过程中，冰心也有意无意地向他们展示了自己的学习方式和积极的社会实践，把自己认为有益的心得体会传达给在座的新同学们。最后，她还鼓励同学们刻苦读书，报效祖国，并以"相约北平，相约燕大"的话作了演讲的结尾。

晚上，燕大的几位老师和学生一起宴请冰心，他们谈笑风生地来到一家"无醉不归小酒家"，看到这长长的店名，冰心幽默地说："看来今天是回不去喽——醉了走不动，不醉又不让走！"大家都笑了。入座后，学生们对冰心解释道："我们知道您是喜静不喜闹的，这个小酒家比较清静，我们商议后就选了这里。"酒菜上齐，大家纷纷举杯，学生们又说："今天我们是特意请谢老师来这里尝尝正宗的成都名酒——全兴大曲的，这酒还是始酿于清朝乾隆年间呢！"冰心闻那酒香，笑着说："这是罗汉请观音，便宜你们了！"大家都开心地饮尽杯中酒。

---

① 林耀华（1910—2000），福建古田人。1932年毕业于燕京大学社会学系。1935年获燕京大学研究院硕士学位。1940年获哈佛大学哲学博士学位。其《金翼》（英文）成功表现了南方汉族农村宗族与家族生活的传统及其变迁。1941年回国后，深入凉山地区，对彝族社会结构与诸文化现象进行缜密地考察，写成《凉山夷家》一书。

第二天，冰心坐上来时的便车，依依不舍地告别燕大，告别成都，告别蜀郡，回到重庆歌乐山。[5](43~45)

这番叙述，同样见诸卓如的《冰心全传》，但在陈恕的《冰心全传》中，则审慎地一语带过，并无详细的描述。不过，两传都未明确冰心此行的时间，故留下许多疑窦。

1944年9月9日，冰心在致赵清阁的信中曾说："仍想到成都走走，只看便车接洽得如何？"[6]此处的"便车"，是否就是洛克菲勒基金会的便车？又据《燕京大学史稿》，1944年10月12日，"校友谢冰心到校演讲，讲题：闲话燕京"[7]。由此可见，冰心的成都之旅，早在1944年9月或之前就已筹划，至10月终于成行，并可得到文献确证。

可能出现的情况是：冰心的成都行有两次，一次是在1943年春。从《山路上的繁星——冰心在重庆》的描述可以见出：冰心去成都，正值杜鹃花和栀子花盛开的时节。根据它们的花期，应当是在5至6月间。同时，该书亦云：冰心的演讲是为了"唤起新生们对大学的向往之情"，但新生的入学，即便是民国时期，也多在秋季。因此，就其行文来看，"春季"之说，实在是前后抵牾。另一次则在1944年10月。不过，两次演讲的题目都是《闲话燕京》，未免有些啰嗦。

再看谢冰心与谢冰莹的初识。《山路上的繁星——冰心在重庆》将其安排在"演讲刚结束"[5](44)。其时谢冰莹正在成都制革学校任教。而早在2004年，严农在《冰心、冰莹喜"相逢"》一文中，就有过大同小异的描述，时间也是1943年，且两人仅有"一面之缘"[8]。但石楠的《中国第一女兵：谢冰莹全传》却云：谢冰莹在1943年3月20日到达成都；4月6日，即从成都赶到重庆，借住于张道藩主管的中央文委会，与白薇和赵清阁"重逢"，并"邂逅"了冰心[9]。时间和地点都与前说不同。2011年6月16日的《人民政协报》刊有晋文的《谢冰莹文学之路上的几位良师益友》，谈及冰心与冰莹的"第一次见面"是在"1944年"，且"此后又曾多次会面"。综合上述材料，如果两人的初识是在成都燕大的演讲会上，那么，这两个事件发生的时间，当以1944年较为可靠。

谢冰莹后来有《冰心与〈春水〉》一文，对冰心这次在成都燕大的演说有详尽回忆，并可澄清上面各种叙述的诸多不实之处。但该文似未曾引起谢冰心与谢冰莹两方面研究者的关注，兹录全文如下：

【新闻记事】在"五四"时代的中国女作家当中，冰心和庐隐算是两位资格最老，同时在文坛上最负盛名的作家。虽然两人的思想不同，作风互异，各有各的读者，但她们两个人的名字，总是并列着的。

冰心于一八九七年①生于福建闽侯,燕大毕业后,即留学美国,得卫斯莱大学硕士,回国后就在母校任教,一九二九年在北平与吴文藻结婚,一直到现在,过着很幸福的日子。

读过冰心作品的读者,自然要比庐隐的多,这是因为在高小和初中的国文教材里,都选了《寄小读者》的原故,所以十几岁的学生没有不知道谢冰心的。

冰心开始写小诗,还是她在贝满女中读书的时候,那时伏老主编晨报副刊,她常常投些散文小诗去,伏老大为称赞,每次都给她刊登出来,给与她很大的鼓励。

当我初次读她的诗集《春水》,《繁星》和小说《超人》的时候,我就断定冰心是一位闺秀作家,她的文字是那么美,那么清亮得像一泓"春水",我喜欢读,但又微微地感到有点不满足,这是什么原因呢?在嫩小的心灵里,我开始怀疑:难道世界上真像冰心所描写的那么美,那么可爱,那么富于同情心的吗?为什么她只看到光明的一面,快乐的一面,而没有告诉我们,在这世界上还有黑暗的一面,悲惨的一面,还有无数正在生死线上挣扎着的人群呢?

不过,后来,我终于了解了!一个作家的作品,是与他的生活环境,有着极密切的关系的。冰心的家庭环境太优美,太舒适,她自然会写出这么美,这么充满了母爱,充满了自然之美的文章,来安慰苦闷的读者的。

她的性情很温柔,身体很瘦弱,说得过火一点,真有弱不禁风的样子,记得一九四四年的秋天,她由重庆来到成都交涉版税的时候,她的母校燕大学生自治会曾请她讲演,讲题是《闲话燕园》,声音是那么小,即使坐在前三四排的人也听不清楚,于是有一位外国老太太站起来说:

"请你再大声一点讲好吗?"②

冰心这时虽然有点不好意思,但她的态度很镇静,她也用英语回答那位老太太:

"很对不起,我只能说这么大的声音。"

外国老太太,微笑着摇了摇头,现出莫可如何的样子,冰心仍旧坦然地继续着演说,声音的确太小,坐在后面的听众,有几位竟中途退席了。

等她讲完后,我们这一群专门去看她的朋友,很想和她一同走到东桂街去吃点心,顺便也好多谈一会,但她坚决地要坐洋车,为了要爱惜她的身体,我们替她雇了车子,自己走路回家。

冰心的生活,是很有纪律的,虽然在成都只有短短的一个星期,什么时

---

① 此说有误。冰心出生的时间当为1900年10月5日,农历庚子年闰八月十二日。
② 原文如此,有一字一顿之感。

候喝牛奶吃点心,什么时候睡午觉,都有一定的时间,据说还有一位外国朋友,每天很细心地在照应她。在重庆的时候,她住在歌乐山一座很幽静的小洋房里,过着全家欢聚的快乐生活,这时,她除了参政会开会,下山出席外,其余时间很少进城。

她过去的小说,除了《超人》,还有《往事》,《第一次宴会》,《冬儿姑娘》;散文有《寄小读者》,《南归》和《冰心游记》等。她的作品并不多,可是如果站在纯艺术的观点来批评,每篇都是很美的。抗战期间,她很少写作,曾用"男士"的笔名,出版了一部《关于女人》,里面写的都是她的几个亲属和朋友的故事,后来再版时,又改用了冰心真名。

胜利以后,她随她的丈夫吴文藻住在东京,去年曾回到北平去看她的孩子,女青年会曾请她讲演日本的妇女情形,有位朋友告诉我她的苍白的脸上,又多了口①道绉纹②,声音还是那么小,但精神比在成都时好多了。

许多人都把冰心当做我的姊姊,其实,我俩仅有一面之缘,但彼此神交已久,一见如故。去年我来到台湾,还有人问我:"你是什么时候由东京回国的?"我知道他误把我当做冰心了。

该文发表于《中国新闻》1949年第5卷第11期,第15页,系"中国作家回忆录之九"。据此可知:一、冰心的成都之行,起因在于版税的交涉,而非燕大校方的邀请;二、冰心在燕大演讲的时间是1944年秋,并非1943年春,演讲的题目是《闲话燕园》,而不是《闲话燕京》;三、冰心演讲后,雇乘洋车直接回到寓所,并未去"无醉不归小酒家"欢饮;四、冰心在成都逗留一周,并非"第二天"就返回重庆;五、冰心与冰莹只有"一面之缘",并未"多次会面"。

不过,冰心既是交涉版税,当与开明书店有所联系。查叶圣陶日记,果有记载:

10月13日(星期五)晨至华西坝看二宫,缘知冰心女士来蓉,住坝上,令探其确址。二宫探询再四,不获。卒往询其校吴校长,始知在一外国人家。按址往问,果遇见冰心,但即将外出游观,立于车次,遂约午后一时半再来。

返家,看祖璋稿一篇。饭后再乘车至华西坝,至则距约定时刻尚早,遂入观美国新闻处主办之照片展览。陈列者为各地战事照片,巴黎光复之照片已在其中,可见传递之迅速。片甚多,不暇细观,见超级空中堡垒之详照,其巨大实可惊人。

再至外国人家,晤冰心,与谈其著作之版权问题,并约定其《关于女人》一书,决校正后交我店重出。[10]

---

① 此处空格,疑有文字脱落。
② "绉纹",现作"皱纹"。

日记云冰心住外国人家，与谢冰莹文中所说有外国朋友悉心照料冰心，二者实可相互印证。

冰心毕业于燕京大学，又曾执教于此，对母校的感念，在1951年回国之前，屡屡见诸笔端。许正林有专文《冰心与燕京大学》[11]考述。但遗憾的是，该文并未涉及冰心与成都燕大的关系，本则短文狗尾续貂，或可起到补遗的作用。

参考文献：

[1] 卓如.冰心全传：上[M].石家庄：河北教育出版社，2007：440.
[2] 陈远.燕京大学1919—1952[M].杭州：浙江人民出版社，2013：168.
[3] 高增德，丁东.世纪学人自述：第1卷[M].北京：北京十月文艺出版社，2000：405.
[4] 陈恕.冰心全传[M].北京：中国青年出版社，2011：222.
[5] 康清莲，赵洪梅，程永伟.山路上的繁星：冰心在重庆[M].重庆：重庆大学出版社，2010
[6] 卓如.冰心全集：第八册[M].福州：海峡文艺出版社，2012：18
[7] 张玮瑛，王百强，钱辛波.燕京大学史稿[M].北京：人民中国出版社，1999：1326
[8] 严农.冰心、冰莹喜"相逢"[J].世纪，2004（5）：57~58
[9] 石楠.中国第一女兵：谢冰莹全传[M].南京：江苏文艺出版社，2008：343
[10] 商金林.叶圣陶抗战时期文集：第3卷[M].北京：人民教育出版社，2005：165~166
[11] 王炳根.冰心论集（四）：下册[M].福州：海峡文艺出版社，2009：386~399

惟其是脆嫩　何必是讥嘲
——也谈所谓"冰心—林徽因之争"

解志熙

摘要： 20世纪三四十年代的"冰心——林徽因之争"又被人提起并引发了新的争论。本文指出当年首发此论的沈从文、李健吾的说法本就不无片面性，折射着京派文人崇尚美丽的新风雅的人文理想和生活趣味；而冷眼旁观的冰心正是把这种美丽的新风雅当作一种人生现象加以典型化地描写，未必是针对具体人物的讽喻；虽然好强的林徽因面对冰心针对此种美丽风雅的批评一时颇感难堪，但她随后的创作转型表明她其实还是接受了冰心创作的启示；而20世纪40年代的冰心亦以清苦的潜心笔耕，心照不宣地回答了林徽因等对她在艰苦的抗战期间可能攀龙附凤的担心与批评。

关键词： 冰心；林徽因；沈从文；李健吾；京派；美丽的新风雅

作家间的互动自然也会有"不友善"因而令对方"不愉快"之处。冰心和林徽因之间的一些颇带较劲味的连续互动行为就是典型的事例。其中最引人注目的节目是冰心的小说《我们太太的客厅》所引发的反响，直到近年还有余响——所谓"林徽因冰心两大才女的恩怨情仇"之争，似乎成了近年热议的一个焦点问题。然而，这"两大才女"间的文学过节是否仅限于"太太的客厅"的范围，而其意义是否也仅限于文人相轻的意气呢？余窃有疑焉。因为，稍微扩大点视野而又仔细点观察的话，研究者就不难发现，所谓冰心与林徽因的文学过节，乃是一个比《我们太太的客厅》发生更早、范围更大、延续更久的连续互动过程，而其互动效应也相当复杂、意义更耐人寻味，远非一般所谓文人相轻、才女争锋那样简单。

作者简介：解志熙，清华大学教授，博士生导师，主要研究方向为中国现代文学。
本文原载：《汉语言文学研究》2011年第2卷第1期。

一、来自"我们太太的客厅"的观察：
沈从文和李健吾观点的片面性

查冰心与林徽因之间的文学过节，其最初的迹象据说是冰心在丁玲主编的《北斗》杂志创刊号（1931年9月出刊）上所刊《我劝你》一诗。此时的冰心已经搁笔一段时间了，但出于对丁玲文学才华的赞赏和不幸遭遇的同情，冰心还是提笔写了这首诗，以表示对丁玲的支持；而应丁玲之请去向冰心等北方女作家约稿的乃是沈从文，他既曾是丁玲的好友，更把林徽因视为生活和文学上的知音，所以当他从冰心那里拿到《我劝你》一诗后，立即敏感到这首诗的讽劝似有所指。对此，沈从文在1938年的一篇文章里有婉转的暗示：

> 冰心女士是白话文学运动初期人所熟知的一个女诗人。……直到她搁笔那一年，写了一篇长诗给另一个女人，告那人说，"惟有女人知道女人的心。""诗人的话是一天花雨，不可信。"那首诗写成后，似因忌讳，业已撕碎。当那破碎原稿被另一个好事者，从字篓中找出重抄，送给我这个好事编辑时，我曾听她念过几句。……那首诗是这个女诗人给另一个女诗人，用一种说教方式告给她不宜同另一个男诗人继续一种友谊。诗人的话既是一天花雨，女诗人说的当然也不在例外，这劝告末了不免成为"好事"。现在说来，已成为文坛掌故了。①

沈从文所说的冰心长诗，显然指的是发表在《北斗》上的《我劝你》，只是沈从文凭记忆援引，个别字词与原作有点出入，如"惟有女人知道女人的心"当作"只有女人知道女人的心"。看得出来，尽管沈从文下笔也有所顾忌，但他所谓"那首诗是这个女诗人给另一个女诗人，用一种说教方式告给她不宜同另一个男诗人继续一种友谊"，其实已经近乎说破了——在那时的北京文坛上，除了冰心"这个女诗人"外，那"另一个女诗人"及与其有特殊友谊的"另一个男诗人"，不就是林徽因和徐志摩么？并且，林徽因和徐志摩也恰好与冰心一同在《北斗》创刊号上发表了诗。事情如此巧合，很可能让所谓被讽劝者颇觉尴尬吧，但事实上，《我劝你》并未讽劝住什么人。到1933年9—10月间，冰心又在京派文学主阵地《大公报》"文艺副刊"上连载了小说《我们太太的客厅》，也立即被眼尖的京派文人看出来是讽刺林徽因及其沙龙文友之作，所以据说这篇小说不仅让林徽因本人很生气，而且几乎招致了京派文人们的"众怒"。比如一向温厚的李健吾在10年之后，还颇动感情地指证说：

> 冰心写了一篇小说《太太的客厅》讽刺她（指林徽因——引者按），因为每星期六下午，便有若干朋友以她为中心谈论时代应有的种种现象和问题。

---

① 沈从文：《谈朗诵诗》，《沈从文全集》，第17卷，234~244页，太原，北岳文艺出版社，2002。

她恰好由山西调察庙宇回到北平,她带了一坛又陈又香的山西醋,立时叫人送给冰心吃用。她们是朋友,同时又是仇敌。……①

由于沈从文和李健吾都是人文俱佳、普受尊敬的作家和批评家,话既然从他们口中说出,那就不由人不信其为事实了,那也就难怪"林徽因冰心两大才女的恩怨情仇"成了近年的学界热门话题,介入论争的冰心、林徽因研究者都是严肃的学者,但若情不自禁地以各自研究对象的拥护者自居,也难免会因个人的偏爱而把问题的讨论引向简单化以至庸俗化。其实,揆诸情理,平心而论,才女也罢、女作家也罢,也都是凡人,她们之间的关系有合与不合,都是人之常情,倘若她们只是相互恭维或只要对方恭维叫好,那倒未必是好事——谓天下之美尽在是矣,非美之也,是谀之也。

事实上,简单化的倾向在沈从文和李健吾当年的言论里就已肇其端。他们所谓讽劝或讽刺林徽因之说,原不过是他们基于个人阅读感受和个人偏爱而来的猜测之词,冰心自己既没有宣布说她写那些作品是讽刺林徽因,谁又能断言她必定有那个意思呢?当然了,我这样说似乎有点跟两位前辈抬杠的味道了,那么我愿意坦率地承认,我倒是倾向于相信冰心这些作品里确有林徽因的影子,否则林徽因的好友们也不至于一眼就认出了女主人的原型、林徽因自己也不至于如李健吾所说生气到给冰心送醋的地步了?可问题是,即使在冰心的这些作品里有林徽因的影子,那也不能简单地说她就是直接针对林徽因的"多事"讽劝或有意"讽刺",更难说冰心的讽刺是由于她和林徽因是什么"仇敌"云云。因为,一个作家的创作总是基于自己的切身经验以及观察周围世界而来的间接经验,当他觉得这些经验足够典型、值得一写的时候,自然会把它们写进创作里去,而进入创作里的经验也必定会有所增删、变形、夸张,才能成为更有普遍意义的文学典型,也因此读者从某一作品里看到自己的以及熟人的某些影子,自不必大惊小怪,更不必简单地把文学形象与自己或自己的熟人画等号。对这样一个文学常识,身为名批评家兼作家的李健吾不可能不知;而身为名作家的沈从文自己就不止一次地这么创作过,他的小说《八骏图》和《自杀》就是著名的两例。有一位迂执的教授曾自动与后一篇中人对号入座,以为那作品是骂他的,沈从文不得不写信给他,诚恳地解释说:

我给您写这个信的意思,就是劝您别在一个文学作品里找寻您自己,折磨您自己,也毁坏了作品艺术价值。其中也许有些地方同您相近,但绝不是骂您讽您。我写小说,将近十年还不离学习期间,目的始终不变,就是用文字去描绘一角人生,说明一种现象,既不需要攻击谁,也无兴味攻击谁。一

---

① 西渭(李健吾):《林徽因》,《作家笔会》,30页,上海,春秋杂志社和四维出版社,1945。

个作品有它应有的尊严目的，那目的在解释人类某一问题，与讽嘲个人的流行幽默相去实在太远了。您那不愉快只是您个人生活态度促成，我作品却不应当负责的。①

这话说得真好，借过来足释至今所谓"冰心——林徽因之争"之众疑。

然则，为什么像沈从文这样富有经验的作家和像李健吾这样深明文理的批评家，会对林徽因的"不愉快"那么在意以至念念不忘，却对所谓冰心的"讽刺"耿耿于怀而毫无耐心去体会其作品的意义呢？这里面当然难免个人的偏爱与偏见。沈从文在20世纪30年代初致友人的一封信中就说过："冰心则永远写不出家庭亲子爱以外"②，"西渭"即李健吾在《林徽因》一文中标举出他欣赏的几位女作家，而独独把冰心排除在外，也都是基于同样的理由。人有偏爱，本不足怪。可是，沈从文和李健吾对所谓"冰心——林徽因之争"竟然那么敏感和在意，这恐怕就不止是单纯的个人偏好，而不能不牵涉到京派文人的人文理想及其限度了。

二、美丽的新风雅：
京派的人文理想和冰心的冷眼旁观

此事说来话长，这里只能长话短说。就个人之管见，20世纪30年代前期聚集起来的京派文人，多是社会地位相对稳定、生活条件较为优裕，因而可以比较从容地追求学艺的学院中人。他们当然也对现实有所不满，但又不愿像左、右翼文人那样被介入现实所累，所以企图走一条与社会现实不即不离而能超越左右羁绊的中间路线，着意在风雨飘摇的十字街头之塔上构建其独立的"自己的园地"，倾心以"距离的美学"在不完全的现世营造一种与世无争、情理调适、趣味风雅的"生活之艺术"，这同时也就成为他们的文章艺术之精魂。由于京派文人的这种人文理想既汲取了西方从浪漫到现代的新风尚，而又承袭了中国本土的清流文人士大夫悠然自得的旧风雅，所以我觉得可以称之为"现代的新风雅"，恰与海派之"摩登的新感觉"相对应也相补充，共同丰富了20世纪30年代的文化与文学。而不论是"现代的新风雅"还是"摩登的新感觉"，都瞩望于人和文贯通一体、生活与创作打成一片。就京派文人而言，最让大家敬仰的人文典范，当然是苦雨宅里的知堂先生，而最吸引人的人文典型，则非林徽因莫属。知堂的境界自然不是一般人所可企及的，加之知堂人到中年后的"生活之艺术"也不免清寂了些，所以大家虽心向往之，但能至者并不多，所以常到苦雨宅的只有几个偏爱中式风雅趣味的现代名士；林徽因的风雅显然更富现代情趣，所以比较喜欢西式浪漫风尚的现

---

① 沈从文：《废邮存底·五·给某教授》，《沈从文全集》，第17卷，193页，太原，北岳文艺出版社，2002。

② 沈从文：《复王际真》，《沈从文全集》，第18卷，39页，太原，北岳文艺出版社，2002。

代文人，就多去她的客厅了。由此，京派文人集团又隐然分为两个并行不悖、间有交错的小圈子。李健吾和沈从文都是林徽因客厅的常客。顺便说一句，有研究者以为李健吾之所以对林徽因念念不忘，是因为当年还默默无闻的他得到了当时文学界知名"大作家"林徽因的提携而心存感激，这恐怕有点错会了意。实际上，当李健吾去见林徽因的时候，他已是创作10年、颇有成就的知名作家了，而林徽因则不论在学术和创作上都还在起步阶段。然则李健吾为何会对林徽因的赞赏那么感激莫名呢？这可能别有原因。那时的李健吾刚留法归来，欧洲的沙龙文艺传统不仅是他熟知的也是他向慕的，那样的沙龙女主人均出于上流社会或富有之家，人首先必须漂亮善交际，其次当然最好也能略通风雅，但是否真有文学才能和文学成就，那其实并不重要，因为文人艺术家乃是把沙龙女主人当作一个可触发创作灵感的"文艺女神"之化身、一个浪漫的"生活之艺术"的偶像来看待的。就此而言，出身世家、留学欧美、美丽风雅的林徽因，不仅在那时的中国委实是独一无二的美丽才女，而且在世界范围内也可谓颖然秀出的美之化身，即使与主持布卢姆斯伯里知识精英沙龙的维吉尼亚·伍尔芙相比，恐怕也不遑多让——林徽因确实像伍尔芙一样极富文学天赋，但伍尔芙却未必能与林徽因媲美了。正是这一切，使得林徽因的客厅成了最吸引京派文人学者的去处。像李健吾一样，沈从文也对林徽因敬慕有加。尽管沈从文日常自许为"乡下人"而对"城里人"颇多讽刺，但那或许只是个表象，他骨子里其实是个特别向往现代新文化，尤其渴望浪漫感情生活的人，所以在他心目中浪漫风雅的林徽因不仅是自己文学上的知音，而且是情感生活的导师。有一则故事恰好说明了这一点。那是1934年的一天，林徽因在家中接待了沈从文。那时的沈从文还在新婚的余韵中，写于蜜月中的小说《边城》也正好推出，赢得了一片喝彩，所以朋友们都觉得苦熬多年的沈从文如今可谓感情与创作的双丰收，真是生活在美满幸福的生活之中，谁也没有想到他正深深地陷在一场婚外恋中而备受煎熬。深感难以自拔的沈从文不得不去向林徽因求教和求救。听着沈从文激动地倾诉其感情的困扰，林徽因十分惊讶而又非常惊喜，因为她由此发现了一个与自己有着相同苦恼的现代人沈从文。在开导了沈从文之后，林徽因特地写信给美国友人费正清、费慰梅夫妇报告了自己的这一发现：

> 不管你接不接受，这就是事实。而恰恰又是他，这个安静、善解人意、"多情"而又"坚毅"的人，一位小说家，又是如此一位天才。他使自己陷入这样一种感情纠葛，像任何一个初出茅庐的小青年一样，对这种事陷于绝望。他的诗人气质造了他自己的反，使他对生活和其中的冲突茫然不知所措，这使我想到雪莱，也回想起志摩与他世俗苦痛的拼搏。可我又禁不住觉得好玩。他那天早上竟是那么的迷人和讨人喜欢！而我坐在那里，又老又疲惫地跟他谈、骂他、劝他，和他讨论生活及其曲折，人类的天性、其动人之处及其中的悲剧、理想和现实！……

过去我从没想到过，像他那样一个人，生活和成长的道路如此地不同，竟然会有我如此熟悉的感情，也被在别的景况下我所熟知的同样的问题所困扰。这对我是一个崭新的经历。而这就是为什么我认为普罗文学毫无道理的缘故。好的文学作品就是好的文学作品，而不管其人的意识形态如何。今后我将对自己的写作重具信心，就像老金一直期望于我和试图让我认识到其价值一样。万岁！①

在某种意义上，林徽因的这封信及其所说故事乃是京派文人浪漫风雅的艺术生活之实例，就像在某种意义上，林徽因本人乃正是不少京派文人心目中的文艺女神之化身一样，而当时的李健吾和沈从文正执迷于此，此所以当他们敏感到冰心的诗文对林徽因及其沙龙文友们有所讽喻时，才会那么在意和不快，也正因为执迷于此，他们也就难以自我反省其限度或局限，从而既低估了冰心诗文的意义，又夸大了林徽因的气愤且低估了她的反应态度和反省能力。

诚然，冰心在"五四"及20世纪20年代的创作，大致如沈从文所说"不出家庭亲子爱以外"。可是，当沈从文在20世纪30年代初断言"冰心则永远写不出家庭亲子爱以外"，那就未免武断而且不无偏见了。乍一看，冰心在20世纪20年代末30年代初创作量确是在锐减，但这并不意味着她就故步自封、停滞不前了，事实上那时的冰心正在默默调整着自己的文学路向，努力扩大自己的社会和文学视野。这个自我调整和扩展的初步成果，就是不久之后陆续写出的《我劝你》和《我们太太的客厅》等诗文。此时的冰心之灵气和才气，或许不如年轻的林徽因那么灵光，但论修养、经验、眼界和气度，则人到中年的冰心就非年轻气盛的林徽因可比了。众所周知，冰心也曾是大家闺秀，并且也是见过摩登浪漫世面的过来人，但其为人与为文却始终不失朴实，而看人看事则眼光锐利而且严肃，所以她对20世纪30年代京派文人怡然自得的那种现代新风雅恐怕并不怎么欣赏。唯其如此，尽管冰心的资历足够而且人也常在北京，她却从不介入京派的活动，倒是冷眼旁观着那些现代风雅的排场、美丽浪漫的做派，自不免觉得那风雅也有雅得俗不可耐之处、那浪漫也有虚荣自私的成分，其神气活现已足为某一类生活现象和某一类人物性格之代表，于是也就顺手把自己的观察写进了《我劝你》和《我们太太的客厅》等诗文中。所以无须讳言，在冰心的这些诗文中显然有林徽因以及不少京派人士的影子，当然，她在写作过程中也有所取舍、夸张和变形，即所谓文学的"典型化"，至于其创作目的，则恰可借用沈从文自我解释其作品的话来说，"就是用文字去描绘一角人生，说明一种现象，既不需要攻击谁，也无兴味攻击谁"。如果说这些作品有所讽刺的话，它们的锋芒实乃是指向摩登浪漫而不免虚荣造作

---

① 林徽因：《致费正清、费慰梅·一（1934年）》，见梁从诫编：《林徽因文集·文学卷》，345~355页，天津，百花文艺出版社，1999。

的生活方式和艺术趣味的,而并非刻意要跟哪个人过不去或对谁拈酸吃醋了。就此而言,冰心的这些作品乃是迥然不同于流行风尚的反浪漫——反摩登之作,不仅鲜明地标志着她自己的创作走出了"家庭亲子爱以外",而且在现代文学史上也具有不可轻忽的开创意义——自此之后,这类反浪漫——反摩登之作就不绝如缕,其集大成者则是钱锺书的长篇小说《围城》。可惜的是,由于太执迷于京派的现代风雅趣味,沈从文以及李健吾都不能认识冰心这些新作的独特意义,却只把它们简单地视为讽刺林徽因之作。而难能可贵的是,冰心自己既不纠缠于此,也没有京派文人那样的对左翼文学的傲慢与偏见。所以,当她看到丁玲在《北斗》上连载的小说《水》和在《文学月报》上发表的小说《夜会》后,她曾发自衷心地赞扬丁玲"有魄力,《水》,《夜会》都写得非常好",而自叹"这是每人的个性,勉强不来的"[1]。但其实冰心还是从左翼文学,尤其是在丁玲的左翼"新小说"中受到触动和推动,从而很快就致力于新的尝试,如小说《冬儿姑娘》(1933年11月写、次年1月发表在《文学季刊》第1卷第1期)就是一例。

至于林徽因看了《我劝你》尤其是《我们太太的客厅》之后,是否当真生气到送醋给冰心吃,抑或那只是李健吾的夸张渲染之词,已不可考,但她看了这些诗文后肯定不愉快,那大概是没有疑问的。这在她1936年夏受萧乾之托为《大公报》文艺副刊编"小说选"时有所表现。据说该书的编选范围是"一年多"来《大公报》文艺副刊所刊发的小说,但其实选文涵盖了从1933年9月《大公报》文艺副刊创刊以至1935年9月这两年间的小说,所以林徽因选了她很欣赏的萧乾小说处女作《蚕》(1933年11月1日发表)以及塞先艾的小说《美丽的梦》(1933年10月1日发表),可是却舍弃了同一时期的冰心小说《我们太太的客厅》(1933年9月27日至10月21日连载)。且不论冰心当时的社会地位和文学地位远非萧乾、塞先艾以至林徽因可比,单就这篇小说对生活现象、人性隐微的慧眼发现及其相当成熟的艺术来说,它也是理应入选的,然则为什么被摈弃了呢?我觉得有理由判定林徽因这样做不是出于忌妒,而是由于生气。当然,以林徽因的聪明,她是不会直接表白自己很生气的,而是绕着弯在该书"题记"里借论《大公报》文艺副刊上的小说创作之演变来说事:

> 前一时代在流畅文字的烟幕下,刻薄地以讽刺个人博取流行幽默的小说,现已无形地摈出努力创造者的门外,衰灭下去几至绝迹。这个情形实在也是值得我们作者和读者额手称庆的好现象。[2]

所谓《大公报》文艺副刊"前一时代"讽刺个人的小说,不就是《我们太太的客

---

[1] 子冈:《冰心女士访问记》,《妇女生活》第1卷第5期,1935年11月1日出版。
[2] 林徽因:《文艺丛刊小说选题记》,《大公报文艺丛刊小说选》,大公报馆,1936年8月初版,此据同年10月的再版本,上海书店,1990年影印。

厅》吗?看来林徽因是当真生冰心的气了。生气自然情有可原,然而毕竟理不直气不壮,因为诚如沈从文面对对号入座者而为其小说《自杀》所做的辩解:"其中也许有些地方同您相近,但绝不是骂您讽您。……一个作品有它应有的尊严目的,那目的在解释人类某一问题,与讽嘲个人的流行幽默相去实在太远了。您那不愉快只是您个人生活态度促成,我作品却不应当负责的。"对这个简单的文学常识,林徽因不可能不懂。然而道理归道理,人情自人情,尤其对照着据说是她为沈从文开编《大公报》文艺副刊而写的代发刊词《惟其是脆嫩》里的话:

> 难道现在的我们这时代没有形形色色的人物、喜剧悲剧般的人生作题?难道我们现实没有美丽、没有风雅,没有丑陋、恐慌,没有感慨,没有希望?![1]

侃侃而谈的林徽因大概没有想到,她话音刚落,《我们太太的客厅》就出现在《大公报》文艺副刊上,而这篇小说显然是把所谓"美丽风雅"的人事当喜剧来写的。当然,冰心未必是有意跟林徽因唱对台戏的,一则冰心并不是那样一个促狭的人,二则她也不大可能在看了林徽因的代发刊词之后短短三五天里,就立即构写出这样一篇相当复杂并且超越了其既往写作路向的小说,而更可能是应沈从文的约稿遂将自己长期的观察和思考付诸笔端而已。但无论如何,冰心的这篇喜剧性地拿当时上流社会"美丽风雅"做派作为题材的小说,紧接着林徽因的代发刊词《惟其是脆嫩》而在《大公报》文艺副刊第2期上开始连载,也的确巧合得让林徽因起疑和尴尬。才女也是人,即使是深明文理的林徽因也有理不胜情的时候,她碰到如此令人扫兴和尴尬的巧合,自然觉得面子上下不来,而惟其正乃当年被京派文人学者趋奉为北京客厅里最美丽风雅的太太,那就难怪她特别地生气了。

三、毕竟不一般:
林徽因和冰心心照不宣地相互回应

但是,林徽因毕竟非同寻常。即使她觉得冰心的文学行为是"不友善"的因而颇为生气之时,她的反应也是有分寸的,并且正因为冰心的作品喜剧性地描写了一些上流社会人士附庸风雅而其实雅得俗不可耐的做派,这对年轻的林徽因来说真不啻当头一棒,促使她警醒和反省,从而不论在做人还是在作文上都努力摆脱某种来自上流社会的傲慢与偏见,而将同情和肯定的眼光投向社会底层。这也就是说,一场不愉快的文学过节也会有积极的互动效应。

那积极的互动效应在文学上的表现,就是从此之后林徽因的文学创作其实深受冰心创作动向之影响,二人由此开始了一场心照不宣而又堪称积极的文学

---

[1] 徽音(林徽因):《惟其是脆嫩》,《大公报》文艺副刊第1期,1933年9月23日。

竞争。

比如说吧，冰心在《我们太太的客厅》里不仅写了一位美丽风雅、摩登浪漫的太太，而且写了一个洋气十足、附庸风雅的侍女Daisy，紧接着她又写了《冬儿姑娘》和《相片》两篇小说。前者通过一个老妈子的絮絮叨叨而又不无自豪的叙述，成功地塑造了一位"穷人的孩子早当家"的冬儿姑娘之自尊自立的形象，后者则非常细腻地描写了一个来自美国的小姐与她的中国养女之间的复杂关系——这位美国小姐厌烦美国的浮华生活，欣赏养女的娴静并同情其不幸遭遇，所以收养了她，二人情同母女、相依为命，可是当她带着养女回到美国后，发现养女因为爱情而日渐活泼，显示出青春的活力时，她又怅然若失，想带着养女回到她的"中国"了。由于所谓"太太的客厅"事件的刺激，林徽因自然很关心冰心接下来会写些什么，所以我们有理由相信她是看过冰心的这一系列新作的。然则林徽因会做出什么样的文学反应呢？她的文学反应就是创作出了《九十九度中》《文珍》和《梅真与他们》等一系列作品。这些作品，尤其是《九十九度中》，近年来颇受重视——重视它在艺术上的成功，特别是引入意识流的成功，但研究者似乎忽视了它不同既往的"思想意识"之改变。其实，改变后者比运用前者更难，所以殊为难得。读者应该不难发现，这篇作品在当年北平城罕见的九十九度高温下，通过一场寿宴和一场喜宴，不动声色地串联起北平社会的三教九流，上至福气逼人的达官富贾，下至为生存挣扎的贩夫走卒，中间穿插着婚姻不自由者的感伤和小丫鬟的饥饿，……既显示出难得的艺术笔力，也显示出难能可贵的社会关怀以至某种阶级分析意识。这在那时竞写着恋爱的悲欢、现代的风雅的京派文学中确实是独树一帜的。而推原林徽因在思想意识上的进步，则不能不说与冰心的"刺激"以及冰心所推崇的丁玲的创作之间接推动有关。最能说明这种推动的，乃是《文珍》和《梅真与他们》二篇。这二篇都以一个大家庭的丫鬟或者说上流社会之家的侍女作为主角，在前者是文珍，在后者是梅真。文珍是一个很能干但也很自尊因而绝不愿受上流社会"提拔"或"照顾"的丫鬟，而同样能干且很自尊的侍女梅真则在那个不属于她的家里处境尴尬，因为那个家既让她受过一定的教育，又让她处处为难，同样为难的还有她喜欢的二少爷，他们最后能否打破传统的偏见、结为青春的伴侣，面临着许多困难。《梅真与他们》并没有写完，归根结底与这个难题有关。无论如何，这些颇有个性光彩的丫鬟侍女形象能够出现在林徽因笔下，显然与冰心作品的刺激和启发有关。换言之，正是冰心的作品以及她所推重的丁玲的作品，推动着林徽因摆脱傲慢和偏见，进而走出她的客厅以外，看到底层妇女所处的不公平地位及其人格自尊，从而给予了倾注着深切同情和可贵理解地书写。尽管林徽因这么写带有对冰心不服输的意味，但其实当她这么做的时候已暗含着对冰心文学观的认同。然则，还有什么比这样的文学竞争更有意义呢？

同样不俗的是冰心对林徽因等人的一些争议的回应。

那是在1940年年底，冰心因为丈夫吴文藻"到设在重庆的国民党政府国防最高委员会参事室担任参事"①，一向夫唱妇随的她也便随丈夫举家迁往重庆。而恰在这时沈兹九因事辞去了宋美龄任指导长的"新生活运动妇女指导委员会"文化事业组组长的职务，宋美龄就热情邀请冰心来渝代行文化事业组组长职务，首先负责"蒋夫人文学奖金"征文卷的阅卷、评奖事宜。考虑到宋美龄原是美国威尔斯利大学的老学长，所以一向洁身自好的冰心只好应允，但答应只是暂代文化事业组的组长。此事本来无可非议，但那时的高级知识分子比较清高、好以远离官场自诩，所以一时之间也颇有人以攀龙附凤议论冰心。林徽因及其一些欣赏者就持这种看法。如林徽因在当年11月给其美国友人费慰梅、费正清夫妇的一封信里，就不无讥嘲地报告说：

  但是朋友"Icy Heart"却将飞往重庆去做官（再没有比这更无聊和更无用的事了），她全家将乘飞机，家当将由一辆靠拉关系弄来的注册卡车全部运走，而时下成百有真正重要职务的人却因为汽油受限而不得旅行。她对我们国家一定是太有价值了！很抱歉，告诉你们这么一条没劲的消息！这里的事情各不相同，有非常坚毅的，也有让人十分扫兴和无聊的。这也是生活。②

  这是林徽因风闻冰心将行未行之际所写的私信，显然有些猜测臆断之词。但这样的议论却似乎在京派文人学者中暗暗流传不绝——直到两年之后，傅斯年在为梁氏昆仲及林徽因请求救济而写给国民政府教育部长朱家骅的信中，有谓"思成之困，是因其夫人林徽音女士生了T.B.，卧床二年矣。……其夫人，今之女学士，才学至少在谢冰心辈之上"③，仍以冰心的才情与职位之不称为辞，足见成见与偏见之误人。其实，林徽因与冰心才性不同，未必可以是此非彼，而冰心作为新文学女作家的首座之地位乃是历史形成的，其他女作家纵使年轻才高，恐怕也无法而且也无须去挑战一个既成事实，更何况20世纪三四十年代的冰心在创作上又有新的进展，只是她不是那样露才扬己的人，傅斯年有所不知罢了。不难想象，对诸如此类的议论，包括林徽因的议论，冰心虽然不可能亲耳听到，却不可能没有预感和风闻，但她却不以为忤，因为她知道人们那样说乃是秉持着君子爱人也以德故责之也严的人文传统，所以其实并无恶意而是为她可惜的。也正因为如此，冰心并没有让人们担心的事情在她身上发生：在1940年年终完成了"蒋夫人文学奖金"征文卷的阅卷及评奖工作之后，她婉言退回了文化事业组组长的聘书与薪

---

① 中央民族大学纪念吴文藻先生诞辰95周年筹备委员会：《中国著名学者吴文藻先生介绍》，《吴文藻纪念文集》，299页，北京，中央民族大学出版社，1997。
② 林徽因：《致费正清费慰梅·十三（1940年11月）》，见梁从诫编《林徽因文集．文学卷》379~380页。按，林徽因信中的"Icy Heart"即指冰心。
③ 《傅斯年致朱家骅》，附录于梁从诫编《林徽因文集·文学卷》——此处引文见该书第393~394页。

金，继续过自己清苦的作家生涯。稍后，冰心索性告别热闹的重庆，迁居到郊外的歌乐山，以无可挑剔的安贫乐道的5年"潜庐"笔耕岁月，回答了包括林徽因在内的文坛学界友朋们的议论、怀疑和担心，而也正是在这段潜心笔耕的岁月里，冰心迎来了她的创作的第二个收获期，贡献出了一系列被叶圣陶称誉为"苍劲朴茂"[①]的散文佳作……

韩子《争臣论》云："《传》曰：'惟善人能受尽言。'谓其闻而能改之也。"林徽因和傅斯年等人事前事后的讽议虽然不过是因风生议，但冰心既没有生气也从未剖白自己的委屈，而是默默地忍受着、静静地以行动回答了他们的误解。"人不知而不愠"，这就是冰心的风度。

[①] 翰先（叶圣陶）：《男士的〈我的同班〉》，见1943年3月19日出版的《国文杂志》第1卷第4—5号合刊。

学林人瑞粲若花
——苏雪林与冰心、谢冰莹关系研究

李灵

摘要：苏雪林、冰心、谢冰莹是名满文坛的三作家。苏雪林与冰心交往虽未频繁，但始终意气相投；自苏雪林入台后，与谢冰莹成为最亲密的朋友，为文坛留下一段佳话。人生艺术理想的相近，行文风格的趋同与接受心理的逆反，教义精魂的共同体认，使苏雪林与冰心、谢冰莹心灵相通，为真诚的友谊打开一扇门，也为新文学留下一段令人回味的佳话。

关键词：苏雪林；冰心；谢冰莹；关系

20世纪90年代中国文坛有三大著名女寿星：谢冰心（1900—1999），苏雪林（1897—1999），谢冰莹（1906—2000）。三人融东方才女气质与自我体认精神于一体，或婉约典雅，或轻灵隽永，或豪情晓畅，成为新文学一道永不磨灭的绚丽风景。苏雪林与冰心、谢冰莹既是文友，更存真挚友谊。苏雪林认为冰心是"中国新诗界，最早有天分的诗人"[1](76)，又夸赞冰心的作品含有"永久的兴味"[1](354)。而冰心也在1987年3月7日《人民日报》发表的《入世才人粲若花》里写道："五四时代，我们的前辈有袁昌英和陈衡哲先生，与我们同时的有黄庐隐、苏雪林和冯沅君。"[2]对苏雪林持肯定态度。苏雪林称许谢冰莹"文笔简洁流利，热情动人"[1](252)，谢冰莹更是欣赏苏雪林生性"慷慨、豪爽、急公好义、乐于助人"[3](45)。"她的写作天才是多方面的，小说、散文、诗歌、神话、文学理论、训诂考据，样样都好。"[3](47)她们相互认同，诚心以待，成为现代文坛一段令人回味的友谊佳话。本文通过探讨苏雪林与冰心、谢冰莹的关系，追踪三人亲密友谊的成因，挖掘潜藏于她们性格中的内在真实，剖析其作文上的一些深层理据。

一、相识与友谊

众所周知，冰心成名于20世纪20年代，且文名长盛不衰。自1919年8月25

作者简介：李灵（1988—　），女，广西桂林人，在读研究生，主要研究方向为中国现当代文学。
本文原载：《阜阳师范学院学报（社会科学版）》2013年第5期总第155期。

日在北京《晨报》公开发表第一篇文章《二十一日听审的感想》,又接连发表小说《两个家庭》《斯人独憔悴》《超人》,诗集《繁星》《春水》等,当年20岁出头的冰心,已经名满中国文坛。三人中,苏雪林与冰心最先相识,1919年就读北京女子高等师范的苏雪林经常在《晨报》上读到冰心的小诗《繁星》和《春水》,被冰心清新流利,造法自然,而又蕴含深邃哲理的风采所折服。"我既景仰冰心,很想去拜访她,请教请教做新诗的方法,只是自己秉性十分羞怯,竟未敢实行。"[4] 但由衷地喜欢终于付诸行动,1928—1929年间苏雪林住在上海,冰心有一次因事去沪,住在当时最豪华的亚东大饭店里。苏雪林闻知后,也不由人介绍,独自赴饭店拜访。这是苏雪林第一次见到倾心已久的名作家。冰心回北京后,苏雪林还写了几封长信给她,并"劝冰心易母爱为民族大爱,多作长篇史诗,宣扬历史上民族英雄可歌可泣的故事;用以激扬国人的爱国精神"[4]。不知何故,冰心并未回复。一向自尊的苏雪林也未因此怪罪冰心,反而责怪自己鲁莽并感到愧疚。抗战末期,冰心为《中国妇女月刊》总编辑。冰心为着催促苏雪林之稿,曾亲笔写了封短简给苏雪林。苏雪林非常珍视,原想好好保存,但因屡次迁移而散佚。1949年2月,苏雪林从武汉坐船到上海,又经由香港赴巴黎,最后落脚台湾,两位老人至此40年不通音讯。直到1989年10月5日,苏雪林在《台湾新生报》上发表《我与冰心》时,她们才有互通鱼雁的记载:"今借两岸交流的机会,与她稍通音讯,居然获得她的回馈,心里未免高兴。"1990年7月4日,苏雪林的日记中记载著名民间中国现代文学研究者秦贤次来台南看望自己,"并云八月间将赴大陆,我以为他去探亲,他说自己是台湾人,大陆无亲可探,去是买书、拜谒老作家,如冰心、巴金、吴祖光、萧乾等,余加施蛰存一名,云是熟人,又说萧乾、冰心皆熟人,请代问好,秦叫我带给冰心一点礼物,余赠二、三十年代作家与作品精装者一册,又遯斋随笔一册,赠秦遯书一本、文选一册"[5]。当时,苏雪林代请秦贤次告达冰心,在自己《二三十年代的作家与作品》中对冰心共有三章介绍,即冰心的诗、散文、小说各为一章。别的作家仅二章或一章,可见重视。"秦君不久就回来了,说见到冰心,并与她同拍彩照,又带回冰心赠我书两册,一册是《冰心文集》,厚而且大,约有六百数十页,一册名《冰心读本》,好像是给小朋友看的,则薄而且小。两书冰心都亲笔题了上下款,并盖了章。上款是'雪林吾姊正',下款是'冰心'二字。笔致挺秀,十分可爱。"[5] 苏雪林得冰心赠书后,非常珍惜,每有客到,必搬出炫耀一番。因为大陆和台湾的简繁不一,苏雪林对简体字不是很了解,但是为了读通冰心简体横排的两书她特意买了字典,情谊毕现。在苏雪林与冰心晚年数次通信中,苏雪林劝冰心写自传:"像你这样的大作家不写自传是多么可惜。"冰心回信说她正在写,信末总是"亲你,亲你"。杨静宜写道:"只这两个字,就把跋涉过一个世纪的两位老人的心拴到一起,带回到无猜无忌的童年。多么可爱的稚子之心!多么可爱的人间至情!"[6]

苏雪林与谢冰莹的友谊主要建立在苏雪林入台之后,直至苏雪林去世,两人四五十年情同姐妹。苏雪林1952年7月28日到达台湾,而1948年夏,谢冰莹接到台湾梁舒聘请她任教于台湾师范学院(后改为台湾师范大学)中文系的书信和聘书,并于同年8月下旬离开上海赴台上任。苏雪林初来乍到,谢冰莹多方照拂。如苏雪林在武大与袁昌英般,她在台湾师范大学与谢冰莹几乎日有往来。两人共谈文学,分享教学之事,一起访友谈友,度假散心,十分融洽。两人的友谊以下4方面可证:第一,学林共勉。苏雪林与谢冰莹毕生都追求事业的高峰,倡导女性的独立,反对成为男权社会的附庸。她们在实践自己的人生理想时,互勉互携。诸如苏雪林1952年12月6日日记记载的谢冰莹来向其请教《春江花月夜》之韵及作诗之法等写作问题的交往已成为她们为文之乐[7](161~162)。苏雪林不厌其烦地为友荐文,"昨日所看谢冰莹我怎样写作,下课回家匆匆阅览,十万字之书居然阅毕,觉得内容内甚为丰富,值得介绍"[8],此类例证比比皆是。当遇到学林喜悦之声时,互贺互慰。1957年台湾"中华日报"学术评审会新聘会员苏雪林、谢冰莹都入选,苏雪林难掩兴奋,立即致信谢冰莹共贺[7](282)。这种事业途上的互携拉近了两位作家的距离。第二,生活相依。苏谢是生活挚友,旦夕往来,嘘寒问暖,同舟共济,聚首谈心已成为其生活之习。如1962年8月谢冰莹丈夫贾伊箴自南洋回台,苏雪林送谢毛巾被,谓为谢鸳梦重温之贺礼,并积极为贾先生介绍大学教席职位。谢冰莹1957年想去南洋,苏雪林闻谢之旅费由谢卖女儿钢琴凑足,心里极为自责。她在1957年8月2日的日记中写道:"早知如此,余应将美金早日设法带去。譬如方神父率领大专公教学生来台南,彼时托一学生带去,则冰莹可省卖琴之苦矣。唯余生性迟钝,以为他人亦然,且认为冰莹出国,请出境护照不得如何顺利,若等待她护照到手,然后将钱寄去,想不到女兵行动静如处女、出如脱兔,护照居然到手,且一到手即又购得飞机票也。"[7](288)而谢冰莹对苏雪林也极为慷慨,曾想将《女兵日记》版税6万元汇给苏雪林,苏坚持不受而已。谢冰莹在台北,苏雪林住台南时,苏每次赴台北均到谢家,看望谢冰莹,并促膝长谈。而谢也不辞辛劳地去车站接送苏雪林。谢冰莹去台南,喜与苏共榻,抵足夜话。第三,鱼雁致音。苏雪林到台南,与谢冰莹几乎日写一信。谢冰莹赴美旧金山,两人通信也极为频繁。如一方久不来信,另一方便心绪不宁。苏雪林因太珍视这个朋友,对于谢冰莹写信像写条子,寥寥数语,不能谈心,殊为恼火,并言以后自己采取同样的态度对之。果然如此后,谢冰莹写便条云盼苏信,否则失眠。两人借通信了解近况,表达关怀。"今日得冰莹信,附来近照一小张,人甚憔悴,为前所未见,可见她旅行美国三个月之劳累,回台湾又不能休息,究竟年龄不饶人,逼出老态,余心为恻然。"[9]谢冰莹晚年患老年痴呆症,苏雪林信件更为频仍,并常为谢暗自落泪。第四,乡愁互慰。苏谢两人都是由大陆入台之人。对于家乡魂牵梦萦,这也无形中成为两人感情的联结点。正如谢冰莹在《故乡的云》中表达的对故乡湖南白云、流水、彩霞、红叶的无限向往般,回大陆,一直是两人的夙愿。1998年5月,苏雪林回到家乡安徽太平,游览了黄山,参加了安徽大学70周年校庆活动,完成暮年之愿。而谢冰莹直到终老旧金山未能回大陆，逝世前她曾说："如果我不幸地死在美国，就要火葬，然后把骨灰洒在金门大桥下，让太平洋的海水把我飘回去。"同样的乡愁，诸多的无奈，道出她们内心诉求，也见证了两位老姐妹遥望故乡的思念。

然则，除却文人间正常交往，是什么原因促使苏雪林与冰心、谢冰莹结成亲如姐妹般的友谊？人生艺术理想之相近，行文风格的趋同与接受心理的逆反，对于教义中共通之处的体认，或可窥见一二。

二、原因之一：趋同与逆反

苏雪林与冰心、谢冰莹文章写尽人生的林林总总，世相的形形色色。苏雪林与冰心行文风格有某些神似，苏雪林对谢冰莹之文章有逆反的接受心理，三人的人生艺术理想也相近，正因此才构成相互间的吸引力。

第一，行文风格趋同。苏雪林喜欢美文，非常注重文章的语言清丽以及结构的缜密，好用道德的尺度衡量作品内容的高低。她的散文集《绿天》便是清新流利的散文风，剧作《鸠那罗的眼睛》以美文体裁入文。冰心独创"冰心体"，又主张"爱的哲学"，因此在她的文章常有古诗巧化，满蕴着母爱、自然之爱以及童心，饱含哲思。冰心之作是在跌宕起伏中表现对宁静的向往与追求，她用心思澄澈构筑空灵清隽、清幽意远的意境，也不乏庄严与哀思之作。冰心的这种行文风格，本已契合苏之审美标准；而苏进一步认为冰心文字的澄澈与其系统写作思想和心灵的澄澈关系不可分割，这又符合苏之道德尺牍；冰心关照宇宙万物的写作题材，与苏的出世思想也神似；冰心古诗巧用的手法，与苏对于古典文学的偏爱又不谋而合。所以，苏雪林极为夸赞冰心之文的魅力。有苏雪林日记及其评冰心文为证："看冰心全集、小说集，文笔果然清丽，极见天才，余所不及。"[10]在苏《中国二三十年代作家》这部文学史作品中，她夸赞冰心之诗笔"恬适自然，无一毫矫揉造作之处"[1](84)，认为冰心的散文"充满了凝静、超逸，与庄严，中间流溢满空间幽哀的神思"[1](247)，在谈到冰心小说盛名时，则用"天资的颖异"[1](348)来形容。因而，当冰心的权威受到质疑时，苏雪林便立即举证反驳。如有人批评冰心专一板起面孔冷冰冰地说教。苏辩驳这是思想透彻之人的自然表现，并且这种冷是"夏日炎炎中，走了数里路，坐到碧绿的葡萄架下，喝一杯冰淇淋那么舒服"[1](80)。又有人谓冰心诗明秀有余，魄力不足。苏驳斥道："这实是大谬不然的话。"[1](84)通过《繁星·三》"万顷的颤动，深黑的岛边，月儿上来了。生之源，死之所！"[1](84)之例，说明别人要用很多文字表示的东西，冰心却寥寥数语，用骨髓里迸出的力量感染读者，从而说明"冰心文字力量极大，而能举重若轻"[1](83)。又冰心"爱的哲学"被某些人指责"劝饿人食肉糜"，"对社会的幼稚病"，"有闲阶级的生活的赞美"，斥责冰心为"资产阶级的女性作家"，"在她作品里只充满了耶教式的博爱和空虚的同情"时[1](353)，苏雪林将冰心"爱的哲学"比作大米饭，在举世欢迎"大黄芒硝"之时可能被冷落，但到病人元气稍微恢复，则非用其不可[1](354)。以上诸例可见苏雪林对冰心极尽维护，此是两人行文风格有趋同的一面，自然而生文化、心理的认同感，这也是苏雪林晚年与冰心通信后万分高兴，冰心也在给苏雪林之信末附上"亲你"之因。

第二，接受心理的逆反。比对苏雪林、冰心文字中语言的雅致，用古典文学熏陶出的含蓄不同：谢冰莹语言明白如话，不事雕琢，她以唯"真"的审美尺度，认为作品应是现实的反响。因之，她的作品从故事、人物、社会背景都是现实生活的镜子。这位中国第一个女兵作家一扫女性柔美、温婉风格，而将文章写得阳刚悲壮，刚健清朗，豪气毕现，她的文章有"气骨"。曹丕文气说认为"文以气为主，气之清浊有体，不可力强而致"。谢氏之气如是便为浑然天成。谢冰莹不是美文的践行者，亦非结构缜密的逻辑塑造者，她只是随性地写，不嫌其粗，不避其俗，直爽利落。这与苏讲究词采的瑰丽，结构的严谨大异其趣，但却得到苏真心的赞赏。苏夸谢冰莹文笔具有魔力，"每使读者感觉津津有味，非读个终篇，不忍释手"[1](252)。这实是与苏雪林审美之维构成逆反，或者基于一种补偿心理，谢冰莹行文恰好切中了苏雪林未曾涉足之点。谢氏成名作《从军日记》《一个女兵的自传》均取材军旅真实生活。而谢冰莹《出走》《理智的胜利》《一个新女性》等，摹写主人公叛逆顽强地冲破家庭的束缚和世俗的阻力，经过感情地挣扎，克服内心的矛盾纠结，终于自信且无所顾忌地追求人生的绝对自由。这与苏雪林笔下主人公想与旧势力决裂而终于顺从迥异。题材内容的落差，语言的异中之境，让苏雪林读来兴味盎然。无形中摒弃了自己的固有理念，而由衷地认同。

第三，人生艺术理想相近。苏雪林与冰心、谢冰莹真挚友谊也源于三位人瑞的志趣相近。她们酷爱写作，笔耕不辍。苏雪林一生都在写中度过，婚姻的失败，更使得她将全部精力投入作文、教书与学术研究。她晚年著自传《浮生九四》，重新整理《二三十年代作家与作品》（后改名为《中国二三十年代作家》）出版，对于屈赋研究孜孜不倦，撰写大量的回忆性散文结集为《文坛话旧》，都标志着她晚年的创作成就。1980年6月，冰心先患脑血栓，后骨折。病痛不能令她放下手中的笔。她说"生命从八十岁开始"。谢冰莹在《我为什么要写作》中提到"为什么到了八十一，还舍不得'封笔'？是为了世间还有许多不平、凄惨、悲壮、苦闷、快乐、和未来充满了光明、新希望的事，所以我要写；为了我的无数的可爱的青年和小朋友读者，我更要写！我曾经说过，我要写到呼吸停止的前夕，只要我的脑、手、眼还能够动"[11]。她们用手中的笔不停地为社会鸣不平，赞美人生的真善美，驳斥现实的丑恶假。共同对于写作的敬畏和揭露社会人生的苦难与美好将她们的心联结在一起。

三、原因之二：心灵相通

　　苏雪林与冰心、谢冰莹都有着宗教信仰，虽不是虔诚的宗教徒，也殊少参加宗教仪式，信仰的也不是同一宗教，但是教义积极一面的类同给了她们精神的寄托即甘于受苦，寻求灵魂的救赎。这让她们惺惺相惜，友谊更深。苏雪林与天主教结缘，《棘心》某种程度上，是作者的自传，主人公杜醒秋与作者本身有相似性，小说写到的主人公留法期间因与秦风、未婚夫叔健的情感纠葛，母亲的病重催归，自己又想学成才返，各种矛盾的牵扯，让杜醒秋承受巨大的压力以致病倒。是天主教信徒白朗、马沙给她母亲般的关怀，让她从病中恢复，得到心灵的慰藉。苏雪林认为天主教信仰有三种特点：第一是虔洁；第二是热忱；第三是神乐。她认为教徒的信仰也是人类的精神活动，是生命的火焰，灵性的源泉，感情的迸发，是理性考察的结果。对于教义积极一面的文化认同，苏雪林也体现在自己的作品中，如《绿天》中伊甸园背景的梦幻，《收获》中莎乐美故事原型，《灌园生活回忆》中芥子比喻等都是直接取材《圣经》典故。

　　冰心信仰基督教，在大范围内天主教也属于基督教，教义也就大同小异。冰心吸收基督教义中的精华部分诸如平等博爱、牺牲奋进、普度众生等，使其与中国深厚的传统文化和现代文化相接，形成基督爱与个体生命体验的融合。冰心坦言："又因着基督教义的影响，潜隐地形成了我自己'爱'的哲学。"[12]天主教与基督教宣扬自由、民主、仁义、义气与道义，主张消除内心的不良欲望，对犯下的过错和自身的罪恶进行忏悔，净化心灵。这些使得苏雪林与冰心能够心灵相通，在作品中宣扬美和爱，并且善于在西方文化研究视野中审视民族自身；促成了她们审美观的趋同即关注弱势群体，希望拯救苦难，抚慰堕落灵魂，改变黑暗人生，追求现实幸福，以达到人道主义关怀。也使得她们作品里时刻流露着童真以及清新、健康的活力。如冰心《寄小读者》，苏雪林散文集《绿天》都是此种审美维度的体现。

　　谢冰莹皈依佛门，最初始于1954年，她为《读书杂志》撰写长篇小说《红豆》，当连载到第三期，难以继续，于是她倏忽想到观音菩萨，便虔诚地带着日用品到庙里住。叩拜住下后，阻塞的灵感泉涌而至，小说也就如约完成。因此，谢冰莹将此归结为神的指示，并在家里请了尊观世音菩萨，以便每天膜拜。甚至撰写佛经故事如《仁慈的鹿王》《善光公主》等。1956年拜师后，还起了"慈莹"的法名[13]。晚年，谢冰莹丈夫贾伊箴去世后，因孤独，又住着公寓，备感凄凉，常诵读佛经以求减轻痛苦。谢冰莹 2000年1月5日逝世于旧金山。一周后，友人们为其举行佛教仪式公祭。佛教主张的忍受苦难，消除痛苦以寻求解脱之道，与苏雪林信仰的天主教义有着相似之处。晚年老友，一边互传鱼雁，一边通过教义摆脱寂寞，心灵暗合。

　　苏雪林与冰心、谢冰莹在交往中因着理想相同，兴趣相近，情感相恰，意气相投，而坚固地联结在一起。冰心清丽隽永，谢冰莹则豪放洒脱，但都获苏雪林真心赞赏；她们待友的热情大方而又常存宽容之心让其感知愈深；主张净化心灵、忍受苦难、消除痛苦、传播人道主义精神、寻求解脱之道又使她们找到话语支撑点；真诚的友谊也即应运而生。友情的美好让她们的性格展示出天真、可爱、真诚、细腻、温柔的一面，也促使她们为社会人生谱写出一段真善美的传奇。

参考文献：

[1]苏雪林.中国二三十年代作家[M].台北：纯文学出版社，1986
[2]冰心.入世才人粲若花[N].人民日报，1987—03—07
[3]谢冰莹.作家与作品[M].台北：三民书局股份有限公司，1991
[4]苏雪林.我与冰心[N].台湾新生报，1989—10—05
[5]苏雪林.苏雪林作品集·日记卷：第十四册[N].台南：成功大学教务处出版组，1999：247
[6]李瑛.四访苏雪林[J].文史春秋，2004（11）
[7]苏雪林.苏雪林作品集·日记卷：第二册[M].台南：成功大学教务处出版组，1999
[8]苏雪林.苏雪林作品集·日记卷：第三册[M].台南：成功大学教务处出版组，1999：289
[9]苏雪林.苏雪林作品集·日记卷：第六册[M].台南：成功大学教务处出版组，1999：17.
[10]苏雪林.苏雪林作品集·日记卷：第一册[M].台南：成功大学教务处出版组，1999：6
[11]谢冰莹.冰莹忆往[M].台北：三民书局股份有限公司，1991：163
[12]冰心.冰心全集：第7卷[M].福州：海峡文艺出版社，1995：463
[13]古远清.几度飘零：大陆赴台文人沉浮录[M].桂林：广西师范大学出版社，2010：183